AF144641

Rowohlt Verlag GmbH, Kirchenallee 19, 20099 Hamburg

Kontaktadresse nach EU-Produktsicherheitsverordnung:
produktsicherheit@rowohlt.de

Till Raether, geboren 1969 in Koblenz, arbeitet als freier Autor in Hamburg, u. a. für das SZ-Magazin. Er wuchs in Berlin auf, besuchte die Deutsche Journalistenschule in München, studierte Amerikanistik und Geschichte in Berlin und New Orleans und war stellvertretender Chefredakteur von Brigitte. Till Raether ist verheiratet und hat zwei Kinder.

Sein Sachbuch «Bin ich schon depressiv, oder ist das noch das Leben?» stand 2021 wochenlang auf der SPIEGEL-Bestsellerliste. Seine Romane «Treibland» und «Unter Wasser» wurden 2015 und 2019 für den Friedrich-Glauser-Preis nominiert, alle Bände um den hypersensiblen Hauptkommissar Danowski begeisterten Presse und Leser. «Blutapfel» wurde vom ZDF mit Milan Peschel in der Hauptrolle verfilmt, weitere Danowski-Fernsehkrimis sind in Vorbereitung.

Mehr von ihm unter www.tillraether.de

«Danowski ist eine ausgesprochen interessante Type (…) Da merkt man dem Journalisten Raether den trainierten Blick für interessante Leute an. Danowski – ein Mann mit Potenzial.» (Tagesspiegel)

«In schleichender Intensität vergrößert sich ein Netz aus mafiösen Verstrickungen und zieht sich dabei bedrohlich um Danowski. Ein atemberaubend spannender Thriller.» (Ruhr Nachrichten)

TILL RAETHER

BLUTAPFEL

KRIMINALROMAN

ROWOHLT TASCHENBUCH
VERLAG

2. Auflage Mai 2023

Veröffentlicht im Rowohlt Taschenbuch Verlag,
Reinbek bei Hamburg, August 2016
Copyright © 2015 by Rowohlt Verlag GmbH,
Reinbek bei Hamburg
Redaktion Katharina Rottenbacher
Umschlaggestaltung HAUPTMANN & KOMPANIE
Werbeagentur, Zürich
Umschlagabbildung Thorsten Wulff
Satz Apollo MT, PostScript, InDesign
bei CPI books GmbH, Leck
Druck und Bindung BoD – Books on Demand
GmbH, Bad Hersfeld
ISBN 978 3 499 26671 3

Für meine Mutter,
für meinen Vater

Blutapfel, der, des -s, plur. die -äpfel, eine Art kugelrunder, von außen rosenrother Äpfel, mit einem bluthrothen süßen Fleische.

Herders Conversation-Lexikon, 1854

Prolog

Am Ende war es doch immer das Gleiche: Schläge ins Gesicht, Schläge in den Magen, die Leber und die Nieren, Schläge in den Unterleib. Arbeitsteilung: Zwei Kollegen übernahmen die Fixierung, der dritte führte aus. Wenn es länger dauerte, wechselten sie sich ab. Diesmal dauerte es länger. Und Tracy Harris sah zu. Das war der vorgeschriebene Arbeitsablauf: Keine Befragung ohne Supervision, sie war als Analystin und nominell Vorgesetzte hier.

Sie runzelte die Stirn und spielte mit dem Gedanken, sich an die Wand zu lehnen. Ihre Füße taten weh in den falschen Schuhen, weil die Kollegen sie direkt aus dem Besprechungsraum geholt hatten. Der bei Lichte betrachtet nur ein Container war, aber wenn sie dort am Tisch mit den Jungs von der Armee, den privaten Dienstleistern und den konkurrierenden Behörden saß, trug sie amtliche Pumps und keine bequemen Sneakers. Und ein dunkelblaues Kostüm. Was dagegen sprach, sich hier während des Verhörs an die Wand zu lehnen: klassische Brache mit entkernter Werkshalle, die Wände vor Jahrzehnten geweißt, durch Ruß und Witterung grau schattiert, das würde Abdrücke hinterlassen auf dem dunklen Stoff.

«Harris», sagte der, der jetzt fürs Schlagen zuständig war, wahrscheinlich, weil er sich ausruhen wollte. «Haben Sie irgendwelche Fragen?»

Sie schüttelte den Kopf und winkte ab. Das hier war alles sinnlos. Der da auf dem Aluminiumstuhl saß und sich bearbeiten lassen musste, wusste nichts. Sein nackter Oberkörper hatte an vielen Stellen die Farbe von Auber-

7

ginen der, wie sie in Deutschland sagten, Handelsklasse 1 angenommen, Blut lief ihm übers Gesicht, bis es in seinem Bart verschwand, und auf seiner hellen Jeans war ein großer Fleck mit vage geographischen Umrissen.

Waterboarding, dachte Tracy Harris, was für ein Witz. Das ganze jahrzehntelange Gerede, Hin und Her und Für und Wider, und am Ende prügelten sie halt einfach, weil es weniger Vorbereitung erforderte und, wie sie vermutete, weil es sich organischer, natürlicher anfühlte.

Normal, jemanden festzuhalten und zusammenzuschlagen.

Unnormal, jemanden sorgfältig festzuschnallen und mit Hilfsmitteln zu bearbeiten, und seien sie noch so primitiv. Und wenn sie eins gelernt hatte, dann, dass jeder ihrer Mitarbeiter und Kollegen vor allem den Wunsch hatte, normal zu sein.

Außerdem gab es vor Ort selten fließend Wasser. Hier, in den öden Landschaften am unübersichtlichen Rande Europas, wo sie und ihre Kollegen die leeren Räume, aus denen die sterbenden Industrien sich zurückgezogen hatten, mit neuem Leben füllten. Wenn man das hier Leben nennen wollte.

«Was weißt du? Was weißt du? Was weißt du?» Manchmal einfach nur so, drei- oder viermal hintereinander, ohne Pause, dann wieder voneinander abgegrenzt durch Schläge.

Sie schwitzte und schüttelte unmerklich den Kopf. Nach vier Tagen und Nächten in verdeckt aufgestellten Containern und leeren Hallen, mit keinem anderen Kontakt nach draußen als über Monitore und Satelliten, wusste selbst sie so viel weniger als zuvor. Die Frage hätte auch sie nicht mehr sinnvoll beantworten können: «Was weißt du?» Alles und nichts. Wo sind wir diese Woche? *Hello Turkey, hello Northern Iraq, hello Azerbeijan, are you having a good time?* Und sie wurde nicht mal geschlagen, trotzdem verlor sie langsam die Orientierung. Das hier war sinnlos, völlig sinnlos, und es war für sie und alle, die damit zu tun hatten, das Gegenteil dessen, worauf doch eigentlich alles hinauslaufen sollte: *a good time.* Ganz ehrlich, warum sonst machten sie das alles hier? Um die guten Zeiten zu schützen oder, falls es sie schon nicht mehr gab, zurückzuholen.

Und ihre Füße taten weh.

Immer wieder ließen sie ihm zwei oder drei Sekunden Pause, und währenddessen hörte Tracy Harris nichts als das gedämpfte Brummen der Generatoren, das Knarren ihrer Schuhe, den feuchten Atem des Verhörten. Aber das änderte sich jetzt. Er sprach.

«*Birakin beni. Artik yapamiyorum. Birakin beni!*»

Sprachen waren ihre Stärke und vielleicht ihre Flucht. In ihren Jahren als Offizierin und Analystin hatte sie viele gelernt. Die erste für die Karriere (Arabisch), die zweite aus Trotz (Deutsch), die dritte, weil sie sie brauchte (ein syrisch gefärbtes Kurdisch, wie es im Nordirak gesprochen wurde), die vierte nebenbei (Türkisch), weil sie davon umgeben war, und erst da war ihr aufgefallen, wie schwer es ihren Kollegen zu fallen schien, auch nur fünf gängige Redewendungen zu behalten, die dort verwendet wurden, wo sie sich monate- und manchmal jahrelang aufhielten. Die fünfte Sprache lernte sie, weil sie sich was beweisen wollte, und weil sie sich nach Osteuropa orientieren wollte, wenn das hier vorbei war: Ungarisch. Und eines Tages Mandarin, als letzte Herausforderung.

Jetzt aber Türkisch. Wenn ein Kurde aus dem Nordirak sich zu Wort meldete in der Sprache der verhassten Unterdrücker seines Volkes, dann bedeutete das, vermutete Tracy Harris, zwei Dinge. Zum einen, dass er auch sie für verhasste Unterdrücker hielt. Aus dieser Haltung konnte sie ihm auf Grundlage des augenblicklichen Sachverhalts keinen Vorwurf machen, wenn sie die Einschätzung auch nicht teilte. Zum Zweiten, dass er sie erreichen wollte, sein Englisch in diesem qualvollen Moment aber schon vergessen hatte, und dass er wirklich genug hatte, dass er wirklich nicht mehr konnte.

«Ondan haberim yok.»

Und dass er wirklich nichts wusste. Einer der drei Verhörer, den sie genauso wenig wie die anderen in diesem Zusammenhang als «Verhör-Experten» bezeichnet hätte, schlug ihm unvermittelt noch einmal ins Gesicht, mit der flachen Hand, und wies ihn, Hurensohn, an, Englisch zu sprechen. Sie sah, dass der Verhörte den Kopf sinken ließ, nicht aus Trotz, sondern weil er keine Kraft mehr hatte, ihn zu stützen. Und schon konnte sie vor ihrem inneren Auge nicht mehr rekonstruieren, wie unkenntlich sein Gesicht im Laufe der letzten zwanzig Minuten geworden war. An seinem blutüberströmten Oberkörper sah sie, dass er Anfang, Mitte zwanzig war. Er war dabei, sein Bewusstsein zu verlieren. Es war sinnlos, und es war eine Verschwendung, aber die drei Verhörer wechselten sich noch einmal ab.

Sie trat einen Schritt vor und merkte, dass ihre Waden sich verkrampft hatten vom viel zu starren Stehen im Raum. Auf einem Blechtisch außerhalb des Lichtkegels lagen die drei Dienstwaffen der Verhörer, vorschriftsmäßig abgelegt, bevor sie sich dem Gefangenen genähert hatten. Dreimal die gleiche SIG Sauer P226 im gleichen schwarzen Gürtelholster aus Funktionsfaser, für Tracy Harris durch nichts voneinander zu unterscheiden. Aber die Männer würden, wenn sie hier fertig waren, ihre Waffen auseinanderhalten können wie Kinder ihre iPods. Ihre Füße schmerzten, und ihre Beine gehorchten ihr nicht perfekt, als sie mit ein paar Schritten zum Blechtisch ging. Die drei beachteten sie nicht.

Tracy Harris nahm die mittlere der drei P226 vom Tisch, löste den Verschluss mit dem Daumen, ließ das Holster aufs Blech gleiten und lud die Waffe durch. Das metallische Schaltgeräusch bescherte ihr die volle Aufmerksamkeit zumindest von drei der vier Anwesenden. Bevor jemand sie daran hindern konnte, hob sie die Waffe und schoss dem Gefangenen aus etwa anderthalb Metern Entfernung mit sicherer Hand durch den Kopf.

Noch während der Knall sich entfaltete und sie ahnte, wie lange sie unter dem Pfeifen in ihren ungeschützten Ohren leiden würde, wusste sie, dass der Gefangene tot war. Blut, Knochensplitter und Hirnmasse hatten sich durch die Austrittswunde auf den Betonboden hinter ihm verteilt und auf die, die ihn festgehalten hatten, und die jetzt jeweils zwei, drei Schritte zurückgewichen waren, in ihre Richtung. Sie spürte, wie der Dritte ihr den Arm auf den Rücken drehte. Während ihr der Schmerz durch den Oberkörper bis in die Stirn fuhr, sah sie an seinen Lippen, dass er «Dämliche Fotze!» schrie, *stupid cunt*, das Erste, was ihnen allen immer zuverlässig einfiel.

Aber ihr habt doch gesehen: Er konnte nicht mehr, er wusste nichts, er bat nur noch darum, dass es aufhört. Zeigt ein bisschen Respekt, dachte sie, ein bisschen Respekt.

Als ihr Kollege sie losließ, streifte sie als Erstes die Schuhe ab. Ihr graute vor den Disziplinarausschüssen und den ernsten Gesprächen, den Berichten, die sie würde schreiben müssen, vor der Evaluation, vor den vielen, vielen Worten, bis das hier ausgestanden war, und am Ende wohl auch vor der Degradierung und der Versetzung.

Aber der kühle, sandige Betonfußboden unter ihren

Füßen, spürbar, nur leicht gedämpft durch ihre dunklen Nylonstrümpfe, fühlte sich herrlich an.

1. Kapitel

Hauptkommissar Adam Danowski war enttäuscht von der Rosine. Ja, er fühlte sich von ihr im Stich gelassen. Er hatte sich das besser vorgestellt mit ihr, so, dass da was passieren würde zwischen ihm und der Rosine.

Jetzt saß er hier und sah, wie die anderen abgingen mit der Rosine, die waren richtig vertieft in die, die liebkosten die Rosine mit den Fingern, die drehten und drückten sie ganz nah an ihren Ohren und lauschten der Rosine, die schnüffelten mit geschlossenen Augen an der Rosine, als berge deren Aroma wortlose Antworten auf alle Fragen. Er kriegte irgendwie nichts mit von der Rosine. Er dachte stattdessen an seinen Kollegen Finzi, der nach einem Alkoholrückfall im Koma gelegen hatte und jetzt im Pflegeheim war. Und auf Ansprache nicht reagierte. Der saß nur da und starrte vor sich hin. Eigentlich die perfekte Meditation. Der brauchte keinen Kurs mehr.

Er müsste seinen alten Partner und, ja, Freund Finzi dringend besuchen. Wie lange war das jetzt her? Fünf Monate? Wie konnte es sein, dass jemand fast ein halbes Jahr lang keine Gelegenheit fand, einen kranken Freund im Pflegeheim zu besuchen? Wobei: krank. Was hieß schon krank. Sein Vorgesetzter Behling sagte: Der sieht eigentlich ganz gesund aus. Besser als vorher. Vielleicht, weil sie ihn bei Wind und Wetter nach draußen schieben, der hat ordentlich Sonne gezogen diesen Sommer. Aber der sitzt nur da und sagt nichts und starrt vor sich. Unheimlich. Und wenn Behling schon «unheimlich» sagte, dann wusste Danowski: Es musste die Hölle sein.

Aber die Freundschaft. Und die Pflicht. Nur, heute war es natürlich auch schon wieder zu spät. Bis er hier raus war, war es 21 Uhr durch, die hatten längst keine Besuchszeit mehr im Pflegeheim, und morgen musste er die Kinder nach der Arbeit zum Fußball und zum Tanzen fahren, das war knapp genug, vor allem, wenn Behling ihn vorher wieder in irgendein Psychogespräch verwickelte über …

Scheiße, dachte Danowski. Konzentrier dich auf die verdammte Rosine. Die Kursleiterin Franka hatte sie verteilt, damit sie sich «einließen» auf die Rosine, sie wirklich «erfuhren», ein erster Anfang, um achtsam im Moment zu leben. Warum war er der Einzige hier, der nichts anfangen konnte mit der Rosine? Ihm war klar, dass die Rosine ja nur eine Art Platzhalter war, hier ging es gar nicht um die Rosine an sich, die Rosine war nur ein Anlass, sich wirklich nur auf das zu konzentrieren, was man unmittelbar vor sich hatte, die Gegenwart, den Augenblick.

Leslie liebte Rosinen. Sie mochte Rezepte, in denen Rosinen vorkamen. Seine Frau war der einzige Mensch, den er kannte, der nicht aus dem Apfel- oder Kranzkuchen, den der Backshop hochgejagt hatte, die Rosinen rauspulte. Für ihre Kinder und ihn sahen die Rosinen im Kuchen aus wie Wasserleichen von Stubenfliegen. Leslie mochte auch Couscous mit Rosinen und so was. Salat. Er würde mal was für sie kochen mit Rosinen, wenn sie Schulleiterin war und er auf Teilzeit. Wenn. Wenn, wenn, wenn. Falls. Da mussten sie jetzt auch mal dringend drüber reden. War das die richtige Entscheidung? Die aktive Ermittlungsarbeit endgültig an den Nagel zu hängen, damit seine Frau Karriere machen konnte? Es gab so viel, worüber er mit allen möglichen Leuten dringend reden musste.

Die anderen waren alle schon viel weiter mit der Rosine, die rollten das Ding neben ihrem Ohr und horchten und lächelten, und er saß hier und dachte an seinen alten Kollegen und seinen verdammten Chef und seine erfolgreiche Frau.

«Na, Adam», sagte Franka, die Kursleiterin. «Bei dir dreht sich ja wieder das Gedankenkarussell, oder?»

Danowski lächelte schuldbewusst. Nachdem der Amtsarzt ihn evaluiert und nichts bei ihm festgestellt hatte, als das, was Danowski schon wusste, hatte er ihm einen Meditationskurs empfohlen. Achtsamkeits-Meditation, ein «gangbarer Weg», um mit dem Stress klarzukommen, den Danowskis Hypersensibilität ihm verursachte. Obwohl, empfohlen war vielleicht der falsche Ausdruck: Der Amtsarzt hatte vor Danowskis Augen bei der Kursleiterin angerufen und ihn angemeldet.

«Ich kenn doch meine Pappenheimer», hatte der Amtsarzt gesagt, «ihr büxt mir immer aus, wenn's an die Achtsamkeits-Meditation geht. Ihr sitzt hier bei mir aufm Amt und lächelt und nickt, und dann meldet ihr euch nicht an. Darum mach ich das jetzt immer gleich selbst. Die Franka ist eine Gute, die kenn ich schon lange, bei der war ich auch mal. Ja, auch Amtsärzte geraten in Stress. Also, das ist eine gute Sache: Achtsamkeit, da lernen Sie, im Moment zu leben, sich nicht zu viele Sorgen zu machen, und vor allem, Sie lernen, sich selbst von Ihren Gefühlen und Eindrücken unabhängig zu machen. Sie sind nicht der Stress, Sie sind nicht Ihre Gefühle, Sie können sich im Alltag Freiräume zurückerobern, die ...», und so weiter und so fort, der Amtsarzt redete viel, und Danowski nickte dazu.

Hypersensibilität bedeutete, dass zu viele Eindrücke ungefiltert auf ihn einstürmten und er Mühe hatte, sie zu ordnen und zu verarbeiten. Darum war er schneller überfordert und gestresst als andere. Und deshalb saß er jetzt hier. Und immer, das hatte Franka ihnen gleich erklärt, fing es damit an, eine Rosine zu erforschen. Sich einzulassen auf eine Rosine. Sie wirklich wahrzunehmen.

«Lass es laufen», sagte Franka. «Nimm die Gedanken zur Kenntnis, aber häng ihnen nicht nach.»

«Gar nicht so einfach», sagte Danowski konstruktiv, und die anderen, durch ihn aus ihrer Rosinenbetrachtung gerissen, nickten zustimmend.

«Darum üben wir das ja auch. Und wir haben ja gerade erst angefangen», sagte Franka. «Du kannst hier nichts falsch machen. Hier kann keiner gewinnen oder verlieren.»

Na gut, dachte Danowski. Franka war nicht viel jünger als er, vielleicht Ende dreißig, sah aber deutlich frischer aus und hatte eine phantastische Körperhaltung in ihrem dunkelgrünen ärmellosen Yoga-Dress. Er war ein bisschen verknallt in ihre Schultern, die gefielen ihm am besten am Meditationskurs. Besser jedenfalls bei weitem als die Rosine. Und so eine Haltung wie Franka wollte er auch. Unwillkürlich richtete er sich auf seinem Meditationskissen auf.

«Lasst euch einfach noch mal fünf Minuten ein auf die Rosine», sagte Franka. «Und schmeckt sie auch am Ende.»

Die anderen lächelten, als freuten sie sich darauf. Danowski betrachtete die Rosine und schob alles weg von sich, erst aktiv, dann schien es ihm, als könnte er in den kakerlakenbraunen Runzeln der Trockenfrucht wirklich nichts anderes mehr sehen als Rosinenfalten. Und der Geruch war einfach nur Wald, süßer Boden, ausblühende Lilien, was Dunkles, und nicht mehr zuerst die Erinnerung daran, dass Rosinen die einzige Süßigkeit waren, die sein Vater ihm und seinen Brüdern erlaubt hatte. Er spürte, dass er ganz tief drin war in der Rosine. Dann sah er aus den Augenwinkeln, dass die anderen dabei waren, die Rosine endlich zu essen. Er hob die Hand an den Mund und konnte es nicht. Er mochte Lebensmittel, die frisch aus der Packung kamen, nichts, was er zehn oder fünfzehn Minuten in der Hand und zwischen den Fingern gewendet hatte, am Ohr und unter der Nase. Er tat, als steckte er die Rosine in den Mund und als kaute er sie, in Wahrheit verbarg er sie jedoch in der Handfläche.

Franka schlug die Zimbel, um das Ende der Übung zu markieren. Danowski schämte sich ein bisschen fremd für das Geräusch, weil es so ungeschützt und freundlich war. Dann richtete er sich auf wie Franka und presste die Rosine in seiner rechten Hand. Wohin jetzt damit?

«Und, wie ist es euch ergangen?»

Tja, dachte Danowski ratlos und schwieg wie die anderen. Aber Franka hatte kein Problem damit, Stille auszuhalten. Die Frau auf der Wolldecke schräg gegenüber von Danowski machte ein unverbindliches Ich-glaub-ich-sag-gleich-was-Geräusch dicht unterhalb eines Räusperns, und im Raum breitete sich Erleichterung aus wie Plätzchenduft in der Vorweihnachtszeit.

Warum bin ich eigentlich der einzige Mann hier?, dachte Danowski. Sind außer mir nur Frauen gestresst, oder geben es nur Frauen zu? Verdammt, jetzt hatte die gegenüber schon zu Ende geredet, und er hatte nicht zugehört. Bei der Nächsten nahm er sich fest vor, besser aufzupassen, das war die Studentin, aber warum war die eigentlich gestresst? In dem Alter hatten Leslie und er sich abends schön einen Joint geteilt, den die Kollegen von der Streife mitgebracht hatten, das war deutlich weniger zeitintensiv gewesen, als sich hier einmal die Woche ins Nachbarschaftsheim Bahrenfeld zu schleppen. Nach der Schicht.

«Und bei dir, Adam?» So eine Runde war doch ganz schön schnell rum. Das war ihm schon am Anfang beim Vorstellen so gegangen: Kein bisschen zugehört, weil zu beschäftigt, sich zurechtzulegen, was er gleich sagen würde, und, zack!, war er auch schon dran gewesen. Seine Arbeit bei der Mordbereitschaft hatte er verschwiegen, für die Frauen im Meditationskurs hier war er in der Personalplanung bei der Kripo, er hatte das ganz vage gelassen, und irgendwie stimmte es ja auch: Danowski plante, wie es mit der Personalie Danowski weitergehen sollte, kam nur zu keinem rechten Ergebnis dabei.

Alle Augen ruhten auf ihm. Er merkte, wie seine Knie heiß wurden unter der Decke, die er sich in einem Anflug von Rentnertum über die Beine gelegt hatte wie Opa vorm «Blauen Bock». In seiner Handfläche machte die Rosine ungerührt ihr Ding und klebte vor sich hin.

«Also, ganz ehrlich», sagte er und war selbst gespannt, was jetzt seine große Ehrlichkeitsoffensive sein würde, «nachdem ich mich drauf eingelassen hatte, fand ich's ganz toll.»

Franka sah ein bisschen enttäuscht aus, aber vielleicht bildete er sich das nur ein: Wo, wenn nicht hier, sollte es erlaubt sein, den Weg des geringsten Widerstandes zu gehen und einfach irgendeinen Blödsinn zu erzählen?

«Du kommst mir wahnsinnig bekannt vor», sagte eine freundliche Frau vom Bezirksamt, Anfang sechzig, im Job auf dem Abstellgleis, die links zwei Kissen neben ihm saß, sodass er sich im Schneidersitz vorbeugen musste, um einen Dialog mit ihr zu ermöglichen. Warum hatte er angeberisch diesen Schneidersitz probiert, sie sollten doch bequem sitzen, nur, weil Franka den so gut konnte, jetzt befürchtete er jeden Augenblick Auskugelungen der Hüftgelenke.

«Echt? Vielleicht von meinem Passfoto, ich verlier den öfter», sagte er, und ein paar kicherten über seinen Scherzversuch, am ersten Abend wurde ja alles gern genommen.

«Nee, Pässe mache ich schon lange nicht mehr», sagte die Frau vom Bezirksamt. «Ich bin ja da weggemobbt worden. Ich kenne dich aus dem Fernsehen, meine ich.»

«Du verwechselst mich mit dem jungen Rudi Cerne.»

«Oder mit Kurt Krömer ohne Brille», sagte die Studentin halblaut, worüber jetzt schon lauter gekichert wurde, man musste aufpassen, dass das hier nicht ausartete. Franka ließ schon die Hand über der Zimbel schweben.

«Geschützter Raum», sagte sie freundlich. «Bitte bedrängt Adam nicht, wenn er nicht über sich sprechen möchte.»

«Ach, du Armer», sagte die Frau vom Bezirksamt, «jetzt weiß ich wieder. Du bist der Polizist, der auf diesem Kreuzfahrtschiff hier im Hafen gefangen war. Als dieses Killervirus ausgebrochen ist. Im Frühjahr.»

Danowski nutzte das allgemeine «Stimmt ja!» und laute Durchatmen, um die Rosine kurz und humorlos im Schutze der fliederfarbenen Wolldecke in den Tretford-Teppich des Meditationsraums zu schmieren. Wenigstens die war er los.

2. Kapitel

Auf den blaugrauen Teppichfliesen im Flur lag Glas, das andere aus den Sichtfenstern der Klassenraumtüren geschlagen hatten. Verstreut in Tausenden eckigen Teilchen, die Überreste von Sicherheitsscheiben. Vermischt mit den leicht gerundeten, milchig weißen Splittern der Neonröhren der Flurdecke. Trickster atmete flach unter seiner Maske und ging mit sorgfältig hochgezogenen Knien auf Zehenspitzen. Er durfte kein Geräusch verursachen, wenn er sie finden wollte. Diesmal würde sie ihm nicht entkommen.

Er nannte sie Erdmännchen, weil sie gut im Verstecken war. Bis sie ihren Kopf mit den großen Augen aus einem Loch streckte, um zu sehen, wie nah er ihr schon war.

Durch die fensterlosen Türen fiel unterbrochenes, diffuses Herbstlicht in den Flur. Die Luft war fast so kalt wie draußen zwischen Waldrand und Autobahnzubringer, und Trickster stellte sich vor, wie ihr Körper dampfen würde, wenn er sie nach der Jagd zu Boden drückte. Er hielt inne und freute sich an seiner Erregung. Die Stadt gehörte ihm und damit die ganze Welt, er hatte die Macht, den Tag zur Nacht werden zu lassen.

Als er den Fuß wieder auf eine Teppichfliese setzte, trat er auf eine Neonröhrenscherbe. Ein Knacken und Knirschen, als wäre ein Insekt gestorben. Trickster hielt den Atem an. Huschte da was hinter den zugetaggten Flügeltüren zum Treppenhaus? Nein, er hörte nur den sturen Nachmittagsverkehr, der sich Richtung Wohnmeile Halstenbek-Krupunder wälzte.

Er hatte Erdmännchen zehn Minuten Vorsprung gelassen, um die Jagd interessanter zu machen. Er kannte ihr Temperament, sie würde sich nicht einfach in einem Putzmittelschrank oder einer Lehrertoilette verstecken, bis er das Gebäude bei Einbruch der Dunkelheit wieder verlassen würde: Sie war eine, die in Bewegung blieb und bei der es nicht undenkbar war, dass sie jeden Augenblick hinter ihm auftauchte und ihn ihrerseits zur Strecke brachte. Sein Herz schlug ein wenig schneller, und er ärgerte sich, dass er hinter der Maske nicht tiefer atmen konnte. Andererseits, wenn das Asbest nicht gewesen wäre, dann wäre das hier noch immer eine voll funktionstüchtige Berufsschule für kaufmännische Berufe, ein Ort, der ihm verwehrt geblieben wäre. Dass es so teuer war, ein mit Asbest verseuchtes Gebäude vorschriftsmäßig abzureißen, hatte ihm viele aufregende Tage und Nächte in den Ruinen von Hamburg beschert.

Er kam langsam voran, aber sein Instinkt sagte ihm, dass sie die Treppe nach oben genommen hatte: Sie floh nicht gern Richtung Keller, wo es so viel dunkler war als hier, und als er sie hergebracht hatte, hatte sie gesehen, dass das Erdgeschoss mit Brettern und Schutzfolie verrammelt war, das perfekte Gefängnis. Trickster erinnerte sich, wie er sie über die Schulter geworfen und seine Bauarbeiterleiter hinauf zu einem kaputten Fenster im ersten Stock getragen hatte. Ihr Hintern direkt neben seinem Gesicht, und wie sie versucht hatte, mit den Beinen zu strampeln. Er lächelte. Ihm ging es so viel besser inzwischen, manchmal konnte er es selbst kaum fassen. Vor zwei, drei Jahren war es ihm egal gewesen, ob er lebte oder starb. Jetzt zog er das Leben jenseits der Menschenwelt gierig in sich ein.

Die Tür zum Treppenhaus klemmte, er ahnte ihr metallisches Quietschen, egal, wie vorsichtig er beim Dagegendrücken war. Trickster nahm seinen Rucksack ab und lehnte sich an die Tür. Er schob die Atemmaske unters Kinn, für einen Moment war das okay, und nachher, wenn er sie gefunden hatte, würden sie schließlich auch keine Masken tragen, bis alles vorbei war. Taschenlampe in den Mund, dann leuchtete er in den Rucksack, bis er das Silikonöl gefunden hatte. Er sprühte es in die Scharniere, verstaute es, setzte den Rucksack wieder auf und öffnete die Tür lautlos. Am Geländer hatte er eine Eingebung: Er nahm eine leere Bierdose vom Boden und ließ sie zwei Stockwerke tief ins Treppenauge fallen, sodass es sich anhörte, als hätte er sie aus Versehen im Erdgeschoss umgetreten.

Im nächsten Stockwerk waren die meisten Klassenzimmer verschlossen, und die Toiletten stanken nach all den Jahren immer noch so, dass er sich nicht vorstellen konnte, sie hier zu finden: Ihre Nase war empfindlicher als seine. In einem Klassenzimmer lag eine zusammengerollte Matratze hinter einem Fort aus drei umgestürzten Tischen, daneben eine halbvolle Aldi-Tüte und eine erloschene weiße Adventskerze. Trickster berührte den Docht, hart und kalt, aber jemand würde heute Nacht herkommen. Bis dahin wäre er fertig mit ihr.

Er ging ein paar Schritte rückwärts und scannte dabei gewohnheitsmäßig die Fensterbretter nach einem Zeichen vom bleichen Diener ab. Immer noch keins, das ganze Gebäude war bisher clean. Trickster spürte, wie ein wenig Anspannung von ihm wich. Der bleiche Diener war der Einzige, der sein Nachtglück störte. Wo der bleiche Diener sein Zeichen hinterließ, war Trickster nur Zweiter, und das war schlimm, denn: Das Gelände, das Gebäude, diese eine ganz spezielle Welt gehörte dem, der als Erster dort sein Zeichen machte. Und das war viel zu oft der bleiche Diener.

Trickster öffnete noch einmal seinen Rucksack und nahm, als er die Wand erreicht hatte, die schwarze Sprühdose heraus. Nicht ideal, sein Zeichen genau hier zu hinterlassen, wo ein Schläfer sein Nachtquartier aufgeschlagen hatte. Aber manchmal hatte er für Sekunden das Gefühl, dass der bleiche Diener vielleicht sogar in der Nähe war und dass es darum keine Zeit zu verlieren galt.

Er verzog das Gesicht, weil die Sprühdose jedes Mal lauter zischte, als er in Erinnerung hatte. Der berauschende Duft drang durch die Atemmaske, als Trickster an der Wand sein Zeichen hinterließ.

Dann folgte er den Schildern Richtung Mensa, die letzte Treppe weiter nach oben. Links und rechts die Lehrerzimmer und Sekretariate, am Ende des kurzen Ganges sah er schon am veränderten Licht, dass das Stockwerk sich in einen großen Raum öffnete, den Esssaal. Er nahm aus den Augenwinkeln wahr, dass die Büros davor leer waren, und er gab sich jetzt keine Mühe mehr, nicht auf Glas zu treten. Das Knirschen und Splittern unter seinen Füßen war triumphal, er stellte sich vor, wie sie ihn näher kommen hörte und wusste, dass sie ihm jetzt nicht mehr entkommen konnte.

Trickster sah an ihrer Körpersprache, dass sie Angst hatte. Im großen Speisesaal waren nur ein paar Esstische stehen geblieben, und ein paar vereinzelte Stühle waren lustlos aufgereiht an den Wänden, als habe ein Entrümpelungsunternehmen den Enthusiasmus verloren oder vor Ende des Auftrags neue Informationen über Asbest erhalten. Keiner der verlassenen Orte, an denen Trickster sein Glück fand, war je vollständig und makellos ausgeräumt, jeder dieser Orte verharrte am Ende in einem halbleeren Zustand aus Plünderung, Vandalismus und Kapitulation.

Er ging zu ihr, sachte, um sie nicht zu erschrecken. Ihr

schwarzes Haar endete weit über dem Anorak. Daran, wie sie im Stehen die Beine kreuzte, sah er, dass sie alles andere als bereit für ihn war. Er nahm sie an der Schulter und drehte sie in seine Richtung. Sie hatte den Blick gesenkt, und im fahlen Licht des Herbstnachmittags verstand Trickster zuerst nicht, ob sie ihm auswich oder etwas in ihrer Hand, zwischen ihren Fingern studierte.

Er atmete scharf aus, denn er ahnte, was sie in ihrer schmalen Faust vor ihm verbarg. Er öffnete ihre Finger, als wäre es ein Spiel, sie wehrte sich, aber er war stärker.

Ein Projektil, wie er es schon fast zwei Dutzend Male gefunden hatte: Eine frische Kugel, die wie immer ihm galt. Mit einer winzigen Gravur, die man bei diesem Licht mit bloßem Auge nicht lesen konnte, aber die Trickster unter dem Daumen spürte, geschwungene Schrift in einem Oval. *«Your pale servant»*, dein bleicher Diener.

Er wusste nicht, was der Name bedeuten sollte und warum er in Englisch war, aber das Zeichen sagte ihm: Der bleiche Diener war ihm wieder zuvorgekommen. Im Grunde wie fast immer. Er schloss ihre Hand wieder zur Faust und stellte die Patrone vorsichtig zurück auf das Fensterbrett, dort, wo sie einen kleinen runden Abdruck im giftigen Staub hinterlassen hatte. Er wollte dem bleichen Diener nicht die Genugtuung geben, sich einbilden zu können, Trickster sammele seine Erkennungszeichen oder nehme sie auch nur zur Kenntnis. Obwohl er sie natürlich sammelte, aber eben nicht sofort: Trickster kam immer irgendwann zurück, wenn ihr Wettstreit längst woanders stattfand, und entfernte die Zeichen seines Gegners, damit auf Dauer keine Spur von ihm blieb.

Sie legte ihm die Hand auf den Arm, als wollte sie ihn trösten. Sie wusste genau, wie er sich fühlte. Trickster zog sie an sich und küsste sie auf ihren Scheitel. Einen Moment versuchte sie, sich ihm zu entziehen, aber dann ergab sie sich in seine Umarmung. Sie roch nach Keller, aber nicht einmal das konnte ihn jetzt noch erregen. Auch das hatte der bleiche Diener ihm verdorben.

3. Kapitel

«Wissen Sie, was mich wundert, Adam», sagte die Chefin und sah an ihm vorbei aus dem Fenster. «Sie gehören zu den wenigen Kollegen in der Mordbereitschaft, die kein Versetzungsgesuch eingereicht haben.»

Danowski betrachtete seine leeren Hände. Wenigstens eine Rosine wäre jetzt nicht schlecht gewesen. Er mochte keine Termine bei der Chefin, und seit sein Kollege Behling ihn wegen dieser Hypersensibilitätsgeschichte als labil hingestellt hatte, wollte die ihn ständig sprechen. Also, alle zwei Monate in etwa. Das wurde ihm langsam zu viel.

«Die Situation ist ziemlich absurd, das stimmt», fuhr die Chefin fort, als hätte er was gesagt, «und inzwischen habe ich fast dreißig Versetzungsgesuche hier. Stand ja sogar in der Zeitung. Die meisten davon werden wieder zurückgezogen werden, ist mir klar, dass das ein politisches Signal ist, weil die Mordbereitschaften in Zukunft bei freien Kapazitäten in anderen Abteilungen aushelfen sollen. Wie sehen Sie denn die Sache?»

«Werden halt nicht mehr genug Leute umgebracht in der schönsten Stadt der Welt», sagte Danowski müde. Er war Anfang des Jahrhunderts aus seiner Heimatstadt Berlin nach Hamburg gekommen und hatte sich nicht daran gewöhnen können. «Das ist doch ein schöner Erfolg der Sozialpolitik und der Polizeiführung. Ändert sich vielleicht, wenn Crystal Meth seinen vollen Zauber entfaltet. Aber das wird zwei, drei Jahre dauern. Dann wollen die Kollegen alle wieder zurück in die Mordbereitschaften. Warum soll ich also zweimal Formulare ausfüllen. Außerdem habe ich nichts dagegen, zwischendurch ein paar Eigentumsdelikte oder so was zu machen.»

Na gut, die Chefin wusste, dass das nicht alles war.

«Ist das der Grund, warum wir diesen Termin haben?», fragte Danowski.

«Es gibt ein Gerücht, dass Sie auf Teilzeit gehen wollen.»

«Es gibt auch das Gerücht, dass ich meinen Partner in den Suff getrieben habe», wandte Danowski ein, um das Ganze ein bisschen zu relativieren; Teilzeit war hier das ultimative Schimpfwort.

«Was ist mit dieser Teilzeitgeschichte?»

Man konnte nicht auf Teilzeit gehen und weiter Tötungsdelikte ermitteln. Er mochte seine Chefin. Er seufzte.

«Meine Frau hat eine gute Chance, befördert zu werden. Das wäre insgesamt schwierig, mit mir in Vollzeit, Bereitschaftsdienst und so weiter.»

«Und?»

Er musste lächeln. «Und» war das stärkste Wort bei jeder Befragung. «Ich denke drüber nach, mich auf die Tauschliste setzen zu lassen. Leichter, eine Vollzeitstelle hier im Dezernat zu tauschen, da wollen ja auch immer wieder gute Leute hin. Vielleicht Schleswig-Holstein oder Niedersachsen, irgendwas auf dem Dorf. Und dann von da aus Teilzeit.» Stellen in anderen Bundesländern fand man nur, wenn man einen Tauschpartner hatte. Und wenn die Vorgesetzten zustimmten. Jetzt war es raus. Es fühlte sich an, als hätte er seinen Dienstausweis und die Waffe auf den Tisch gelegt.

«Sie wollen Dorfpolizist werden?»

Vielleicht, um meinen Vater zu ärgern, dachte Danowski. Der alte Westberliner Revoluzzer hatte nie verstanden, warum sein jüngster Sohn gegen die linksradikale Familientradition in den Polizeidienst gegangen war. Polente in Verbindung mit Provinz, das würde nach all den Jahren echt noch mal einen draufsetzen.

«Die neue Schule wäre südlich der Elbe. Meine Frau denkt drüber nach, aufs Land zu ziehen.»

«Sie sind doch Stadtmensch, Adam. Hauptstadt und so.»

Er zuckte die Achseln. Er wusste nicht, was er für ein Mensch war. Wie lange wollten die Büros hier eigentlich noch nach Auslegware riechen. Die Chefin zögerte ein bisschen, als wollte sie ihm jetzt Beziehungsratschläge geben: nicht immer nur die Bedürfnisse des anderen erfüllen, kommunizieren, was man selber will.

«Ich würde es ja gern sehen, dass Sie hierbleiben und sich durchbeißen», sagte die Chefin. «Ich hab gehört, dass Sie sich mit Entspannungstechniken beschäftigen, und Sie wissen ja, dass Sie immer … also, wenn Ihnen das zu viel wird, zwischendurch, wir haben ja auch Ruheräume, wissen Sie …» Sie war schlecht darin, zu persönlich zu werden. Umso besser.

«Ich weiß», sagte er. «Ist halt nur die Frage, ob ich nicht irgendwo anders besser aufgehoben bin, und jemand anders hier, also …» Er zuckte die Achseln.

«Sie wissen, ich halte was von Ihnen, so als Polizist, nur …» Die Chefin beugte sich vor, getrieben offenbar von dem dringenden Bedürfnis, das am Abroller festgeklebte Bandende eines Tesafilms freizupulen. Danowski hatte sie noch nie so verlegen gesehen. Jetzt staunte er aber langsam. «Ich werde Sie nicht mehr lange dabei, äh, begleiten können. Ich gehe in den Ruhestand.»

«Oh», sagte Danowski. Das war schlecht.

«Ende des Jahres.»

«Wie schade. Obwohl, Ihre, äh, Frau wird sich sicher freuen. Nehme ich an.» Dass er jedes Mal «äh» sagte, wenn er von der Frau seiner Chefin sprach, konnte auch im Ernst nicht wahr sein. Wie konnte man, wenn es einem doch völlig egal war, ob die Chefin Männer oder Frauen oder beide liebte, jedes Mal plötzlich so verklemmt sein? War es die Angst, verklemmt zu wirken, die ihn verklemmt machte? Und wie verklemmt war das eigentlich?

«Ach, Marion wird sich noch wundern, wenn ich …», fing die Chefin an, das gängige Repertoire an Ruhestands-Klischees anzukurbeln, als sie jäh unterbrochen wurden. Durchs Gesicht der Chefin lief was Gequältes. Knud Behling, Danowskis Teamleiter, hielt sich nicht lange damit auf, seinen grau geföhnten Schädel durch die Tür zu schieben. Jetzt stand er schon mitten im Raum.

«Seid ihr so weit? War ja abgemacht, dass ich dazukomme.» Behling setzte sich in den Besucherstuhl neben Danowski, der von dieser Abmachung gar nichts wusste, und hielt ihm die Hand zum Schütteln hin, obwohl sie sich heute schon mehrfach zugenickt hatten. Offizieller Anlass offenbar.

«Bisschen früh, Knud», sagte die Chefin.

«War gerade in der Nähe», sagte Behling und strich seine Bundfaltenhosenbeine glatt. «Und nach Gesprächsleitfaden müsstet ihr das meiste hinter euch haben. Hast du Adam von der Beförderung erzählt?»

«So weit waren wir noch nicht», sagte die Chefin steif.

«Ich werde befördert?», fragte Danowski, der jetzt doch langsam anfing, sich zu wundern. Andererseits: keine schlechte Idee, gut war er im Grunde ja doch, trotz Hypersensibilität und Überforderungsangst, also vielleicht Stellvertreter-Stelle, nur noch administrativer Kram. Das würde passen. Wer hätte gedacht, dass Leslie und er beide mal Chefs werden würden. Hey, wir kaufen uns eins von diesen Townhäusern, scheiß aufs Land, dachte Danowski.

Behling lachte von Herzen, was selten war, meistens kam das bei ihm aus der Nase. «Nee, Adam, nicht du. Ich werde befördert. Ich mach den Nachfolger hier ab Januar.»

«Ja, ja. Nee, nee, klar.»

«Stellvertreter macht Kienbaum, der ist jetzt so weit.»

«Herzlichen Glückwunsch.»

«Richte ich ihm aus.»

«Nee, für dich, Knud.» Zugegeben, das klang ziemlich düster, wie er das so rauspresste.

Die Chefin richtete sich auf. «Ich wollte Ihnen das eigentlich gerade sagen, Adam.»

«Vorwarnung geben», erklärte Behling.

«Wir machen hier einen, na, weichen Übergang», sagte die Chefin. «Das heißt, Knud Behling und ich werden …»

«Ich hab meine Finger schon im Teig», unterbrach Behling.

Die Chefin seufzte.

«Und das heißt was?», fragte Danowski.

«Du wirst dringend gebraucht», sagte Behling feierlich. «Du weißt, die Kollegen meckern, weil sie sonst wo aushelfen sollen. Mordbereitschaften sind überbesetzt. Kennst ja die ganzen Versetzungsgesuche. Und da kommst du ins Spiel.»

«Ich kann die gern weiterleiten, die Versetzungsgesuche», sagte Danowski konstruktiv.

«Nee, Adam. Du bist das Trostpflaster für die richtigen Mordbullen. Die haben alle Angst, dass sie in Zukunft bei Flaute Materialbeschaffe und Dienstpläne machen oder Diebstahlanzeigen aufnehmen sollen. Aber …» Kunstpause: «Das machst dann alles du. Ich kommunizier denen, dass wir dich und Jurkschat dafür abstellen, inoffiziell. Dann hast du deine Ruhe, und wir können uns auf die Arbeit konzentrieren. Win-win, sag ich mal.»

Eigentlich fast genau das Richtige für ihn. Aber wenn Behling das wollte, konnte es ihm nicht gefallen. «Warum Jurkschat?», fragte Danowski. «Die hat dir doch nichts getan. Die betet dich doch an.» Aufpassen, dass man jetzt nicht unsachlich wurde.

Behling wiegte sein prächtiges Haupt. «Die Deern ist noch nicht so weit.»

Die Chefin verzog das Gesicht, als hätte sie auf was Ekelhaftes gebissen, das sich andererseits schnell runterschlucken ließ.

Danowski nickte. «Materialbeschaffe.»

«So was halt. Werden wir ja sehen. Musst dich auf jeden Fall nicht mehr im Nahkampf stressen. Gut gelaufen für dich, würde ich sagen. Im Felde unbesiegt. Ihr bleibt pro forma im Bereitschaftsdienst, Jurkschat und du. Falls was richtig Großes ist. Was mit Schiffen oder so.»

In seinem Büro setzte Danowski sich an den Rechner und schrieb in wenigen Sätzen sein Teilzeitgesuch. Niemals würde er irgendwo arbeiten, wo Knud Behling der Endboss war. Er druckte das Dokument aus und legte es in einen leeren Aktendeckel. Das würde er bei nächster Gelegenheit der Chefin geben. Dann schloss er die Augen und wartete auf irgendwas. Oder genauer gesagt: auf seinen letzten Fall.

4. Kapitel

Am Morgen seines Todestages beschloss Oliver Wie-busch, ein paar Minuten länger liegen zu bleiben.

Eigentlich war er Frühaufsteher, aber hin und wieder erlaubte er sich, aus seiner Routine auszubrechen. Nur, wenn man das tat, wurde einem die eigene Disziplin erst wieder so richtig klar. Er nannte es den Luxus des Asketen. Außerdem war es gestern Nacht spät geworden, er war zu lange draußen geblieben, gefangen in seiner Leidenschaft. Und wenn er jetzt ein paar Minuten länger liegen blieb, hieß das, er würde immer noch bei weitem als Erster in der Siedlung aufstehen, Stunden vor den anderen. Er hatte keine Zeit zu verlieren. Nie.

Das mit dem Todestag war ihm vor ein paar Jahren bei einer Schulung der Firma eingefallen. Klar, es war eigent-lich um Adress-Beschaffung, Datenauswertung und an-dere langweilige Tätigkeiten gegangen, aber die Traine-rin hatte einen Spruch ans Whiteboard geschrieben, der Wiebusch sofort eingeleuchtet hatte: «Heute ist der letzte Tag vom Rest deines Lebens.» Damit er und die anderen Teilnehmer sich bewusst machten, dass sie keine Zeit zu vergeuden hatten. Wiebusch, der Dinge gern bis zum An-schlag festdrehte, hatte auf die leicht blumige Handschrift der Trainerin gestarrt und gedacht, dass das nicht schlecht war, aber dass man es noch steigern könnte. Würde man nicht noch bewusster, entschiedener und zielgerichteter leben, wenn man jeden Tag mit dem Gedanken begönne: Heute ist dein *letzter* Tag auf Erden? Heute ist der Tag, an dessen Ende du stirbst? Lebe jeden Tag, als ob es dein letzter wäre. Oder, wie er es für sich im Laufe der Jahre abgekürzt hatte: Heute ist dein Todestag.

Mach das Beste draus.

In seinem Fall hieß das: An seinem Todestag würde er seine alten Eltern besuchen, die ein paar Minuten entfernt im Stadtteil Hausbruch wohnten und dort aus Fenstern, die er geputzt hatte, aufs Moor starrten. In Gedanken und wenn er mit den Nachbarn oder Kollegen sprach, sagte er immer: besuchen. Was er meinte, war pflegen. Aber er mochte das Wort nicht. Man pflegte seine Haut oder den Garten, einen greisen Vater und eine demente Mutter besuchte man.

An seinem Todestag würde er versuchen, möglichst viel Zeit im Freien zu verbringen. Und er würde an seinem Todestag eine gute Tat vollbringen, oder, weil er die Steigerung liebte, so viele gute Taten wie möglich. Da war er ganz Pfadfinder, wie in allem, was er tat: als Informatiker, beim Anlegen und Administrieren von Netzwerken, beim Auswerten von Daten, beim Durchstreifen der Stadt, in der er aufgewachsen war, und eben als Nachbar.

Vor seinem Fenster lag die Fischbeker Heide schwarz und ohne Konturen, dahinter im frühen Morgennebel vage die Lichter von der nördlichen Elbseite. Als er in die Küche kam, machte er dort wie immer kein Licht, weil er es gewohnt war, sich im Dunkeln zu bewegen. Durch sein Küchenfenster fiel das nicht besonders zuversichtliche Laternenlicht am Reihenendhaus der Bressins und am Reihenmittelhaus der Thomsens vorbei in einer vagen breiten Bahn auf seine Arbeitsfläche. Der Kaffee war schon automatisch durchgelaufen, das hatte er wie immer gestern Abend programmiert, Timer auf 5 Uhr 15, und als er ihn im Becher hatte und vors Gesicht hob, fiel ihm wie immer auf, dass er ihn eigentlich nur wegen des Geruchs aufsetzte. Wenn man alleine lebte, musste man darauf achten, woher die Gerüche kamen.

Jeder Gedanke übers Alleinleben führte auf geradem Pfad wieder zu seinen Eltern. Als wenn die Tatsache, dass er mit Mitte vierzig nicht die Frau gefunden und nie die Familie gegründet hatte, die ihm irgendwann einmal vage vorgeschwebt hatten, etwas mit ihnen zu tun hätte. Seine Mutter war Anfang siebzig, sein Vater über achtzig, und er wusste, dass die Zeit, in der er jeden Tag so leben konnte, als wäre es sein letzter, zu einem Ende kommen würde. Wenn für seine Eltern das Pflegeheim-Kapitel begann. Komplikationen, neue Logistik, mehrere Wege am Tag, sein Mitgefühl und seine Aufmerksamkeit verteilt auf zwei Orte, einer davon vielleicht ein Grab.

Nein, dass er allein war, hatte mit der vielen Arbeit zu tun und damit, dass einem so was passierte und dass man das, was einem in der Hinsicht dann eben passiert war, umso schwerer wieder hinbiegen konnte, je weiter man über vierzig war.

Manchmal besuchte er seine Eltern schon morgens, weil sein Weg zur Arbeit in die Innenstadt an ihnen vorbeiführte, und manchmal abends, wenn er zurückkam. Heute hatte er Sehnsucht nach ihnen: nach der weichen Haut seiner Mutter, wenn sie ihre Wange an seine drückte und von Mal zu Mal weniger scherzhaft «Wer ist der alte Mann auf meinem Sofa?» wisperte, und nach dem sanften Erstaunen in den Augen seines Vaters, der jedes Mal überrascht schien, dass sein Sohn sich über Nacht in einen hageren Mann mittleren Alters mit wenig Haaren und faltigem Hals verwandelt hatte, «zaddrig», wie seine Mutter uncharmant, aber zutreffend sagte. Vielleicht war die Sehnsucht heute ein wenig größer als sonst, weil ihm von den zwei, drei Minuten länger im Bett ein altes Gefühl geblieben war wie damals als Teenager, wenn seine Mutter irgendwann gerufen hatte: «Olli, komm runter, die Fähre wartet nicht.» Damals, als sie noch die Apfelbäume im Alten Land gehabt hatten.

Sein Impuls war, gleich zu ihnen zu fahren, denn ab sechs Uhr morgens war für seine Eltern zu jeder Jahreszeit mitten am Tag und sie saßen am Küchentisch mit Kaffeeringen auf dem Wachstuch, während die Scheinwerfer des Pendlerverkehrs Richtung Autobahn ihre Girlanden über die Raufasertapete zogen.

Aber er liebte es, seinen Impulsen zu widerstehen, und noch mehr liebte er es, sich den ganzen Tag über auf seine Eltern zu freuen. Es machte die Zeit im Büro erträglicher. Er kippte seinen Kaffee in den Ausguss, spülte den Becher ab und stellte ihn umgedreht zum Trocknen. Der ungepflegte silberne Golf IV der Bressins stand bei ihnen vorm Haus am Straßenrand, die Garage wohl belegt von ihrem Bully. Umso besser, denn das war die Gelegenheit, auf die er seit Tagen wartete.

Oliver Wiebusch wusste nur allzu gut, dass die Bressins sich ein wenig übernommen hatten mit dem Kredit für den Neubau, obwohl das hier schon die preiswerteste Gegend in ganz Hamburg war, wenn es um neue Reihenhäuser ging. Er hatte die Bankdaten und den Schriftverkehr über ihren Kredit mit eigenen Augen gesehen. Aber er neigte nicht dazu, andere zu beurteilen; er neigte dazu, ihnen zu helfen. Er mochte die Bressins, vor allem sie: eine seltsam störrische Frau, die eine Energie in sich hatte, die sie selbst wohl nur ahnte. Goldschmiedin mit einer kleinen Werkstatt in der Neustadt nördlich der Elbe, die an ein oder zwei Geschäfte in Hamburg lieferte. Manchmal nahm er sie mit in die Stadt, und ihm gefiel die gespannte Aufmerksamkeit, mit der sie seinen Geschichten lauschte.

Ihr Mann wartete auf einen Lehrauftrag, den er niemals kriegen würde, und verdiente sich hin und wieder was als Party-DJ. Woher sollte da das Geld für Winterreifen oder eine anständige Hecke kommen?

Wiebusch war selbst mal Golf IV gefahren, lange, bevor er sich den Geländewagen gekauft hatte, und hinten bei ihm in der Garage lag noch ein Satz passender Winterreifen. Zuerst hatte er vorgehabt, die Reifen dem jungen Bressin anzubieten, aber der sah nicht so aus, als könnte er damit was anderes anfangen, als sie unsachgemäß zu lagern und nie zu montieren. Nicht der Typ, den man sich mit Wagenheber vorstellen konnte. Viel besser schien Wiebusch wie immer die Überraschung, vor allem, wenn sie vielleicht gar nicht bemerkt würde. Den Nachbarn im Schutze der herbstlichen Dunkelheit die Felgen mit den Winterreifen anzuschrauben, ohne dass sie damit rechneten und vielleicht sogar, ohne dass sie es merkten, und ihnen dadurch eine sicherere Fahrt, insgesamt also ein besseres Leben zu schenken: Das war eine wahre gute Tat. Im Grunde sogar die Steigerung davon, sozusagen eine optimale Tat, da sie für Wiebusch mit keinen Kosten und geringem Aufwand verbunden war.

Und jemand von den anderen Nachbarn würde ihn vielleicht dabei beobachten, wahrscheinlich die Nachbarin Susanne Thomsen im Reihenhaus zwischen ihnen, und dann würden die Bressins es doch noch erfahren und wären erst recht verblüfft und erfreut, weil Oliver Wiebusch selbst nichts sagte über seinen nachbarschaftlichen Hilfsdienst. Er wusste, dass er manchmal zu viel redete, er sah es kurz in den Augen der Nachbarinnen, wenn er von seinen Entdeckungen erzählte. Wiebusch musste lächeln über seine eigene Widersprüchlichkeit. Aber ein bisschen Eitelkeit war erlaubt, und Anerkennung brauchte jeder, auch er.

Die Novemberluft war scharf und klar nach der Heizungsluft wie ein Kümmel nach schwerem Essen, und er atmete sie mit Begeisterung, während er einen Reifen nach dem anderen aus seiner Garage zum Golf der Bressins rollte. Dann holte er seinen Wagenheber und den Schlüsselsatz und freute sich an dem Gedanken, dass die verschrammten Radkappen der Bressins, sobald sie auf den schwarzen Felgen seiner alten Winterreifen saßen, so gut wie jede Spur seiner guten Tat verbergen würden.

Während er die Muttern löste, wanderte sein Blick durch die Anfänge der früh verkümmerten Neubausiedlung. Die zwei Gebäudeteile mit jeweils drei Einheiten, dazwischen Brache für mindestens neun weitere, ungebaut, weil bisher dann doch nicht so viele hierher hatten kommen wollen an den Rand der Heide. Zu weit von der Innenstadt, zu umständlich, jeden Tag zwei Mal durch den Elbtunnel zu pendeln und zwei Mal im Stau zu stehen mit allen anderen, die das gleiche Problem hatten.

Unsere kleine Geisterstadt, nannte er die Siedlung manchmal scherzhaft.

Als die vierte Mutter des rechten Vorderrades sich löste, blieb sein Blick am Blutapfel im Vorgarten der Thomsen hängen. Vorgarten war geprahlt: Außer der nicht besonders sorgfältig ummulchten Pflanzstelle des Zierapfelbaums war da außer Rollrasen nicht viel passiert.

Er musste der Thomsen mal den Apfelbaum zurückschneiden, die hatte sich schon letztes Jahr nicht darum gekümmert. Nicht aus Faulheit oder Böswilligkeit, das war ihm klar. Es wusste heute nur einfach keiner um die dreißig und aus der Stadt mehr, wie und wann man einen Apfelbaum zurückschnitt, und sei es ein Zierapfel. Und seit der Thomsen der Mann weggelaufen war, kümmerte sie sich noch weniger darum, die Dinge am Laufen zu halten.

Die ungeputzten Fenster ihrer Reihenhausscheibe waren matt und trübe wie die Augen einer drei Tage toten Katze am Straßenrand. An einem vagen Lichtreflex sah er, dass hinter ihrem Küchenfenster schon Leben war, und obwohl er sich über die Zeugenschaft freute, bedauerte er sie auch: Noch schöner wäre es gewesen, jetzt in der langsam über dem Hamburger Osten aufziehenden Morgendämmerung auch den Zierapfel noch zu versorgen. Die passende Teleskopschere hatte er im Schuppen.

Nachdem er wieder im Haus war, ging er in den Wohnraum und vergewisserte sich, dass bei den Fischen alles in Ordnung war. Als er Kind war, hatten seine Eltern ihm ein Sechzig-Liter-Aquarium mit Guppys, einem Kampffisch und Leopardenwelsen zum Geburtstag geschenkt. Das Aquarium war immer noch dasselbe, aber heute hielt er nur noch die Welse. Kleine Fische, zwei bis drei Zentimeter lang, die tagsüber in kleinen Gruppen über den Kiesboden des Aquariums streiften und nachts auch so schliefen, versteckt hinter Pflanzen und Steinen, aneinandergelehnt, eine Art Familie. Die Zeitschaltuhr und der Futterautomat waren so eingestellt, dass die Fische Wochen ohne ihn auskommen konnten, falls etwas Unvorhergesehenes passierte.

Er ging die Kellertreppe nach unten und machte in dem Raum, den er «stilles Zimmer» nannte, seine Übungen. Die Sache mit dem Mädchen konnte er bald abschließen, es war fast zu einfach gewesen, nächstes Mal brauchte er eine größere Herausforderung. Dann betrachtete er die starren Schwarz-Weiß-Bilder seiner Eltern und sah, dass alles unter Kontrolle war. Am Ende schaltete er seinen Kurzwellenempfänger ein, damit ihn abends, wenn er zurückkommen würde, Stimmen begrüßten.

Dann sah er, dass das Licht bei der Thomsen wieder aus

war. Hatte sie heute überhaupt das Kind, oder war sie allein? Bei denen ging immer alles durcheinander, nicht mal er konnte sich das merken, obwohl er im Prinzip über alle nötigen Informationsquellen verfügte. Aber er merkte, dass er kaum noch nachsah bei ihr. Eine Zeitlang waren sie sich nahe gewesen, aber dann hatte sie sich zurückgezogen. Wahrscheinlich war sie einfach nur kurz auf die Toilette gegangen und hatte sich wieder hingelegt, Susanne Thomsen schlief immer lang, ohne Mann und Kind.

Wiebusch straffte sich, ging zum Schuppen und holte die Teleskopschere. Dann stieg er in ihren Garten und fing an, mit weiten, beherzten Schnitten den Blutapfel zu bearbeiten wie jemand, der angreift.

5. Kapitel

Bei der nächsten Sitzung im Meditationskurs passierte, was Danowski von Anfang an befürchtet hatte: Sein Diensthandy klingelte mit industrieller Melodik, unleugbar und brachial. Wenigstens nicht bei der Sitzmeditation, sondern während Franka ihnen erklärte, wie man es lernte, im Alltag ab und zu innezuhalten. Indem man eine raucht, hatte Danowski gerade gedacht, dann aber eben: das Telefon. Bereitschaftsdienst, das hatte er eigentlich auch noch mit Franka besprechen wollen, und dass er sich deshalb leider nicht an ihre dringende Empfehlung halten konnte, die mehr eine zutiefst von Herzen kommende Bitte war, Mobiltelefone auszuschalten oder wenigstens draußen im Vorraum an der Garderobe zu lassen. Er räusperte sich entschuldigend, was jetzt gar nicht mehr in den Raum passte. Meta Jurkschats Nummer.

«Adam?»

«Am Apparat.»

«Wo bist du?»

«Ganz im Augenblick.»

«Wie bitte?»

«Nachbarschaftsheim Bahrenfeld, kurz vor der Osdorfer Landstraße, wenn du …»

«Das such ich mir raus.» Jurkschat, seine neue Partnerin, zuverlässig und konstruktiv wie eine, an der bei der Gruppenarbeit früher immer das ganze Referat hängengeblieben war, weil allen immer was dazwischenkam, aber den Schein hatten die anderen am Ende natürlich auch bekommen und sich nicht einmal bedankt. «Bin in …»

Er hörte, wie das Navi unter Jurkschats Fingern piepste. «… acht Minuten bei dir. Wir haben einen Einsatz.»

Danowski seufzte. Die anderen sahen ihm mit interessierter und gar nicht genervter Aufmerksamkeit zu, oder war das schon Achtsamkeit? Man könnte ja jetzt auch mal aufstehen, dachte er und faltete sich mühsam aus dem Schneidersitz, irgendwie war er nicht abzubringen davon, er versuchte es jede Woche aufs Neue.

«Worum geht's denn?», fragte er und stand mühsam auf eingeschlafenen Unterschenkeln.

«Gewaltsamer Tod durch Schussverletzung», sagte Jurkschat. «Opfer männlich, etwa Mitte vierzig, Personalien folgen, Leichenfundort und vermutlich Tatort in seinem Pkw, und jetzt kommt's.»

Danowski ging Richtung Tür und winkte den anderen vage zum Abschied. Jurkschat schuf normalerweise keine Cliffhanger, die war viel zu phantasielos, um sich oder andere von irgendwas überraschen zu lassen, aber in diesem Fall war das offenbar anders. Da horchte er auf.

«Na», sagte er, widerwillig einladend.

«In seinem Pkw im Elbtunnel. Mitten im Verkehr. Täter flüchtig. Was meinst du, was da los ist.»

«Alles klar», sagte Danowski, wie eigentlich immer, wenn ihm gar nichts klar war. Und er und die rechtschaffene Jurkschat mittendrin.

«Behling sagt, da ist die Hölle los», sagte Jurkschat, als könnte diese erklärende Information noch irgendeine Art von Zauber für ihn haben.

«So, so», sagte Danowski. «Na, ich warte dann mal draußen.» Er streifte seine Jacke über und nahm den Stoffbeutel, in dem er unvorschriftsmäßig seine Dienstwaffe und das Gürtelholster verstaut hatte, um im Meditationsraum nicht für Irritation zu sorgen. Tja, heute würde er schon mal keine Unterschrift von Franka kriegen, und er brauchte acht von zehn, um sich eine weitere Runde beim Amtsarzt zu ersparen. Durch die halb angelehnte Tür winkte er seinen Mitmeditierenden und Franka zum Abschied.

6. Kapitel

Zwei Schüsse im Elbtunnel. Laut, weil abgefeuert ohne Schalldämpfer (das würde wenig später die ballistische Analyse bestätigen). Laut, weil die Fahrertür des Wagens, in dem sie abgefeuert wurden, einen Spalt weit geöffnet war (offenbar der verzweifelte Anfang eines schnell vereitelten Fluchtversuchs).

Schwer, sich das vorzustellen, aber Danowski hatte eine lebhafte Phantasie, wenn es um den Elbtunnel ging. Er mied ihn, weil er es hasste, dort auf der Autobahn in einer der Röhren im Stau zu stehen. Und Stau war um diese Zeit fast immer. Vor allem, wenn, wie heute, in einer der verbleibenden Röhren ein Fahrstreifen gesperrt war: Fahrbahnschäden durch einen Lkw-Unfall am Tag davor.

Wenn man im Stau stand, unter der Erde, unter dem Fluss, dann reichten zehn, fünfzehn Minuten, und man wurde schläfrig. Das gedämpfte Licht, die Abertausenden Kacheln, die immer wieder aufblinkenden Bremslichter der Autos vor einem, wenn jemand die Position seiner Füße änderte. Der Gedanke, warum nicht alle ihre Motoren ausstellten, und werden wir jetzt alle ersticken hier?

Das Radio, die Frage, ob die Popmusik einfach viel schlechter geworden war in den letzten Jahren, oder ob einem das nur so vorkam, weil man selbst gealtert war und einen Job hatte, der einen zwang, zwischen einem preiswerten Zuhause südlich der Elbe und einem Job nördlich in der Innenstadt zu pendeln. Oder Kinder auf der Rückbank, mit der Familie in einen dieser wild in alle möglichen außersaisonalen Monate gelegten Urlaube, weil keins der Kinder schulpflichtig war, vielleicht auf der Rückfahrt aus Dänemark, wann sind wir da, warum stehen wir hier und dann eben: zwei Schüsse. Nur Augenblicke hintereinander, die Angaben schwankten zwischen direkt hintereinander, Bäng-Bäng, und getrennt durch Sekunden. Hunderte Zeugen, die alle etwas anderes gehört hatten. Die alle etwas anderes gesehen hatten. Vor allem aber: die alle in Panik oder zumindest stark in Richtung Fluchtwege orientierte Aufregung geraten waren. Zwei Schüsse und dann sofort Chaos: Leute, die aus ihren Autos ausstiegen und Richtung Tunnelausgang rannten, instinktiv, obwohl sie in beide Richtungen rund anderthalb Kilometer entfernt waren von den Tunnelenden. Eltern, die ihre Kinder in Richtung der Rettungstüren trugen oder zerrten, zu Gängen, die in die anderen Tunnelröhren in nördlicher Fahrtrichtung führten.

Je näher man als Stausteher dem weißen Geländewagen war, in dem die Schüsse abgegeben wurden, desto mehr klangen sie nach Explosion. Und eine Explosion im Tunnel, auch wenn man sie nur hörte und kein Feuer sah und nur wenig Rauch, bedeutete instinktiv nur eines: raus hier. So schnell wie möglich raus hier. Da vorne hat es in einem Auto geknallt. Da brennt ein Auto. Da ist ein Auto explodiert.

Hunderte von Zeugen, die am Ende eins gesehen hatten: Hunderte von anderen Zeugen, die sich so schnell sie konnten vom Tatort entfernten.

Deutlich hatte Danowski später im Grunde nur den Toten vor Augen, und das vielleicht auch nur, weil er am Tag danach genug Zeit hatte, um die Tatort-Fotos zu studieren, die sich später vermutlich überlagerten mit seiner Erinnerung. Daran, wie der Tote auf dem Fahrersitz des weißen Audi-

Geländewagens leicht gegen die schmal geöffnete Fahrertür gedreht gesessen hatte. Den Kopf nach hinten gelehnt an die Außenseite der Nackenstütze und an die T-Säule, zwei Einschussverletzungen sofort erkennbar: auf der Stirn fast genau in der Mitte, vielleicht zwei Zentimeter oberhalb der Augenbrauen, und dann auf der rechten Schläfe. Offenbar ein absoluter Nahschuss. Die Schmauchhöhle mit den sternförmig davon wegführenden Hautrissen, in denen Kopfblut trocknete, lag klar wie eine Miniaturlandschaft im auf- und abschwellenden Licht der vorbeifahrenden Autos. Darin die Stanzmarke wie eine böse Sonne.

Dann wieder sein gegenwärtiger Teamleiter und künftiger Chef-Chef Behling, der ihn vom Beifahrersitz zog, obwohl Danowski den kaum mit dem Knie berührte, von hinten, wie ein Kind am Anorak: «Adam, raus hier, Spurensicherung machen wir, Tathergang braucht dich nicht so zu interessieren. Meta und du, ihr macht nur persönliches Umfeld.»

Meta Jurkschat hatte noch versucht, von der Autobahn-Auffahrt Bahrenfeld über die A7 südlich zum Elbtunnel zu fahren, hoffnungslos. Der Verkehr stand noch bedingungsloser und unerbittlicher als sonst um diese Tageszeit, donnerstags um kurz nach neunzehn Uhr, Pendlerstau in südlicher Richtung so weit das Auge, das Benzin und die Geduld reichten, ja, die Geduld musste immer als Erstes dran glauben. Danowski wusste, dass andere Polizisten als er für solche Momente lebten, und Jurkschat war eine davon, also: Automatik auf R, Blaulicht, und dann rückwärts mit Sirene über den Standstreifen, weil zum Wenden nicht genug Platz war. Er konnte schon das Getriebe riechen, Jurkschat mit dem Arm über seiner Rückenlehne und den Kopf so weit nach hinten gedreht, dass er ihren Pferdeschwanz im Gesicht hatte, bis er sich zum Beifahrerfenster drehte und den in falscher Richtung an ihm vorbeizischenden Grünstreifen im Dunkeln ahnte.

Zurück auf der Straße, kannte sie einen Schleichweg durch die Kleingärten zur Auffahrt Othmarschen, der letzten vorm Tunnel. Sie hatten den Wagen irgendwo stehen gelassen und waren durch den hupenden Umleitungsverkehr und die Absperrung der Kollegen gelaufen, Jurkschat schneller als er. Seltsame Dimensionen: wie breit und weit und absurd gebogen eine Autobahn-Auffahrt war, wenn man sie zu Fuß hinunterlief, und wie unmenschlich groß die Schilder mit ihrer vertrauten Schrift waren, wenn man nicht im Auto an ihnen vorbeiraste.

Ab da wurde es vage in seiner Erinnerung. Mittlere Tunnel-Röhre in südlicher Fahrtrichtung, und als Jurkschat und er Ausweise schwenkend den Weg in den Tunnel gefunden hatten, fing der Verkehr zumindest auf der rechten Spur wieder an zu rollen, fließen wäre zu viel gesagt gewesen. Die Sperrung der Fahrbahn hatte die Tunnelleitzentrale aufgehoben, Fahrbahnschäden waren heute Abend ein Luxusproblem, dessen Lösung Zeit bis morgen hatte. Und wie Behling sie begrüßt hatte, als wäre es eine apokalyptische Erfolgsmeldung, andererseits aber irgendwie auch Danowskis Schuld: «Zwanzig Kilometer Stau! Wir müssen das weiter laufen lassen. Bricht ja sonst alles zusammen in der ganzen Stadt. Spuren sind sowieso alle im Wagen. Aber es dauert, bis die Halter alle wieder bei ihren Fahrzeugen sind.»

Fast anderthalb Kilometer mussten Jurkschat und er unter die Elbe laufen, der Wagen mit dem Toten stand bei Tunnelmarke 1650, ungefähr auf der Mitte, genau unter dem Fluss. Verkehrspolizei, die dunkelblauen Uniformen der Schutzpolizisten hier unten im düsteren Orangelicht schwarz. Danowski zählte fast ein Dutzend Kollegen von den Mordbereitschaften, je näher sie dem Tatort kamen. Er nickte durch die Gegend. Jurkschat blieb stehen, um sich mit Markus Kienbaum in seiner weichen Lederjacke zu unterhalten, mit dem sie früher im Team gewesen war. Er blieb stehen, vielleicht, um auf sie zu warten, in Wahrheit, weil ihn der Gedanke an seinen alten Kollegen Finzi mitten im Schritt gestoppt hatte: Finzi hätte aus der Formulierung, mit Kommissar Kienbaum sei Meta Jurkschat früher im Team gewesen, mindestens zwei Kalauer mehr gezogen als unbedingt notwendig.

Dann Behling, und natürlich stand er breitschultrig im hellgrauen Schutzanzug der Spurensicherung am Opfer-Audi, als regele er hier alles persönlich, vom Zugang zum Tatort bis zum Verkehr.

«Wo ist denn deine bessere Hälfte?», rief Behling durch den Zweiter-Gang-Lärm der Vorbeifahrenden. «Habt euch ganz schön Zeit gelassen.»

«Redet vorn mit Kienbaum», antwortete Danowski in Zimmerlautstärke, also unhörbar, aber das sah man ja. Er hatte angefangen, in Behlings Gegenwart dessen lächerlich knappen Sprachduktus nachzuahmen. Behling hätte gern Jurkschat in der Nähe und auf diese Weise doppelt so viel Publikum gehabt, das sah man gleich, darum erzählte er jetzt nur wenig enthusiastisch, was sich abgespielt hatte.

«Tötung muss also zwischen Beginn und Ende des Staus erfolgt sein», rief Behling. «Personalien haben wir auch schon: Oliver Wiebusch, 46, wohnhaft in Hamburg-Fischbek, Informatiker, wahrscheinlich auf dem Nachhauseweg von der Arbeit.» Durch die leicht getönte Frontscheibe sah Danowski einen hageren Mann mit faltigem Hals, den er durchaus fünf Jahre älter geschätzt hätte. Vielleicht der müde Zug um die Mundwinkel. Oder einfach der Tod. Die Augen geöffnet zum Wagenhimmel. Das Gesicht zwar leicht zur Tunnelwand gedreht, und der Fahrersitz war nicht auf der Seite, an der der Verkehr vorbeistockte, aber zwei uniformierte Kolleginnen verdeckten trotzdem die einsehbare Audi-Seite mit Sichtblenden. Auf die Idee war bestimmt nicht Behling gekommen.

«Und die Zeugen?»

«Zu viele Zeugen. Die Kollegen von der Schutzpolizei nehmen die ersten Statements auf und die Personalien, können wir aber genauso gut lassen, die haben alle nur gesehen, wie alle hier durcheinandergerannt sind. Täter ist weg.»

«Und es gibt keine Beschreibung.»

«Ja, Adam. Aber wenn da draußen einer mit 'ner frisch abgefeuerten Waffe in eine Polizeikontrolle rennt, dann brauchen wir auch keine. Wird aber wohl nicht passieren.»

Für einen Moment schüttelten beide gemeinsam die Köpfe angesichts dessen, was das bedeutete: unfassbar viel Arbeit, die möglicherweise vergeblich sein würde.

«Seid ihr nicht bald fertig mit der Spurensicherung?», fragte Danowski, nachdem Behling ihn aus dem Auto gezogen hatte. «Kienbaum hat sein Zeug ja schon ausgezogen. Ich mein ja nur, den Mann da könnte man ja langsam mal abholen lassen.» War ja nicht so, dass nur Behling hier rumkritisieren konnte.

«Adam», sagte Behling, und siehe da, man verstand ihn auch, wenn er ganz normal sprach, «wie sollte denn hier bis eben der Leichenwagen durchkommen. Aber der ist unterwegs. Jeden Moment geht das weiter hier.» Im Wegdrehen nuschelte Behling den Zeitpunkt der Lagebesprechung im Kommissariat 25, die hatten den größten Besprechungsraum, aber so, als wäre es egal, ob Danowski dabei war. Dann war Behling hinterm Auto und sprach mit zwei Kolleginnen, die den Kofferraum untersucht hatten.

«Kienbaum sagt Kiez», sagte Jurkschat ganz laut in Danowskis Ohr, weil sie völlig unbemerkt neben ihm aufgetaucht war. Er verdrehte die Augen. Das hatte er sich eigentlich abgewöhnen wollen. Er war ja nicht mehr vierzehn, sondern eher im Alter des Mordopfers. Der Kollege Markus Kienbaum, den Jurkschat richtig gut fand, war also der Meinung, das vorliegende Tötungsdelikt stünde im Zusammenhang mit den Auseinandersetzungen im Bereich der Organisierten Kriminalität, die sich auf Sankt Pauli im Umkreis der Reeperbahn konzentrierte, mithin also auf dem sogenannten Kiez.

«Markus sagt immer Kiez», sagte Danowski. «Markus sagt Kiez, wenn irgendwo ein Fahrrad geklaut wird. Markus sagt Kiez, weil Markus nur Kiez kennt.»

«Magst du Markus nicht?», fragte Jurkschat in sein Ohr, ihre Hand auf seiner Schulter, damit sie akustisch direkteren Zugriff auf ihn hatte. Komm, geh weg, dachte Danowski paradox.

«Du, ich kenn den kaum.» Direkt in ihr Haar, weil sie ihm das Ohr anbot, den Pferdeschwanz aber zwecks grundsätzlichen Neustarts zwischenzeitlich wieder aufgelöst und noch nicht wieder zusammengefasst hatte. Dann, als er dachte, jetzt wäre der Austausch auch mal vorbei, sie wieder: «Und, wie kommst du klar?»

«Wie komme ich was?» Wenn Danowski eins konnte, dann sich stur stellen.

«Na, hier unten, im Tunnel und so. Stell ich mir schwierig vor mit deiner Hypersensibilität. Und ist ja das erste größere Ding seit dem Pestschiff. Entschuldige. So haben wir das immer genannt im Präsidium, während du da drauf warst. Hat sich so eingebürgert.»

«Nee, ist schon okay.»

«Du kommst klar?»

Immer noch ihre linke Hand auf seiner rechten Schulter. Jetzt kam seine linke Hand dazu, um ihre runterzunehmen, aber als er seine Hand auf ihre legte, weil ihm das alles zu viel und zu eng wurde mit ihr, missverstand sie seine Körpersprache und drückte seine Hand mit ihrer feuchten, warmen, erstaunlich weichen, nun ja, Pranke, ihm fiel kein besseres Wort ein, Jurkschat hatte wirklich große Hände. Also drückte sie seine Hand und hielt sie fest, als hätte er ihren Zuspruch gesucht und hiermit bekommen. Und als er sein Gesicht in ihres wandte, sah er in ihren viel zu dunkel ummalten Augen und der verblüffenden Abwesenheit von Lach- oder wenigstens Mimikfalten, dass sie zwar nie Freunde werden oder sich auch nur verstehen würden, aber dass sie es gut meinte mit ihm. Es verblüffte und rührte ihn fast. Man konnte über Finzi sagen, was man wollte, und je länger dessen Koma her war und Finzi in einem Pflegeheim im Rollstuhl saß, nicht auf Ansprache reagierte und im landläufigen Sinne also vor sich hinvegetierte, obwohl er Gemüse und übrigens auch Obst immer aktiv abgelehnt hatte, umso länger das also her war, desto mehr erinnerte sich Danowski an Finzis gute Seiten; aber die Hand, die hatte er ihm nie gedrückt, das musste man mal ganz klar festhalten, hier so für sich, an einem zugig kalten Spätherbstabend im Elbtunnel.

«Nehmt euch ein Zimmer!», brüllte Behling, jetzt schon wieder viel zu nah, der war auch immer unterwegs, für den gab's immer irgendwo was zu checken. Von weitem das Martinshorn eines Krankenwagens, aber von wie weit, wer hätte das sagen können hier im Tunnel unterm Fluss. Weil die Autobahn in den Tunnel hinein abschüssig und zu einer weiten Kurve gebogen war und aus dem Tunnel hinaus bergauf ging, konnte man von hier aus die Tunnelenden nicht sehen, nur Fahrbahn und Decke, weder Licht noch Dunkelheit am Ende des Tunnels. Danowski drückte Jurkschats Hand, damit sie ihn endlich losließ.

Und morgen würde er Finzi besuchen. Kam, was wollte. Direkt nach der Arbeit. Ohne Umweg. Oder noch besser während der Arbeit, während Jurkschat im Auto wartete, dann musste man das nicht so in die Länge ziehen.

7. Kapitel

Im Grunde sah Finzi aus wie immer: Kapuzenpulli, ausgewaschene Jeans, die Füße in Laufschuhen, die mal weiß gewesen waren. Abgenommen hatte er auch kaum. Trotzdem: Was stimmte nicht mit diesem Bild? Finde sieben Fehler.

Na gut, kein Geräusch, das war der erste Fehler. Finzi hatte immer Geräusche gemacht, vorzugsweise natürlich mit dem Mund, verbaler Natur, Zoten und Kalauer, zum Beispiel hätte Finzi jetzt aber definitiv so was von geblökt: «Vorzugsweise mit dem Mund, das kannst du laut sagen, Adam», und so weiter. Und wenn er mal nichts sagte, dann rekelte er sich, grunzte oder furzte, das war der akustische Finzi, aber der hier gab nicht einen Pieps von sich.

Zweiter Fehler: Der Finzi hier glotzte ins Leere, vage in die Richtung eines Laptops, den sie ihm auf dem Nachttisch aufgeklappt hatten, aber darauf lief nur der Bildschirmschoner. Dritter Fehler: der Rollstuhl. Danowski wusste, dass Finzi seit seinem Alkohol-Koma nicht gelähmt war, aber offenbar fanden sie es hier im Pflegeheim praktischer, ihn mobil aufzubewahren. Vierter Fehler: Warum antwortete der eigentlich nicht, Danowski hatte doch laut und deutlich guten Morgen gesagt. Fünfter Fehler, und um den zu erkennen, musste Danowski schon ein bisschen genauer hinschauen: An der Seite des eichenfurnierten Kleiderschranks neben dem genauso eichenfurnierten Kastenbett klebte ein Aufkleber, der offenbar so alt war wie das Mobiliar, «Hamburger SV Europapokalsieger 1983», den hätte Finzi im Normalzustand als Allererstes abgegnibbelt.

Sechster Fehler: Danowski konnte sich nicht erinnern, wann er Finzi das letzte Mal außerhalb des Präsidiums ohne Dienstwaffe im Gürtelholster gesehen hatte. Dies war ihr erstes privates Treffen seit wer wusste wann. Und schließlich, siebter Fehler: Bisher hatte ihre Beziehung darauf basiert, dass Finzi was tat und er reagierte darauf. Finzi holte ihn ab, er kam mit. Finzi nervte, er nervte zurück. Finzi nervte noch mehr, er schnappte ein. Und jetzt?

«Tach», sagte Danowski in seiner besten Hanseaten-Parodie, die nicht besonders gut war. Keine Reaktion, klar. Er räusperte sich, um Zeit zu schinden, und setzte sich dann auf die einzige Gelegenheit im Zimmer, die nicht die Bettkante oder der hellgraue Linoleum-Fußboden war: ein Bürostuhl mit kaputter Lehne, an einem kleinen eichenfurnierten Schreibtisch, auf dem eine ungereimte Spitzendecke mit einem Plastikstiefmütterchen als Blickfang stand. Der Stuhl war unbequem.

«Tut mir leid, dass ich so lange nicht gekommen bin. Also, streng genommen, dass ich noch gar nicht da war.» Großer Gott, er hörte sich jenseits von bescheuert an. Aber nichts sagen und einfach nur emomäßig dasitzen und parallel zu Finzi durch den Raum starren, war auch keine Alternative. Viertelstunde, hatte er Jurkschat gesagt. Im Grunde war es ihm egal, wie lange die wartete, aber ihm war klar, dass ihr gleichzeitig pietätvolles und interessiertes Schweigen umso dringender werden würde, je länger sein Besuch bei Finzi dauerte. War das alles ein Dreck hier. Vielleicht doch lieber die Zeit absitzen. Schließlich hatte ja nicht er angefangen mit der Kommunikationsverweigerung, sondern Finzi. Im Gehirn war bei dem alles in Ordnung, physiologisch gesehen, der Pfleger eben hatte es noch mal bestätigt, «die Psyche halt, da gibt's so viele weiße Flecken auf der Landkarte». Stimmte ja auch: Wer wusste schon, was in wem vorging und wie. Danowski sagte weiterhin gar nichts. Eine gute Gelegenheit, um mal ein bisschen zur Ruhe zu kommen. Im Bereitschaftsdienst nur Elbtunnel-Mord, zu Hause nur Leslies Beförderung, umziehen an den Stadtrand und hatte er sein Teilzeitgesuch schon eingereicht. Ja. Nein. Morgen. Schön, zur Abwechslung mal gar nichts zu reden.

Leichter gesagt als getan. Danowski rieb sich die Augen. Er hätte ja meditieren können, aber dafür fehlte ihm hier und überhaupt die Geduld, da war er noch ganz am Anfang.

«Ganz ehrlich, ich hatte keine Lust, dich zu sehen.» Seine Stimme im Raum wie ein dünner Rauchfaden von der letzten Zigarette, bevor man die halbvolle Packung endlich wegwarf. Aber er spürte, dass er auf dem richtigen Weg war, zumindest, was ihn selbst betraf.

«Das mit dem Rückfall ist mir egal. Darum geht's nicht. Dass du wieder angefangen hast zu saufen im Mai, während ich da auf diesem Schiff saß. Nee, ist deine Sache, ob du säufst oder nicht. Andererseits vielleicht auch nicht. Man fragt sich dann ja immer, ob man hätte helfen können. Und ich hätte halt nicht, und ich konnte nicht. Ich glaube, ich bin richtig scheiße im Helfen, Finzi. Ich bin kein guter Freund und wahrscheinlich auch kein guter Kollege. Nicht leicht, sich so was einzugestehen. Aber wenn ich dich sehe, muss ich das. Darum bin ich die ganze Zeit nicht gekommen. So.»

Er merkte, dass er durchs Zimmer zum Fenster gelaufen war. Jurkschat stand an den Ford gelehnt, ihre Cordjacke flatterte im Wind, die Haare sowieso, und sie schützte ihre Augen gegen die unvermittelt kämpferische Novembersonne. Mit der anderen Hand winkte sie ihm, sobald ihre Blicke sich trafen. Er nickte unverbindlich und machte dann, weil ihm das doch zu wenig schien, blödsinnig den Daumen hoch. Musste die ihn noch mit ihrem Verständnis und ihrer Güte bis in diese Eichenfurnierhölle hier begleiten? Er wandte sich zurück ins Zimmer, wo Finzi weiter vor sich hin saß. Verstohlener Seitenblick auf die Armbanduhr, als würde sein alter Kollege sich daran stören, wie sehr er hier wegwollte. Erst vier Minuten. Und er hatte sich eine Viertelstunde geschworen.

«Jurkschat steht draußen», sagte er. «Ich muss bald wieder los. Wir bearbeiten eine Sache, die sich echt zum Albtraum auswachsen kann. So in Richtung: Kein Ende in Sicht, und man watet durch irgendeine zähe Masse, ohne einen Meter voranzukommen. Im Elbtunnel ist ein Toter in seinem Auto gefunden worden. Mitten im Stau. Erschossen, zwei Einschusswunden. Die Ballistik sagt Sportpistole, Heckler und Koch P30. Du weißt ja, wie viele es davon gibt. Hast du mir selber ja mal erklärt, dass das die Waffe ist, die jeder Idiot kriegt, der anfängt, sich auf dem Kiez nach so was durchzufragen. Weil so viele von denen aus Sportvereinen in ganz Europa verschwinden. Und die Tunnelbehörde speichert keine Aufnahmen ihrer Überwachungskameras. Kannst du dir so was vorstellen? Sechsunddreißig Überwachungsmonitore, und speichern dürfen sie nichts. Datenschutz, EU-Richtlinie. Und Zeugen kannst du vergessen.»

Hamsterficken, hätte Finzi gesagt. Oder so ähnlich. Danowski kriegte Finzis Zoten nicht mehr so genau zusammen, aber er stellte fest, dass er sich dann doch auf die Bettkante gesetzt hatte, ziemlich in Finzis Nähe, sodass er ihn im Profil hatte, und wenn man nicht so genau hinsah, konnte man sich einbilden, Finzi würde konzentriert zuhören.

«Ich weiß», fuhr Danowski fort. Um gleich darauf innerlich zurückzurudern: Nee, Finzi ein bisschen von der Arbeit zu erzählen, um seine Gedanken zu ordnen, war ja schön und gut, aber jetzt so zu tun, als würde der antworten – das war dann doch zu sehr Grundkurs Darstellendes Spiel.

Er räusperte sich. «Molkenbuhr und Kalutza werten Hintergrunddaten der Tunnelmitarbeiter aus und alles, die sind aber alle sauber. Und auch, was die Kollegen unmittelbar nach dem Leichenfund an Kennzeichen und Personalien aufgenommen haben. Markus Kienbaum lacht und sagt Kiez. Weil dieser weiße Audi Q7 mit den cremefarbenen Ledersitzen, den das Opfer gefahren hat, für Kienbaum eine Ludenschüssel ist. Irgendein ungarischer Zuhälter hat genau den gleichen, Kienbaum meint, das wäre eine Verwechslung, der Täter hätte eigentlich den Ungarn töten wollen. Ich persönlich halte das eher für Quatsch. Aber Behling wird drauf abfahren, sobald irgendwas halbwegs Konkretes in Richtung Bandenkrieg oder so deutet. Tatsächlich muss man ja eins sagen: Die Vorgehensweise geht in die Richtung, gezielte Hinrichtung und so, Signalwirkung. Und das Opfer scheint den Täter gekannt zu haben, denn der Täter saß auf dem Beifahrersitz. Zeigt die Schussbahn. Oder das Opfer hat den Täter im Stau in sein Auto gelassen, aber das macht nicht so richtig Sinn, denn wie ist der Täter dann unerkannt entkommen? Hm? Fällt dir auch nichts zu ein, was?» Er knetete seine Hände. Ein Rätselfall. So einen bekam jeder von ihnen vielleicht zwei oder drei Mal in einer durchschnittlichen Laufbahn, und Danowski fand, dass er jetzt am Ende auch ohne hätte auskommen können. Erst die unübersichtliche Vergiftungsgeschichte vor einem halben Jahr auf der «MS Große Freiheit» und jetzt das. Na, von Finzi hatte er kein Mitleid zu erwarten, jedenfalls kein artikuliertes.

«Ach ja, und die Chefin geht in Pension. Rate mal, wer ihr Nachfolger wird.»

Keine Reaktion.

«Du natürlich. Das Präsidialbüro liebt so komatöse Typen, die nicht widersprechen. Du hast karrieretechnisch echt alles richtig gemacht, Finzi.»

Logischerweise immer noch keine Reaktion. Obwohl der ganz lustig gewesen war.

«Kannst dich jedenfalls drauf einstellen, dass dein Job nicht mehr der gleiche ist, wenn du wiederkommst.» Fast hätte Danowski «falls» gesagt. «Die strukturieren alles um. Mordbereitschaften sollen jetzt in allen anderen Dezernaten aushelfen. Wir würden dann also in Zukunft wieder Fingerabdrücke an geknackten Kellerschlössern sichern.»

Da lief eine Veränderung durchs Zimmer wie ein Wolkenschatten über eine Spätsommerwiese. Danowski blickte auf. Finzis Kopf hatte seine Position gewechselt. Er starrte nicht mehr in Richtung Laptop, sondern ein paar Grad mehr in seine Richtung. Seit Danowski Kellerschlösser gesagt hatte. Oder so. Er war sich nicht sicher. Na ja, Finzi war schließlich nicht gelähmt. Danowski wartete. Dann hörte er Jurkschat hupen. Gut, theoretisch hätte das jeder sein können, Hupe war Hupe, irgendwie dann aber doch auch wieder nicht: So zuversichtlich und gleichzeitig behutsam konnte gewiss nur Jurkschat die nach Paragraph 55 StVO vorgeschriebene Einrichtung für Schallzeichen betätigen.

«Und vom Opfer erzähl ich dir nächste Woche», sagte Danowski im Aufstehen.

Wieder die Hupe.

«Jurkschat und ich sind erst mal da, wo's nicht so heiß werden kann, wie Behling sagt. Der koordiniert das Ganze. Die anderen recherchieren im Hintergrund des Opfers, wir dürfen die Nachbarn befragen. Kannst dir ja vorstellen, wie spannend das wird.» Danowski zögerte einen Moment, weil er hätte schwören können, dass Finzi drauf und dran war, mitfühlend zu grunzen, aber es kam nichts, und Danowski ging.

Auf dem Gang ranzte ihn der Pfleger an, der vorhin noch so jovial gewesen war. «Sagen Sie mal Ihrer Kollegin, dass sie hier nichts zu hupen hat auf dem Besucherparkplatz. Das ist ein Pflegeheim und kein Rummelplatz.»

Schön zurechtgelegt, dachte Danowski. «Die hupt, so viel sie will. Aber ich geb's weiter.» Auf der Stationsuhr war es Viertel vor neun.

An Jurkschats Gesichtsausdruck durch die Frontscheibe sah er, dass irgendwas schiefgelaufen war.

«Die Eltern», sagte sie. «Keiner hat die Eltern des Opfers verständigt. Die haben sich gerade bei der Polizei in Neugraben gemeldet und konnten sich die Info sozusagen selbst abholen. Dass ihr Sohn tot ist. Eigentlich kommt der sie einmal am Tag besuchen. Der hilft offenbar seinem Vater, die demente Mutter zu pflegen. Gestern halt nicht.»

Danowski schlug die Beifahrertür hinter sich zu und nickte resigniert.

«Hab Behling schon gesagt, dass wir die Eltern auch übernehmen», sagte Jurkschat. «Die wohnen gleich da um die Ecke, wo das Opfer gewohnt hat.» Sie fädelte sich in den Verkehr ein und fragte, als erkundigte sie sich nach der Richtung: «Und, wie geht's Finzi?»

«Lässt ganz herzlich grüßen», sagte Danowski. «Zumindest mit den Augen.»

8. Kapitel

«So, zur Fischbeker Heide, bitte», sagte Danowski scherzhaft fahrtgastartig, als sie mit den Eltern des Opfers fertig waren. Die Wiebusch-Eltern waren so alt und unschuldig, dass er den Besuch eher teilnahmslos über sich hatte ergehen lassen. Bei denen gab's nichts zu holen, nur mehr Leid in die Welt zu bringen. Und das hatte Jurkschat getan auf ihre geschult mitfühlende Art und Weise. Jetzt guckte sie irritiert, als sie den Motor anließ.

«Ich bin doch kein Taxi», sagte Jurkschat.

Danowski nickte. «Wir folgen dem Straßenverlauf und halten uns dann an der nächsten Ampel rechts. Die Hainapfel-Siedlung befindet sich zwischen Moorwiesen und Stau, dort bringen wir das Fahrzeug zum Halt.» Gab er halt den Fahrlehrer. Der Pendlerstau links von ihnen verwandelte sich langsam in zähfließenden Verkehr.

«Ich seh das Navi», sagte Jurkschat. Die war langsam genervt von ihm, aber er konnte irgendwie nicht aufhören, sie zu piesacken. Er ging davon aus, dass sie Behling regelmäßig über seinen Zustand berichtete: Egal, wie viel Verständnis sie Danowski zeigte – und es war definitiv weitaus mehr, als er sich erbeten hatte –, am Ende überwachte sie ihn, damit Behling erfuhr, ob das Sensibelchen Danowski mit der Arbeit überfordert war.

«Ist doch menschenunwürdig, da jeden Morgen drin zu stehen», sagte Danowski und zeigte Richtung Gegenfahrbahn, um Jurkschat ein etwas konstruktiveres Gesprächsangebot zu machen. «Wenn du hier pendelst, lebst du echt im Stau. Die Leute sind Geiseln der Hamburger Verkehrspolitik. Ist doch schlimm.» Wenn er müde war, redete er sich in Rage, um sich wach zu halten. «Jede gute Autofahrt ist doch eine Leistung, ein Werk, das dann hier im Stau immer wieder aufs Neue zerstört wird.»

«Na ja», sagte Jurkschat und blinkte rechts Richtung Moorwiesen. «Die Leute sind ja genau genommen selber der Stau. Wenn sie andere Fahrzeiten wählen oder die S-Bahn nehmen würden, gäbe es den Stau gar nicht. Im Prinzip würde es schon reichen, den Mindestabstand zum vorausfahrenden Fahrzeug einzuhalten, um die Staubildung zu vermeiden. Staus entstehen dadurch, dass die Bremsfrequenz bei zu geringem Abstand …»

«Okay», sagte Danowski. «Okay, okay, okay. Schon gut.»

Nachdem sie die Bundesstraße hinter sich gelassen hatten, fuhren sie durch ein Wohngebiet mit Spitzdach-Fertighäusern aus den Achtzigern, die sich nur in Details unterschieden. Mal ein Wintergarten statt Veranda, eine Betongarage statt Carport, braune Plastikfensterrahmen statt weißen. Davon abgesehen drückte sich die Individualität der Bewohner vor allem in den Eingangstüren aus. Dunkles Holz mit Butzenscheiben, weißer Landhausstil mit Vordach, Milchglas im gebürsteten Edelstahlrahmen: Auf der Welt gab es viele hässliche Türen, und hier hingen sie alle in den Angeln.

Die Neubausiedlung, die irgendein Makler oder Immobilienentwickler «Hainapfel» getauft hatte, begann, wo die Achtziger-Jahre-Welt aufhörte: Sie bestand im Prinzip nur aus einer Sackgasse, die in einem Wendehammer kurz vorm Rand der Fischbeker Heide endete, dort, wo die Fußwege in die Streuobstwiesen und die Moorlandschaft begannen. Die Neubaustraße war sporadisch bebaut mit weißen Reihenhausriegeln, die Danowski auf vier, fünf

Jahre schätzte. So was hier suchte seine Frau, die Reihenhäuschen erinnerten ihn an die ineinander verschwimmenden Immobilienanzeigen aus dem Internet, die sie ihm in den letzten Monaten immer mal wieder gezeigt hatte. Er seufzte. Klinkenputzen bei Opfernachbarn war schon hart, aber pro forma Klinkenputzen, während Behling und Kienbaum ihre Kiez-Connection verfolgten und sich dabei gegenseitig auf die Schultern hauten und keine verwertbaren Ermittlungsergebnisse von Danowski und Jurkschat erwarteten: Das war am Rande des Unzumutbaren.

Als sie ausstiegen, musste er wider Erwarten beinahe lächeln. Der Herbsthimmel war zwar nicht aufgerissen, eher so ein bisschen angefleddert, aber es kam genug Licht raus, um die Wiesen, Obstbäume und Pappelzeilen jenseits des Straßenendes, nördlich Richtung Elbe und tatsächlicher Hamburger Stadtsilhouette, in drei oder vier erstaunlich klar voneinander abgegrenzten Grüntönen leuchten zu lassen. Sonst sah man in der Stadt ja keinen Horizont, aber hier war alles erstaunlich weit und offen. Und so wenig Menschen. Jemand mit Hund dahinten in der Wiese, noch weiter weg ein Radfahrer, den man sich vielleicht auch nur einbildete.

Wiebuschs Haustür war versiegelt. Sie war die linke von drei Reihenhauseingängen in einem gemeinsamen Gebäude. Im Gegensatz zu vielen anderen schienen das Mittelreihenhaus und das rechte Endreihenhaus hinter Oliver Wiebuschs Haus bewohnt zu sein: Danowskis Blick streifte über die Sammlung von Bobby-Cars, Kinderfahrrädern, Kickboards, Skateboards, Einrädern und Gummistiefeln, die vor solchen Hauseingängen herumflogen.

«Da waren die Kollegen schon drin», sagte Jurkschat, als sie Danowski am Haustür-Siegel rumfummeln sah. «Außerdem haben wir eh keinen Schlüssel.»

«Stimmt auch wieder», sagte Danowski. Im Grunde unerträglich, sich kein Bild davon machen zu können, wie das Opfer gelebt hatte. Sie waren echt kaltgestellt. Aus Daffke klopfte er gegen die Tür und war überrascht, dass sich unter der grauen Imitatholzoberfläche was sehr Hartes zu verbergen schien, vielleicht sogar Stahl. Gut, das hier war klassisches Einbruchsangst-Gebiet. Die grauen Rollläden waren auch alle unten. Um seinen Stolz zu retten, lief er ein bisschen durch den sparsam bepflanzten und sehr gepflegten Vorgarten, wobei er instinktiv darauf achtete, nur auf die ausgelegten Schotterbetonsteine zu treten. Die Nordwand, die eigentlich verwitterter hätte sein müssen, war frisch gestrichen. Danowski ging ein paar Schritte zurück, um sie ganz überblicken zu können. Leichte Schatten von Graffiti, offenbar hatte die Stadtrandjugend hier den Stadtrand getaggt. Danowski machte nebenhin ein Foto davon, weil er Jurkschat schon mit den Füßen scharren hörte, und dann noch eins, um sie zu ärgern.

Weil von Wiebuschs direkten Nachbarn erst mal keiner öffnete, liefen sie in die Achtziger-Jahre-Siedlung und fingen da an. Ohne groß drüber zu reden, fanden sie eine Arbeitsteilung, die ihnen beiden entsprach: Jurkschat klingelte, stellte sie vor, redeten mit den Nachbarn, und Danowski machte Notizen. Nach drei, vier Häusern hatten sie ein ziemlich klares Bild, das sich auch beim fünften, sechsten und siebten nicht mehr groß änderte: Die alte Siedlung näher zur Bundesstraße war vor fünfundzwanzig Jahren gebaut worden, alle etwa zur gleichen Zeit eingezogen, viele mit kleinen Kindern, die jetzt längst groß und aus den Häusern waren. Nein, Wiebusch kannte keiner genauer, der hatte keine Kinder, keine Frau.

«Unser ewiger Junggeselle», sagte ein Nachbar, pensionierter Hafenlogistiker in gebügelten Jeans. Ansonsten öffneten ihnen nur Frauen Mitte, Ende fünfzig, die anderen Männer waren bei der Arbeit. Aus den Fertighäusern zog ein Geruch von Kuchenfrühstück, Weichspüler und skandinavischen Vollholzmöbeln, der Danowski an die Kindheitswelt seiner Schulfreunde erinnerte. Bei ihm zu Hause hatte es nach Rot-Händle und alten Perserteppichen gerochen. Die meisten wussten schon von Wiebuschs Tod: das Bild seines Autos in den Nachrichten und auf der Titelseite der *Morgenpost*. Danowski fand ihr Bedauern echt: Hilfsbereit sei er gewesen, viel unterwegs, rührend um seine Eltern gekümmert. Offenbar war Wiebusch vor zwei, drei Jahren, als die Neubausiedlung entstand, hierhergezogen, zurück aus der Stadt, um in der Nähe seiner Eltern zu sein.

Danowski schweifte ab und stellte sich vor, er würde eines Tages wieder in die Nähe seines Vaters ziehen. Absurd, der hatte ihn immer nur auf Abstand gehalten. Andererseits, seine beiden älteren Brüder würden vermutlich einen Weg finden, ihm den Alten anzuhängen, wenn es so weit war. Das Grab seiner Mutter in Südberlin hätte er gern öfter besucht, aber seinen Vater? Unvorstellbar, sich in Wiebuschs Frequenz, also jeden Tag und abends mit Beleuchtung, dessen herablassende Alleswisserei reinzuziehen. Vielleicht schon eher, wenn er dement wurde, dachte Danowski leicht grausam, man hörte ja immer wieder, dass die Leute dann für eine Weile sanftmütiger und geradezu lustig wurden, bevor sie in der Dunkelheit versanken.

«Der Wiebusch packt immer mit an, wenn was zu tun ist», sagte die Nachbarin von schräg gegenüber, übernächtigt im beigefarbenen Strickpulli, erschöpft von ihrem Ehrenamt bei der Telefonseelsorge, das waren gute Leute hier.

Feinde?

«Ach wo. Der Wiebusch ist hier die Seele der ganzen Siedlung. Fragen Sie mal gegenüber bei ihm da in der Reihenhauszeile, wo die jungen Familien eingezogen sind. Der hat denen richtig unter die Arme gegriffen teilweise.» Die Nachbarin rieb sich die Augen.

«Was heißt das?», fragte Danowski dann doch, weil die Formulierung so abgedroschen war.

«Sagen wir mal so.» Die Nachbarin zeigte die Straße hinauf Richtung Neubauten. «Das ist auch nicht mehr ganz so das Wahre, wenn man mal ehrlich ist. Wir haben hier die niedrigsten Immobilienpreise von ganz Hamburg. Das hat sich doch alles nicht so entwickelt, wie man mal dachte. Für uns in der alten Straße ist das egal, wir haben abbezahlt, wir wohnen mietfrei. Und sogar hier steht ja schon was leer: Die Jensens drüben sind nach Ostholstein gezogen, die kriegen ihr Haus nicht verkauft. Aber die jungen Familien hinten in der neugebauten Straße, die haben mehr für ihre Häuser bezahlt, als die demnächst noch wert sind. Sehen Sie ja auch, dass da die Baubrachen sind, da können Sie echt billig was schießen jetzt. Jedenfalls kann man da schon mal verzweifeln, das ist auch psychologisch nicht einfach. Und der Wiebusch, der hat die Leute nicht hängenlassen, der arbeitet ja mit Computern und so, der hat denen das durchgerechnet und sich die Sachen angeschaut und sogar mal bei der Bank einen Zins gedrückt oder so. Die haben ja alle noch die höheren Zinsen.»

Ja, genau, dachte Danowski: Da kaufst du dir deinen Kleinfamilienstadtrandtraum, und dann ist der nichts mehr wert und auch nicht mehr ganz so traumhaft, und am Ende kannst du froh sein, wenn du mit einem blauen Auge davonkommst oder besser gesagt mit einem blauen Auge dableiben kannst. Finanziell gesehen. Das war genau die Art von Gedanken, die seine Frau sich nämlich nicht machte, wenn sie vom Häuschen am Stadtrand träumte.

«Noch Fragen, Adam?»

«Nee, Meta, du hast das alles super im Griff.» Sogar nach der Schusswaffe fragte sie jedes Mal: Ob denn der Herr Wiebusch im Schützenverein gewesen sei oder sonst irgendwie Kontakt mit Waffen gehabt hätte. War er nicht, hatte er nicht. Trotzdem.

«Wie bist du denn darauf gekommen?», fragte Danowski, als sie am Rand der Wiese zurückliefen. «Ich denke, du fährst voll auf Kienbaums Kiez-These ab? Verwechslung mit einem ungarischen Menschenhändler und so weiter?»

Jurkschat zuckte die Achseln, wirkte aber ein bisschen geschmeichelt dabei, was er daran sah, dass sie sich gleich wieder den Pferdeschwanz neu machte. «Da vorn war ein Schild zum Schützenverein», sagte sie. «Da hab ich gedacht, Sportwaffe und so weiter. Vielleicht war das ja die Waffe von Wiebusch, die er im Handschuhfach hatte, und in Wahrheit war das doch eine Spontantat.»

«Deutet aber nichts darauf hin, dass er einen Beifahrer hatte», sagte Danowski, denn sie hatten die Nachbarn auch gefragt, ob Wiebusch mit jemandem zusammen gependelt war, Fahrgemeinschaft oder so, aber Fehlanzeige.

«Wär vielleicht zu schön gewesen, um wahr zu sein, dass wir hier gleich eine Spur zur Tatwaffe finden», sagte Jurkschat.

«Mal ganz ehrlich», sagte Danowski, «glaubst du, dass wir hier überhaupt irgendwas finden?»

«Wir eliminieren», sagte Jurkschat. «Und das läuft doch gut.»

«Stimmt», sagte Danowski. «Hier ist nichts, aber auch gar nichts. Läuft wirklich prima.»

«Eine Verwechslung halt.»

«Zur falschen Zeit im falschen Auto.»

«Trotzdem mach ich mal eine Abfrage im Schusswaffenregister.»

«Hat dieser ungarische Menschenhändler im weißen Q7, mit dem Wiebusch angeblich verwechselt worden sein könnte, jetzt eigentlich Personenschutz?»

«Du meinst, weil die Albaner oder wer auch immer gemerkt haben, dass sie den Falschen erwischt haben? Soweit ich weiß, lassen Behling und Kienbaum ihn beschatten. Um im Fall eines Tötungsversuchs zugreifen zu können.»

«Warum sind wir da eigentlich nicht dabei», sagte Danowski, dem es herzlich egal war, der sich aber vorstellte, dass Jurkschat doch irgendwie darunter leiden musste, hier am buchstäblichen Arsch der Heide die wirklich aufregenden Dinge zu verpassen.

«Wir sind da, wo wir gebraucht werden», antwortete Jurkschat tapfer.

9. Kapitel

Trickster hielt sein Fahrrad auf dem Feldweg an und wartete, dass sein Atem sich beruhigte. Im Grunde wartete er seit gestern Nacht darauf, dass sein Atem ruhiger wurde, aber bisher vergeblich. Aufregungsasthma, hektischer Herzschlag, und dass sein Blutdruck schon unter Normalbedingungen am Rande des Zumutbaren war, wusste er sowieso. Vielleicht würde ihn das doch eines Tages alles umbringen. So wie den bleichen Diener.

Wieder zog sich sein Magen zusammen wie früher, wenn man verliebt war und wenig Hoffnung, aber unerträgliche Sehnsucht hatte, oder wenn einem etwas Unfassbares einfiel, was man bis eben erstaunlich erfolgreich verdrängt hatte. Zum Beispiel damals mit dreizehn, als er den Hund seines Stiefvaters vergiftet hatte, aus Angst und Hass, und in das Gefühl der Befreiung und Erleichterung mischte sich etwas Dunkles, eine Mischung aus Schuld und dem niederdrückenden Bewusstsein, dass die wahren Probleme damit nicht aus der Welt geschafft waren, sondern vielleicht sogar erst anfingen.

Der Tod des bleichen Dieners war eine Befreiung. Aber auch jetzt begannen für Trickster im Grunde erst die wahren Probleme. Eins davon war, dass er zu Ende bringen musste, was zwischen ihm und dem bleichen Diener gewesen war. Trickster ahnte manchmal und erschrak sich dann davor, dass seine ganze Welt, sein ganzes Universum, nur noch aus den Gedanken bestand, die er sich selber machte, dass seine Rituale und Zeichen nur noch ihn selbst und bestenfalls Erdmännchen interessierten, vor allem jetzt, wo der bleiche Diener sie ja gar nicht mehr sehen konnte. Aber dann dachte er im nächsten Augenblick: Jeder lebt allein in der Welt, die er selbst für sich gemacht hat. Nur war er ehrlich genug, es sich hin und wieder einzugestehen.

Er drehte sich mühsam nach hinten und angelte das Fernglas aus der leeren orangefarbenen Zeitungstasche vom *Süderelbe Wochenboten*, die hinten zu beiden Seiten von seinem Gepäckträger hing. Er mochte nicht, wenn jemand ihn mit dem Fernglas sah, weil er wusste, dass das nicht passte: ein Zeitungsbote im zerschlissenen Anorak, mit Achthundert-Euro-Fernglas. Einmal hatte ihn jemand darauf angesprochen. Trickster hatte was von Vögeln erzählt, aber der Spaziergänger mochte auch Vögel und wollte sich darüber unterhalten, bis Trickster schließlich einfach mit nagelndem Herzen weggefahren war. Schwierig mit dem Zeitungsrad, man brauchte lange, um einigermaßen Fluchtgeschwindigkeit aufzunehmen.

Durchs Glas sah er, dass Menschen in der Siedlung waren. Eine auf den zweiten Blick schöne braunhaarige Frau mit Pferdeschwanz und ein dunkler, bisschen windschiefer Typ, der sich in der Gegend umguckte oder ab und zu was zu notieren schien, während die Frau mit den Nachbarn des bleichen Dieners sprach.

Wenn seine Liebe zu verlassenen Orten Trickster in den letzten Jahren irgendwas gelehrt hatte, dann Leute zu erkennen, die einem das Leben schwer machen konnten, weil sie die Tagwelt verteidigten. Bahnbeamte, Wachleute und Polizisten. Vor allem die Bullen hatten so eine Aura aus Besserwisserei und Ungeduld, sie sahen durch einen hindurch, wenn sie mit einem sprachen, als hätten sie einen direkten Draht zu den Geheimnissen der Welt. Obwohl ausgerechnet sie überhaupt keine Ahnung davon hatten, was wirklich abging. Ausgetrickst von denen, die sie unterdrücken sollten, ausgenutzt von jenen, die ihnen ihre Anweisungen gaben.

Diese Situation hier zum Beispiel: Am Tod des bleichen Dieners arbeitete sicherlich ein halbes Dutzend Bullen, wenn nicht eine ganze Sonderkommission, und die, die sich in der Nachbarschaft umschauen sollten, waren ganz bestimmt am unteren Ende des Totempfahls. Dass es hier nichts zu holen gab, sah man doch selbst auf diese Entfernung.

Trickster wog ab. In der Zeitungstasche hatte er die Sprühdose, und es war wirklich nur ein kleiner, aber eben entscheidender Plan, jetzt hier so schnell wie möglich nach dem Tod und vor allem vor der Beisetzung des bleichen Dieners sein Zeichen zu hinterlassen, das nie passender gewesen war. Bisher hatte der bleiche Diener Tricksters Zeichen immer sofort wieder übermalt, noch am nächsten Morgen. Zwei Mal. Aber aller guten Dinge waren drei.

Sobald er sah, dass die beiden Polizisten an der letzten Tür fertig waren und die Straße überquerten, ohne miteinander zu sprechen, barg er die Sprühdose im Ärmel, setzte sich auf den Sattel und rollte langsam los.

10. Kapitel

Vor dem Reihenhaus, dessen mit Kinderzubehör voll-
gerumpelter Garten an Wiebuschs Grundstück grenzte,
stand eine schmale junge Frau in Cordhose und Lammfelljacke und rauchte. Der Wind, der sich unter dem glä-
sernen Vordach ihres Hauseingangs fing, trieb ihre hellbraunen Haare von einer Seite zur anderen und wieder
zurück. Beim Näherkommen wurde sie immer älter, und
als Danowski vor ihr stand, schätzte er sie auf Mitte dreißig. Die nächste Generation von Stadtrandträumern. Neben ihr in der Garageneinfahrt lud ein Mann im gleichen
Alter Metallkisten aus einem Golf, schwarze Lederjacke,
dunkelblaues Strickkäppi, ein Bart, als wären ihm Fussel
ins Gesicht geweht. Als er die Heckklappe zuknallte, stand
in weißer Schrift auf dem dunkel getönten Glas:

DJ Rue Digger
Party Piste Polonäse:
Ihr Plattenleger für jede Gelegenheit

Na gut, von irgendwas mussten die Leute hier ja auch
leben. Jurkschat stellte sie vor, und dann ging die gleiche Nummer wieder von vorne los: Wiebusch hilfsbereit,
freundlich, viel unterwegs, rührend mit seinen Eltern –
Danowski machte Striche und Kritzeleien inzwischen.

Jurkschat und der Dorf-DJ unterhielten sich über Wiebusch, während die Frau des Dorf-DJs und Danowski
schwiegen und deshalb irgendwie nichts anderes zu tun
hatten, als einander hin und wieder flüchtig mit Blicken

zu streifen. Rüdiger Bressin, notierte Danowski, Ehefrau Yvonne Bressin, drei Kinder, eine Tochter, die sie jung bekommen hatten, Johanna, jetzt vierzehn, eine fünfjährige Tochter, Paula, und einen dreijährigen Sohn, Linus. Irre, wie Jurkschat so was nebenbei abfragte, ohne dass es übergriffig wirkte.

Danowski fand den Mann lahm und irgendwie unentschlossen, man merkte gleich, dass der sein Leben hier eher nicht so blendend auf die Reihe kriegte. Die Frau gefiel ihm besser, sie bot ihre Meinung über das Mordopfer nicht gleich so aufdringlich an, Herr Lehrer, ich weiß was, sondern hielt erst mal die Klappe. Sie wirkte nicht, als wollte sie dieses Familiending hier am Stadtrand um jeden Preis gewinnen, eher ein bisschen skeptisch und abwartend, so, als wären das ganze Leben und insbesondere ihr Mann aus ihrer Sicht derzeit auf Bewährung. Und wieder streifte sie ihn mit einem Blick. Wenn ich jetzt noch rot werde, dachte er, geh ich zurück zum Amtsarzt und lass mich einschläfern.

Danowski stellte fest, dass er angefangen hatte, nach anderen Frauen zu gucken. Seit seinem letzten Fall, bei dem er an zwei oder drei Stellen in Lebensgefahr geraten war. Beides eine völlig neue Erfahrung für ihn: die Lebensgefahr und das Interesse an anderen Frauen. Leslie und er waren zusammen, seit sie achtzehn waren, er hatte seitdem nie was mit einer anderen Frau gehabt und sich das höchstens mal zu Unterhaltungszwecken ausgemalt, aber seitdem er mit dem Tode bedroht worden und nur mühsam entkommen war, beschäftigte ihn die Frage, ob er nicht vielleicht doch was verpasst hatte im Leben oder gerade dabei war, was zu verpassen.

Dabei ging es ihm weniger um den Sex, den hätte er ja mit ein wenig Aufwand und moralischem Verschleiß vielleicht noch außerhalb seiner Ehe organisieren können. Wobei das zwei Dinge waren, die ihm nicht lagen und die er eher vermied: Aufwand und moralischer Verschleiß. Er dachte eher an die anderen Leben, die ihm entgangen waren oder entgingen, während er mit Leslie verheiratet war und in Bahrenfeld in einer Dreieinhalb-Zimmer-Wohnung sein Beamtenleben führte. Und mal ganz abgesehen davon, dass er Leslie, soweit er wusste, liebte: die Kinder. Kinder und Trennung, das war schon allein vom logistischen her wahnsinnig schwer zu organisieren, das sah er ja bei allerhand Kollegen und Bekannten, vom juristischen und psychologischen Aufwand mal ganz abgesehen. Nein, im Ernst kam das für ihn alles nicht in Frage, aber seit vier, fünf Monaten fragte er sich bei allerhand Frauen, die er so traf, wie sein Leben eigentlich mit denen verlaufen würde.

Also, angenommen Jurkschat. Er musste schon aufhören, darüber nachzudenken, wenn er sich die ganzen Haargummis im Badezimmer vorstellte. Aber diese Frau hier zum Beispiel, Yvonne Bressin, Goldschmiedin, pendelte nach Hamburg, wo sie einen kleinen Laden mit Werkstatt hatte, und jetzt wartete sie ungeduldig darauf, dass ihr Mann, hey Mr. DJ, seine Platten aus dem Wagen geladen hatte, damit sie endlich los konnte. Die sah irgendwie aus, als brauchte sie noch was, als gäbe es vielleicht noch jemanden, der ihr was geben könnte. Danowski fand das anziehend.

Wenn er daran dachte, wann Leslie das letzte Mal was gebraucht hatte, fiel ihm nichts ein. Leslie war so effizient und erwachsen, die müsste eigentlich gar nicht verheiratet sein, die kam ja schon in der Ehe blendend alleine klar, außerhalb wäre sie wahrscheinlich noch besser. Danowski war nicht der Alleraktivste, wenn es so darum ging, den Alltag, geschweige denn das große Ganze zu organisieren.

Vielleicht hatte Leslie sich ihn einfach angewöhnt, und eines Morgens würde sie aufwachen und feststellen, dass sie ihn in Wahrheit gar nicht brauchte, so, wie sie vor zehn Jahren mit dem Rauchen aufgehört hatte. Er hatte es erst drei oder vier Tage später gemerkt. Und vielleicht würde sie genauso reagieren wie damals, wenn jemand sie eines Tages fragte, wo Adam eigentlich war: «Ach so, nee, ich hab irgendwie schon länger gemerkt, der gibt mir nichts mehr, darum hab ich mit ihm aufgehört. Aber erzähl ruhig von ihm, stört mich nicht.»

«Adam? Hast du noch irgendwelche Fragen?»

Danowski beugte sich über seinen Notizblock. Und der Mann hier hieß echt Rüdiger. Wahnsinn.

«Rue Digger», sagte Danowski fast andächtig, weil er gerade erst den Kalauer verstand. Er war auch schon mal schneller gewesen.

«Bisschen doof», sagte der Fusselbart-DJ. «Hat sich aber so festgesetzt. Ich spiel seit Jahren viel französischen Neo-Chanson und Banlieu-Pop, darum ‹Rue›, das heißt ja auf Französisch Straße, nicht wahr.»

«Ja, schon klar», sagte Danowski, «ich hab auch schon mal einen Louis-de-Funès-Film gesehen.»

«Digger ist halt dieses Hamburg-Ding.»

«Ist das hier gefühlt denn noch Hamburg?», wollte Jurkschat jetzt wissen, erstaunlich pointiert, mit der Hand aber schon wieder am Pferdeschwanz, mit Zeugenbefragung hatte das hier alles nicht mehr viel zu tun, man war jetzt mehr so im Abklingbecken der morgendlichen Polizeiarbeit.

Danowski registrierte, dass Jurkschat auf eine Weise, die ihm noch nicht ganz klar war und ihr sowieso nicht, ins Schwarze getroffen hatte: Rüdiger und Yvonne Bressin sahen einander an.

«Wie man's nimmt», sagte sie schließlich. «Für mich

ist es eigentlich zu weit draußen, mein Laden ist ja in der Neustadt. Aber Rüdi ist auf den Feuerwehrfesten in Buchholz und so immer der coole DJ aus der Hansestadt.» Sie hatte eine angenehme, ein bisschen raue Stimme, so, als hätte sie lange was erzählt, dabei hatte sie kaum ein Wort gesagt. Bei Gelegenheit könnte man ja mal in die Neustadt fahren, dachte Danowski, und sich da deren Goldschmiede anschauen. Man konnte es aber auch lassen.

Rüdiger Bressin zuckte die Achseln, der war im Gegensatz zu Danowski noch beim Süderelbe-Hamburg-Thema. «Stimmt ja so auch wieder nicht. Ich leg ja auch in der Stadt auf. Gestern Abend zum Beispiel am Fischmarkt.»

«Sag mal, war das eigentlich schlimm für dich?»

Danowski behielt das Fernglas vor den Augen, weil er das Gefühl hatte, nicht antworten zu müssen, solange er dadurch starrte. Nichts in den Fenstern, kein Lichtreflex, kein Schatten, keine Bewegung. Wenn in dem mittleren Reihenhaus jemand zu Hause war, dann lag er im Bett oder kroch über den Fußboden oder war tot.

So langsam es ging, ließ Danowski das Fernglas sinken. Jurkschat band sich ihren Pferdeschwanz und sah ihn dabei von der Seite an. Super. Er observierte hier das mittlere Reihenhaus neben ihrem Opfer, damit sie merkten, ob jemand vor einer halben Stunde einfach keine Lust gehabt hatte, ihnen zu öffnen, und Jurkschat observierte derweil ihn. Fünftes Mal. Sie waren vor knapp anderthalb Stunden bei Finzi aufgebrochen, und seitdem hatte Jurkschat sich, sobald sie mit der gegenwärtigen Prozedur fertig war, fünf Mal den Pferdeschwanz neu gebunden. Jetzt hielt sie inne, Daumen und Zeigefinger noch unter dem Haargummi. Gut, viereinhalb Mal.

«Okay», sagte Danowski, der natürlich ganz genau

74

wusste, worauf das hier hinauslief, aber ein klein wenig mehr Freude als gar keine Freude machte es ihm, Jurkschat ein ums andere Mal auflaufen zu lassen. «Ob was schlimm für mich war, möchtest du wissen?»

«Die ganze Sache im Frühjahr», sagte Jurkschat und schwenkte ihren Blick von ihm auf die Straße, als wäre da plötzlich was los. War aber nicht. Die frisch angepflanzte und extrem sparsam bebaute Allee endete nach wie vor im Nichts und wurde dabei von niemandem gestört.

«Wieso», sagte Danowski grausam, weil er merkte, wie Jurkschat anfing, sich zu winden. Die wollte zwar gern Psychogespräche führen, dabei aber nichts Unangenehmes aussprechen. Jurkschat schob ihre linke Hand zwischen Hinterkopf und Nackenstütze und machte ihren Pferdeschwanz wieder auf. Danowski seufzte.

«Okay. Du meinst, dass ich mich auf dem Pestschiff kontaminiert habe, in die Elbe gesprungen bin, mit Müh und Not einen Fall über die Runden gebracht habe, bei dem die Anklage wegen fünffacher fahrlässiger Tötung und einfacher Anstiftung zur vorsätzlichen Tötung vor Gericht möglicherweise nicht Bestand haben wird. Sofern der Prozess in absehbarer Zeit überhaupt stattfindet. Und dass ich darüber nicht einmal mitbekommen habe, wie nah mein alkoholkranker Partner am Rückfall war, und während ich beschäftigt war, hat er sich ins Koma gesoffen? Meinst du das mit schlimm für mich?»

«Na ja, auch», sagte Jurkschat und schüttelte ihr Haar aus. Danowski drückte sich etwas weiter gegen die Beifahrertür und nahm das Fernglas wieder vor die Augen. Im Auto roch es nach Jurkschats Haaren, ganz angenehm eigentlich, wenn man den Geruch aus seinem Kontext hätte lösen können. Besser als Finzis alte Kapuzenjacke. Aber im Gesamtpaket alles andere als vergleichbar.

«Auch die ganze Sache mit deiner Hypersensibilität.»

«Welche ganze Sache?», fragte Danowski. Der Atem als Anker, so hatte Meditationslehrerin Franka ihm das erklärt. Er schnaufte. Sein Atem war mehr so ein rostiges altes Ding, das den Meeresboden des Tages aufriss und keinen Halt darin fand. Und, nein, es war ihm auch nicht gelungen, «von der Weite etwas mit in den Alltag zu nehmen», wie Franka ihnen gewünscht hatte.

«Mit der … dass du hypersensibel bist.»

«Also das ist die Sache.»

«Ja.»

«Nicht die Sache mit, sondern die Sache an sich.»

«Ja.» Jurkschat tat ihm immer leid, wenn er sie auf so wortklauberische Weise in die Ecke trieb. Eigentlich war sie ja nett und meinte es nicht böse. Vielleicht regte sie ihn deshalb so auf.

«Ich bin amtsärztlich evaluiert worden», sagte Danowski. «Da ist nichts … nachgeblieben, was der Rede wert wäre. Das ist mehr so eine Charaktereigenschaft, verstehst du. Keine Krankheit.»

«Wie ist das denn, mit dieser Hypersensibilität? Wie fühlt sich das an?» Jurkschat, jetzt im verbindlichsten Abfragemodus. Die hätte auch Spielfeldrand-Interviews machen können: So eine Eins-zu-zwei-Niederlage in der Nachspielzeit vor heimischem Publikum in dieser Saisonphase, wie fühlt sich das an?

«Im Frühjahr hat mir das ein Arzt mal so erklärt, dass meine Festplatte schneller voll ist als normal. Weil ich alles in größerer Auflösung speichere. Das ist auf die Dauer anstrengend.» Die Erklärung hatte ihm nach und nach immer mehr eingeleuchtet, und Jurkschat war so technisch interessiert, dass ihr das wahrscheinlich einleuchten würde.

«Da bräuchtest du wohl eine externe Festplatte», sagte

sie und kicherte nahezu. Danowski rieb sich mit dem Fernglas-Okular die Stirn und sah sie dann an, als zweifelte er an ihrem Verstand. Ah, sie hatte einen Witz gemacht. Etwa auf dem Niveau des Mitschülers, der vor Ruderregatten auf dem Wannsee immer gesagt hatte, jetzt bräuchten sie einen Außenbordmotor. Hihi.

«Ja», sagte er und freute sich, wie gütig und geduldig er klingen konnte. «Das stimmt. Externe Festplatte. Genau.»

«Piep, piep», sagte Jurkschat und machte eine vage roboterartige Kopfbewegung, ihr humoristisches Blatt eindeutig überreizend. Danowski seufzte und hob das Fernglas wieder vors Auge. Teilzeit, das war die Antwort.

«Im Präsidium haben ein paar angefangen, dich … also, sie haben dir einen Spitznamen gegeben.»

Danowski seufzte. Der Atem als gottverdammter Anker. Atmen, nicht seufzen. Und warum musste man immer fragen, was der Spitzname war, wenn einem jemand erzählte, dass man einen hatte, aber nicht von sich aus sagte, welchen? Anker!

«Lass man gut sein», sagte Danowski angelernt norddeutsch: «Das ist mir schietegal.»

«Ich hab's am Whiteboard gelesen, im Alarmraum.» Jurkschat the unstoppable info machine. «Da stand für den Einsatz heute Meta und Sybille. Dann hab ich Kienbaum gefragt, wer Sybille ist, und er hat gesagt: Na, die Hypersensybille. Und so, halt.»

Das war so doof, dass er drüber lachen musste. Der hätte, streng genommen, sogar von Finzi sein können. Aber Kienbaum, den würde er auch noch fertigmachen. Wahrscheinlich nicht heute. Und vermutlich auch nicht morgen. Aber eines Tages. Aus der sicheren Deckung der Teilzeit.

«Tja», sagte Danowski. «Vielleicht war das für mich alles nicht so schlimm wie für dich, im Endeffekt.» Fing er jetzt an zu halluzinieren, verwirrt durch Shamtu-Shampoo, oder hatte die Haustür der Familie Thomsen sich wirklich gerade ein Zentimeterchen bewegt?

«Wieso für mich?», fragte Jurkschat, und er hörte an ihrer Modulation, dass sie das Haargummi jetzt zwischen den Lippen hatte, um ihren Pferdeschwanz mit beiden Händen greifen zu können.

«Weil du dein super Team verlassen musstest, um dich um mich zu kümmern, und jetzt ermitteln die anderen in Sachen Menschenhandel und Bandenkrieg und so weiter, und du sitzt hier mit Sybille, und wir schauen zu, wie sich kahle Zierobstzweige im Herbstwind wiegen.»

«Ist halt der Job», sagte Jurkschat tapfer, jetzt wieder klarer, offenbar war das Haargummi vorerst wieder an seinem Platz. Tatsächlich, die verhuschte Frau Thomsen steckte ihren Kopf aus der Tür, als würde das bedeuten, ihn im Bedarfsfall unsichtbar wieder zurückziehen zu können.

«Jetzt geht's los», sagte Danowski erleichtert, und Jurkschat schnallte sich ab und ihn gleich mit, was er hasste. «Nur eine Frage habe ich vorher noch.»

Sie hielt inne, die Hand schon am Türöffner, und sah ihn erwartungsvoll an.

«Ist das eigentlich praktisch, so ein Pferdeschwanz?», fragte er.

«Ja, sehr», sagte sie.

Als Susanne Thomsen sie aus dem Auto steigen sah, zog sie nicht den Kopf zurück ins Haus, sondern öffnete die Tür, trat auf die Schwelle und verschränkte die Arme vor der Brust. Sie hatte ihr dunkles Haar mit einer Beiläufigkeit nach oben gesteckt, die Jurkschat in ihrem Leben nicht mehr hinkriegen würde, und sie trug einen grauen Kapuzenpulli und eine lilafarbene Adidas-Hose, als wollte sie gerade laufen gehen.

«Warum haben Sie uns vorhin nicht aufgemacht?», fragte Danowski, noch zehn, fünfzehn Meter entfernt, aber er spürte, dass der Herbstwind seine Stimme an ihr Ohr tragen würde. So ein fast poetischer Tag war das heute.

«Muss ich?», fragte Susanne Thomsen, ihrerseits gegen den Wind rufend.

«Nee, natürlich nicht», sagte Danowski, als sie die Haustür erreichten und am Fuße der dreistufigen Treppe stehen blieben. «Macht aber einen besseren Eindruck.»

Susanne Thomsen krümmte sich leicht, als wollte sie sich nicht vorwerfen lassen, einen schlechten Eindruck zu machen. Vom Treppenabsatz konnte Danowski in eine winzige Diele sehen, die so phantastisch unaufgeräumt war, dass man nicht wusste, wo vor Kleidung und abgestreiften Schuhen die Wand begann. Susanne Thomsen trat hinaus und zog die Tür hinter sich zu.

«Kriminalpolizei. Ich bin Hauptkommissarin Jurkschat, das ist mein Kollege, Hauptkommissar Danowski.»

«Sie sind wegen Herrn Wiebusch hier.» Danowski sagte erst mal nichts. Mal sehen, wie Jurkschat das hier aufziehen wollte.

«Sie wissen Bescheid?»

«Na ja, man hört ja Radio.»

«Den Namen haben wir nicht rausgegeben.» Streng.

«Also», sagte Susanne Thomsen und wies in die Runde der leeren Straße, als spräche sie nicht nur für sich, «das verbreitet sich hier schnell. Das ist ein enges Verhältnis hier in der Nachbarschaft.»

Jurkschat wartete. Danowski hätte gern noch ein bisschen mehr ins Haus geschaut. Unordentliche Zeugen waren immer interessant.

«Frau Bressin hat mich angerufen», sagte Thomsen, die die Stille offenbar nicht aushalten konnte.

«Sind Sie befreundet?»

«Wir sind hier alle befreundet.»

Er merkte, dass Jurkschat irritiert war: Die anderen Nachbarn waren nicht so sperrig gewesen.

«Können Sie uns was erzählen über Herrn Wiebusch?», fragte sie. Danowski schlug leicht theatralisch sein Notizbuch auf.

«Wissen Sie was, Sie haben doch mit allen anderen schon geredet, oder?», fragte Susanne Thomsen und fummelte sich auf der einen Seite schon mal den Ohrhörer rein. Jurkschat nickte.

«Dann wissen Sie ganz bestimmt alles, was Sie wissen wollen.»

«Woher wissen Sie, was wir wissen wollen?» Jurkschat, jetzt bereit, sich auf Spielchen einzulassen. Danowski wäre lieber langsam zurück ins Präsidium gefahren, er fand das nicht dramatisch hier: Es gab immer ein oder zwei Zeugen, die keine Lust hatten, sich mit der Polizei zu unterhalten.

«Wenn's mehr so Nachbarn wie Herrn Wiebusch gäbe, dann hätten wir alle keine Probleme», sagte Susanne Thomsen, mit dem zweiten Hörer Zentimeter vorm Ohr verharrend. Danowski hörte schon das dünne Intsch-Intsch-Intsch der Laufmusik.

«Haben Sie irgendwelche Konflikte bei Ihrem Nachbarn miterlebt, Auseinandersetzungen?»

«Nein, ich hab so gut wie nie irgendwelchen Besuch gesehen bei Herrn Wiebusch.»

«So gut wie nie?»

«Nie. Ich kann mich nicht erinnern.»

«Ich dachte, Sie sind hier alle befreundet?» Jurkschat,

jetzt im Investigativ-Modus. Danowski wusste nicht, was er schreiben sollte.

Susanne Thomsen zuckte mit den Achseln. «Der Oliver Wiebusch war sehr hilfsbereit.»

«Können Sie mal ein Beispiel nennen?»

«Hier», sagte Thomsen und steckte sich jetzt auch das zweite Ohr zu, wodurch ihre Stimme ein bisschen lauter wurde, für sie war das Gespräch offenbar beendet, «den Blutapfel, den wir alle im Vorgarten haben. Den hat er mir gestern Morgen oder vorgestern Abend noch zurückgeschnitten. Ich achte da nicht so drauf. Aber er hat so was immer gemacht.»

Danowski betrachtete den etwas schmächtigen Zierapfelbaum, notierte zusammenhanglos «Blutapfel» und fand, dass der Baum ziemlich ramponiert aussah. Und machte man so was nicht im Frühjahr? Aber er kannte sich mit Gartenarbeit nicht so aus, da musste man vorm Winter wahrscheinlich hart an die Zweige.

Hinter dem Blutapfel, drüben auf der alten Straße, rollte ein Zeitungsausträger auf dem Fahrrad langsam Richtung Bundesstraße. Danowski sah ihm versonnen hinterher, er hatte als Jugendlicher auch mal Zeitungen ausgetragen. Und erst, als Susanne Thomsen ihm in sein Blickfeld lief, wurde ihm klar, dass das Gespräch offenbar zu Ende war.

«Dann fahren wir zurück», sagte Jurkschat, die was umtrieb. Ah, der Pferdeschwanz.

Als sie auf der alten Straße zu ihrem Ford liefen, fiel Danowskis Blick noch einmal auf die frisch geweißte Nordwand von Wiebuschs Haus. Ihm war, als stäche was Schwarzes oder Dunkelgraues in Kniehöhe durch den Ginster, ein Graffito oder ein Teil davon, und für einen Moment hielt er inne und überlegte, noch mal hinzugehen.

«Kommst du?», fragte Jurkschat, und zum ersten Mal

sah er an ihrem Blick, dass ihre gusseiserne Mischung aus Pflichterfüllung und Zuversicht dem Druck der Sinnlosigkeit nicht mehr lange standhalten würde. Irgendwie tat sie ihm leid, und er beschloss, auf der Rückfahrt ein bisschen freundlicher zu sein.

Als sie im Auto saßen, griff sie in ihre Schultertasche, die sie auf dem Sitz gelassen hatte, und zog nach einigem Wühlen ein kleines braunes Glasfläschchen mit weiß-rotem Etikett heraus.

«Hier», sagte sie, «das habe ich mal für dich rausgesucht. Das sind so homöopathische Kügelchen. Gegen Stress. Vielleicht hilft das ja.»

«Zuckerperlen», sagte Danowski, der Globuli natürlich von seinen Töchtern kannte: Arnica gegen vom Klettergerüst fallen und so weiter.

«Nux vomica D12», korrigierte Jurkschat, unschlüssig, wohin jetzt mit dem Fläschchen, weil er es ihr nicht abnehmen wollte. «Gegen Überlastung und so weiter.»

«Nux wie bitte?»

«Nux vomica. Brechnuss. So sechs bis neun Globuli wären gut.»

Danowski nickte ernst und griff jetzt doch zu. Er schraubte den Verschluss ab und schob seinen Daumennagel unter den Rand der ins Glas gedrückten Dosieröffnung, bis er sie herausgepult hatte. Das ging schnell. Dann setzte er das Ding an und schüttete sich alle etwa ein- bis zweitausend Brechnuss-Globuli in der homöopathischen Dosierung D12 in den Rachen. Er kaute ein paarmal und schluckte den süßen, knusprigen Brei dann hinunter.

«Alter!», sagte er und gab ihr das leere Gefäß zurück. «Viel hilft viel. Und ich glaube, es wirkt sogar schon. Herrlich. Danke.»

11. Kapitel

«Dir müsste es da eigentlich gefallen.»

Seitdem seine Frau das Angebot hatte, eine Schulleitung in Finkenwerder zu übernehmen, redete sie davon, ob sie nicht an den Stadtrand ziehen sollten. Endlich raus aus ihren dreieinhalb Zimmern in Bahrenfeld. Schön ins Grüne und so. Danowski hatte nichts gegen die Idee mit der Schulleitung, auch wenn er keine genaue Vorstellung hatte, wie sein Leben im Teilzeit-Dienst wirklich ablaufen würde. Schulleitung war ja kein Fünfzig-Stunden-Job, dafür kannte er die Arbeit seiner Frau inzwischen gut genug. Aber es würde ihm die Möglichkeit eröffnen, sich aus der Ermittlungsarbeit zurückzuziehen, weniger zu arbeiten, irgendwas Koordinierendes in der Verwaltung, und dann vielleicht endlich Schluss mit den Kopfschmerzen und den Schlafstörungen und der Erschöpfung. Aber wenn er es genau bedachte, dann mochte er keine Möglichkeiten und Optionen: Er ließ die Dinge lieber geschehen und bastelte sich dann was zurecht, um mit den Ergebnissen einigermaßen klarzukommen.

«Wieso?» Leslie kaute auf ihrem Dinkelbrot, und ihn rührte, wie gut er die leicht vornübergebeugte Haltung, in der sie das tat, seit dreißig Jahren kannte.

«Du siehst immer noch aus wie vierzehn», sagte er.

«Kein Grund», sagte sie und lächelte aus klaren grauen Augen, weil sie wusste, was er meinte, aber lieber beim Thema bleiben wollte.

«Mama ist alt», sagte Martha. «Mama wird nächsten Monat vierhundertvierzig.»

«Oh Gott, bist du dumm», sagte Stella.

«Deine Schwester geht noch nicht zur Schule», stellte Leslie fest. Späte Eltern. Die Kinder hielten einen für alt, bevor sie eingeschult wurden.

«Du willst doch an den Stadtrand ziehen. Da ist echt Stadtrand. Das ist fast schon Niedersachsen. Unter der Elbe.»

«Unter der Elbe sind die Fische», sagte Martha.

«Quatsch, die sind in der Elbe.» Stella. «Unter der Elbe ist der Tunnel.»

«Ich meine, wenn man auf die Karte guckt», sagte Danowski. «Aber stimmt, um dahin zu kommen, muss man unter der Elbe durchfahren. Dafür gibt's den Elbtunnel.» Oliver Wiebusch hatte den zweimal am Tag benutzt. Jetzt nicht mehr. Zu viele Löcher im Kopf. Danowski erinnerte sich zum ersten Mal deutlich an die Gesichter von Wiebuschs Eltern in Hausbruch. Wie entkam man eigentlich, wenn man jemanden im Stau erschoss? Na ja, das würde sich klären, sobald Behling und Kienbaum bewiesen hatten, dass der Mord an Wiebusch eine Verwechslung war. Und dass eigentlich ein ungarischer Zuhälter im weißen Q7 gemeint gewesen war. Wer immer es auf den abgesehen hatte, würde auch aus dem Milieu kommen, und der konnte dann ja selbst erklären, wie er nach dem Mord entkommen war. Sobald Behling und Kienbaum ihn festgenommen hatten.

«Da unten gibt es sogar einen Stadtteil, der heißt Hausbruch», sagte er, um sich abzulenken.

«Da möchte ich ja nicht wohnen», sagte Martha. «Da sind die Häuser alle geschrottet.»

«Bruch kommt von Bach, mein Schatz», sagte Leslie, die ja auch Sachkunde unterrichtete und über so ziemlich alles mehr wusste als er.

Außer über die Toten. Und deren Eltern. Der Vater hatte aufbegehrt, und als Jurkschat und Danowski eintrafen, war er immer noch dabei: Sein Gesicht ein einziges pergamentenes, zerreißbares Warum, und Danowski merkte schnell, dass die Kollegen vom Revier den Eltern des Opfers keine genaueren Informationen gegeben hatten. Dass ihr Sohn erschossen worden war auf dem Nachhauseweg, erfuhren die alten Leute erst von Jurkschat und ihm.

«Wer tut so was? Wer?» Der Vater, winzig und verschrumpelt in den Nahtfalten des grüngelben Velourssofas. Da hatte man sich mal was gegönnt, 1969. Danowski musste bei seinem Anblick an die Rosine denken. Jurkschat ließ ihren Pferdeschwanz durch die Hände laufen und streifte mit einem Das-wollten-wir-eigentlich-gerade-Sie-fragen-Blick durch die norddeutsche Sitzlandschaft. Die und ihren Freund würde er mal einladen müssen, zum Essen, zu sich nach Hause, er war der Ältere und sie immer so nett zu ihm, obwohl er sie eigentlich nicht mochte, das war kompliziert und gehörte sich so. Mein Lebensgefährte, sagte sie immer, als wäre sie Mitte sechzig und nicht Ende dreißig, zum Piepen.

«Das fragen wir uns auch», sagte Jurkschat. «Vielleicht können Sie uns dabei helfen.» Der Vater blickte verwirrt, ihn hatte lange keiner mehr um Hilfe gebeten oder für möglich gehalten, er könnte was wissen, was nicht jeder andere besser wusste. Er stand auf und bot ihnen einen Apfel an, der ganz oben auf der Schale lag und schon aufgeschnitten war, wie ein Schaustück, und sagte zur Erklärung: «Herbstprinz. Den haben wir früher angebaut.» Danowski nahm den Apfel und wusste wiederum nicht, wohin damit, wenn er so weitermachte, hatte er bald genug zusammen für einen Obstsalat mit Rosinen. Die Hände des Alten waren sauber, aber erdig bis hier in die gute Stube.

Die Mutter saß auf der anderen Zimmerseite, westliche Wohnlandschaft, sozusagen, den Blick durchs typisch norddeutsche Panoramafenster Richtung Moorwiesen gewandt. Es war schön da draußen, fand Danowski, abgeerntete Apfelbäume, kahle Wallhecken, die in Norddeutschland rätselhaft schön Knick hießen, und in der Weite Windräder. Novemberlicht, schmeichelhaft und Feuchtigkeit spendend.

Er erinnerte sich an den Blick in den Augen der Mutter: Abgestürzt, losgelassen, wie jemand, der viel zu lange mit der letzten Kraft und an den Fingerspitzen an einem Fensterbrett über der Tiefe gehangen hatte und jetzt nicht restlos unglücklich darüber war, endlich in die Tiefe zu fallen. Danowski glaubte, dass sie das Gespräch jetzt schon nicht mehr verstand, und dass, was sie betraf, ihr Sohn da draußen durch die Streuobstwiesen streifte und elf war.

«Ich war da heute wegen der Arbeit», sagte Danowski zu seiner Frau. «Erst in Hausbruch, dann in so einer neuen Siedlung am Rande der Fischbeker Heide. Da musste ich an dich denken. Das ist genau das, was wir uns leisten könnten. Reihenhäuser, gar nicht mal klein, hundertzwanzig Quadratmeter Wohnfläche oder so, Grundstück sechs- oder siebenhundert. Das kann nicht teuer sein. Und da ist noch Platz, die haben offenbar nicht alles verkauft und warten erst mal, ob noch jemand kommt.»

«Und was wohnen da so für Leute?», fragte Leslie, wie alle Innenstädter hin- und hergerissen zwischen Sehnsucht und Dünkel, wenn es um den Stadtrand ging.

«Na ja, da ist so eine alte Siedlung, damit meine ich siebziger, achtziger Jahre, da wohnen nur Rentner. Das sind so rustikale Fertighäuser mit Spitzdach, da möchte man eigentlich nicht tot überm Zaun hängen.»

Stella und Martha kicherten.

«Aber dahinter ist so eine halbfertige Neubausiedlung. Da hat der Mann gewohnt, mit dem wir's gerade zu tun haben.» Am Abendbrottisch redete er verschleiert, statt zu sagen: Der Mann, der im Elbtunnel erschossen wurde. Habt ihr vielleicht heute an der Ecke bei Efendi an der Kasse gesehen die Schlagzeilen: «Hinrichtung im Elbtunnel» und so weiter. Habt ihr nicht? Umso besser.

«Also, wenn du irgendwann an den Stadtrand willst, dann wird das wahrscheinlich so aussehen wie da.»

«Hast du da auch mit den Leuten gesprochen?»

«Nur ganz kurz», sagte er. Immerhin hatte er zwischendurch noch einen Blick in Oliver Wiebuschs Gartenschrank geworfen, den die Kollegen zu versiegeln vergessen hatten. War auch nichts drin außer einem Rasenmäher, einem zusammenfaltbaren Laubsack, Federballspiel, Boccia, Krocket und einer Bergsteigerausrüstung. Je flacher das Land, desto mehr wollten die Leute in die Alpen. Am meisten Sehnsucht hatten alle immer danach, was am umständlichsten zu bewerkstelligen war. Zum Beispiel Danowski, in Ruhe gelassen zu werden.

«Und was sagen die so, wie lebt es sich da?», fragte Leslie, jetzt bei Dinkelstulle zwo.

«Schon ganz schön weit draußen. Ist halt nicht mehr so richtig Hamburg, wie wir's kennen.»

«Und die Landschaft?»

«Moor und Heide und Streuobstwiesen.»

Obstfreundin Martha war begeistert: «Echt, das sind dann so Wiesen, da geht man rauf und da ist überall Obst verstreut, einfach so? Ananas, Mango, Wassermelone, Apfelschnitze, Mandarine …»

Stella schüttelte resigniert den Kopf.

«Sag das noch mal», bat Leslie.

«Streuobstwiesen», sagte Danowski, dem es da unten eigentlich nicht gefallen hatte, der jetzt aber zugeben musste, dass das Wort einen gewissen Charme hatte.

«Das ist das schönste Wort in der deutschen Sprache», legte Leslie noch deutlich einen drauf.

«Ich dachte immer, das wäre ein Kopf-an-Kopf-Rennen zwischen Käsestulle und Schmauchspurensicherung», sagte Danowski, amüsiert über den Enthusiasmus seiner Frau.

«Streuobstwiese!», rief Leslie, und die Mädchen kicherten halb entzückt und halb genervt, wie immer, wenn Mama aufdrehte. «Das ist doch die Kombination vom Besten, was es gibt, frisches Obst und duftende Wiesen, und Streuen ist sowieso eine der schönsten Tätigkeiten, die es gibt, streu, streu, das ist doch herrlich.»

Danowski dachte an Tumore, Bomben und Gerüchte, er war aber auch wirklich ein alter Miesepeter.

«Und dann die ganzen alten Apfelsorten. Allein schon die Namen von denen. Tiefbutzer, Gravensteiner, Himmelhahn, Späher des Nordens, Goldparmäne, Herbstprinz … Also, wer will nicht an der Streuobstwiese wohnen.»

«Erst mal zum Beispiel ich», sagte Danowski. «Weil es keine Streuobstwiesen mitten in der Stadt gibt. Und in der Siedlung wachsen sowieso nur noch Zierapfelbäume.»

«Blutapfel», sagte Leslie. «Kann man Gelée draus kochen.»

«Und zweitens, seit wann bist du hier die Expertin für Apfelsorten.» Überflüssige Frage, eigentlich.

«Sachkunde zweite Klasse», bestätigte Leslie, «der Apfel.»

Die Mädchen lachten.

«Streuobstwiese», sagte Leslie zärtlich: Schöhtöräuohbstwiiese. Okay, da musste er auf der Hut sein. Die meinte das ernst.

12. Kapitel

Danowski starrte auf den Lageplan der Siedlung, den Jurkschat vom Katasteramt hatte kommen lassen und in den sie mit ihrer herumhüpfenden Mädchenschrift die Namen der Nachbarn und des Opfers eingetragen hatte. Fehlte nur noch, dass da eines Tages bald Danowski stand, weil Leslie diesen Streuobstwiesen-Floh im Ohr hatte. Er stöhnte. Und den Plan würden sie jetzt einfach irgendwo ablegen und nie mehr hervorholen, denn heute Nachmittag wollten Behling und Kienbaum die Abteilung über ihre Ermittlungsfortschritte in Sachen Ungarn-Connection briefen, da spielte, was Behling die Musik nannte.

Jurkschat war bis dahin beim Arzt, sodass Danowski am Schreibtisch gegenüber nicht sie und ihren Pferdeschwanz betrachten musste, sondern nur ihre Fotos von sich selbst und ihrem Lebensgefährten beim Rennradfahren und Freiklettern. Am seltsamsten fand er die Fotos, auf denen nur Jurkschat allein zu sehen war, zum Beispiel einmal im Badeanzug, kurz davor, sich von einer Klippe zu stürzen, die Danowski für kroatisch hielt. Sportlich war sie ja, das musste man ihr lassen. Aber wer hängte Fotos von sich selber auf?

«Na, Adam», sagte Behling und schaute sich im Raum um, als könnte er noch jemand Interessanteren entdecken als Danowski. Erstaunlich, wie der schon wieder lautlos hier reingekommen war. Zum Schleichen waren die Deckschuhe gut, das musste man ihm lassen. «Schön in die Arbeit vertieft?»

Danowski senkte den Blick, den er kaum vom Plan gehoben hatte. «Was gibt's?»

«Telefondaten sind ausgewertet.» Behling gab seiner Stimme einen verheißungsvollen Klang, aber Danowski hörte, dass es da nicht viel zu erzählen gab. «Von Oliver Wiebuschs Handy und Festnetz.» Kunstpause. Danowski reagierte nicht. Behling seufzte.

«Hauptsächlich Telefonate mit seinen Eltern. Und seinen Kollegen. Der Rest mal 'ne Pizza oder so. Arzttermine. Langweiliger Kram.»

«Ja», sagte Danowski. «Der soll sich ja rührend um seine Eltern gekümmert haben.» Er sah aus dem Augenwinkel, dass Behling seine charakteristische Kinnbewegung machte, Richtung Tür.

«Die Ami-Frau ist jetzt hier. Wartet draußen.»

«Welche Ami-Frau?», fragte Danowski.

«Hab ich doch gemailt. Stichwort Materialbeschaffung. Wir haben dich eingeteilt für das Kamera-Pilotprojekt.»

«Ich war mit Jurkschat unterwegs.»

«Na gut. Dann weißt du ja Bescheid jetzt.»

«Nicht so richtig. Wieso Kamera-Pilotprojekt?»

«Kommt direkt aus dem Präsidialbüro.»

Danowski lehnte sich zurück. Ach, Behling und sein Draht ins Präsidialbüro. Vielleicht sollte man eher von einer Nabelschnur reden. Es war schon fast rührend, wie Behling daran baumelte. «Und das erzählst du mir jetzt erst?»

«Adam, steht alles in der Anlage, die ich dir geschickt habe. Musst deine Mails auch mal lesen. Statt dich hier zu verzetteln.» Behling zog den Lageplan von Danowskis Schreibtisch, wedelte ein bisschen damit herum und warf dann einen Blick darauf. «Mann, Jurkschat wird auch schon so bekloppt wie du. Steck die bloß nicht an.»

«Wieso, wir sollen das Umfeld des Opfers abklären. Sehr unauffällig. Netter Nachbar, ruhiger Typ, hat seinem Vater geholfen, die demente Mutter zu pflegen.»

«Ungarn, Adam. Da geht die Post ab. Wir haben zwei rivalisierende Gruppen aus Budapest, die über die Schweiz nach Hamburg drängen. Offenbar klappt das nicht so mit der Geschäftsaufteilung, wie die sich das vorgestellt haben, und weil einer von den Paprika-Luden den gleichen weißen Audi Q7 fährt und auch immer durch den Elbtunnel muss, hat's mit Wiebusch den Falschen erwischt. Klassische Verwechslung, gibt uns einen schönen Hebel, um an 'n paar Menschenhändler ranzukommen. Briefing im Anschluss. Könnte der Anfang von 'nem Bandenkrieg sein.»

Danowski schob mit der Maus seinen Cursor durch die Gegend und holte sein Mailprogramm nach vorne. Okay, Behling hatte was weitergeleitet, Betreffzeile *«Fw: Fw: Fw: Pilotprojekt AV-Unterstützung»*, wer machte denn so was auf. Ein Dokument mit dem Briefkopf des Präsidialbüros, darunter ein bisschen Kauderwelsch über audiovisuelle Dokumentationsprozesse bei Ermittlungen in Kapitalverbrechen.

«Ich fass dir das gern noch mal zusammen, Adam, und mach 'n Schleifchen für dich drum. Die Frau von Warren-Kruger steht draußen auf dem Gang, ziemlich unhöflich, die ewig warten zu lassen, aber wir wollen ja auch nicht als komplette Idioten dastehen.»

«Warren-Kruger? Ist das ein Rüstungskonzern?»

«Ja, nee, die machen allen möglichen Elektrokram für Ermittlungsbehörden. Du weißt doch, dass die Schutzpolizei gerade Angebote vergleicht, um die Kollegen bei Gefahreneinsätzen mit Kameras auszustatten, die an der Uniform getragen werden können. Schulterkameras. Das da, was du nicht gelesen hast …» – Behling zeigte mit Spatenfinger auf Danowskis Bildschirm – «... umreißt den Plan, mal auszuprobieren, ob wir so was auch bei kriminalpolizeilichen Ermittlungen gebrauchen können. Hängt natürlich allerhand Datenschutz und anderer Sozischeiß dran, muss ich dir ja nicht erklären. Bist ja sensibilisiert für so was. Nee, warte: hypersensibilisiert.»

«Klingt schwachsinnig.»

«Nee, stell dir mal vor, du kannst jede Zeugenaussage dokumentieren und bei Bedarf von anderen Kollegen in Augenschein nehmen lassen. Natürlich nur mit Einverständnis. Tatorte und so weiter. Ist ja auch nur ein Pilotprojekt, geht ja nur darum, hier mit der Fachfrau mal die technischen Möglichkeiten auszuloten, verstehst du.» Verschtessu.

«Ich glaube schon», sagte Danowski und fasste noch mal liebevoll zusammen: «Das Ganze ist eine absolute Zeitverschwendung, aber das Präsidialamt will sich nicht nachsagen lassen, keine neuen Ideen zu haben, außerdem fühlt sich jeder Spitzenbeamte gebauchpinselt, wenn die Amerikaner uns was von ihrem technischen Knowhow anbieten, große weite Welt und so, darum geht das erst mal oben durch. Und bleibt dann hier unten an mir hängen, weil alle anderen was Besseres zu tun haben, als mit einer glorifizierten Staubsauger-Vertreterin Tee zu trinken und Smalltalk zu machen.»

«Adam», sagte Behling, schon im Gehen, «Chefin hat schon recht: Du bist irgendwie immer noch 'n guter Polizist, hab ich eben wieder gemerkt. Wie du das kombiniert hast und so, mit der Zeitverschwendung. Wünsche jedenfalls gute Verrichtung.» Dann war er weg.

Die Frau schob sich in Danowskis Büro, als kennten sie sich schon lange und als wäre dies hier irgendwie ein quasi heimliches Treffen, eine ungenehmigte Kaffeepause oder so, sie lächelte gleich einnehmend verschwörerisch und rieb sich die Hände und rutschte, nachdem sie sich gesetzt hatte, auf seinem Besucherstuhl herum, als verspräche all dies ein großer Spaß zu werden. Dunkler Hosenanzug, dazu sehr weiße Laufschuhe, schulterlange mittelbraune Haare, blaue Adern unter der hellen Stirnhaut, so alt wie er. Und nun?

«Hi», sagte Danowski forciert weltgewandt und streckte die Hand halb über den Schreibtisch, «I'm Adam Danowski.»

«Oh», sagte sie und kicherte ein bisschen, was zugegeben nett klang, «ich kann, ganz ehrlich gesagt, sehr gut Deutsch und möchte hier nicht Englisch sprechen.» Sie winkte ihm zur Begrüßung auf eine lässig elegante Art mittelhoch zu, die es aussehen ließ, als hätte er ihr ebenfalls gewunken, statt seine Hand auszustrecken. Stimmte ja, die Amerikaner fassten nicht gern an, wegen der ganzen Keime und so. Viren! Davon konnte er auch ein Lied singen. Aber nicht jetzt. «Ich bin Tracy Harris.» Sie gab ihm eine Visitenkarte.

«Freut mich.»

«Und Sie sind richtige Mordpolizei? Mordkommission?»

«Mordbereitschaften, sagen wir in Hamburg. Ja, bin ich.»

«Viel mit Leichen und so?»

«Viel? Weiß ich nicht. Aber genug.»

«Ich verstehe. Bestimmt spannender als mein Job.»

Er las «Senior Product Deployment Manager At Large» auf ihrer Visitenkarte und fand es schwer, ihr zu widersprechen.

«Sitzen Sie hier in Hamburg?»

«Nee», sagte sie mit diesem gedehnten amerikanischen Sound, der mehr wie «ey» klang, «ich hab einen Schreibtisch in Scottsdale, das ist in Arizona. Aber ich bin immer froh, wenn ich mal ein paar Wochen rauskomme.»

Ein paar Wochen. Das konnte ja heiter werden.

«Sie sprechen außerordentlich gut Deutsch», stellte Danowski fest.

Tracy Harris streckte sich mit gespielter Verlegenheit und als müsste sie kurz nachdenken, und Danowski sah, dass sie ihr Jackett unter den Ärmeln ein klein wenig durchgeschwitzt hatte. Er war für einen Moment erstaunt, wie sympathisch und anziehend er das fand. Sie beugte sich vor, senkte die Stimme und sagte: «Danke.»

Danowski musste lachen. «Das war eigentlich als Frage gemeint. Woher und wieso?» Er fing an, sich zu entspannen. Es gab Schlimmeres, als mit ein bisschen Smalltalk die Zeit bis zu Behlings großem Auftritt im Besprechungsraum totzuschlagen.

«Ich bin in Berlin aufgewachsen. Army-Kind.»

Jetzt horchte er endgültig auf. Sein Heimweh nach Berlin war in den letzten fünfzehn Jahren zwar runtergebrannt zu einem funzligen Flämmchen, aber es brauchte nicht viel, um es wieder anzufachen. «Tatsächlich? Wo denn?»

«Na ja, amerikanischer Sektor, klar. Truman-Plaza, an der Clayallee. Mein Vater war Stabs-Offizier in den Mc-Nair-Barracks.»

Danowski richtete sich auf. «Ist nicht wahr. Waren Sie auf der Kennedy-Schule?»

«Yep.»

Er lachte. «Meine Frau auch. Ich komm auch aus Berlin. Auch aus Zehlendorf. Ich bin Richtung Nikolassee aufgewachsen, ich wär auch fast auf die Kennedy-Schule gegangen. Aber ich hab keinen Platz bekommen. Auf eurem Sportplatz hatten wir immer Bundesjugendspiele.»

In ihren Augen hatte sich ein warmes Leuchten angeknipst, wahrscheinlich nur der übliche amerikanische Oberflächlichkeitskram, aber das war ihm jetzt egal, er spürte eine Verbindung und sah die Sonne in den Parks und durch das Laub auf dem Waldfriedhof, wo seine Mutter lag, dieses ganz bestimmte Südberliner Licht, das zu jeder Jahreszeit direkt aus den Seen zu kommen schien, er konnte das gar nicht besser beschreiben, er grinste wie ein seliger Narr. Sie hatte ein paar ganz nette Sommersprossen links und rechts von der Nase, sah man erst auf den zweiten Blick, Arizona war ja sonniger als Hamburg im November.

«Get out!», sagte Tracy Harris, und jetzt streckte sie ihm doch die Hand hin. «Ich bin Tracy.» Danowski griff danach und war überrascht, wie fest ihr Griff war. Gut, die musste als Product Deployment Manager wahrscheinlich den ganzen Tag zu Demonstrationszwecken Elektroschockpistolen auf Schweinehälften abfeuern oder so was. Oder Kameras an Uniformschultern befestigen. Darüber mussten sie auch noch reden. Aber erst mal Zehlendorf.

«Ich bin Adam.»

Es dauerte eine Viertelstunde oder länger, bis sie auch nur die Oberfläche von dem vermessen hatten, was sie verband: Tracy Harris hatte nicht weniger Heimweh nach der versunkenen Südberliner Welt als er, sie tauschten Straßennamen wie inzwischen leicht peinliche Jugendgedichte, Argentinische Allee, Garystraße, Hampsteadstraße, sie hatten beide Singles bei Woolworth am Teltower Damm geklaut (und waren beide erwischt und verwarnt worden), hatten womöglich zur selben Zeit im «Bali»-Kino hinterm S-Bahnhof gesessen, Donnerstag, 18 Uhr, Jugendvorstellung für fünf Mark, wo sie hingegangen war, um Deutsch zu lernen, in synchronisierten Filmen, die sie vorher im

«Outpost» an der Clayallee im Original gesehen hatte. «Footlose», «Under Fire», «Blade Runner».

«Ist das deine Frau?», fragte sie irgendwann und zeigte auf das Foto von Jurkschat im Badeanzug.

«Nein, meine Kollegin.»

«Warum hängt sie Fotos von sich selber auf?»

«Wenn ich das wüsste.» Sie trug keinen Ring, und für eine Sekunde oder zwei wünschte er, sie hätten damals im «Bali» nebeneinandergesessen und ihre Hände hätten sich berührt, während vorne auf der Leinwand Harrison Ford schweren Herzens Replikanten erledigte, der hatte es auch nicht leicht, am Ende war er selber einer, und überhaupt musste Danowski im Meditationskurs besser aufpassen und sich häufiger mal an seinen guten Ort beamen und sich rausziehen, er wurde von Tag zu Tag mehr zum Kitschonkel, fand er selber, und dass er sich ständig Parallelwelt-Leben mit anderen Frauen ausmalte, musste auch demnächst aufhören.

Tracy Harris nahm ein Foto von Danowskis Schreibtisch, das mit dem Rücken zu ihr stand, und wendete es, um es zu betrachten.

«Oh», sagte sie, «ich dachte, das wären deine Kinder.» Es war ein furchtbares Foto von Hamburger Pannfisch, das Finzi mal von einer Kochseite gezogen und ausgedruckt hatte, um Danowski daran zu erinnern, dass er nicht immer das Mittagessen schwänzen sollte: Ein vermanschtes Pfannengericht aus Fischteilen, blassen Kartoffeln und gestockter Senfsoße.

«Ja, und ich liebe sie, wie sie sind», sagte Danowski. «Ihre Mutter ist ein halbes Pfund Butterschmalz.»

Tracy Harris lachte. «Das ist so romantisch. Ich suche auch immer noch einen Bacon Cheeseburger, mit dem ich den Rest meines Lebens verbringen kann.»

Finzi hätte jetzt so was gesagt wie: «Wie wär's stattdessen mit einem Hamburger, halb roh, mit Spezialsauce?» Aber der war ja nicht hier, und Danowski fiel nichts mehr ein. Tracy Harris fummelte ein bisschen am Bilderrahmen herum, als wüsste sie nicht, was sie jetzt sagen sollte. Schwierig, aus dieser gemeinsamen Nostalgie-Nummer wieder rauszukommen.

«Die Kameras», sagte Danowski. «Also, ehrlich gesagt …»

Sie hob die Hand, als verstünde sie genau. «Datenschutz, alles Mögliche, es gibt immer Probleme, ich verstehe das. Aber lass uns das erst mal durchspielen an einem Fall, wo man unsere Geräte überhaupt einsetzen könnte zu eurem Schutz, oder um euch die Arbeit zu erleichtern.»

«Okay», sagte Danowski, der nicht ganz verstand.

«Im Laufe der Ermittlungen. Dein Kollege … Belling? Bieling?» Danowski nickte, ihm war es egal, wie man Behlings Namen aussprach. «Er hat erzählt, du und deine Kollegin seid in dem Team, das an dem Elbtunnel-Mord ermittelt.» Sie sprach mit einer leichten Ehrfurcht in der Stimme, die Danowski unangemessen fand, die ihm aber gefiel. Er nickte.

«Und du machst Zeugenbefragungen? Vor Ort?»

«Wir haben keine Tatzeugen. Oder keine, die wirklich etwas Brauchbares gesehen haben. Der Mord hat im Elbtunnel im Verkehrsstau stattgefunden, im Auto des Opfers. Die anderen Leute waren offenbar alle mit sich selbst beschäftigt, jedenfalls haben die nur die zwei Schüsse gehört, mehr nicht. Hauptkommissarin Jurkschat und ich haben die Nachbarn des Opfers befragt, die Kollegen Behling und Kienbaum waren am Arbeitsplatz des Opfers, insgesamt geht deren Tattheorie aber in eine völlig andere Richtung.»

Tracy Harris hatte angefangen, sich Notizen zu machen. «Und die wäre?»

«Organisierte Kriminalität. Der Audi des Mordopfers ist modellgleich mit dem eines ungarischen Menschenhändlers, gegen den das BKA und andere Abteilungen hier schon lange ermitteln. Die Kollegen vermuten eine Verwechslung und befürchten jetzt einen Bandenkrieg.» Sie war ja wirklich sehr nett, aber wie viel durfte er ihr eigentlich erzählen?

«Ja, Bieling hat erzählt, dass ihr auf einen Beschluss vom Haftrichter wartet und vielleicht für morgen oder im Laufe der Woche einen Zugriff plant, um einen konkurrierenden Bandenboss festzunehmen.» Okay, Behling war noch redseliger gewesen als er, da brauchte Danowski sich keine Gedanken zu machen. Sie wusste mehr als er. Er nickte.

«So ein Zugriff wäre vielleicht eine gute Möglichkeit, das mal auszuprobieren. Ob ihr ein audiovisuelles Dokumentationssystem für diesen Arbeitsschritt nutzen wollt.»

«Ich kümmere mich darum», sagte Danowski. Ihm wurde das langsam zu viel hier, manchmal hatte er Mühe, sich nach einer plötzlichen Nähe wieder genügend Luft zum Atmen zu verschaffen. Sie lachte.

«Das heißt, du hältst eigentlich nichts davon, und das mit dem Zugriff wird sowieso nichts. Zu kurzfristig, sagt ihr doch sonst immer.» Danowski wollte was antworten, doch sie unterbrach ihn: «Keine Sorge, für mich ist das hier eher … ein Testballon. Ich glaube, dass die, äh, Datenschutz-Richtlinien in Deutschland zu streng sind und dass es am Ende vielleicht zu viele Hürden gibt. Aber wir werden euch ein Angebot machen, und ich muss einfach nach Scottsdale kommen mit einem Bericht über Praxiseinsätze.»

«Wie lange bist du denn in Hamburg?» Jetzt, wo sie eine Weile über audiovisuelle Dokumentationsverfahren geredet hatten, klang ihm seine Frage fast distanzlos.

«Zwei Wochen», sagte sie. «Wir bündeln das, es gibt auch noch Angebote für die Port Authority und die Wasserschutzpolizei.»

«Man könnte die Kameras deaktivieren und erst mal den Tragekomfort testen», sagte Danowski, der sich selbst noch nie das Wort «Tragekomfort» hatte sagen hören, «und feststellen, wie Zeugen und Beschuldigte darauf reagieren. Das wäre ein wichtiger Aspekt, glaube ich. Oder wir machen das beim Zugriff auf rein freiwilliger Basis: Wer nicht will, trägt keine Kamera oder aktiviert sie nicht.»

«Ja, toll», sagte Tracy Harris und fing irgendwie an, ein bisschen aufzustehen. «Meldest du dich, wenn es so weit ist?»

«Klar», sagte Danowski.

«Und vielleicht können wir mal einen trinken gehen», sagte sie und strich sich die Hose und die Jacke glatt, als hätte sie mehr als einfach nur gesessen. Sie sah ihn so direkt an, dass er ein winziges bisschen zurückwich. «Ich suche immer noch jemanden, der mir die Reeperbahn zeigt.»

«Klar», sagte Danowski, der sich eigentlich selten wiederholte. Und als Tracy Harris weg war, fiel ihm auf, dass sie ihm viel von sich selbst erzählt hatte, aber dass er nicht wie bei anderen ersten Begegnungen ein Gespür dafür hatte, was in ihr vorging: Er hatte keine Ahnung, wer sie war.

13. Kapitel

Als Danowski ins Zimmer kam, saß Finzi mit dem Rücken zur Tür, Blickrichtung Fenster, was gleich extra abweisend wirkte. Machte Danowski halt ein Experiment und setzte sich an den Schreibtisch mit dem Häkeldeckchen und sprach von schräg hinten mit Finzis Hinterkopf wie in einem langsam geschnittenen Familiendrama aus den Siebzigern, mal gucken, wie lange der das aushielt und ob er sich nicht doch irgendwann umdrehte. Egal, was für neurologische Schäden man hatte: Blieben einem nicht bis zum Schluss die grundsätzlichen menschlichen Instinkte, und war nicht einer der stärksten dieser Instinkte, sich nicht von schräg hinten anquatschen zu lassen?

«*Hier* bin ich», sagte Danowski.

Von Finzi keine Reaktion.

«Dreh dich doch mal um, können wir uns besser unterhalten.»

Finzis Hände ruhten auf den Armlehnen des Rollstuhls, er rührte keinen Finger. Gab's da draußen irgendwas Interessantes zu sehen? Den grauen Himmel, aus einem Stück gehauen und vor die Sonne geschoben. Parkplatzbäume, dahinter der traurige Verkehrsgletscher auf dem Ring 3. Im Zimmer roch es nach Bettwäsche am Ende ihrer Laufzeit und nach Hagebuttentee, das olfaktorische Äquivalent absoluter Sinnlosigkeit. Nächstes Mal würde er ein paar Blumen mitbringen oder Obst. Oder Obstler, um Finzi zu provozieren.

«Ich bin immer noch an diesem Elbtunnel-Mord dran, obwohl, dran ist übertrieben. Jurkschat und ich knuspern so ein bisschen am Rand, aber im Grunde ist das der Keks von Behling und Kienbaum. Die hatten gerade ihr großes Briefing. PowerPoint und alles. Kienbaum will ja schon lange in die OK.» OK, Organisierte Kriminalität, war die Abteilung, die es geschafft hatte, sich als coolste von allen zu inszenieren. Die vier, fünf Kollegen von der OK, die bei Behlings Briefing gewesen waren, hatten das ausgestrahlt bis zur Perfektion. Muskelenge T-Shirts, Scheiß-egal-Jeans, Laufschuhe und rasierte Schädel und dieses ironische Grinsen immer dicht unter der Oberfläche: Ach, Mordbereitschaften, ihr mit euren Beziehungstaten, weinende Menschenwracks auf der Bettkante, das Messer noch in der Hand, mit dem sie angerichtet haben, was neben ihnen in Blut liegt – wir sind doch die, die wirklich versuchen, diese Stadt aufzuräumen. Kein Wunder, dass Behling und Kienbaum da hinwollten.

«Ich bin sicher, die beiden haben längst was ausgedealt: Wir liefern euch mit unserem Elbtunnel-Toten die Ungarn, die sich gerade auf dem Kiez breitmachen, dafür dürfen wir in Zukunft auch bei den großen Jungs mitspielen.»

Normalerweise hätte Finzi jetzt geschnauft und gesagt: Genau, wenn die großen Jungs Kekswichsen machen. Stattdessen jetzt natürlich wieder nichts.

«Behling fährt offenbar zweigleisig: Zum einen hat er die Nachfolge der Chefin für sich klargemacht, und Kienbaum wird sein Stellvertreter, zum anderen will er die Jungs vom OK beeindrucken. Sodass er sich am Ende das Beste aussuchen kann. Doppelt hält besser, sagt der doch immer.» Da dämmerte ihm was: Wenn der Ungarn-Zugriff ein Erfolg war und den Elbtunnel-Mord gleich mit löste, ging Behling vielleicht wirklich zur Organisierten Kriminalität und blieb ihm als Chef der Mordbereitschaften erspart.

Quatsch. Bis dahin war Danowski längst auf Teilzeit, irgendwo in der Verwaltung, und dann konnte ihm das alles egal sein. Es gab ihm doch einen Stich.

«Die These ist, dass die eine Gruppe Ungarn den Boss von einer anderen Gruppe Ungarn erledigen wollte und die Audi Q7 verwechselt hat», sagte Danowski und kippelte ein bisschen auf dem kaputten Bürostuhl. Finzi hatte echt wenig Haare am Hinterkopf. Mit der Maschine geschnitten. Wahrscheinlich mähten sie einmal im Monat über ihn drüber, während sie ihn untenrum abkärcherten. Das war doch kein Leben. Andererseits unterschied es sich vermutlich nicht groß davon, wie Finzi bis vor einem halben Jahr seine Körperpflege selbst betrieben hatte.

«Unser Elbtunnel-Toter Oliver Wiebusch wäre dann also einfach ein unschuldiger Steuerzahler, der zur falschen Zeit am falschen Ort im falschen Auto unterwegs war. Klingt für mich jetzt nicht so hundertprozentig unplausibel, zugegeben, vor allem, wenn man sich das auffälligste Tatmerkmal anschaut.» Er machte eine Kunstpause. Normalerweise konnte Finzi es nicht aushalten, wenn Danowski sich in leicht geschwollenem Polizeijargon erging, das war für ihn immer eine Einladung, was abzuschießen wie: Wenn's dich eines Tages erwischt, wird das auffälligste Tatmerkmal in deinem Hintern stecken, Adam, und alle werden wissen: Selbstmord durch Stock im Arsch.

Sehr gut, er brauchte Finzi eigentlich gar nicht, er hatte den so verinnerlicht, dass er ihn jederzeit aus sich selbst heraus reproduzieren konnte.

«Die Wahl des Tatorts, meine ich. Wo kriegst du mehr Aufmerksamkeit, als wenn du jemanden im Stau im Elbtunnel erschießt und dadurch einen zwanzig Kilometer langen Extra-Stau verursachst? Ein toter Zuhälter am Hafen ist eine Schlagzeile für einen Tag. Ein toter Zuhälter im Elbtunnel, das läuft über Wochen. Und es passt genau: Die

Elbe ist die Grenze zwischen ihren Territorien, offenbar wollten die einen den anderen zeigen, dass sie die nicht überschreiten dürfen. Beziehungsweise unterqueren. Ein starkes Signal. Nur, dass es in dem Fall halt den Falschen erwischt hat.»

Behling hatte echt das ganz große Aufgebot bestellt für seine Präsentation. Die Chefin stand schon nicht mal mehr in der Nähe, die saß wie Danowski und Jurkschat irgendwo mittendrin auf den blauen Polsterstühlen, die einen von unten elektrisch aufluden. Stattdessen vorne, bei den OK-Kollegen: zwei Observierungsleiter vom BKA, die die Ungarn seit zwei Jahren bei ihrer Tour durch Deutschland begleiteten und nur darauf warteten, dass was strafrechtlich Verwertbares dabei rauskam, das über einfachen Menschenhandel hinausging. Davon gab es einfach zu viel, um deshalb groß Ressourcen einzusetzen. Und sogar ein Kollege aus Zürich, der ganz korrekt im Raum seine Karte verteilte, das dauerte drei oder vier Minuten, in denen hier und da jemand kicherte, wenn er darauf las: «Werner Stümpfli, Bundeskriminalpolizei, Geschäftsbereich 4». Stümpfli und seine Kollegen hatten seit 2008 einen ungarischen Zuhälter verfolgt, der die Prostitutionsszene am Zürcher Sihlquai unter seine Kontrolle gebracht hatte. Anderthalb Jahre später hatten ihre Ermittlungen immerhin zu Verhaftungen, Gerichtsverhandlungen und Gefängnisstrafen geführt. Woraufhin zwei andere ungarische Zuhälter nach Deutschland aufgebrochen waren: Lajos Aradi und Támas Bárdosi. Sie hatten ihr Glück beziehungsweise das Unglück der anderen zuerst an unterschiedlichen Orten in Süddeutschland versucht, in Stuttgart und so was Absurdem wie Regensburg, davon erzählten die BKA-Zielfahnder in quälender Ausführlichkeit.

Jedenfalls hatten Bárdosi und Aradi sich voriges Jahr

etwa zur gleichen Zeit in Hamburg wiedergetroffen. Der Markt in Berlin war offenbar dicht, aber hier in Hamburg gab es ein sich andeutendes Vakuum, seit den Kollegen von der OK ein paar Schläge gegen die Rockerbanden gelungen waren, von deren Drecksarbeit und Materialbeschaffung wiederum die Kosovo-Albaner abhingen, die bis dahin die Zwangsprostitution in Hamburg organisiert hatten. Jetzt kämpften Bárdosi und Aradi darum, wer von beiden hier dieses Vakuum füllen durfte.

Danowski fand, dass es vermutlich keinen großen Unterschied machen würde: Auf den Observierungsfotos, die Behling in seine schnieke PowerPoint-Präse eingebaut hatte, waren beide gleichermaßen klischeehaft halslos, in weißen ärmellosen Unterhemden und mit Goldketten behängt: die Generation von Verbrechern, die mit Bildern davon aufgewachsen waren, wie Verbrecher auszusehen hatten, bevor sie selbst Verbrecher wurden.

«Nur seltsam, dass keiner von den beiden auch nur im Entferntesten aussah wie unser Opfer Wiebusch. Aber egal, sagt Behling: Du merkst, das ist gar nicht Aradi da im weißen Q7, aber Wiebusch hat dich schon gesehen, erschießt du halt den, um keinen Zeugen zu hinterlassen. Oder das war ein durchreisender Auftragsmörder mit schlechter Gesichtserkennung. Kann natürlich sein.»

Finzis Hinterkopf war unbeweglich wie ein umgekehrtes Pflegeheim-Mount-Rushmore en miniature. Interessierte den gar nicht, wie der Täter geflohen war?

«Interessiert dich gar nicht, wie der Täter geflohen ist?»

Finzi blieb, wie er war. Danowski merkte, wie ihn plötzlich eine Welle von Unwillen erfasste. Nicht, dass er sich im Stich gelassen fühlte, obwohl: Davon war auch was beigemischt. Aber in der Hauptsache fühlte er sich langsam verarscht. Und ihm schien gar nicht mehr so abwegig, was in Pflegeheimen häufiger passierte: die leichte bis mittelschwere Misshandlung von Patienten. Auch wenn die dement oder, wie Finzi, traumatisiert waren, konnte einen die Teilnahmslosigkeit wahnsinnig machen, als wäre sie Absicht. Danowski hatte nicht übel Lust, Finzi ein paar alles andere als leichte Schläge auf den Hinterkopf zu verpassen, um sein Reaktionsvermögen zu testen.

Er atmete langsam aus. Den Augenblick wahrnehmen, das Gefühl als Gefühl betrachten: Das Gefühl ist ein Teil von dir, aber du bist nicht das Gefühl. Hm. Das war das, was ihm im Meditationskurs bisher am besten gefallen hatte: die Gefühle von sich abzuspalten. Und sie dann abzutöten. Obwohl Franka das anders genannt und wohl auch gemeint hatte.

«Weißt du was, Finzi», sagte Danowski und stand auf. «Ich weiß nicht, was hier los ist, aber ich gehe jetzt. Mir ist das zu blöd. Entweder du bist Gemüse, dann müsste es dir egal sein, ob ich hier bin oder nicht, und dann spar ich mir das in Zukunft. Oder du tust nur so, dann kotzt mich das langsam an. Mag ja sein, dass du deine Gründe hast, aber … Gib mir wenigstens ein Zeichen!» Er merkte, dass er ziemlich laut geworden war. Und theatralisch. Fehlte nur noch, dass er zum letzten Satz auf die Knie fiel und die Hände gen Finzi rang wie ein zweifelnder Dorfpastor im Frühmittelalter zu seinem Gott.

Finzi machte weiter sein Ding, dieses patentierte Ichsitz-hier-und-rühr-mich-nicht.

Danowski drehte sich um und ging zur Tür. Ihm war übel wie nach einem gekippten Tankstellenbrötchen: Nichts, was man nicht im Laufe der nächsten Stunde wegdrücken konnte, aber doch ganz schön unangenehm. Mit leichtem Schwindel und so. In der Tür blieb er kurz stehen. Scheißegal, ob er sich jetzt umdrehte oder nicht.

Dann drehte er sich doch um und ging noch mal zurück. Er hatte Finzi noch nicht mal ins Gesicht geschaut heute, und plötzlich kam es ihm so vor, als würde das Unglück bringen, aber er wusste nicht, ob ihm oder Finzi.

Finzi liefen die Tränen übers Gesicht.

Okay, man konnte nicht wissen, ob schon die ganze Zeit, keine Ahnung, ob Finzi irgendwelche Allergien hatte gegen gehäkelte Spitzendeckchen oder Parkplatzblick, oder ob das das Zeichen war, auf das Danowski gewartet hatte. Er schluckte.

«Finzi? Alles okay bei dir?» Eine sinnlosere Frage wurde nie gestellt. Finzi hob den Blick aus der Vormittagsleere Richtung Ring 3 und guckte direkt auf Adam Danowski. Ohne den Kopf zu heben und, das sah man gleich, auch ohne so richtig zu fokussieren. Das dauerte. Dann blickte er Danowski an.

Danowski sank jetzt wirklich auf die Knie. Um mehr auf einer Höhe zu sein mit seinem ausgeknockten Partner. Na gut, ein bisschen Ergriffenheit kam auch drin vor.

«Hey», sagte er und legte Finzi die Hand auf den linken Arm, schlabbriger Sweatshirt-Stoff. «Wir kriegen das hin. Das wird alles wieder gut.» Am Ende fiel einem nie was Besseres ein. Schreckliche Welt.

Finzi seufzte. Danowski musste lachen, erleichtert und verlegen. Aber er spürte, dass Finzi nicht vorhatte, was zu sagen.

«Du willst wissen, wie's weitergeht, mein Alter, oder?» Er tätschelte ihm probeweise den Arm. Nee, doch nicht so gut, lieber lassen.

«Also, Staatsanwalt Habernis war auch da, der ist jetzt bei Gericht, um Haftbefehle für Aradi und Bárdosi zu erwirken. Nur eine Formalität, sagt er. Wir wissen nämlich von den BKA-Leuten, dass morgen ein Treffen zwischen den beiden vereinbart ist. Auf neutralem Boden, also in irgendeiner stillgelegten Lagerhalle am Stadtrand, die unter der Hoheit der Samarrer liegt. Das sind diese Araber, die von den Rockern den Betäubungsmittelmarkt übernommen haben und die schon mal so Waffenstillstandsgespräche vermittelt haben. Offenbar haben die Ungarn gemerkt, dass sie jetzt ziemlich im Fokus stehen. Und während sie beratschlagen, wie sie da wieder rauskommen, oder während sie sich gegenseitig erschießen, keine Ahnung, greifen wir zu. Habernis sagt, wir haben jetzt genug gegen die vorliegen: Verdacht auf Menschenhandel, Begünstigung der Prostitution, schwere Körperverletzung, wenn aber auch nicht Vergewaltigung, da sind sie vorsichtiger gewesen. In der Schweiz haben ihre Kollegen sich dabei gefilmt, so was machen sie jetzt nicht mehr.»

Finzis Blick ging wieder nach vorn, es war ihm unmöglich gewesen, Danowski so weit zur Seite zu folgen. Vielleicht wollte ich gar nicht, dass er mich so ansieht, dachte Danowski, vielleicht bin ich ihm absichtlich ausgewichen.

Er klopfte Finzi noch einmal auf den Arm. «Jedenfalls sind Staatsanwalt Habernis und unser Freund Behling überzeugt, dass sie die Ungarn so gegeneinander ausspielen können, dass Bárdosi am Ende den Mordanschlag auf Aradi gesteht, also den Mord an Wiebusch. Oder dass sie einen von deren Adjutanten dazu bringen. Wir erwarten da morgen von denen zehn bis zwölf Leute. Das heißt, zwei mobile Einsatzkommandos, die BKA-Leute, Behling und Kienbaum, die Kollegen von der OK und Jurkschat und ich, um die Ausgänge zu bewachen. Falls einer abhauen will. Weißt du zufällig, wo meine schusssichere Weste ist? Hoffentlich passe ich da überhaupt noch rein.» Wohl war ihm nicht bei dem Gedanken.

«Aber es bleibt das Rätsel», wechselte Danowski das

Thema. «Wie ist der Täter entkommen? Ich glaube ja, der ist von einem anderen Auto mitgenommen worden, aber es hat sich kein Zeuge gemeldet, der so was gesehen hätte. Und von den Kollegen im Kontrollraum hat auch keiner was beobachtet. Die Bilder der Überwachungskameras im Elbtunnel werden ja nicht gespeichert, du brauchst also nicht zu befürchten, dass du zum Bändersichten eingesetzt wirst, wenn du wiederkommst.»

Danowski stand auf. Es brauchte nicht lange, und seine Beine waren eingeschlafen. Jedes Mal aufs Neue ein Gefühl, als würde man nie wieder gehen können. «Jurkschat will sich morgen noch mal die Rettungswege aus dem Elbtunnel anschauen, ob die vielleicht jemand genutzt haben könnte. Halte ich für unwahrscheinlich, die sind alle sensorüberwacht, aber ich bin natürlich dabei.» Wieso eigentlich natürlich? «Ist ja meine Partnerin.» Danowski zögerte. «Bis du wieder da bist.»

Finzis Tränenrinnsal lief kontinuierlich weiter. Danowski beugte sich unwillkürlich vor und umarmte ihn kurz und fest. Finzi roch nach nichts, das hatte es noch nie gegeben, wie ein Kind.

Auf dem Flur traf er den hellbärtigen Pfleger, der nicht mochte, wenn Jurkschat auf dem Parkplatz hupte.

«Der, äh, Patient weint», sagte Danowski, nachdem er kurz gezögert hatte, ob er das preisgeben sollte. «Ich hab was erzählt, und er hat angefangen zu weinen.» Fortschritt, Durchbruch, Krise: Das musste doch was bedeuten!

Der Pfleger nickte. «Tut er immer im Laufe des Tages. Der hat trockene Augen. Blinzelt nicht genug. Ich tropf ihn gleich.»

14. Kapitel

Sie folgten dem orangefarbenen VW Caddy von der Tunnelbehörde, der sich vor ihnen durch die Baustellenmarkierung schlängelte. Links und rechts von ihnen lief der Verkehr mit siebzig, achtzig Stundenkilometern in beide Richtungen, später Vormittag, keine Stauzeit.

Die Röhrenöffnungen des neuen Elbtunnels blickten groß und banal, dunkle Technikbauten ohne menschliches Maß. Danowski mochte die Vorstellung nicht, sich unter den Fluss zu begeben: Gut dreieinhalb Kilometer Tunnel, erst abschüssig, dann, wenn man über sich wirklich nur noch die Tunneldecke, sieben Meter Geröll und Flussbett und die breite Gleichgültigkeit der Elbe hatte, ging es langsam wieder bergauf.

Jurkschat lenkte ihren Wagen langsam hinter dem Caddy her ins ebenso orangefarbene Licht der leeren Tunnelröhre. Als der Caddy anhielt, parkten sie dahinter und stiegen aus. Die Luft roch heute eher nach Keller als nach Autos. Von der Röhre links von ihnen hörte man den Verkehr, Danowski wusste vom Lageplan, dass die erste unmittelbar neben der zweiten Röhre lag, während die dritte, rechts von ihnen, etwa zehn, zwanzig Meter entfernt war.

«Hier war das», sagte der technische Leiter der Tunnelbehörde, ein melancholischer Ingenieur, der unter dem schlechten Ruf seines Bauwerks zu leiden schien: Die Hamburger hassten den Elbtunnel, weil er in jeder Staumeldung vorkam. Er wies auf die neonfarbenen Markierungen auf dem Boden, mit denen die Kollegen den Standort von Wiebuschs Audi markiert hatten. Danowski schaute sich um. Die nächste Fluchttür war etwa fünfzig Meter entfernt.

Der technische Leiter war seinem Blick gefolgt. «Glauben Sie mir, wir reden seit Tagen über kaum was anderes als: Wie ist der Täter entkommen? Ist wie bei einem verdammten Cluedo-Spiel da oben im Kontrollzentrum. Und es läuft alles immer aufs Gleiche raus: Die Fluchttüren führen hier jeweils immer nur in eine der anderen Röhren. Die sind ja für den Brandschutz, und wenn es hier brennt, dann nur in einer einzigen Röhre. Das heißt, die Autofahrer retten sich aus der Röhre, wo's brennt, in eine, wo's nicht brennt. Ihr Täter wäre also, wenn er die Fluchttür genommen hat, in einer Röhre gelandet, wo ihm der Verkehr mit sechzig, siebzig entgegengekommen wäre. Wenn da einer angehalten hätte, um ihn mitzunehmen, hätten die Kollegen das auf den Monitoren gesehen.»

Danowski kannte die Gedankenspiele.

«Jetzt nennen sie ihn auch noch Mordtunnel», sagte der Ingenieur düster. Danowski zog sich schmatzend ein paar Gummihandschuhe an, um irgendwas Offizielles zu tun zu haben. Vielleicht fanden sie ja doch noch was.

«Und wann macht ihr die Röhre wieder auf?», fragte er.

«Morgen früh», sagte der Ingenieur. «Wir haben sie jetzt nur für Sie noch mal gesperrt, damit Sie sich hier umschauen können. Wenn Sie fertig sind, nutzen wir die Sperrung für Wartungs- und Reinigungsarbeiten. Die Kachelklopfer warten schon.»

«Kachelklopfer? Ich kenn nur Kachelzähler.» Das waren die ängstlichen Autofahrer, die im Tunnel immer langsamer wurden, und die dadurch schon bei normalem Betrieb immer wieder Staus verursachten.

«Wir testen mit Gummihämmern, ob hier in den alten Röhren Kacheln lose sind.»

«Eine langwierige und niemals endende Arbeit», sagte Danowski ein bisschen sadistisch, aber der Ingenieur nahm es als mitfühlend und nickte ernst.

«Oder der Täter ist in die Röhre in gleicher Fahrtrichtung geflohen, wo auch Stau war, und hat sich seelenruhig in ein wartendes Auto gesetzt. Das wäre bestimmt nicht aufgefallen auf den Monitoren», sagte Jurkschat. «Es sind ja Dutzende von Leuten aus ihren Autos ausgestiegen.»

«Na ja, aber darauf wollte ich ja vorhin hinaus», sagte der Ingenieur, als hätte ihn jemand unterbrochen. «Die Leute, die durch die Türen in die anderen Röhren geflohen sind, weil sie dachten, es gibt eine Explosion, haben wir zwar auch nicht gespeichert, aber die sind alle zu ihren Autos zurückgekehrt.»

«Es sei denn», sagte Jurkschat ihrerseits übers Schnalzen ihrer Gummihandschuhe, konnte ja nicht sein, dass nur Danowski hier Spuren zu sichern hoffte, «jemand hat bewusst was übersehen. Oder der Täter ist durch eine der anderen Türen entkommen, und jemand hat den Sensor manipuliert.»

«Jemand von meinen Leuten?»

«Jemand, der sich damit auskennt.»

«Das ist technisch nicht möglich. Wenn das Sensorsystem gestört wird, wird wiederum ein anderer Alarm ausgelöst. Der ebenfalls gesichert ist. Das läuft über drei verschiedene Regelkreise. So tief können Sie gar nicht in das System einsteigen, ohne Spuren zu hinterlassen. Und glauben Sie mir, ich hab's persönlich überprüft.»

«Wo waren Sie am Donnerstag zwischen neunzehn und zwanzig Uhr?», fragte Danowski leutselig.

«Das ist doch nicht Ihr Ernst», sagte der Ingenieur.

«Nein», bestätigte Danowski.

Jurkschat lief inzwischen ein bisschen durch die Gegend. «Erzählen Sie uns noch mehr über die Rettungswege», rief sie.

«Sie können sich von hier in die dritte Röhre retten, von da in die vierte. Von dort gibt es vorne in der Nähe der nördlichen Öffnung ein Treppenhaus, durch das Sie ins Kontrollzentrum kommen. Und ein Stück weiter Richtung Süden einen Gang, der ebenfalls mit dem Kontrollzentrum verbunden ist und der außerdem zur Belüftungsstation in Övelgönne führt. An beiden Orten sind die Be- und Entlüftungsturbinen, die ich Ihnen vorhin gezeigt habe.»

Danowski dachte an die sieben, acht Meter hohen Maschinen mit ihren hermetisch verschraubten Rohren, durch die durchaus ein Mensch gepasst hätte. Der denn allerdings am Ende von einem der zwei Meter breiten Rotoren aus poliertem Stahl gestoppt oder verhackstückt worden wäre. Aber die Turbinen liefen reibungslos und hatten das auch am Donnerstagabend getan.

«Was ist hier drunter? Kanalisation?», fragte Jurkschat und zeigte auf einen eisernen Deckel im Boden, der genau danach aussah.

«Diese alten Röhren hier werden über zusätzliche Tunnel be- und entlüftet. Unter uns ist der Zuluftkanal, über uns …»

«… der Abluftkanal», sagte Danowski, dem der allwissende Ingenieurssound langsam auf die Nerven ging. «Wollen Sie uns damit sagen, dass hier auf der gesamten Fahrbahnlänge unter der Straße noch ein Tunnel verläuft?»

«Ein Zuluftkanal.»

Danowski sah Jurkschat an. Sie grinste.

«Okay, dann machen Sie uns doch bitte mal den Deckel auf.»

«Wenn Sie meinen.» Der Betriebsleiter ging zu seinem Wagen und holte ein Hebeeisen aus dem Laderaum.

«Sieht nicht so aus, als wäre der vor kurzem geöffnet worden», sagte er, während er mit dem Eisen den Kanaldeckel anhob. Danowski und Jurkschat halfen ihm, die korrodierte Eisenscheibe beiseitezuschieben, und machten sich dabei, was eigentlich auch klar gewesen war, die dünnen Gummihandschuhe kaputt. Danowski kniete sich hin und leuchtete mit seiner Stablampe ins Loch. Der Boden des Zuluftkanals war etwa zweieinhalb Meter unter ihm.

«Können Sie uns da Licht anmachen lassen, gibt's da so was?», fragte er. Der Ingenieur sprach in sein Walkie-Talkie. Einen Augenblick später ging unter Danowski ein mildes weißes Licht an, das alle fünf bis zehn Schritte von der dunkelgrauen Wand leuchtete. Er sah, dass der Boden unter ihm halbrund nach oben gebogen war, sodass die Deckenhöhe zum Rand immer niedriger wurde.

«Und jetzt brauchen wir eine Leiter.»

Später wunderte er sich selbst über seinen Unternehmungsgeist. Im Grunde war ja auch das hier eine reine Formalie: Wenn der Zugriff auf die Ungarn erfolgreich war, dann würden Bárdosi und seine Leute, wenn man sie gegeneinander ausspielte, von selbst erzählen, auf welche im Nachhinein vermutlich völlig banale Art und Weise der Täter an den Tatort gelangt und von dort wieder verschwunden war. Aber Danowski merkte, dass Jurkschat und er eine Gemeinsamkeit hatten, so ein Element von «Wenn man schon mal hier ist, dann kann man ja auch mal». Also waren sie den ganzen verdammten drei Kilometer langen Zuluftkanal abgelaufen, während über ihnen der Ingenieur die Deckel prüfte und bestätigte, dass sie alle zuletzt vor Wochen oder Monaten geöffnet worden waren. Der Unterschied zwischen Jurkschat und ihm war dann aber, dass Danowski das alles nach ein paar hundert

Metern zu viel wurde. Er bekam nicht mehr mit, was wirklich los war, und die verschiedenen Tunnel, die er an diesem Tag gesehen hatte, verliefen in seinem Kopf zu seltsamen Mischungen, er hatte plötzlich das Gefühl, durch ein Labyrinth zu irren, obwohl er stur geradeaus ging.

Scheiße, dachte er, Kopf ist voll, wieder nicht genug meditiert. Und dann ging das Tunnelchaos weiter in ebendiesem Kopf: Der runde weiße Rettungsgang zwischen den alten und den neuen Röhren, schnurgerade und knallweiß, mit explosionssicheren Telefonen, die im Falle eines Gasunfalls keine Funken verursachten, aber ohne irgendeine Spur; dazu die Treppenhäuser aus Beton mit dem gleichen unnachgiebigen Licht, und er wusste schon nicht mehr, was genau die Verbindungen waren, nur, dass alles immer im Kontrollzentrum am Nordrand des Tunnels endete, in Othmarschen, nur zwei Kilometer entfernt von seiner Wohnung mit Blick auf die Aral-Tankstelle, die darauf wartete, dass Leslie und die Kinder nach Hause kamen, und er wie immer ein bisschen später. Noch. Das würde sich dann ja auch bald ändern.

Kriechgänge parallel zu den Rettungsgängen, in denen elektrische Leitungen und Rohre verliefen, mit sandigen Böden, eng und bedrohlich genug, aber ungeeignet als Auswege für einen flüchtigen Mörder, weil alle Wege an irgendeinem Flutschutztor endeten, das wiederum mit Sensoren gesichert war.

«Den Abluftkanal können wir uns schenken», sagte Jurkschat irgendwann, während sie mit ihren Lampen im Zuluftkanal hier und da hinter Rohre leuchteten, «da oben wäre sowieso keiner unbemerkt hochgekommen, die Tunnelröhrendecke ist zu hoch.» Gerade, wenn man anfing, sich mit ihr zu arrangieren, sprach sie was super Offensichtliches aus und warf sich selbst wieder auf Los zurück.

Aber das merkte sie nicht. Ihm fiel auf, dass sie hier unten mal ihren Pferdeschwanz in Ruhe ließ. Jurkschat war weniger angespannt, wenn sie was zu tun hatte.

Wenn man ganz einfach darüber nachdachte und das Rätsel, vor dem sie standen oder durch das sie mit ihren Stablampen liefen, ganz humorlos auf seine wenigen wirklich entscheidenden Bestandteile reduzierte, dann musste man sagen: Es gab nur einen sinnvollen Weg in den Elbtunnel und wieder heraus, und das war mit dem Auto.

Er blieb stehen und knipste seine Lampe aus. Schräg über ihnen pochte der Verkehr.

«Meta, wir verschwenden hier unsere Zeit.» Sie war ihm ein paar Meter voraus und blieb jetzt ebenfalls stehen, leuchtete ihm aber dummerweise mit der Lampe kurz und scharf ins Gesicht. Ein Reflex, aber es regte ihn trotzdem auf.

«Kann sein», sagte sie.

«Du kennst doch den alten Spruch, dass der Hamburger Flughafen der einzige auf der Welt ist, der nur mit dem Flugzeug zu erreichen ist.»

«Das war, bevor sie das neue Parkhaus und die S-Bahn-Station gebaut haben», sagte Jurkschat penibel. Danowski seufzte.

«Egal. Den Elbtunnel erreicht und verlässt man mit dem Auto, und so hat das auch unser Täter gemacht. Die Frage ist nur, wie genau. Aber das erzählen uns dann ja hoffentlich die Ungarn.»

«Wir sind sowieso fast am Ende.» Die Zuluftturbinen waren ausgestellt, aber vor ihnen, in etwa fünfzig Metern Entfernung, dräute dunkel hinter engen Gittern das Ende des Kanals wie das gurgelnde Loch am Ende der Wasserrinne im Schwimmerbecken vom Stadtbad Zehlendorf früher.

«Da kommt eh keiner durch», sagte Danowski.

Jurkschat nickte und ging trotzdem hin. Je näher man an das maulartige Gitter kam, desto dichter war der runde Boden mit einem feinen dunkelgrauen Staub überzogen, Danowski sah es an ihren Fußspuren, die mit jedem Schritt deutlicher wurden.

«Stimmt», sagte Jurkschat und ging trotzdem weiter.

Er stand einfach da und dachte an nichts. Die Versuchung, sich auf den halbrunden Boden zu setzen und ein paar Sekunden Augenpflege zu machen, war fast unbezwingbar.

«Adam?»

Bekam man hier unten eigentlich schlechter Luft, oder war das eine Sinnestäuschung?

«Ich hab hier was.»

Na klar. Er folgte ihr resigniert dahin, wo sie mit dem Finger auf den Boden zeigte. Vor ihnen im Staub, unmittelbar vor dem Gitter ins Düstere, lag eine Schusswaffenpatrone im Staub. Auf der Oberseite war sie mit der gleichen feinen grauen Schicht überzogen.

«Respekt», sagte Danowski und konnte wie so oft nicht verhindern, dass es ironisch klang.

«Du bist echt immer so destruktiv», sagte Jurkschat und konnte wie so oft nicht verhindern, dass es beleidigt klang.

«Nee, nee, ich meine das ernst.» Er machte ein paar Fotos, bevor Jurkschat die Patrone mit einer Pinzette hochnahm und vorsichtig in einen Beweismittelbeutel tat. Danowski fotografierte den Fundort ganz nah, um den Abdruck im Staub zu dokumentieren, und dann aus der Entfernung, um die ganze Situation zu erfassen.

«Die Patrone ist unbenutzt, aber das Kaliber könnte das gleiche sein wie bei der Tatwaffe», sagte Jurkschat. Sie hatte recht.

«Meine Herren», sagte Danowski, «nächster Halt Projektilvergleich. Meta, schön gesehen.»

Aber dann verdarb der Ingenieur ihnen den Spaß, und am Ende hatte Danowski nur noch das Gefühl, dem Fall ein weiteres Rätsel hinzugefügt zu haben: Die Patrone, sagte der Betriebsleiter, müsste da unten Monate gelegen haben, wenn nicht Jahre, der Staubschicht nach zu urteilen.

Danowski ließ sich von ihm den Beutel zurückgeben und betrachtete die Patrone durch das transparente Plastik, während ihnen draußen vorm Elbtunnel ein übellauniger Wind die Haare um den Kopf blies. Auf der Patrone war, halb vom Staub verdeckt, seitlich ein ungewöhnliches Markenzeichen zu sehen: Geschwungene Schrift in einem Oval, die Wörter aber nicht lesbar. Na gut, Behling würde in Anbetracht des bevorstehenden Zugriffs auf seine unnachahmliche Art ein Blitzlabor erwirken, und wahrscheinlich wussten sie morgen mehr.

«Gibt's eigentlich noch irgendwelche Geheimgänge, von denen Sie uns nichts erzählt haben?», sagte er scherzhaft beim Abschied zum Betriebsleiter.

«Ja», antwortete der absolut humorlos, die Autotür schon in der Hand.

«Wie bitte?»

«Nichts, was für Sie interessant sein dürfte, und Sie haben ja auch nicht danach gefragt.»

Jurkschat hörte auf einzusteigen und spitzte sichtbar die Ohren.

«Gut, fragen wir halt jetzt.»

«Als Anfang der Neunziger die neuen Röhren gebaut worden sind, hat man ein paar Rettungswege, die von den alten Röhren in den Freihafen, nach Övelgönne und Othmarschen ins Freie führten, einfach abgeschnitten.

Aber die haben keine Verbindung mehr zu den Tunnelröhren, und die Ausgänge über der Erde sind verschlossen. Wir nennen das ein Blinddarmsystem, es ist relativ
verzweigt.»

«Wieso das?»

«Als der Tunnel gebaut wurde, Ende der Sechziger,
Anfang der Siebziger, gab es den Plan, ihn im Falle eines
atomaren Konflikts als Bunker für die Zivilbevölkerung zu
nutzen.»

«Das klingt grotesk.»

«Nein, Wasser ist ein guter Schockwellenabsorbant,
man hätte unter der Elbe und im Tunnel tatsächlich vergleichsweise guten Schutz gefunden. Dafür gab es auch
eine Rettungsgang-Verbindung bis in den Containerhafen
auf der südlichen Elbseite. Um da wichtiges Personal und
so weiter evakuieren zu können. Aber wie gesagt: Die Verbindungen zu den Fahrröhren gibt es nicht mehr.»

Danowski war, das musste er dann doch zugeben, erleichtert über die letzte Information: Die Gänge wäre er
nämlich nicht so gern auch noch abgelaufen.

«Es gab auch mal einen Plan, dann schon Anfang der
Achtziger, bei der Pershing-Stationierung, hier unter dem
nördlichen Elbhang einen Nuklearbunker zu bauen. Da
sind so Salzstöcke fünfzig, hundert Meter unter der Erde,
große Hohlräume, die hätten sich gut dafür geeignet. Aber
in der ersten Bauphase ist der Salzstock eingebrochen,
die Zivilschutzbehörde hat das Projekt dann aufgegeben.
Theoretisch hätte es auch Verbindungen von hier geben
sollen, aber die sind nie beendet worden. Soweit ich weiß.
War ja eine ganz andere Zeit damals.»

«Wir hätten dann trotzdem gern einen Plan aller Rettungsgänge», sagte Jurkschat sorgfältig, aber kurz ange-
bunden. Sie wollte weg. Im Tunnel war es angenehm warm

gewesen im Vergleich zu davor. «Egal, wie alt, abgeschnitten oder unfertig die sein mögen.»

«Mail ich Ihnen», sagte der Ingenieur.

«Alter», sagte Danowski, als sie im Auto saßen und sich anschickten, sich durch die Absperrung vorsichtig wieder in den Verkehr einzufädeln, «stell dir vor, es ist Atomkrieg, und du wirst in den Elbtunnel evakuiert.»

«Musst du mich eigentlich immer Alter nennen», sagte Jurkschat.

15. Kapitel

«Adam, was willst du eigentlich vom Leben?»

«Das fragst du mich jetzt, nach all den Jahren? Weißt du, wie alt ich bin?»

«Weich nicht aus.»

«Was will ich vom Leben?»

«Ja. Eigentlich. Du lebst, als wüsstest du das nicht so genau, aber, wie du gerade selbst gesagt hast: Dafür bist du eigentlich zu alt. Was ist dein innigster Wunsch? Wovon träumst du?»

«Oh, Leslie. Kann man nicht mit seiner Ehefrau Sex haben, ohne danach Psychogespräche führen zu müssen? Ich meine, dafür heiratet man doch, oder? Damit man den Teil dann weglassen kann?»

«Adam.»

«Du zuerst. Ich warte noch auf Inspiration.»

«Ich will … so was wie ein gutes Leben. Also, ein Leben, das im Laufe der Jahre immer besser und … selbstbestimmter wird, also, mit Entwicklung, ich weiß nicht, mehr Verantwortung im Job, mehr Platz zum Wohnen und gleichzeitig …»

«Okay, wow, Leslie, irgendwie hat mir das alles besser gefallen, also wie wir gelebt haben, bevor du das so als, weiß ich nicht, Vision entwickelt hast. Das klingt so …»

«Ja, okay, tut mir leid, ich seh ein, dass sich das total spießig und bürgerlich und abgedroschen anhört, wenn man das so ausspricht, ich mein damit auch eher …»

«Na ja, es ist halt dieses ewige Ding, größer, höher, weiter, Wachstum und Entwicklung, bloß kein Stillstand, ich meine, guck dir doch an, wie die Welt aussieht, das funktioniert doch offenbar nicht so gut, und du willst das irgendwie in deinem eigenen Leben auch einfach noch mal genauso machen, das ist so ...»

«Nee, so meine ich das vielleicht gar nicht. Okay, im Moment wünsche ich mir vielleicht mehr in mancher Hinsicht, aber im Grunde meine ich ein Leben, das mir entspricht und das ich selbst gestalten kann. Das ich in die Hand nehme, und das ich nicht äußeren Einflüssen überlasse ...»

«Du redest echt wie eine Sozialkundelehrerin. Wie eine sexy Sozialkundelehrerin. Meine ich.»

«Ich weiß auch nicht. Aber eigentlich mach ich mir Gedanken um dich. Komm, Adam. Wie willst du leben? Wovon träumst du?»

«Ich hab vor ein paar Nächten von einer Spinneninvasion geträumt. Das war ein langer und ausführlicher Traum. Es fing an mit so einem Nest, so einer Art Sack, der in einem Zierapfelbaum hing in einer Siedlung, in der wir wohnten, aber wir wohnten da natürlich gar nicht, aber im Traum schon, obwohl ich wusste, dass es nicht stimmte. Und beim Näherkommen sah ich, dass der Sack voller Spinnen war, kurz vorm Rauskommen, so in der Größe von Wolfsspinnen, aber sie sahen aus wie eine Kreuzung aus Wolfs- und Vogelspinnen. Braun. Und dann tauchten immer mehr von diesen Säcken in den Bäumen auf, und die Spinnen versuchten, ins Haus zu kommen, und dann, nächste Stufe, kamen Frösche, die hatten auch acht Beine, wie Spinnen, und dann waren so Wasserspinnen, diese großen, achtbeinigen Krebse, im Kinderzimmer, aber in Grün.»

«Meine Güte. Die Art von Traum meine ich nicht. Ich meine so Richtung Lebenstraum ...»

«Jedenfalls, das war kein Albtraum. Du weißt doch, wenn man so träumt, und sich dabei darüber wundert, was für einen Blödsinn man da gerade träumt. Also, ich hab mich nicht vor den Spinnen geekelt. Ich war einfach nur ...»

«Was?»

«Genervt. Genervt von den ganzen Spinnen. So nach dem Motto: auch das noch. Noch eine Sache, um die ich mich kümmern muss. Ich war einfach nur genervt.»

«Okay.»

«Und wenn du mich fragst, was ich mir vom Leben wünsche, dann ist das, glaube ich, die Antwort, Leslie: dass nicht immer noch irgendwas ist. Dass ich einfach meine Ruhe haben kann.»

«Adam. Dein Lebenstraum ist, dass du einfach nur deine Ruhe haben willst?»

«Ja. So ungefähr. Wie gesagt. Hört sich blöd an, wenn man das so ausspricht. Hast du ja auch schon festgestellt. Aber ... so in der Art.»

«Adam?»

«Ja?»

«So kannst du nicht leben.»

«Moment mal.»

«Das geht so nicht. So läuft das nicht.»

«Ich mein ja nicht dich und die Kinder.»

«Aha.»

«Also nicht so richtig.»

«Aha.»

«Du kannst mir doch nicht so eine Frage stellen, Leslie, und dann eine ehrliche Antwort erwarten, und dann meine Antwort einfach in die Tonne treten ...»

«Ja, stimmt. Aber ich tu's trotzdem. So kann man nicht leben. So geht das Leben nicht, Adam. In Ruhe gelassen zu werden. Das ist kein Lebensziel. Das ist das Gegenteil von Leben.»

Nachdem sie eine Weile geschwiegen hatten, zog Danowski seine Unterhose wieder an und seine Schlafanzughose und das T-Shirt, auf dem, wie er jetzt feststellte, ganz im Ernst «200 Jahre Polizei Hamburg» stand. Wie hatten die ihren Kram eigentlich vorher geregelt, also, angenommen, vor zweihundertundeinem Jahr? Mit der Mistgabel, von Nachbar zu Nachbar?

«Du willst, dass ich dich jetzt in Ruhe lasse, stimmt's?», sagte Leslie, die immer noch nackt neben ihm lag, als wollte sie betonen, wie deutlich er sich gerade von ihr abgrenzte.

«Das wäre ein Traum», sagte Danowski.

16. Kapitel

Klar, dass er und Jurkschat dann beim Zugriff auf die Ungarn mit Behling und Kienbaum im Auto fahren mussten. Das hatte Danowski gerade noch gefehlt.

Der Aufbruch war unübersichtlich: Zwei Mannschaften vom MEK, sechs Kolleginnen und Kollegen von der Schutzpolizei, falls die Gegend da in Harburg doch nicht so verlassen war, wie Einsatzleiter Behling jetzt annahm, und man was absperren musste. Dazu die Observierungsleiter vom BKA und vier weitere Kollegen von der Mordbereitschaft, und plötzlich wusste auf dem Parkplatz keiner von den Zivilpolizisten, wer mit wem im Auto fahren sollte.

Danowski und Jurkschat saßen auf der Rückbank und schwitzten, weil ihnen heiß war unter den kugelsicheren Westen und den «Kriminalpolizei»-Plastikjacken, denn Behling, ganz alter Mann, hatte die Wagenheizung auf etwa 28 Grad gestellt. Kienbaum vorne auf dem Beifahrersitz schwieg beleidigt wie der Klassencoolste, der beim Ausflug im Bus bei den Zahnspangenträgern und Asthmatikern sitzen musste.

«Sind wir bald da?», nölte Danowski von der Rückbank, um die Situation nicht aufzulockern. Jurkschat kicherte fast. Eigentlich ganz süß, wie sie an den Augenbrauen schwitzte.

«Ihr haltet euch zurück, Adam», sagte Behling über die Schulter, das in Regen aufgelöste Blau-Silber der Mannschaftswagen vor ihnen flüchtig gerahmt in der Frontscheibe, «wir gehen vorne rein mit dem MEK, die anderen

Kollegen und die Jungs vom BKA nehmen den Hinter- und den Seitengang, und ihr behaltet die Garage im Auge.»

«Ich weiß. Wir waren ja gerade beim Briefing.»

«Garagendach ist der am wenigsten wahrscheinliche Fluchtweg, der ganze Hof ist aufgerissen, die wollten da anfangen zu bauen, aber denen ist irgendwie das Geld ausgegangen. Das geht drei, vier Meter runter in 'ne Baugrube. Wenn die Ungarn doch über die Garage abgehen, haltet ihr die in Schach, bis das zweite MEK vom rückwärtigen Gebäudeteil kommt.»

Jurkschat seufzte. Danowski wusste, dass sie Behling mal bewundert hatte, aber jetzt konnte man geradezu mit ansehen, wie sein Altherrenzauber sich auf dem Weg zu ihr verflüchtigte.

«Ich möchte nur mal anmerken», sagte Danowski, weiterhin in einem unabschüttelbar kindischen Rückbankton, «dass ich im letzten halben Jahr die gefährlichsten Situationen von allen hier im Auto überstanden habe. Es gibt also echt keinen Grund, mich am Rande des Spielplatzes zu parken, damit ich nicht von der Schaukel falle.»

«Ach, Adam», sagte Behling und fuhr. Kienbaum, dem das alles offenbar langsam reichte, drehte sich um, was schwierig und lächerlich zugleich war, weil Danowski direkt hinter ihm saß, Kienbaum also vom Beifahrersitz nur mit Jurkschat reden konnte.

«Du bist psychisch labil, Adam», sagte Kienbaum im Verlautbarungston. Danowski spürte, wie ihm die Wut ins Gesicht schoss. Zum ersten Mal dachte er im Zweifelsfall an Franka und den Meditationskurs. Was würde Franka tun? Nicht gleich drauf anspringen. Man musste irgendwie in den kleinen Raum zwischen Reiz und Reaktion kommen. Den Reiz, also Kienbaums Spruch, erst mal auf sich zukommen und an sich vorbeiziehen lassen, ohne gleich auszurasten. Und dann überlegt handeln. Sich nicht provozieren lassen.

Und den Atem spüren.

«Ich bin voll einsatzfähig», sagte er und war erstaunt, wie gefährlich ruhig er klang. «Amtsärztlich evaluiert. Ohne Abstriche.»

Kienbaum hatte die Umdrehversuche aufgegeben und wandte Danowski jetzt nur noch sein sanft gelocktes Nackenhaar über dem Kragen der Kripo-Jacke zu. «Du verstehst gar nichts», sagte er Richtung roter Ampel. «Es geht nicht darum, was der Amtsarzt sagt. Sondern darum, wie die Kollegen sich fühlen, die bei 'nem Einsatz wie diesem hier mit dir arbeiten müssen. Jeder von uns weiß, dass du jederzeit mit deinem Hypersensibilitätskram Probleme kriegen könntest. Betonung auf ‹könntest›. Es geht um die Wahrnehmung der anderen, Adam. Allein dadurch, dass die anderen dir nicht mehr hundertprozentig vertrauen, schwächst du sie. Weil jeder nur der bestmögliche Polizist sein kann, wenn er sich auch innerlich zweihundertprozentig auf seinen Kollegen verlassen kann. Vor allem bei so einem Einsatz gegen gewaltbereite und bewaffnete Schwerkriminelle.»

Danowski schwieg und blickte aus dem Seitenfenster auf die mitleidlosen Zweckbauten des Gewerbegebiets. Je näher sie ihrem Ziel kamen, desto leerer wurden die Straßen. Der ausgefranste Rand von Hamburg-Harburg war immer ein Problem, und hier, zwischen Autobahn und Seevekanal, war vor ein paar Jahren ein ganzes Gewerbegebiet gekippt. Im einen Jahr ein paar Baustofflager, Maschinenverleiher, Lagerhallen und Bürogebäude unattraktiver Versicherungen, im nächsten Jahr nur noch Baustofflager, und jetzt nur noch Zwischenmieter, Import/Export, vor allem aber hektarweise Leerstand, der ideale

Nicht-Ort für gewaltbereite Geschäftsleute, um hier ihre Verhandlungen zu führen.

Dreihundert Meter vom aufgegebenen Lager- und Bürokomplex eines Papiergroßhandels, in dem die Ungarn sich treffen wollten, würden sie halten und von drei verschiedenen Punkten aus das Objekt zu Fuß einkreisen, um es von anderen Gebäuden, Parkplätzen und der Straße aus zu observieren. Und dann zugreifen, sobald die beiden verfeindeten Delegationen vor Ort und vollzählig waren.

Gerade als Danowski merkte, dass sein Schweigen anfing, sich ratlos, zustimmend oder schlimmstenfalls sogar beleidigt anzuhören, sagte Jurkschat neben ihm nach vorn zu Kienbaum: «Das ist dreihundertprozentig der größte Mist, den ich je gehört habe.»

Na ja, dachte Danowski, als sie ausstiegen und der Himmel aufriss, sodass sich zwischen der Stadt und den sinnlosen Resten der Gewerbegebiets-Silhouette im schon fast abendlichen 15-Uhr-Licht ein geradezu heiterer Regenbogen krümmte, ich habe schon größeren Mist gehört als den, den Kienbaum gerade verzapft hat.

Sie standen mit den anderen Teams auf dem Gelände eines leerstehenden Fliesenlagers. Auf dem Parkplatz brachen sie alle in geschäftiges Schweigen aus. Danowski prüfte den Sitz seiner schusssicheren Weste und rückte sein Waffenholster zurecht. Die Stiefel der uniformierten Kollegen klangen militärisch organisiert auf dem nassen Pflaster, die dunkelblauen, fast schwarzen Uniformen der MEKs, ihre Sturmhauben und Helme schluckten den Rest vom Sonnenlicht. Angst hatte er nie bei solchen Gelegenheiten. Angst hatte er, wenn er im Meditationskurs pinkeln musste, die Zimbel noch nicht geklingelt hatte und er merkte, dass seine Beine eingeschlafen waren. Aber nicht bei so was hier. Jurkschat nickte ihm zu. Sie kannten den Weg.

Am Rande des Parkplatzes, noch nicht ganz in Sichtweite der Straße, stand die Amerikanerin Tracy Harris und verteilte kleine schwarze Plastikkameras, die in Schulterhöhe an Jacken und Uniformen befestigt werden konnten. Die wenigsten nahmen eine, viele Kollegen hatten beim Briefing dagegen protestiert, aber Behling hatte was von «subjektiver und objektiver Sicherheit» und «wichtigem Testlauf» schwadroniert, und damit war der Käse gegessen gewesen.

«Ich komm mit euch», sagte Tracy, während sie Danowski half, die Kamera an seiner Jacke zu befestigen.

«Tatsächlich?» Er schaute fragend zu Jurkschat, aber die zuckte bloß mit den Achseln.

«Euer Chef sagt, ihr seid im Low-Risk-Quadranten, da kann nicht viel falsch gehen.»

«Quadrant, so, so», sagte Danowski.

«Diese Art von Situationen können schnell eskalieren», sagte Jurkschat pingelig, «egal, ob man sie vorab als lowrisk oder high-risk oder was auch immer klassifiziert. Es ist eher ungewöhnlich …»

«Ich will niemanden stören», sagte Tracy und schwenkte einen laminierten Besucherausweis, der hier eigentlich gar nichts zu bedeuten hatte, «aber euer Chef hat mir die Erlaubnis gegeben. Hi, ich bin Tracy.»

«Ich weiß», sagte Jurkschat und zeigte humorlos auf ihre eigene Namensleiste.

«Und ich habe Erfahrung. *Combat experience*. Ich bin Ex-Military. Ich war im Irak.»

Danowski und Jurkschat warfen sich einen Blick zu: Sie waren beide erstaunt und vielleicht auch ein bisschen beeindruckt. Was war Harburg gegen den Irak. Und: dann eben laufen lassen.

«Vielleicht finden wir hier ja endlich diese Massenvernichtungswaffen, die ihr so lange gesucht habt», sagte Danowski. Und bedauerte es sofort, denn er registrierte, dass Tracy Harris einen Moment zögerte und dann gar nicht reagierte, als hätte sie in einem Menü möglicher Reaktionen keine passende gefunden. Jurkschat richtete ihren Pferdeschwanz.

Am Rande des aufgerissenen Parkplatzes vor der Papierfirma stand ein ebenso verlassener Baucontainer, schräg, an der einen Seite leicht im Matsch versunken wie nach einem vergeblichen Abtransportversuch. Jurkschat schnitt mit dem Bolzenschneider den Zaun auf, und vom Nachbargrundstück, das nur eine große, mit Papierfetzen und Plastiktüten übersäte Herbstwiese war, robbten sie hinter den Container. Tracy Harris in der Mitte, er zuletzt, sie machte das besser als Jurkschat und er. Nach wenigen Metern waren sie vorderseitig voller hellbraunem Schlamm, und als sie die letzten Meter im Entengang zurücklegten, schmatzten ihre Laufschuhe bei jedem Schritt. An den Knien spürte er die Kälte des trocknenden Drecks. Von hier aus hatten sie freien Blick auf die leere Doppelgarage, die sich erschöpft an das graue Firmengebäude lehnte. Alles in Leichtbauweise, Blech und Rigips, warum riss das nicht mal jemand ab. Über der Garage verlief eine Reihe von Bürofenstern, durch die man theoretisch leicht aufs Dach hätte steigen können. Zum Beispiel, wenn durch den Haupteingang ein MEK gestürmt kam mit einem rotgesichtigen Behling, der «Polizei! Hände in die Luft!» brüllte. Aber Behling hatte natürlich recht: Der logischere und einfachere Fluchtweg war der durch die Lagerhalle, vor der sich jetzt wohl gerade das andere MEK postierte. Von hier aus nicht zu sehen. Er und Jurkschat waren allein auf der Welt mit einer Zivilistin, die mal beim Militär gewesen war. Und dem Funkgerät.

«Team Rosa in Position», sagte Danowski, dem es scheißegal war, welche Farbcodes Behling seinen Teams zuordnete. Der knisterte was Bestätigendes. Nach und nach gingen von den anderen die Positionsmeldungen ein.

«Und jetzt?», flüsterte Tracy Harris, die zwischen Danowski an der linken und Jurkschat an der rechten Containerseite kauerte und daher nicht sehen konnte, was vor sich ging. Jurkschat seufzte.

«Jetzt warten wir», sagte Danowski. Die Ungarn hatten melodramatisch vereinbart, sich im *«szürkület»* zu treffen. Der eine BKA-Typ war nicht müde geworden, das Originalwort zu benutzen und zu erklären, dass es Dämmerung hieß.

Im Grunde waren Danowski dies seine liebsten Momente als Polizist: Wenn man irgendwas tat, was sonst kein Mensch auf der Welt tat außer Kindern, die Polizist spielten. Im Schlamm liegen und ein verlassenes Gebäude beobachten, während über einem die Dämmerung einen zweiten halbherzigen Regenbogenversuch auffraß und der Nieselregen auf der Oberlippe kitzelte. Wenn er ehrlich war, fand Danowski das Idylle. Und spannender, als er anderen gegenüber zugegeben hätte. Auf diese Klappt-es-oder-klappt-es-nicht?-Weise: Konnte ja immer gut sein, dass die Informationen der Zielfahnder Mist waren oder die Ungarn ihren Plan geändert hatten oder dass irgendwas dazwischenkam. Je dunkler es wurde, desto lauter wurde die Stadt in der Ferne, als bäumte sie sich noch einmal auf gegen das Tagesende.

Sie warteten. Die beiden Frauen unterhielten sich leise über die Militärlaufbahn von Tracy Harris, in unvollständigen Sätzen, aber Danowski merkte, dass sie noch ausweichender antwortete, als Jurkschat fragte. Dann driftete er und spürte seinen Atem und war erstaunt, dass er so entspannt schon lange nicht mehr gewesen war.

Dann über dem entfernten Straßenlärm das Knirschen von Reifen auf schmutziger Straße, das leicht gequälte Quietschen am Bordstein, dann eine Kette, die geöffnet wurde, ein Gitter, zurückgezogen. Jurkschat winkte. Sachte schmatzend wechselten Tracy Harris und er auf ihre Containerseite. In der Einfahrt stand ein weißer Audi Q7. Diesen Wagen hier plötzlich in seiner vollen, Aufmerksamkeit heischenden Größe stehen zu sehen, LED-Leuchten abgedimmt, der Motor im Leerlauf unhörbar, hatte dann doch was Seltsames: Ja, das war das Auto von Oliver Wiebusch. Die gleiche perlweiße Lackierung, sogar die Felgen waren ganz ähnlich auf den ersten oder sollte man sagen Tunnelblick?

Danowski merkte, dass er endgültig angefangen hatte, an die Verwechslungstheorie zu glauben.

Im Dämmerlicht, das im Fernglas poliert und aggressiv kontrastreich wirkte, sah er einen Mann, der das Tor öffnete, und drei weitere im Auto, einer davon offenbar Lajos Aradi. Obwohl er anfangs nicht so richtig an die Ungarn-Connection geglaubt hatte, und obwohl deren Hauptverfechter Behling und Kienbaum Spacken waren, wie sie hier in Hamburg sagten, merkte Danowski, wie sein Herz voll unverstellter Freude schneller schlug: Es ging los. Der Plan war schon zur Hälfte aufgegangen, fehlte nur noch der andere Ungar, Tamás Bárdosi mit seinen Leuten. Echte, sorgfältige Polizeiarbeit, mit den Knien im Schlamm, egal, ob man Team Rosa hieß oder sonst wie. Wenn er ehrlich war, würde er das alles doch ganz schön vermissen. Auf Teilzeit. Im Innendienst.

Nachdem sie den Wagen am gerade noch brauchbaren Rand des Parkplatzes abgestellt hatten, blieb einer der Aradi-Leute am Wagen stehen und rauchte in seine hohle Hand, instinktiv offenbar, um die Glut in der Dämmerung zu verbergen, wie man es beim Militär lernte. Die drei anderen gingen Richtung Haupteingang, ohne sich umzuschauen. Der kleinere, gedrungene in der Mitte war Aradi, die Kreuztätowierung auf seinem bleichen Schädel war im Dunkeln kurz zu sehen, bevor er mit seiner Eskorte um die Ecke verschwand.

«Team Rosa: Gruppe A eingetroffen, vier Mann, drei auf dem Weg ins Haus, einer auf dem Parkplatz», meldete er in den Schlamm geduckt, damit seine Worte nicht weit trugen. Danowski störte was an der kleinen Szene, aber er kam nicht dazu, darüber nachzudenken, weil der Raucher jetzt etwa dreißig Meter von ihnen entfernt in den Schlamm pinkelte. Jurkschat und Harris kicherten, er begriff erst nicht, warum, aber dann sah er, dass der Raucher ein großes weißes Glied hatte, schlauchartig fast, das ging ihm pinkelnd halb bis zum Knie.

«That's a big schlong», wisperte Harris wie zu sich selbst.

«No shit», Jurkschat, plötzlich weltgewandt und leicht lispelnd, weil sie das Haargummi zwischen den Zähnen hatte. Finzi würde jetzt sagen: Suche Mann mit Pferdeschwanz, Frisur egal, dachte Danowski. Dann schüttelte er den Kopf. Nur Zeichen, so wenig wie möglich sprechen. Harris, als könnte sie Gedanken lesen, machte verstärkend eine Anglergeste, indem sie mit zwei flach aufgestellten Händen etwa 40 Zentimeter anzeigte. Er rollte mit den Augen und hätte um ein Haar verpasst, was sich jetzt auf der Garage tat: Jemand rüttelte an einem der Bürofenster, und als es endlich offen stand, schob ein Arm einen Konferenzstuhl hindurch und ließ ihn die anderthalb Meter

aufs Garagendach fallen. Dann einen zweiten. Dann nichts mehr. Danowski zögerte mit dem Funkgerät. Dann ließ er es sein. Da gab's erst mal nichts zu melden. Dann aktivierte er seine Kamera, um Harris einen Gefallen zu tun, aber wenn er sich nicht aufrichtete, würde die Filmdatei sowieso nur Schlamm und Containerwand zeigen.

Der Raucher wischte sich die Hände an der Hose ab und hatte offenbar bessere Ohren als Danowski und Jurkschat. Denn jetzt hielt er inne und ging dann schnell zum Tor, um es noch einmal zu öffnen. Auf der Straße rollte ein weiterer Geländewagen vorbei, schwarz diesmal, BMW, im Schritttempo, aber vorbei an der Parkplatzeinfahrt. Der Raucher zuckte mit den Schultern und überließ das Tor wieder sich selbst. Offenbar parkten Bárdosi und seine Leute auf der Straße. Die entsprechende Meldung kam, am Rande der Hörbarkeit, Sekunden später.

Danowski lehnte sich an die Rückseite des Containers, während die Meldungen der anderen Teams aufrauschten. Zugriff durch Team Schwarz und Team Blau in zwei Minuten. Aufs vereinbarte Signal aktivierte Danowski die Stoppfunktion seiner Armbanduhr. Er machte Jurkschat ein Zeichen, watschelte zurück zu seiner Containerseite und beobachtete das Garagendach, weil es seine Aufgabe war. Noch anderthalb Minuten. Die waren lang, das wusste er spätestens seit der Sitzmeditation. Danowski schloss die Augen, atmete und blendete sich aus, weil er wusste, dass Jurkschat und er hier nur der Vollständigkeit halber dabei waren und dass ihr Garagendach, wenn überhaupt, erst in den Augenblicken des Zugriffs eine Rolle spielen würde. Die mit vagen Nachbildern durchzogene Dunkelheit hinter seinen Lidern erinnerte ihn an den Tunnel und den Lüftungskanal. Und an die Patrone, auf der «*Your Pale Servant*» stand, als die Techniker sie gereinigt und bestätigt hatten, dass der Staub Monate alt war. Vielleicht war das was Militärisches, irgendwas mit «dienen» und «Service» kam doch auch immer in diesen Army-Ausdrücken vor. Von den Ballistikern wussten sie zwar inzwischen, dass die Patrone nichts mit den Projektilen der Tatwaffe zu tun hatte, gleiches Kaliber zwar, aber anderes Fabrikat, anderer Mantel. Wenn das hier vorbei war, würde er trotzdem mal Harris fragen, ob ihr was dazu einfiel. Überhaupt wär's nett, mit der noch ein bisschen über die alte Heimat zu plaudern, Leslie würde das auch Spaß machen, sie hockten doch sowieso immer nur abends zu Hause rum, wenn Danowski nicht gerade auf Ungarn zugriff oder Leslie auf Fortbildung war. Warum lud er Harris nicht mal …

Was er für eine weitere akustische Komponente des Feierabendverkehrs gehalten hatte, war offenbar doch Jurkschat, die zischte. Noch gut sechzig Sekunden auf der Uhr. In seiner Rechten die Dienstwaffe, Zeigefinger ausgestreckt parallel zum Lauf, er hatte gar nicht registriert, wie er die gezogen hatte. Jurkschat zeigte nachdrücklich Richtung Garagendach.

Aradi war dabei, seinen gedrungenen Körper mit den Füßen voran aus dem Fenster zu hieven und sich dann geschickt aufs Garagendach hinunterzulassen. Er strich sich über die Hosenbeine seiner hellen Jeans und rief halblaut was Ungarisches. Aus dem Büroraum kam Gelächter, dann fing ein zweiter Mann an, aus dem Fenster zu klettern, deutlich ungeschickter. Bárdosi, ganz ähnlicher Typ, aber dicker, weniger durchtrainiert, eher so Typ aus dem Leim gegangener Eisenbieger.

«Team Rosa Situationsänderung», sagte Danowski, der für die Meldungen zuständig war. «Zielperson A und B, wiederhole: A und B auf Garagendach Quadrant vier. Keine Fluchtbewegung.»

Er ahnte, wie Behling jetzt fluchte. Alles auf Anfang oder weiter im Plan? Kam darauf an, ob Behling Danowskis Einschätzung teilte, dass hier niemand fliehen wollte. Aber das letzte Mal, dass Behling eine Einschätzung von Danowski geteilt hatte, musste in einem früheren Leben gewesen sein. Dann dessen Meldung: «Team Blau geht auf Quadrant 4. Zugriffzeit in vierzig. Team Rosa bleibt auf Position.»

Danowski ließ das Funkgerät sinken. Aradi half seinem Rivalen jetzt aufs Dach, das war eine etwas umständliche Prozedur, die von den Männern im Büro mit Anfeuerungsrufen begleitet wurde. Das waren alles Leute, die Frauen und Mädchen in die Prostitution zwangen, vergewaltigten und versklavten, Menschenhändler, Profiteure einer uralten Gier, ihrer eigenen und der vieler anderer, aber in dieser Situation wirkten sie sympathisch und harmlos wie ein etwas ungelenker Betriebsausflug, wenn die Chefs beim Riverrafting im Schlauchboot schwankten und alle sahen: Das waren auch nur Menschen.

Jetzt setzten sie sich auf die Konferenzstühle, die auf dem Dach bereitstanden, und winkten die anderen weg von den Fenstern. Dann beugten sie sich zueinander, ihre Knie berührten sich nicht nur fast, sondern ganz ungeniert, in dieser freundlich nachlässigen Körperlichkeit von Männern, die nicht so verkopft waren wie zum Beispiel er, Adam Danowski.

«Team Rosa, weiter keine Fluchtbewegung. Person A und B im Gespräch», meldete er. Zugriff in fünfzehn Sekunden. Aus den Augenwinkeln meinte er am Rande des Geländes Schatten huschen zu sehen, die MEK-Leute vom Team Blau, die sich in Position brachten. Aber die waren eigentlich zu geschickt, um Schatten zu werfen. Jetzt wurde ihm auch klar, was ihn an der Szene vorhin gestört hatte: Weder Aradi noch seine Männer hatten sich nach einer möglichen Bedrohung umgesehen, keiner von ihnen hatte die Umgebung mit den Augen nach einem Hinterhalt abgesucht. Das hier sah aus wie ein Familientreffen und nicht wie die hochgesicherten Waffenstillstandsverhandlungen zweier tödlich rivalisierender Banden.

Während Danowski überlegte, wie er das kurz und bündig in eine Funkmeldung packen konnte, fing Jurkschat an, mit den Fingern die Sekunden runterzuzählen. War Team Blau in Position? Er fing schon an, in Funksprüchen zu denken. Egal, so oder so, jetzt mussten sie raus, in fünf, in vier, …

Er taumelte zurück, weil das Containerblech ihn plötzlich abstieß und dabei dröhnte wie eine schreckliche Glocke. Dann hörte er zeitversetzt das dazu passende Zischen. Instinktiv wollte er wieder nach vorn, sich gegen den Container drücken, aber mit einem Sprung von der Seite warf ihn jemand zu Boden: Harris. Jurkschat lag schon im Schlamm. Die Schüsse kamen von schräg hinter ihnen, die Grasnarbe war ihr einziger Schutz.

«Snipers», sagte Harris, «auf siebzehn Uhr. Scharfschützen. Sind das eure eigenen Leute?» Nicht besonders scharf, offenbar, wenn sie nur den Container trafen. Danowski konnte nicht mehr sehen, was sich auf dem Garagendach abspielte, aber die Akustik sprach für sich: das trockene, kalte Kläffen gängiger Handfeuerwaffen, denn die Ungarn erwiderten das Feuer. Aus dem Funkgerät kam nur noch Kauderwelsch, vielleicht so was wie «Rückzug, Rückzug», aber wohin? Danowski drehte seinen Kopf behutsam Richtung Gras. Zu dunkel jetzt, um einen Fluchtweg zu sehen.

«Das sind nicht die Kollegen», rief Jurkschat. Sie musste recht haben. Das MEK war auf einen Direktzugriff mit möglicher Nahkampfsituation eingestellt, die Scharfschützengewehre waren in den Mannschaftswagen geblieben, das hatten sie so besprochen. Danowski dachte an seine Kinder, ganz konkret, Marthas Füße, Stellas Zähne. Und das MEK hatte erst recht keine AK-47. Durch die Wiese und den Dreck sah er zuerst das grotesk gezackte Mündungsfeuer, etwa hundert, hundertfünfzig Meter entfernt, von der Ladefläche eines Kleinlasters, der am äußeren Rand der Brache schräg auf dem Bürgersteig stand. Warum hatten sie den nicht gehört? Zu beschäftigt mit dem Abzählen der Zeit und der eigenen Prozedur. Immer zu beschäftigt.

Harris riss an seinem Arm, sie sprach im Liegen, und er ahnte sie mehr, als dass er sie im humorlosen Hämmern des automatischen Gewehrs hörte: Wir sind im Kreuzfeuer. Wir müssen hier weg. Das Einzige, was über die Grasnarbe ragte, war Jurkschats Pferdeschwanz, Markenzeichen von Team Rosa. Tracy Harris zeigte zur Containerecke, und als die Schussgeräusche abrissen, verstand er, dass sie «In die Grube!» schrie. Und er wusste, dass sie recht hatte: Wenn sie hier rauskommen wollten, mussten sie sich exakt entgegengesetzt zu ihrem bisherigen Auftrag verhalten, mitten rein ins Sichtfeld der Ungarn, vor den Container, und als hinter ihnen noch einmal die Kalaschnikow die Reste vom *szürkület* durchteilte, konnten Jurkschat und er plötzlich genauso gut und schnell robben wie Tracy Harris.

Hinterm Container konnte man die Grube nur noch ahnen, Danowski war der Erste und hoffte auf viel Schlamm und wenig rostige Metallteile, mit Glück waren die damals noch nicht dazu gekommen, hier irgendwelche eisernen Fundamentgitter einzuziehen. Vom Garagendach kamen keine Schüsse mehr, einer der Ungarn hing halb über den Rand, Gesicht zum Himmel, dann wieder zwei Schüsse aus dem Fenster, weit über sie hinweg, die Stiefelgeräusche und Rufe der mobilen Einsatzkommandos längst nicht mehr so planvoll und militärisch geordnet, wie er es sich jetzt gewünscht hätte, die waren weit weg am Rand seiner Welt, und dann rutschte er mit dem Kopf voran die steile Schräge hinab ins fast Dunkle und wusste, dass er im besten Fall gleich merken würde, wie Jurkschat und Harris auf ihm landeten.

17. Kapitel

«Ich glaube nicht, dass er sich davon je wieder erholen wird.»

«Wirklich?»

«Ja, das war's. Der ist am Ende.»

«Aber eigentlich war es nicht seine Schuld.»

«Das stimmt. Die Fehler hat das BKA gemacht. Aber wenn die bei irgendwas nie Fehler machen, dann dabei, anderen ihre Fehler anzuhängen. Und Behling hat sie ja richtig dazu eingeladen: Als das Ganze wie ein absehbarer Erfolg aussah, hat er die Koordination an sich gezogen und die BKA-Leute wie Lakaien behandelt, darum sind sie jetzt, wo das Ganze ein absolutes Debakel war, natürlich froh, ein Bauernopfer zu haben.» Wie redete er eigentlich. Na ja, der Rotwein, die warme Küche, Leslies Zwiebelkuchen, Tracy Harris' geduldiges und leicht amüsiertes Gesichtsoval im Kegel der Ikealeuchte über dem viel zu kleinen Esstisch gegenüber der Waschmaschine, die vor sich hinitalienisierende Paolo-Conte-CD, die Finzi ihm mal gebrannt hatte, und dann natürlich diese unfassbare Nummer im Harburger Baugrubenschlamm vorgestern, das Gefühl, mit dem Leben davongekommen zu sein, und als Sahnehäubchen Behlings Niedergang: Danowski ging's einfach richtig prima in diesem Moment, ganz ohne Atem spüren und guten Ort finden, er war einfach nur glücklich und zufrieden, weil die Kinder schliefen und die Erwachsenen hier unter der Woche zu dritt um zehn saßen und über die alte Heimat und den Einsatz redeten.

Und vor allem war er glücklich, weil Leslie, die nicht

gern über seinen Job redete und deren Freunde irgendwie alle Lehrer oder Nachbarn waren, sich mit ihm mal
über was anderes unterhielt als über ihre Zukunft und ihre
Beförderung und einen Umzug und seinen Rückzug in
die Teilzeit, und weil Leslie und Tracy Harris auf Anhieb,
während er den Salat putzte, ein paar Themen fanden: Sie
hatten beide als Kinder bei Z88 an der Onkel-Tom-Straße
in Zehlendorf Hockey gespielt, eine mittwochs, die andere
freitags, aber bei der gleichen Trainerin, über die es allerhand Lustiges zu erinnern gab, was Danowski über sich
hatte hinweggehen lassen wie einen warmen akustischen
Niesel.

«Aber woher hätte Behling wissen sollen, dass diese Ungarn gar nicht miteinander im Clinch lagen, sondern mit
den Kosovo-Albanern, und dass die das Treffen der Ungarn angreifen würden?» An einem anderen Abend hätte
es ihn leicht genervt, dass seine Frau ihm sachte widersprach, konnte man nicht einfach mal einer Meinung sein!,
aber heute Abend nahm er's als Einladung, noch mehr zu
dozieren; am Ende, stellte er fest, hörte er sich eben doch
auch ganz gerne selber reden.

«Klar, darauf sind die BKA-Leute reingefallen. Sehr gute
Strategie der Ungarn, sich als verfeindete Clans zu inszenieren und so doppelt BKA-Ressourcen an der falschen
Stelle zu binden. Die sind einfach davon ausgegangen,
dass das BKA ihre offiziell angemeldeten Telefone abhört,
und auf denen haben sie immer mal wieder da Märchen
von den verfeindeten Banden weitergesponnen. Und alles Echte auf irgendwelchen Prepaid-Wegwerf-Telefonen
besprochen.» Mit leichtem Unbehagen dachte er daran,
dass einer dieser Ungarn, der dicke Bárdosi, tot war, zwei
Treffer aus der AK-47, und er redete hier über ihn und
seinen Kumpel Aradi wie über zwei gewiefte Halunken aus

einem Gaunerschwank. Der Gedanke ließ sich aber sehr leicht wegschieben dank Chianti. «Außerdem war's am Ende wahrscheinlich auch ein V-Mann des BKA, der das Treffen der Ungarn an die Albaner durchgestochen hat.» Noch mal, und ganz im Ernst: Wie redete er eigentlich, durchgestochen, also schnell noch einen Schluck. «Und Behling wollte immer in die Abteilung für Organisierte Kriminalität, der hat vielleicht noch sieben, acht Jahre im Job, das wäre jetzt seine letzte Chance gewesen. Jetzt am Ende sehen die im Präsidialbüro nur: Behling war LKA-seitig für den Einsatz verantwortlich. Darum wird der da nichts mehr. Der ist durch.»

«Mich hat er auch noch angemeckert», sagte Tracy Harris jetzt. War das eigentlich okay, vor der hier die ganzen Interna auszubreiten? Na ja, das war ja erstens ein privates Küchengespräch, und zweitens hatte Behling selbst ihm grünes Licht gegeben, Harris mit einzubeziehen in die Ermittlungen, selber schuld, und außerdem gefiel ihm gerade außerordentlich gut, wie Harris ihren superleichten amerikanischen Akzent seidig über das Wort «angemeckert» breitete.

«Echt, wieso das denn?», fragte Leslie.

«Direkt nach dem Einsatz, noch auf dem Parkplatz. Durch den Kamera-Test sei eine, äh, unkontrollierbare Komponente in den Einsatz gekommen, der die Leute verwirrt und abgelenkt habe, und ich solle meinen Müll wieder einpacken.»

Danowski nickte schwerwiegend. «Typisch. Originalsound.»

Dann entstand ein Schweigen, das sie als Trinkpause nutzten. Paradoxerweise hob Leslie ihr Glas, nachdem sie es geleert hatte, und sagte: «Und du leitest jetzt die Ermittlungen bei eurem Elbtunnel-Fall. Darauf müssten wir eigentlich auch noch anstoßen.» Müssten. Tun wir aber nicht, dachte Danowski. Leslie war nicht glücklich darüber, dass er jetzt wieder eine wichtigere Rolle spielte in der Abteilung, statt sich unauffällig Richtung Bühnenausgang zu verkrümeln, Richtung Teilzeit.

«Leitest du ein großes Team?», fragte Tracy Harris.

Danowski kicherte. «Nee, nur Jurkschat und ich. Die Schießerei in Harburg hat den Elbtunnel-Mord komplett aus den Medien verdrängt, also ist das jetzt nicht mehr wichtig. Prio 1 ist, den misslungenen Zugriff abzuwickeln, Skandal eindämmen, Kiez befrieden, die Albaner haben sich durch ihren missglückten Angriff ja endlich selbst ins Aus geschossen. Leider habe ich nie deren Gesichter gesehen, als sie merkten, dass ihr Überfall auf die Ungarn live vor zwei MEKs und einem Dutzend anderer Polizisten stattfand. Jetzt gehen alle Ressourcen in diese Bandensache. Mir soll's recht sein. Können wir in Ruhe arbeiten. Ohne Druck.»

«Aber ihr seid jetzt wieder ganz am Anfang», sagte Harris mitfühlend, die gebleichten Zähne bläulich vom Rotwein, «also was euren eigentlichen Fall angeht.»

«Das stimmt», sagte Danowski und merkte, wie sich eine alkoholische Melancholie über ihn senkte, die man nur mit mehr Alkohol würde vertreiben können. «Was diesen Wiebusch-Fall angeht, wissen wir gar nichts. Wobei.» Ihm liefen die Gedanken aus dem Kopf. Was war noch gleich in diese Patrone graviert, die sie im Elbtunnel gefunden hatten?

«Du kennst dich doch sicher mit so Militärkram aus», sagte er zu Tracy Harris, seine Zunge mühsam, aber gerade noch erfolgreich am Lallen hindernd.

«Nur zu gut.»

«Was hast du eigentlich genau gemacht im Irak?», fragte Leslie, die nie groß um den Brei herumredete oder sogar nicht mal wahrnahm, dass es so was wie einen Brei gab, um den man hätte herumreden können.

Tracy Harris zögerte, und durch den Chianti-Nebel hatte Danowski plötzlich das Gefühl, sie zum ersten Mal richtig zu sehen: Die hatte was mitgemacht, aber sie war stark genug, um für sich trotzdem so was wie Frieden zu finden und verblüffend unbeschwert im Augenblick zu leben. Andere Leute mussten Meditationskurse für so was machen.

«*Meat waggon*», sagte Harris, und Danowski sah, dass Leslie das Wort auch nicht verstand. «Ich war bei den Marines und bin *meat waggon* gefahren. So nennen wir die Leute, die im Gefecht die Leichen der toten Kameraden bergen. Und Kameradinnen. *Leave no man behind* und so weiter.»

«Oh Gott», sagte Leslie und schüttelte den Kopf. «Wow. Tut mir leid. Ich hätte nicht fragen sollen.»

«Das ist lange her. 1991. Ich war zwanzig, einundzwanzig. Da geht man anders damit um.»

«Darum kannst du so gut robben», sagte Danowski lahm.

Sie sah ihn an, und ihr Blick ging ihm durch und durch. «Genau.»

Dann schwiegen sie. Fleischwagen. Das Wort blieb im Raum hängen. Danowski beschloss, dagegen anzureden.

«Wir haben in der Nähe des Tatorts eine unbenutzte Patrone gefunden, in die was eingraviert war, was ich für einen militärischen Spitznamen, ein Erkennungszeichen oder Codewort halte.»

«Hm.»

Langsam fürchtete er, paranoid zu werden: Warum starrte ihn die Amerikanerin jetzt so an, merkte die, wie besoffen er war?

«*Your pale service ... servant*», artikulierte er mühsam.
Leslie rekelte sich und unterdrückte ein Gähnen, das internationale Zeichen für: So, mein Mann ist blau, ich muss morgen früh raus, die Stimmung haben wir auch gekillt, also reicht's jetzt in nicht allzu ferner Zukunft auch mal langsam. Als er wieder zu Tracy Harris schaute, hatte er das Gefühl, die hätte gerade was in ihrem Gesicht ordnen müssen, na gut, die war auch nicht mehr ganz nüchtern.

«Sagt mir nichts. Aber ich schick dir mal einen Link, es gibt so eine Datenbank, die Army-Veteranen angelegt haben, da findet man allerhand so, na, wie so Künstlernamen sozusagen von bestimmten Einheiten.» Erstaunlich koordiniert zog sie ihr Telefon raus, das gleiche iPhone, das Danowski auch seit ein paar Monaten hatte, und suchte ihm mit ein paar Wisch- und Tippbewegungen was raus. Er glotzte nur noch in ihre Richtung. Langsam wurde ihm schlecht.

«Hast du's bekommen?», fragte sie und steckte ihr Telefon weg, schon im Aufstehen.

«Guck ich morgen», sagte Danowski gebückt.

«Nee, zeig mal, mein Mailprogramm spinnt manchmal, und der Link lässt sich nicht so leicht öffnen.»

«Ich weiß nicht, wo mein Telefon ist.»

«Hier liegt's doch.» Sie zog sein Telefon unter der Serviette vor. Stimmte ja, er hatte ihr vorhin Fotos aus Zehlendorf gezeigt. «Darf ich?»

«Hau rein.»

«So», sagte Leslie und stand ebenfalls auf. Danowski gähnte über einen Würgereiz hinweg. Scheiß Smartphones, egal, worüber man gerade redete, irgendwann fummelte immer irgendjemand an irgendeinem Telefon herum, und alles andere kam zum Erliegen, manchmal der ganze Abend.

«Ist ja jetzt auch egal», sagte Harris und gab ihm das Gerät wieder, nachdem sie offenbar vergeblich was daran probiert hatte. «Sonst ruf mich einfach noch mal an.»

Dann hörte er, wie sie sich in der Wohnungstür bei Leslie für den schönen Abend bedankte. Schöner Abend. Da hatte sie insgesamt recht. Und schön abgestürzt. Auf dem Flur änderte er ganz schnell seinen Plan, sich jetzt noch mal die Mädchen anzuschauen, und drückte sich von der geschlossenen Kinderzimmertür ab Richtung Bad, das war eine super Fortbewegungsart, die drei, vier Meter konnte man einwandfrei zurücklegen, wenn man sich von Wand zu Wand katapultierte und dabei gewissermaßen gegen den Schwindel kreuzte.

Als er vor der Schüssel kniete, war ihm gar nicht mehr schlecht. Überraschend. Aber etwas am heimeligen Badezimmergeruch nach Handtüchern, mittelsauberem Klo und rumstehenden Kosmetika traf ihn ins Innerste. Zum ersten Mal seit dem Zugriff auf die Ungarn dachte er zu Hause an die ein, zwei Minuten, die er in der Baugrube im Kreuzfeuer verbracht hatte. Er hörte, wie er schnell und stoßweise atmete, als könnte er das weghecheln.

Er ahnte, dass Leslie im Türrahmen stand, dann hörte er ihre milden Barfußschritte auf den bloßen Fliesen. Der Moment, bis sie ihre Hände auf seine Schulter und seinen Kopf legte, kam ihm unendlich lang vor.

18. Kapitel

Diese letzten Gespräche mussten aufhören. Jede Woche noch mal an die neue Schule, um mit dem Rektor, dessen Pensionierung bevorstand, ein paar Dinge zu klären. Personalplanung, Projektionen von Schülerzahlen, Finanzmittel, heute Bauvorhaben. Leslie merkte, dass sie sich danach sehnte, endlich den Vertrag zu unterschreiben.

Sie stand auf der Bundesstraße im Stau, Nachmittagsgrau wie ein Belag auf den Karosserien, der Himmel den ganzen Tag so fest und die Luft bei aller Kälte so drückend, dass man um Regen zu bangen begann. Das war natürlich auch ein Faktor, der ewige Stau. Wenn sie die Rektorenstelle annahm, würde sie entweder mit der S-Bahn fahren, oder sie würde doch hier rausziehen müssen. Wir. Die ganze Familie. Bei Adam wusste sie selbst seit fünfundzwanzig Jahren oft nicht, ob er gegen was war, weil alle anderen es gut fanden, oder weil er zu abgelenkt und mit sich selbst beschäftigt war, um wirklich darüber nachzudenken. Oder ob er einen echten, tiefen Widerwillen hatte. Raus an den Stadtrand, das Reihenhäuschen im Grünen. Und was war grüner als Streuobstwiesen und Moorweiden. So aus Städtersicht. Und fast dreihundert Quadratmeter Garten. Hundertachtundzwanzig Quadratmeter Wohnfläche auf drei Etagen, schmal, aber intelligent geschnitten. Für jedes Kind ein eigenes Zimmer und am Ende sogar noch eins für sie. Und das alles für zweihundertneunzigtausend Euro. Wahrscheinlich konnten sie den Preis sogar noch drücken, so lange, wie die da schon Leerstand hatten in der Siedlung.

Leslie schielte auf die Internetausdrucke auf ihrem Beifahrersitz. Seit Adam von der Siedlung erzählt hatte, war ihr der Name nicht mehr aus dem Kopf gegangen. Hainapfel-Siedlung. Einerseits ärgerte sie sich, dass sie auf diesen Immobilienvermarkter-Kitsch reinfiel, andererseits: die Wiesen, die Äpfel. Was Vergleichbares würde bei ihnen in der Gegend locker zweihunderttausend mehr kosten, unbezahlbar, absurd.

Und ein bisschen sehnte sie sich auch danach, mal auf was reinzufallen, statt immer alles genau zu prüfen und am Ende eine sorgfältig abgewogene Entscheidung zu fällen. Sie wollte endlich mal was unbedingt: diese Schulleitung und dann raus an den Stadtrand. Ein neues Leben oder das alte in neuer Verpackung, besser geschützt, konserviert für eine längere Zeit. Das würde auch Adam guttun. Der es hasste, wenn andere darüber nachdachten, was ihm guttat. Oder der zumindest so tat oder selber glaubte, es zu hassen. Und schauen konnte man ja mal. Das war jetzt halt diese eine preiswerte Adresse, die ihr durch Adams Job zufällig in den Schoß gefallen war.

Da vorne würde es zum letzten Mal eine Möglichkeit geben, links abzubiegen Richtung Streuobstwiesen und Hainapfel-Siedlung. Sie war gespannt, ob sie den Blinker setzen würde.

Ein paar Baulücken, kleine und dabei nicht mal besonders tapfer aussehende Straßenbäume mit tiefroten Zieräpfeln, die sich einfallslos in den Vorgärten wiederholten: Sie musste zugeben, dass die Hainapfel-Siedlung auf den ersten Blick trostloser aussah, als sie sich ausgemalt hatte. Blutapfel statt Goldparmäne, das war schon mal nicht so toll. Aber sie kannte sich ja, sie wusste, dass sie Herausforderungen liebte, so sehr, dass sie aufpassen musste, nicht das ganze Leben als eine Abfolge davon zu betrachten: Wenn man nur einen Hammer hatte, sah man überall Nägel, und wenn es um Herausforderungen ging, hatte Leslie einen sehr großen Hammer. Trotzdem, die Trostlosigkeit hier würde man sich schon vertreiben können: die Welt da, wo die Welt ihr volles Potenzial noch nicht ausgeschöpft hatte, mit eigenem Leben und eigenem Trost füllen.

Was sich schon mal ganz gut anließ, außer der Silhouette der Wiesen und Windräder am Ende des Wendehammers: ein paar Leute in ihrem Alter auf der Straße. Adam hatte ja gesagt, dass die Ureinwohner weiter vorn wohnten, die Endfünfziger, Mittsechziger in ihren leeren Nestern. Sie bemühte sich erfolgreich, inmitten der modernen Reihenhäuser nicht nach dem Haus von Adams Mordopfer zu gucken. Würde sie das stören, falls sie jemals hierher zögen? Nur so ganz theoretisch? Sie wollte sich ja einfach mal ein Bild machen davon, was es so gab auf dem Markt, sozusagen am unteren Ende der Optionen, also genauer gesagt an ihrem und Adams Ende des Spektrums.

Ein Mann in ihrem Alter, vielleicht jünger, war vor einem der Reihenhäuser dabei, die Reifen bei einem alten Golf zu wechseln, der irgendeine alberne DJ-Reklame auf der Heckscheibe hatte. Da Adam den Reifenwechsel immer ihr überließ, erkannte sie, dass er um diese Jahreszeit Sommerreifen drauf machte, mit finsterer Miene. Ein paar Meter abseits standen zwei Frauen, ebenfalls so ungefähr in ihrem Alter, die eine in Trainingshose, als käme sie gerade vom Joggen, Kopfhörer um den Hals, Wollmütze, die andere in altmodischem Lammfell und mit wehendem Haar, das auf die Entfernung ungebürstet wirkte. Leslie war eine leidenschaftliche Bürsterin, sie sah so was gleich. Im Vorgarten spielten drei ziemlich kleine Kinder, Kindergarten- und Grundschulalter.

Leslie hielt ein Stück entfernt, machte den Motor aus und merkte, dass sie hier auffiel wie, na ja, wie eine Ortsfremde in einer dünn besiedelten Neubaustraße. Egal, gucken und fragen war ja erlaubt, wer nicht fragt, bleibt dumm und so weiter.

Die beiden Frauen auf dem Gehsteig beachteten sie nicht, und das wirkte dann gleich wieder sehr anheimelnd: Nachbarinnen, die sich richtig was zu sagen hatten und die selbst bei zufälligen Zusammentreffen vorm Haus gleich im Gespräch versanken. Nicht so wie bei ihnen in Bahrenfeld, wo außer ihnen langsam nur noch Pflegebedürftige und WG-Studenten im Haus wohnten und man nicht wusste, welche von beiden Gruppen unansprechbarer war.

Leslie blieb unwillkürlich stehen, weil ein paar Gesprächsfetzen zu ihr wehten und sie eigentlich nicht stören wollte.

«In Ruhe, wirklich ganz in Ruhe.»

«Wie lange wollen die das versiegelt lassen? Was passiert mit dem ganzen …?»

«Ist nicht unsere Sache.»

«Oh, aber und ob.»

Mit dieser seltsamen Mischung aus Beschwichtigung, Konsenswillen und immer wieder aufflackernder Mikro-Aggressivität, die Leslie gut kannte aus Gesprächen mit ihren alten Freundinnen.

«Entschuldigung», sagte sie und ging näher, wobei der Gehwegsplitt unter ihren, wie Martha sagte, Klackerschuhen knirschte. Das war hier schließlich öffentlicher Raum, da konnte jeder mitreden, und ganz bestimmt Leslie. Die beiden Frauen sahen sie an.

«Sind Sie von der Zeitung?», fragte die im Lammfellmantel und strich Haar hinter ihr Ohr. Früher hatten sie diese Haarfarbe straßenköterblond genannt.

«Nein, Quatsch», Leslie lachte. Auf die Idee musste man erst mal kommen. «Wir suchen eine Wohnung, also, ein Haus, und ich habe die Schilder hier gesehen.» Sie zeigte auf den Hainapfel-Siedlung-Aufsteller auf der anderen Straßenseite, hinter einem leicht eingedrückten Bauzaun. «Ich wollte einfach mal fragen, ob man hier gut leben kann.»

Noch während sie die Worte aussprach, merkte sie, was für eine im Prinzip außerordentlich überdimensionierte Frage das für so einen unverbindlichen Bürgersteig-Plausch war: Gut leben! Wo und wie konnte man das? Na, dann sagt mal an, Mädels. Und bitte, bevor's zu regnen anfängt.

Die beiden Nachbarinnen schauten sich an. Die dunklere mit der Sporthose schüttelte den Kopf und schnaufte ein wenig ungläubig, als hätte jemand sie gefragt, ob aufgetaute Fischstäbchen sich gut als Lesezeichen eignen. Die andere gab sich einen eleganten kleinen Ruck und sagte: «Eigentlich schon. Aber Sie haben ja wahrscheinlich schon gehört, dass hier jemand umgebracht worden ist. Also nicht hier, sondern auf dem Heimweg. Aber einer unserer Nachbarn. Seitdem fühlen wir uns nicht mehr ganz so wohl hier. Wenn ich ehrlich bin.»

Leslie nickte. «Das verstehe ich. Aber …»

«… das Leben geht weiter, und überall sterben die Leute», sagte die Joggerin in einem neutralen, fast versteinerten Ton, aus dem Leslie gar nichts raushören konnte.

«Kannten Sie denn den, äh, Toten gut?», fragte Leslie, weil sie das Gefühl hatte, dass man vor den Immobilien-Smalltalk hier ein bisschen Pietät schalten musste.

«Sie sind sicher, dass Sie nicht von der Zeitung sind?»

«Nein, ich bin Lehrerin. Grundschullehrerin.» Und weil die Kinder im Vorgarten gerade wirklich außerordentlich laut wurden bei dem Versuch, sich gegenseitig in ein windschiefes Plastikhaus einzusperren: «Sind das Ihre?»

Beide nickten. Dann sagte die mit den ungebürsteten Haaren: «Ja, den kannten alle hier.»

«Die Seele der Siedlung», sagte die Joggerin im gleichen Tonfall wie eben, als nennte sie einen Filmtitel, der jemand anderem nicht einfallen wollte.

«Das tut mir leid», sagte Leslie.

«Können Sie ja nichts für.» Wann war das eigentlich die Standardantwort auf unverbindliche Beileidsbekundungen geworden? Leslie beschloss, auf den Punkt zu kommen.

«Aber jetzt nicht wegen dieses Todesfalls hier: Ich sehe halt einfach, dass eine Reihe von Grundstücken noch gar nicht bebaut ist, und ein oder zwei Häuser sehen leer aus.»

«Ja, das hat sich hier nicht so entwickelt, wie die sich das vor zwei, drei Jahren vorgestellt haben. Ist halt schwierig für Pendler, immer Stau im Elbtunnel, und wenn jetzt der Deckel über der A7 kommt, dann wird das auf zehn Jahre noch mal schlimmer. Ich muss selber vier oder fünf Tage die Woche in die Stadt, das nervt, das kann man nicht beschönigen», sagte die in der Lammfelljacke. «Und dann ist die Infrastruktur hier ehrlich gesagt so mittel. Der Kontrast ist schon hart, wenn man aus Eimsbüttel oder so hierher zieht. Ist halt eher wie auf dem Land.»

«Das gefällt mir daran eigentlich sehr gut», sagte Leslie. «Bisschen abgeschieden und so. Und ich würde auch gar nicht pendeln.» Höchstens mein Mann, dachte sie leicht schuldbewusst. Die Kinder waren wirklich laut, und dabei war sie in der Hinsicht einiges gewöhnt. Gut, auch ein Vorteil: Hier konnten sie rumkrakeelen, so viel sie wollten, bei ihnen wummerte der Alte von unter ihnen immer schnell mit der Gehhilfe gegen die Decke.

«Johanna!», schrie die Frau mit der Lammfelljacke unvermittelt Richtung Haus. Manchmal bekam man bei anderen Familien unvermittelt einen Eindruck davon, was sich so anstaute über Stunden, und plötzlich brach der Damm, laute Stimme. Und dann fragte man sich, wie oft einem das selbst so ging. Leslie selten, Adam öfter. «Kommst du mal bitte raus, ich hab dir doch gesagt, du sollst auf die Kinder aufpassen!»

Die Frau wandte sich wieder Leslie und der Joggerin zu und schüttelte erschöpft den Kopf, als wüssten alle, worum es ging. Ungeplant kräuselte Leslie mitfühlend die Lippen.

Aus dem Hauseingang kam ein etwa vierzehn, vielleicht fünfzehn Jahre altes Mädchen, das die blassen, kindlich runden Gesichtszüge ihrer Mutter in der Lammfelljacke hatte. Offenbar Johanna. Die Haare in einem rausgewachsenen Bob, schwarz gefärbt, dass es selbstgemacht aussah, und die Augen viel zu dunkel geschminkt. Die Klamotten auch alle schwarz und dunkelgrau, eine ausgeleierte Strickjacke, in der sie links und rechts die Hände unter den Achseln vergrub. Sie würdigte weder ihre Mutter noch die Joggerin oder den Reifenwechsler, vermutlich ihr Vater, eines Blickes, aber Leslie kriegte einen ab, weil sie neu war in der zufälligen kleinen Runde hier. Leslie kannte diesen Blick ganz genau. Genauso hatte sie auch immer geguckt in dem Alter. Lustlos, als wäre Lustlosigkeit eine Lebenskunst, die man zur Perfektion bringen konnte, wenn man sich ihr mit aller Hingabe widmete. In dem Alter hatte sie Adam kennengelernt.

Johanna ging die drei Stufen von der Haustür runter in den Vorgarten und hockte sich auf einen kleinen blassroten Plastikstuhl neben dem Spielhaus. Die Kinder wurden kein bisschen leiser. Du wirst auch irgendwann groß, dachte Leslie. Und dann wirst du dir wünschen, du hättest nicht jahrelang so einen Flunsch gezogen. Schmerzhaft hübsch im Profil, übrigens.

«Nee, wenn man nicht pendelt, ist es toll hier», sagte Johannas Mutter. «Und nette Nachbarn. Nicht viele, aber nette.»

Johanna rollte mit den Augen.

«Wollen Sie vielleicht mal reinkommen und sich den Grundriss anschauen?», fragte ihre Mutter. «Wie viele Kinder haben Sie denn? Wir haben drei, das ist fast ein bisschen knapp. Oder besser gesagt: Es ist knapp.»

Die Joggerin wandte sich ab, winkte was zum Abschied und beugte sich dann über den Vorgartenzaun, um entschlossen eines der lauten Kinder zu küssen, offenbar ihres. Dann lief sie los, so langsam, dass Leslie sich fragte, warum sie nicht einfach einen Spaziergang machte.

«Gern», sagte Leslie. «Vielen Dank. Wir sind zu viert.»

Als sie wieder im Auto saß, kam sie kurz vorm Abbiegen an der Joggerin vorbei, die es sich entweder anders überlegt hatte oder nicht mehr als zehn Minuten lief. Leslie nickte ihr zu und wunderte sich, als die andere vergleichsweise hektisch winkte. Sie hielt an und ließ die Scheibe runter.

«Und?», fragte die Joggerin.

«Bitte?»

«Gefällt's Ihnen?»

«Ja. Schon. Ich weiß noch nicht genau. Wir sind ja noch ganz am Anfang.»

«Wir.»

«Ja, meine Familie und ich.»

«Ah, irgendwie dachte ich, Sie wären allein. Mit Kindern. Also, ich bin geschieden.»

«Okay.» Führte das jetzt irgendwohin? Die Joggerin tänzelte neben Leslies Auto in Superzeitlupe.

«Jedenfalls, was ich mir gedacht habe: Es ist zwar schön hier mit Yvonne und Rüdiger nebenan und mit den Kindern und so, aber ich hab schon überlegt, wieder in die Stadt zu ziehen mit Jakob. Haben Sie was zu schreiben?»

«Sicher.» Leslie reichte ihr den Immobilienausdruck durchs Fenster und einen Tankstellenkuli. Die Joggerin schrieb was drauf und gab Leslie alles zurück. Eine Handynummer, darunter: S. Thomsen.

«Wenn Sie Interesse haben. Ich glaube, ich würde verkaufen. Für mich und Jakob sind drei Etagen zu viel, ich komm auch nicht hinterher mit dem Garten und dem ganzen Aufräumen. Also, ich mach Ihnen einen guten Preis.»

Leslie nickte. «Danke. Okay. Ich ruf Sie an.»

«Oder ich Sie», sagte die Joggerin.

«Klar», sagte Leslie und gab ihr ihre Karte. Dann sah sie ihr hinterher, wie sie mit nach innen gekehrten Fußspitzen davonlief.

An der Ampel zur Bundesstraße, nur drei Minuten später, sah Leslie eine andere neue Bekannte, die deutlich schneller rannte: Johanna, Richtung S-Bahnhof vielleicht, mit einem zornigen Zug im Gesicht, das Leslie im letzten Moment beim Abbiegen tränenüberströmt fand.

Seltsame Gegend, dachte sie.

Dann sprang die Ampel auf Grün, und als Leslie langsam anfuhr, kam ihr ein metallicblauer Ford entgegen, den sie schon öfter gesehen hatte: der Dienstwagen, mit dem Adam heute Morgen zur Arbeit gefahren war, und jetzt saß ihr Mann hinterm Scheibenwischer auf dem Beifahrersitz, ins Leere guckend wie beim Sonntagsfrühstück. Daneben seine Kollegin mit dem komisch provinziellen Ostpreußennamen, Meta Dingenskirchen, die immer an ihrem Pferdeschwanz rumfummelte. Meta stieß Adam an, während Leslie abbremste, und als Adam in ihre Richtung blickte, schwankte sein Ausdruck zwischen verständnislos und völlig verständnislos.

19. Kapitel

Hier hatte alles angefangen. Und hier war alles zu Ende gegangen. In den dunklen Treppenhäusern und unterirdischen Wegen parallel zum Elbtunnel und jenseits davon, in den Röhren und Kriechgängen und Versorgungsschächten. Der Anfang seiner Zeit mit dem bleichen Diener – und ihr Ende.

Das Rad des Lebens, der Sonnenkreis – Trickster würde eines Tages anfangen, sich in Ruhe mit Symbolen zu beschäftigen, alle Kulturkreise hatten am Ende irgendwie dieselben, alle waren von den gleichen Vorstellungen besessen, von Kreisläufen, Abgründen und Verborgenem, aber im Moment fehlte ihm die Zeit dafür. Frühmorgens der Zeitungsjob, dann zu Hause drei, vier Stunden schlafen, die Nachmittagsschicht im Backshop am S-Bahnhof, und dann nach Einbruch der Dunkelheit raus, in die Internet-Foren oder zu den verlassenen Orten.

Seit dem Tod des bleichen Dieners war alles anders. Er konnte nicht mehr schlafen. Darum waren sie jetzt schon tagsüber hier unterwegs, aber es machte nichts: In der Erde war die Dunkelheit, die er suchte, immer zu finden.

In den Foren hatte er vor drei Jahren zum ersten Mal von den verlassenen Evakuierungsgängen auf der Nordseite des alten Elbtunnels gelesen, von der Tür hinter den zugewucherten Hecken der Lärmschutzwand und wie man sie öffnen konnte. Und in den Foren war ihm zum ersten Mal der bleiche Diener aufgefallen. Jedes Forum hatte seinen Star, egal, ob es um skandinavischen Death-Metal, Serienmörder oder die wahren Hintergründe von

Nine-Eleven ging. Als Neuling erkannte man diese Stars sofort: An ihren Sternen oder Runen oder einschüchternd hohen Beitragszahlen *(3567 posts in forum)*, und vor allem an ihren arroganten, knappen, sarkastischen Antworten, an ihren Anspielungen und Insider-Witzen, die man studieren musste wie Zeichen und Symbole, wenn man dort bestehen wollte. Der bleiche Diener war immer der Star gewesen.

Trickster erinnerte sich noch gut, wie lange es gedauert hatte, bis der bleiche Diener ihn als vollwertigen Konkurrenten anerkannt hatte. Monate, vielleicht ein Jahr. In dieser Zeit hatte er angefangen, den bleichen Diener zu hassen. Trickster gab sich schon lange nicht mehr mit halben Emotionen ab: Im Grunde hatte er nie begriffen, warum Menschen negativ über «Schwarz-Weiß-Denken» redeten oder «Top-oder-Flop-Mentalität» oder was einem sonst so als Sprach- und Gedankenmüll von der herrschenden Welt angeboten wurde. Es gab doch nur zwei Wahrheiten der menschlichen Realität: Leben oder Tod, an oder aus, das ganze Universum beruhte auf Polaritäten. Darum liebte Trickster, oder er hasste. Erdmännchen liebte er, den bleichen Diener hatte er gehasst. Das war viel einfacher, klarer, konsequenter und mutiger, als sich den Kopf und das Herz darüber zu zerbrechen, wie traurig und einsam ihn Erdmännchen manchmal mit ihrer ängstlichen Schafsart machte, und wie übermächtig manchmal sein Wunsch war, sie zu quälen oder zu strafen für ihre Teilnahmslosigkeit. Und was hätte es ihm gebracht, sich verwirren zu lassen von Gedanken daran, wie sehr er den bleichen Diener brauchte für ihren Wettstreit, wie sehr er davon zehrte, einen Besseren zu haben, an dem er wachsen konnte. Nichts hätte es ihm gebracht, es hätte ihn geschwächt im Kampf darum, wer zuerst die schwierigsten, gefährlichsten, verborgensten der verlassenen Orte entdeckte und seine Leistung im Forum dokumentierte.

Das liebte Trickster am dunklen Weg hinab in die verlassenen Rettungskammern und Evakuierungswege am Elbtunnel: dass man zum Nachdenken kam. Vielleicht dachte hier sogar Erdmännchen nach, die vor ihm im Unschein seiner abgedunkelten Lampe ging, sicher und zügig, kein Vergleich dazu, wie vorsichtig sie in der Tag- und Menschenwelt ihre Füße voreinander setzte.

Hatten sie Zeit für ein Versteckspiel, konnte er sie jetzt hier nehmen, auf der Treppe, im Dunkeln? Er wusste, dass sie bereit war. Sie war eigentlich immer bereit, denn sie hatte die gleiche Philosophie wie er: immer oder nie. Nachtwelt oder Tagwelt. Tod oder Leben. Aber dem gleichen Prinzip folgend, hatten sie jetzt nur einen Plan: eine Abschiedszeremonie für ihren Feind.

Der bleiche Diener – und darum hatte Trickster ihn vielleicht wirklich und am meisten gehasst – war alles andere als klar. Er präsentierte sich in den Foren und wollte doch, dass ihm keiner folgte. Er gab an mit seinen Erfolgen, aber verstand nicht, dass ein verlassener Ort, den einer erschlossen hatte, danach für alle anderen offen war. Der bleiche Diener wollte alles für sich behalten. Eine Weile hatte Trickster das für einen Teil ihres großen, wichtigen Spiels gehalten. Aber dann hatte der bleiche Diener die einzige Grenze überschritten, die es gab: Er hatte Erdmännchen bedroht, um Trickster einzuschüchtern. Sie in eine Falle gelockt. Und Trickster war zu spät gekommen. Erdmännchen hatte ihm nie erzählt, was damals wirklich passiert war, unter der dunklen Kuppel des stillgelegten Gaskessels. Sie konnte ja nicht alles erzählen, weil man, was man erlebt hatte, niemals vollständig in Worte fassen konnte. Also erzählte sie nichts. Trickster fand das vom

Prinzip her richtig, aber ihn schauderte, wann immer seine Gedanken dieses Nichts streiften.

Oliver Wiebusch. Trickster hätte sich denken können, dass nach dem Tod des bleichen Dieners sein voller Name in der Zeitung stehen würde. Diesen Namen jetzt zu kennen, machte ihn menschlicher, im Nachhinein verletzbarer, und Trickster wünschte sich, er hätte seinen Namen nie erfahren. Ein einsamer Typ Mitte vierzig, der in einem Reihenhaus wohnte, den alle mochten und der nicht viel anderes machte, als in seine IT-Firma zu fahren und sich «rührend» um seine alten Eltern zu kümmern.

Trickster mochte sich keinen Menschen vorstellen, wenn er an den bleichen Diener dachte. Für alles, was ihn mit dem bleichen Diener verband, für den Hass und alles, was er getan hatte, hatte Trickster ein undeutlicher Eindruck gereicht, eine gebückte Gestalt, jemand, der im weißen Herrscher-Auto vor ihm herfuhr, und dessen Gesicht Trickster zum ersten Mal nah und klar gesehen hatte, als er ihm zum letzten Mal begegnete.

Die ersten und die letzten Male, die Anfänge und die Enden. Es gab nur schlecht oder gut. Schlecht waren die Zeitungstour und der Backshop und ihr ganzes, auf das Notwendigste reduzierte Leben in der kleinen Wohnung in Neugraben. Gut waren die Orte wie dieser hier.

Erdmännchen blieb stehen und wies im Gang auf das Zeichen, das sie vor vielen Monaten hier hinterlassen hatten: «finde dein grab», die Worte, die Trickster immer schrieb. Er nickte. Sie waren am Ziel, noch eine Tür, dann konnte die Abschiedszeremonie beginnen. Der bleiche Diener hatte sein Grab gefunden.

20. Kapitel

«Sag mal, bist du völlig bescheuert? Spinnst du? Bist du wahnsinnig geworden?» Er merkte selbst, dass das relativ viele, den Geisteszustand seiner Frau betreffende Fragen auf einmal waren, rein rhetorisch zudem und doppelt gemoppelt, aber Danowski konnte nicht aufhören. Bei ihm entlud sich was. Jurkschat hatte sich wieder ins Auto gesetzt, guckte nicht in ihre Richtung und fummelte an den Armaturen herum.

«Reg dich mal bitte langsam ab», sagte Leslie. «Ich bin zufällig hier vorbeigekommen, ich war noch mal bei der Schule …»

«Ich kann's nicht mehr hören.»

«Ich wollte mir das einfach mal angucken hier. Schöner wohnen am Stadtrand und so. Du wusstest doch, dass mich so was wie die Hainapfel-Siedlung interessiert.»

«Hast du mit irgendjemandem gesprochen?»

«Ich hab mir einfach angeschaut, wie man hier so lebt», sagte sie ausweichend.

«Angeschaut? Von außen oder von innen?»

Leslie zögerte. Danowski kam langsam die erste Wut abhanden. Er war es nicht gewöhnt, dass seine Frau mal unrecht hatte und sich gegen ihn verteidigen musste. Es fühlte sich seltsam an. Sie drehte sich weg von ihm auf dem schmalen Gehweg an der Bundesstraße und gab ihre Antwort mehr oder weniger in den Verkehr.

«Beides», sagte sie.

«Oh Leslie», stöhnte Danowski. «Das sind alles Zeugen da, die ganzen Nachbarn und so weiter.»

«Der Tatort war doch im Elbtunnel.»

«Das sind alles Zeugen hier in der Siedlung», sagte Danowski, leicht aus dem Konzept gebracht durch die Unerschütterlichkeit seiner Frau. «In einem Fall, in dem ich ermittle. Weißt du, wie das aussieht? Vor irgendjemandem, der davon Wind bekommt? Oder vor Jurkschat, die das jetzt gerade alles live mitkriegt? Erst erkundigst du dich da nach den Immobilienpreisen, dann komm ich und ermittle weiter. Alles innerhalb von fünf Minuten. Soll ich vielleicht sicherheitshalber einen Vermerk zu den Ermittlungsakten schreiben, dass wir die ersten Bieter sein wollen auf das Wiebusch-Haus, sobald es auf den Markt kommt?»

Leslie ließ sich durch seinen Sarkasmus nicht beeindrucken. «Das sind wirklich tolle Häuser, Adam. Gut geschnitten, drei Wohnebenen und dann noch mal über vierzig Quadratmeter volle Unterkellerung. Volle Unterkellerung, bitte, stell dir vor, wenn wir den ganzen Scheiß endlich in den Keller …»

«Ich will nichts mehr hören. Ganz im Ernst. Du versaust mir meinen letzten Fall.»

Das saß. Er war selbst beeindruckt davon, wie sich das anhörte.

«Dein letzter Fall.»

«Ja. Teilzeit ist durch. Die Chefin hat einen neuen Job für mich, siebenundzwanzig Stunden die Woche. Keine Bereitschaft mehr. Keine Ermittlungen.» Er hatte sich den Moment, in dem er ihr das erzählte, schöner vorgestellt. Und weniger windig.

«Und wann wolltest du mir das erzählen?»

«Wenn ich das schriftlich hab. Aber, nee, versuch nicht, das Ding hier umzudrehen, Leslie.»

«Wir reden zu wenig.»

Danowski wischte sich den Regen von der Stirn. Die Scheinwerfer der entgegenkommenden Autos langweilten ihn. Ja, mehr reden. Noch was für die To-do-Liste. Eine Sache mehr, die er nicht aus den Augen verlieren durfte. Daran, dass Leslie sein Handgelenk festhielt, merkte er, dass er angefangen hatte, sich die Schläfe zu reiben. Mehr gegen die Kopfschmerzen tun. Mehr meditieren. Mehr, mehr, mehr.

«Volle Unterkellerung», sagte sie. Jetzt wollte sie ihn zum Lachen bringen. Aber das würde noch eine Weile dauern und nicht hier am Rande der B73 passieren. Andererseits, volle Unterkellerung war wirklich Trumpf, das musste er zugeben. Endlich weg mit dem ganzen Kram unter die Erde, den überdimensionalen Mappen voller alter Kindermalereien, so unaufhängbar wie unwegschmeißbar, die Kisten mit Aussortiertem und noch Brauchbarem, die Waschmaschine und das Bügelbrett und alles andere, womit sie jetzt auf dreieinhalb Zimmern lebten wie andere Leute mit Haustieren.

«Mit direkter Verbindung zum Wohnbereich?», fragte er.

«Oh ja. Treppe in den kombinierten Wohn-Essbereich.»

«Offene Treppe oder Setzstufen?»

«Offene …»

«Wo hast du das gesehen?»

«Bei … einer Familie Bressin. Yvonne Bressin. Sehr nette Frau.»

«Leslie. Echt. Das ist nun wirklich eine Zeugin, die ich schon befragt habe. Das geht einfach nicht.» Ihr Moment war wieder vorbei. Er drehte sich um und ging zurück zum Wagen.

«Mach's gut», rief Leslie. Er winkte nur vage mit der Hand über die Schulter. Dann ließ er sich neben Jurkschat in den Beifahrersitz fallen.

«So schlimm, wie ich denke?», fragte Jurkschat.

Danowski wachte auf. «Was soll das denn heißen?»

«Deine Frau war in der Siedlung? Woher kannte sie überhaupt die Adresse?»

«Sie kannte den Namen. Von mir natürlich.»

«Das ist ja nicht so toll.» Jurkschat fuhr zaghafter als sonst. Er sah sogar noch, wie Leslie ihm im Rückspiegel die Zunge rausstreckte, das sah eigentlich schon wieder ganz lustig aus. Aber er war trotzdem noch sauer.

«Echt?», fragte Danowski. «Willst du jetzt einen Aktenvermerk schreiben oder was? Soll ich den Fall abgeben, weil meine Frau Smalltalk gemacht hat mit Zeuginnen?»

«Nee, natürlich nicht», sagte Jurkschat. «Ist halt nur blöd. Zu allem anderen.»

«Zu allem anderen?», fragte Danowski. «Was soll das denn jetzt heißen?»

«Du weißt schon.»

«Meta, lass uns mal eine Sache festhalten. Ich weiß nichts, was andere und insbesondere du mir mit ‹Du weißt schon› verkaufen. Lass es also einfach. Zweitens, lass mich in Ruhe mit meiner Scheiß-Hypersensibilität, wenn Behling das nicht zu so einer großen Geschichte gemacht hätte, würde ich da keine Sekunde mehr dran denken, das lebt nur noch, weil Behling euch das erzählt hat, und, wenn ich dich erinnern darf, wer ist Behling? Behling ist am Arsch.»

«Wo ist Behling», verbesserte ihn Jurkschat.

«Im Arsch, sage ich doch», blaffte Danowski. «Und drittens, geh von mir aus zur Chefin oder ins Präsidialamt oder schreib deinen Vermerk, es ist mir völlig egal.»

«Jetzt verstehe ich gar nichts mehr», sagte Jurkschat, die eine klassische Nun-sei-doch-nicht-so-wütend-ich-mein-ja-bloß-Miene aufgesetzt hatte. Sie hielt vor dem Reihenhaus, das mal Oliver Wiebusch gehört hatte, damals, vor ungefähr zehn Tagen, als er noch so Sachen wie sein Leben und Wohneigentum besessen hatte. In der Rechtsmedizin musste er auch anrufen und die Leiche endlich an die Eltern freigeben. Als der Motor aus war, wandte Jurkschat ihm geduldig das Gesicht zu und lächelte wie geschult.

«Von wegen jetzt», sagte Danowski und stieg aus.

Schmollend öffnete Jurkschat die Plombe an Oliver Wiebuschs Haustür. Als sie drinnen waren, roch es abgestanden nach Mann, intim, zu nah, Danowski hätte sich am liebsten abgewandt von diesem Geruch. Er erinnerte ihn an die einzige Zeit in seinem Leben, in der er allein gelebt hatte, die zwei Jahre, in denen Leslie ihr Referendariat gemacht hatte. Am Ende wechselte man doch nicht oft genug die Laken, vergaß, tagsüber ein Fenster aufzulassen, wusch nicht sofort das Geschirr ab, und irgendwann lebte man in einem ebenso heimeligen wie resignierten Aroma der Einsamkeit. Er erinnerte sich gut daran. Außerdem war es stockdunkel in Wiebuschs Haus.

«Waren die Jalousien unten, als Wiebusch gefunden wurde, oder haben die Kollegen die runtergelassen wegen der Nachbarn und der Presse?»

Jurkschat blätterte in ihren Unterlagen. «Waren unten», sagte sie.

«Kein Eigenheim ohne Einbruchsangst», sagte Danowski. Das Kunstlicht im Erdgeschoss am helllichten Tag war unheimlich. Sie fuhren die Rollläden hoch, alles elektrisch.

«Was suchen wir?», fragte Jurkschat, als sie im aufgeräumten Wohnzimmer standen. Kombinierter Wohn-Essbereich, verbesserte sich Danowski. Das ging alles im Prinzip direkt hinter der Haustür los, eine Diele, die den Namen nicht verdiente, dann rechts die offene Einbauküche, dahinter ein großer Esstisch, dann das Sofa, der Fernseher, ein paar Regale.

«Also, ein Technikfreak war unser Mann nicht», sagte Danowski und zeigte auf den alten Röhrenfernseher.

«Ungewöhnlich für alleinstehende Männer in dem Alter», sagte Jurkschat. «Die haben doch eher so Riesenflachbildschirme an der Wand.»

«Genau nach so was suchen wir», sagte Danowski. «Alles, was keinen Sinn macht. Der Bericht der Kollegen über Wiebuschs Haus ist das Langweiligste, was ich je gelesen habe, also rechne ich nicht damit, dass wir irgendwo Waffen, Drogen oder so was finden werden.» Er hatte sich eigentlich noch ein spektakuläreres Beispiel ausdenken wollen, gut waren ja immer drei, aber seine Gedanken schweiften ab. Der ovale helle Holzesstisch war abgeräumt und nur an einer Stelle nachgedunkelt. Wiebuschs Sitzplatz, die Treppe im Rücken, die nach oben in den ersten Stock führte und runter in den Keller, den Blick beim Essen auf die Straße und den Vorgarten der Nachbarn. Ein bisschen Gesellschaft, dachte Danowski. Und noch mal: Das hätte sein Leben sein können, wenn alles ein bisschen anders verlaufen wäre. Damals, 1987, nicht auf Leslies Brief reagiert, dann ein paarmal Pech gehabt, und, zack, war man Mitte vierzig und saß allein in einem Reihenendhaus am Stadtrand, und dann war man tot, und neben der Spüle stand ein längst getrockneter Kaffeebecher, aus dem man zuletzt getrunken hatte, und der verschimmelte Filter war noch in der Maschine, weil niemand bei der Polizei darauf drängte, dass das Haus freigegeben wurde. Niemand, der sich um die Fische kümmerte, die schon völlig verhungert auf dem Boden des Aquariums herumkrochen. Danowski, der keine Ahnung von Haustieren hatte, suchte eine Futterdose und sah, dass am Beckenrand eine Art Automat befestigt war, der die Tiere versorgte. Als hätte Wiebusch geahnt, dass er eines Tages nicht mehr nach Hause kommen würde.

«Adam?»

«Ja?»

«Ich geh mal hoch.»

«Ich komm mit», sagte Danowski, der nicht allein sein wollte in Wiebuschs Erdgeschoss.

«Warum wohnt so ein Typ, der keine Frau hat und keine Kinder, allein in einem Reihenhaus am Stadtrand? Nur wegen der Nähe zu seinen Eltern?»

Jurkschat öffnete die Tür zu Wiebuschs Schlafzimmer, kein Buch auf dem Nachttisch, kein Bild an der Wand, da war nichts drin außer einem leidlich gemachten Bett und einem Kleiderschrank voller Textilien in Blau, Grau, Braun und Schwarz. Eine Reihe weißer und hellblauer Oberhemden. Am Rand leuchtete was Orangefarbenes. Danowski schob die Anzüge beiseite: eine Bauarbeiterweste, daneben ein Blaumann, hinten an die Schrankwand geschoben ein gelber Baustellenhelm.

«Village People», sagte Danowski und pfiff ein bisschen *«It's fun to be at the YMCA»* durch die Zähne, um die Gespenster der Einsamkeit zu vertreiben.

«Vielleicht sein Standard-Karnevalskostüm», sagte Jurkschat.

«Das meinte ich damit.»

«Oder er hat früher auf dem Bau gejobbt.» Danowski machte ein Foto von dem kleinen Ensemble: Oder wir verstehen hier was noch nicht.

Das Zimmer gegenüber, auf dem Grundriss vermutlich als «Kind 2» gekennzeichnet, hatte Wiebusch sich offenbar als eine Art Gästezimmer vorgestellt: ein schmales Bett mit einem beigefarbenen Überwurf, ohne Bettzeug, ein Sessel, ein kleiner Schreibtisch und eine Kommode. Danowski zog mit Gummi an den Händen ein paar Schubladen auf und fand nur Zeug, was jeder in seinen Schubladen hatte.

«Das, und vielleicht als Investment, das dann fehlgeschlagen ist, weil die Immobilienpreise hier südlich der Elbe nicht so richtig abgegangen sind. Und vielleicht auch als, na ja, so eine Art ...» Jurkschat zögerte, aber er wusste, was sie meinte.

«Zeichen der Hoffnung», sagte er. «Erst das Haus, dann wird es sich schon irgendwie füllen.» Sie nickte.

«Haben die Kollegen hier nach Haaren und anderen Spuren gesucht, die von jemand anderem als Wiebusch stammen?»

«Ja», sagte Jurkschat. «Aber Fehlanzeige. In diesem Gästezimmer ist nie jemand Gast gewesen.»

Am deprimierendsten fand Danowski eigentlich den zweiten Stock. Er vermutete, dass man sich zwischen verschiedenen Grundrissoptionen hatte entscheiden können, und Wiebusch hatte für die große Dachterrasse und einen einzigen Raum optiert, beide etwa zwanzig Quadratmeter groß. Auf der Dachterrasse standen ein paar Kübel mit Gräsern, die schon lange im beigefarben-strohigen Herbst-Winter-Modus waren, und im Raum ein Crosstrainer und eine Bank mit Gewichten. Ein kleines Metallregal, in dem drei, vier Frotteehandtücher lagen. Und eine Kiste mit stillem Wasser. An der Wand ein großes fotorealistisches Gemälde der Skyline von New York, das Danowski jedes Mal bei Ikea in der Poster- und Rahmenabteilung sah. Ihre Blicke trafen sich.

«Ist irgendwie fast weniger schlimm, wenn jemand da ist und trauert und zusammenbricht, als das hier», sagte Jurkschat. Weshalb es ja nicht falsch war.

Danowski probierte die Balkontür, fand sie unabgeschlossen und trat hinaus. Aus etwa acht Metern Höhe sah die Hainapfel-Siedlung noch wesentlich kümmerlicher aus als vom Straßen-Level. Die leeren Bauflächen hatten diese sandige, schlammige Hoffnungslosigkeit, die Danowski mit dem Leben auf dem Land verband. Und die paar Dreier-Reihenhausriegel, die wirklich verkauft und bewohnt waren, waren von Bobby-Cars, Kettler-Schaukeln, Trampolins mit angerissenen Netzen und wettergebleichten Plastikspielhäusern umgeben, die wie Pilze am unteren Rand aus Baumstümpfen wuchsen. Danowski trat näher an die Gräserkübel heran. Es war fast erschreckend, wie gut man die Tristesse von hier oben überblicken konnte. Wenn Leslie sich hier schon umgesehen hatte, dann hatte sie sich den Blick von der Dachterrasse der Familie hoffentlich nicht erspart. Obwohl, die Bressins hatten gar keine. Danowski lehnte sich über die Brüstung und blickte nach links. Nein, sie hatten aus der zweiten Etage zwei mittelgroße oder drei kleine Zimmer gemacht.

Als er reingehen wollte, sah er auf dem ansonsten leeren Terrassenboden, wo Unkraut durch die Ritzen der Bodenfliesen wuchs, drei Abdrücke in Dreiecksform, etwa zwanzig Zentimeter voneinander entfernt. Wie von einem dreifüßigen Grill oder so. Aber wo war der? Warum hatte Wiebusch außer dem Fitnesskram kein einziges Freizeit- und Spaßgerät hier in seiner Welt? Jurkschat hatte ja recht, normalerweise waren einsame Wohnungen voll von so was.

«Vielleicht hatte Markus doch recht», sagte Jurkschat.

«Kienbaum? Das wär das erste und letzte Mal.»

«Vielleicht ist das doch 'ne Kiezgeschichte. Also zumindest Rotlichtmilieu», beharrte Jurkschat. «Für mich ist Wiebusch der klassische Puffgänger: Junggeselle, einsam, mit Geld, stark beansprucht, anstrengender Job, pflegte seine alten Eltern, keine Zeit, Frauen kennenzulernen oder Männer, und dann diese Leere hier, vielleicht hat der einfach sehr viel Zeit in …»

«Mag sein», unterbrach Danowski, dem was anderes eingefallen war, «aber weil du gerade den Job erwähnst: Warum hat ein IT-Fachmann eigentlich keinen einzigen Computer im Haus? Haben die Kollegen irgendwas gefunden? Tablet, Laptop?»

«Nein. Er hat das alles von der Firma aus gemacht. Sehr kleine Klitsche übrigens, nur zwei andere Angestellte. Die kommen morgen rein, damit wir sie noch mal befragen können. Jedenfalls hat er da auf seinem Computer alles gemacht, was so anfällt, auch privaten Kram.»

«Hm», machte Danowski. «Gibt ja auch Metzger, die zu Hause keine Wurst essen.» Als er sich zum Gehen wenden wollte, hielt Jurkschat ihn zurück. «Der Keller», sagte sie.

«Stimmt ja», sagte Danowski düster, denn darauf hatte er jetzt gar keine Lust mehr: Die Waschmaschine eines vereinsamten Mannes in seinem Alter stellte er sich besonders unfroh vor. War sie dann auch. In einem winzigen feuchten Raum direkt am Fuß der Treppe, mit zwei weißen Sportsocken, die aus ihrer Trommel hingen wie eine erschöpfte Zunge. Schlimmer waren nur die Schuhe im viel zu hohen und deshalb fast leeren Regal am Fuße der Treppe. Bei ihm zu Hause mussten sie die Schuhe mit Tritten im Regal fixieren, weil es so viele waren, kleine, mittlere und große, ein ganzer Clan ausgelatschter Treter, mehrere Generationen in einem Billy, und hier bei Wiebusch standen nur ein Paar Wanderschuhe, ein Paar Laufschuhe und ein Paar aus schwarzem Leder für feierliche Anlässe, fast ungetragen.

«Längst nicht so groß, wie man sich das vorstellt», sagte Jurkschat, während sie den zweiten Raum untersuchte, der auch nicht viel mehr als Verschlaggröße hatte: ein paar Holzregale, das gängige Werkzeug, Weinflaschen und, was Danowski gar nicht gern sah, drei Bretter voll mit Einweck- und Marmeladengläsern, beschriftet von der Hand einer alten Frau. Gemocht hatte Wiebusch die Gurken und Marmeladen und das Apfelmus seiner Mutter offenbar nicht, aber liebevoll aufbewahrt, in chronologischer Reihenfolge.

«Let's go», sagte Danowski und zeigte Richtung Treppe.

Jurkschat stand zwischen den beiden Türen am Fuße der Treppe, die wieder hoch in den Wohnbereich führte, und fuhr mit der flachen Hand über die türlose Wand rechts von ihnen.

«Echt klein hier unten», sagte sie. «Das sind insgesamt nicht mehr als 15 Quadratmeter, würde ich schätzen.»

«Yepp», machte Danowski, der hier rauswollte.

«Volle Unterkellerung.»

«Eher nicht», wandte er ein

«Aber das war doch das, was deine Frau vorhin zu dir gesagt hat.»

«Du hast uns zugehört?»

«Ihr wart ziemlich laut.»

«Volle Unterkellerung», sagte Danowski langsam und stieg die zwei Treppenstufen, die er schon zwischen sich und Wiebuschs Einweckgläser gebracht hatte, wieder hinab zu Jurkschat. Dann legte er seine Hand neben ihre, und beinahe gleichzeitig fingen sie an, gegen die Kellerwand zu klopfen. Es hörte sich hohl an dahinter, aber wenn man sich der Wand mit dem Ohr näherte, war da noch mehr.

«Sei mal leise», zischte Danowski. Seine Augen suchten die Kellerwand ab und blieben am kopfhohen Schuhregal hängen. «Das sind Stimmen.»

21. Kapitel

Inzwischen wusste Finzi, wann Adam seinen Meditationskurs hatte. Donnerstagabends bis halb neun, und danach kam er ihn besuchen. Zwei unangenehme Dinge auf einmal erledigen, das war typisch Adam. Jetzt ging es auf halb zehn, er musste jeden Augenblick hier sein. Egal, wie sehr Adam das als lästige Pflicht sehen mochte: Finzi sehnte sich nach seinen Besuchen. Das tat weh, weil die Woche lang war, aber er nahm es stoisch als gutes Zeichen. Dafür, dass er langsam in die Welt der Lebenden zurückkehrte.

Sie hatten ihn so hingestellt, dass er aus dem Fenster schauen konnte, aber dahinter war es dunkel, darum sah Finzi nur sich selbst im beigefarbenen Licht der Deckenlampe. Andere schauten raus, er schaute in seine eigene Fresse. Wenn ihm einer hier raushelfen würde, dann Adam. Keinem anderen konnte er sich anvertrauen. Niemand sonst würde ihm glauben, dass er vor fünf Monaten keinen Rückfall gehabt hatte, allein und schwach in seinem Keller, mit drei oder vier Flaschen Rum, sondern dass jemand ihn angegriffen und versucht hatte, ihn zu vergiften. Leider fehlten ihm ein paar entscheidende Erinnerungen, aber das kannte Finzi aus seiner Trinkerkarriere: Manche Erinnerungen kamen zurück, andere nicht. Er zählte darauf, dass es zuverlässig die unangenehmen waren, die man irgendwann wieder begrüßen konnte wie alte Feinde.

Wenn er abends so hier saß und sein eigenes Antlitz in der Scheibe bewunderte, hatte er viel Zeit, um über sich selbst nachzudenken und seine Motive. Am Anfang, in den Wochen nach dem Aufwachen, hatte er sich wirklich nicht bewegen können, nicht sprechen und kaum denken. Es war, als suchte man im Dunkeln vergeblich mit dem Stecker in der Hand nach der Dose in der Wand, wieder und wieder, immer frustrierter. Und dann, genährt von der Frustration, mit wachsender Klarheit, die schreckliche Erkenntnis: Je mehr er denken konnte, desto mehr sehnte er sich nach einer einzigen Sache.

Einem Schluck.

Einem Glas.

Einer Flasche.

Und als er endlich den Stecker in der Dose hatte und wieder hätte aufstehen können und sprechen, malte er sich aus, was er tun würde mit seinen wiedergefundenen Fähigkeiten: in die Reha, dann bei erstbester Gelegenheit ab durch die Hecke und zur nächsten Tankstelle und einmal volltanken, bitte.

So wurde ihm klar, dass er den guten Kampf nur kämpfen konnte, solange er in seinem selbstgewählten komatösen Zustand blieb. Nur, wenn er nichts tun konnte, konnte er nicht trinken. Nur, wenn er nicht sprechen konnte, konnte er nicht die erste von vielen Lügen erzählen, die er immer erzählt hatte, wenn es in seinem Leben nur einen Plan und ein Ziel gegeben hatte: hoch die Tassen. Adam hatte ihm vom Meditationskurs und vom «guten Ort» erzählt, überhaupt, Adam mit seinem Achtsamkeitsding gegen Stress und Informationsüberfluss und Überforderung oder was auch immer: Du musst, hätte er ihm am liebsten gesagt, du musst dir das Hirn aus dem Kopf vögeln und dann noch mal und nächste Woche wieder, dann sieht die Welt schon ganz anders aus. Aber was wusste er darüber, wie die Welt aussah.

Der gute Ort jedenfalls, jener ideale, beruhigende Raum, an den man sich innerlich zurückziehen sollte, wenn die

Außenwelt einen überforderte: Dieser gute Ort war für Finzi seine Katatonie geworden. Allein in der Stille, allein mit dem Gedanken: Solange ich hier drin bin, trinke ich nicht, und alles war erst mal gut. Erst mal.

Aber seitdem Adam kam und ihn besuchte, spürte Finzi, wie in ihm eine Kraft zu wachsen begann. Er merkte, dass der Gedanke ans Trinken blasser geworden war, eine undeutliche, vielleicht nur noch theoretische Gefahr. Sein Körper hatte den Alkohol aus seinem System bekommen, sein Gehirn inzwischen vielleicht sogar auch, soweit das überhaupt möglich war. An die Stelle des Trinkens waren andere Gedanken getreten: verstehen, was ihm passiert war. Hier rauskommen und es noch einmal als Lebender unter Lebenden versuchen.

Aber damit das gelang, musste Adam ihm glauben, dass er sich vor fünf Monaten nicht in einem Rückfall um den Verstand und fast in den Tod gesoffen hatte, sondern dass jemand versucht hatte, ihn umzubringen. Und um Adam davon zu überzeugen, musste er noch klarer werden, und während er den teigigen und doch gleichzeitig eingefallenen Typen in der Kapuzenjacke und im Rollstuhl im Fenster betrachtete, war Finzi sich nicht sicher, ob er schon so weit war oder ob er es jemals sein würde. Weil er sich inzwischen jeden Tag heimlich bewegte, liefen seine Beine wieder, aber sein Verstand nicht, sein Kopf hing fest.

Dann also Adam. Warum setzte der sich eigentlich immer schräg hinter ihn, warum drehte Adam ihn nicht um und sah ihm ins Gesicht? Adam war schon immer ein komischer Kauz gewesen, empfindlich und verletzend zugleich, abweisend und hilfsbedürftig, der hatte echt ein ganz kompliziertes Nähe-Distanz-Ding am Laufen, es war zum Verrücktwerden. Obwohl, wieso werden, im Grunde war Finzi ja schon auf eine Art verrückt.

Was mochte er eigentlich an Adam? Vielleicht ein Zeichen wahrer Freundschaft, dass Finzi das nie hätte beantworten können. Zumindest gefiel ihm, wie Adams weiche Stimme mit diesem immer mal wieder erstaunlich primitiven Berliner Singsang schräg hinter ihm vor sich hinplätscherte. Das war vertraut, das fühlte sich gut an. Und Finzi bräuchte sich nur umzudrehen und zu sagen: Adam, halt mal 'n Moment die Klappe, ich muss dir was sagen, guten Tach überhaupt erst mal, schön, dich zu sehen, aber im Ernst, jetzt hör mir mal zu … Nein, es war undenkbar.

«Schade, echt, ich wünschte, du hättest Behlings Gesicht sehen können, als die Chefin mir in der Lagebesprechung die Ermittlung im Elbtunnel-Fall übertragen hat», blendete Finzi sich in Adams laufende Übertragung ein. Er hatte kaum gemerkt, dass sein alter Partner da war und wie immer schräg hinter ihm saß. Die Zeiten liefen ihm durcheinander.

«Dumm geguckt ist gar kein Ausdruck. Hirntot geguckt, wenn das geht. Obwohl, sorry, hirntot. Wollte dir nicht zu nahe treten.» Dieser emotionale Appell von Adam neulich, das war hart gewesen, er hatte Finzi eher wieder tiefer zurückgetrieben in sich selbst. Finzi mochte es lieber, wenn Adam Witze machte auf seine Kosten. Fast hätte er ein wenig geschmunzelt. Oder hatte er? Er registrierte, dass Adam kurz zögerte. Okay, der beobachtete ihn in der Fensterspiegelung. War jetzt der richtige Moment?

«Jedenfalls, der Fall», fuhr Adam fort, und Finzi hörte an seiner Stimme, dass was Ungewöhnliches passiert war. «Gestern haben Jurkschat und ich uns das Haus des Opfers noch mal in Ruhe angeguckt. Ein deprimierender Ort, trostlose Junggesellenbude.» Adam zögerte. «Na ja, ich glaube, das muss ich dir nicht beschreiben. Kennst du ja. Aber im Keller, und darauf ist echt Jurkschat gekommen, ich war schon auf dem Weg nach draußen, im Keller hinter einem Schuhregal haben wir eine Tür zu einem verborgenen Raum gefunden. Richtige amtliche Geheimversteckscheiße. Wir haben Stimmen durch die Wand gehört. Klar, woran jeder da als Erstes denkt. Das ganze trostlose Wiebusch-Haus würde viel mehr Sinn machen, wenn sich hinter der Wand so eine Geisel-Geschichte abspielt.»

Finzi merkte, wie ihm die Augen tränten. Adam hatte jetzt seine ungeteilte Aufmerksamkeit.

«Die Kollegen von der Technik mussten uns helfen, die Tür zu öffnen, die war mit einem elektronischen Kombinationsschloss gesichert. Unknackbar. Der Typ kommt ja aus der IT. Am Ende haben wir die Tür auf die gute altmodische Weise aus den Angeln gebrochen, und die ganze Zeit diese Spannung, was uns dahinter erwartet.» Adam machte eine etwas kümmerliche Kunstpause. Im Geschichtenerzählen war er immer noch nicht besonders gut, das war eher Finzis Stärke gewesen, als er noch eine Stimme gehabt hatte.

«Ein Arbeitszimmer. Graue Teppichfliesen, Neonleuchten an der Decke, an, Schreibtisch mit so einem luftdurchlässigen amerikanischen Chefsessel, und auf dem Tisch drei Computermonitore und ein Kurzwellenempfänger. Das waren die Stimmen. Ein verdammtes Radio. Nichts weiter. Zwei fette Rechner unterm Tisch und ein leerer Papierkorb. Die Rechner echt High-End, ich kenn mich damit ja nicht aus, aber jetzt ist natürlich klar, dass alle Antworten für den Fall in diesem Raum liegen. Hurra. Genau. Hab ich auch gedacht. Aber die Spurensicherung hat nichts gefunden außer Fingerabdrücken und Schuppen von Wiebusch, und wir kriegen die Rechner nicht hochgefahren. Also, angeschaltet schon, aber wir kriegen nichts auf die Schirme. Diese Kollegin aus der Cyberkriminalität sitzt da jetzt dran, Anita Baxmann, diese alte blonde, die du mal so toll fandest. Obwohl, du findest ja alle toll, die in dein Beuteschema passen. Das, wenn ich mich richtig erinnere, ja aktiviert wird, wenn zwei Parameter erfüllt sind: erstens Frau und zweitens in einem Radius von fünfzig Kilometern um deinen gegenwärtigen Standort. Apropos, wie sieht das hier eigentlich so aus? Kommst du gut an bei den Mädels hier in der Betreuung? Du wirfst mir ja immer vor, ich gucke nicht richtig, aber die Pflegerinnen, die ich hier gesehen habe, sind alle eher so zwei, oder?»

Das alte Spiel, mit dem er Adam immer gequält hatte, wenn sie eine Zeugin oder Verdächtige vernommen hatten: Adam, eins oder zwei? Fickbar oder unfickbar? Adam hatte sich immer gewunden dabei, aber jetzt redete er in diesem Ton, als würde ihm keiner zuhören.

«Egal. Anita hat den Auftrag ihres Lebens. Insofern, als alles von ihr abhängt. Fast alles. Denn ganz bescheuert bin ich ja auch nicht. Gestern Nacht hab ich wach gelegen und über diesen Raum nachgedacht. Jeden Quadratzentimeter bin ich abgegangen in Gedanken. Und dann hab ich gedacht: Warum Teppichfliesen? Klar, du willst, wenn du schon Geheimnisse hast, ein bisschen Schalldämpfung, aber warum keine Auslegware? Wiebusch legt offenbar Wert auf Effizienz, und Rolle zuschneiden lassen, mit einem Tritt die Treppe runter und dann auslegen, das ist viel effizienter, als auf den Knien rumrutschen und Fliesen verlegen. Also bin ich heute Morgen noch mal in die Siedlung, schön früh, gegen den Berufsverkehr, Spurensicherung war ja schon fertig. Jurkschat war sauer, als ich sie rausgeklingelt habe, sie meinte, sie müsste noch ihre Haare waschen, aber ich hab ihr gesagt, mach dir doch einfach einen Pferdeschwanz. Egal, verstehst du nicht. Insiderwitz. Hat sie auch nicht verstanden, aber sie ist immer noch dabei, meinen Vorschlag in die Tat umzusetzen. Wir haben also angefangen, jede einzelne Fliese rauszureißen, die waren gut verklebt. Tja. Unter einer, genau in der Mitte, war ein Loch in den Estrich gestemmt, und darin eine Metallschatulle, ungefähr so groß.»

Keine Ahnung, was Adam da gerade mit seinen Händen zeigte, aber Finzi hätte sich unwillkürlich beinahe umgedreht.

«Und darin ein Haufen Schlüssel. Vierzig, fünfzig Stück. Sicherheitsschlösser, aber auch ganz altmodisches Zeug. Wir untersuchen gerade, woher die kommen. Und das Allerallerbeste: eine Pappschachtel mit Patronen. Keine Waffe. Nur Patronen. Spezialanfertigung. Mit einer ovalen Gravur, in der genau das Gleiche steht, was auf der Patrone stand, die ich im Lüftungskanal im Elbtunnel gefunden habe: *Your pale servant.*»

Adam machte eine Pause, als wartete er auf eine Reaktion. Vergeblich, klar.

«Wiebusch war also nicht nur mit dem Auto im Elbtunnel unterwegs und wurde da erschossen, er hat sich da auch sonst herumgetrieben. Verbotenerweise. Wir versuchen jetzt rauszufinden, was das bedeutet, dein bleicher Diener, bisher keine Idee. So eine amerikanische Kollegin, lange Geschichte, hat mir einen Link geschickt zu so einer Datenbank, für mich klingt das nach Armee, aber Fehlanzeige. Hast du eine Idee?»

Hm.

«Dachte ich mir. Ehrlich gesagt, als wir da wieder raus waren heute Morgen, hab ich all meine Hoffnungen auf die Vernehmung von Wiebuschs Kollegen gesetzt. Immerhin arbeitet der in einer IT-Firma, kleine Klitsche in so einem Verwaltungsgebäude in der City-Nord. Atlantic-Trans. Als Jurkschat und ich da hingefahren sind, hatten wir die Verstärkung schon auf Stand-by. Du kennst ja dieses Gefühl, wenn die Ereignisse sich plötzlich überschlagen und man spürt, das geht jetzt so weiter: erst Behlings Fehlschlag mit den Ungarn, dann der verborgene Raum, dann die Patronen, und dann, bämm!, zwei Kollegen, die mit dem Opfer in irgendwas Illegales im Bereich der Cyberkriminalität verwickelt sind, was wir noch nicht verstehen, was sie uns dann aber erklären, wenn wir sie erst mal im Präsidium haben. Diese Computerkriminellen halten ja nie lange echtem Druck in *real life* aus, ist doch so.»

Finzi musste zugeben, wenn es jemanden gegeben hätte, der dieses Zugeständnis von ihm erwartet hätte (aber es gab niemanden außer ihm selbst), dass er jetzt doch gespannt war.

«Vor allem, weil wir eine halbe Spur für die Tatwaffe haben, und Amateure, die nur in Computerkriminalität Spezialisten sind, würden uns mit ein bisschen Druck sicher schnell die andere Hälfte offenbaren. Die Tatwaffe stammt höchstwahrscheinlich aus dieser Schützenvereinsgeschichte, die vor anderthalb Jahren so groß war, damals, als Kienbaum noch auf dem Kiez war. Hat ihm die Versetzung ins LKA beschert.»

Finzi erinnerte sich und hätte beinahe genickt: ein Schützenverein auf Finkenwerder oder irgendwo im Alten Land, der sich mit einer Rockerbande eingelassen und illegal Waffen beschafft und verkauft hatte. Was natürlich aufgeflogen war, woraufhin die Rocker sich rauslaviert hatten, und die gesamte Leitungsebene des Vereins in U-Haft gewandert war. Der Prozess hatte angestanden, als Finzi im Dunkeln verschwunden war.

«Das heißt, die Waffe gehört zu denen, die ein einigermaßen geschickter und hartnäckiger Amateur sich auf dem Kiez für viel Geld beschaffen kann, wenn er nur lange genug rumfragt und sich durch die eine oder andere Abreibung nicht entmutigen lässt. Aber was soll ich dir sagen: Die beiden Jungs, die mit Wiebusch in dieser IT-Firma Atlantic-Trans arbeiten, sind sauberer als du und ich. Familienväter, Elternsprecher, Steuerzahler, nullstens Vorstrafen. Dein Lieblingsstaatsanwalt Habernis hat uns trotzdem Durchsuchungsbefehle beschafft, aber Fehlanzeige. Nichts außer PR-Schaden. Und die Firma ist das Langweiligste, was man sich vorstellen kann: Die arbeiten mit EU-Mitteln an Übersetzungsprogrammen und Fachwort-Datenbanken für europäische Behörden, die Mutterfirma sitzt in Brüssel und ist da direkt an die Bürokratie angedockt. Wiebusch muss irgendeinen anderen Kram gemacht haben, um sich abzulenken von seiner Einsamkeit und seinem wahnsinnig öden Job. Irgendwas, was ihn in größtmögliche Schwierigkeiten gebracht hat.»

Finzi spürte, dass Adam jetzt gar nicht mehr richtig da war. Daran erinnerte er sich genau: Wie abwesend Adam wurde, wenn er über irgendwas nachdachte. Man wusste nie genau, worüber und was genau, aber nach Finzis Erfahrung war es immer viel zu kompliziert. Du musst einfacher denken, Adam, wollte er zu ihm sagen. Geh einen Schritt zurück und schau nicht so genau, stell deinen Blick unscharf, die Antwort ist nie im Detail, sondern immer in dem, was man selbst dann noch sieht, wenn man nicht so genau hinsieht. Er hatte selbst jahrelang den Fehler gemacht, bei sich im Keller in alten Akten nach übersehenen Details zu gucken, um sich den Gedanken zu vertreiben an die Leere und das Trinken, mit der man sie füllen konnte. Und man sah ja, wohin ihn das gebracht hatte.

Denk unscharf, Adam, wollte Finzi sagen. Und er fand, dass das eigentlich ein ziemlich guter erster Satz nach all den Monaten wäre: Ein bisschen tiefgründig, nicht zu persönlich, ernst gemeint, und vielleicht wäre jetzt genau der richtige Moment, um ihn zu sagen …

«Moment mal», sagte Adam, und Finzi hörte, wie er sein Handy aus der Tasche zog, ein billiges Vibrationsgeräusch, das ihn an irgendwas erinnerte.

«Ja? … Wie, jetzt gerade? Ich bin noch … Wer hat den entgegengenommen? Und die will nur mit mir sprechen? Warte mal … Das klingt fischig. Lass uns das morgen … Okay, auf dem Parkplatz. Verstehe. Wie immer, sozusagen. Dann lass mich Finzi kurz einen Abschiedskuss geben.»

Es piepte, und Adam räusperte sich. «Jurkschat steht unten. Im Präsidium ist ein anonymer Anruf aufgelaufen. Eine Zeugin, die nur mit mir sprechen will. Jetzt sofort.»

Er hörte, wie Adam aufstand und näher kam, und im Spiegel der Fensterscheibe sah er, dass er ihm die Hand auf die Schulter legen wollte und es dann doch nicht tat.

«Ich sag ja, wenn die Ereignisse erst mal anfangen, sich zu überschlagen, dann überschlagen sie sich. Ende der Woche ist der Fall durch, das sag ich dir. Denn rate mal, wo die Zeugin sich treffen will?»

Musste ja was sein, was unmittelbar mit dem Fall zu tun hatte und trotzdem überraschend genug war, um ein kleines Quiz daraus zu machen. Im Elbtunnel?

«Im Elbtunnel. In einem der stillgelegten Rettungswege. Sie will mir da was zeigen. Meinst du, ich soll hinfahren?»

Nein, Adam. Such deine Antworten nicht unter der Erde und nicht unter der Elbe. Geh nicht allein in die Dunkelheit.

«Immer noch der alte Draufgänger, ich seh schon. Na gut, mal hören, was Jurkschat sagt.»

Dann Adams Linoleumschritte und die Tür.

Hoffentlich kommt bald eine Pflegerin und wischt mir die verfickten Tränen ab, dachte Finzi.

22. Kapitel

«So», sagte Jurkschat und fummelte am Lenkrad herum, weil die Ampel auf Rot stand. «Wenn's nach der Chefin geht, fahre ich dich jetzt nach Hause.»

«Geht ja meistens nach der Chefin», sagte Danowski unverbindlich.

«Interessant wäre es schon. Mal zu hören, was die Zeugin zu sagen hat. Und warum sie sich mit dir unter der Erde treffen will.»

«Bestimmt 'ne Spinnerin», sagte Danowski und sah durchs Beifahrerfenster in den Regen. Sein Atem beschlug die Scheibe. Aber er wollte Jurkschat nicht überreden. Er ahnte, dass sie sich zurückziehen würde, sobald er Druck machte. «Anonyme Zeugen sind doch meistens Spinner. Und anonyme Zeugen, die sich mit einem an seltsamen Orten treffen wollen: Lass uns da gar nicht über die Statistik reden. Neunundneunzig Prozent Spinner.»

Im Grunde konnte er die Chefin verstehen: Bei der Zeugen-Hotline für den Elbtunnel-Mord waren Dutzende von Hinweisen eingegangen, die sich alle auf dem Spektrum erschöpften von «War ja nur eine Frage der Zeit, bis im Stau mal einer durchdreht, der Verkehrssenator hat versagt» bis «Mein Nachbar hat gesagt, man müsste alle Geländewagenfahrer abknallen, außerdem hat er, glaube ich, ein Konto in der Schweiz». Und was die Forderung der anonymen Zeugin anging, sich nur mit ihm zu treffen: Auf so was ließ die Chefin sich aus Prinzip nicht ein. Und es war nicht das erste Mal: Seitdem beim Pestschiff-Fall sein Personalfoto jeden Abend in den Lokalnachrichten gezeigt worden war, hatte er eine gewisse Berühmtheit erlangt, die Spinnerinnen und Spinner anzog. Die Chefin hatte ein gutes Gespür für so was. Aber er traute Jurkschats zaghaftem Instinkt, seitdem sie die Patrone im Lüftungskanal und den Kellerraum gefunden hatte. Und er brauchte was, um sich von Finzi abzulenken.

«Trotzdem interessant», sagte Jurkschat und setzte den Blinker Richtung Elbtunnel. Er tat, als merkte er das gar nicht. Und sie hatte ja recht: Interessant war es allemal, und was Besseres zu tun hatten sie auch nicht im Moment, es war nicht mal so, als würden sie irgendwelche anderen Ermittlungswege vernachlässigen, wenn sie jetzt kurz zum Treffpunkt fuhren, den die Anruferin genannt hatte. Die Zeit kam auch gerade noch hin, sie waren höchstens eine Viertelstunde zu spät dran.

«Also», sagte Danowski, «man könnte es ja so machen: Wenn das Blödsinn ist und die Zeugin ist gar nicht da oder redet nur Müll, dann hat das sozusagen nie stattgefunden. Und wenn es in welcher Hinsicht auch immer zielführend ist, dann holen wir uns einen Anschiss dafür ab, dass wir uns über die Anweisung der Chefin hinweggesetzt haben, aber der wird eher klein ausfallen, weil wir die Ermittlungen dann ja weitergebracht hätten.»

Es wurde grün und Jurkschat fuhr zum Elbtunnel. «So machen wir das», sagte sie. Danowski nickte sachte, als hätte sie ihn behutsam, aber geschickt davon überzeugt.

Während sie durch die Kleingärten liefen, vermisste er seine Regenjacke. Immer war alles im falschen Auto. Nach ein paar hundert Metern klebten ihm das Hemd, das Sakko und der Wollmantel am Rücken. Jurkschat war natürlich super funktional angezogen. Aber die musste auch draußen im Regen bleiben.

«Wo jetzt noch mal?», fragte Jurkschat über die Schulter.

«Der stillgelegte Ausgang ist in den Wall unterhalb der Schallschutzmauer gebaut», sagte Danowski. «Das muss irgendwo da vorne sein. Soll ziemlich zugewachsen sein, aber wenn unsere Zeugin da schon drin ist, werde ich da auch reinkommen. Noch ungefähr dreihundert Meter.» Er steckte sein Telefon, auf dessen Karte er den Ausgang nach kurzem Studium der Pläne des Betriebsleiters markiert hatte, in die feuchte Hosentasche und hielt Jurkschat am Arm fest.

«Lass mich mal von hier alleine gehen.»

«Nee», sagte sie, offenbar nicht mehr ganz so abenteuerlustig wie im Auto. «Das ist nun wirklich gegen die Vorschriften.» Danowski legte scherzhaft den Kopf schief, als verblüffte ihn diese Erkenntnis, aber ironische Körpersprache funktionierte nicht in der Dunkelheit und im Novemberregen und bei Jurkschat schon gar nicht. Wasser lief ihm ins Ohr.

«Wir haben uns doch sowieso schon über eine Anweisung hinweggesetzt», sagte er gespielt nachdenklich.

«Ja», sagte Jurkschat, «aber das hier ist einfach unvernünftig. Du kannst da nicht ungesichert reingehen.»

«Okay», sagte Danowski. «Kompromiss: Du folgst mir, sobald ich durch die Tür bin. Ich schick dir eine Nachricht, wenn ich den Eingang gefunden und geöffnet habe. Dann kommst du hinterher. Aber auf Abstand.»

«Echt? Wieso Abstand?»

«Damit die Zeugin dich nicht …»

«Das war ein Witz.»

«Na gut.» Jetzt fing Jurkschat schon an zu scherzen. Er wusste nicht, was er davon halten sollte.

Danowski fand die dunkelgraue Stahltür zum stillgelegten Rettungsgang hinter dem herbstlichen Gestrüpp aus
verwilderten Hainbuchenhecken und Essigbaumzweigen.
Er dämpfte das Licht seiner Stableuchte, um niemanden
zu verschrecken, und prüfte den dunklen runden Plastik-
knauf. Insgesamt eine Tür wie in einem Siebziger-Jahre-
Schulneubau, die hatten damals alles gleich gebaut. Die
Tür ließ sich aufziehen, offenbar hatte jemand das Schloss
geöffnet und den Schließmechanismus blockiert, denn es
gab keine Klinke, die man hätte herunterdrücken können,
sie schloss nur mit Schnapper. Danowski untersuchte das
Schloss und sah, dass es mit einem breiten Streifen Fixier-
band blockiert war. Gut, das hielt. Hauptsache, er kam
auch wieder raus hier.

Hinter der Tür fand er sich auf einem etwa zwei mal
zwei Meter großen Treppenabsatz, von dem aus Betonstu-
fen steil nach unten in die Dunkelheit verschwanden. Die
Luft roch nach Keller, Laub und Urin. Egal, wo man hin-
kam: Irgendjemand hatte immer schon hingepinkelt. Wie
machten die das? Hier war doch sonst abgeschlossen. Die
letzten Bauarbeiter, 1991 zum Abschied? Oder war hier
mehr los, als er sich im Moment vorstellte? Jedenfalls war
es trocken, und Danowski stellte fest, dass er es nicht un-
behaglich fand hier drinnen. Dann fiel ihm Jurkschat ein.
Er schrieb ihr «Bin drin», dann begann er seinen Abstieg.

Alle fünfzehn Stufen ein weiterer Treppenabsatz und
eine Kehre. Erst mal keine weiteren Türen. Was hatte die
Anruferin gesagt? Sechzig Stufen runter und dann nach
rechts. Bei jedem Absatz ließ er den Lichtkegel seiner Stablampe über die Wände und die kommenden Stufen tanzen,
um keine unangenehmen Überraschungen zu erleben. Ein
paar lustlose Graffiti an den Wänden, das Übliche: «Ach-
med will ficken» und «Lutsche jeden Schwanz», dahinter

die Telefonnummer vermutlich einer Exfreundin, aber je tiefer er kam, desto weniger wurden es, die Jugendlichen hatten offenbar die Lust verloren, weiter vorzudringen. Nur in regelmäßigen Abständen Ziffern und Buchstaben, die bautechnisch aussahen und trotzdem okkult wirkten. Fünfundvierzig Stufen, denn natürlich zählte er mit.

Ein Scharren oder Schaben, was war eigentlich der Unterschied. Unmöglich zu sagen, von wo das jetzt genau kam. In einem Reflex, der ihm sofort seltsam vorkam, machte er die Stablampe aus. Dunkler kannte Danowski es nicht; es war fürchterlich. Aber die Lampe jetzt gleich wieder anzumachen, wäre ihm wie das Eingeständnis eines Irrtums vorgekommen, darum ließ er es. Er atmete die Dunkelheit und fand, dass schon nach drei Minuten, oder wie lange er jetzt hier hinunterstieg, die Luft nicht mehr so richtig gut war. Wie wurde hier eigentlich ventiliert? Grundsätzlich damals doch wohl mechanisch, also elektrisch, aber das lief natürlich jetzt nicht mehr, weil: stillgelegt. Mit anderen Worten, um lange hier unten zu bleiben, reichte die Luft nicht.

Das Scharren oder Schaben entfernte sich, und als es leiser wurde, fand Danowski es unheimlicher als zuvor. Er machte die Lampe wieder an und riss sie hektisch nach rechts und links, oben und unten. Unmöglich zu sagen, woher das Geräusch gekommen war. Er vermutete, dass die Geräusche von unten kamen, wo er hinwollte, aber die Vernunft sagte ihm, dass er sich täuschte, weil er sich hier in dieser Welt kein bisschen auskannte. Also kamen sie vermutlich aus der genauen Gegenrichtung, von oben.

Ruhig, mein Alter, sagte er sich selbst, du bist die Dunkelheit nicht mehr gewöhnt. Aber wer war das schon. Und musste Jurkschat jetzt nicht mal langsam oben ankommen und ihm in den Gang folgen? Nee, die war zwar rechtschaffen und fand Vorschriften gut, aber vor allem mochte sie gute Polizeiarbeit, darum hielt sie größtmöglichen Abstand.

Danowski ging weiter. Die letzten Stufen und dann rechts. Genau, eine Tür. Die Klinke aus der gleichen sozialdemokratischen Siebziger-Jahre-Design-Reihe wie oben der Türknauf: Mehr abgerundete Ecken wagen! Und diese Tür hier hatte ein Fenster, handbreit mit Gitterglas. Danowski leuchtete dagegen und sah nur, dass der Strahl seiner Stablampe im Gang dahinter verschwand. Egal, was die Anruferin ihm hier unten zeigen wollte: Er würde sie so schnell wie möglich ins Freie lotsen, denn hier unten war es ihm entschieden zu stickig und zu finster. Er probierte den Knauf, das Gleiche wie oben, Schnapper blockiert, die Tür ging auf. Danowski suchte auf dem Fußboden nach etwas, um die Tür offen stehen zu lassen, fand aber nichts.

Wenn jemand hinter ihm das Klebeband vom Schnapper zog, war er hier unten eingesperrt. Prinzipiell ein guter Grund, umzukehren. Aber es war dieses alte Ding: Einfacher, mit dem unvernünftigen Quatsch weiterzumachen, als damit aufzuhören und zuzugeben, dass man sich verrannt hatte. Von weit her hörte er etwas, das sich nach einer vorsichtig schließenden Tür anhörte. Jurkschat, oben auf der Treppe, dachte er erleichtert, ließ seine Tür vorsichtig los und leuchtete in den Gang. Es roch nach Keller und verbranntem Gummi, vielleicht mit Resten von Tabak und Hasch. Auf dem Betonfußboden grauer Staub mit mehr Fußspuren, als er sich jetzt in Ruhe angucken konnte. Wo war die Zeugin? Am Ende der Treppe, hinter der Tür, hatte sie gesagt. Also hier. War sie aber nicht.

Er ließ den Lichtkegel durch den Gang kreisen. Ungefähr dreißig oder vierzig Meter lang, am Ende mit einer weiteren Tür. Auch auf beiden Seiten des Ganges waren

Türen, zwei links und drei rechts. Danowski ging ein Stück und hörte, wie seine Schuhe im Staub scharrten. An den rostigen Schraublöchern und rechteckigen Leerstellen auf dem Putz sah er, dass jemand sich die Mühe gemacht hatte, alle Schilder abzuschrauben, die ihm hätten verraten können, was hinter den Türen war. Vorsichtig probierte er die erste Tür rechts, fensterlos wie die anderen. Verschlossen. Er beleuchtete die Wand zwischen dieser und der nächsten Tür. Jemand hatte in etwa zwei Metern Höhe etwas an die Wand gesprüht, in handhoher Schreibschrift, nicht die ideale Schriftgröße zum Sprühen, darum schwer zu lesen. Danowski ging näher ran. Die Dunkelheit in seinem Rücken fühlte sich solide an.

finde dein grab

Er hielt mit dem Leuchtkegel drauf und machte ein Handyfoto davon, um jetzt nicht darüber nachdenken zu müssen. Das Telefon behielt er in der Hand. War das eine Aufforderung oder ein Satzfragment? Moment, er wollte doch nicht darüber nachdenken. Zu spät. Die Schrift sah einigermaßen frisch aus, glänzendes Schwarz. Er räusperte sich und staunte, wie schnell das Geräusch verhallte. Es war, als hätte es die Stille gefüttert, die jetzt noch tiefer und satter war als zuvor. Jurkschat musste eigentlich jeden Moment die Tür erreichen, die sich hinter ihm geschlossen hatte und die mittlerweile etwa zehn Meter von ihm entfernt war. Er fühlte sich halbwegs sicher und ging weiter. Irgendwie hatten ihn die Tage auf dem Pestschiff im Frühjahr abgehärtet. Die Tür schräg gegenüber war auch verschlossen. Die zweite rechts auch. Jedes Mal war er erleichtert. Aber irgendwas musste hierbei ja rauskommen. Dunkel erinnerte er sich an das Tunnel-Briefing: Hinter den Türen waren

Materialräume, Not-Betten, weitere Abzweige. Hier zum Beispiel: wieder eine Tür mit Fenster, das waren immer die, hinter denen es weiterging. Sie gab nicht nach, aber er spürte auch nicht das charakteristische Metallklacken des Riegels am Schließblech, also war die Tür blockiert, aber nicht verschlossen.

Während er vorsichtig mit der Schulter dagegendrückte, musste er das Licht seiner Stablampe Richtung Boden richten. Seine Schuhe könnten auch mal wieder geputzt werden.

Dann schrie eine Frau, als wäre sie Hunderte Meter weit weg, oder gedämpft wie durch die Finger einer festen Hand oder durch ein Material, mindestens aber eine Wand und eine weitere Tür. Ganz kurz nur, der Frau war gleich wieder etwas vor oder in den Mund geschoben worden.

Einen Herzschlag später wurde Danowski klar, dass er in einer ganz widrigen Situation war: zu wenige Hände. Eine Hand benötigte er für die Stablampe, die andere war blockiert mit dem verdammten Handy, das er jetzt fallen ließ, um in der gleichen Bewegung die Dienstwaffe zu ziehen. Er drückte sich mit dem Rücken gegen die Wand, um seine Angriffsfläche zu minimieren, und im selben Moment öffnete sich unmittelbar neben ihm die Tür, die er gerade geprüft hatte. Als Erstes spürte er einen breiigen Luftzug, von da kam nichts Gutes und Frisches, nur abgestandenes Zeug. Danowski schob seine Rechte mit der P99 ein Stück vor und vernachlässigte darüber seine Linke mit der Stablampe, die ihm im nächsten Augenblick aus der Hand geschlagen wurde. Denn das war das Zweite, was aus der Tür kam, nach der schlechten Luft: ein Schlag auf seine Hand, vermutlich mit einem Teleskopstock, geführt von einem Profi, denn sofort zuckte ein Schmerznetz durch die linke Seite seines Körpers. Danowski ging zu Boden, und etwas Dunkles stieg über ihn hinweg, während er einen weiteren Schlag auf den Kopf bekam, seitlich, dicht oberhalb der Schläfe. Alles wurde schwarz und Danowski dachte Ohnmacht, es war aber nur der nächste Schlag, auf seine Stablampe.

«Polizei!», schrie Danowski durch eine warme Flüssigkeit, die ihm übers Gesicht und den Mund lief. Er sah gar nichts mehr. Wo war Jurkschat? Mühsam kämpfte er sich an der Wand hoch. Der Gang war keine anderthalb Meter breit, und Danowski stieß mit jemandem zusammen, einem schmächtigen Körper, der von ihm wegstrauchelte, vielleicht, weil jemand ihn zerrte.

«Bleiben Sie stehen oder ich schieße!» Er überlegte, einen Warnschuss an die Decke abzugeben, doch seit er wieder stand, fühlte er sich, als liefen ihm die Gedanken aus dem Kopf. Für Augenblicke verlor er die Orientierung. Zwei Leute, und verschwanden sie in die Richtung, aus der Danowski gekommen war, oder weiter den Gang hinunter, dorthin, wo am Ende eine weitere Tür mit Gitternetz-Fenster war? Ein Lichtkegel schoss von der anderen Seite durch den Gang, und ihm schien, als kämen Schritte von überall.

Danowski hob die Waffe schräg Richtung Decke und feuerte. Das Geräusch raste durch ihn hindurch und hinterließ ein anschwellendes Piepen. Im Licht einer zweiten, ebenfalls zu Boden gefallenen Stablampe, die aber noch brannte, sah er, dass seine Partnerin schon ganz nah war. Das war ihre Lampe.

Jurkschat lehnte keinen Meter von ihm entfernt an der Wand gegenüber und presste die Augen zu und die Lippen zusammen und hielt sich mit der rechten Hand das Ohr, und zwischen ihren Fingern lief dünnes, hellrotes Blut in den Ärmel ihrer Regenjacke.

23. Kapitel

Finzi wachte davon auf, dass er Gänsehaut hatte. Am ganzen Körper ein feiner Überzug aus Vorahnung und Angst. Er lag auf dem Rücken wie ein Toter, das gefiel ihm immer am besten, in dieser Lage fühlte er sich wie zu Hause. Ohne die Augen zu öffnen, bewegte er sich so wenig wie möglich unter der dünnen Pflegeheimdecke. Wenig bewegen, das hatte er im letzten halben Jahr perfektioniert. Damit keiner was sah, wenn er es nicht mehr aushielt, nichts zu tun. Kalt hier drinnen. Aber das war nicht der Grund. Wo die Decke seine Haut berührte, spürte er, dass jeder Quadratmillimeter seiner Körperoberfläche auf eine Entscheidung wartete: Kampf oder Flucht?

Etwas war im Zimmer. Eine Anwesenheit. Er wollte noch nicht von einem Menschen ausgehen. Reste von einem Albtraum? Er konnte sich an nichts erinnern, sein Schlaf war schwarz. Manchmal kam nachts jemand vom Pflegepersonal, um kurz nach ihm zu schauen, aber das geschah immer laut und schnell, das war weder heimlich noch unheimlich. Jetzt hörte er nichts, nur seinen eigenen Atem.

Als er ihn anhielt, ging der Atem trotzdem weiter. Nur einen Moment, zwei, drei Züge, aber entschieden zu lang. Das war nicht seiner, das war ein fremder Atem. Ganz nah bei ihm stand jemand, der sich Mühe gegeben hatte, genau in Finzis Rhythmus zu atmen, um kein zusätzliches Geräusch zu verursachen.

Tatsächlich fragte Finzi sich jetzt, ob alles gut werden würde, wenn er die Augen einfach geschlossen hielt. Wie früher als Kind: Augen zu, Monster weg. Augen auf, …

Keinen halben Meter entfernt über ihm war das runde Gesicht einer Frau, faltig um die Augen, unbewegt, der Mund in einer neutralen Linie. In den Resten der Beleuchtung vom Parkplatz durchs Fenster trafen sich ihre Blicke. Er blickte in einen Abgrund wie jemand, der sich mühsam aus einer Höhle rettet und auf halbem Weg zurückblickt ins zerklüftete Nichts.

Finzi schrie.

Er warf sich nach hinten, weg von ihr, und die jähe Bewegung fuhr ihm durch den ganzen Körper und machte ihn hellwach. Er stieß mit dem Kopf gegen die Wand hinter dem Kopfteil des Bettes. So schnell hatte er sich seit einem halben Jahr nicht mehr bewegt.

Er erkannte die Frau.

Und dieses Mal würde er kämpfen.

Sie war vor ihm zurückgewichen, unwillkürlich, aber jetzt, wo sein Schrei in der mit Linoleum ausgelegten Stille des Pflegeheims verhallte, schien sie unschlüssig. Sie machte einen halben Schritt in seine Richtung, und er hörte, wie das gestärkte Weiß ihrer Pflegerinnenuniform im Dunkeln geradezu knarrte. Vor diesem Weiß sah er, dass sie in der rechten Hand eine kleine, dünne Spritze hielt, von deren Nadel die grüne Schutzkappe bereits abgezogen war.

Finzi fiel es schwer zu schreien. Aktuell, weil er monatelang seine Stimmbänder nicht benutzt hatte, da hatten sich ganze Schichten von Schweigen und Schleim draufgelegt, und ganz grundsätzlich, weil jeder Schrei das Eingeständnis einer Niederlage war: Ich komm hier alleine nicht mehr klar, helft mir, bitte, bitte helft mir.

Aber er schrie. Diesmal war er sich für nichts zu fein. Der erste Schrei war wortlos gewesen, jetzt riss er sich ein verzweifeltes «Hilfe!» aus der Kehle. Im Laufe der Monate hier war er hellhörig geworden, er merkte gleich, dass fünf Zimmer entfernt die Tür zum Bereitschaftsraum aufging und achtlos zugeschlagen wurde.

«Hilfe!» Noch besser als beim ersten Mal, er bekam langsam Routine. Finzi sah, wie die Frau, klein, ein bisschen rundlich, dunkles Haar mit grauem Ansatz, sich von ihm abwandte und zum Fenster ging. Sie löste es aus seiner Kippstellung und öffnete es weit, Finzi schnappte nach der kalten Luft, die ins Zimmer schoss. Für einen Moment dachte er, die Frau würde jetzt aus dem Fenster klettern, zweiter Stock zwar, aber dieser Person traute er alles zu. Er zog sich die Decke ans Kinn, als wäre das ein Schutz; auf die Idee, aufzustehen und wegzurennen kam er nicht, auch traute er seinen müden Beinen nach all den Monaten im Rollstuhl nicht. Die Frau beugte sich hinaus und ließ die Spritze hinunterfallen, dorthin, wo Finzi die winterharten Rabatten wusste, an deren Rand sie ihn immer im Rollstuhl zum Auslüften schoben. Als die Tür aufging, stand die Frau wieder mitten im Raum, das Fenster wieder auf Kipp.

«Was ist hier denn los?», fragte der blasse Pflegeleiter mit dem hellen Bart, und mitten in der Frage knipste er das Deckenlicht an. Während Finzi rasend blinzelte, registrierte er, dass die Frau ihn völlig unbewegt anblickte, erschrocken und leicht verärgert, aber mit ruhigem Auge, als könnte sie im Hellen so leicht wie im Dunkeln sehen und bräuchte keine Zeit, sich umzugewöhnen. Der Pfleger ging zu Finzi, langsam und fast ein bisschen feierlich.

«Mensch, Herr Finzel, da sind Sie ja wieder. Sind Sie endlich aufgewacht?» Er legte Finzi die trockene glatte Hand auf die Stirn, hier waren sie immer als Erstes darauf bedacht, dass bloß keiner Fieber hatte. «Oder besser gesagt, haben Sie sich ausgerechnet jetzt entschlossen, Ihre Simulation zu beenden? Mitten in der Nacht?»

Finzi zitterte. Er brachte kein Wort heraus. Wochenlang hatte er darüber nachgedacht, wie er aus der Nummer mit der selbst auferlegten Katatonie wieder rauskommen sollte. Erst war es eine Flucht gewesen, dann Schutz vorm Trinken, dann hatte er es sich ewig bequem gemacht in der eigenen Stille und Bewegungslosigkeit, aber spätestens, seitdem Adam ihn besuchen kam, war ihm klargeworden, dass es so nicht weitergehen konnte. Adam brauchte doch seine Hilfe. Und jetzt war alles einfach vorbei. Wahrscheinlich würden sie ihn morgen hier rauswerfen.

Die Frau bewegte sich aus der Mitte des Raumes auf den Pfleger und auf Finzis Bett zu. Finzi wich vor der Hand des Pflegers zurück und sagte mit einem Krächzen: «Sie wollte mich umbringen!»

«Herr Finzel», sagte der Pfleger, der sicherlich nicht zum ersten Mal den Mordversuchs-Vorwurf eines Patienten hörte, für so was waren die doch hier geschult auf der Leitungsebene, «jetzt beruhigen wir uns erst mal. Ich möchte Ihnen auch gar keine Vorwürfe machen. Ist ja gut, dass Sie wieder bei uns sind.»

Finzi wollte nicht aufhören zu zittern. «Die Frau …»

«Schwester Selina, was war denn los?», fragte der Pfleger und tätschelte Finzi durch die Decke den Arm.

«Habe Geräusch gehört», sagte die Frau, die sie hier Schwester Selina nannten, mit einem breiten italienischen Akzent, tiefste Provinz, südlich von Neapel, Finzi kannte sich da aus, er hatte auch mal mit dem Gedanken gespielt, sich einen kleinen italienischen Tonfall zuzulegen.

Als sie das letzte Mal mit ihm gesprochen hatte, damals, in seinem Keller, war ihr Deutsch fast akzentlos gewesen, glatt und trocken wie die Hand des Pflegers. Als sie ihn höflich, aber bestimmt gebeten hatte, nicht zu schreien und sich einfach von ihr töten zu lassen.

«Mensch, da sind Sie in Ihrer ersten Woche gleich Zeugin von was richtig Großem geworden», sagte der Pfleger, «der Herr Finzel ist schon so lange nicht ansprechbar, und dann hat er in Ihrem ersten Nachtdienst den Albtraum, der ihn aufweckt.»

Finzi merkte, wie er langsam richtig Lust bekam zu sprechen und wie sein Zittern nachließ. Die nüchterne Schichtdienst-Prosa des Nachtdienstleiters beruhigte seine Nerven.

«Das war kein Albtraum», sagte er.

«Herr Finzel, Sie reden am besten morgen mit den Ärzten. Ich freu mich erst mal ganz doll für Sie, dass das jetzt so ein richtiger Fortschritt ist. Weil Sie eingesehen haben, das selbst zu beenden, oder weil Sie wirklich einen Trigger erlebt haben, der Ihren katatonischen Zustand beendet. Das können ganz oft Albträume sein. Ich mach schon mal eine Notiz, Herr Finzel, dann kommt Ende der Woche gern auch mal die Psychologin.»

«Die Frau hat versucht, mich umzubringen», sagte Finzi, der in sich eine Unbeirrbarkeit entdeckt hatte, die er um keinen Preis mehr loslassen wollte. «Die hat mit der Spritze in der Hand vor meinem Bett gestanden, als ich aufgewacht bin.»

Der Pfleger schüttelte den Kopf. «Schwester Selina hat gar keine Spritzberechtigung, sie kommt über die Zeitarbeit und hilft uns hier mit dem Waschen und so.»

«Vor dem Fenster», sagte Finzi und gestikulierte in die entsprechende Richtung, wobei die Bewegung seines Armes sich schwer und wunderbar zugleich anfühlte. «Da unten im Beet muss die Spritze liegen. Sie hat sie rausgeworfen.»

Der Pfleger seufzte. «Schwester Selina, machen Sie am besten einfach weiter. Die Siebzehn hat sich eingekotet.

Ich regele das hier.» Die Frau, die ihn vor fünf Monaten in seinem Keller mit einer Elektroschockpistole betäubt und anschließend offenbar mit Alkohol zu vergiften versucht hatte, verließ mit einem dienstbaren Nicken den Raum. Durch die sich schließende Tür warf sie Finzi einen Blick zu, der zwar nicht selbst hätte töten können, der aber unmissverständlich sagte: *Ich* hätte töten können. Und es ist noch nicht vorbei.

«Herr Finzel», sagte der Pfleger und beugte sich ein wenig zu ihm herunter, als brächte dies sie einander näher. «Glauben Sie wirklich, dass ich dort unten im Regen eine Spritze finden werde?»

«Aber sicher», sagte Finzi. «Ich habe es selber …»

«Ich werde aber keine finden. Zum Beispiel, weil ich keine suchen werde. Weil Sie, bitte verstehen Sie mich nicht falsch, in den letzten Monaten ein bisschen Ihre Glaubwürdigkeit aufs Spiel gesetzt haben.»

Finzi nickte langsam und mit ersten Ausläufern von Resignation. Na gut. Da war was dran. «Rufen Sie bitte meinen Kollegen an. Adam Danowski. Die Nummer ist bei meinen Notfallkontakten.» Um genau zu sein, war Adams Nummer sein einziger Notfallkontakt.

«Sie können sehr, sehr gern morgen in der dafür vorgesehen Zeit zwischen neun und elf Uhr dreißig selbst telefonieren, oder dann wieder ab vierzehn Uhr. Bis dahin ruhen Sie sich doch bitte einfach aus.» Der Pfleger wandte sich zur Tür und sagte, bevor er den Raum verließ, weil er offenbar eine sentimentale Seite hatte und der ganzen Situation den gebührenden Abschluss geben wollte: «Schön, dass Sie wieder bei uns sind, Herr Finzel.» Dann löschte er das Licht, und die Tür schloss sich hinter ihm.

Finzi, der sich in den vergangenen fünf Monaten auch unbeobachtet nur selten bewegt hatte, nutzte seinen unsimuliert funktionsfähigen neuen Zustand, um mit einem Satz aus dem Bett zu springen. Seine Beine waren schwach und müde wie nach einer langen Grippe, aber sie trugen ihn zum Lichtschalter. Sobald es wieder hell war im Raum, schob er den kaputten Schreibtischstuhl mit der Lehne unter die Türklinke. Die Bewegungen fielen ihm schwer. Dann zog er mit unendlicher Mühe seine Jeans und seinen Kapuzenpullover an und setzte sich mit verschränkten Armen aufs Bett und wartete, dass der Morgen graute.

24. Kapitel

Vielleicht waren es die Träume vom Fallen, die ihn an die verlassenen Orte getrieben hatten. Träume davon, ins Dunkle zu treten und nichts mehr unter Füßen zu haben als leere Luft. Um dann mit dem Gefühl aufzuwachen, ins Bett gestürzt zu sein oder ewig weiterzufallen.

Es waren die Gebäude in diesen Träumen, die Trickster morgens in Erinnerung geblieben waren, Gebäude, die er gemalt hatte, während er in der Schule saß und die unfassbare Langeweile im Mund schmeckte. Braune Ruinen, deren Treppen immer steiler und morscher wurden, mit brüchigen Balustraden an unabsehbaren Schächten, die Gänge mit jedem Schritt schmaler und schräger, nach einer Seite offen, gewunden entlang der Innenwände ragender Kuppeln, aber man konnte nicht stehen bleiben, man durfte nicht umkehren, das Ziel war verborgen, und der Drang, dem gefährlichen Weg zu folgen, ließ sich nicht unterdrücken. Die Macht dieser Orte war die stärkste, die er in seinem Leben gespürt hatte, und sobald er nicht mehr mit Einbruch der Dunkelheit zu Hause sein musste, hatte er angefangen, sie zu suchen.

Jetzt saß er im obersten Stockwerk in der grüngelben Dunkelheit und ließ seine Beine in den Treppenschacht baumeln. Hochbunker waren schwierig. Er kannte fast alle, die in Hamburg noch nicht abgerissen oder umgebaut worden waren, aber die Eingänge waren durch doppelte Metallschleusen vor den eigentlichen Brandschutztüren und Gasangriffschleusen gesichert. Die Sicherheitsschlösser der Brandschutztüren waren kein Problem, aber die

Schleusen konnte man nur mit dem passenden Werkzeug öffnen, und Trickster forschte lieber mit leichtem Gepäck. Darum musste man die Wartungspläne der Stadt kennen oder wissen, dass dieser fünfstöckige Bunker hier im Herzen von Altona demnächst Ort einer Kunstinszenierung werden sollte. Trickster verachtete alle, die die majestätische Ruhe der verlassenen Orte durch billige Effekte wie Kunst störten. Aber gut an ihrem eitlen Treiben war, dass die Schleusen in den Wochen davor offen blieben und er nur sein kleines Werkzeug brauchte, um die Brandschutztür zu öffnen. Das hier war im Grunde ein weiterer Abschied: Gerade erst vom bleichen Diener, jetzt von diesem Bunker hier, der in wenigen Wochen durch Kunst-Pack entweiht werden würde, das dann hier mit Weingläsern und Käsestangen in den Händen hindurchflanierte.

Dafür waren die Bunker nicht gemacht worden. Sondern dafür, Menschen das Leben zu retten. Menschen, auf die aus Tausenden von Flugzeugen Brandbomben fielen bei einem versuchten Weltuntergang. Und Menschen wie ihm, die in der Tagwelt nicht länger als unbedingt nötig überleben konnten, und die die Verlassenheit als Lebenselixier brauchten, als Gegengift gegen die atemberaubende Übermenschung der Welt.

Der Bunker war einigermaßen gepflegt, wahrscheinlich hatte er bis in die siebziger, achtziger Jahre als Schutzraum für einen möglichen atomaren Angriff gedient. Die kubikmetergroßen Wassertanks auf jedem Stockwerk waren leer. Der grün-beige Anstrich der Wände mit den schwarz aufgetragenen Stockwerksnummern in industrieller Schablonenschrift war verblasst, aber mehr wie eine Erinnerung an die sechziger Jahre, nicht beinahe ausgelöscht wie die Todesrunen der Kriegsjahre.

Er liebte die kopfgroßen schwarzen Rohrstutzen, die

unter der Decke aus den Wänden kamen und die sie zwischen den Angriffen geöffnet hatten, um den Bunker zu lüften. Er liebte die schwarzen Gesichter der Überdruckventile, wie Eulen aneinandergekauert an den Wänden der Treppenhäuser.

Das Einzige, was Trickster störte, war die schwache Notbeleuchtung, die offenbar jemand von der Verwaltung vor kurzem aktiviert hatte: niedrigwattiges dunkelgelbes Licht aus abgedämmten Ovalleuchten mit Metalldrahtgittern, damit sich hier niemand gruseln musste, wenn die Vorbereitungen für die Kunstinstallationen begannen. Licht war immer Menschenspur. Andererseits zeichnete es die Umrisse der Betonpfeiler, die den großen Hauptraum auf jedem Stockwerk alle paar Meter unterteilten, sanft und verschwommen in die Leere, und das gefiel ihm dann wieder.

Jedenfalls war der Bunker am Ende, die Menschenwelt war dabei, ihn zurückzuerobern. An den Materialpaletten, die draußen in der Einfahrt unter Planen lagerten, konnte er ablesen, dass sie vorhatten, hier rund um das dunkle Auge des Treppenhauses in der Raummitte wieder ein vollständiges Geländer anzubringen. In manchen Etagen fehlte es, Altmetalldiebstahl oder mittendrin abgebrochene Rostsanierung. So konnte er die Beine ins Leere hängen lassen, ohne sich den Kopf am Geländer zu stoßen, und gleichzeitig genoss er das Ziehen in seinen Oberschenkeln, wenn er sich ungeschützt nach vorn beugte und hinabsah auf die leeren Etagen unter sich.

Nicht leicht, sich im Bunker zu verstecken, das war eine Herausforderung für Erdmännchen. Die Kammern mit Stockbetten und Pritschen, die Materialschränke und die mit Sandboden ausgefüllten halbhohen Kriechräume, in denen sie Flakmunition gelagert hatten: Das waren Fallen. Der Trick beim Verstecken war, immer in Bewegung zu bleiben, so gut kannte er sie natürlich schon lange. Obwohl sie immer wieder erstaunliche Fehler machte. Selbst nach all den Jahren. Zum Beispiel jetzt.

Er sah, wie Erdmännchen sich fast genau unter ihm so wie er auf den geländerlosen Rand des Treppenauges setzte. Die Stockwerke waren über vier Meter hoch, sonst wären seine Füße ihrem Kopf nah gewesen. Im gelben Halbdunkel sah sie aus wie eine Erscheinung, er würde durch sie hindurchgreifen, wenn er sie jetzt berührte. Aber das Berühren musste warten. Er sah, wie sie ihren Kopf in alle Richtungen drehte, um ihn auf ihrem Stockwerk zu finden, und wie sie sich dann nach vorne beugte, als könnte sie so in die Stockwerke unter sich schauen.

Manchmal gab es diese Momente: Wenn das, was sie die Jagd nannten, eigentlich in vollem Gange war, aber plötzlich entstand so etwas wie ein kleiner Riss in all ihrer Ernsthaftigkeit, und dann musste Trickster ausbrechen aus seiner Rolle. Eigentlich hätte er sich jetzt lautlos nach hinten abrollen müssen, um aus Erdmännchens Gesichtsfeld zu verschwinden, für den Fall, dass sie gleich nach oben schauen würde. Aber manchmal spürte er in solchen Momenten ihre Verbundenheit so unmittelbar und stark, dass er nicht anders konnte, als mit ihr Kontakt aufzunehmen.

Trickster öffnete den Mund und machte mit der Zunge und der Unterkieferhöhle ein leises Geräusch, das sich anhörte, als tropfte irgendwo in der Weite des Bunkers Wasser. Erdmännchen legte den Kopf schräg und schaute zu ihm hinauf. Sie sah aus wie ein kleines, wildes Tier, das etwas Gutes gefunden hat. Er konnte ihre Augen ahnen und stellte sich den Mund dazu vor und war sicher, dass sie ihn sah und dass sie jetzt lächelte. Sie war nicht so streng wie er mit ihren Spielen und Ritualen, sie mochte es, wenn alles eine andere Wendung nahm, «spontan sein» hatte sie das genannt, früher, als sie noch mehr geredet hatten, weil sie sich noch nicht ohne Worte verstanden.

Sie hob eine Hand wie zum Gruß und streckte sie dann spielerisch zu ihm aus, weiß vor dem dunklen Abgrund, als könnte sie ihn im Sitzen erreichen. Er blieb regungslos. Er konnte nicht winken. Sie aber schien Kontakt aufnehmen zu wollen, vielleicht war seine Gestalt mit der Notbeleuchtung im Rücken noch schwerer zu erkennen als ihre vor dem dunklen Hintergrund. Vielleicht drehte sie sich deshalb jetzt im Sitzen ein wenig zu ihm, was paradox war und kaum ging, weil er ja fast genau über ihr saß. Trickster fand ihre Bewegung unerfahren und riskant, aber zugleich hatte der Moment etwas Magisches, Unveränderliches, eine feste und dann zugleich aber auch wieder flüchtige Qualität, auf die er nicht anders reagieren konnte als: gar nicht.

Es hörte sich an, als würde Erdmännchen kichern, als sie ihren Arm noch weiter ausstreckte nach ihm und anfing, sich aufzurichten, wobei sie, um ihn sehen zu können, sich mit dem Oberkörper noch weiter Richtung Treppenauge drehte und den Kopf in den Nacken legte.

Als sie das Gleichgewicht verlor, ging nicht auch nur die Andeutung eines Gefühls durch Tricksters Körper.

Er sah, wie ihr Körper in der Dunkelheit verschwand, gerade, als sie anfing, sich in der Luft zu drehen, denn sie hatte ihre Arme nach außen gerissen, als gäbe es dort im freien Fall irgendwas zu greifen. Dann hörte er, wie sie im Erdgeschoss auf dem Betonboden neben dem Treppenabsatz aufschlug, ein seltsam schweres und erschöpftes Geräusch, das nicht passen wollte zu Erdmännchen, zu ihrer Leichtigkeit und dazu, wie sie doch immer in Bewegung blieb. Danach nichts. Er hätte ein Wimmern erwartet, wenn nicht sogar Schreie.

Trickster spürte, wie es in seinen Beinen zog, und er hatte kein Zeitempfinden, während er den Gedanken, hinterherzuspringen, wie einen Himmelskörper betrachtete: beeindruckt, aber ratlos.

Dann stand er mühsam auf. Er hörte seine Schritte auf dem staubigen Beton und wusste, dass die Träume vorüber waren, die er gehabt hatte, solange er denken konnte. Mit jeder Treppenstufe ging eine Welt unter, und schon zwei Stockwerke tiefer bereute er, nicht doch gesprungen zu sein. Am Treppenende war Erdmännchen verschwunden, aus dem Augenwinkel sah er, dass dort auf dem Boden nur noch ein armiger, beiniger, kopfiger Klumpen Fleisch lag, verborgen in Stoffen und anderem Material. Er ging ohne einen Blick zurück durch die Brandschutztür und die offene Schleuse hinaus in die nasse, hin und her wogende Nacht von Altona.

Erdmännchen hatte ihr Grab gefunden.

25. Kapitel

«Na, wen haben wir denn da. Sehen Sie, Herr Finzel, hier ist schon Ihr Notfallkontakt. Alles wird gut.»

Der Pflegeleiter trat beiseite und ließ Danowski mit einer etwas theatralischen Handbewegung ins Zimmer. Ganz neue Optik: Sein alter Kollege Finzi saß auf der Bettkante, einen Kaffeebecher in der Hand, zu seinen Füßen eine Reisetasche, die schlaff zur Seite hing, als wäre nicht viel drin.

«Tach», sagte Finzi und stand auf, ungeübt, leicht schwankend wie, tja, ein Betrunkener. Er sah schlecht aus, also, präzisierte sich Danowski, noch schlechter als sonst: abgemagert und aufgedunsen zugleich, nichts mehr übrig von der Sonnenbräune, von der Behling im Spätsommer erzählt hatte, gebückter als früher, und weil sich seit ein paar Tagen keiner die Mühe gemacht hatte, ihn zu rasieren, sah er im Morgenlicht, dass Finzis Bart grau geworden war.

«Tach auch», wollte Danowski eigentlich sagen, aber der Rest verschwand in Finzis Kapuze, denn der war erstaunlich agil auf ihn zugekommen, und jetzt umarmten sie sich. Mann, Mann, Mann, dachte Danowski.

«So, ich will da jetzt gar kein moralisches Urteil fällen», sagte der Pfleger. «Aber wir werden in den Nachfolgeuntersuchungen schon über das Thema Simulation sprechen müssen. Dass der Herr Finzel sich allein ernährt, wenn auch im Schutze der Dunkelheit, habe ich ja schon lange beobachtet, aber wie Sie sehen, hat er offenbar, wenn er allein im Zimmer war, auch seine Beinmuskeln trainiert. Und seine Armmuskeln. So, Herr Finzel, jetzt lassen Sie den Herrn, äh, Danielowski mal los, Sie machen ihm ja Angst.»

«Ziemlich unhöflich, in Gegenwart eines Menschen über diesen in der dritten Person zu sprechen», sagte Finzi penibel und dann, an Danowski gewandt: «Der Typ ist so ein Arsch.» Seine Stimme klang belegt, aber vor allem leicht gehetzt, als wäre diese seltsame Wiedersehenszeremonie nur eine kleine Station vor etwas viel Wichtigerem.

«Ob das hier irgendwelche juristischen Konsequenzen hat, können Sie beide vermutlich sehr viel besser einschätzen als ich», sagte der Pfleger unbeirrt, «aber ich denke mal, das könnte schon rauslaufen auf so was wie Erschleichung von Pflegedienstleistungen oder so.»

Danowski beschloss, sich ein bisschen aufzuspielen, um Zeit zu gewinnen, die Situation einzuordnen. Finzi, wieder da. «Den Vorwurf leite ich gern an die Kollegen vom entsprechenden Kommissariat weiter», sagte er. «Allerdings wird er sich dann eher gegen Sie und Ihren Laden hier richten. Denn wenn Sie einen Simulationsverdacht hatten, werden Sie erklären müssen, warum Sie den Patienten trotzdem monatelang hierbehalten und abkassiert haben.»

Finzi ließ sich wieder aufs Bett fallen. Richtig belastbar wirkte der nicht, aber er pfiff anerkennend durch die Zähne. Vielleicht aber auch nur das aktuelle Geräusch seiner Atemwege.

Der Mann vom Pflegeheim wollte was antworten, wusste aber sichtlich nicht, was, und Danowski fand es fast ein bisschen schade, dass Finzi ihn aus der dräuenden Peinlichkeit erlöste, indem er sagte: «Mich wollte eine umbringen. Eine vom Personal hier. Oder angeblich vom Personal. Die Gleiche, die mich im Frühjahr schon mal umbringen wollte.»

Danowski hielt inne. Der Pflegeleiter wies auf Finzi mit

einer Handbewegung und einem perfekt dazu passenden Gesichtsausdruck, der so viel sagte wie: Sehen Sie, was das für ein Spinner ist? Aber in Finzis von Schlaflosigkeit geröteten Augen sah Danowski etwas, was er von dort nicht kannte: Angst. Der alte Finzi hatte alles Mögliche in den Augen gehabt und im Gesicht, manchmal sogar Faulheit, die an Resignation grenzte, meist aber eine Aufmüpfigkeit und mühsam erkämpfte Lebenslust, die er nur in Form von Zoten und Piesackereien nach draußen lassen konnte. Davon war in diesem Moment nichts mehr zu sehen. Danowski merkte, wie enttäuscht er darüber war.

«Adam, lass uns da später noch mal in Ruhe drüber reden, aber ... Ich hab nicht gesoffen. Ich hatte keinen Rückfall. Es hat eine versucht ...» Er brach ab, und Danowski ahnte, dass Finzi wiederum was in seinem Gesicht gesehen hatte, was ihm das Weitersprechen unmöglich machte: Er hatte gesehen, dass sein Freund Adam ihm nicht glaubte.

«Okay», sagte Danowski zu gedehnt, um es als beruhigend durchgehen lassen zu können.

«Ich hatte keinen Rückfall», sagte Finzi noch mal, aber jetzt klang es schon wie auswendig gelernt. Genug Zeit, sich das zurechtzulegen, hatte er ja wirklich gehabt. Wahrscheinlich glaubte er's sogar selbst.

«Das sind so klassische Verdrängungsthemen, die Sie dann ja woanders weiter besprechen können. So was kann man auch gut in der Therapie vertiefen, ich hab dem Herrn Finzel da mal ein paar Adressen mitgegeben.»

«Und jetzt?», fragte Danowski.

Der Pflegeleiter zuckte mit den Achseln. Er hatte aus seiner Sicht offenbar Besseres oder zumindest weniger Sinnloses zu tun. «Unsere Ärztin hat den Herrn Finzel heute früh untersucht, ich kann Ihnen sagen, das war gar nicht so einfach. Er ist körperlich gesund genug, um nach Hause entlassen zu werden. Sicher nicht topfit, aber ich nehme an, das war er vorher auch nicht unbedingt.»

«Schon wieder die Scheiße mit der dritten Person», knurrte Finzi von der Bettkante.

«Was eine psychiatrische Untersuchung angeht, gut, da haben wir ihm eine Überweisung mitgegeben, ich empfehle eine Selbsteinweisung, aber mehr können wir nicht tun. Also nehmen Sie ihn mit.» Als hätte er ein sarkastisches «… und viel Spaß dabei» gerade noch verschluckt.

«Gut, mein Alter», sagte Danowski, bückte sich nach der schlaffen Tasche und fand, dass er mit Finzi redete wie mit einem Hund, «dann bring ich dich mal nach Hause.»

«Nein», sagte Finzi schon ins «nach». «Dahin geh ich nicht. Da war sie ja auch schon. Da im Keller hat sie doch versucht …»

«Ich verabschiede mich dann», sagte der Pflegeleiter, ohne diesen Plan durch mehr als ein vages Kopfnicken zu verwirklichen, «und bitte verlassen Sie das Gelände zügig, wir brauchen das Zimmer.»

«Den Namen», sagte Finzi, «wir brauchen noch den Namen und alle Angaben zu der Pflegerin, die gestern Nacht hier im Zimmer gestanden hat und versucht hat …»

«Auf gar keinen Fall», sagte der Pflegeleiter, schon aus dem Flur. Danowski hielt die Tür fest und dachte, so theatralisch wie der kann ich auch, ließ lässig kurz seinen Dienstausweis auf Bauchnabelhöhe aufblitzen und sagte: «Ich glaube doch. Kurzer Dienstweg, damit wir uns nicht den Kopf zerbrechen wegen der ganzen Simulations- und Abrechnungsgeschichte.» Egal wie durchgeknallt der neue Finzi war: Den Gefallen wollte Danowski ihm gerne tun. Schon allein, damit sie hier jetzt endlich rauskamen.

Der Pflegeleiter schüttelte voller Verachtung den Kopf und verschwand in seinem Büro. Als die beiden Polizisten in Finzis Tempo daran vorbeischlurften, reichte er ihnen wortlos einen Zettel heraus, auf denen die Angaben einer Selina Salas standen. Danowski wollte ihn Finzi geben, aber der wich davor zurück. Also steckte er ihn selber ein und übernahm, das spürte er, auf diese Weise die Verantwortung dafür, was aus der Sache werden würde.

Im Auto war es dann fast wie früher. Finzi neben ihm, mit dem gleichen existenziellen Stöhnen in die Polster gesunken wie immer, und immer schnallte er sich nicht vor der ersten Ampel an. An der sich auch endgültig die Frage stellte, wohin jetzt mit Finzi.

«Wie siehst du eigentlich aus?», fragte Finzi. Der hatte es nötig. Danowski betastete unwillkürlich das Pflaster auf seiner Stirn.

«Hab mir den Kopf gestoßen.» Danowski spürte, wie ihm was entwich. Bis eben hatte er den Gedanken an Jurkschat verdrängt, die Nachricht von Finzis Aufwachen hatte alles übertönt heute Morgen, aber jetzt, wo er nach seinem Telefon fummelte, um die Zeit an der Ampel zu überbrücken, füllte die Geschichte von ihrem Knalltrauma für einen Moment wieder seine ganze Welt. Was für eine Scheiße.

Nein, ich höre so gut wie nichts auf dem Ohr, doch, ich hör was, nein, doch nicht, ich weiß nicht – Jurkschat, für ihre Verhältnisse aufgelöst, sobald sie wieder raus aus dem Tunnel waren. Und dann hatte Jurkschat es als Erste gesagt: Die Chefin darf nichts erfahren davon, das wird sonst eine Riesensache, und wir haben uns über die Anweisungen hinweggesetzt. Danowski hatte große Lust, ihr zuzustimmen, aber eine Mischung aus Ratlosigkeit (was, zum Teufel, war da los gewesen im stillgelegten Gang?) und Schuldgefühlen (er hatte Jurkschat das Trommelfell zerschossen, das hatte ihm gerade noch gefehlt) hinderte ihn daran. Jurkschats Plan: morgens sofort zum Arzt, und je nachdem, was der sagte: im Präsidium verschweigen oder alles erklären.

«Wichtige Nachricht?», fragte Finzi. «Selfie von Behling mit Halbzartem?»

«Nee, was von Jurkschat, die war beim Arzt», sagte Danowski und atmete tief ein. Hier.

«Echt? Hast du nicht aufgepasst? Was wird's denn?», sagte Finzi, der kam echt sehr langsam wieder in Form, wenn überhaupt, während Danowski las: «Trommelfell nur angerissen, Gehör kommt wieder in paar Wochen, alles gut. Und wichtige Neuigkeiten. Ruf an.» Die Nachricht war schon eine halbe Stunde alt. Danowski atmete aus und grinste.

«Euer Kind gesund?», fragte Finzi.

«Alles dran», sagte Danowski, und genau in diesem Moment kam die nächste Nachricht von Jurkschat. Hinter ihnen hupten die Autos. Danowski machte eine exaltierte Gähnbewegung in den Rückspiegel und fuhr an, wobei er Finzi das Telefon in den Schoß warf.

«Lies mal vor», sagte er.

Finzi kniff die Augen zusammen und hielt das Telefon so weit weg von sich, wie's im Auto möglich war. «Anrufdaten sind ausgewertet. Prepaid, keine Adresse. Aber ungefährer Standort: Hainapfel-Siedlung. Kommst du dahin? Anita hat was im Wiebusch-Rechner gefunden. LG, MJ. Wow, eine SMS aus dem Jenseits, von Michael Jackson. Und was bedeutet das?»

«Langsam läuft's mit diesem Elbtunnel-Mord, von dem ich dir erzählt habe», sagte Danowski. «Das bedeutet das.»

«Toll.» Aber man merkte, dass Finzi eigene Probleme hatte.

«Unsere erste Spur. Offenbar wollte uns eine Nachbarin des Toten was über die Tat erzählen, nur der Treffpunkt war sehr unglücklich gewählt.»

«Swingerclub? Immer so schwer, sich da Notizen zu machen.»

«Nee, stillgelegter Rettungsgang am neuen Elbtunnel, eigentlich ein verlassener Ort, an dem Jurkschat und ich gestern aber offenbar irgendwelche Leute gestört haben. Vielleicht bei einer Straftat. Vielleicht nur beim Quatschmachen. Und vielleicht unsere anonyme Zeugin. Aber jetzt wissen wir wenigstens, wo wir sie suchen müssen.»

«Seit wann lässt euch Behling solchen Abenteuer-Scheiß machen?»

«Behling ist raus.»

«Hör auf.»

«Hab ich dir doch neulich erzählt. Tu nicht so, als hättest du mich nicht gehört.»

«Stimmt auch wieder.» Pause. Finzi brauchte ein bisschen länger für alles. Klar. Dann: «Seit wann lässt euch die Chefin solchen Abenteuer-Scheiß machen?»

«Lässt sie ja nicht», sagte Danowski mit leichtem Unbehagen. «Sie wusste nichts davon. Und es ist was schiefgegangen. Wir arbeiten gerade an einer geschönten Fassung.»

Finzi sah aus der Beifahrerscheibe auf die fetten, regensatten Wiesen rechts vom Ring 3 und sagte nach einer Weile: «Und jetzt?»

«Fahren wir dahin. Nach Fischbek in die Hainapfel-Siedlung. Vorn auf die A7 und dann …» Okay, Danowski wurde klar, dass er auch noch nicht ganz wieder auf normaler Betriebstemperatur war. Finzi hatte natürlich was anderes gemeint.

«Kannst du mich vorher absetzen?», fragte Finzi, nachdem Danowski abgebrochen hatte.

«Klar», sagte er und ordnete sich ein Richtung Autobahn.

«Und wo?», fragte Finzi, der doch insgesamt immer mal wieder einen erstaunlich analytischen Verstand hatte, Alk-Rückfall hin oder her.

«Na, zu Hause», sagte Danowski.

«Nee, Adam, wirklich, ich will ja nicht … Ich will mich nicht anstellen, aber … das geht einfach nicht. Ich hab's doch schon gesagt. Ich kann nie zurück nach Hammerbrook.»

«Klingt wie ein Schlager-Titel.»

«Ich kann wirklich nicht.»

«Wer redet denn von deiner trüben Bude», sagte Danowski, dem tatsächlich dann doch irgendwie das Herz aufgegangen war, seit er wusste, dass er Jurkschat nicht fürs Leben verstümmelt hatte. «Ich rede von meinem Zuhause. Ich fahr in Bahrenfeld kurz runter und lass dich in der Leverkusenstraße raus. Leslie hat heute Vormittag keinen Unterricht, was meinst du, was die für Augen macht.»

«Kann ich mir vorstellen», sagte Finzi zweifelnd. «Bist du sicher?»

«Glaubst du, ich lass dich allein im Hotel mit der Minibar?» Das sollte locker klingen, kam aber richtig scheiße raus. Egal. Zu spät. Einfach wegatmen.

«Danke», sagte Finzi. «Du bist vielleicht doch ein guter Typ.»

«Quatsch», sagte Danowski und dachte an Jurkschat und ihr Ohr: Die einen sagen so, die anderen so.

26. Kapitel

Leslie, als Danowski mit Finzi im Schlepptau die knarrende Holztreppe in der Leverkusenstraße hochkam, im Türrahmen, weil Danowski geklingelt hatte, um sie nicht am Schreibtisch zu überrumpeln: «Nee, ne?»

Danowski, vom Treppenabsatz: «Doch, ne.» Und als er das Gesicht seiner Frau sah, schämte er sich dafür, wie unbeholfen und insgesamt falsch er selbst auf Finzi reagiert hatte vorhin im Pflegeheim. Leslie lachte mit dem ganzen Körper und breitete schon die Arme aus, als Finzi noch fünf Stufen von ihr entfernt war.

«Mann, siehst du schlecht aus», als sie irgendwo auf Brusthöhe in seiner Sweatshirtjacke verschwand.

«Das liegt nur an den ollen Klamotten», sagte Finzi und strich ihr gerührt über den Kopf. «Ich hab gehört, ich kann bei euch knacken?»

«Ist mir neu, stimmt aber», sagte Leslie und schob ihn in die Wohnung. Wobei sie sich zu Danowski umdrehte und ihm hinter Finzis Rücken einen fragenden und, wenn er jetzt mit einer Stunde Abstand darüber nachdachte, leicht alarmierten Blick zuwarf.

Jetzt stand Danowski vor Wiebuschs Haus und sah, wie Meta Jurkschat aus dem Bereitschafts-Mondeo stieg. Das Ohr war noch dran, aber trotzdem. Er stieg aus und dachte: Noch eine Umarmung ist mir eigentlich zu viel heute Morgen, aber dann beugten sie sich doch zueinander und klopften sich gegenseitig auf den Rücken, ohne dass ihre Oberkörper sich berührten.

«Hat nur im Moment nicht viel Zweck, in das Ohr hier

zu sprechen», sagte Jurkschat und zeigte auf ihr rechtes, in dem ein bisschen Watte steckte. «Nimm das linke.»

«Meta, echt, es tut mir leid, die Situation gestern Abend …»

«Wir sind da ungesichert reingegangen. Ich hab selber den Blinker gesetzt in die Richtung.»

Er nickte dankbar.

«Und ich kenn auch deine … also diese Überempfindlichkeitsgeschichte. Also, dass du hypersensibel bist, heißt ja nicht nur, dass du Informationen schlecht filtern kannst und hin und wieder deine Festplatte voll ist, schneller als bei anderen, sondern halt auch, dass du überempfindlich …»

«Das heißt es streng genommen nicht», sagte Danowski, dessen Schuldgefühle gerade verrauchten. «Da kannst du gern den Amtsarzt fragen. Aber wie gesagt, es tut …»

«Kann der Amtsarzt auch mein Ohr wieder heilmachen?», fragte Jurkschat und guckte ihn mit vorgebeugtem Kopf scheel an, weil sie sich gerade den Pferdeschwanz machte.

«Ich dachte, das heilt von allein», sagte Danowski dumm. Jetzt keinen Streit mit seiner Partnerin, die Kollegin von der IT, die vor Wiebuschs Haustür rauchte, guckte schon.

«Ja. Wird schon», sagte Jurkschat tapfer und dann verschwörerisch: «Und für die anderen: Ich hab 'ne Mittelohrentzündung, darum die Watte. Anita hat schon gesagt, ich soll mich ins Bett legen, aber ist ja klar, dass ich bei so wichtigen Entwicklungen auch mit Schmerzen komme. Und wie wir die Geschichte gestern Abend verkaufen, besprechen wir, wenn wir die anonyme Anruferin gefunden haben und sie uns erklärt hat, was da los war.»

Danowski nickte. So hatte er sich das auch vorgestellt.

«Und deinen Warnschuss schreibst du entweder später noch in den Vermerk, oder ich weiß auch nicht.» Das würde noch peinlich werden. Bisher hatte er das Ganze als Spurensuche in den Elbtunnelgängen vermerkt und im System nur seine Beobachtungen notiert, zum Beispiel über das Graffito «finde dein grab». Viel war das nicht.

Danowski wollte sie fragen, ob sie denn Schmerzen hatte, und wenn ja, wie stark, aber es gelang ihm nicht. Er ging mal davon aus: mittelstark. Was für ein Mist. Kaum war Behling unschädlich, hatte ihn Jurkschat auf dem Kieker. Er winkte Anita Baxmann von der Abteilung für Cyberkriminalität zu. Sie war eine ältere, unwahrscheinlich blonde Kollegin, die aussah, als wäre sie vor dreißig Jahren jedenfalls nicht wegen ihrer Frisur beim Casting für «Drei Damen vom Grill» gescheitert.

«Seid ihr bald fertig?», rief sie. «Während ihr gefrühstückt habt, hab ich hier die Rechner von eurem Mordopfer geknackt.»

«Auch das noch», sagte Danowski.

«Wir suchen eigentlich eine anonyme Anruferin und wollten jetzt erst mal die Nachbarn abklappern», wandte Jurkschat ein, unflexibel.

«Ja, toll, richtig analoger Polizeikram, ich versteh schon», sagte Baxmann, die immer großen Wert darauf legte, ihr Misstrauen vor allen altmodischen Arbeitsweisen so weit wie möglich raushängen zu lassen, «aber das hier wollt ihr euch trotzdem erst mal anschauen, vertraut mir.»

Im Haus leuchtete das Aquarium, der einsame Geruch war dem Zigarettenqualm von Anita Baxmann gewichen. Was auch leuchtete, waren die drei Monitore im Keller.

«Alle Achtung», sagte Danowski, während Meta sich ein wenig invalide auf den einzigen Stuhl in Wiebuschs geheimem Arbeitszimmer setzte. «Du hast den An-Schalter gefunden.»

«Kann man wohl sagen, und das hat ordentlich gedauert», sagte Baxmann, unempfindlich für seine Ironie. «Ich hab stundenlang drei unserer besten Dechiffrierungsprogramme durchlaufen lassen, nachdem ich mit viel Glück und Geduld überhaupt erst mal das Schlüsselloch gefunden habe. Alles sehr gut versteckt. Der Mann war definitiv Profi.»

«Bisher also keine neuen Erkenntnisse.»

«Ich weiß nicht, ob ihr das kennt, ich bin ja jetzt neunundzwanzig Jahre im Job, aber ich bin immer noch unfähig, was anderes zu tun, während der Statusbalken wächst. Also bin ich heute Morgen, nachdem ich die Programme gestern Abend gestartet habe, hier rausgefahren, um dem Balken beim Wachsen zuzusehen. Der Schlüssel wird offenbar mit Hilfe von Zufalls…»

«Anita, du, nimm's nicht persönlich, aber an dem Tag, an dem das anfängt, mich zu interessieren, bist du die Erste, die's erfährt. Sag uns doch einfach, was wir hier sehen.»

«Und dann flennst du wieder, wenn ich dir irgendeine Videodatei auf deinem Apple öffnen soll, Adam. Schon klar. Lern doch mal was dazu.»

«Ich finde das irre, wie du das hier hingekriegt hast. Ich seh auf drei Bildschirmen, die offenbar zusammengeschaltet sind oder wie das heißt, eine einzige Desktop-Oberfläche mit lauter Icons für Programme, die auf jedem Aldi-Rechner zu finden sind.»

«Gut mitgearbeitet, Adam. Zigarette, einer von euch?»

«Ich krieg da irre Kopfschmerzen von», sagte Jurkschat unglücklich.

«Versteh ich, dann lass es lieber», paffte Baxmann ihrerseits eine an, Jurkschat gründlich missverstehend. Die hustete verstärkend. «Jedenfalls hast du völlig recht, Adam. Das ist alles ganz normales Zeug hier, eher: unnormal wenig. Das Mordopfer scheint sich auf diesen Bildschirmen praktisch ausschließlich seinem Hobby gewidmet zu haben: verlassene Orte.»

«Oh Mann», sagte Danowski. «War dem das hier zu Hause noch nicht verlassen genug?»

«Das ist eine ganze Subkultur: Leute, die in verlassene Häuser, Bunker, Tunnel und so weiter gehen und da Fotos machen, Bahngelände, stillgelegte Industrieanlagen, Lagerhallen, Brachen. Die stacheln sich gegenseitig an in allerhand Foren und so, das ist wie ein Konkurrenzkampf. *Urban exploring.* Je schwieriger und gefährlicher, irgendwo reinzukommen, umso besser. Hier, da sind Hunderte von Fotos.» Sie klickte auf einen Ordner.

«Tunnel», sagte Danowski.

«Ganz genau. Elbtunnel. Stillgelegte Rettungsgänge und so. Lüftungskanäle. Ich hab die Bilder noch nicht ausgewertet, aber …»

«… du druckst sie uns aus.»

«Genau, ich stell sie im Präsidium auf den Server in euren Ordner.»

«Elbtunnel», wiederholte Jurkschat und drehte sich zu Danowski um, der sich auf ihre Lehne stützte. Sie grinste ihn an. Er merkte, dass sie ihr Ohr vergessen hatte. Weil sie das gleiche Kribbeln in den Handflächen verspürte wie er, wenn ein Fall kurz davor war, sich selbst zu lösen.

«Elbtunnel», bestätigte Danowski. Er dachte an die Türen von gestern. «Das erklärt auch die ganzen Schlüssel, die Wiebusch hier in dieser Schatulle im Fußboden versteckt hatte. Und im Übrigen auch die Bauarbeiterklamotten, die wir neulich gefunden haben.»

«Stimmt, Tarnung», dachte Jurkschat mit.

Aber etwas war ihm noch unklar. «Nur, da muss man ja eigentlich kein so derart aufwendiges Geheimnis draus machen. Das ist ja nicht so richtig illegal.»

«Na ja, doch. Hausfriedensbruch, Sachbeschädigung, unter Umständen Einbruch. Da kommt schon was zusammen», grüßte Jurkschat vom falschen Dampfer.

«Aber nicht genug, um dieses bestenfalls kleinkriminelle Hobby mit Geheimtür und dreifach gesichertem Passwort und so weiter zu verstecken», wandte Danowski ein.

«Zumal ich sicher bin, dass das hier erst die Hälfte der Wahrheit ist», sagte Baxmann. «Der Rechner scheint mir ehrlich gesagt nicht ans normale Breitbandnetz angeschlossen zu sein, also das auch, aber nicht nur, ich krieg da noch andere Signale, und der ist hier über diese Kabel …», sie zeigte mit der Fußspitze auf, nun, eben ein paar Kabel, die sorgfältig an der Wand verliefen und dann darin verschwanden, «… mit was anderem verbunden. Möglicherweise. Darum kann ich das Zeug hier nicht einfach abbauen und mit ins Präsidium nehmen.»

«Dort dürftest du ja auch nicht bei der Arbeit rauchen», raunzte Jurkschat.

«Und was noch seltsamer ist: Ich seh, dass der Rechner viel mehr Kapazitäten nutzt, als er für diese Benutzeroberfläche und diese Programme braucht. Das ist fast, als wäre das hier eine Art Phantombetriebssystem, normales olles Windows 7, und dahinter verbirgt sich was ganz anderes, vermutlich modifiziertes Linux, aber ich bin noch nicht …»

«Okay», sagte Danowski. «Aber warum verbirgt das jemand so derart aufwendig?»

«Diese Verlassene-Orte-Szene scheint rauer zu sein, als man vielleicht so denkt», sagte Baxmann. «Die wirklich relevanten Foren sind zwar im Deep Web, und so weit bin ich noch nicht, aber das Beste habt ihr ja noch gar nicht gesehen. In der Textverarbeitung habe ich nur eine einzige Datei gefunden, als wäre sie extra da abgelegt worden, damit sie vielleicht mal jemand findet.»

Anita Baxmann beugte sich über Jurkschats Schulter und ignorierte deren Hustenanfall. Sie klickte auf ein Dokument, und als es sich öffnete, konnte Danowski die Überschrift lesen.

Tagebuch der Bedrohung

«Anita», sagte er feierlich, nachdem er sich die Hände an der Hose gerieben hatte, «das hast du richtig gut gemacht.»

«Was niemanden überraschen dürfte», sagte Baxmann.

«Meta, ich brauch langsam eine Brille, und du sitzt gerade so schön. Lies doch bitte mal vor.»

Jurkschat beugte sich vor und räusperte sich, und schon daran, wie hoch das klang, hörte er, dass sie genauso voller Vorfreude war wie er.

27. Kapitel

Die Senyora hatte seit Tagen nicht geschlafen. Sie stand in der kalten Luft am gekippten Fenster ihres Nichtraucherzimmers im Etap-Hotel am Autobahnzubringer und versuchte, ihre Müdigkeit mit einer weiteren roten Fortuna zu besiegen. Der Qualm zog nicht nach draußen, die Herbstluft drückte zu stark dagegen. Sie hatte seit drei Nächten kaum geschlafen. Die Nachtdienste im Pflegeheim, tagsüber der Verkehrslärm, und zum ersten Mal seit vielen Jahren ein grundsätzliches Unwohlsein, das sie erst für organisch gehalten hatte. Inzwischen musste sie zugeben: Sie hatte Sorgen.

Ihrer Erfahrung nach half in Zeiten persönlicher Niederlagen nur Schonungslosigkeit, ein kalter Blick auf die Tatsachen. Die erste Tatsache: Sie war dabei, ihren Ruf zu verspielen. Die zweite: Es gab kaum noch jemanden, der wusste, dass sie einmal einen Ruf gehabt hatte, oder der sich für ihren gegenwärtigen Ruf überhaupt interessierte.

Wenn man mehrere Probleme auf einmal hatte, half es, sich erst das größte davon vorzunehmen. Wenn man aber, so wie sie in diesem Moment, noch gar nicht wusste, wie die Hierarchie der aktuellen Probleme aussah, dann war es das Beste, sich in umgekehrter Chronologie diesen Problemen zu nähern. Und über das jüngste zuerst nachzudenken.

Und das war: Es war ihr auch im zweiten Anlauf nicht gelungen, den großen Polizisten von seinem Leben und sich selbst von der Bürde seines Wissens zu befreien. Die

Senyora war es nicht gewöhnt, schlecht zu arbeiten. Sie fühlte sich von sich selbst im Stich gelassen.

Das nächste Problem war, dass ihr das Geld ausging. Die Senyora hatte für ihre letzten Aufträge noch immer nicht den vollen Betrag erhalten, was kein Wunder war, denn ihre Auftraggeber saßen in Palma de Mallorca und Hamburg in Untersuchungshaft, und den letzten dieser beiden Aufträge hatte sie nicht perfekt zu Ende gebracht.

Und schließlich das ganz grundsätzliche Problem, dass die logistischen Aspekte ihrer Existenzgrundlage vernichtet waren. Alles, was sie noch hatte, war die Fähigkeit, ihr zugewiesene Personen auf nachhaltige und unauffällige Weise aus dem Leben zu entlassen, damit sie denen, die die Senyora für ihre Dienste bezahlten, ihrerseits keine Probleme mehr machten.

Das winzige Hotelzimmer deprimierte sie in seiner frisch renovierten und international gestalteten Belanglosigkeit. Ein Nicht-Ort: nicht geeignet, sich länger als ein, zwei Nächte darin aufzuhalten, nicht dafür gedacht, hier sein Leben neu ordnen zu müssen, nicht brauchbar, um auf Dauer unauffällig und unauffindbar zu bleiben.

Neben ihrem Geschick, ihrer Sorgfalt und ihrem Einfallsreichtum war vor allem die Unauffälligkeit der Senyora immer ihr größtes Kapital gewesen, ihr Alleinstellungsmerkmal im letztendlich doch hart umkämpften Markt internationaler Tötungsgeschäfte. Die Senyora, die sich zurzeit mit Papieren auswies, die auf den Namen Selina Salas ausgestellt waren, hatte immer davon gelebt, besonders unauffällig zu sein: eine dunkle, kleine, leicht übergewichtige Frau in den mittleren Jahren, niemand, den man länger anschaute, niemand, der einem an den Orten, wo sie Menschen tötete, länger im Gedächtnis geblieben war. In all den Jahren ihrer Tätigkeit, seit sie in Spanien vor acht Jahren aus dem Gefängnis gekommen war und diesen Beruf ergriffen hatte, war nie auch nur eine einzige Zeugenaussage protokolliert worden, in der eine Beschreibung von ihr vorkam. Dadurch, und weil sie immer nur mit dem tötete, was sie vor Ort vorfand und was zum Leben des Opfers passte, hatte sie den Ruf, den sie jetzt zu verlieren drohte.

In den ersten ein oder zwei Jahren als freie Unternehmerin hatte sie sich ganz auf ihre alten Gefängniskontakte verlassen, Kolleginnen und Kollegen aus der Franco-Regierung, die Gefallen brauchten, damit die alten Geschichten über Schuld und Sühne endlich aufhörten. Es gab ein einfaches Prinzip: Geschichten hörten auf, wenn die, die diese Geschichten erzählten, zu existieren aufhörten. Die Senyora lebte für klare Erkenntnisse wie diese, für eine Logik des Lebens und des Sterbens. Dann waren die deutschen Rocker auf sie aufmerksam geworden, die sich vor den Strafverfolgungsbehörden nach Mallorca zurückgezogen hatten und von dort weiter ihren Geschäften nachgingen. Ihre Berührungspunkte waren minimal, sie und ihre Kontaktperson bei den Rockern telefonierten in sieben Jahren vielleicht vier Mal, aber das hatte gereicht: Nach den großen Razzien gegen die Rocker im Sommer war ihre Finca im Hinterland von Manacor durchsucht worden. Natürlich hatte sie sich da längst woanders versteckt. Natürlich hatte die Polizei nichts gefunden. Aber seitdem war die Finca mit ihren missmutigen Olivenbäumen für sie verbrannte Erde.

Das war das Einzige, was die Senyora nicht vermisste: die Olivenbäume und die alte Ölpresse und das ganze bäuerliche Schauspiel, das sie als Tarnung für die deutschen Nachbarn aufgeführt hatte. Was aber bedeutete, dass sie außer den Oliven sehr viel vermisste. Das Licht, den zuversichtlichen Wind, den Geruch der roten Erde. Die Stille des Wartens. Die Freiheit der Unauffälligkeit. Die Abwesenheit von Sorgen.

Die Senyora zündete sich eine neue Fortuna an. Aus der vorletzten Packung. Sie blickte auf die Straße und dachte an den großen Polizisten, den sie Finzi nannten und der ihr gestern Nacht im Pflegeheim zum zweiten Mal entkommen war. Sie musste die Arbeit zu Ende bringen. Nicht für ihren Auftraggeber, einen Hamburger Politiker, der im Frühjahr ein für sie uninteressantes Komplott geschmiedet hatte, in dessen Verlauf er sie über ihre unsichtbaren Freunde beauftragt hatte, eine Reihe von Personen zu betreuen. Solche, die zu viel über das Komplott gewusst hatten. Einen englischen Virenforscher, dessen Vorliebe für Geocaching sie genutzt hatte, um ihn in einer Ruine in einem Park in Newcastle mit einem Dachfirstbrocken zu erschlagen, als wäre er beim Herumstöbern davon erschlagen worden. Die bulgarische Studentin, die auf dem Golfplatz gejobbt hatte, war ihr am Ende durch die Lappen gegangen, aber das war nicht ihre Schuld gewesen. Im Gegensatz eben zu dem großen Polizisten, von dem ihr Auftraggeber sich bedroht gefühlt hatte. Es war bekannt oder besser gesagt: Sie fand heraus, dass der Polizist Alkoholiker war, und inszenierte einen Rückfall in seinem Keller, an dessen Ende er hätte tot sein sollen, vom Alkohol endgültig vergiftet. Dabei hatten ihr ein Elektroschocker, eine Rohypnol-Spritze, ein Eimer mit zweieinhalb Litern Rum, zweimal ein Meter Silikonschlauch und eine batteriebetriebene Elektropumpe geholfen. Und zwei Fingerspitzen Vaseline, um das für seine Speiseröhre vorgesehene Schlauchende geschmeidig zu machen.

Aber wer hätte ahnen sollen, dachte die Senyora, dass er so ein großer Säufer war. So groß, dass er am Ende selbst dieses letzte unfreiwillige Besäufnis überlebte.

Ich, war ihr nächster Gedanke. Ich hätte es ahnen sollen.

Sie lächelte auf die gleiche zusammengedrückte Weise wie immer, und für einen Moment gab ihr dieses Lächeln die Kraft, sich einzugestehen, dass sie seit dem Tod von General Franco nicht mehr so traurig gewesen war.

Denn sie vermisste ja nicht nur die Finca und das Warten und die elegante Sicherheit ihres alten Lebens. Sie vermisste auch jene, um die sie sich in den vergangenen sieben Jahren gekümmert hatte. Sie wusste, dass es in ihrem Leben keine Momente der Intimität jenseits derer gab, die sie mit denen erlebte, die zu töten sie den Auftrag hatte.

Vielleicht war sie deshalb nach quälenden Wochen und Monaten in der heiteren Farbigkeit Italiens über Südtirol und Österreich nach Deutschland geflohen: nicht nur, um den Auftrag zu Ende zu bringen und so ihren Ruf zu retten, und sei es nur vor sich selbst. Sondern weil sie dem großen Polizisten nahe gewesen war, als sie neben seinem Kopf kniete, um ihm aus dem Leben zu helfen, und weil diese Nähe immer noch möglich war und noch einmal, ein letztes Mal eingelöst werden musste, solange er lebte.

Die Senyora wusste nicht, wie lange sie hier im Etap-Hotel würde bleiben können. Ihr Geld reichte noch für etwa zwei Wochen, ihre Fortunas nur noch ein paar Tage. Sie merkte, dass das Personal anfing, sich Gedanken zu machen: Es passte vermutlich nicht zur Firmenphilosophie dieser pragmatischen, modernen Discount-Hotel-Kette, wenn dort ausländische Wanderarbeiterinnen ihr Quartier aufschlugen, um nachts in Pflegeuniform zu Aushilfsdiensten auszurücken.

Probleme. Ihre Philosophie war immer gewesen, erst das

große, grundsätzliche zu lösen, und sich dann den kleinen Problemen zuzuwenden, statt sich mit den kleinen zu verzetteln und dann das große nicht mehr angreifen zu können. Diesmal würde sie umgekehrt verfahren müssen: Um ihr Leben zu retten oder sich zumindest in Teilen zurückzuerkämpfen, musste sie erst das kleine Problem lösen. Und sie weigerte sich, den großen Polizisten als etwas anderes als ein kleines Problem zu sehen, das war sie ihrer Selbstachtung schuldig. Sie würde ihren Auftrag zu Ende bringen, ein drittes Scheitern war undenkbar. Und dann würde sie ihrem Auftraggeber, dem Hamburger Politiker Wilken Peters, dessen Existenz sie sich aus den Nachrichten erschlossen hatte, eine Rechnung ins Gefängnis schreiben. Mit dem Hinweis, dass alles, was sie über den Fall wusste, bei einem Notar an der Palmaille hinterlegt war. Das Geld für diese juristische Dienstleistung hatte sie einbudgetiert.

Der erste Schritt zurück in ihr altes Leben: einen Tod herbeiführen, ihren Ruf wiederherstellen, sich wieder ansprechbar und buchbar machen für neue und alte Interessenten, einen neuen Stützpunkt finden.

Sie hatte den großen Polizisten nicht einmal verfolgen müssen, als er gestern das Pflegeheim verlassen hatte. Sie war ihm nahe gewesen, sie kannte ihn, sie wusste, dass er nicht zurückkehren würde in seine Wohnung in Hammerbrook, geschweige denn in seinen Keller.

Die Senyora atmete Rauch aus und nahm einen Zettel aus der Tasche ihrer grauen Sweatshirt-Jacke, die sie im Hotelzimmer immer trug und die sie dem großen Polizisten abgeguckt hatte. Sein Notfallkontakt, die Adresse eines Freundes und Kollegen, der auch mit dem vorigen Fall zu tun gehabt hatte. Sie prägte sich die Adresse noch einmal ein, zündete dann den Zettel an und spürte zum ersten Mal seit Tagen wieder einen Hauch von Leichtigkeit, als der Rauch von der kalten Straßenluft zu ihr ins Zimmer gedrückt wurde.

28. Kapitel

Während Jurkschat vortrug im etwas streberhaften und zugleich hier und da dann doch stockenden Tonfall einer Viertklässlerin beim Vorlesewettbewerb, folgte Danowski über ihre Schulter den Sätzen in nüchterner Computer-Helvetica.

22.03.

Es hat wieder angefangen. So viele Menschen auf der Welt, alle verschieden, manche nervig, aber dann kann man nicht mehr unterscheiden zwischen Hilfsbereitschaft und Aufdringlichkeit. Es mischt sich überall ein. Es verbreitet sich in der ganzen Straße, in allen Häusern. Es fängt an, einem Angst zu machen.

28.03.

Heute Morgen war es im Garten. Im ersten Morgengrauen. Und dann die Ahnung: Das Zimmer ist zu hell, eine Sekunde reicht schon, man kann sich nicht verstecken. Dann trotzdem runter auf den Boden. Da, wo man unsichtbar wird. Auf dem Bauch zum Lichtschalter. Und dann schnell nach oben greifen und alles wieder dunkel machen.
Es greift um sich. Es mischt sich ein.

17.04.

Wenn man raus kommt, ist es immer schon da. Lauert einem auf? RA sagt, weiter alles aufschreiben. Es protokollieren. Aber unmöglich, das Undeutliche zu greifen.

18.04.

All diese Geschichten. Das Gefühl, nichts verbergen zu können. Beobachtet zu werden. Und nichts sagen zu können, weil man nichts beweisen kann.

02.05.

Es war friedlich in den letzten Tagen. Zweifeln am eigenen Verstand: Hat man selber so viel von sich preisgegeben, ohne es zu merken? Die Frage, ob man sich jemandem anvertrauen kann. R A ist zuverlässig darin, Rechnungen zu schicken.

Fast schlimmer, wenn es sich zurückzieht. Das Gefühl, dass jeden Augenblick etwas passieren kann. Das Gefühl, verrückt zu werden, weil in Wahrheit gar nichts passiert und man sich alles nur einbildet. Einsamkeit im eigenen Kopf.

03.05.

Wie eine Vorahnung. Es ist wieder da. Ganz freundlich. Ob man mal mitkommen will, sich das anschauen. Ausreden. Im Bewusstsein, dass sie nur aufschiebende Wirkung haben.

11.05.

Die anderen sagen nichts. Fast das Schlimmste: Sie müssen die Bedrohung spüren, sie müssen eigene Erlebnisse haben, aber sie weichen aus. Sie haben Geheimnisse. Alle haben Geheimnisse. Das Gefühl, selbst keine haben zu können, selbst, wenn man wollte. Mehr Maßnahmen ergreifen, sich unsichtbar machen. Daran scheitern.

Es macht Druck. Mitkommen, damit die Einladungen aufhören.

226

22.06.

Mutlos. Stärker werden. Stark werden. Um sich eines Tages wehren zu können. Gedanken an Waffen. Gedanken als Waffen, die man gegen sich selber richtet?

24.06.

Unfähig, die Erlebnisse aufzuschreiben. Jetzt schon wieder zu lange her, aber auch: Was ist eigentlich passiert? Die Angst, unter der Erde zu sein. Unter dem Fluss. Allein, aber eben auch nicht allein. Die Erinnerung an früher, plötzlich wie eine Gegenwart: Interesse und die Hoffnung, dass daraus was werden könnte. Ein Ausweg. Endlich nicht mehr allein.
Unfähig, überhaupt den Namen hinzuschreiben. Nichts bleibt verborgen, und Namen machen angreifbar. Sich unangreifbar machen.

01.07.
Es muss aufhören.

29.09.
Abstand. Den Glauben daran verloren, dass das Protokoll irgendwas ändert oder beweisen könnte. Alles noch mal gelesen, entsetzt von der eigenen Machtlosigkeit.
Die anderen fangen an, sich zu öffnen.
Und ziehen sich dann gleich wieder zurück.
Alles, was hier steht, wertlos, außer der letzte Eintrag: Es muss aufhören.

Danowski hatte Kopfschmerzen. «Jetzt hör mal auf zu quarzen, Anita», sagte er und spürte eine seltsame Mischung aus Aufgeregtheit und Erschöpfung, «so gut ist die Lüftung hier auch wieder nicht.» Seit Jurkschat fertig war, schien das sanfte Säuseln der künstlichen Frischluftzufuhr in seinen Ohren zu dröhnen.

Jurkschat räusperte sich, als hätte sie drei Kapitel «Krieg und Frieden» vorgelesen. «Sehr schön», sagte sie. «Wiebusch hat sich bedroht und beobachtet gefühlt. Und er hat an seinem eigenen Verstand gezweifelt. Offenbar leider zu Unrecht. Denn die Bedrohung, die er hier beschreibt, muss real gewesen sein. Sonst wäre er ja nicht tot.»

«Gute Zusammenfassung», sagte Danowski und konnte nicht den Finger darauf legen, was ihn an Jurkschats Analyse störte. Vielleicht nur der allwissende Superbullen-Tonfall.

«Wenn wir die Bedrohung identifizieren, haben wir unseren Täter», fuhr Jurkschat im gleichen Sound fort.

«Erst mal finden wir unsere anonyme Anruferin», sagte er. «Wenn wir die haben, erzählt sie uns den Rest.»

«Und wieder ein Fall gelöst durch den Sachverstand und den Einsatz der Computerfachleute», sagte Anita Baxmann und ließ ihre Zigarette im halbvollen Kaffeebecher auszischen, wo schon vier, fünf Kippen schwammen.

«Wir sollten das hier analysieren lassen», sagte Jurkschat und zeigte auf den Bildschirm.

«Hast du doch gerade prima gemacht», sagte Danowski. «An den verlassenen Orten, an denen Wiebusch sich rumgetrieben hat, lauert, um mal im Sprachduktus zu bleiben, eine dunkle Bedrohung. Wovon wir uns ja selbst überzeugen konnten. Unsere anonyme Anruferin ist schließlich vor unseren Augen, wobei, es war ja dunkel – jedenfalls daran gehindert worden, mit uns zu reden. Wenn wir die einfachsten Dinge zusammenzählen, dann ist sie von den gleichen Leuten am Kontakt mit uns gehindert worden, die Wiebusch daran gehindert haben, weiterzuleben.»

«Forensische Sprachanalyse», sagte Jurkschat leicht

beleidigt und hielt sich demonstrativ das Ohr. Er kannte den Drang seiner vorbildlichen Kollegin, jeden Aspekt des Polizeiapparats zu aktivieren, wenn es darum ging, die einfachsten Fälle zu lösen. Wie Leute, die den ganzen Werkzeugkasten die Kellertreppe raufschleppten, um mit Hammer und Nagel ein einziges Bild aufzuhängen. Zeit, mal ein bisschen rumzucheffen, dachte Danowski. Gegen Müdigkeit und Nervosität half entweder Nichtstun oder Ansagen machen.

Er nahm sein Telefon aus der Tasche und wählte die Nummer des Kollegen Kienbaum im Präsidium.

«Kienbaum», meldete der sich unverbindlich, als hätte er Danowskis Nummer nicht sofort erkannt.

«Markus», sagte Danowski heiter, «wie läuft's bei euch? Ist Knud in deiner Nähe?»

«Gut», holte Kienbaum aus, «wir sind gerade …»

«Ich weiß ja nicht, ob du mal einen Vormittag lang genug Vertrauen in mich fassen kannst, um uns bei unseren Ermittlungen im Mordfall Wiebusch zu unterstützen, aber sagen wir mal so: Ich mache mir gewisse Hoffnungen.»

«Knud und ich …»

«Genau, schalt mich mal auf laut, damit ihr mich beide hört. Wir sind bei Wiebusch im Haus und werden jetzt mal nach der anonymen Anruferin von gestern suchen. Wir würden uns dabei gern auf die unmittelbare Nachbarschaft konzentrieren, also die Nummern 52b und c, ihr müsstet dann bitte den Rest der Straße übernehmen.»

«Wir haben gerade eine Tote», sagte Kienbaum mit schlecht verhohlenem Triumph in der Stimme, «keine Zeit, für dich die Hiwis zu machen.» Danowski hörte an den Hintergrundgeräuschen, dass sie im Auto saßen, gerade losfuhren, und dass Behling Halbverständliches murmelte nach dem Motto «Adam den Arsch hinterhertragen».

«In Altona, Schädeltrauma und innere Verletzungen nach Treppenhaussturz», fügte Kienbaum hinzu.

«Verdacht auf Fremdeinwirkung», funkte Behling dazwischen.

«Also, für mich klingt das nach Unfall», sagte Danowski. «Das kann ja wohl nicht lange dauern. Ihr übernehmt dann am besten nach uns hier in der Hainapfel-Siedlung, Meta und ich müssen noch mal in den Elbtunnel-Gängen nach Spuren suchen.»

«Wieder was übersehen oder was?», mümmelte Behling, aber ihm fehlte schon die süffisant genäselte Schärfe. Der wusste ganz genau, dass er und Kienbaum auf dem Weg waren, um sich einen Unglücksfall anzuschauen. Reine Routine.

«Wird ganz schwierig heute», sagte Kienbaum.

«Na ja, dann müsste ich über die Chefin Ersatzkräfte anfordern, andererseits auch kein Problem», stichelte Danowski. Okay, so fühlte sich das also an, anderen job-technisch das Leben schwerzumachen und sie mit vagen Drohungen unter Druck zu setzen. Zur Abwechslung ganz nett, das musste er zugeben.

«Wir sind gegen Mittag da», sagte Kienbaum und schob sarkastisch nach: «Liegt ja praktisch auf unserem Weg.» Also genau nicht.

Behling wollte wissen, was denn «bei denen» los sei, und Danowski erzählte es ihm in geradezu quälender Ausführlichkeit: das «Tagebuch der Bedrohung», die verlassenen Orte, Jurkschats und seine Arbeits-Hypothese über eine Bedrohungssituation in der Szene, in der Wiebusch aktiv gewesen war.

«Verlassene Orte», sagte Kienbaum nachdenklich, oder auf die Weise, die bei ihm als nachdenklich durchging, denn wenn er einem nicht selbst die Welt erklärte, verstand er manchmal die einfachsten Sachverhalte nicht. «Also so was wie Bunker ...»

«Ja, nu is ja man gut, Markus», fuhr Behling ihm dazwischen, «seid ihr bald fertig? Wir müssen hier auf der Fahrt selbst noch ein paar Sachen durchgehen, weißt du.» Weissu. Ach, Behlings phantastisches norddeutsches Idiom, das Danowski immer wieder die Gelegenheit bot, sich zugereist und fremd zu fühlen.

«Habt ihr mir die Datei geschickt?», wechselte Danowski gekonnt die Schlagzahl der Job-Quälereien, die er seinen normalerweise ihn quälenden Kollegen zufügte.

«Welche Datei?», lief Kienbaum in die Falle.

«Das Audio-File von unserem anonymen Anruf. Hatte ich dich doch heute Morgen per Mail drum gebeten.»

Kienbaum schwieg einen Moment.

«Das war zu groß, die Mail ist nicht rausgegangen», schwindelte er. Es war erstaunlich, was für schlechte Lügner manche Verhör-erfahrenen Polizisten in kleinen und mittleren Dingen waren.

«Echt? Die sagt doch immer nur ‹Ich möchte Kommissar Danowski sprechen, ich möchte Kommissar Danowski sprechen›», sagte Kommissar Danowski mit gespieltem Erstaunen.

«Was man von uns nicht behaupten kann», gab Behling trocken aus dem Hintergrund durch und brachte Danowski damit zum Schmunzeln. Immerhin!

«Stimmvergleich können wir erst mal vergessen», sagte Danowski und legte auf. «Aber Kienbaum und Behling können's kaum erwarten, hier heute Mittag zu übernehmen.»

«Hätten wir uns auch denken können», sagte Jurkschat, als bei der ersten Nachbarin keiner auf ihr Klingeln und Klopfen reagierte. Danowski ließ seine Liste im Wind flattern: Susanne Thomsen, 32, geschieden, ein Kind, Hausfrau, die kannten sie ja schon.

«Wieso, Hausfrauen sind doch vormittags auch mal zu Hause», sagte er lahm. Susanne Thomsens mittlere Reihenhausscheibe umgab eine leicht resignierte Stille, das unbespielte Plastikzeug auf dem Gartenweg zur Tür, kein Auto am Straßenrand.

«Vielleicht haben wir Glück, und sie kommt vom Einkaufen oder so, während wir bei den Bressins sind», blieb Jurkschat unverbrüchlich positiv, verdrehte aber ein bisschen den Kopf, damit der Wind nicht in ihr schlechtes Ohr blies. Danowski seufzte. «Zumindest muss sie das Kind ja irgendwann aus der Kita abholen oder so was.»

«Oder das ist heute beim Vater.» Man wusste einfach immer zu wenig über die Menschen, mit denen man von Berufs wegen zu tun hatte, und dabei hatten die immer schon das Gefühl, man wüsste zu viel.

Eine Tür weiter öffnete Rüdiger Bressin, als sie im Grunde schon wieder abdrehen wollten. Er trug die klassische graue Jogginghose des widerwilligen Zeugen, barfuß, dazu ein verwaschenes T-Shirt mit Quatsch-Aufdruck.

«Guten Morgen», sagte Danowski. «Lange Nacht gestern?»

Bressin rieb sich die Augen und kneisterte in die plötzlich durchbrechende Schwachsonne, bat Danowski und Jurkschat aber nicht herein. «Wild ist der Westen, schwer ist der Beruf», sagte er leicht belegt.

«Bedeutet?», fragte Jurkschat, den Stift schon überm Notizblock gespitzt. Wieder so ein Vormittag, an dem Danowski aus dem Seufzen gar nicht mehr rauskam.

«Petersilienhochzeit bei Maschen.»

«Echt?» Für Danowski im Grunde eine Satzgleichung mit zwei so gut wie Unbekannten.

«Das artet immer aus», sagte Rüdiger Bressin. «Wenn Leute über vierzig beweisen wollen, dass sie auch unter der Woche noch richtig feiern können.»

«Und ist Ihre Frau zu Hause?»

«Nee, die ist in ihrer Werkstatt in der Neustadt.»

Danowskis Liste schlug um. Adresse hatten sie.

«Kann es sein, dass Ihre Frau gestern beim LKA angerufen hat, um mit meinem Kollegen zu sprechen?», fragte Jurkschat.

Rüdiger Bressin zuckte mit den Schultern, Gänsehaut auf den Armen. «Nicht, dass ich wüsste. Warum sollte sie?»

«Das fragen wir uns auch. Der Anruf war anonym.»

«Meine Frau ist nicht der Typ für anonyme Anrufe.»

«Haben Sie irgendwelche Prepaid-Handys im Haus?»

«Ja, meine Tochter hat eins.» Danowski fühlte sich auf die Zielgerade einbiegen.

«Da hätten wir gern mal die Nummer», sagte er.

«Meine Tochter ist vierzehn. Ich wüsste nicht, warum …» Aber dann brach Bressin ab, und Danowski merkte, dass es ihm offenbar doch zu kalt wurde. Wortlos wies er sie ins Haus.

Viele Schuhe in der Diele, übereinander, durcheinander, hier und da wie in einem Aufbäumen von Ordentlichkeit auch mal nebeneinander. Danowski fühlte sich an zu Hause erinnert. Auch, was die leicht krümelige Sauberkeit betraf, die entstand, wenn man sich nur alle zwei Wochen eine Putzfrau leisten konnte. Freundliche, ein bisschen zu vollgestopfte Möblierung in hellem Holz, zwei abgenutzte weiße Stokke-Stühle zwischen den Esstischstühlen, verwaschene hellrote Sofapolster, in den Regalen Kinderfilme und Spielzeug zwischen dem Kleinkram, den Büchern und den Fotos, die sich in jedem Leben ansammelten. Es roch nach halb abgeräumtem Frühstück, lauwarmem Kaffee und Resten von Morgenhektik. Ein Vorteil, dass man in diesen Reihenhäusern sofort mitten im Alltag der Zeugen stand und sich ohne groß rumzuschnüffeln ein Bild machen konnte. Danowski gefiel es ganz gut, er fand es behaglich.

«Johanna!», rief Bressin in die oberen Stockwerke. Dann schlurfte ein dunkelhaariges, blasses Mädchen im ausgeleierten Schlafanzug die Treppe hinunter. Danowski nickte freundlich und guckte nicht zu genau hin, weil er sich selbst nicht nachsagen wollte, einen Teenager ohne BH angestarrt zu haben. Heute war Stella neun, morgen würde sie auch so groß sein und übermorgen aus dem Haus.

Johanna hatte ihr Telefon schon in der Hand, als trüge sie es immer bei sich.

«Dem Kind geht's nicht so gut», sagte der DJ-Papa, «wir brüten alle was aus.»

Danowski stellte sich und Jurkschat vor, das Mädchen fing an, ihnen die Hand zu geben, entschied sich dann aber dagegen und fuhr sich durch die Haare. Die schlaksige Familienähnlichkeit mit ihrem Vater hatte was Rührendes.

«Hast du gestern bei der Polizei angerufen?», fragte Danowski. «Wenn ja, würden wir uns gern kurz mit dir unterhalten.»

Sie schüttelte den Kopf.

«Ruf mich doch mal bitte an», sagte Danowski, «wir müssen die Telefonnummer überprüfen.»

«Aber nicht rangehen, ich hab nur noch ein paar Minuten», sagte Johanna, warf ihrem Vater einen düsteren Blick zu und tippte dann die Nummer ein, die Danowski ihr diktierte. Als sein Telefon klingelte, studierte er kurz das Display und schüttelte dann den Kopf.

«Alles klar», sagte Jurkschat. «Wenn's hier sonst keine Prepaid-Handys gibt, war's das.»

Johanna nickte und wandte sich zur Treppe. «Ich leg mich wieder hin.»

«Das würde ich dann jetzt auch gern machen», sagte ihr Vater und streckte den Arm ausladend Richtung Tür.

«Eine Sache noch», sagte Danowski, als sie schon fast wieder draußen waren. «Wir haben das Thema ja neulich schon mal kurz angerissen, aber jetzt haben wir Grund zu der Annahme, dass Ihr Nachbar Oliver Wiebusch sich bedroht gefühlt hat. Ist Ihnen mal irgendwas dazu aufgefallen, irgendwas an seinem Verhalten, was darauf hingedeutet hat, dass er vor jemandem oder vor etwas Angst hatte?»

Aus dem Augenwinkel sah Danowski, dass Johanna auf der Treppe stehen geblieben war, um zuzuhören, ohne sich beteiligen zu müssen. Hätte er auch gemacht in ihrem Alter.

«Haben wir nicht alle vor irgendwas Angst?», fragte Bressin und rieb sich mit müden Augen den Bart.

«Ich nicht», log Jurkschat, ohne es selbst zu merken.

«Konkreter», sagte Danowski, dem nicht nach philosophischen Spielchen war.

«Also, der Oliver war immer sehr hilfsbereit, aber auch ziemlich verschlossen», sagte Bressin mühevoll, aber etwas lief durch seinen Blick, ein schwaches Licht. «Er war viel unterwegs, auch nachts, manchmal hat man das mitgekriegt. Ich nehme an, wegen seinem Job.»

«Der hat in einer Software-Firma gearbeitet», sagte Jurkschat skeptisch.

«Von Computern hab ich keine Ahnung.»

«Er hatte wohl ein ziemlich ausgefallenes Hobby», sagte

Danowski. «Verlassene Orte. Da hat er sich nachts rumgetrieben, Fotos gemacht, sich im Internet darüber ausgetauscht und so weiter. Tunnel, Bunker, alte Industrieanlagen. Haben Sie davon was mitbekommen?»

«Ja, doch, das stimmt, er hat mal was von so einer alten Berufsschule erzählt, als ich auf dem Weg nach Halstenbek war. Ob ich die kennen würde. Er hätte da Fotos gemacht. Aber ehrlich gesagt hat er einem immer ziemlich das Ohr abgekaut, wenn er einen zu fassen bekommen hat. Einsam halt. Ich bin ihm immer ein bisschen aus dem Weg gegangen.» Er räusperte sich. «Ich bin nicht so gesprächig. Außerdem fand ich das ziemlich kindisch. Ich hab nicht so das Entdecker- und Rumstromer-Gen. Der Oliver Wiebusch hatte ein bisschen was von einem großen Jungen. So einer, der auf dem Schulhof viel alleine rumläuft.»

«Haben Sie mal irgendwelche anderen Leute hier bei ihm gesehen?»

«Nein. Hier kommen wenig Leute her, die wir nicht kennen.»

Auf der Straße blieben sie einen Moment unschlüssig stehen.

«Das bringt hier erst mal nichts», sprach Jurkschat aus, was er dachte. «Es sei denn, die Thomsen von nebenan taucht noch auf. Aber warum willst du jetzt noch mal in die Elbtunnel-Gänge?»

«Weiß ich noch nicht», sagte Danowski, der das vorhin nur so gesagt hatte zu Kienbaum und Behling, um den Rest der Anrufer-Suche auf sie abzuwälzen. «Ehrlich gesagt habe ich jetzt was anderes vor.»

«Okay?»

«Ich hab nachher die Kinder.»

«Das hättest du ja mal früher sagen können. Hast du dir freigenommen?»

«Überstunden abbummeln.»

«Das heißt, ich soll hier allein auf die Thomsen warten?»

«Und ich hab Finzi.»

Jurkschat kniff die Augen zusammen und griff sich in den Pferdeschwanz. «Finzi? Schiebst du den durch die Gegend?»

«Komplizierte Geschichte», sagte Danowski, dem klarwurde, dass er jetzt mit der S-Bahn zurück in die Stadt fahren musste, weil er Jurkschat nicht ohne Auto sitzenlassen konnte. «Ich würde mal sagen, das ist noch nicht so ganz offiziell. Aber er ist wieder aufgewacht, sozusagen.»

«Weiß die Chefin davon?»

«Noch nicht so richtig.»

«Und wo ist er jetzt?»

«Bei mir. Auf der Wohnzimmer-Couch.»

Jurkschat nickte, als würde sie ihm einen Gefallen damit tun, jetzt keine weiteren Fragen zu stellen.

«Okay, dann machen wir's doch so: Du nimmst das Auto, und ich warte hier bei Anita, ob die Thomsen noch kommt», sagte sie. Ein großes Opfer. Von wegen Qualm und so. «Vielleicht geh ich mal spazieren durch die Wiesen hier. Wenn das Wetter hält.»

«Pass auf dein Ohr auf», sagte Danowski.

«Wie bitte?»

«Pass ...» Ah ... immer noch überraschend, wenn Jurkschat scherzte. Er lächelte.

«Weißt du was, ich komm nachher mit den Kindern und Finzi und hol dich ab, dann können wir alle zusammen hier spazieren gehen.»

Sie nickte ein bisschen skeptisch. Dann: «Bist du sicher, dass das eine gute Idee ist?»

«Mit dem Abholen?»

«Nein, bist du sicher, dass Finzi auf deiner Couch eine gute Idee ist?»

«Sicher?» Das ärgerte ihn. Was war schon eine gute Idee. Die guten Ideen wurden sowieso immer rarer. Manchmal musste man sich mit den naheliegenden zufriedengeben.

«Nein.»

29. Kapitel

Der Rest von Danowskis Tag bestand aus unheimlichen Begegnungen. Während er mittendrin steckte, ahnte er, dass er sich später nur noch in Bruchstücken daran würde erinnern können: Er war so erschöpft, dass er den Tag im Grunde bereits wie durch ein Kaleidoskop sah, während er ablief, mit einfachen Bildern aus scharfkantigen Bruchstücken.

Seine Töchter waren still in den dunkelblauen Rücksitzen auf der Rückbank. Zu Beginn der Fahrt vom Schulgelände in die Hainapfel-Siedlung hatten sie noch mit ihrem neuen Mitbewohner Finzi Späße getrieben, die meisten davon auf Adams Kosten, aber sie wurden stumm, als Danowski und Finzi anfingen, sich über Erwachsenensachen zu unterhalten, bei denen sie normalerweise nicht zuhören sollten. Das war, als sie im Elbtunnel im Stau standen.

«Das ist kein Stau, das fließt nur 'n bisschen zäh», sagte Finzi.

«Zäh wie Rotz.» Martha von der Rückbank.

Danowski hasste es, im Auto durchs trübe gelbe Elbtunnellicht zu kriechen. Noch ging es bergab, sie hatten nicht mal die Hälfte erreicht. Er war extra nicht in die Röhre gefahren, in der sie Wiebusch erschossen hatten. Bescheuerte Idee, mit den Kindern zurück in die Siedlung zu fahren, auch wenn sie da nur über die Wiesen laufen wollten. Im Grunde war er damit auch nicht besser als Leslie. Um sich abzulenken, sagte er was völlig Banales wie: «Ich hasse diesen Stau.»

Und dann begann die erste unheimliche Begegnung,

ausgerechnet mit Finzi. Fing der eigentlich langsam an zu riechen? Danowski war sich nicht sicher. Wahrscheinlich Einbildung. Aber Finzi hatte wirklich wenig Wechselklamotten in seiner schlappen Reisetasche, und er weigerte sich, allein auf die Straße, geschweige denn in seine eigene Wohnung zu gehen. Da musste man auch mal drüber reden. Und dann also Finzi: «Hat aber auch was Tröstliches. Hier so unter der Erde. Unter dem Fluss.»

«Hier im Stau stehen?», fragte Danowski. «Was soll daran tröstlich sein.»

«Nee, ich hab Pendler immer beneidet», sagte Finzi. «Wenn du im Stau stehst, hast du keine Alternative. Du musst keine Entscheidung treffen. Dir wird alles abgenommen. Du bist genau an dem Ort, an dem du sein musst, weil es keinen anderen für dich gibt.»

«Ist doch wie gefangen sein», sagte Danowski, dem gern was Originelleres eingefallen wäre.

«Nee, weiß ich nicht. Ich kann auch diese Freaks verstehen, von denen du erzählt hast. Die in irgendwelche Bunker, Tunnel oder Geisterbahnhöfe einbrechen und sich da rumtreiben.» Spätestens jetzt hatten Stella und Martha aufgehört, Grimassen zu den Nachbarautos zu schneiden oder sich in die Seiten zu boxen, und Danowski hatte gemerkt, wie sie aktiv zuhörten. Stella beugte sich sogar vor und ächzte kurz in ihrem Gurt. «Das ist ja wie so eine Art Flucht. Einbrechen, um auszubrechen. Aber halt so ins Dunkle, Verborgene, dahin, wo's feucht ist», sagte Finzi.

Danowski machte ein warnendes Geräusch.

«Jaja. Aber kennst du das nicht, sich verkriechen wollen?»

«Hm.» Klar, das kannte er. Aber das musste er den Kindern ja nicht auf die Nase binden.

«Ich hab mich ja auch an so 'nen verlassenen Ort verkrochen», sagte Finzi. «Die letzten Monate. Was meinst du, wie verlassen es in mir drin war. Wie eng und dunkel und, nee, nicht feucht, eher furztrocken. Aber verlassen. Und ich bin da reingekrochen und hab die Augen zugemacht, damit mich keiner sieht.»

«Was? Wo hast du Verstecken gespielt?», fragte Martha.

«In mir selbst», sagte Finzi, und was Danowski daran unheimlich fand, war Finzis Stimme, die in diesem Moment so klang, als käme sie von unten und von ziemlich weit weg.

Zwanzig Meter weiter sagte Finzi: «Hast du die Frau überprüft? Die mich im Pflegeheim bedroht hat?»

Danowski zögerte. «Sie hat gekündigt. Also, sie ist noch bei der Zeitarbeitsfirma in der Kartei, aber sie möchte nicht mehr in dem Pflegeheim eingeteilt werden, wo du warst.» Mehr hatte er nicht getan. Ein Anruf.

«Sie ist auf der Flucht, Adam.»

«Wir werden sehen, Finzi.»

«Wann? Woran? Wenn sie noch mal versucht, mich umzubringen?»

«Wer will dich umbringen?», fragte Martha von der Rückbank. «Will dich jemand köpfen?»

Danowski warf Finzi einen Blick zu: nicht vor den Kindern. Und er glaubte Finzi noch immer kein Wort.

Dann, weit hinter dem anderen Ende des Tunnels, endlich am Ziel, zwischen den krummgedrückten Bäumen der Streuobstwiesen, die zweite unheimliche Begegnung: Während Danowski sein Telefonat mit Jurkschat beendete, schälte sich vielleicht hundert Meter vor ihnen eine Gestalt aus dem Nebel, die ihm sofort bekannt vorkam. Rüdiger Bressin, dachte Danowski, während Stella und Martha die letzten Äpfel des Jahres sammelten und selber schon halb im Nebel steckten und Finzi sich die ganze Zeit umsah, als erwartete oder vermutete er jemanden. Hatte der Bressin eigentlich gar nichts zu tun? Musste man als Schützenfest-DJ tagsüber nicht wenigstens mal, keine Ahnung, neue Platten hören oder Playlists machen oder so was, oder zumindest im Haus aufräumen, während die Frau in ihrer Goldschmiede Gold schmiedete? Außerdem wieder das aufblitzende ungute Gefühl: Nur, weil er sich der hörgeschädigten Jurkschat verpflichtet fühlte, hatte er sich dazu verleiten lassen, sie hier abzuholen, und jetzt drohte ständig, dass das Private sich wieder mit dem Beruflichen vermischte. Wie immer. Und es wäre definitiv schöner gewesen, mit Stella und Martha auf den Spielplatz zu gehen und Finzi auf irgendeiner Bank in Sichtweite abzusetzen, dann wäre der vielleicht auch mal zur Ruhe gekommen. Und Spielplätze waren im Allgemeinen auch nicht so neblig, kam es ihm vor. Was also jetzt tun: Bressin noch mal ansprechen? Unverbindlich grüßen, falls ihre Wege sich kreuzten, was hier auf der Wiese und zwischen den Feldwegen ungewöhnlich war, aber wenn doch?

Die Gestalt ging gebückt, schmal und leicht schwankend, und von weitem fand Danowski, dass Rüdiger Bressin etwas Tieftrauriges ausstrahlte. Obwohl, das hätte auch ein Einhorn mit Regenbogenschweif getan, wenn man es hier zwischen die kahlen Bäume in den Nebel gestellt hätte. Leslie müsste sich den Stadtrand mal unter diesen Bedingungen anschauen, dann würde sie schön mit ihm in der Stadt und auf der Etage bleiben.

Dann, auf den zweiten Blick, ein paar Atemzüge später: Das war gar nicht Bressin, das war dessen Tochter Johanna. Die einfach den von Natur aus gebückten Gang der rollenkonformen Teenagerin hatte. Und hier in den Wiesen offenbar die romantische äußere Einsamkeit suchte, die ihre eigene innere spiegeln und aufs schönste verstärken würde. Er konnte sich noch gut erinnern an das Gefühl. Er starrte sie im Nebel an und folgte ihrem wunden Schlurfen mit dem Blick, ohne sich losreißen zu können. Als sie ihn sah, nickte sie nicht einmal, und er meinte, einen stummen Vorwurf in ihren Augen zu sehen.

Was glotzte er auch so.

«Papa, hier ist langweilig.»

«Ich hab Hunger.»

«Esst Äpfel.»

«Die sind matschig. Und kalt.»

«Mir ist richtig langweilig.»

«Geht mal zu Finzi, ich muss …»

«Der ist so komisch.»

«Nee, im Ernst, ganz kurz. Stella, bitte. Ich muss kurz ans Telefon gehen.»

Es war Anita Baxmann, mobil, offenbar immer noch in Wiebuschs Haus.

«Adam? Stimmt das, du bist ganz in der Nähe?»

«Ja, ich will Meta gleich abholen, wir gehen hier ein bisschen …»

«Ich will dir was zeigen.»

«Ich bin mit meinen Kindern hier.»

«Wieso das denn?»

«Überstunden abbummeln. Kindernachmittag.»

«Abbummeln? Sag mal, ihr spinnt doch. Ich kenn so was gar nicht. Ist doch gerade die heiße Phase von diesem Fall, und …»

«Ja, ich weiß, meine Frau hat zu tun, war lange vereinbart. Was gibt's denn, Anita?»

«Während du abbummelst, hab ich für euch mal angefangen, ein paar lokale Internet-Foren durchzuforsten. Ich mach dir mal eine Liste mit verlassenen Orten, die da in den Diskussionen und bei den Fotos eine wichtige Rolle spielen.»

«Ja, prima. Vielleicht können wir die …»

«Was aber noch wichtiger ist: Ja, der Wiebusch war in den meisten Foren, soweit ich das sehe, unter ‹Your Pale Servant› unterwegs. Der hat alle IP-Nummern verschleiert, zum großen Teil geht das sowieso über Tor, aber es gibt da so ein paar Tricks, um trotzdem …»

«Ganz bestimmt», sagte Danowski. «Ich weiß.»

«Er war da jedenfalls schon so der Aktivste und, wenn man nach deren Standards geht, auch der Erfolgreichste: Viele Orte entdeckt und erschlossen, ganz oft der Erste gewesen. Ein anderer aber, vielleicht auch eine Frau, weiß man ja nicht, jedenfalls jemand, der sich ‹Trickster› nennt, ist hier im Norden in etwa genauso präsent, und die beiden haben so eine Art Konkurrenzkampf am Laufen. Recht bitter, wie mir scheint. Oder sagen wir: verbissen. Die haben richtig so kleine Fangemeinden, die sie anstacheln. Sind so um die dreißig, vierzig Leute, die da zwischen Hannover und Flensburg aktiv sind in der Szene, Schwerpunkt Hamburg.»

«Und wie finden wir jetzt raus, wer Trickster ist?», fragte Danowski, während er beobachtete, dass Finzi und seine Töchter benachbart rumstanden wie Fremde auf einem mit Apfel- und Pflaumenbäumen bewachsenen Bahnsteig aus Schlamm.

«Ja, der war lange nicht so vorsichtig und geschickt wie euer Wiebusch», sagte Baxmann. «Für einen Laien nicht schlecht, aber er hat unter dem gleichen Nickname auch hier und da was im regulären Internet und auf technisch ziemlich primitiven Seiten gemacht. Da kriege ich leicht den Klarnamen und die Adresse raus.» Er hörte, wie sie inhalierte. «Hab ehrlich gesagt schon beim Richter angerufen, weil ich mir dachte, dass ihr das gut gebrauchen könnt.»

«Danke», sagte Danowski, aber Baxmann hatte schon aufgelegt.

Danowski rieb sich die Augen: Ende in Sicht. Und als er wieder klar sah, war zur relativ unverwandten Dreiergruppe aus Töchtern und Finzi eine vierte Person getreten: der alte Mann mit dem Apfel. Stella und Martha fingen an, sich an Finzi zu drängeln.

Als Danowski bei ihnen war, erkannte er den Alten, der den Kindern einen aufgeschnittenen Apfel hinhielt mit einer Hand, die von Schmutzrändern umrahmt schien wie eine Federzeichnung von schwarzen Linien, und in der anderen Hand ein Taschenmesser mit offener Klinge, das er zu hoch hielt: Oliver Wiebuschs Vater.

«Das sind gute alte Äpfel», sagte er zu Danowski, ohne ihn zu begrüßen. «Wo die Leute wohnen, gibt's ja sonst nur noch Zieräpfel.» Er nickte über die Schulter Richtung Hainapfel-Siedlung, an deren Umrissen man endlos hätte abzulesen versuchen können, ob das noch Nebel oder schon Dämmerung oder beides oder einfach das Ende der Welt war. «Blutäpfel. Da können Sie bestenfalls Gelee draus kochen. Aber die Flecken kriegt ihr nie wieder raus.» Jetzt hielt er ihnen einen kleinen Blutapfel hin, den er auch dabeihatte. Er brach ihn auf mit den Daumen, und der rötliche Fruchtsaft lief augenblicklich in die Furchen seiner Finger und färbte sie tief.

Die Mädchen nickten höflich.

«Das andere hier ist der gute Herbstprinz. Bester Apfel der Welt.»

«Wie geht es Ihrer Frau?», fragte Danowski, um an ihre Begegnung und an die Tragödie der ganzen Welt anzuknüpfen.

«Meine Frau und ich haben früher auch Äpfel angebaut», sagte der Alte, näher traute er sich im Moment offenbar nicht an das Thema heran, das Danowski mit seiner Frage aufgebracht hatte. «Andere Richtung, noch weiter draußen. Altes Land. Und dann kommt die EG und sagt, wenn du die abholzt, die Apfelbäume, dann kriegst du mehr Geld von uns, als du je mit den Äpfeln verdienen kannst. Holzt du also die Bäume ab. Kriegst das Geld. Und starrst den Rest der Jahre auf die Stümpfe. War ich froh, als wir hier rüber nach Hausbruch gegangen sind.»

Wieder hielt er den Mädchen den Herbstprinz hin, als wäre er gerade zum ersten Mal auf die Idee gekommen, das zu tun.

«Mögt ihr? Ich schneid euch den auf.»

Danowski wollte was sagen, aber dann fiel sein Blick auf Finzi, und der sah aus, als verstünde er die Welt nicht mehr. Weshalb, wurde ihm erst einen Moment später klar: Dem Alten liefen die Tränen über das Gesicht und den Hals in den Schal.

Danowski nahm seine Töchter und rief, während er sie fortzog: «Alles Gute!», was auf eine Weise durch die Bäume flatterte, die alles noch schlimmer zu machen schien.

30. Kapitel

Wer hatte dann eigentlich zuerst angerufen? Behling oder Baxmann? Das ging alles durcheinander. Wie früher auf dem Spielplatz: Er, am Rand, mit dem Telefon am Ohr, während die Kinder spielten. Nur, dass sie jetzt mit den Füßen scharrten.

«Ich hab den Namen und die Anschrift», sagte Baxmann. «Also, korrekterweise vielleicht nicht von ‹Trickster›, aber sozusagen von dem Computer, den er benutzt hat.»

Bei Danowski kribbelte es wieder. Jetzt fand er es fast schade, dass Meta nicht in der Nähe war, sondern immer noch in Baxmanns Rauchwolke in der Siedlung wartete.

«Ganz hier in der Nähe, Neugraben.» Baxmann gab eine Adresse durch, die Danowski vage einer der Siebziger-Jahre-Schlafstädte hier am Stadtrand zuordnen konnte. Und den Namen Sebastian Iwoleit. Er nickte.

«Gib mir mal Meta, die soll da hinfahren», sagte er.

«Musst sie selber anrufen, die ist draußen unterwegs und arbeitet richtig, ich hab ihr alles schon erzählt. Eure fehlenden Nachbarinnen sind wieder aufgetaucht, Meta fragt jetzt mal nach, ob die den Iwoleit zufällig kannten. Vom Namen her. Könnte ja sein.»

«Umso besser», sagte Danowski, der irgendwie erst die Kinder loswerden musste, bevor er mit weiteren Zeugen sprach. Geschweige denn mit ihrem Haupt- und einzigen Verdächtigen, der seit eben einen Namen hatte.

«Vielleicht rufst du Verstärkung für den Iwoleit?», schlug Baxmann vor. «Ich meine, ich kann hier nicht weg. Und der hat ein paar kleinere Vorstrafen wegen Einbruch und Hausfriedensbruch, aber nur Geldstrafen oder Bewährung.»

In dem Moment hatte jemand angeklopft bei ihm in der Leitung, und weil er sich in einer ruhigen Stunde beigebracht hatte, wie das ging, vertröstete er Baxmann auf später und nahm den anderen Anruf an. Ach, Behling, mein Behling. Immer, wenn's am schönsten war.

«Adam, wir haben hier 'ne große Sache.»

«Ist klar. Größer als die Befragung unseres Elbtunnel-Mord-Verdächtigen, die ich gerade vorbereite? Verstärkung rufen und so, wenn du nicht in der Leitung wärst?» Er umriss Behling die Sachlange in drei, vier Sätzen, aber der fiel ihm ins Wort: «Ist gut, Adam, klingt toll, aber was wir hier haben, gehört auch zu euch. Wir sitzen wieder in einem Boot.»

«Wie das denn», sagte Danowski und stöhnte innerlich.

«Ich les ja deine Vermerke», sagte Behling, der immer über alles auf dem Laufenden war, worüber man sich auf dem Laufenden halten konnte, «und hier am Fundort unserer Frauenleiche haben wir was gefunden, was zum Elbtunnel-Mord passt.»

Kunstpause. Danowski zerbrach sich den Kopf, was er jetzt mit den Kindern machen sollte. Mit Finzi im Auto nach Hause schicken, und Jurkschat und er fuhren mit den Kollegen von der Schutzpolizei im Streifenwagen zur Wohnung von Iwoleit nach Neugraben? Schwierige Kiste. Er wollte sich Finzi noch nicht am Steuer vorstellen, erst recht nicht mit Stella und Martha auf dem Rücksitz. Im Elbtunnel. Und wenn er ganz ehrlich war, dann wollte er sich vor allem nicht seine Kinder allein mit Finzi vorstellen. So weit waren sie alle noch nicht.

«Finde dein Grab», sagte Behling, und es klang wie eine Aufforderung an Danowski.

«Wie bitte?»

«Die Aufschrift, die ihr an der Wand im Elbtunnel-Gang fotografiert habt. Genau der gleiche Satz, gleiche Schrift: bei uns im Bunker, wo wir die Frauenleiche gefunden haben.»

Danowski war jetzt doch verblüfft. Eins zu null für Behling.

«Habt ihr inzwischen 'ne Identifizierung der Leiche?», fragte er, um Zeit zum Nachdenken zu gewinnen.

«Selbstverständlich», sagte Behling. «Mareile Iwoleit, 32, verheiratet mit einem Sebastian Iwoleit, beide wohnhaft in Neugraben, Ehemann nicht erreichbar oder flüchtig.»

Danowski schluckte. Zwei zu null für Behling. Aber jetzt war er dran. «Mensch, Knud», sagte er, ein bisschen sauer, dass er den Fall und seine Lösung jetzt doch wieder mit dem verdammten Behling teilen musste: «Das ist haargenau unser Hauptverdächtiger. Der Mann, zu dem wir auf dem Weg sind.»

Und zum ersten Mal in den zwölf, dreizehn Jahren, die Danowski Behling kannte, schwieg der auch für einen winzigen Moment. «Dickes Ding», sagte Behling dann, bestätigend, als wäre all das im Prinzip immer klar gewesen, nur Danowski hätte halt länger gebraucht, um es alles miteinander in Beziehung zu bringen. «Wer zuerst da ist.»

Jedenfalls nicht Danowski. Er hatte jetzt Jurkschat am Apparat, während er – die mittlerweile durch die Telefoniererei recht sauren Kinder und Finzi im Schlepp – zum Auto zurückging.

«Ja, gut, das ist natürlich eine Entwicklung», kommentierte sie Behlings Bombe möglichst neutral, weil sie sich ganz offenbar zurechtgelegt hatte, was sie selbst erst an Er-

mittlungsergebnissen vortragen wollte. «Ich hab ja, bevor
Baxmann dich angerufen hat, schon alles von ihr erfahren
und …»

«Ich weiß, ich weiß», sagte Danowski ungeduldig, «und
was sagen die Nachbarn? Kennen die den Iwoleit? Und was
sagt die Thomsen zu dem anonymen Anruf?» Er blieb am
Auto stehen, immer noch unschlüssig, was er jetzt mit den
Kindern machen sollte und mit Finzi. Jurkschat allein nach
Neugraben fahren lassen, damit die den Fall mit Behling
und Kienbaum festmachte? Bei aller Liebe: undenkbar.
Nicht zum Abschied von allem. Das hier war sein dickes
Ding, und wenn es das letzte war.

Jurkschat zögerte, Zurechtgelegtes verheddert. «Also,
die Thomsen hat gar kein Handy, und das passt ihr alles
nicht, ich glaube, die hat massive Probleme mit ihrem Exmann und wegen ihres Sohnes und so, die war super gestresst und hat kaum 'ne halbe Minute durch den Türspalt
mit mir geredet, nachdem sie vom Laufen zurück war. Also,
im Prinzip war das ja alles verdächtig, aber unter den …»

«Und die anderen? Wegen Iwoleit?»

«Nein, den Namen kannte keiner. Eine ältere Nachbarin
weiter vorne meinte, der Zeitungsbote, der zu Weihnachten immer 'ne Karte durchschiebt, würde so ähnlich heißen, aber … ist ja jetzt eigentlich auch egal. Ich sag dir mal
eins, aber, Adam», und Jurkschat bekam plötzlich diesen
leicht pastoralen und tendenziell von sich selbst gerührten
Tonfall in die Stimme, den sie immer hatte, wenn sie ihn
nach seiner Hyperdingens fragte und so, «die Leute hier
sind richtig erleichtert, dass es da einen Verdächtigen gibt.
Ich meine, so genau hab ich das natürlich nicht gesagt, ist
ja klar, aber die sind ja nicht doof, die spüren das auch.
Dass wir nach dem fragen, weil wir den auf dem Radar haben. Und du merkst so richtig: Wir sind dabei, denen das

Leben hier echt wieder ein Stück leichter zu machen, also ihnen ein besseres Leben, wenn man so will ...»

«Ja, toll», sagte Danowski, «aber noch ist ja nicht aller Tage Abend.» Bisschen sinnfrei, aber er konnte Jurkschat nicht länger zuhören beim Psalmieren.

«Ja, gut», leicht beleidigt, «also holst du mich ab und wir fahren rüber? Streife ist unterwegs, höre ich. Zwei Stück.»

Dreck. «Ja, es gibt nur ein Problem, ich hab ja Finzi und die Kinder dabei ...»

«Den hätte ich ja auch gern gesehen.»

«Ich muss erst die Kinder nach Hause bringen.»

«Bis dahin hat Behling den Verdächtigen zu fünfzehn Jahren Haft wegen schweren Totschlags in zwei Fällen verurteilen lassen», sagte Jurkschat kaum überspitzt. «Das ist doch unser Fall.»

«Ist dann halt so», sagte Danowski und tat einen tiefen Blick in den langen Tunnel seiner Enttäuschung. Und am Ende dieses Tunnels ein kleines Licht, denn ihm wurde klar: Mareile Iwoleit, Behlings Tote. Das musste die anonyme Anruferin sein. Sie hatte mitbekommen, dass ihr Mann Oliver Wiebusch getötet hatte, und hatte sich Erleichterung verschaffen wollen. Darum hatte ihr Mann sie im Bunker in die Tiefe gestürzt.

Als er das Jurkschat sagte, sponn entweder sein Handy oder sie schnalzte echt mit der Zunge. «Sehr gut, Adam», sagte sie, wie fast immer ohne jede Ironie. Und er fand, dass sie recht hatte.

Während die Kinder und Finzi sich anschnallten, wählte er Leslies Nummer, vergeblich. Er hinterließ ihr die Nachricht, dass er jetzt die ganze Bagage nach Hause bringen und damit auf den Abschluss einer wichtigen Ermittlung verzichten würde, weil er sie nicht erreichen konnte, aber klar, kein Problem, war ja so verabredet, und er registrierte genau, dass sich noch viel, viel mehr passiv-aggressive Verstimmung in seine Botschaft mischte, als er eigentlich geplant hatte.

«Ich könnte die Kinder natürlich auch nach Hause bringen», sagte Finzi vom Beifahrersitz. «Ich bin ja immer noch im Besitz einer gültigen Fahrerlaubnis. Und die Beine gehen wieder ganz gut. Im Sitzen.»

Danowski blickte durch die Frontscheibe auf die graue Straße. Sie standen ein paar hundert Meter von der Siedlung entfernt, so nah es ging an den Streuobstwiesen.

«Aber ist wahrscheinlich keine so gute Idee», überbrückte Finzi Danowskis Schweigen. «Bisschen aus der Übung und so weiter.»

«Ist egal», sagte Danowski tapfer. «Ich fahr euch rum. Familie geht vor.»

Dann, als er gerade den Motor anlassen wollte, klingelte sein Telefon. Die Nummer kam ihm bekannt vor, aber er hatte den Namen nicht eingespeichert.

«Hier ist Tracy.»

«Mensch, wie geht's dir», sagte Danowski und merkte, dass es ihm mühelos gelang, seiner Stimme einen viel zuversichtlich-fröhlicheren Klang zu geben als bei der Nachricht für seine Frau.

«Ja, gut, ganz kurz nur, ich will gar nicht lange bei der Arbeit stören. Ich bin gerade in Niedersachsen unterwegs gewesen, die interessieren sich in Hannover ja auch für Schulterkameras und so, und jetzt bin ich auf der A7 und merke, ich bin schneller wieder in Hamburg, als ich dachte.»

«Okay», sagte Danowski mit schwindendem Enthusiasmus. Alle Zeit der Welt hatte er jetzt auch nicht gerade.

«Jedenfalls bin ich nachher mit Leslie zum Kaffeetrinken verabredet, aber ich erreiche sie gerade nicht, und ich wollte sie fragen, ob ich sie jetzt schon in einer halben Stunde oder so zu Hause abholen kann.»

Sehr schön. Seine Frau ging mit neuen Freundinnen Kaffee trinken, während er seine Work-Life-Balance verkackte. «Ich erreich sie auch nicht», sagte er, «keine Ahnung.» Dann kam ihm eine Idee. Sie würde beinhalten, um Hilfe bitten zu müssen, was ihm nicht leichtfiel, darüber hatten sie auch im Achtsamkeitskurs gesprochen: Ich darf um Hilfe bitten, das war eine Erlaubnis, die man sich selbst geben sollte. Weil er seit Tagen nicht meditieren oder was anderes Achtsames geübt hatte: Warum also nicht jetzt?

«Wo bist du denn gerade?», fragte er.

«Ein Stück vor dem Elbtunnel, ich weiß nicht genau. Die Ausfahrten haben schon HH davor.»

«Sag mal, könntest du mir einen Gefallen tun?»

«Klar.» Und dann beschrieb er ihr kurz die Situation, während Finzi die Stirn runzelte. Dem gefiel es sichtlich nicht, als Ballast hin und her geschoben zu werden, aber in die Lage hatte er sich nun wirklich selbst gebracht.

«Überhaupt kein Thema», sagte Tracy Harris mit ihrer leicht eigenwilligen Betonung. «Gib mir die genaue Adresse für mein Navi, dann hol ich die drei ab.»

Danowski verrenkte sich den Hals, konnte aber kein Straßenschild sehen. Er hatte sich immer nur Hainapfel-Siedlung gemerkt und den Weg, den Jurkschat gefahren war. Finzi, immer auf Zack, wenn es darum ging, Danowski über kleine Ahnungslosigkeiten hinwegzuhelfen, zog das Immobilien-Exposé unter seinem Hintern vor, er hatte den ganzen Hinweg drauf gesessen. Er zeigte auf den Lageplan der Siedlung.

Danowski gab die Informationen durch. «Die drei stehen hier am Straßenrand. Unübersehbar.»

«Navi sagt zwölf Minuten», sagte Tracy und legte auf, bevor er sich bedanken konnte.

«Kinder», sagte er Richtung Rücksitz, «ihr könnt euch doch an Tracy erinnern, die neulich bei uns war. Die holt euch jetzt ab, okay?»

«Oh nee, ich hab so was von keine Lust, jetzt hier draußen rumzustehen», sagte Stella.

«Die ist nett», sagte Martha, «die hat uns Skittles mitgebracht.»

«Mir ist das natürlich egal», sagte Finzi, «ich geh dahin, wo man mich hinfährt. Eure neue Freundin?»

«Ja, so in der Art», sagte Danowski und wollte das Exposé zusammenfalten, um es ins Handschuhfach zu stopfen. Mitten in der Bewegung sah er die Telefonnummer, die seine Frau auf den Rand gekritzelt hatte: «S. Thomsen» und eine Reihe von Ziffern, die Danowski in den vergangenen Tagen mehrfach vergeblich gewählt hatte. Bei dem Versuch, die anonyme Anruferin zu erreichen. Die es nicht für nötig gehalten hatte, beim Anruf auf der Hotline ihre Nummer zu unterdrücken, denn die war ja von einem Prepaid-Handy und daher aus Laiensicht nicht rückverfolgbar. Schade, dass seine makellose Mareile-Iwoleit-Theorie damit flöten ging, aber das hier war unverkennbar dieselbe Nummer.

«So», sagte er, «und ganz nebenbei hat euer Vater jetzt auch noch herausgefunden, wer die anonyme Anruferin ist, die wir seit Tagen suchen.»

«Toll, Papa», sagte Finzi.

31. Kapitel

Die Senyora schlief. Sie stand zwar mit ihrem alten Golf III am Rande der Leverkusenstraße, ließ eine allerletzte rote Fortuna im Aschenbecher ausbrennen und wollte eigentlich den Hauseingang schräg gegenüber beobachten, aber: sie schlief.

Dormo.

Dormo profundament.

Manchmal, kurz vorm Aufwachen, war sie sich ihres Zustands für einige Momente bewusst, und dann fühlte der Schlaf sich an wie etwas Schweres, das auf ihr lag, fast wie eine Wesenheit, die sie daran hinderte, sich zu bewegen. Früher war sie nie bei der Arbeit eingeschlafen. Früher hatte sie sich, während sie ihre Opfer beobachtete, komplett leer machen können, und diese Leere war keine Müdigkeit gewesen, sondern Platz für die Pläne und Ideen, die sie brauchte, um ihren Auftrag auszuführen.

Woher kam diese Müdigkeit? War sie endgültig erschöpft, oder erlebte sie eine Übergangsphase, wie damals, nach dem Ende des Generals? Sie war eine junge Frau gewesen, und trotzdem hatte sie eine Müdigkeit gespürt, die sie schon damals in schwachen Momenten für eine Vorahnung ihres eigenen Todes gehalten hatte.

Sie vertrieb den Schlaf, indem sie tief die Luft einzog, und es erschreckte sie, wie sehr ihr Atem nach Schluchzen klang. Gleichzeitig riss sie die Arme hoch und richtete sich auf, bis sie gegen das Lenkrad stieß. Gerade rechtzeitig, wie sie feststellte, wenn auch ihre Augen einen Moment brauchten, um sich an das nachmittägliche Laublicht zu gewöhnen: Vier Gestalten, die aus allen Türen eines schwarzen Miet-Audis stiegen, der etwa dreißig Meter von ihr entfernt schräg auf dem Bürgersteig geparkt hatte.

Der große Polizist, dessentwegen sie hier war, eine Frau, die sie nicht kannte, und die beiden Kinder des anderen Polizisten.

Kinder waren immer schlecht. Sie hatte nicht gern Kinder in der Nähe. Zwar waren sie schlechte Zeugen und würden am Ende das messbare Resultat ihrer Arbeit nicht negativ beeinflussen, aber im unsichtbaren Bereich blieb etwas Unsauberes, Unerfreuliches, wenn Kinder verwickelt waren: Wenn die Senyora jemanden tötete, wollte sie, dass die Geschichte damit zu Ende war, und nicht, dass ihr Keim noch Jahre und Jahrzehnte unkontrollierbar weiterwuchs in den Kindern, die das Ende der Geschichte eines Menschen miterlebt hatten.

Nein, wenn sie alles gut machen wollte, dann musste sie den großen Polizisten alleine haben. In einem Moment, der nur ihnen beiden gehörte. So wie im Frühling in seinem Keller. Als sie unterschätzt hatte, wie zäh er war. Die Gegenwart bestand aus den Fehlern der Vergangenheit. Jeder einzelne Aspekt ihrer Gegenwart ließ sich darauf zurückführen: dass sie von ihrem Zigaretten-Nachschub abgeschnitten war, dass sie ihr Zuhause verloren hatte, dass ihre Ausrüstung mangelhaft war, dass sie in diesem muffigen dunkelblauen Golf «Bon Jovi» saß. Autos ohne Werkzeug zu stehlen, hatte sie in den siebziger Jahren gelernt und zuletzt in den Achtzigern getan, darum war sie auf einen Wagen aus dieser Zeit angewiesen gewesen. Nicht einfach in Deutschland. Alle fühlten sich arm, und alle fuhren neue Autos. Sie hoffte, dass die Polizei die Suche nach einem der letzten alten Autos in Hamburg-Bahrenfeld deshalb nicht zu intensiv betreiben würde.

Die Gruppe der vier, die jetzt zum Hauseingang auf der anderen Straßenseite ging, umgab etwas Heiteres, fast Sorgloses, was die Senyora früher als Herausforderung betrachtet hätte: Das ließ sich ändern. Heute registrierte sie es mit Verblüffung: So was gab es noch? Sie rutschte ein wenig tiefer in ihren Sitz, denn der große Polizist, der das kleinere Kind an der Hand hatte, sah sich, während er die Straße überquerte, ein wenig planlos um. Der war auf der Hut, aber aus der Übung. Die Frau am Ende der Gruppe war da schon ein anderes Kaliber: nicht groß, offenes braunes Haar, teurer Schnitt, amerikanischer Stil, der dunkle Hosenanzug einer Geschäftsfrau, aber etwas in ihrer Körpersprache sagte der Senyora, dass sie vom Fach war. Sie ging federnd, locker, aber jede ihrer Bewegungen war exakt und effizient, sie schien eine Energie abrufbar zu haben, die sie sich nicht anmerken lassen wollte.

Ex-Militär, dachte die Senyora. Ihre Aufgabe war damit gerade noch etwas schwieriger geworden. Ließ der große Polizist sich jetzt beschützen? Die Art, wie die Frau sich umsah, vier Blicke, deren Quadranten zusammen dreihundertsechzig Grad ergaben, mühelos und beinahe spielerisch, im Umdrehen, als fürchtete sie, etwas fallen gelassen zu haben: Das sah nach verdecktem Personenschutz aus. Andererseits, sie hatte erlebt, dass dem großen Polizisten niemand glaubte. Das ungeduldige Mitleid in den Augen seines Kollegen hatte für sich gesprochen.

Die Senyora spürte, wie wieder die Müdigkeit durch ihren Körper zog wie ein Gift oder ein Frösteln. Sie dachte an die Ratten, Schaben und Skorpione auf ihrer Finca und daran, wie das Ungeziefer immer am aggressivsten und kräftigsten war, kurz bevor das Gift zu wirken begann. Ja, es war etwas Blindes, Zielloses an diesem Fauchen und Aufbäumen, aber es war effektiv. Und es erfüllte sie mit

Hoffnung, sich vorzustellen, dass am Ende vielleicht auch sie noch einen letzten Schub wütender Energie bekäme, der ihr helfen würde, ihre Aufgabe doch noch effektiv zu erfüllen. Kurz bevor das schleichende Gift der Müdigkeit endgültig wirkte.

Das größere Kind war vorgelaufen und schloss jetzt die Haustür auf. Die Senyora beobachtete, wie ihre Schatten an den auf einen Schlag erleuchteten Fenstern des Treppenhauses nach oben tanzten in den zweiten Stock, und wie dann dort nach und nach das Licht in der Wohnung anging, von links nach rechts Richtung Aral-Tankstelle.

Sie lehnte sich zurück in das ruppige Polster des Fahrersitzes und ließ den Blick auf der Straße ruhen, bis er weich und unscharf wurde. Sie sehnte sich nach dem roten Lehm, den weißen Steinen und selbst nach den silbergrünen Olivenbäumen, all den Farben, die sie verloren hatte. Warum war in Deutschland alles braun? Braun als kräftigster Ton im dunklen Klinker der Hausfassaden, auf den glänzenden runden Oberflächen des Kopfsteinpflasters, in den Baumrinden und dem Laub, das von Bodenböen über den Gehweg hin und her geschlagen wurde wie eine Bettdecke, von der ein unruhig Schlafender sich zu befreien versuchte.

Sie schloss ein wenig die Augen, um sie zu schonen; Selbstbetrug, früher auch kein Laster von ihr. Andererseits hatte sie gemerkt, dass ihre tiefsten Instinkte noch intakt waren. Während sie abglitt ins Stille, Liderfarbene, sagte sie sich, dass sie schon aufwachen würde, wenn sich auf der Straße etwas tat, das für sie von Bedeutung war.

Und während sie einschlief, spürte sie noch einmal den professionellen Blick der Frau, mit dem sie eben den alten Golf gestreift und nichts gesehen hatte. Die Senyora hatte sich vorher davon überzeugt, dass sie hinter der reflektierenden Windschutzscheibe kaum ein Umriss sein würde, das langweilige Schema einer Putzfrau oder Babysitterin, die auf ihren Einsatz wartete. Denn eins hatten sie ihr nicht genommen: Die Senyora war immer noch unsichtbar.

32. Kapitel

Später spielte er ein paar Mal in Gedanken durch, was vor dem Haus von Susanne Thomsen passiert war, und jedes Mal kam er zu dem Ergebnis, dass er sich nicht anders hätte verhalten können. Thomsen war nicht rausgekommen, obwohl Jurkschat, das hatte er durchs Autofenster gesehen, aus den neuen Informationen das Letzte rausgeholt hatte: Kommen Sie raus, wir wissen, dass Sie im Haus sind, Frau Thomsen, wir wissen, dass Sie uns angerufen haben, wir wollen nur mit Ihnen reden.

Komm, Meta, steig ein, wir schicken eine Streife, irgendwann muss die Thomsen die Tür aufmachen, die Kollegen bringen sie dann aufs Präsidium. Die läuft uns ja nicht weg. Wir müssen los.

Jurkschat hatte sich nur zu gern überzeugen lassen: Unvorstellbar, die Wohnung von Iwoleit und das ganze Ende des Falles jetzt Behling und Kienbaum zu überlassen. Thomsen war da nur das letzte fehlende i-Tüpfelchen, das konnten sie auch später noch setzen.

Und auf dem Weg zur Wohnung von Sebastian Iwoleit hatte Danowski gemerkt, dass er den Rand seiner Belastbarkeit erreicht hatte. Und dieser Rand war ein konturloses, zwielichtiges Gebiet, notdürftig beleuchtet von der untergehenden Sonne seiner Lebensenergie und der flackernd anspringenden Notbeleuchtung von Jurkschats Rest Pappbecherkaffee und selbst verpasster Schläfenmassage.

Der Mann vom Schlüsseldienst war schon wieder weg, die Kollegen von der Schutzpolizei standen im Treppenhaus und sahen auf ihre Uhren, weil es hier nichts zu tun gab. Iwoleit war nicht in der Wohnung. Fünfzig Quadratmeter, von denen aus Danowski seinen Weg rekonstruierte: zweiter Stock im soundsovielten Aufgang einer Sozialbausiedlung, die viel höher war, neun, zehn, elf Stockwerke, sodass die fünfzig Quadratmeter dunkel und gedrückt wirkten. Die Häuser hellgrau, massig und terrassenartig, mit gestaffelten Balkonen wie Ferienapartments an der Betonküste der Ostsee. Viel winterhartes Grün in den Blumenkästen, wenig Graffiti, kaum Müll, eine verbissene Gepflegtheit, die Danowski in besserem Zustand vielleicht ehrbar und anheimelnd erschienen wäre. Im Treppenhaus der Geruch von Essen statt des Uringestanks, den er erwartet hatte. Ein Vorurteil. Stattdessen Erbsensuppe, Curry, Bolognese, Köfte. Er merkte, dass er Hunger hatte. Das war eigentlich der Plan gewesen mit Finzi und den Kindern jetzt: irgendwo essen, wo's laut, hell und immer gleich war.

«Kann doch nicht wahr sein. Diese anonyme Anruferin ist doch 'ne wichtige Belastungszeugin, und ihr bringt die nicht mal mit?», fragte Behling, der sich in Variationen seit Minuten am selben Thema abarbeitete.

Hatten sie einen Fehler gemacht, als sie Thomsen in Ruhe ließen, um Zeit zu sparen? Danowski versuchte, Behling auszublenden, um sich auf die Wohnung zu konzentrieren. Zwei Zimmer, ein kurzer dunkler Flur mit abgetretenem Teppich, links die Küche, hinter der Tür müllbeutelweise Einweg-Leergut, Cola light und Coke zero, da schien ein Ehepaar nur fast denselben Geschmack gehabt zu haben, und im Kühlschrank flaschenweise Nachschub. Wenig Dreck, auf den Arbeitsflächen Backwaren mit dem Logo einer bösen, bösen Kette.

«Die haben beide Schichtdienst im Backshop gemacht»,

sagte Kienbaum, der schon ordentlich Informationsvorsprung hatte. «Iwoleit vorne am S-Bahnhof, seine Frau in der Filiale im Edeka hier in der Straße. Iwoleit ist heute nicht zur Arbeit gekommen. Soll aber ansonsten ganz zuverlässig sein.»

Im Schlafzimmer das Bett ungemacht, die furnierte Schranktür offen, Anziehsachen auf dem Boden, hier hatte jemand das Nötigste zusammengerafft. Danowski ging ins Zimmer und sah in den Schrank. Zwei Helme, Bauarbeiterwesten, Zimmermannshosen: Tarnung, wie bei Oliver Wiebusch. Die meisten verlassenen Orte waren verboten, und wer sich als Bauarbeiter verkleidete, fiel weniger auf.

An den Wänden, Kante an Kante gehängt, Ausstellungsposter, Kunstplakate und Postkarten, vorherrschend schwarz, grau und braun. Danowski war kein Kunstexperte, aber er erkannte die leidenschaftliche Dunkelheit und die wilden Himmel und Ruinen der Romantik. Einsame Gestalten in düster geschwungenen Höhlen am Ufer eines unterirdischen Sees; die nur vom Mond beschienene Szene einer Vertreibung aus dem Paradies, über schartige Klippen ins Ungewisse; die Prozessionen und Pilgerfahrten ins Dunkle auf Friedhöfen und Toteninseln, Felsspalten, aus denen Lava schien oder der Abglanz der Unterwelt, schwarze Wälder, die übergangslos zu Himmel und Gebirge wurden, die gebückten Gestalten von Adam und Eva, wahnsinnig vor Schmerz über dem toten Abel, und die Welt um sie herum eine Abwesenheit von Licht.

«Kunstliebhaber?», sagte Behling, wobei nicht klar war, ob er über Iwoleit spekulierte oder Danowski fragte, weil er sauer war, dass der ihm nicht mehr zuhörte. Danowski fand, dass die Bilder so gehängt waren, dass das Dunkle auf ihnen nicht bedrohlich wirkte, sondern wie ein Zufluchtsort, und fast konnte er es verstehen: Jetzt die Augen zumachen und die Rollläden runter, das wäre sein perfekter Ort. Als Franka sie beim Meditationskurs aufgefordert, nein, eingeladen hatte, ihren guten Ort zu finden, an den sie sich unter Stress jederzeit zurückziehen könnten, um dort Kraft zu schöpfen, hatten die anderen Erstaunliches vorgetragen: ein bestimmter Strandabschnitt auf Amrum, von dem aus die Nordsee scheinbar besonders glitzerte, eine Almwiese und in den Ohren die manchmal kurz anklingenden Kuhglocken, ein Liegestuhl im Garten, und Amseln sangen im Apfelbaum. Für ihn war der gute Ort einfach nur Augen zu und Dunkelheit. Genau so habe ich es gemeint, hatte Franka gesagt. Der gute Ort muss in euch sein. Vielleicht im Wohnzimmer, und die Familie schläft schon, und es gibt nichts mehr zu tun, dachte Danowski etwas konkreter. Aber im Wohnzimmer war ja jetzt immer Finzi.

Ihm war heiß unter den Gummihandschuhen und der Schutzkleidung, und eigentlich waren sie zu viert schon zu viele hier in der Wohnung. Völlig überheizt, das war das Problem. Je kleiner die Wohnung, desto mehr rissen die Leute die Heizung auf.

«Keine Spur von der Tatwaffe», sagte Kienbaum überflüssigerweise. «Aber das Wohnzimmer ist interessant.»

Ein Couchtisch mit gekachelter Oberfläche, terrakottarot, dazu passend die Farbe der kunstledernen Polstergarnitur, zugedeckt mit dunklen Tüchern. Zusammen mit der Schrankwand ein Ensemble, das wie geschenkt oder geerbt aussah: So was kaufte sich seit dreißig Jahren niemand mehr freiwillig. Nee, nehmt ihr das mal ruhig, wenn Oma ins Heim kommt, wäre doch schade drum, hat doch alles mal viel Geld gekostet.

Und weil alles ausrangiert, ein wenig hässlich und unausgesucht wirkte, hatte Danowski den Eindruck, dass diese Wohnung hier immer nur eine Durchgangsstation gewesen war: Das Paar, das hier gewohnt hatte, hatte es sich hier nicht gemütlich gemacht, das war kein Nest, das war ein Basislager. Die zogen sich, sooft sie konnten, an andere Orte zurück, menschenleere, verlassene Orte. Die Türen der Schrankwand und ihre Regalbretter waren voll von Hinweisen darauf, Merkmale der Sehnsucht nach einer anderen Welt: Lagepläne und Grundrisse von Gebäuden, mit sanftem, aber klarem Strich handgezeichnete Geländekarten und Wegbeschreibungen, Fotos von Schächten, Kanälen, Abgründen, von leblosen Hallen und toten Fenstern. Und auf den Brettern lagen und standen rostige «Betreten verboten!»-Schilder, Türklinken, gittergeschützte Lampen, kaum noch lesbare Wegweiser und verblichene Notausgangzeichen. Dazwischen, in einem chromglänzenden Rahmen, als hätte es ihnen jemand anders geschenkt, das Foto eines Ehepaares unbestimmten Alters. Vielleicht Anfang zwanzig, vielleicht Mitte vierzig. Die Wahrheit lag in der Mitte, wusste Danowski. Sebastian Iwoleit und seine Frau sahen fast aus wie Geschwister auf dem Bild: er mit langen Haaren und schmalen Gesichtszügen wie die leicht verhärmte ältere Schwester, sie mit einem sorgfältig aufgesetzten Lächeln wie der schwer erziehbare kleine Bruder, der richtig was ausgefressen hatte.

«Hier», sagte Kienbaum und klappte vorsichtig eine in die Schrankwand integrierte Schreibklappe auf. Die Wand dahinter war dicht beklebt mit etwa einem Dutzend Fotos. Jedes einzelne zeigte Oliver Wiebusch. Die Bilder waren offenbar mit einem billigen Zoomobjektiv aufgenommen, sie hatten diese aufdringliche, künstliche Nähe und waren nicht richtig scharf: Wiebusch, mal in der Nähe seines Hauses, dann vor einer grauen Bürofassade, vielleicht in der City-Nord, in Bewegung, den Blick abgewandt, grobkörnig, im Gespräch mit Susanne Thomsen oder den Bressins, allein mit deren Tochter Johanna am Rande der Streuobstwiesen. Danowski merkte, dass er erst jetzt einen Eindruck davon gewann, wie Wiebusch sich im Alltag bewegt haben musste. Kein Wunder, die Leichenschau und ein paar Porträt- und Führerscheinfotos waren kein Ersatz für die Bilder, die Iwoleit aus dem Leben von Wiebusch gestohlen hatte. Wiebusch wirkte zugewandt auf den Bildern, aufmerksam, und Danowski fiel wieder auf, wie selten Menschen einen ansahen, wenn man mit ihnen zu tun hatte: Die Bressins und Susanne Thomsen schauten auf den Bildern immer in die Ferne oder zu Boden, während Wiebuschs Blick auf ihnen ruhte, als müsste er darum kämpfen, ihre Aufmerksamkeit zu erregen, und als wollte er um keinen Preis etwas verpassen.

Einsamkeit macht gierig, dachte Danowski.

«Sagen wir mal so», sagte Kienbaum. «Unser Verdächtiger war von seinem Opfer besessen, kann man wohl ohne Übertreibung feststellen.»

Danowski betrachtete die Reihe von Patronen, die auf der kleinen Ablagefläche hinter der Schreibklappe stand: zwanzig, dreißig Projektile mit der Gravur *Your Pale Servant*», Zeichen von Oliver Wiebusch, die Iwoleit auf seinen Ausflügen durch die verlassenen Orte eingesammelt hatte. Er nickte.

«Du, Adam.» Wenn Behling plötzlich wieder auftauchte und dann so säuselte, dann verhieß das nichts Gutes. Danowski sah auf. Jurkschat rollte mit den Augen. Die sagte die ganze Zeit überhaupt wenig, so, als wollte sie sich nicht im Nachhinein kompromittieren. «Die Chefin ist da, steht draußen im Flur. Genug Leute hier drin und so weiter. Möchte dich bitte mal kurz sprechen.»

Danowski seufzte. Jurkschat begleitete ihn aus der

Wohnung, und im Flur war es für ein paar Schritte so eng, dass ihr Schutzzeug aneinander raschelte.

Die Chefin stand im Flur, allein, die Schutzpolizisten hatte sie offenbar weggeschickt, und sie verbreitete eine gewisse bürstenhaarige Gereiztheit, die darauf hindeutete, dass Danowski dabei war, seinen Kredit bei ihr zu verspielen.

«Und nun?», kürzte sie die Begrüßung ab.

«Der Verdächtige ist zur Fahndung ausgeschrieben», sagte Danowski, «die Kollegen haben gerade …»

«Und ja offenbar nicht nur der Verdächtige», sagte die Chefin und klopfte mit der Spitze ihres vernünftigen Schuhwerks gegen die unterste Stufe der nach oben führenden Treppe. «Die Schutzpolizei war gerade im Haus Ihrer mutmaßlichen Belastungszeugin, Susanne Thomsen, die Sie als die anonyme Anruferin identifiziert haben. Ebenfalls nicht da.»

«Scheiße», sagte Jurkschat.

«Ja, Scheiße», sagte die Chefin.

«Die muss abgehauen sein in den fünf Minuten zwischen unserer Abfahrt und dem Eintreffen der Kollegen», sagte Jurkschat.

«Lassen Sie's mal ruhig zehn bis fünfzehn sein», sagte die Chefin und sorgte dafür, dass die beiden sich einen einzigen müde vorwurfsvollen Und-das-auf-den-letzten-Metern-Blick teilen mussten.

«Das ist eine Mutter mit Kind», sagte Danowski, «nicht vorbestraft, stabiles soziales Umfeld, die taucht schnell wieder auf.»

«Wir fahnden jetzt nach beiden», sagte die Chefin, «Iwoleit und Thomsen.»

«Das halte ich bei Thomsen für Kanonen auf Spatzen», sagte Danowski, «und bei Iwoleit für wenig erfolgversprechend. Der wird kaum in irgendeine Verkehrskontrolle geraten oder so was, der hat nicht mal ein Auto. Wenn, dann müssten die Kollegen den in der Kanalisation oder in irgendwelchen Ruinen suchen.»

«Adam», sagte die Chefin, «dieses Ding hier ist so gut wie nach Hause geschaukelt. Und soweit ich das sehe, sind Sie heute Nachmittag gar nicht im Dienst. Also schlage ich vor, dass Sie jetzt nach Hause gehen und sich ausruhen.»

Danowski schüttelte den Kopf. Sah man ihm das so deutlich an? «Nein, ich mach das hier noch zu Ende, ich bin sicher, dass wir …»

«Und morgen», fuhr die Chefin fort, «wenn die Kollegen Ihren Iwoleit bis dahin nicht aufgegriffen haben, machen wir das praktisch genau so, wie Sie vorgeschlagen haben: Sie und Ihr Team steigen in die Kanalisation oder irgendwelche Ruinen oder was auch immer Ihnen vorschwebt.»

33. Kapitel

«Adam?»

«Ja?»

«Hast du noch was von diesem leckeren Gute-Laune-Tee?»

«Glücksmomente heißt der, Finzi. Momente des Glücks.»

«Und?»

«Reichlich.»

«Schmeckt schrecklich schön. Du kannst ruhig was anderes trinken. Wein oder so. Stört mich nicht. Ehrlich.»

«Lass mal.»

«Können wir noch mal kurz darüber reden, was mir passiert ist neulich im Keller und dann im Pflegeheim?»

«Hm.»

«Passt dir nicht, oder? Mit deinen Gedanken wieder woanders.»

«Wie wär's, wenn wir die Dinge einfach auf uns zukommen lassen? Wir beide hier am Küchentisch, ein Abend nach dem anderen, mal gucken, wie lange das geht, und wenn Meta und ich den Elbtunnel-Fall abgeschlossen haben, dann reden wir ganz in Ruhe über deine Geschichte.»

«Eins nach dem anderen, so nach dem Motto.»

«Finzi, ich sag's dir ganz ehrlich. Ich muss ein bisschen, äh, auf meine Bedürfnisse achten. Besser einschätzen und so, was geht und was nicht. Also, auch aussprechen, wenn ich keine Kapazitäten hab. Also, achtsamer umgehen mit … mit meinem Leben und so.»

«Wer hat dir denn ins Hirn geschissen?»

268

«Ja, ich weiß, also …»

«Nee, echt, hattest du 'ne Gehirnwäsche oder so was?»

«Ich mach so einen Achtsamkeits-Kurs. Da hat mich der Amtsarzt hingeschickt. Die Chefin besteht drauf.»

«Absam-Kurs würde dir wahrscheinlich auch guttun.»

«Meine Güte. Der kam jetzt aber wirklich von ganz tief unten.»

«Bin 'n bisschen eingerostet.»

«Also, ich bin erst mal froh, dass du hier bist. Trotzdem froh. Reicht das nicht erst mal?»

«Ja. Erst mal mehr als genug. Aber auf die Dauer brauch ich jemanden, der mir meine Geschichte glaubt, Adam.»

«Okay. Ich bitte um Schonfrist.»

«Na gut. Also Prost.»

«Prost.»

«Und, irgendwelche guten Frauen kennengelernt, während ich weg war?»

«Jurkschat ist manchmal fast okay.»

«Neue Frauen, meinte ich. Keine alten Bekannten. Jurkschat ist so dröge, die ist außer Konkurrenz.»

«Die Frau, die meinen Achtsamkeitskurs unterrichtet, ist irgendwie ganz …»

«Ah, daher weht der Wind. Also brauch ich nicht zu fragen, ob eins oder zwei? Definitiv eins?»

«Schöne Schultern.»

«Ach, Adam. Du bleibst immer an den falschen Details hängen.»

«Und ich hab mich mit dieser Amerikanerin angefreundet, die euch heute nach Hause gefahren hat. Tracy. Behling wollte mich ja in der Materialbeschaffung parken, und die vertritt die Firma, deren Körperkameras wir testen sollten oder wie die heißen.»

«Körperkameras. Kenn ich aus einschlägigen Filmen. Viel Körper, wenig Handlung.»

«Gehst du dir eigentlich selber manchmal auf die Nerven?»

«Manchmal? Du machst dir kein Bild, Adam.»

«Jedenfalls ist die nett. Tracy kommt auch aus der Ecke von Berlin, wo ich aufgewachsen bin. Soldatenkind, amerikanischer Sektor. Die war letzte Woche hier zum Abendessen, Leslie mochte die auch.»

«Mensch, Adam Danowski lernt neue Leute kennen. Man merkt, dass ich lange weg war.»

«Ja, ich wundere mich über mich selbst.»

«Wie funktioniert denn so was? So 'ne neue Freundschaft?»

«Na ja.»

«Geht ihr dann jetzt zusammen, keine Ahnung, Squash spielen oder so oder ins Kino? Was macht man eigentlich, wenn man Freunde hat?»

«Gute Frage.»

«Ich bin langsam echt müde. Darum bitte hier selbst Witz über flotten Dreier einfügen.»

«Schon klar.»

«Wie läuft's denn bei Leslie und dir?»

«Läuft schon. Und ich geh auf Teilzeit. Wenn sie Schulleiterin wird. In ein paar Monaten.»

«Beschlossene Sache?»

«Ich glaub schon.»

«Das heißt, wir werden nie wieder so richtig zusammenarbeiten.»

«Hm.»

«Oder?»

«Glaubst du denn, du kommst zurück?»

«Wo soll ich sonst hingehen, Adam?»

«Stimmt schon.»

«Schade eigentlich.»

«Auf 'ne Art. Ja. Eigentlich schade.»

«Darauf noch einen Momente des … obwohl, hast du auch so 'ne Art Abschiedstee am Start, Adam?»

«Augenblicke der Entspannung ist noch im Angebot.»

«Nee, lass mal, ich muss wirklich langsam aufs Sofa.»

«Ähm, könntest du dir noch ein Viertelstündchen hier in der Küche die Zeit vertreiben?»

«Und der Grund wäre welcher?»

«Ich brauch das Wohnzimmer jetzt einen Moment.»

«Für einen Augenblick der Entspannung? Einen Moment des Glücks? Hast du inzwischen völlig auf Handbetrieb umgeschaltet? Na ja, nach fünfundzwanzig Jahren mit derselben …»

«Ich brauche einen … geschützten Ort. Für meine Übung.»

«So nennst du das also.»

«Meditationsübung, Finzi.»

«Adam, du machst mir Angst.»

«Ich komm da eh schon kaum hinterher. Jeden Tag eine halbe Stunde, das schaff ich natürlich nicht. Aber jetzt wär irgendwie noch eine ganz günstige …»

«Der weitere Verlauf des Abends sieht also so aus, dass ich hier in der Küche sitze, lauwarmen Tee schlürfe und die Gemälde eurer Kinder am Kühlschrank betrachte, während du im Wohnzimmer Omm machst?»

«Das trifft's nicht ganz, aber ja. So ungefähr.»

«Adam. Was ist aus uns geworden.»

«Mal gucken, Finzi. Weiß ich noch nicht.»

«Na gut. Schenk noch mal nach, und dann meditier, was das Zeug hält.»

«Bei mir dreht sich eh immer das Gedankenkarussell.»

«Was ist das denn.»
«Glaub ich, dass du das nicht kennst.»

34. Kapitel

Wo also war Sebastian Iwoleit, auch bekannt als Trickster?

Danowski blätterte durch das Dossier verlassener Orte in Hamburg, von Anita Baxmann für ihn nach Durchsicht der Internet-Foren zusammengestellt. Ja, er hatte die Datei ausgedruckt: Die tröstliche Übersichtlichkeit gestapelter DIN-A4-Blätter.

Der fast hundertfünfzig Jahre alte Eiskeller einer Brauerei im Osten der Stadt, im Zweiten Weltkrieg als unterirdische Produktionsanlage ausgebaut. Einsturzgefährdet. Die Lokreinigungsanlage auf den Bahnanlagen am Diebsteich, vor ein paar Jahren ausgebrannt nach Brandstiftung, jetzt kurz vor dem Abriss und einer Altlastensanierung des Bodens. Der fast einen Kilometer lange Schellfischtunnel der Hafenbahn in Neumühlen, vor zwanzig Jahren vergittert. Der 1944 abgebrochene Bau der geheimen Bunkeranlage «Wenzel» in Wedel: die Reste einer unterirdischen Produktionsanlage für U-Boote. Eine asbestverseuchte Berufsschul-Ruine in Halstenbek an der A23. Der Fluchttunnel zwischen den Fahrbahnen des Wallringtunnels in der Innenstadt. Die zugemauerten Ein- und Ausgänge der Bunkeranlage unter dem Bismarck-Denkmal auf Sankt Pauli. Überhaupt Bunker: Ihre Namen, Standorte und Besonderheiten füllten eine ganze Seite. Echos aus einer Zeit, in der Beton zumindest vorübergehend gegen Angst und Tod geholfen hatte. Die stillgelegten Evakuierungsgänge der ersten Elbtunnelröhren, die er schon kannte.

Dann dort auch die Kriechwege, eigentlich Kabel- und

Leitungstunnel, die diese Evakuierungsgänge mit den nuklearen Rettungsräumen verbanden, in die seit Anfang der Achtziger niemand mehr vorgedrungen war. Salzstock-Einbrüche, seitdem so was wie der Heilige Gral der Szene: das Ziel, dahin als Erster und Einziger vorzudringen. Niemandem war es bisher gelungen. Baxmann hatte drei Sterne hinter den Eintrag gemacht.

Was Danowski nicht mochte, war das Wort Kriechwege.

Unter den Gleisen des Hauptbahnhofs die alten Posttunnel. Im Untergrund von Sankt Georg der über hundert Jahre alte Geisterbahnhof am Lindenplatz. Der Geisterbahnhof am Beimoor unter den Walddörfern. Die im Krieg zerstörten Tunnel der Hochbahnlinie nach Rothenburgsort, nie wieder aufgebaut. Danowski rieb sich die Schläfen. Nie im Leben würde er sich daran gewöhnen, dass die Hamburger ihre U-Bahn Hochbahn nannten. Der ungenutzte, nie beendete Tunnel der Linie U3 vom U-Bahnhof Richtung Freihafen. Er hatte gehört, dass es unter der Stadt fabrikhallengroße Hohlräume in Salzstöcken gab, aber dass sein Wohnort unterhöhlt war von ambitionierten, aber unbeendeten Bauvorhaben, war ihm neu. Elbphilharmonie im Untergrund, sozusagen. Reste, überall Reste: zum Beispiel auch die von vierzig Kilometern Rohrpostöhren aus den fünfziger und sechziger Jahren. Mit knapp einem halben Meter Durchmesser. Danowski glaubte nicht, dass da jemand freiwillig reinkroch, aber Baxmann hatte ihm Fotos mit ins Dossier gestellt, die das Gegenteil bewiesen: bizarre, halbkreisförmige Selfies euphorischer Gesichter und gequetschter Körper.

Wenn Trickster sich dadrin versteckt, dachte Danowski, dann leg ich den Fall vorher zu den Akten.

Dann seitenweise vergessene Fabrikanlagen und Lagerhäuser, in denen nur noch Stille aufbewahrt wurde, über die für die Immobilienentwicklung unattraktiven Stadtteile verteilt wie Narbengewebe, nekrotische Spuren klanglos gestorbener Industrien: Schiffsschraubengießereien, Filmentwicklungsstraßen, Druckereien, Glühlampenwerke. Dann wieder Orte, die er kannte: der graublinde Kontrollturm auf dem Bahngelände in Altona, das baufällige unterirdische Überlaufbecken in Bahrenfeld, das die Ratten in die Gegend brachte, zu frech, zu groß, in der Dunkelheit mit leuchtenden Augen zwischen den Autos auf dem Parkplatz vor der Post am Kaltenkircher Platz.

Alles verboten, alles verlassen, aber immer gab es verborgene Einstiege und Tricks, um Wege in die Dunkelheit und Einsamkeit zu finden. Je schwieriger, desto höher das Prestige. Die Gänge rund um den Elbtunnel schienen ihm da eher mittlere Kategorie zu sein, die Hochbunker schon anspruchsvoller, und ganz oben rangierten die vergessenen unterirdischen Anlagen unter dem Hauptbahnhof, wegen der Nähe zum Zugverkehr und zum Alltag Zehntausender Reisender und Touristen. Und natürlich die Anlagen der Großrohrpost, wegen des einfachen Wahnsinns, sich in die zwanzig, dreißig, fünfzig Meter langen Reststücke zu zwängen.

Er spürte Mutlosigkeit angesichts der schieren Menge von verlassenen Orten. Wo war Trickster?

«Ich stör ja nur ungern», störte Behling, der saß ja bei ihm vorm Schreibtisch, «aber hast du uns hier einbestellt, damit wir dir beim Blättern zugucken? Besseres zu tun, verstehst du.» Verschtessu.

Danowski schichtete Baxmanns Blätter zu einem ordentlichen Stapel, glättete dessen Kanten auf der Schreibtischplatte und legte ihn dann vor sich, als wäre damit alles geklärt. Er ließ den Blick über die Anwesenden schweifen, Jurkschat und Kienbaum neben Behling, wobei der nur das düstere Schwanzende von diesem Blick mitbekam. Einfacher denken, ermahnte Danowski sich selbst.

«Wir haben Sebastian Iwoleit oder meinetwegen Trickster unter Verdacht, Oliver Wiebusch getötet zu haben. Der, sagen wir mal, theatralische Tatort und der ebenfalls leicht theatralische Tathergang passen zur gemeinsamen Geschichte, die die beiden haben.»

«Zwei Spinner, die sich einen Wettkampf um den Zugang zu verlassenen Orten geliefert und dabei irgendwie hochgeschaukelt haben. Täter und Opfer, wie sie die Welt nicht braucht», kommentierte Kienbaum mit vor der Brust verschränkten Armen und massierte beidseitig seinen Bizeps.

«Wir wissen nicht, unter welchen Umständen Mareile Iwoleit gestorben ist. Vielleicht gestürzt, vielleicht gestoßen worden. Von ihrem Mann. Aber alles, was wir über den wissen, ist, dass Iwoleit oder Trickster sich am liebsten an diesen Orten aufhält …» Danowski wedelte mit dem Dokument und brachte es dadurch wieder in Unordnung. «Also suchen wir ihn da.»

Behling sah sich um. «Na gut, wir sind zu dritt, also maximal zu viert, falls Adam durchhält, und ich kenn ja die Liste von Anita: Wenn wir Glück haben, sind wir Ostern fertig mit Suchen. Ostern übernächstes Jahr.»

«Adam hat bestimmt irgendein Täterprofil im Kopf, anhand dessen wir das auf zwanzig, dreißig Orte beschränken können», sagte Kienbaum. «Mit Überstunden also Weihnachten.»

Danowski hatte gar nichts. Es war toll, Ansagen zu machen, wenn man wusste, welche. Aber es war anstrengend, die Ermittlungen zu leiten, wenn man keine Ahnung hatte, in welche Richtung.

«Finde dein Grab», sagte Jurkschat und drehte ihre Haare.

«Längst reserviert in Ohlsdorf», sagte Behling, «musst du dich ranhalten, lange Warteliste. Aber sonst legen sie dich in Stellingen ab.»

«Kann dir doch dann egal sein», wandte Kienbaum ein.

«Bisschen an die Familie denken», parierte Behling, der in dieser Hinsicht offenbar keinen Spaß verstand, sonst ja allerdings auch nicht.

«Nee», sagte Jurkschat, «ich meine, wegen diesem Zeichen, dieser Losung, die der Iwoleit überall hinterlassen hat. Finde dein Grab. Das ist ja, als ob er sich seit Jahren aus der Welt und irgendwie auch dem Leben zurückzieht. Haben wir ja auch in seiner Wohnung gesehen, diese Höhlenbilder, sozusagen. Und jetzt ist sein alter Rivale tot und seine Frau, da bleibt ihm doch eigentlich nur noch ...»

«... sein eigenes Grab zu finden», vollendete Danowski ihren Satz und ertappte sich dabei, dass es klang, als hätte er die Idee längst gehabt und wäre jetzt einfach stolz, dass Jurkschat von selbst drauf gekommen war. So blöd war man also, wenn man Chef war.

«Psycho-Gewäsch», bewertete Behling, Kienbaum nickte.

«Wie ist ein Grab?», fragte Jurkschat.

«Teuer», sagte Behling.

«Was zeichnet ein Grab aus? Die Eigenschaften. Unter der Erde. Dunkel», sagte Jurkschat, unbeirrt.

Danowski nickte. «Trifft auf zwei Drittel der Orte hier auf der Liste zu.»

«Eng», sagte Jurkschat.

«Ein Sarg ist eng», wandte Kienbaum ein, «ein Grab ist streng genommen relativ breit, sodass ...»

«Mein Gott, der Typ wird ja nicht seinen eigenen Sarg mit sich rumschleppen», sagte Danowski. Ich werd noch zum Jurkschat-Fan, dachte er. «Das ist doch jemand, der im Metaphorischen, Uneigentlichen lebt. Meta hat völlig recht. Wir suchen einen Ort, der unterirdisch, dunkel und eng ist. Wie ein Grab.»

«Sarg.» Kienbaum, halblaut.

«Jaja.»

«Die Rohrpost», sagte Jurkschat und legte die Blätter wieder auf den Schreibtisch.

«Kommt mir zu … prosaisch vor, irgendwie zu banal», sagte Danowski. «So ein düsterer Romantiker wie Iwoleit will doch nicht da sein Grab finden, wo andere Selfies machen.»

«Stimmt», sagte Jurkschat. «Dann bleiben nur noch diese Kriechgänge, diese Kabelschächte, wo die Leitungen und so weiter verlaufen, zwischen den stillgelegten Rettungsgängen und dieser Nuklearbunkeranlage beim Elbtunnel.»

Danowski konnte nicht verhindern, dass seine Stirn in seine Hände sank und seine Handballen Nester in seinen Augenhöhlen fanden. Er hörte sich stöhnen. Und wenn sie recht hatte?

«Vor allem, weil wir ja neulich vom Betriebsleiter gehört haben, dass diese Nuklearbunkeranlage komplett abgeschnitten ist, seit es damals den Salzstockeinbruch gegeben hat. Die einzige Verbindung wären diese Kriechwege, aber bisher ist da noch keiner durchgekommen. Das wäre für den Iwoleit zum Abschluss ein echtes Highlight.» Wahnsinn, wie unpoetisch Jurkschat sich ausdrücken konnte.

«Dreck», sagte Danowski, dem es jetzt egal war, dass Behling und Kienbaum sahen, wie wenig ihm das passte. So wenig passte ihm das. «Das heißt, wir müssen da rein.»

«Was Meta sagt, macht total Sinn in meinen Augen», sagte Behling, klar zur Wende, und scheiterte daran, ein Grinsen zu unterdrücken. Na gut, dachte Danowski. Wofür bin ich hier gerade der Chef.

«Schön, dass du das auch so siehst», sagte er. «Dann schlag ich vor, dass du da mal runterfährst mit Markus. Wir zeigen euch den Einstieg.»

«Nee, nee, du», sagte Behling bedauernd, «ich bin zwar topfit, aber so was macht mein Rücken nicht mehr mit. Weiß auch die Chefin.»

«Das ist dann aber nicht topfit», versuchte Danowski, Zeit zu gewinnen.

«Doch. Außer halt Vorwölbung.»

«Ich bin natürlich dabei, aber ich kann echt nicht in so einen Gang kriechen mit meiner Mittelohrentzündung», fiel ihm Jurkschat in den Rücken, der unbestreitbar absolut in Ordnung war, wie im Prinzip auch der Rest seiner irdischen Hülle, minus Hirn. Er verfluchte, wie gut er sich gehalten hatte.

«Na gut, Adam», sagte Kienbaum, fast mit einem Anflug von Zugewandtheit in der Stimme, «dann wollen wir mal. Wir beide kriegen das schon irgendwie hin, und die Kollegen hier unterstützen uns, so gut es geht. Erst mal schauen, wie sich die Situation vor Ort darstellt, sage ich immer.»

Danowski registrierte, dass die drei aufstanden, und auch, dass er sich schon das nicht mehr so richtig vorstellen konnte: aufstehen. Geschweige denn irgendwas, was im engeren Sinne mit Kriechgängen zu tun hatte. Im engeren Sinne. Witzig.

«Möglicherweise doch alles Quatsch», sagte er lahm.

Jurkschat hatte schon wieder eine Idee, auch mit halber Hörkraft nicht aufzuhalten. «Wartet mal kurz», sagte sie. «Adam, du hast doch die Nummer von diesem Elbtunnel-Betriebsleiter eingespeichert, oder?» Er nickte und reichte ihr sein Telefon über den Schreibtisch. Dann sollte sie auch gleich selbst da anrufen.

«Ja, hier Jurkschat vom LKA. Genau, wir waren vorige Woche bei Ihnen wegen der Tunnelgänge und so … Ja, nee, danke, die Pläne haben wir bekommen, liegen hier vor mir.» Sie gestikulierte in Danowskis Richtung, bis der die Pläne in der Schublade fand und auf den Tisch legte. «Sie haben ja von den Sensoralarmen an den Fluchttüren gesprochen und wie sensibel die sind, und da wollte ich nur mal fragen, ob's da irgendwelche … Ja, genau. Alarm, Fehlalarm. Okay. Gestern Nacht. Lüfterbauwerk Mitte.» Sie schwieg und stützte ihren Block mit dem Oberschenkel, um sich Notizen zu machen. «Aber Fehlalarm. Hm. Warum haben Sie uns denn dann nicht …» Sie rollte mit den Augen. «Na gut. Ja, bitte. Ach so, eine Frage noch: Kommt man von da zu diesen Kabel- und Leitungswegen, von denen Sie … Ja, ich weiß. Okay. Gut. Genau. Halbe Stunde.»

Sie legte auf und sah in die Runde. «Letzte Nacht hatten die da in Neumühlen einen Fehlalarm. Mit Kameramanipulation oder Fehlfunktion, jedenfalls haben sie's nicht ernst genommen, weil die Nachtwache niemanden auf dem Kontrollschirm hatte, und vor allem haben sie niemanden gefunden, als sie die Treppenhäuser und die Räume mit den Lüftungsturbinen überprüft haben. Was sie nicht überprüft haben, sind die Kriechwege.»

«Na, dann man los», hörte Danowski sich sagen und spürte die Tischplatte an den Handflächen, unfähig, sich abzustoßen und aufzustehen.

«Wir schmieren euch mit Vaseline ein, dann flutscht das schon», sagte Behling, glücklich über seinen eigenen Witz.

35. Kapitel

Im Aufzug, paradoxerweise hinab in die Tiefe: Das fühlte sich alles noch ganz normal an, die Illusion, die Situation kontrollieren zu können. Die anderen standen so, wie man immer stand im Lift, Rücken zur Wand, Augen zum Boden oder nach innen, aber keiner guckte ihn an.

Der Betriebsleiter des Elbtunnels, wieder beleidigt, als wäre es ein persönlicher Affront, dass ab und zu einer eindrang in seinen missverstandenen Tunnel: «Das Lüfterbauwerk Mitte liegt ja praktisch am Strand von Övelgönne, da ist bei einigermaßen gutem Wetter jeden Abend Halligalli. Da versucht immer irgendeiner, in den Bau zu kommen, und wenn's nur zum Pinkeln ist. Und bis wir da sind, sind alle wieder weg, und wir reparieren das Schloss, und nächstes Mal geht es wieder von vorne los.»

Aber diesmal war es anders. Das Schloss war intakt, das hatte jemand geöffnet, der Übung darin hatte, sich Zutritt zu verschaffen. Einer, dessen Leben es war, reinzukommen, um nicht mehr draußen sein zu müssen.

Jurkschat, als sie an den Lüfterturbinen vorbeiliefen, rot die eine, blau die andere, als würde sich hier unten jemand an kindlich leuchtenden Farben erfreuen: «Ihr müsst da nicht reingehen. Wenn wir Spuren von Iwoleit finden, holen wir die Fachleute.»

Welche Fachleute, Meta? In Jurkschats Welt war alles feinsäuberlich aufgeteilt und wurde von Spezialisten erledigt, damit das Chaos draußen blieb. Aber normalerweise drückte sie sich präziser aus. Welche Fachleute also? Die Tunnelkriecher-Brigade? Das Höhlenforscher-Einsatzkommando? Nee, Meta, wenn wir Glück haben, finden wir von Iwoleit nur die Leiche, die können dann wirklich ganz in Ruhe die Kollegen von der Feuerwehr bergen. Aber jetzt war es zu früh, die Feuerwehr kam nicht, alles zu vage, die setzten sich erst in Bewegung, wenn die Polizisten Sichtkontakt hatten, sagten sie. Wenn es jemanden zu retten oder zu bergen gab. Gut, das ging dann schnell. Die Feuerwehr hatte zwei Wachen ganz in der Nähe, eine am Nord- und eine am Südende des Tunnels, direkt an der Autobahn, und wenn es keinen Stau gab, waren die in ein paar Minuten hier. Aber waren die ausgebildet, um sich in Kriechgängen zu bewegen?

«Wir machen das schon», sagte Kienbaum, und absurderweise beruhigte Danowski der zuversichtliche Klang seiner Stimme. Der glaubte wirklich, dass sie das gleich alles irgendwie regeln würden.

Der eine Gang zur äußeren neuen Elbtunnelröhre, mehrere Sicherheitstüren, deren Sensoren alle nicht ausgelöst worden waren. Der andere Gang Richtung Kriech- und Versorgungsgänge, am Ende eine weiß gemauerte Wand, von der es T-förmig nur im rechten Winkel nach links und rechts ging. Meta nahm ihm die Pläne ab, die konnte sowieso besser Karten lesen, aber er wusste von allein, wo es jetzt langging. Sie bestätigte nur: «Links gehen die Leitungen zur neuen Elbtunnelröhre. Der rechte Gang hat noch zwei Richtungswechsel und endet in einer Art Sackgasse, jedenfalls ist das hier so schraffiert. Dahinter liegen die Vorbohrungen und die provisorischen Bauten für den Nuklearbunker, dessen Zugänge beim Salzstockeinbruch vor dreißig Jahren zerstört worden sind.» Immer noch dieses Streberhafte, alles formulierte sie sauber aus, als könnte sie es so unter Kontrolle behalten.

Also nach rechts. Behling war ganz still geworden, mit

dem Hinterkopf glaubte Danowski zu sehen, dass der sich sogar hin und wieder den Rücken hielt, der ihn über Tage doch niemals sichtbar plagte, aber klar, die Vorwölbung. Es war aber auch kühl und feucht hier: Zwölf Grad hatte es im Untergrund, das war die Temperatur, auf der sich die Stadt unter der Stadt eingepegelt hatte. Wärmer als draußen, aber Danowski fror trotzdem.

Dann knieten sie zu viert vor dem halbhohen Eingang zum rechten Kriechtunnel. Der Betriebsleiter war im Gang stehen geblieben (ein Paradox jagte das nächste) und fummelte an seinem Funksprechgerät, ihm passte das hier alles nicht.

Kienbaum und Danowski vorne, die Invaliden in zweiter Reihe. Starke Stablampen, irritierend, dass Kienbaum gleichzeitig leuchtete, die Lichtkegel vermischten sich, da wusste er nicht, wo er zuerst hingucken sollte. Der Gang war etwa hüfthoch, an der linken Wand, unverputzt, nackter Beton, ein schwarzes Plastikrohr, Durchmesser, dass man einen Kinderkopf gerade reingesteckt bekäme, aber wer wollte das schon, und darunter Kabelstränge. Der Boden ohne Estrich, da war nur Sand, von Furchen und kleinen Wölbungen parallel zur Wand durchzogen, wie sie vermutlich entstanden, wenn man ihn hinunterkroch. Endlich. Kienbaum ließ das Ende seines Lichtkegels auf dem Ende des Kriechgangs ruhen: zwanzig, vielleicht dreißig Meter entfernt, schwierig, in dieser niedrigen Dimension die Entfernung zu schätzen. Leicht abschüssig, oder lag das am Blickwinkel? Und machte es wirklich einen Unterschied, ob man unter der Erde oder in die Erde hineinkroch?

Da vorne ging es dann noch mal rechts, auf Metas Karte sah dieses Stück noch mal etwa doppelt so lang aus, bevor es ein weiteres Mal abbog, diesmal halb links, und sich dann nach etwa hundert Metern im Nichts verlor.

«Hallo? Herr Iwoleit? Können Sie uns hören? Hier ist die Polizei.» Der enge Gang verschluckte jedes Echo seiner Stimme, sie klang trocken und dünn. Keine Antwort.

«Hört ihr irgendwas?» Behling, aus der zweiten Reihe.

Nichts. Nur das Rauschen. War das in seinen Ohren oder war das der Verkehr, der hundert Meter entfernt durch den Elbtunnel floss, hinter Türen, Wänden und Sedimentschichten?

«Seid doch mal leise», sagte Meta, und er hielt die Luft an. Ein Scharren, das aufhörte und dann wieder anfing.

«Wir haben nicht über Einsturzgefahr gesprochen», sagte der Betriebsleiter lauter als nötig aus dem Gang.

«Das soll auch so bleiben», hörte Danowski sich sagen.

«Okay, die Kriechspuren sind eindeutig», sagte Kienbaum. «Da ist jemand drin, und ich geh da jetzt rein», und dann war er an Danowski vorbei und auf allen vieren, ab in den Gang. Das war ja dann nicht Kriechen. Krabbeln? Also, auf allen vieren gehen, das konnte Danowski sich gerade noch vorstellen. Aber jetzt war es zu spät, Kienbaum hinterherzugehen. Dessen Hintern und Schenkel füllten sein ganzes Sichtfeld aus, das von der niedrigen Gangdecke und den schmalen Wänden begrenzt wurde.

«Na gut, Leute, wir hauen dann ab», Danowski konnte einfach immer noch nicht aufhören, Behlings und Jurkschats Witz-Geduld zu testen.

«Das wär total unfair Markus gegenüber», sagte Jurkschat, die ihm wirklich alles zutraute.

«Witzich», checkte Behling.

Kienbaum war jetzt fast am Ende des Ganges. Dann verharrte er, und am vagen Leuchten der Grubenlampe jenseits seiner Schultern sah man, dass er den Kopf nach rechts wandte. Kienbaum rief etwas, aber das Geräusch verschwand vor ihnen wie ein kleines Tier im Unterholz.

Kienbaum merkte, dass sie ihn nicht hörten, darum drehte er den Kopf mühsam so weit es ging nach hinten. Sein Gesicht war eingequetscht zwischen seiner Schulter, dem Helm, den der Betriebsleiter ihm aufgedrängt hatte, und der feuchten Wand, als er rief: «Hier ist was. Hier ist einer. Da bewegt sich was. Aber ich komm nicht weiter.»

Kienbaums Gesicht verschwand, weil er jetzt rückwärts zurückkroch, Augen geradeaus. Es dauerte länger als vorwärts auf allen vieren, das merkte Danowski sich schon mal.

«Soll ich jetzt die Feuerwehr rufen?», fragte der Betriebsleiter.

«Ja», sagte Danowski.

Der Betriebsleiter ging ein paar Schritte weg und rief übers Funkgerät die Zentrale.

«Frühester Ankunftszeitpunkt in zehn Minuten», meldete er dann. «Ich schätze mal eine Viertelstunde, bis die hier unten sind.»

Sehr schön. Die kriegte Danowski auch noch rum.

Kienbaum war jetzt wieder draußen. Er richtete sich nicht auf, obwohl hier vor dem Gang genug Platz dafür war. Es war, als hätte der Kriechweg ins Dunkle eine Energie aus ihm gesaugt, deren Fehlen ihn jetzt selbst überraschte.

«Ich seh da vorne rechts im nächsten Gang Schuhsohlen, Stiefel, dunkle Hosenbeine, Torso, klar, also einen Körper», all das über ein hochfrequentes, immer wieder tiefes Einatmen, als gäbe es nicht genug Luft in dem Gang, «und der bewegt sich, also bewegt sich ein bisschen, der steckt da fest.»

Iwoleit. «Gut, dass die Feuerwehr gleich da ist.»

«Nee», sagte Kienbaum, «der hat sich da verkeilt oder so was, der zuckt echt nur noch, der sieht aus, als ob er keine Zeit mehr hätte, nicht mehr viel Zeit.»

«Aber du bist nicht an ihn rangekommen?» Jurkschat hatte offenbar immer das Gefühl, die Hälfte zu verpassen, mit ihrem einen Ohr.

«Nee, da muss Adam rein», sagte Kienbaum und sah ihn direkt an.

«Ganz ehrlich, Markus, du bist sehr viel fitter als ich, und wenn du da nicht weiterkommst …» Es fiel ihm leicht, das offen auszusprechen, das konnten sowieso alle sehen, aber Kienbaum unterbrach ihn: «Nee, Adam. Ich bin zu breit. Hier, in den Schultern. Oberarme. Das dahinten, das ist kein Gang mehr. Das ist echt nur noch ein Kabelschacht. Der ist halb so breit und halb so hoch wie dieser hier. Da pass ich echt nicht mehr rein. Aber du schon.»

«Schmales Hemd», sagte Behling wie der greise Onkel am Kaffeetisch, von dem die ganze Verwandtschaft sich beleidigen lässt, weil: der arme alte Mann.

«Schau's dir wenigstens mal an», sagte Kienbaum und richtete sich jetzt auf, sodass er Danowski überragte. «Bis dahin kommt man wirklich ganz gut rein.»

Und Danowski nahm die Grubenlampe und den Helm entgegen, der von innen feucht war, und dann fragte er sich, wann er das letzte Mal auf allen vieren unterwegs war, irgendwas mit den Kindern, als die kleiner waren, viel kleiner, und dann fragte er sich, wie viel von den zehn Minuten schon vergangen war, und dann merkte er, dass er unterwegs war und dass die Welt um ihn herum immer kleiner und enger wurde.

36. Kapitel

Es war bereits dunkel, als Tracy Harris aus dem Wohnhaus in der Leverkusenstraße trat. Die Herbstluft in Hamburg empfand sie jedes Mal als gelungene Überraschung: frisch, klar und ehrlich und voller einander überlagernder Draußengerüche, die man mit jedem Schritt besser voneinander unterscheiden konnte. Kein Vergleich zum weichen Duft von New Orleans: Oleanderblüten, Mississippi-Brackwasser, Straßenbahnbremsen, süßer Alkohol auf Crushed Ice. Nichts vermisste sie mehr als diese Mischung. Vielleicht hatte sie ihr Berufsleben lang einfach zu viel in klimatisierten, fensterlosen Räumen gesessen. Oder gestanden.

Frisch, klar und ehrlich, das waren natürlich Klischees, genau wie die unverstellte Klarheit der Norddeutschen und dass die Leute hierzulande insgesamt alle so gerade heraus waren. Aber Tracy Harris musste zugeben, dass sie sich nach Klarheit und Ehrlichkeit sehnte. Während ihrer Arbeit gab es immer wieder Momente, in denen sie einen derartig gleißenden Mangel daran verspürte, dass es ihr fast den Atem nahm. In der Küche der Danowskis, bei Leslie und den Töchtern, da musste nicht mal Adam Danowski mit seiner ohnehin schwer erträglichen durstigen Freundlichkeit dabei sitzen, da reichte es, dass Leslie und die Mädchen Kekse buken und sich kaputtlachten über die Ungeschicklichkeit der neuen amerikanischen Bekannten oder gar Freundin. Da reichte es, dass Leute arglos waren und ahnungslos, um in Tracy Harris einen ganz eigenen Durst brennen zu lassen. Den danach, einfach alles so sagen und so leben zu können, wie es wirklich war. Statt immer zwei oder drei Legenden auf einmal am Laufen halten zu müssen. Früher hatten die Fremdsprachen, in denen sie diese Legenden spann, ihr eine Art Distanz verschafft, mit der sie sich die Lügen vom Leibe halten konnte. Aber inzwischen träumte sie auf Deutsch, darum waren die Lügen hier längst ihre eigenen.

Auf dem Weg zum Auto riss ihr Gedankengang ab, weil sie den gleichen alten dunkelblauen Golf sah, der ihr gestern Nachmittag schon aufgefallen war. Als sie die Kinder und den seltsamen Kollegen von Adam Danowski nach Hause gefahren und Leslie abgeholt hatte zum Kaffeetrinken. Hinter dem Steuer saß die gleiche unscheinbare ältere Frau wie gestern, und wieder schien sie zu schlafen.

Schlafende waren erst mal unverdächtig, weil niemand, der auf sich hielt, beim planvollen Beobachten wirklich eingeschlafen wäre. Putzfrauen suchten manchmal einen Moment Ruhe im geparkten Wagen zwischen zwei schlechtbezahlten Schichten. Aber inzwischen kannte Tracy Harris zumindest Teile der Geschichte von Adam Danowskis Kollegen Finzel, den Leslie Finzi nannte, und dessen Akte Tracy Harris zumindest angefragt hatte. Falls es eine gab. Alkoholiker, Rückfall, monatelang katatonisch im Pflegeheim, dann die Geschichte, eine Frau hätte versucht, ihn umzubringen, eine, deren angedeutete Beschreibung in etwa auf diese hier passen würde.

Tracy Harris war an ihrem Audi vorbeigegangen und hatte sich dem Golf mit der Schlafenden bis auf wenige Schritte genähert. Wenn die Geschichte von Andreas Finzel stimmte, und wenn dann, im nächsten Schritt, dies tatsächlich die Frau war, die ihm nach dem Leben trachtete, und zwar schon zum zweiten Mal: dann bestünde ein großes Risiko, dass Adam Danowski in diese Geschichte reingezogen und womöglich durch sie bei der Aufklärung seines Falles blockiert werden würde. Das waren zwar zwei große Wenns, fand Tracy Harris, aber andererseits ein so großes Risiko, dass es die Wenns überwog und sie möglicherweise zum Handeln zwang. Sie brauchte Danowski, um durch ihn weiter die Entwicklungen im Elbtunnel-Fall verfolgen zu können.

In diesem Moment schlug die Frau im Auto die Augen auf. Es war immer riskant, wenn man jemanden zu lange beim Schlafen beobachtete, dachte Tracy Harris selbstkritisch. Ihre Blicke trafen sich, und in den Augen der Frau sah Tracy Harris etwas aufscheinen, das beim besten Willen weit hinausging über das gestörte Dösen einer illegalen Putzhilfe. Ein kurzes Erschrecken und so was wie die Aktivierung des Kampfmodus. Schnell, aber nicht schnell genug.

Instinktiv hatte die Frau zuerst den Türverschluss neben sich hinuntergedrückt, alter Golf, keine Zentralverriegelung, und beugte sich jetzt erst über den Sitz, um an der Beifahrertür das Gleiche zu tun, aber da war Tracy Harris schon im Auto und hatte sich auf den Sitz fallen lassen. Weil die Frau die Fahrertür mit der altmodischen Vorrichtung selbst verschlossen hatte, kam sie da jetzt nicht mehr mit einer einzigen Bewegung heraus. Tracy Harris blockierte sie, indem sie ihr mit dem linken Unterarm ihren Kehlkopf gerade tief genug auf die Luftröhre drückte, um sie vorübergehend am Atmen zu hindern. Mit der rechten Hand zog sie die Waffe aus dem Stiefelholster und drückte sie in die weiche Seite der unscheinbaren Frau. Taurus, der kleinste Magnum-Kaliber-Revolver der Welt. Tracy Harris mochte Superlative.

«Wenn Sie atmen und leben möchten, fahren Sie ganz vorsichtig los und folgen Sie meinen Anweisungen», sagte sie probeweise auf Deutsch.

Jetzt verschwand der Rest ihrer Zweifel. Eine unschuldige Putzfrau hätte zitternd und womöglich schluchzend an der Zündung herumgefummelt, aber diese Frau hier zog zwei-, dreimal gezielt die Luft ein, hustete und nutzte den dadurch entstehenden minimalen Ablenkungseffekt, um Tracy Harris ihrerseits den Ellbogen in die Brust zu schlagen und mit der freien Hand nach der Waffe zu greifen.

Tracy Harris zischte vor Schmerz, dann bekam sie einen Finger der Frau zu fassen und wälzte sich über die Schaltung hinweg halb auf sie, wobei sie ihr den kurzen Lauf des Revolvers mit aller Kraft in die linke Augenhöhle drückte. Sie spürte, wie der Ringfinger der Frau in ihrer Hand aus dem Gelenk brach, wie ein Stöckchen, das zwar stabiler war, als man gedacht hätte, aber nicht stabil genug. Die Frau verschluckte einen Schrei. Tracy Harris löste den Druck der Pistole und rutschte wieder auf ihren Sitz.

«Wie Sie damit fahren, ist Ihre Sache. Strengen Sie sich an. Und fahren Sie.»

Die Frau hielt das Steuerrad mit links und ließ die rechte Hand auf dem Schaltknüppel ruhen, um den gebrochenen Finger zu stützen. Sie war offenbar gewöhnt, mit Schmerzen und Verletzungen umzugehen. Vorsichtig lenkte sie den Golf auf die Kopfsteinpflasterstraße und wurde immer langsamer, je näher sie der Einmündung in die Ruhrstraße kamen.

«Rechts», sagte Tracy Harris und verstärkte reflexhaft den Druck des Revolvers in die Seite der Frau. Hier hörte unvermittelt die Mietshausbebauung auf, stattdessen die wohnblockgroße Filiale eines Geschäfts, das offenbar Haustierfutter verkaufte, ein Baumarkt, ein Schuh-Outlet, dann nicht auf Anhieb identifizierbare Großhandelsbaracken und Lagerhäuser. Tracy Harris improvisierte, sie suchte nach einer Einfahrt, die verlassen aussah.

Die Bauruine einer Leichtmetallhalle legte ihre Silhouette gleichgültig vor den frühen Mond. «Hier rein. Rechts. In die Auffahrt.»

Sie kurbelte die Scheibe hinunter, was sie zuletzt vor etwa fünfundzwanzig Jahren getan hatte, und überzeugte sich von der Stille. Der ärgerliche Verkehr von der Stresemannstraße, aber sonst nichts, niemand in der Nähe. Luftlinie waren sie nur zwei-, dreihundert Meter von der Danowski-Wohnung entfernt, aber das war eine ganz andere Welt hier. Mit dem Pistolenlauf im Fleisch dirigierte sie ihre Fahrerin hinter zwei Schüttgutcontainer und zog dann selbst den Schlüssel aus der Zündung. Für einen Moment schwiegen sie beide, und ein unbeteiligter Beobachter hätte meinen können, sie warteten gemeinsam auf etwas. Und vielleicht taten sie das sogar.

37. Kapitel

Wenn er sich für eine Sorte Kriechgang hätte entscheiden müssen, dann wäre das hier die, mit der er gerade noch leben könnte. Die Kollegen im Rücken, genug Platz links und rechts von seinen Schultern und über seinem Kopf, um nicht permanent irgendwo langzuschrammen. Es stimmte, dass er schmaler und kleiner war als Kienbaum. Er könnte im Zweifelsfall sogar wenden und müsste nicht rückwärts kriechen wie der Kollege, falls er ganz schnell hier rausmusste.

Diese Möglichkeit schien die Hälfte seiner Hirnkapazität zu beanspruchen, und die andere Hälfte brauchte es, um diesen Gedanken die ganze Zeit zu unterdrücken: dass er hier ganz schnell rausmusste.

Angst vor der Panik.

Denn während er seine dunkle Hose ruinierte, kam der Abzweig zum anderen Gang immer näher, da vorne, wo Kienbaum nicht mehr weiterkonnte. Das Licht seiner Stirnlampe huschte im Rhythmus seines Atems über die niedrige Wand vor ihm, wenn er den Kopf hob, aber das war anstrengend, es zog im Kinn und im Nacken, einfacher war es, den Blick und das Licht auf den Sandboden gerichtet zu halten. Dass er am Ende angekommen war, sah er daran, dass die Kabel, die eben noch links von ihm verlaufen waren, jetzt der Wand folgend einen engen Bogen beschrieben und dann nach rechts im Dunkeln verschwanden.

Er drehte den Kopf zur Seite. Die Rohre endeten hier, der Abzweig nach rechts war darum niedriger und schmaler, er war wirklich nur noch ein Kabelschacht. Danowski atmete flach, als wollte er kein Geräusch machen. Die Kollegen hatten aufgehört, ihn zu rufen, sie sahen ja, dass er da war. Es war, als schwiegen sie pietätvoll. Er erschrak, als ihm klarwurde, wie wenig Raum seine Stirnlampe erleuchtete, weil nur noch so wenig tiefer und schmaler Raum übrig war. Dann erschrak er, weil er sich fragte, ob er noch genug Kapazitäten hatte, um den Kampf gegen die aufsteigende Panik noch einmal zu intensivieren. Letzte Offensive. Gleich war es geschafft.

Aber war es das? Kienbaum hatte recht: Da steckte jemand fest vor ihm. Und was Kienbaum verschwiegen hatte: Der Kabelschacht, den er jetzt beleuchtete, ging ziemlich steil nach unten. Er sah relativ deutlich das grobe Profil von Stiefeln und die Hosenbeine einer dunklen Jeans. Die Sohlen bewegen sich fast unmerklich, ein ganz klein wenig gegeneinander von links nach rechts, erst hielt er es für eine Illusion, die durch die Bewegung des Lichtkegels entstand, aber als er wieder den Atem anhielt und das Licht stabilisierte, wurde ihm klar, dass die Bewegungen echt waren: das Ende eines Todeskampfes.

Da vorne starb jemand.

Das Problem war: da vorne, das bedeutete etwa zehn Meter von ihm entfernt. Im Freien wären das sechs, sieben entschlossene Schritte. Aber hier drinnen?

38. Kapitel

Tracy Harris musterte sie von der Seite. Ein vages Profil, ein dummes, breites Gesicht, in dem die hellbraunen Augen so müde waren wie die Haut, die sie umgab.

«Was willst du von den Polizisten? Warum beobachtest du die Wohnung?», fragte Tracy Harris, weil es ihr vielleicht nicht zu mühsam, aber im Moment ganz bestimmt zu langweilig war, die Sie-Form zu bilden.

«Was willst *du* von den Polizisten?», fragte die Frau zurück, es dauerte eine Weile, bis sie sprach, und die Worte kamen im flächigen, sturen Akzent der Mallorquiner.

Tracy Harris drückte ihr die Waffe jetzt so tief in die Seite, bis sie Widerstand fand, Rippen oder Organe, und sobald die Frau, was nicht lange dauerte, bis zur Fahrertür zurückgewichen war, riss sie ihr alles aus den Taschen, was sie finden konnte. Ein Feuerzeug, noch ein Feuerzeug, ein weiteres Feuerzeug, eine halbvolle Schachtel Papiertaschentücher «Solo Talent», ein paar zusammengefaltete Euroscheine niedriger Werte.

«Wer bist du?», fragte Tracy Harris und stellte sich innerlich darauf ein, demnächst mit dem Schlagen anzufangen: Was weißt du? Was weißt du? Was weißt du?

«Ningú. No sóc ningú», sagte die Frau. Niemand.

Nein, sie konnte einen Menschen nicht schlagen.

«Wer bist du?»

«Ningú.»

Sie ließ immer die anderen schlagen, weil ihr selbst dafür offenbar das Talent fehlte.

«Was willst du hier?»

294

«*Res. No vull res.*» Nichts.

Tracy Harris langte mit dem linken Arm zwischen den Sitzen durch auf die Rückbank, wo sie ein altmodisches Verbandszeug in braunroter Kissenform mit beigefarbenem Kreuz gesehen hatte, sicher längst abgelaufen, obwohl die Deutschen ja sonst sehr penibel waren in diesen Dingen. In fast einer einzigen Bewegung riss sie der Frau die Hand mit dem gebrochenen Finger vom Steuerknüppel, schob mit der linken das Verbandskissen davor und feuerte dann, indem sie den Revolver fest eindrückte, durch das Kissen und durch die Hand der Frau.

39. Kapitel

«Adam? Adam!»

Keine Zeit, denen jetzt was zu erklären. Die wollten ja nur sich selbst beruhigen und nicht ihn.

Der gute Ort. Dies hier war das Gegenteil davon.

Er schob sich in den Kabelschacht, wobei er die Schultern verdrehen musste, um hineinzupassen. Er setzte noch einmal an, diesmal mit ausgestrecktem rechtem Arm. Das machte ihn noch schmaler, und den Arm würde er brauchen, wenn er den, der da vor ihm feststeckte, irgendwie rausziehen wollte.

Er merkte, dass er nicht mehr in dem Ausmaß atmen konnte, wie er es vielleicht gern hätte. Es reichte für ein paar Minuten. Aber nicht für ein paar Stunden.

Der da vorne, Iwoleit, erstickte gerade.

Womit sich auch die Frage erledigte, die ihn die ganze Zeit beschäftigte: noch neun, acht, sieben Minuten, bis die Feuerwehr kam, aber stimmte das? Frühester Ankunftszeitpunkt hieß ja nur, dass sie nicht früher kam, aber möglicherweise später.

Besser, man ging vom Schlimmsten aus.

Dann der erste Einschuss heller, völlig unabgeblendeter Panik. Bis eben dachte er, dass er sich mühsam mit einer Art Schwimmflossenschlag der Beine würde fortbewegen müssen, aber jetzt merkte er, dass er nach vorne und damit nach unten rutschte, wenn er sich allzu schmal machte. Als er reflexartig die Anspannung in seinen Schultern löste und sich wieder breiter machte, hatte er sofort das Gefühl, festzustecken.

Er war noch nicht tief im Schacht. Er atmete schneller, und sofort bekam er weniger Luft. Noch konnte er zurück. Er dachte an das Nachbarschaftsheim Bahrenfeld, an den Teppichboden, an die Rosine, an den vergleichsweise heimeligen Geruch der Wolldecken in allen Farben des antroposophischen Regenbogens, und er probierte durch die Panik hindurch seinen Rückzug.

Es ging, wenn er die Schultern leicht anspannte und sich mit den Hüften vor- und zurückbewegte und gleichzeitig mit den Schuhen links und rechts an der Schachtwand abwechselnd festdrückte, um sich selbst nach hinten zu ziehen.

Es ging immerhin so gut, dass er merkte: Er musste weitermachen, denn er kam auch wieder zurück. Er musste weitermachen, denn der da vorn bewegte sich inzwischen gar nicht mehr. Und er brauchte ihn noch. Der da vorne musste seinen letzten Fall zum Ende führen, und er brauchte ihn auch, damit er nicht den Rest seines Lebens sagen musste: Am Ende war ich zu langsam, am Ende bin ich umgekehrt. Ich konnte nichts mehr tun, weil ich nicht mehr konnte.

Dann hörte er ein Geräusch hinter sich, es war wieder Kienbaum, vielleicht vier, fünf Meter hinter ihm.

«Adam, beweg deinen Fuß nach rechts.» Kienbaums Stimme wurde durch Danowskis Körper gedämpft. Normalerweise drehte man sich um, wenn man jemanden hinter sich nicht gut verstand. Daran war nicht zu denken.

«Nein, den anderen. Noch mehr. Nein, noch einmal. Höher. Jetzt nach rechts. Okay.» Es war umständlich. Es dauerte. Was sollte das?

Und dann spürte er, wie Kienbaum ihn am Knöchel packte, aber das konnte ja nicht sein, sein Arm war nicht so lang, und er passte nicht in diesen Schacht.

Das Gefühl wurde enger, fast schmerzhaft. Er hörte undeutlich, wie Kienbaum ihm geduldig erklärte, dass der Betriebsleiter ein Seil gebracht hatte, und dass Danowski die Schlinge jetzt um den rechten Fuß hatte, und wenn er feststeckte, würden sie ihn rausziehen.

Und dann passierte etwas, das im Grunde sein ganzes Leben und seine ganze Weltsicht umschrieb: Er wusste, dass es unmöglich war (weil, wenn er wirklich feststeckte oder endgültig in Panik geriet oder das Bewusstsein verlor, sein Körper so träge werden würde, dass er wie ein Korken im Flaschenhals säße), und trotzdem tröstete es ihn und ließ ihn weitermachen.

Er merkte, dass er nicht mehr viel Luft hatte, vielleicht noch für eine Strecke, die so lang war wie er selbst. Und er hätte schwören können, dass sein ausgestreckter Arm inzwischen völlig taub war, die Hand an seinem Ende, die schon gar nicht mehr zu ihm zu gehören schien, aber das stimmte nicht, denn jetzt fühlte er Gummi und Dreck und Hosenbein, und er packte den Unterschenkel oberhalb des Stiefelschafts. Und auch wenn dieser Unterschenkel in seiner Hand nass und rutschig war von Urin, merkte er, dass er immer wieder Halt daran fand, und dass der Körper vor ihm sich bewegen ließ, und dass, als dieser Körper einmal angefangen hatte, sich zehn, zwanzig Zentimeter zu bewegen, der Atem wieder in Iwoleit ging.

Und dann gab Danowski mit seinem rechten Bein ein Signal, das sie nicht vereinbart hatten, aber Kienbaum verstand es trotzdem, drei Mal kurz ziehen, und er antwortete, indem er seinerseits an seinem Seilende zog. Und siehe da, okay, es hätte ihn im Zweifelsfall nicht gerettet, damit lag er schon richtig, aber: Es half.

Er lächelte, und dann wurde ihm sehr viel schwärzer vor Augen, als es ohnehin schon war.

40. Kapitel

Als sie ihr den Finger gebrochen hatte, hatte die Frau ihren Schrei noch unterdrückt. Weil sie offenbar noch weniger gern Aufmerksamkeit erregen wollte, als Zeit mit Tracy Harris zu verbringen. Jetzt entriss sich ein entsetzliches Gurgeln ihrer Kehle, das sehr viel lauter war als das Schussgeräusch, denn das hatte, durchs Kissen gedämpft, wie das Zuschlagen eines Mülleimerdeckels geklungen. Tracy Harris spürte, dass Gänsehaut sich auf ihrem ganzen Körper ausbreitete. Sie hatte nie aufgehört, vor sich selbst zu erschrecken.

Die Frau hielt ihre Hand so weit wie möglich von sich gestreckt, und Tracy Harris musste dem misshandelten Stück Fleisch ausweichen. Sie hob die Reste des Kissens an das Gesicht der Frau. Aus dem war alle Farbe gewichen bis auf die dunkleren Pigmente des Mittelmeerraums. Sie drückte den Revolverlauf in Schläfennähe dagegen. Der Plan war, dass die Frau jetzt antworten würde, weil der Schockzustand für ein oder zwei Minuten wie ein Wahrheitsserum wirken konnte, bevor er jede weitere Unterhaltung unmöglich machte.

«Wer bist du?», fragte sie noch einmal.

Die Frau atmete schwer, und Tracy Harris konnte ihr Gesicht hinter dem Kissen nicht erkennen, aber sie hörte, wie sie zur Antwort gab: *«La senyora.»* Und selbst durchs Kissen klang es klar und fast ein wenig stolz.

Während Tracy Harris darüber nachdachte, dass diese Antwort einerseits zwar offenbar stimmte, andererseits aber keinen Sinn ergab, der über die primitivste inhaltliche Ebene hinausging, während sie also damit beschäftigt war, womit Analystinnen normalerweise beschäftigt waren, nämlich mit dem Analysieren von Informationen, währenddessen also warf sich die Frau, die sich die Senyora nannte, noch einmal in ihre Richtung. Mit der Kraft und der Verzweiflung eines Tieres, das spürt, es geht zu Ende, aber vielleicht gibt es noch eine allerletzte Chance.

Tracy Harris schnappte nach Luft, während die Senyora ihr die zerfetzte Hand ins Gesicht drückte, sie meinte, die Haut, die Sehnen und vor allem die scharfkantigen Enden zersplitterter Knochen zu spüren, und vor ihrem inneren Auge wurde das Menü mit ihren Handlungsoptionen immer kürzer, bis es nur noch zwei, dann schnell nur noch eine umfasste.

Tracy Harris drückte ab, bevor das Kissen und der Revolver den Kontakt zum Gesicht der Senyora verloren. Diesmal war der Rückstoß stark, weil der Winkel ungünstig war und sie nicht dagegenhalten konnnte. Sie rieb sich leise fluchend das Handgelenk, zumindest verstaucht.

Dann stieg sie aus, ohne den Körper der Senyora eines Blickes zu würdigen. Gut, in ihrem Bericht würde sich das alles schlüssig lesen, das war für sie keine Herausforderung. Behinderung einer Operation, Verdachtsfall feindlicher Agententätigkeit, Kampf- und Notwehrsituation. Aber was in ihr nachhallte, war der Eindruck, dass die Frau, die sich die Senyora nannte, es darauf angelegt hatte, von ihr erschossen zu werden: *suicide by cop*, Selbsttötung durch Provozieren der Polizei. Wobei sie nur im allerweitesten, übertragenen Sinne Polizistin war.

Sie lehnte sich ans Auto und ließ die Luft in ihre Lungen ziehen, fast ohne zu atmen. Ihr Herzschlag beruhigte sich. Und als sie ihr Telefon herausnahm, wählte und dann sprach, war ihre Stimme ganz ruhig.

«Harris. Ich brauche einen Lkw mit Kühlcontainer», sagte sie, und dann gab sie im sanften, geschwungenen Englisch ihrer Südstaaten-Heimat ihre Personalnummer und ihren Standort durch. Wenigstens musste sie den *meat waggon* nicht mehr selber fahren.

41. Kapitel

«Ich weiß nicht, was ich sagen soll.» Er musste die Worte finden wie Luft in einem Vakuum, sie waren also eigentlich unmöglich, und als er sie doch ausgesprochen hatte, schienen sie gefiltert durch eine Sedimentschicht von Trauer und Sinnlosigkeit.

«Sich bedanken wäre eine Möglichkeit», sagte der alte Polizist.

Trickster kam sich flach und fast körperlos vor unter der Krankenhausdecke, die er bis zu seinem Kinn hochgezogen hatte. Statt zu antworten, stieß er nur ein wenig Luft durch die Nase. Ihm war selbst nicht klar, ob er den Vorschlag abwegig fand oder ob er einfach nur seine Atemwege klären wollte. Der alte Polizist saß auf dem Besucherstuhl und sah aus wie die Leute, die ihn im Backshop immer nicht anschauten, wenn sie ihren Latte macchiato bestellten, darauf warteten, bezahlten und dann grußlos wieder in der Menge verschwanden. Schöner Pullover, Jeans mit Bundfalten, das graue Haar nass zurückgekämmt. Wie ein Vater, dem alle anderen ungeliebte Kinder waren. Der andere Polizist war klein und sah mitgenommen aus, müde um die Augen, der Anzug zerknittert, ein bisschen Schorf über der Schläfe. Er lehnte an der Wand und sagte wenig.

«Danke», sagte Trickster. Er kannte sich selbst nur noch unter diesem Namen, vielleicht noch als Sebi, so nannten sie ihn im Backshop. Aber die Polizisten, die in seinem Krankenzimmer standen, nannten ihn Herr Iwoleit, und dieser Name gehörte zu einer unüberschaubaren Liste unmöglicher Dinge, mit denen er nichts mehr anfangen konnte.

Der Polizist an der Wand machte eine wegwerfende Handbewegung: nicht der Rede wert. Trickster fühlte sich, als müsste er alles mühsam decodieren. Vielleicht war das ironisch gemeint, der Polizist hatte immerhin, so viel war ihm klar, sein eigenes Leben riskiert oder zumindest sein Wohlbefinden, aber für Ironie hatte Trickster keine Kapazitäten mehr. Er sehnte sich nach der Dunkelheit und nach einem Versteck.

«So, noch mal von vorne», sagte der alte Polizist. «Wir haben ja Zeit. Über Ihre Frau reden wir noch. Unglücksfall scheint mir unwahrscheinlich, sage ich Ihnen ganz ehrlich. Ziemlich viele Tote in Ihrem Umfeld, so insgesamt. Aber während wir auf den Anruf von Ihrem Geschäftsführer warten, erklären Sie uns doch einfach mal, wie Sie Oliver Wiebusch erschossen haben, wo die Waffe ist, woher Sie sie hatten, und wie Sie in den Elbtunnel und dann wieder rausgekommen sind. Gänge da kennen Sie ja offenbar gut. Fangen wir vielleicht damit noch mal an. Neustart, sozusagen.»

Zu viele Fragen auf einmal. Der alte Polizist redete zu viel. Trickster hatte keinen größeren Wunsch, als die Augen zu schließen und die sinnlose Zeit verstreichen zu lassen, bis sie ihn hier rausließen und er für immer verschwinden konnte. Andererseits, wenn er gar nichts sagte, dann würden sie ihn noch viel länger nicht gehen lassen.

«Warum sollte ich den …», der Name fiel ihm immer noch schwer, «Wiebusch umbringen?» Das war sein Feind oder zumindest sein Gegner gewesen, aber seine Abwesenheit nützte ihm gar nichts. So viele Tote in seinem Umfeld. Zwei. Ja, das waren viele. Er dachte an Erdmännchen und klammerte sich fester an die Bettdecke.

«Das fragen wir ja Sie», sagte der alte Polizist ungeduldig.

«Das war …» Trickster suchte nach Wörtern und griff ins Leere.

«Ihr Konkurrent. Ihr Todfeind», bot der alte Polizist mit endgültiger Autorität an.

Trickster schüttelte den Kopf, sachte, vielleicht stellte er es sich auch nur vor. «Nein. Das war ein Spiel. Wie ein Spiel. Das war … wir gehörten zusammen.»

«Oliver Wiebusch und Sie?»

Darauf mit Ja zu antworten, wäre auch wieder falsch gewesen.

«Sie lieben die Welt unter der Erde und in den verlassenen Gebäuden, Sie suchen die Einsamkeit, aber die Einsamkeit, die Sie suchen, ist besser zu ertragen, wenn man mit jemandem darum kämpft, weil man sie dann mit jemandem teilt», sagte der zerknautschte Polizist von der Wand, seine Stimme neutral, fast gelangweilt, es schien ihn anzustrengen, das Offensichtliche für Trickster und den anderen Polizisten übersetzen zu müssen.

Trickster nickte. «Vielleicht. Ja.»

«Du redest ein Zeug zusammen, Adam», sagte der alte Polizist, unfähig, seinen Ärger zu verbergen. Der Polizist, den er Adam genannt hatte, widersprach nicht. Die beiden schienen auch ganz gut eingespielt in ihrer Gegnerschaft, die brauchten einander in Wahrheit auch, aber diese Erkenntnis war nur ein schwaches Glimmen in Tricksters Synapsen.

«Finde dein Grab», sagte der alte Polizist. «So eine Art Erkennungszeichen von Ihnen, ja? Und was soll das bedeuten?»

Es war, als hätte ihn jemand gefragt, warum die Krankenhausbettwäsche weiß war und nicht schwarz. Es war eben so, und die Gründe waren so offensichtlich und so grundsätzlich, dass man sie vergessen konnte. Es blieb dabei: Trickster wusste nicht, was er sagen sollte.

«Darauf läuft alles hinaus», sagte der andere Polizist, der mit Vornamen Adam hieß.

«Sehe ich auch so», sagte der Alte. «Das verbindet unsern Herrn Iwoleit hier mit dem Tatort am Elbtunnel und dem Tatort im Hochbunker ...»

«Nein, so meine ich das nicht», unterbrach ihn sein Kollege. «Das ganze Leben läuft doch darauf hinaus, dass man am Ende im Grab liegt. Also ist, wenn man so will, das ganze Leben die Suche nach dem Grab. Leben heißt, sein Grab finden.» Trickster ahnte, dass der andere Polizist sich nur deshalb in ihn hineinversetzte und das aussprach, als wäre es eine Selbstverständlichkeit, um den alten Polizisten vorzuführen, aber dennoch fühlte er sich in gewisser Weise verstanden und erkannt. Vielleicht stimmte es nicht ganz, aber andererseits stimmte es genau, er konnte nicht unterscheiden, aber er ahnte, dass sein Leben für diesen Moment leichter würde, wenn er nickte; also nickte er.

«Warum haben Sie Ihre Frau in den Treppenschacht gestoßen?», fragte der alte Polizist. «Sie waren eifersüchtig. Weil sie was mit Oliver Wiebusch hatte.»

«Sie ist gestürzt», sagte Trickster schwach, denn er brauchte all seine Kraft, um sich das nicht vorzustellen, Erdmännchen und Oliver Wiebusch. «Wir haben gespielt.»

«Tolles Spielchen. Klingt richtig nett. Können wir gleich mal anfangen mit Hausfriedensbruch, Sachbeschädigung, ganze Reihe von weiteren Delikten, das hängt ja alles zusammen, klar, Kleinigkeiten im Vergleich zu, sagen wir mal, einem Totschlag und einem Mord, aber erst mal auf jeden Fall genug, um Sie in die JVA zu schicken. Ochsenzoll hat auch 'ne Krankenstation, wissen Sie, mit den paar

Quetschungen sind Sie da ganz gut aufgehoben, Staatsanwaltschaft meldet sich, sobald der Richter ...»

Als könnte die ganze Welt das Gerede nicht mehr ertragen, klingelte das Telefon des anderen Polizisten. Er betrachtete Trickster mit seinen ausdruckslosen dunklen Augen, während er ranging.

«Danowski. Ah, ja, danke, dass Sie zurückrufen. Sie wissen, worum ... Ja, sehr gut. Und haben Sie das nachvollziehen können? ... Genau, das ist der Tag und der Zeitraum.» Der Polizist hörte zu, und in seinen Augen veränderte sich nichts. Der war mit seinen Gedanken ganz woanders, dachte Trickster. Der hörte zu und dachte gleichzeitig über was anderes nach. «Wie viele sind das? Die Sie persönlich ... Gut. Ja, erst mal schon. Sie bekommen dann noch Post von uns, und es wäre nett, wenn Sie nächste Woche ... genau. Ja, da müssten Sie aufs Präsidium kommen. Ja. Danke.»

Er steckte das Telefon wieder in seine Jackentasche und machte eine Kunstpause.

«Das war der Geschäftsführer von Ihrem Backshop», sagte er, und dann nichts mehr, als wäre das Information genug.

«Und?», fragte der andere Polizist mit der pausenlosen Ungeduld des unzufriedenen Endfünfzigers.

All diese Leute auf der Flucht vor ihrem Ende und vor der Vergänglichkeit, diese Ungeduld, mühsam kaschiert hinter Konventionen und Ritualen. Trickster konnte es nicht mehr ertragen. Er spürte nichts als Traurigkeit und ausgehöhlte Geduld. Zumal er genau wusste, was der Polizist an der Wand jetzt sagen würde, nämlich: «Herr Iwoleit hat ein Alibi für die Tatzeit. Der Geschäftsführer hat die Dienstpläne und die Stundenzettel kontrolliert und zwei Kolleginnen gefragt, die die gleiche Schicht hatten. Sie haben die Wahrheit gesagt, Herr Iwoleit. Aber das wissen Sie ja bereits.»

«Überprüfen wir natürlich», sagte der andere.

«Klar überprüfen wir das», sagte der an der Wand mit dem gleichen ruppigen, leicht arroganten Tonfall, in dem er sozusagen vorhin auch die wegwerfende Handbewegung gemacht hatte. Trickster glaubte nicht, dass dieser Polizist beliebt war bei seinen Kollegen. «Aber im Moment halte ich das erst mal für vertrauenswürdig. Ihr Vorgang liegt wegen dem ganzen anderen Kram zwar immer noch beim Haftrichter, aber …» Der Polizist stieß sich von der Wand ab, ging zum Fenster und blickte hinaus. «… verdächtig im Mordfall Oliver Wiebusch sind Sie im Augenblick nicht mehr.»

«Und die Frau? Was ist mit der? Da haben wir ja wohl astrein etabliert, dass der Herr Iwoleit hier zum Todeszeitpunkt im selben Bunker war, das streitet er ja auch gar nicht ab», sagte der andere Polizist, der halb vom Stuhl aufgestanden war, als wollte er seinen Kollegen aufhalten.

«Jaja», sagte der zerknautschte Polizist und ging zur Tür. «Aber das ist dann ja dein Fall, Knud, nicht wahr, meiner hat sich gerade, na ja, ich möchte mal sagen: verlagert. Wohin, weiß ich noch nicht. Aber … das sind nicht mehr meine Themen hier.»

«Dann schick mir wenigstens Kienbaum, wenn du mich hier sitzenlässt. Das ist jetzt hier auch kein Beweis deiner Teamfähigkeit, Adam Danowski.»

«Ruf ihn dir selber an.»

Es war erstaunlich, wie offen die Menschen redeten, wenn man vor ihnen im Krankenbett lag. Das registrierte Trickster schwach. Der Inhalt ihres Gezänks interessierte ihn nicht.

Erdmännchen war immer noch tot.

Der bleiche Diener war immer noch tot.

Für ihn hatte sich die Situation so gut wie nicht verändert. Vielleicht würde er weinen können, wenn er endlich alleine wäre. Sobald man wieder in der Menschenwelt war, brauchte man immer irgendeinen Plan für die Zukunft, und wenn er noch so klein war.

«Kennen Sie eigentlich Susanne Thomsen?»

Es dauerte, bis ihm klarwurde, dass die Frage an ihn gerichtet war.

«Nein.»

«Das ist eine Nachbarin von Oliver Wiebusch, die uns anonym angerufen hat, und ich frage mich, was für Informationen sie für uns haben könnte. Leider ist sie seit zwei Tagen nicht nach Hause gekommen, und wir erreichen sie nicht. Ist die Ihnen nicht mal aufgefallen? Auf Ihrer Zeitungstour? Und die kannte sich offenbar auch ein bisschen in den Tunneln aus, zumindest in dem Teil, der durch den alten Rettungsweg an der Lärmschutzwand erreichbar ist.»

«Nein.» Dauerte seine Antwort so lange, wie es ihm vorkam? «Es sind in letzter Zeit viele in den Tunneln.»

Der Polizist nickte. «Warum eigentlich ‹Trickster›?»

Sein vertrauter Name, den er nur vom Bildschirm und aus seinem eigenen Kopf kannte, ging Trickster durch und durch. Er merkte erst jetzt, dass in gewissem Sinne auch Trickster tot war, und dass es ihn nie wieder geben würde.

«Wegen der Sonne», sagte er, inzwischen fast dankbar, etwas zu tun zu haben, und wenn es nur die Suche nach Wörtern und ihr unbehagliches Aussprechen war.

«Ich verstehe Ihren medizinischen Zustand und versuche auch, Ihren Rückzug aus der Welt oder wie man das nennen will, so weit es geht zu respektieren», sagte der Polizist von der Tür in leicht erschöpftem Tonfall, «aber bitte geben Sie sich Mühe, mir verständlich zu antworten.»

«Wegen der Sonne, die er verschluckt hat. Ein Rabe aus der Mythologie der Indianer. Im pazifischen Nordwesten. Der alles durcheinanderbringt und der die Sonne verschluckt, sodass es für immer dunkel ist.» Jetzt hatte er gar nichts mehr in sich. Seine eigenen Sätze klangen ihm wie eine Grabinschrift für den Trickster, der er einmal gewesen war.

«Verstehe», sagte der Polizist, «oder auch nicht. Hauptsache keine Sprichwörter.» Dann nickte er seinem älteren Kollegen zu und verließ das Zimmer.

Trickster griff um am Deckenrand, weil er merkte, dass seine Hände die Stellen, die sie gehalten hatten, längst durchgeschwitzt hatten. Er zog die Decke ein wenig höher und atmete die dunkle Luft darunter, aber sie wollte ihn nicht beruhigen.

«So», sagte der alte Polizist. «Jetzt noch mal von vorn. Warum haben Sie Ihre Frau in den Treppenschacht gestoßen?»

42. Kapitel

Danowski lief durch die große Vorhalle des neuen Hauptgebäudes vom Universitätsklinikum, das mehr aussah wie ein Hotel als wie ein Krankenhaus. Er fand es seltsam, dass die Welt immer schöner und immer hässlicher zugleich wurde. Für einen Moment hatte er ein schlechtes Gewissen, weil er einen unschuldigen Verdächtigen mit Behling allein ließ. Aber man konnte es auch andersherum sehen: Sebastian Iwoleit hatte in den letzten Tagen so viel durchgemacht, darauf kam es jetzt auch nicht mehr an.

Auf dem Weg zum Besucherparkplatz geriet er ins Schwitzen: komisch flache Novembersonne, die plötzlich dreizehn, vierzehn Grad entfachte, davon war heute Morgen auch keine Rede gewesen, verdammter Wollmantel. Schon von weitem sah er, dass Jurkschat auf dem Beifahrersitz ihren Pferdeschwanz umfasste, als müsste sie sich irgendwo festhalten. Er traute sich schon gar nicht mehr, nach ihrem Ohr zu fragen.

«Hab schon gehört», sagte Jurkschat, als er sich hinters Steuer setzte. «Das Alibi von Iwoleit scheint in Ordnung zu sein.»

«Behling ist noch nicht sicher wegen der abgestürzten Frau, aber das ist ja nicht unser Problem.»

«Sondern Susanne Thomsen.»

«Ganz genau.»

«Während du mit Behling den Verdächtigen verhört hast, hat die Chefin das alles ein bisschen größer aufgezogen, sagt sie. Kienbaum hat angerufen und mir das erzählt.»

«Will heißen?»

«Sie hat ein paar Zielfahnder ins Boot geholt. Die Thomsen gilt jetzt offiziell als flüchtig. Und es geht darum, sie so schnell wie möglich zu finden.»

«Sind die Zielfahnder schon dabei, ihr Zeug zu machen?»

«Ich glaub schon. Schauen wir uns das an?»

«Ich hätte jetzt eigentlich lieber noch mal mit den Nachbarn geredet, und dann mit dem Exmann von Susanne Thomsen.»

«Der wohnt auch da unten. Das ist doch wieder ein einziges Gegurke. Lass uns erst mal schauen, was die Zielfahnder an die Wand gebracht haben. Vielleicht hilft uns das, die Thomsen zu finden», sagte Jurkschat.

«Du hast nur keinen Bock, schon wieder im Stau zu stehen.»

«Das auch.»

Danowski fuhr Richtung Stadtpark und Norden auf den Ring zwei, und während er Jurkschat vom Verhör erzählte, lenkte er mit links und wühlte mit der rechten Hand über ihren Knien im Handschuhfach herum.

«Andere Leute kommen wegen so was ins Gefängnis.»

«Weil sie ihre Sonnenbrille suchen?»

«Weil sie die Kontrolle über ihr Fahrzeug verlieren und …»

«Hier, halt mal.» Danowski schob ihr einen Stapel Kram und Zeug auf den Schoß. Er hoffte, dass kein im Handschuhfach vergessener Apfelgriebsch oder ein mitten im Lutschen in Ungnade gefallener Lolly dazwischen war. Jurkschat hielt mit spitzen Fingern den maroden Stapel aus alten Stadtplänen, leeren CD-Hüllen und losen Blättern.

«Na gut», gab Danowski auf und kniff weiter die Augen zusammen. Spätsommer im Spätherbst war vielleicht schön, wenn man ein Cabrio, einen Wegwerfbecher und ein schlichtes Gemüt hatte, aber er mochte es nicht, wenn die Chronologie der Jahreszeiten durcheinandergeriet. «Keine Sonnenbrille. Mir dann auch egal.»

Jurkschat griff sich ins Haar und reichte ihm ihre. Er seufzte. Die Welt in Dunkellila, mal was anderes. Sie hatte instinktiv angefangen, die Handschuhfach-Trümmer seiner Familie zu ordnen, dann hielt sie inne, stopfte den Rest im Urzustand hinein und schloss die Klappe.

«Ich ruf die Thomsen noch mal an», sagte sie und wählte die Nummer vom Exposé, die Leslie notiert hatte. «Weißt du, manchmal gehen die Leute tage- oder wochenlang nicht an ihr Telefon, und wenn man eigentlich schon aufgegeben hat, aber dann probiert man es doch noch mal, dann …»

«Versteh schon», sagte Danowski. «Ein toller Plan. Vor allem würde ich gern das Gesicht der Zielfahnder sehen, die gerade umsonst ihre Fädchen ans Personagramm machen: Wieso, wir haben einfach angerufen, und die Flüchtige ist rangegangen.»

Jurkschat bekam diesen abwartenden, leicht leeren Blick von Leuten, die gerade ein Freizeichen hatten. Sie wandte ihm den Kopf zu und sagte: «Und, wie geht's dir so? Alles gut überstanden? Muss ja doch ganz schön krass gewesen sein für dich, da unten in dem, da, in dem Schacht.»

«Klacks für mich», ächzte Danowski und umklammerte das Lenkrad, weil bei der Erinnerung an die Minuten im Schacht seine Hände schon heute Morgen zu zittern begonnen hatten.

«Hat sich der Iwoleit bei dir bedankt?», fragte Jurkschat, als sie den Anruf wieder beendete: Mailbox, offenbar.

«Das war auch Behlings erste Sorge», sagte Danowski.

«Und ganz ehrlich: Warum sollte er. Wofür zahlt man schließlich Steuern.»

«Muss ja ein armes Schwein sein, der Typ», sagte Jurkschat. «Ich meine, diese triste Wohnung, und dann immer dieser Rückzug in diese … Unterwelt. Mal wieder jemand, der sich im echten Leben nicht zurechtfindet, oder nicht?»

«Hm», machte Danowski, der beobachtete, wie sie das Exposé von der Hainapfel-Siedlung faltete. «Echtes Leben, keine Ahnung, was das sein soll. Für mich ist das jemand, der akzeptiert hat, dass es verschiedene Arten zu leben gibt, und der sich für eine entschieden hat, für die er einiges an kleinkriminellen Delikten …» Er nahm ihr das Exposé aus der Hand. «Warte mal.»

«Du, das Auto fährt sich nicht von selbst, Adam.»

«Hier, siehst du das? Was Leslie notiert hat?»

«Die Nummer, ja. Hab ich ja gerade gewählt.»

«Und daneben, meine ich.»

«Nichts. Also nur ‹S. Thomsen›.»

«Genau.»

«Was, genau?»

Danowski gab ihr den Zettel zurück und trat aufs Gaspedal. Sein Vater wurde beim Fahren immer langsamer, wenn er Danowski eine Geschichte erzählte, was Danowski wahnsinnig machte, weil sein Vater, wenn Danowski ihn in Berlin besuchte, immer darauf bestand zu fahren, und weil er dabei immer viel erzählte. Bei ihm war's umgekehrt, vielleicht deshalb. Er gab Gas, wenn er redete.

«Erinnerst du dich an dieses ‹Tagebuch der Bedrohung›, das Baxmann auf dem Computer von Oliver Wiebusch gefunden hat? Das so komisch geschrieben war?»

«Es hat wieder angefangen, es mischt sich überall ein, es macht mir Angst und so weiter?»

«Genau», sagte Danowski. «Da steht ‹es›, aber gemeint

ist ‹S.›, genau wie auf der Notiz von Leslie: ‹S.› als Abkürzung von Susanne. Susanne Thomsen. Der Wiebusch hat das so ein bisschen verschleiert auf seinem Rechner, darum steht da nur ‹es›, aber er hat S. gemeint.»

«Okay», sagte Jurkschat. «Das … warum eigentlich nicht. Das macht Sinn. Man müsste das noch mal in Ruhe lesen, aber, ja, das könnte ein konkreter Hinweis sein, dass Oliver Wiebusch sich von Susanne Thomsen bedroht gefühlt hat. Und es ist nicht ganz unverdächtig, dass sie nach der Tat weg wollte aus der Siedlung.»

«Und meiner Frau gleich ihr Haus verkaufen, ja, danke, dass du mich daran erinnerst.»

Sie sah ihn von der Seite an. «Jedenfalls wird Susanne Thomsen uns einiges zu erklären haben», sagte sie. «Glaubst du, wir haben eine neue Tatverdächtige?»

Gut, zumindest hatten die Kollegen die Pinnwand im Präsidium so gut wie vollgekriegt.

«Die haben gerade noch eine andere Besprechung», sagte Jurkschat, «aber die kommen gleich. Wir können uns das ruhig schon mal anschauen.»

Danowski nickte und ließ den Blick über das Personagramm schweifen. In der Mitte zwei Fotos von Susanne Thomsen, der Nachbarin von Oliver Wiebusch. Das eine aus ihrem Führerschein, das andere ein Schnappschuss von einem Strand, feiner weißer Sand, Wetter durchwachsen, vielleicht friesische Inseln. So was bekamen die Zielfahnder meist von der Familie, in diesem Fall vermutlich vom Exmann. Von den Bildern aus gingen Pfeile zu vier verschiedenen Bereichen der Pinnwand, Quadranten, die überschrieben waren mit: «Familie», «Job», «Wohnort» und «Freizeit». Unter «Wohnort» fielen ihm die Bilder von Oliver Wiebusch und von der Familie Bressin ins Auge, der

Lageplan der Siedlung, Fotos vom Haus. Ein Fitnessstudio in der Nähe, eine Liste von Supermärkten und anderen Geschäften, die die Kollegen mit der Hilfe von Quittungen und EC-Karten-Abrechnungen angelegt hatten. Ihre Jogging-Strecke, rekonstruiert nach Zeugenbefragungen.

Unter «Familie» fiel ihm das Kinderbild auf, und erst jetzt wurde ihm klar, dass er den Sohn von Susanne Thomsen nie richtig wahrgenommen hatte, wenn er im Garten bei den Bressins spielte oder auf der Straße: Er hätte die drei Kinder nicht unterscheiden können. Jakob, drei Jahre alt. Daneben ein größeres Foto des Exmannes, Frank, Haare zurückgekämmt, ein paar Jahre älter, Scheidung rechtskräftig im vorigen Jahr, Leiter der Filiale einer Bausparkasse in Finkenwerder. Namen von Freunden, von weiteren Verwandten, seine Eltern ebenfalls in Finkenwerder, ihre in Münster, eine Schwester im Ruhrgebiet. Das Puzzle wurde unscharf vor seinen Augen, und er war dankbar, als Jurkschat ihm einen Kaffeebecher hinhielt. Das ganze Leben eines Menschen ließ sich in einem einzigen Schaubild darstellen, und es war nicht einmal besonders unübersichtlich oder komplex. Er fragte sich, ob sein eigenes nicht noch wesentlich detailärmer ausfallen würde.

«Ich bin gespannt, ob die irgendeine Vermutung haben», sagte Jurkschat. «Aber solange das Kind beim Vater ist, würde ich immer davon ausgehen, dass die Mutter dahin zurückkehrt oder zumindest versucht, mit ihm Kontakt …»

Danowskis Telefon klingelte. Er tippte mit dem Finger auf den Vermerk, den die Kollegen an die Wand geheftet hatten: richterliche Abhörgenehmigungen für das Mobiltelefon von Susanne Thomsen, von wegen, sie hatte keins, für ihren Festnetzanschluss und, mit Einverständnis ihres Exmannes, von seinen Telefonen. Jurkschat nickte.

«Danowski?»

«Adam, Anita Baxmann hier. Könnt ihr sofort in die Siedlung kommen? Zum Haus von Oliver Wiebusch?» Er hörte, wie der Wind sich mit dem Geräusch von ausgeatmetem Zigarettenrauch vermischte. Offenbar stand sie vor Wiebuschs Haus, weil im Keller der Empfang nicht gut war. Immer noch an den Rechnern zugange, das hatte er fast vergessen.

«Ganz schlecht im Moment», sagte er und schüttelte ein paar Hände, weil die beiden Kollegen von der Zielfahndung inzwischen in den Besprechungsraum gekommen waren.

«Nichts, was ihr im Moment so treibt, könnte wichtiger sein, als jetzt hier in die Siedlung zu kommen», sagte Baxmann und hustete. «Glaub mir.»

«Wir sind im Präsidium, bei der Zielfahndung. Wegen Susanne Thomsen. Das ist eine von den Nachbarinnen.»

«Ich weiß, die anonyme Anruferin.»

«Mehr als das», sagte Danowski. «Das ist im Moment unsere Tatverdächtige. Die andere Sache mit diesem Verlassene-Orte-Freak hat sich zerschlagen. Tut mir leid, ich glaube nicht, dass du irgendwas hast, was dagegen anstinken kann.»

Er machte den Kollegen, die er flüchtig zu kennen glaubte, an deren Namen er sich aber beim besten Willen nicht erinnern konnte, ein Zeichen mit der Hand und mit den Augen, das so viel bedeuten sollte wie: Bin gleich bei euch, die IT-Leute nerven mal wieder.

«Ich hab dir doch gesagt, dass ich vermute, der Wiebusch hat unter seinem Betriebssystem eine ganze weitere Ebene versteckt, oder vielleicht noch mehrere Ebenen. Jedenfalls hab ich jetzt ein Nadelöhr gefunden, durch das wir vielleicht …»

«Anita, das ist jetzt wirklich ganz schlecht im Moment.

Aber wir sind in einer halben Stunde oder so hier durch, und dann ...»

«Jedenfalls lasse ich gerade ein Skript laufen, und wenn ich Glück habe, können wir nach einem Neustart ...»

«Das heißt, wir sollen da rausfahren und zuschauen, wie irgendwelche Zahlenkolonnen oder so was da über den Bildschirm huschen? Nee, Anita, ich weiß nicht ...»

«Nein, so läuft das nicht, ich hab mich über einen externen Rechner mit Wiebuschs Set-up verbunden und simuliere jetzt eine ...»

«Anita, pass auf, ich muss jetzt Schluss machen, aber wir melden uns, versprochen, wir ...»

«Adam, da ist noch richtig viel Zeug auf den Rechnern, das wir noch nicht gesehen haben. Die Frage ist, ob ihr live dabei sein wollt, wenn euer Fall sich aufklärt, oder ob ihr ...»

«Ganz ehrlich, der Fall wird aufgeklärt, wenn wir die Verdächtige in Fleisch und Blut gefunden und vor uns haben, und wenn du uns dann helfen kannst, dann ...»

«Ich sag dir, du verpasst was. Lass doch Meta bei den Zielfahndern und komm raus, wir rauchen eine zusammen, und dann ...»

«Anita, danke, lass gut sein. Ruf an, wenn du durch bist oder drin oder was auch immer, ich muss jetzt Schluss machen.»

Er legte auf. «Ach, die Computer-Nerds», sagte er leicht übertrieben in die Runde, während er sein Telefon wegsteckte.

«Ja, die meinen's immer gut, die haben uns auch schon x-mal ein Programm empfohlen, mit dem man das hier alles am Bildschirm machen könnte, aber ...» Der Größere von den beiden, grauer Anzug und Krawatte, fliehendes Kinn und zu lange Haare, machte eine erklärende, fast liebevolle Handbewegung Richtung Pinnwand. Gute, alte Handarbeit.

«Man liebt, was man kennt», sagte Danowski, der sich nur noch in Allgemeinplätzen äußern konnte, weil sein Hirn vollauf damit beschäftigt war, die Namen der beiden zurückzuholen. Ging aber nicht. Dummerweise hatte er die Vorstellung verpasst, die Jurkschat abgewickelt hatte, während Baxmann ihm einen vom Computer erzählt hatte.

Der andere Zielfahnder, jünger, Vollbart, Cord-Anzug, ebenfalls mit Krawatte, fragte leicht ungeduldig: «Habt ihr noch irgendwelche Ergänzungen?»

«Ich weiß nicht, ob das unter ‹Freizeit› passt», sagte Danowski, «aber euch fehlt, dass sie sich mit uns in einem der stillgelegten Rettungsgänge treffen wollte. Mit mir, genauer gesagt. Warum der Treffpunkt und was sie uns sagen wollte, wissen wir nicht.»

«Wir hatten gehofft, ihr könntet uns dazu noch was Genaueres erzählen», sagte der andere Zielfahnder.

«Sie war da», sagte Jurkschat. «Aber sie muss es sich im letzten Moment anders überlegt haben. Oder sie wurde daran gehindert, mit uns zu reden. Als wir im Gang waren, ist jemand im Dunkeln an uns vorbeigelaufen zum Ausgang, zwei oder drei Personen, eine darunter vermutlich Susanne Thomsen. Wir haben eine Frau rufen oder schreien hören.»

«Wieso im Dunkeln?», fragte der mit dem Cord-Anzug.

«Jemand hat mir die Lampe aus der Hand geschlagen, und die Kollegin war zu weit hinter mir», sagte Danowski, gespannt, was jetzt kommen würde.

«Steht davon was in den Vermerken?» Eine rhetorische Frage von dem mit dem fliehenden Kinn.

«Offenbar nicht genug, sonst hättet ihr das ja gelesen», sagte Danowski patzig.

«Moment mal, jetzt mal der Reihe nach.» Der mit dem Cord-Anzug gab sich ganz gelassen. «Wir wollen ja nur verstehen, was da los war.»

«Und warum ihr unvollständige Vermerke schreibt.» Sein Kollege. Dreck, das war alles mit Ansage, damit hätten sie früher rechnen müssen. Missgeschicke bei der Ermittlung konnte man nur durch schnelle Erfolge verdecken. Und für schnelle Erfolge war es beim besten Willen zu spät.

«Das war eine unübersichtliche Situation, aber wir haben gehofft, die bald danach im Gespräch mit der Anruferin klären zu können. Das hat dann leider nicht geklappt», sagte Jurkschat, und Danowski musste anerkennen, dass das die Sache nüchtern auf den Punkt brachte. Allerdings hörte es sich außerordentlich kümmerlich an. Und er hatte keine Lust, sich von Kollegen, an deren Namen er sich nicht einmal erinnerte, wegen schlampiger Arbeit abkanzeln zu lassen.

«Was waren das für andere Leute, auf die ihr da offenbar gestoßen seid?»

«Vermutlich irgendwelche anderen Tunnelkriecher, Leute, die sich da rumtreiben in diesen Gängen, Spinner», sagte Danowski. Je vager man eine Personengruppe umschrieb, desto inkompetenter hörte man sich an. Die Kollegen runzelten alle verfügbaren Augenbrauen. Wären wir bloß zu Baxmann gefahren, dachte Danowski.

«Na gut», sagte der im Cord-Anzug. «Wahrscheinlich habt ihr recht.»

«Der Schlüssel zu Thomsen ist doch sowieso die Familie», sagte Jurkschat, «die will doch zu ihrem Sohn zurück.»

«Ja, auf die Idee sind wir auch schon gekommen.»

«Gut», sagte Danowski, der einen Ausweg sah, um

Jurkschat und sich aus diesem Gespräch zu befreien, «ich schlage vor, die Kollegin Jurkschat und ich fahren noch mal zum Elbtunnel und schauen da, wo Susanne Thomsen sich mit uns treffen wollte, ob wir irgendwas übersehen haben. Und danach schreiben wir einen vollständigen Bericht, der auch unseren ersten Aufenthalt dort mit abbildet.»

Die anderen beiden nickten und wandten sich wieder ihrer Pinnwand zu. Als sie schon an der Tür waren, sah Danowski, dass der im Cord-Anzug angefangen hatte, mit einer kleinen Kamera Fotos von der Wand zu machen. Falls jemand das Kunstwerk in Unordnung bringen sollte. Gut, sie hätten damit rechnen müssen, bei den Zielfahndern an echt pingelige Typen zu geraten.

Auf dem Gang wollte er Jurkschat gerade nach ihrem Ohr fragen, und sie fing gleich an, sich zu beklagen, dass ständig neue Leute ins LKA kamen, und bei ihnen wurden die Stellen reduziert, da klingelte schon wieder sein Telefon.

Eines Tages schlag ich's kaputt, dachte er, und es wird ein schöner Tag sein.

Die Nummer war seine eigene, zu Hause, irgendwas hatte er vergessen, Kinder abholen, Arzttermin, Nachmittag getauscht mit Leslie. Er ging ran und wappnete sich so gut es ging gegen die nächste Niederlage.

«Adam, hier ist Finzi.»

«Puh, Gott sei Dank. Ich dachte, ich hätte was bei Leslie versiebt.»

«Nee, aber …»

«Du, Finzi, was ist denn, ist schlecht gerade.» Er blieb auf dem Gang zum Fahrstuhl stehen und gestikulierte Jurkschat, sie solle schon vorgehen.

«Wann kommst du denn nach Hause heute?»

Danowski lehnte sich an die Wand und rieb sich die Stirn.

«Wieso, willst du mir was kochen?»

«Nee, ich …»

«Finzi, was ist los?»

«Ach, nichts. Mann, ich bin einfach nicht mehr gern allein zu Hause, ich …»

Hinter ihm ging die Tür auf, und die Kollegen von der Zielfahndung liefen an ihm vorbei. Die gingen offenbar auch zu zweit aufs Klo. Er nickte ihnen hinterher, aber sie sahen ihn nicht, oder taten so, erfolgreich.

Danowski dachte an den Kräuterlikör, den Whisky und den Aperol, den sie im Schrank hatten und den sie extra nicht wegräumten, seit Finzi da war, als Zeichen, dass sie ihm vertrauten, und jetzt wusste er nicht mehr, ob das eine gute Idee war. Finzi musste da raus, das war auch klar. Aber wohin? Und um den Kram, den Finzi aus dem Pflegeheim erzählt hatte, hatte er sich auch noch nicht wieder gekümmert.

«Mach dir den Fernseher an», sagte Danowski. «Ich bin in zwei Stunden zu Hause.»

43. Kapitel

«Du, glaubst du, dass das gut ist für Finzi und für dich? Also für euch? Wenn der da bei euch …, ich meine, das ist doch beengt.»

Danowski fuhr. Drei Stationen, hatte er vorgeschlagen: auf dem Weg zum Elbtunnel ein kleiner Abstecher in die Neustadt, zur Goldschmiede von Yvonne Bressin. Wenn die Zielfahnder sich um die Familie kümmerten, konnten sie ja mit der noch mal reden, Susanne Thomsen war schließlich ihre Freundin. Danach pro forma Elbtunnel-Rettungsgang, und dann je nach Verkehrslage zu Anita Baxmann, falls sie schon so weit war, um ihnen was zu zeigen.

«Nimmst du ihn denn dann?», fragte er, weil er wusste, dass Jurkschat mit ihrem Freikletterfreund zusammenwohnte, der Allergien gegen ihre Katzen hatte, und vermutlich auch gegen durchgeknallte Logier-Kollegen.

«Für 'ne Woche oder so», überraschte ihn Jurkschat und fuhr sich durchs Haar, «wir haben ja immer noch die andere Wohnung. Aber das ist ja auch keine Dauerlösung.»

«Die Chefin sagt, Finzi bleibt bis Weihnachten krankgeschrieben, danach sehen wir weiter. Anspruch auf irgendeine Unterbringung außerhalb seiner Wohnung hat er nicht. Keine Ahnung. Er könnte sich in die Psychiatrie einweisen lassen, aber das will er nicht.»

«Wegen seiner paranoiden Vorstellungen müsste er natürlich auch mal mit jemandem sprechen», sagte Jurkschat, «also, der fühlt sich ja offenbar bedroht. Du kannst natürlich durch den Alkohol so psychotische Schübe kriegen, dein Gehirn verändert sich ja dadurch, also, ich glaub nicht, dass der je wieder arbeiten kann.»

«Wenn ich weg bin, kann er meinen Job haben», sagte Danowski, um das Gespräch zu beenden.

Jurkschat dachte nach und drehte eine Haarsträhne. «Das macht ja nun gar keinen Sinn», sagte sie.

Als sie vor der Goldschmiede standen, wurde es schon wieder dunkel: Nachteinbruch am Nachmittag. Ein schmales Ladenlokal in einer der Seitenstraßen vom Großneumarkt, ein etwas heruntergekommenes Gründerzeithaus mit hellen Stuckrahmen um die Fenster, vierstöckig. Durch das Schaufenster fiel warmes Licht, das das Schreibschrift-«Bressin» an der Scheibe dunkelrot leuchten ließ. Die Ringe und Ketten in der Auslage waren schlicht und reduziert, selbstbewusst, und Danowski ertappte sich bei dem Gedanken, hier könnte er Leslie ja mal einen Ring kaufen. Genau, Leslie kaufte das Haus von der Thomsen, wenn die wegen Mordes ins Gefängnis musste, und er handelte bei Yvonne Bressin einen Rabatt auf einen Weißgold-Ring heraus, weil er den Fall so schön gelöst hatte. Dann wäre die Vermischung von Berufs- und Privatleben endlich perfekt.

Im Laden roch es metallisch und leicht verbrannt, dazwischen aber auch nach Kaffee und Holz. Über der Tür läutete eine altmodische Glocke.

«Ich komme gleich!»

«Ach, wir kommen zu Ihnen», sagte Danowski und folgte Jurkschat in die Werkstatt, die vom Laden durch eine leere Türzarge getrennt war. Er wunderte sich, dass sie ihre Tür nicht gesichert hatte, dann sah er den viergeteilten Bildschirm in ihrem Blickfeld: Der Eingang und der Laden waren kameraüberwacht.

Yvonne Bressin trug ein altes hellblaues Herrenoberhemd wie einen Kittel und eine Schutzbrille, ihre Haare verfingen sich im Gummiband, als sie sie vom Kopf zog.

«Sie habe ich jetzt gar nicht erwartet», sagte sie und reichte ihnen ihre Hand mit schwarzen Fingerkuppen, trocken und rau.

«Wir wollen noch mal mit Ihnen über Susanne Thomsen sprechen», sagte Jurkschat, wie sie im Auto die Rollen verteilt hatten: Danowski wollte erst mal nur zuhören.

«Ist sie wiederaufgetaucht? Wir machen uns ehrlich gesagt langsam Sorgen.»

«Wir auch. Zumal wir Frau Thomsen inzwischen verdächtigen, Ihren Nachbarn Oliver Wiebusch getötet zu haben.» So was konnte man später immer noch zurücknehmen. Der Überraschungseffekt zählte.

Yvonne Bressin war um ihre Werkbank herumgegangen und lehnte sich jetzt daran. Sie verschränkte die Arme vor der Brust, und Danowski betrachtete die dunkelblonden Haare auf der Unterseite ihrer Unterarme. Als er aufblickte, registrierte er, dass sie ihn musterte.

«Ich dachte, Sie hätten einen anderen Verdächtigen.»

«Nicht mehr. Wir wissen inzwischen, dass Oliver Wiebusch sich von Susanne Thomsen massiv bedroht gefühlt haben muss», übertrieb Jurkschat wie verabredet. «Er hat sogar Tagebuch darüber geführt.»

Yvonne Bressin schüttelte den Kopf, und Danowski sah, dass sie etwas für sich neu ordnen musste, dabei aber zu keinem rechten Ergebnis kam. «Das kann ich mir nicht vorstellen.»

«Hat es irgendeine Beziehung zwischen Oliver Wiebusch und Susanne Thomsen gegeben? Persönlicher, möglicherweise sogar sexueller Natur?»

Danowski biss sich auf die Unterlippe. Es war und blieb

ein Traum, Jurkschat beim Abfeuern von Polizeifloskeln zuzuhören.

«Auf gar keinen Fall», sagte Yvonne Bressin. «Und ich wüsste auch nicht, warum sie ihn bedroht haben sollte oder so was. Susanne ist wirklich ein lieber Mensch.»

«Und Oliver Wiebusch ist wahnsinnig hilfsbereit, die gute Seele der Siedlung», sagte jetzt Danowski, als sie schon gar nicht mehr damit rechnen konnte, dass er sich noch am Gespräch beteiligen würde. Er registrierte, dass sie erstaunt die Augenbrauen runzelte über seine behutsam aufgelegte Feindseligkeit.

«Er hat sich immer sehr gekümmert, ja», sagte sie.

«Ja, zum Beispiel um Frau Thomsen», sagte Danowski, «ich meine, das liegt doch auf der Hand. Eine frisch geschiedene Frau, ein alleinstehender Mann im gleichen Alter, Nachbarn, tut mir leid, das ist doch klar, dass daraus was wird.»

Natürlich lag da gar nichts auf der Hand, und klar war es schon lange nicht, aber interessant war, wie entschlossen und mit welchem Argument Yvonne Bressin das abwehren würde. Er merkte, es passte ihr nicht, dass die Polizei sie hier aufsuchte. Die Goldschmiede wirkte auf ihn wie ein Refugium, ein idyllischer Rückzugsort, weg von den Kindern und dem tendenziell wohl eher nutzlosen DJ-Mann. Manche arbeiteten in der Stadt und zogen aufs Land, um zur Ruhe zu kommen, andere lebten auf dem Land und arbeiteten in der Stadt, um da für ein paar Stunden am Tag ihren Frieden zu finden.

«Nein, tut mir leid, das hätte sie mir erzählt», sagte Yvonne Bressin.

«Sie sagen also, dass sie es Ihnen erzählt hätte, aber nicht, dass es unmöglich wäre», verdrehte Danowski ihre Wörter, um zu sehen, was dabei rauskam.

«Susanne ist wirklich sehr mit sich selbst beschäftigt, die ist auch gar nicht der Typ …» Das war natürlich alles Unsinn. Jeder war der Typ für alles Mögliche, meistens merkte man es nur selber nicht, oder erst dann, wenn es zu spät war. Danowski starrte sie jetzt beinahe unverschämt an. Sie erzählte ihnen etwas nicht, was sie vielleicht selbst nicht in Worte fassen konnte.

«Erzählen Sie uns doch noch mal etwas über Ihr Verhältnis zu Herrn Wiebusch», sagte er, «war das möglicherweise, wie meine Kollegin sagen würde, persönlicher oder sogar sexueller Natur?»

Sie runzelte die Stirn, und er sah, dass die Schutzbrille einen leichten Abdruck darauf hinterlassen hatte.

«Quatsch», sagte sie schlicht. Das Fenster hatte sich geschlossen, er hatte sich verzockt.

«Okay», sagte er. «Wir müssen diese Fragen stellen.»

Sie nickte, als wäre sie davon nicht überzeugt.

«Die wichtigste Frage ist vielleicht: Haben Sie irgendeine Idee, wo Susanne Thomsen sich jetzt aufhalten könnte?», fragte Jurkschat. «Irgendein Ferienhaus von Freunden, von dem ihr Mann vielleicht nichts weiß.»

Yvonne Bressin dachte nach, das sah man. Aber wer wusste, worüber.

«Sie ist manchmal ins Moor gegangen», sagte sie schließlich. «In die Wiesen hinter den Häusern. Sie hat sich ihre Joggingsachen angezogen und ist losgelaufen, aber dann ist sie da stundenlang auf irgendeiner Bank sitzen geblieben und hat ins Weite geguckt. Ich hab sie ein paarmal so gesehen. Wenn Jakob beim Vater war. Sie war ziemlich unglücklich seit der Scheidung, würde ich sagen. Sie hat immer gesagt, dass sie sich im Haus nicht mehr wohlfühlt.»

«Gut», sagte Danowski und rief sich den Stadtplan zurück ins Gedächtnis. «Da gibt es, glaube ich, ja auch so

Kleingärten oder so was. Wir schauen uns das mal an. Vielleicht hat sie sich da irgendwo versteckt. Unwahrscheinlich, bei der Kälte nachts, aber: Danke für den Hinweis.» Ein halbwegs versöhnlicher Schluss. Und weil er es so formell nicht stehenlassen wollte, zeigte er auf eine ihrer Vitrinen und sagte das Erstbeste, das ihm einfiel: «Diese Verlobungsringmode ist aber neu, oder? Das gab's zu meiner Zeit noch nicht.»

«Zu meiner auch nicht», sagte Yvonne Bressin. Dabei war sie zehn Jahre jünger als er.

«Warum schenken die Leute sich eigentlich Ringe beim Heiraten, warum keine Ketten?», fragte er weiter, Jurkschat wurde schon ungeduldig.

Yvonne Bressin ignorierte den müden Scherz und antwortete ernst: «Als Symbol. Der Ring symbolisiert die Unendlichkeit der Liebe. Und so.» Er blickte auf von der Vitrine, als sie «Und so» sagte, in den zwei Wörtern schien ein lakonisches Weltwissen zu stecken, das sich ihr, aber nicht ihm erschloss.

«Symbole sind wichtig», sagte sie. «Ohne Symbole ist alles nur Oberfläche.»

Dazu fiel ihm nichts mehr ein.

Auf der Straße sagte Jurkschat: «Kannst du dich an den Bericht der Spurensicherung über Wiebuschs Auto erinnern?»

«Dunkel. Nichts Auffälliges. Verbandskasten, Warndreieck, Job-Unterlagen, und ein paar olle Klamotten im Kofferraum, von denen wir ja jetzt wissen, wofür er sie gebraucht hat: um in irgendwelche Tunnel und Bunker einzusteigen.»

«Ja, nee, ich meine die Faserspuren. Nichts Besonderes, ich weiß.»

«Auf der Rückbank waren überhaupt keine, das war das erste Mal, dass ich so was gelesen habe: ein Mordopfer, das kein einziges Mal jemanden auf seiner Rückbank sitzen hatte.»

«Und auf dem Beifahrersitz nur Spuren von seiner Tasche und seiner Jacke und hellblaue Garnfaserspuren. Wie von einem Oberhemd.»

Danowski öffnete die Fahrertür. «Nee, oder? Du meinst, wegen dem Hemdkittel, den die Frau Bressin dadrinnen gerade anhat?»

Jurkschat machte ihren Pferdeschwanz. «Ganz genau.»

Danowski tat der Kopf zu weh, um ihn groß zu schütteln. «Das ist super weit hergeholt. Wiebusch hatte ein Dutzend von diesen Hemden im Schrank.»

«Stimmt. Aber …»

«Meta, die Baxmann sitzt mir im Nacken, weil sie gerade dabei ist, die letzte Rechnerebene von Wiebusch zu knacken oder wie man das nennt, und wir sind immer noch zuallererst auf der Suche nach Susanne Thomsen. Als wir das letzte Mal was anderes zwischengeschoben haben, statt Susanne Thomsen zu suchen, ist uns das komplett um die Ohren geflogen.»

Jurkschat machte keine Anstalten, ins Auto einzusteigen. Ihre Sturheit war wirklich beeindruckend.

«Ganz kurz nur», sagte sie, öffnete die Heckklappe und holte einen von den größeren Beweismittelsicherungsbeuteln raus. Danowski setzte sich ans Steuer und ließ die Stirn daraufsinken.

Als Jurkschat endlich ins Auto stieg, hatte sie den hellblauen Hemdkittel von Yvonne Bressin im Beutel und legte ihn auf die Rückbank.

«Und?», fragte Danowski beim Ausparken.

«Sie hatte noch was anderes zum Anziehen.»

«Ja, klar, ich meine, wie hat sie reagiert?»

Jurkschat löste ihren Pferdeschwanz. «Sie hat sich eine Quittung geben lassen, darum hat das so lange gedauert. Erinnere mich daran, das zur Schmauchspurensicherung zu geben.»

44. Kapitel

In der Dunkelheit ließen die Blaulichter der beiden Mannschaftswagen die Moorwiesen und die Apfelbäume schlagartig auftauchen und wieder verschwinden. Danowski lehnte am Auto und sah zu, wie die Kollegen von der Schutzpolizei in kleinen Grüppchen zur Kleingartenkolonie gingen, die verborgen hinter einer Pappelreihe und aufsteigendem Nebel lag. Er hatte ein ungutes Gefühl. In seiner Welt gingen Leute im Herbst in Kleingartenkolonien, um sich aufzuhängen. Wenn es keinen anderen Ausweg mehr gab. Die Einsamkeit einer kalten, feuchten Hütte, ohne Ablenkung, wo einen die Familie nicht finden würde und abschneiden musste, sondern eher die Polizei.

«Willst du nicht einfach Feierabend machen?», fragte Jurkschat. Vielleicht ihre beste Idee seit langem. Aber er fand, dass er warten musste, ob oder bis sie Susanne Thomsen fanden. «Du siehst müde aus.»

«Ich bin kurz vorm Durchbruch», sagte Anita Baxmann, die mit ihnen raus auf die Straße gekommen war, um auch mal eine an der frischen Luft zu rauchen und nicht immer nur im Keller. «Ihr kommt genau zur richtigen Zeit. Es wäre nur noch leichter, und ich könnte den Prozess beschleunigen, wenn ich genauer wüsste, wonach ich suche.»

Danowski nickte, der leichte Vorwurf in ihrer Stimme war angekommen. Er wusste nicht, wonach die Kollegin genau auf dem Rechner suchen sollte.

«Halbe Stunde noch», sagte er zu Jurkschat. «Bis dahin haben wir sie. Oder nicht.»

Dann sein Telefon. Leslie. Er seufzte. Sie beschwerte

sich nie, wenn er Bereitschaftsdienst hatte oder Überstunden machte und es später wurde, als sie sich morgens beim Frühstück im hektischen Durchsprechen des Tages ausgemalt hatten. Aber sie versäumte auch nie, zur Abendbrotzeit noch mal kurz anzurufen, um zu fragen, ob er nicht vielleicht schon so gut wie vor der Tür stand und sie noch auf ihn warten sollten.

«Ich schaff's nicht rechtzeitig», sagte er, «ich bin frühestens in einer Stunde zu Hause. Esst ohne mich.»

«Ja, darum geht's gar nicht», sagte Leslie. Er war nicht sicher, ob ihre Stimme genervt, gestresst oder alarmiert klang. Jedenfalls nicht gut. «Ich hab einen ganz seltsamen Anruf bekommen eben.»

«Sorry, die Detailfülle erschlägt mich. Könntest du dich etwas allgemeiner ausdrücken?»

«Nee, tut mir leid. Ich …»

«Les, was ist los? Hat es was mit den Kindern zu tun?»

«Ich … nein.»

«Mit meiner Arbeit?»

«Ich glaube, es wäre gut, wenn du jetzt nach Hause kommst.» Danowski runzelte die Stirn, wodurch er merkte, wie nass sie im Abendniesel geworden war.

«Echt? Wegen einem Anruf, über den du mir nichts …»

«Adam, bitte.»

«Leslie, was ist los?»

«Lass uns nicht am Telefon drüber reden. Komm einfach.»

Es war selten, dass seine Frau ihn um etwas bat, das nicht ins gängige Raster Kinderlogistik-Geschirrspüler-Einkaufen fiel.

«Ich bin sofort da», sagte er und steckte das Telefon weg.

«Bin ich froh, dass ich nicht mehr verheiratet bin», sagte Anita Baxmann. «Ich möchte ja zu gern wissen, was du ausgefressen hast, Adam, wenn ich mir dein Gesicht so anschaue. Meine Güte. Hat deine Frau einen fremden BH in der Wäsche gefunden oder so was?»

«Keine Ahnung», sagte Danowski abwesend. Er merkte, dass er Jurkschat nicht so richtig erklären konnte, was gerade passiert war.

«Irgendwas ist mit Leslie», sagte er. «Ich muss jedenfalls jetzt los.»

Jurkschat sah ihn besorgt an. «Klar. Fahr nach Hause und sag Bescheid, wenn ich was tun kann. Wir machen das hier schon.»

Im Auto rief er noch mal bei Leslie an, aber sie ging nicht ran. Das passte ihm gar nicht. Er registrierte kaum, dass auf den Gegenfahrbahnen erst der Bundesstraße 73 und dann der A7 wieder dichtester Pendlerstau war. Normalerweise erfüllte es ihn, ob er wollte oder nicht, mit leicht schuldbewusster Zufriedenheit, wenn er selbst freie Bahn hatte und sich still daran weiden konnte, dass alle, die dahin wollten, wo er herkam, nicht fahren konnten.

Gut, ein seltsamer Anruf, das konnte alles sein. Vielleicht von seinem Vater, der Leslie noch einmal die Erbfolge erklärte. Bis hin zu irgendwelchen Eltern, die sie am Telefon bedrohten, weil sie ihrem Kind keine Gymnasialempfehlung gegeben hatte. Und bisher hatte er sich jedes Mal grundlos Sorgen um Leslie gemacht. Das war eines der Muster ihrer Beziehung: Er sorgte sich um sie, und zwar grundlos, und sie sorgte sich nicht um ihn, obwohl sie vielleicht Grund gehabt hätte. Aber warum ging sie nicht mehr ans Telefon?

Er schaltete die Freisprecheinrichtung aus und fuhr mit hundertzehn, hundertzwanzig in den Elbtunnel, nur linke Spur, und wenn sich jemand von der rechten auf seine schob, drängelte er ihn wieder zurück, indem er dicht auffuhr. Zu halsbrecherisch, jetzt nach dem Blaulicht zu angeln, und er wollte sich selbst nicht auch noch mehr alarmieren.

Dann sah er, dass ihm ein anderer Wagen auf der linken Spur folgte, alle anderen fuhren jetzt, da sie sich dem tiefsten Punkt des Elbtunnels näherten, auf der rechten Seite achtzig, höchstens neunzig, aber ein silbergrauer VW-Touran hatte sich an ihn gehängt und verkleinerte jetzt den Abstand. Danowski ließ die Gelegenheit verstreichen, Verkehrspolizei zu spielen, und zog, als er den Tunnel verlassen hatte und schon hinter Othmarschen war, mit immer noch deutlich zu hoher Geschwindigkeit auf die rechte Spur Richtung Ausfahrt Bahrenfeld. Es kostete ihn Mühe, an der Ampel ohne allzu dramatisches Bremsen zum Stehen zu kommen. Er atmete aus und lockerte seinen Griff ums Lenkrad. Noch fünf, sechs Minuten bis nach Hause.

Dann sah er im Rückspiegel, dass der silbergraue Touran ihm weiter gefolgt war. Es war zu dunkel, um mehr als ein Auto entfernt die Gesichter hinter den Frontscheiben zu erkennen. Als die Ampel grün wurde, gab Danowski so viel Gas, wie der Mondeo-Diesel hergab, und bog dann bei erster Gelegenheit rechts ab, obwohl er da gar nicht hinwollte. Der Touran wäre fast an einer roten Ampel gescheitert, blieb aber hinter ihm.

Als Danowski langsam rechts ran fuhr und die Hand behutsam auf seine Dienstwaffe legte, kam der Touran etwa zwanzig Meter hinter ihm zum Stehen. Seine Lichter verlöschten und jemand stieg aus.

45. Kapitel

«Sach ma, Adam, spinnst du?» Spinnssu?

«Knud, ich hab jetzt wirklich keine Zeit für deinen Kram.» Behling stand neben Danowskis Fahrertür, hielt sich an der Dachreling fest und schnaufte leicht, als wäre er ihm hinterhergerannt und nicht gefahren. Der war wirklich nicht mehr so gut in Form.

«Alle sagen mir, du bist in der Hainapfel-Siedlung bei der Suche nach eurer Frau Thomsen, dann komm ich dahin und dann seh ich, wie du da abhaust, und du gehst nicht ans Telefon.»

«Ich muss nach Hause. Privatsache. Im Ernst. Hat das Zeit bis morgen, oder ist noch was mit dem Iwoleit, was mich interessieren muss?»

«Nee, Adam, ich muss mit dir reden. Ganz andere Sache. Mach ma' die andere Tür auf, feucht hier draußen.»

«Knud, morgen. Im Ernst. Ich fahr jetzt los, okay. Am besten, du …» Danowski machte ein paar eindeutige Handzeichen, die Behling animieren sollten, einen Schritt vom Auto wegzutreten und ihn für den Rest seines Lebens in Ruhe zu lassen.

«Nee», sagte Behling und hielt weiter das Auto fest. Er beugte sein graues Haupt zu ihm runter, und Danowski sah, dass sich winzige Regenperlen in Behlings Haar sammelten. Er wollte nur noch zu Leslie.

«Du hörst mir jetzt zu, du arrogantes Arschloch.» Das war dann doch eine neue Qualität. Bisher waren Behlings Beschimpfungen immer deutlich subtiler gewesen.

«Wie bitte?» Behlings Atem roch nach Pfefferminzbonbon, was seinen Ausbruch noch skurriler machte. «Ich hätte schwören können, du hast mich gerade Arschloch genannt. Muss was mit meinen Ohren sein. So, Knud, und jetzt weg vom Auto. Wir reden morgen.»

«Genau, Ohren», sagte Behling. «Sach ma, was fällt dir ein, der Lütten das Ohr wegzuschießen?»

Danowski öffnete den Mund, aber es kam nichts dabei raus.

«Ja, da staunst du, was. Ich weiß genau, was für eine Scheiße du gebaut hast. Du hast Meta bei eurem völlig vergurkten Einsatz das Trommelfell zerschossen und nichts davon in deinen Vermerken. Das ist 'ne Riesensauerei, Adam, Riesensauerei. Die Lütte ist vielleicht berufsunfähig, und du machst hier seelenruhig dein Sensibelding weiter, Adam. Deine Nerven möcht ich haben.»

Nee, möchtest du nicht, dachte Danowski, um sich selbst davon abzulenken, dass er gerade spürbar rot wurde vor Wut und Hilflosigkeit.

«Metas Ohr wird wieder gut», sagte er und hätte, dazu befragt, selbst als Erster zugegeben, wie unfassbar lahm dieser Satz klang.

Behling ließ es sich nicht nehmen, beim höhnischen Lachen den Kopf theatralisch zurückzuwerfen. «Wird wieder gut, herrlich, ganz klar, Adam, bestimmt. Bist du Ohrenarzt oder was?» Bissu, oder wäs?

«Ich weiß nicht, was Meta dir erzählt hat …», fing Danowski an, um die Situation unter Kontrolle zu bringen.

«Alles», sagte Behling global. «Ich muss mir den ganzen Scheiß doch immer anhören. Bei mir heulen sich doch am Ende immer alle aus. Weil ich der Einzige bin, auf den Verlass ist. War bei Finzi genauso, als er das vorletzte Mal wieder angefangen hat zu saufen. Wer hat den denn daran gehindert, sich aufzuhängen. Du kriegst ja nichts mit, Adam. Meta geht's richtig mies, und du bist schuld dran.»

Wahnsinn. Finzi. Behling. Moment. Das ging jetzt alles zu schnell. Er hatte Jurkschat am Anfang nicht vertraut, aber dass sie sich jetzt, auf den letzten Metern, noch bei Behling ausweinen und ihn derart reinreiten würde, hätte er nie gedacht. Wenn die Sorge um Leslie nicht gewesen wäre, hätten die Wut über Metas Verrat, Behlings Auftritt und nicht zuletzt sein schlechtes Gewissen ihn jetzt endgültig in die Knie gezwungen.

«Scheiße», sagte er. «Ja, das ist scheiße gelaufen. Aber das geht nur Meta und mich was an, und wir werden …»

«Nee, Adam, da liegst du mal wieder falsch. Das ist genau, wo du schief gewickelt bist.» Behling machte sich dünn, um ein bisschen Seitenstraßenverkehr durchzulassen, dann beugte er sich wieder runter zu Danowski und sagte: «Wenn die Chefin das mit Metas Ohr erfährt, dann ist alles vorbei. Dann gibt's ein Ermittlungsverfahren gegen dich wegen aller möglicher Schlampereien und obendrauf Körperverletzung im Amt, egal, ob ihr Ohr wieder gut wird oder nicht. Und Meta wird sofort krankgeschrieben und früh pensioniert und was weiß ich, und ihr seid raus aus allem, aus allem, das weißt du genau, Adam.»

Vielleicht, vielleicht wusste er das sogar, wenn er sich in den letzten zehn Tagen erlaubt hätte, in Ruhe darüber nachzudenken. Danowski verfluchte sich und dachte an Leslie. Er ahnte, was jetzt kommen würde. Auch das würde er noch durchstehen. Je schneller, desto besser. Er wollte nur noch nach Hause.

Danowski ließ den Motor wieder an und nickte, als Behling auf sein Autodach haute.

«Ich fahr nicht weg. Red weiter. Ich hab's nur einfach verdammt eilig, Knud.»

«Du bleibst hier stehen, bis ich fertig bin.»

«Ja, okay. Aber wir wissen doch beide, was jetzt kommt.»

Behling räusperte sich, da kam richtig Land mit, hoffentlich holte der sich nicht noch was weg hier im Regen, das war diese feuchte Kälte, die einem überall reinkroch.

«Na gut», sagte Behling, als gefiele ihm das schon selber nicht mehr, aber wer A sagte, musste auch B sagen, «du weißt, dass meine Karriere im Arsch ist. Wegen dieser Scheiß-Ungarn-Sache. Das haben die vom BKA verbockt. Egal. Ich hab mich drauf verlassen. Jetzt im Moment werd ich nichts mehr im Laden, sieht jeder, weiß ich. Darum wirst du jetzt das eine oder andere gute Wort für mich bei der Chefin einlegen.»

«Das ist lächerlich, Knud. Echt, die Sache mit Metas Ohr tut mir leid, und ich weiß, dass ich …»

«Nee, Adam, das ist nur lächerlich, wenn du dich dumm anstellst. Aber wenn du mich einbeziehst in eure Ermittlungen und der Chefin sagst, dass euer Erfolg ohne mich nicht möglich gewesen …»

«Knud, echt …»

«Also, dass ich eine wichtige Rolle bei der Lösung des Falles spiele, dann sieht das wieder ganz anders aus für mich. Echt. Die Chefin spinnt ja, die hört auf dich.»

Danowski rieb sich die Schläfe. Fast geschafft.

«Also, wir teilen den Erfolg», sagte Behling. «Oder du weißt, was passiert.»

Nein, egal, wie sehr Danowski nach Hause wollte: So einfach konnte er ihn jetzt doch nicht davonkommen lassen. «Ich weiß gar nichts, Knud. Ich weiß ja offenbar nicht mal, wie schlecht es wirklich um Metas …»

«Na gut, Adam. Spaß macht mir das nicht.» Spasss. «Wenn du nicht dafür sorgst, dass die Chefin den Eindruck kriegt, ich hätte euren Fall mitgelöst, und die Chefin mich nicht rehabilitiert, dann erfährt sie, dass du mit Meta außerplanmäßig ermittelt und die Kollegin dabei schwer verletzt hast. Und dann finito la musica. Werden mal wieder zwei Stellen frei im Präsidium. Kannst du deiner Frau den Hausmann machen.»

Danowski schaltete die Automatik auf D, ließ den Fuß aber noch auf der Bremse.

«War's das?», fragte er, weil das irgendwie dazugehörte.

«Nee», sagte Behling, «eins noch. Die Lütte hat sich mir anvertraut. Weiß nicht, ob du weißt, was das bedeutet. Das heißt, die erfährt nichts von unserer Abmachung, verstehst du? Gar nichts. Wenn du mit der redest, passiert das Gleiche.»

Komisch, wie leicht er sich fühlte, als das überstanden war und er nur noch Leslie hatte, über die er sich Gedanken machen musste. Bis er merkte: Die Leichtigkeit kam daher, dass eine unfassbare Wut ihn ausfüllte wie Heißluft eine Ballonhülle und ihn anhob und wegzutragen drohte.

«Ist gebongt, Knud», sagte er und bedauerte, dass der Sensor des elektrischen Fensterhebers zu sensibel war, um mit der Scheibe Behlings Kopf einzuquetschen.

48. Kapitel

Im dunklen Treppenhaus kam ihm Leslie entgegen, er kannte hier jede Stufe, und wenn er es eilig hatte, drückte er nie auf den mattrot leuchtenden Knopf neben der Tür. Sie nahm ihn in der Bewegung am Arm und zog ihn eine Treppe weiter runter, Richtung Kellertür. Er hielt sie fest.

«Was ist los? Ist alles in Ordnung?»

«Ja, alles gut. Aber ...»

«Ist was mit den Kindern?»

«Finzi macht mit denen Eierkuchen. Nee, alles in Ordnung.»

«Leslie, das war ein verdammt seltsamer Anruf.»

Sie öffnete die Kellertür, machte da das Licht an und zog ihn auf die Kellertreppe. Es roch nach altem Staub und feuchtem Boden. Sie griff in seine Jackentasche, und ehe er sich wehren konnte, hatte sie seine beiden Telefone rausgenommen.

«Okay», sagte er, während sie das iPhone ausschaltete und mit einem Handgriff den Akku aus seinem Diensthandy nahm. «Meinetwegen. Aber jetzt bin ich wirklich gespannt.»

Sie legte die deaktivierten Telefone auf die Kellertreppe und zog ihn ein weiteres Stück hinab in den Gang, wo die Verschläge mit den Drahtwänden und den Holztüren begannen.

«Du siehst kaputt aus.»

«Ärger im Job», sagte er. «Streit mit Behling. Aber ...» Er musste sich jetzt einfach mal darauf verlassen, dass seine Frau nicht verrückt geworden war.

«Die Frau, die ihr sucht, hat mich in der Schule angerufen», sagte Leslie.

«Susanne Thomsen?»

«Ja. Genau. Ich habe ihr meine Karte gegeben, als sie mir das Haus verkaufen wollte. Fang jetzt bitte nicht wieder damit an.»

«Nein. Okay. Aber …»

«Sie hat sich vom Schulsekretariat durchstellen lassen und darauf bestanden, dass ich unser Notfalltelefon benutze. Sie klang durchgedreht. Mit den Nerven am Ende. Das Erste, was sie gesagt hat, war, dass alles überwacht wird.»

«Alles wird überwacht», sagte Danowski, der Mühe hatte, sich zu konzentrieren. Ihren Keller musste er bei nächster Gelegenheit auch mal aufräumen. Der Winter würde kommen.

«Genau, das waren ihre Worte. Sie hat gesagt, dass dein Telefon abgehört wird und wie eine Wanze funktioniert, wenn du dich unterhältst. Und dass jemand Wanzen in unserer Wohnung und in deinem Büro angebracht hat. Darum wollte sie dich nicht direkt anrufen. Adam, was ist da los?»

Er schüttelte den Kopf. «Ich habe keine Ahnung. Ich verstehe überhaupt nicht … Wer soll mich abhören und warum?»

«Das habe ich sie auch gefragt, keine Ahnung, wie gesagt, sie klang verrückt, oder fast verrückt, aber … ich hab schon mit vielen Eltern gesprochen, die sich ähnlich angehört haben. Eigentlich hören sich ja alle Eltern, die bei uns anrufen, so an. Ziemlich verrückt, durchgedreht, auch wenn es nur darum geht, ob ihr Kind den richtigen Lehrer kriegt oder eine Scheißgymnasialempfehlung oder was auch immer. Ich kenne den Tonfall.»

«Eben.»

«Aber darum weiß ich auch, dass immer irgendwas dran ist. Die Leute sind aufgeregt, aber … es gibt immer etwas an dem, was sie umtreibt, das irgendwie mit der Realität zu tun …»

«Ja, gut, aber was wollte sie von dir? Das war alles? Konntest du die Nummer notieren, von der sie angerufen hat?»

Leslie lächelte, und im matten Kellerlicht sah sie aus wie zwanzig. Sie gab ihm einen Zettel mit einer alten sechsstelligen 39er-Nummer. Ottensen.

«Sie hat gesagt, dass du nach vorne zur Aral-Tankstelle gehen sollst. Jetzt. Sie will dich da treffen.»

«Echt. Und hat sie auch gesagt ‹Keine Polizei›? Gehört ja eigentlich dazu. Aber in dem Fall schwer zu bewerkstelligen.»

«Gehst du dahin?»

Er überlegte. Klar. Aber die Telefonsache verwirrte ihn. Da Leslie eine gewiefte Gedankenleserin war, gab sie ihm jetzt ein altes Schrotthandy, das ihm vage bekannt vorkam.

«Das Telefon von Stella. Das sie in den Ferien unbedingt haben wollte, weil angeblich alle ihre Freundinnen sich SMS schreiben. Und dann hat sie am Strand die ganze Zeit dieses Labyrinthspiel damit gespielt, und ich hab's wieder einkassiert. Es sind noch ein paar Minuten drauf. Falls du Meta anrufen willst.»

«Nimmst du diese ganze Telefonsache ernst? Ich meine, du hast mit ihr gesprochen.» Mit einem mechanischen Geräusch endete die Zeitschaltuhr der Kellerbeleuchtung und ließ sie im Dunkeln stehen.

«Ich weiß es nicht», sagte Leslie. «Aber … es kann ja jetzt nicht schaden, oder? Wenn du mit der Frau Thomsen sprichst, kannst du dir selbst ein Bild machen. Bis dahin nimm halt kurz die alte Nokia-Gurke.»

Treffen mit Thomsen, vielleicht heute Abend noch ihr Verhör im Präsidium: Danowski merkte, dass er für die Ablenkung dankbar war. Und er dachte nicht daran, Behling anzurufen. Leslie brachte ihn bis hoch auf die Straße.

«Schick mir mal Finzi runter», sagte er. «Die frische Luft wird ihm guttun.»

«Okay», sagte sie. «Und eins hab ich noch vergessen: Die Frau Thomsen hat gesagt, du sollst Eis mitbringen von der Tanke. Macadamia Nut Brittle, hat sie gesagt. Und eine Toblerone. Sie war da sehr bestimmt. Verrückt, wie gesagt.»

Wie fertig er war, merkte er daran, dass er ihr eine Sekunde lang glaubte.

Während er auf Finzi wartete, rief er mühevoll bei Jurkschat an. Ihre Nummer kriegte er erst im dritten Anlauf hin. Okay, das mit den Telefonen war Schwachsinn, aber die gute Nachricht war, dass Susanne Thomsen offenbar nicht ganz dicht war. Die Anzeichen hätten sie vielleicht wahrgenommen, wenn sie sich die Nachbarin genauer angeschaut hätten, statt sich mit der Ungarn-Mafia und den Gänge-Kriechern zu verzetteln. Auch daran war ja im Prinzip Behling schuld. Psychisch gestörte Verdächtige machten jedenfalls eher Fehler und ließen sich am Ende leichter überführen, weil ihre Hirngespinste immer irgendwo Konstruktionsfehler hatten, die sie übersahen, weil der Rest so aufwendig ausgestaltet war. Darum hatte Susanne Thomsen von einer nicht unterdrückten Festnetznummer angerufen.

Er schilderte Jurkschat kurz die Situation und hörte, dass seine Stimme dabei eisig klang. Er hatte von Anfang an gewusst, dass er ihr nicht trauen konnte, und dann hatte er sich einlullen lassen von ihrer harmlosen Nettigkeit.

Klar, dass sie am Ende doch zu Behling gerannt war und ihn verraten hatte. Obwohl, gut, er hatte ihr das Trommelfell zerschossen, das war immer ein schwieriger Punkt in jeder Beziehung. Dann bat er sie, ein paar Zivilkollegen vom Kommissariat an der Stresemannstraße als Verstärkung anzufordern. Und er gab ihr die Telefonnummer zur Überprüfung.

Finzi trat neben ihn in den Herbstwind und die Straßenlaternendunkelheit. «Nett, dass du mal mit mir Gassi gehst», sagte er, zu eng verpackt in Danowskis alte Winter-Spielplatzjacke.

«Du hattest doch mal was mit der Baxmann», sagte Danowski.

«Ist zwar schon 'ne Weile her, aber, klar. Hat sie nach mir gefragt? Also, ich hab Zeit.»

«Gib mir mal ihre Nummer.»

«Leslie ist so 'ne nette Frau. Andererseits, gut, die Baxmann ist natürlich sehr, ähm, erfahren.»

«Ich warte.»

Finzi holte sein Telefon aus der Hosentasche, murmelte «Milf, Milf, Milf», während er durch sein Telefonbuch scrollte, drückte dann Baxmanns Nummer und gab Danowski sein Telefon.

Anita Baxmann ging beim ersten Klingeln ran.

«Finzi», sagte sie, hörbar erfreut, «was ist das denn für eine schöne ...»

«Anita, tut mir leid», unterbrach Danowski, «nur Finzis Telefon, ich bin's, Adam. Komplizierte Geschichte. Ich wollte nur ...»

«Adam», unterbrach sie ihn, «ich bin von der Sache abgezogen worden. Der Inspektionsleiter sagt, die Großfahndung nach der Verdächtigen reicht ihm, er hat keine Mittel mehr, um da, seine Worte, noch länger Ressourcen im Keller zu verschwenden. Morgen soll ich den Schlüssel für Wiebuschs Haus abgeben. Und dann darf ich wieder Leuten wie dir Windows 8 erklären. Ich bin wieder zu Hause.»

«Aber du hast den Schlüssel noch?»

Sie zögerte einen Moment. «Ja.»

«Du hast doch gesagt, du weißt nicht, wonach du suchen sollst. Ich hab eine Idee: irgendwas mit Überwachung.»

«Überwachung?»

«Keine Ahnung, so eine High-End-Computerisierung wie die von Wiebusch wäre doch gut geeignet, um …»

«Ja, klar, aber wo kommt das denn plötzlich her?»

«Bitte schau einfach mal, okay?»

Sie hörte sich an, als würde sie nicken. Dann sagte sie: «Klar. Und sag Finzi, er soll mich wirklich mal anrufen.»

Die Aral-Tankstelle lag trübe blau an der Straßenecke, zwei Autos, ein paar Jugendliche, die mit Flaschenbier an der Peripherie lungerten. Ein schwarzer Opel Zafira, der neben der Einfahrt halb auf den Bordstein gefahren war, Motorhaube auf, und zwei Männer fummelten darunter herum, während ein dritter abfällige Kommentare machte: die Kollegen vom benachbarten Kommissariat. Niemand, der Susanne Thomsen ähnelte.

«Ich kenn ja nur Bruchstücke, aber ich sage dir, du verschwendest deine Zeit», sagte Finzi. «Solche Leute wie deine Anruferin wollen doch immer nur erreichen, dass man über irgendwelche Stöckchen springt, in Wahrheit haben sie nichts, die genießen dieses Machtgefühl, ich sag dir, die steht da oben an irgendeinem Fenster und beobachtet dich.»

«Hol dir mal ein Bier, keine Ahnung, oder 'ne Dose Red Bull oder so was und sag mir, wer da alles im Verkaufsraum ist. Dich kennt sie nicht. Ich seh mich inzwischen hier um.»

Finzi zog ab, Danowski studierte die Scheibenentfroster und die sibirischen Baumfackeln, die neben der Tür zum Eingang zum Verkauf angeboten wurden. Bescheuert, eine Tankstelle ohne Auto aufzusuchen. Finzi kam wieder, ein eingeschweißtes Fernfahrermagazin unterm Arm, und schüttelte den Kopf.

Danowski ging rein und bummelte ein bisschen durch die Gänge mit Chipstüten, Motoröl und Duftbäumen. Keine Kunden. Er ging zur Kasse und beschrieb der jungen Frau mit den Metallstäben in der Augenbraue Susanne Thomsen. Sie bückte sich wortlos unter den Tresen und gab ihm einen braunen großen Umschlag. Als Danowski ihn mit einem Taschentuch anfasste, runzelte sie die Stirn. Seine Name stand vorne drauf. Hinten war der Umschlag schmutzig, als wäre er in den Schlamm gefallen.

«Hat den jemand außer Ihnen angefasst?», fragte er. Die Tankwartin schüttelte den Kopf. «Können Sie die Frau beschreiben, die den hier ...»

«Das war irgendeine Pennerin», unterbrach sie ihn. «Schmutzige Trainingshose, strähnige Haare, gut gerochen hat die auch nicht. Und Sie können Ihrer Freundin sagen, dass das hier kein Postamt ist, wo man ...»

«Seit wann ist das kein Postamt?», fragte Danowski alarmiert.

«Das ist eine Tankstelle. Ich kann nicht den ganzen Tag ...»

«Eine Tankstelle? Sind Sie sicher?»

«Gähn.»

«Und wann war die Frau hier bei Ihnen am Postschalter?»

Sie wandte sich wieder der Kasse zu. Danowski blieb

einfach so stehen. «Drei Stunden her», sagte sie schließlich. Er nickte. Dann kaufte er Leslie Eis und Schokolade.

Draußen winkte er den Kollegen zu: «Fehlalarm!» Sie nickten zurück, und er registrierte mit halbem Ohr, dass sie im
Laufe der letzten zehn Minuten offenbar wirklich angefangen hatten, sich über den Motor zu streiten.

Finzi trat von einem Fuß auf den anderen. «Hast du mir
was mitgebracht?»

Danowski schwenkte gehend den Umschlag in der Ta-
schentuchhand. Er fühlte sich relativ dünn und leicht an,
nur ein paar Blätter. «Müssen wir uns teilen.» Er zog sich
Gummihandschuhe an und öffnete dann den Umschlag. Im
beigefarbenen Schein der nächsten Straßenlaterne beugten sie sich darüber.

Zuerst ein handschriftlicher Zettel, A4, blauer Kugel-
schreiber, aus einem Schulheft gerissen. Dann ein paar oft
gefaltete, leicht schmutzige Fotos von Dokumenten, ausgedruckt auf normalem Papier, an den Faltkanten schon
eingerissen.

Auf dem Zettel stand:

An Hauptkommissar Adam Danowski

*Seit Wochen werde ich daran gehindert, mich mit
Ihnen zu treffen. Oder man setzt mich unter Druck,
dass ich nicht mit Ihnen reden soll. Meine Familie wird
bedroht. Oliver Wiebusch hat uns alle überwacht. Mit
Kameras und Mikrophonen. Er wusste alles über uns.
Mich hat er eingeweiht, weil er ein Angeber und ein
Schwätzer war. Aber die Familie Bressin hat er richtig
bedroht. Er hat sich in alles eingemischt. Ich glaube,
er war verrückt. Er hat ihnen bei der Finanzierung*

von ihrem Haus geholfen. Er wollte mir auch helfen.
Er hat sich in alles reingedrängt. Er hat das Haus mit
der Goldschmiede gekauft, als Yvonne der Mietvertrag
gekündigt werden sollte. Um sie zu beschützen, hat er
gesagt. Aber sie wurden immer abhängiger von ihm.
Und es ist was gelaufen mit deren Tochter Johanna. Sie
wussten wohl nicht mehr weiter. Yvonne Bressin hat
ihn erschossen. Ich bin ganz sicher. Sie hat gesagt, sie
könnte ihn umbringen. Bitte suchen Sie mich nicht. Das
Schlimme ist, dass Oliver Wiebusch Verbündete hat,
die uns alle überwachen. Überlegen Sie, wer Gelegen-
heit hatte, Ihr Telefon und Ihre Wohnung und Ihr Büro
zu verwanzen. Aber suchen Sie mich nicht. Ich muss
nachdenken.

Susanne Thomsen

«Das klingt sogar noch verrückter als das meiste, das mir
in den letzten Monaten durch den Kopf gegangen ist», sagte Finzi.

«Mag sein», sagte Danowski. «Aber Schluss jetzt mal
mit dem inflationären Gebrauch des Wortes ‹verrückt›.»
Er las den Brief noch einmal und versuchte, nicht darauf
zu reagieren, sondern erst die anderen Unterlagen anzuschauen. Der Brief an sich klang irre, da hatte Finzi schon
recht.

Das leicht unscharfe Foto eines Schreibens, in dem Oliver Wiebusch einen Vertrag abschloss mit der Hausverwal-
tung des Hauses in der Neustadt, in dem Yvonne Bressins
Werkstatt war. Dem gehörte das Haus, ja, das ging daraus
hervor. Etwas schärfer, dafür verzerrt durch die Interfe-
renzen eines Laptopbildschirms: ein Online-Kontoauszug,
auf dem eine Überweisung an Bressin, Yvonne zu erken-

nen war: 20 000 Euro, aus dem April. Kontoinhaber: Oliver Wiebusch.

Ein ausgedruckter Screenshot, der einen WhatsApp-Dialog zeigte, zwischen Susanne Thomsen und Yvonne Bressin, und in einer der Blasen von Yvonne Bressin stand: *«ich könnte ihn umbringen»*.

Und schließlich ein weiteres Foto vom Laptopbildschirm, anderes Browserfenster: eine Facebook-Timeline. Auf den ersten Blick war nichts Besonderes daran zu erkennen, dann sah Danowski am blauen Balken, dass dies weder der Account von Oliver Wiebusch noch von Susanne Thomsen war. Sondern von «Johanna Nanananana».

Etwas an den Bildern kam Danowski bekannt vor, und als Finzi gerade fragte: «Wie kommt man an so was? Und was bedeutet das jetzt?», erkannte er die braune, ungleichmäßig abgenutzte Holzplatte unter dem Laptop und unter dem Dokument: Oliver Wiebuschs trister Tisch. Er drehte den letzten Ausdruck um, weil da was durchschien.

Die Fotos habe ich gemacht, als Oliver auf der Toilette war. Er wollte mich beeindrucken. Er hat mir vielleicht vertraut. Aber danach hat er sie auf meinem Telefon und meinem Rechner gefunden und von da gelöscht, zusammen mit einem Tagebuch, das ich versucht habe, über ihn zu führen. Er kam an alles ran. Nur die Ausdrucke hat er nicht gefunden. Dann war er tot.

«Und nu?», fragte Finzi.

Danowski holte einen Beweismittelsicherungsbeutel aus der Manteltasche und steckte alles vorsichtig rein.

«Würdest du das Eis und so bitte Leslie bringen? Ich muss noch mal durch den Elbtunnel.»

47. Kapitel

Vielleicht überraschte es ihn am meisten, dass die Bilder in Farbe waren. Der Esstisch der Bressins in schräger Aufsicht, die Umrisse in den Resten des Lichts von der Treppe gerade noch zu erkennen, rote Tischsets, bereitgelegt schon fürs Frühstück am nächsten Morgen. Keine Bewegung, die waren alle in ihren Zimmern.

«Lass doch mal», sagte Danowski, während Anita Baxmann auf dem anderen Monitor ein bisschen zu hektisch durch die drei Kameraeinstellungen aus Susanne Thomsens Haus klickte: Das hellgraue Rechteck des ordentlich gemachten Bettes im Schlafzimmer, sichtbar tatsächlich nur durch so was Romantisches und Altmodisches wie Mondlicht, von draußen. Die Küchenzeile im geriffelten Straßenlaternenlicht durch die Jalousie. Und dann ebenfalls der Esstisch, kleiner als bei den Bressins, zu dunkel, um mehr zu erkennen als dass allerhand drauflag, das wohl jemand später hatte wegräumen wollen, dann aber überstürzt aufgebrochen war.

«Das war ein guter Hinweis, Adam, mit der Überwachung», sagte Baxmann. «Tatsächlich waren sozusagen die Bilder, die wir bisher auf den Bildschirmen gesehen haben, diese Desktophintergründe und so weiter, nur so was wie eine Simulation: Da werden dann so Scrambler zwischen den Rechner und den Monitor geschaltet, die andere Bilder wiedergeben als das, was wirklich auf dem Rechner ist, aber weil die so tief eingebettet waren, dass ...»

«Okay», sagte Danowski und hörte auf, sich auf die Rückenlehne des Stuhls zu stützen, auf dem sie saß, «ich sehe, was ich sehe, und zwar, dass Oliver Wiebusch offenbar eine ganze Reihe von Überwachungskameras in den Häusern seiner Nachbarn …»

«Eine ganze Reihe nicht, nur vier», sagte Baxmann. «Und wenn ich mir die Systemarchitektur anschaue, dann sind da noch sehr viel mehr Slots vorgesehen, der hätte bis zu zweiunddreißig Kameras live schalten können, aber mehr gibt es nicht.»

«Sicher?»

«Jedenfalls nicht hier aus der Siedlung. Es gibt nur noch das hier.» Anita Baxmann beugte sich über die Tastatur. Jetzt waren die Bilder schwarzweiß, und es dauerte einen Moment, bis Danowski die Polstergarnitur und das Panoramafenster erkannte, auf dem Esstisch eine Schale mit Äpfeln, und dann eine alte Frau und einen alten Mann, die gegen eine Schrankwand starrten, in der wohl der Fernseher stand.

«Das sind die ältesten Feeds», sagte Baxmann. «Er hat offenbar damit angefangen, um seine Eltern im Blick zu haben. Um auf sie aufpassen zu können.»

«Mach das weg», bat Danowski. Sie hörte nicht auf ihn. Die Alten starrten weiter auf die Schrankwand.

«Was die Siedlung hier angeht, scheint das wie so ein Projekt, das einer gerade erst aufgebaut hat, oder das nicht fertig geworden ist. Jedenfalls war das alles sehr gut gemacht. Weil er nicht nur Screenshots zur Tarnung benutzt hat, sondern so was wie ein virtuelles Betriebssystem.»

Danowski sah auf die Uhr, während sie weiterredete. Im Nachbarschaftsheim Bahrenfeld schlug Franka vielleicht gerade die Zimbel. Es war fast neun. Er stellte sich vor, dass er eine Zimbel jetzt auch gleich würde gebrauchen können: Wenn er mit Jurkschat eine Tür weiterging, um für die Bressins das Ende ihres alten Lebens einzuläuten.

Er war sich noch nicht sicher, ob sie genug Beweise hatten, um Yvonne Bressin schnell zu einem Geständnis zu bewegen. Jurkschat bemühte sich um einen Eilbeschluss zur Konteneinsicht, aber das war außerhalb der Geschäftszeiten kaum oder nur durch glückliche Zufälle umsetzbar, und an die glaubte er nicht. Zumindest schien sie beschäftigt, denn sie ging nicht ans Telefon. Oder sie heckte wieder mit Behling irgendeinen Mist aus. Den musste er auch noch verständigen.

«Kein Wunder, dass man da verrückt wird», hörte er sich sagen.

«Ja, danke», sagte Anita Baxmann, die offenbar bereit war, das als Anerkennung ihrer Arbeit durchgehen zu lassen.

«Nee», sagte Danowski, «ich meine Susanne Thomsen.» Die mussten sie auch noch finden. Der Schlamm auf dem Umschlag fiel ihm ein. Manchmal hatte der eine besondere Zusammensetzung, die es nur an bestimmten Orten gab. Die Telefonnummer hatte ihnen nicht weitergeholfen: Ein portugiesischer Imbiss direkt am Bahnhof Altona, von da aus war man schnell und spurlos in ganz Norddeutschland oder, wenn's sein musste, in Berlin, Kopenhagen oder sonst wo. «Susanne Thomsen glaubt, dass alles und jeder überwacht wird. Ich zum Beispiel auch. Abgehört und ausspioniert. Ich meine, wenn man so was rausgekriegt hat, dass der Nachbar einem Kameras in die Wohnung …»

«Ja, vor allem das mit dem Schlafzimmer ist hart», stimmte Baxmann ihm zu. «Am Ende war euer Wiebusch ein ganz normaler Spanner.»

Danowski wollte ihr gerade widersprechen, als er Stimmen oben von der Kellertreppe hörte. Jurkschat und mehr.

«Danke, Anita», sagte er. «Das war toll.»

«Quatsch», sagte sie und paffte zufrieden. Als Danowski

sich umdrehen wollte, sah er, wie auf dem linken Monitor ein Schatten ins Bild lief. Yvonne Bressin machte das Licht an und setzte sich an den Tisch.

«Jedenfalls ist eure Tatverdächtige vor Ort», stellte Anita Baxmann trocken fest. Danowski nickte. Ihm war klar, dass das hier eine Grenzüberschreitung war, aber er konnte sich nicht losreißen von diesem unerlaubten Bild. Yvonne Bressin saß einfach nur da, von schräg oben, und nach einer Weile legte sie ihre Hände auf den Tisch, drehte sie um und betrachtete ihre Handflächen. Gut, er hatte schon seltsamere Dinge getan allein an Tischen, scheinbar unbeobachtet. Manchmal roch er an seinen Händen, um sich absichtlich vor dem Tag zu gruseln und den Spuren, die er an ihm hinterlassen hatte. Yvonne Bressin hatte eine kahle Stelle hinten am Kopf, und nach einer Weile hob sie eine Hand und fuhr sich so durchs Haar, dass es wieder darüberfiel. Kreisrunder Haarausfall. Stress. Es war, als könnte er plötzlich zu viel von ihr sehen, etwas Persönliches, eine verletzliche Stelle, deren Betrachtung ihm nicht zustand.

Dann drehte sie sich um, langsam, und erst wirkte es, als wollte sie aufstehen und vielleicht in die Küche gehen oder aufs Sofa, aus dem Blickfeld der Kamera, aber sie blieb sitzen und wandte weiter den Kopf, bis sie direkt aus dem Monitor schaute und ihre Blicke sich zu treffen schienen. Sie wusste, wo die Kamera war. Sie wusste, dass Oliver Wiebusch sie überwacht hatte. Ihr Gesicht war ausdruckslos, und wie immer, wenn ein Gesicht keine Regung zeigte, war man eingeladen, selber etwas darin zu lesen, den Mangel an Ausdruck auf sich zu beziehen oder sich vielleicht sogar selbst in diesem Gesicht zu suchen und zu finden.

Danowski wandte sich ab.

Behling, lautlos wie immer, hatte sich ungefähr zwanzig Zentimeter an ihn herangeschoben, gerade so nah, dass

Danowski ihn aus der Nähe nicht mehr ganz scharf sehen konnte.

«Ich sehe, wir werden erwartet», sagte Behling und zeigte auf den Monitor, Yvonne Bressin regungslos wie ein Standbild.

«Nicht von mir», sagte Danowski.

«Nee, Adam, is klar.» Und mit gesenkter Stimme, weil Jurkschat und Kienbaum hinter ihm in den Kellerraum drängten: «War ja auch nur unsere Abmachung, dass du mich auf dem Laufenden hältst.»

Kienbaum ordnete sein malerisch windzerzaustes Haar und sagte mit Blick auf die Monitore: «Eine Wahnsinnsgeschichte. Mensch, Adam, den anderen Typ hättest du genauso gut in der Röhre stecken lassen können, ihr hättet euch einfach nur hier früher umsehen müssen. Wahnsinn.»

«Du meinst, als das Ganze noch eine Verwechslungstat im Bandenkrieg zweier Ungarn-Clans war?», fragte Danowski mit produzierter Häme.

«Das sind Überwachungskameras wie im Puff», sagte Kienbaum ungerührt, «am Ende gibt's da doch 'ne Kiez-Connection.»

«Beste weißt du ja noch gar nicht», sagte Behling zu Danowski mit breit aufgetragener Jovialität. «Schau mal, was die Lütte hat.»

Jurkschat stand im Türrahmen und schwenkte Papier. Sie konnte nicht anders, als breit zu grinsen. Ihm fiel auf, wie selten er sie dabei gesehen hatte, vielleicht noch nie, Jurkschat und so ein fettes Grinsen, das kam nicht häufig vor. Er hätte gern mitgegrinst, aber er fühlte sich immer noch verraten von ihr und zugleich in ihrer Schuld, eine Mischung, die ihm so was von nicht passte.

Jetzt, dachte er, jetzt ist der erste Moment, in dem ich

mich tief und ohne Nachgedanken auf die Teilzeit freue. Raus aus diesem ganzen Schlamassel hier.

«Schmauchspurenanalyse», sagte sie. «Ich hab, ehrlich gesagt, die Sache mit den Konten schleifen lassen und mich stattdessen im Labor unbeliebt gemacht.» Sie hob den linken Schrieb in die Höhe wie eine Trophäe, sodass niemand ihn lesen konnte. «Jedenfalls sind auf dem blauen Hemdkittel, den wir in der Goldschmiede gesichert haben, am unteren rechten Ärmel Schmauchspuren, die zum Schussbild der Tat passen.»

Wir, sie sagte immer noch wir. Dabei hatte sie das ja nun wirklich allein hingekriegt. Warum gab sie es nicht einfach auf, so zu tun, als wären sie und Danowski ein Team? «Das heißt, wir haben alles, was wir für eine vorläufige Festnahme brauchen.»

«Morgen dann Vorführung beim Haftrichter, Haftbefehl dürfte reine Formalie sein», sagte Behling und signalisierte per Augenzwinkern, wie unermesslich groß sein Anteil an der ganzen Sache war. «Vernehmung spät am Abend und Nacht in der Arrestzelle sind ja immer was Schönes.»

«Na dann», sagte Danowski.

Als sie Yvonne Bressin verhafteten, war es wie bei ihrer allerersten Zeugenbefragung in der Siedlung: Danowski hielt sich im Hintergrund und ließ Jurkschat die vertrauten Formeln sagen. Die sich vermutlich nie wieder so frisch anhörten, wie wenn sie einem selbst zum ersten Mal ins Gesicht gesagt wurden.

Johanna öffnete die Tür: «Mama, für dich.»

Über die Schultern von Jurkschat, Behling und Kienbaum sah er, wie Yvonne Bressin jenseits der Diele vom Esstisch aufstand. Sie trug schon Schuhe und griff in der Diele nach ihrer Jacke. Jurkschat schüttelte den Kopf, als eine der beiden Kolleginnen von der Schutzpolizei fragend die Handschellen hob.

«Mama, soll ich einen Anwalt anrufen?», fragte Johanna Bressin, und Danowski fand, dass sie auf ihren Wollsocken und in ihren langen Pulloverärmeln viel zu jung war, um so einen Satz sagen zu müssen. Yvonne Bressin schüttelte den Kopf in einer Mutterbewegung: Später, ich kümmere mich darum. Überhaupt war das ein Problem, wie jung Johanna Bressin war: Rüdiger Bressin war nicht da, wieder ein DJ-Gig bei irgendeinem Verein hier im Umland, um halb elf, elf sollte er zurück sein, und jetzt kamen die beiden kleineren Kinder, die schon im Bett gewesen waren, barfuß in die Diele. Danowski ließ das Bild durch sich hindurchgehen, er atmete es quasi weg, das lief gar nicht so schlecht. Aber sie konnten eine Minderjährige nicht mit zwei noch Minderjährigeren allein lassen. Im Grunde brauchten sie jetzt noch jemanden von der Sozialbehörde, der die Kinder in Obhut nahm.

«Wir haben nur ein paar Fragen an eure Mama, das wird alles wieder gut», schaltete sich jetzt Behling ein, schon auf den Knien, und Danowski war fast eifersüchtig, was für eine einfühlsame Nummer der irgendwie auch draufhatte. Egal, wie gelogen das war. «Eure Mama darf im Polizeiauto mitfahren, mit Blaulicht.» Danowski sah, dass Behling den Bogen überspannt hatte: Im Gesicht des älteren Kindes breitete sich Angst aus, und Johanna zog es von hinten an sich, die Ärmelhände beschützend vor seiner Brust verschränkt.

Behling richtete sich wieder auf und klärte die Minderjährigen-Situation unbürokratisch, bevor Jurkschat sich in Jugendamtsregularien verzetteln konnte: «Unsere Kolleginnen bleiben bei euch, bis euer Papa nach Hause kommt.»

Dann setzte ihre kleine Prozession sich Richtung Autos in Gang, mit Yvonne Bressin als Mittelstück, als müssten sie sie beschützen, dabei war es dafür zu spät. Danowski hörte nicht hin, als die Kinder «Tschüs, Mama» riefen.

48. Kapitel

Yvonne Bressin saß auf dem Besucherstuhl an der Schmalseite von seinem und Jurkschats Schreibtisch, aber zu Besuch war sie hier nicht. Sie wirkte wie abgeschaltet, die musste offenbar gerade sehr gründlich über etwas nachdenken. Die Welt hinter den Fensterscheiben war tiefschwarz.

«Es wird bis morgen Mittag dauern, bis Sie dem Haftrichter vorgeführt werden», sagte Danowski und setzte sich hinter seinen Schreibtisch, um von der Tischkante nicht so über Bressin zu thronen und weil er eine möglichst große Entfernung zwischen sich und die Tatverdächtige bringen wollte. Er war seltsam enttäuscht von ihr, er musste sich eingestehen, dass er was anderes in ihr gesehen hatte. Wenigstens hatten die Kinder einen Vater, der keiner geregelten Tätigkeit nachging und der sich deshalb jederzeit um sie kümmern konnte. Sie sah ihn an, als hätte sie mit dieser oder einer ganz ähnlichen Formulierung gerechnet.

«Das heißt, Sie werden die Nacht hier verbringen müssen. Sie haben jetzt die Möglichkeit, einen Anwalt anzurufen.»

«Oder eine Anwältin», irritierte ihn Jurkschat.

«Ich kenne keine Anwälte», sagte Yvonne Bressin. Sie sprach langsam, aber ihre Stimme klang trocken, fast geschäftsmäßig.

«Dann wird Ihnen das Gericht einen Pflichtverteidiger beiordnen.» Ein Blick auf Jurkschat.

«Natürlich haben Sie auch die Möglichkeit, sich schon vor dem Termin beim Haftrichter zu äußern. Sie können ein Geständnis ablegen. Ob Sie das dann später widerrufen, können Sie sich dann immer noch überlegen. Sie können immer sagen, dass wir Sie verwirrt oder unter Druck gesetzt haben. Im Prinzip bin ich ja bereits dabei, das zu tun. Der Vorteil ist, dass ein Geständnis, das aufrechterhalten wird, vor Gericht umso mehr Eindruck macht, je früher Sie es ablegen. Im Prinzip eine ganz einfache Geschichte: Sie gestehen jetzt, und wenn Ihr Anwalt das gut findet, bleiben Sie dabei und kriegen eine reduzierte Strafe, oder Sie widerrufen, und es ist, als wäre nie was gewesen. Jetzt gestehen ist also sozusagen die klassische Win-win-Situation.»

Er stellte fest, dass er sich unerträglich anhörte. Das war die Frau, deren Reihenhaus Leslie sich angeguckt hatte und die ihm zwischendurch fast unangenehm sympathisch gewesen war. Und jetzt redete er hier verqueres Polizeizeug. Egal. Das Leben ging weiter, für ihn unaufhaltsam.

«Ich kann nichts gestehen. Ich habe nichts getan.»

Jurkschat seufzte ungeduldig und sah auf die Uhr. Es war fast elf. Danowski warf ihr einen scharfen Blick zu. Wenigstens hatte sie ihm geholfen, Behling und Kienbaum wegzuschicken, wobei Behling vielsagend den Kopf gewogen hatte, so, als hätte Danowski jetzt wirklich seine letzte Chance verspielt.

«Das sehe ich anders», sagte er zu Yvonne Bressin. «Sie haben Oliver Wiebusch getötet, weil Sie sich von ihm unter Druck gesetzt fühlten. Wir haben die Monitore gesehen.»

Bressin nickte. «Das stimmt. Er hat meine Privatsphäre verletzt. Die von uns allen. Aber ich habe ihn nicht getötet.» Auf seltsame Weise sprach sie das Wort «Privatsphäre» ebenso zart und fast ehrfürchtig aus, wie Leslie vor Wochen «Streuobstwiesen» gesagt hatte. Es war aber auch ein schönes Wort, altmodisch und flüchtig.

«Woher wussten Sie von den Überwachungskameras?»,
fragte Danowski. Sie zuckte mit den Schultern, als flöge
einem derlei Wissen zu. Dann sagte sie: «Davon hat mir Susanne erzählt. Er hat versucht, sie zu beeindrucken. Sie hat
sich eine Zeitlang ziemlich an ihn rangehängt. Ich glaube,
das hat ihm gefallen.»

«Davon haben Sie uns nichts erzählt, als wir bei Ihnen
im Laden waren.»

«Es klingt falsch, wenn man es so ausspricht.»

«Warum hat Oliver Wiebusch Ihre Wohnung und die
von Susanne Thomsen überwacht? Was wollte er von Ihnen?» Seine Stimme klang müde. Das war schlecht. Er
merkte, dass Yvonne Bressin sich von ihm anstecken ließ.
Sie unterdrückte ein Gähnen.

«Das habe ich Susanne auch gefragt», sagte sie. «Sie hat
gesagt: Weil er es kann. Und weil er sich für uns verantwortlich fühlt.»

«Sie haben kein Alibi», sagte Jurkschat halblaut, als
spräche sie eine Wahrheit aus, auf die sie sich längst alle
geeinigt hatten.

«Ich war in meinem Laden, in der Werkstatt.»

«Und niemand hat Sie gesehen. Nur das Licht im Fenster.»

«Da ist abends nicht mehr viel los. Nein. Und ich war
nicht im VW-Bus unterwegs an dem Tag.»

«Auch das hat niemand gesehen.» Danowski rieb sich
die Augen.

«Sie haben zu Susanne Thomsen gesagt, dass Sie ihn umbringen wollen», sagte Jurkschat gereizt.

Yvonne Bressin blickte alarmiert, ihr schien zu däm-
mern, aber nicht klar zu werden, dass sie das Ausmaß ihrer
Schwierigkeiten noch gar nicht voll überblicken konnte,
aber langsam wurden die Umrisse deutlicher. Unvermittelt

beugte sie sich nach vorn, presste die Handballen auf die Augen und schaffte es gerade, sich mit den ausgestreckten Fingern die Ohren zuzuhalten. Danowski wartete, bis ihr das zu anstrengend wurde. Jurkschat reichte ihr ein Taschentuch, weil sie überraschend laut weinte, sobald sie die Hände wieder unten hatte.

«Es tut mir leid», sagte sie. «Ich bin ziemlich erschöpft.»

Danowski schlug die Augen nieder. «Wir haben Screenshots eines WhatsApp-Chats gesehen, den Susanne Thomsen mit Ihnen hatte. Es geht eindeutig um Oliver Wiebusch und seine Übergriffe, und einmal, vor zwei Monaten, schreiben Sie: ‹Ich könnte ihn umbringen.›»

Yvonne Bressin schnäuzte sich noch lauter, als sie geweint hatte. Dann wurde sie wieder ganz still. «Könnte», sagte sie leise. «Könnte.»

«Jetzt haben wir auch ein bisschen im Internet recherchiert. Sie waren mal Schützenkönigin, das heißt, Sie können schießen», sagte Danowski. «Wenn Sie uns sagen, wo die Tatwaffe ist, können Sie sich selbst einen großen Gefallen tun.»

Yvonne Bressin sah ihn zum ersten Mal, seit sie hier saß, direkt an. «Wissen Sie, wie man Schützenkönigin wird?», fragte sie.

«Indem man gut schießt», sagte Danowski trocken.

«Nein. Indem man blöd ist. Wer auf dem Dorf beim Schützenfest gewinnt, muss das nächste Schützenfest ausrichten. Darum schießen viele gestandene Männer mit Absicht daneben, das ist doch sowieso alles nur ein Vorwand zum Trinken, da geht's doch gar nicht ums Schießen oder Gewinnen. Wir haben da immer Ferien gemacht auf einem Bauernhof hinter Buxtehude, und als ich sechzehn oder siebzehn war, hab ich beim Schützenfest gewonnen, weil ich meinen Vater ärgern wollte. Im nächsten Urlaub musste er so was wie vierzig Kästen Bier, ein Spanferkel und zweihundert Würstchen ausgeben. Während ich mit meinem Freund auf Interrail war. Das fand ich lustig.»

Danowski nickte. «Wir werden das überprüfen», sagte er staatstragend, aber innerlich leicht verwirrt. Warum wusste Jurkschat so was nicht? Die kam doch auch vom Dorf.

«Wir haben Schmauchspuren an Ihrer Kleidung gesichert», sagte Jurkschat. «An den Ärmeln Ihres Arbeitskittels.»

«Wenn Sie den Kittel wirklich untersucht haben, dann haben Sie da jede Menge Chemikalien und Mineralien gefunden. Ich arbeite mit solchem Zeug. Das sind Spuren vom Goldschmieden.»

Danowski musste zugeben, dass die fehlende Tatwaffe und die Begleitumstände ihrer Benutzung nicht zu den stärksten Aspekten des Tatnachweises gehörten, den Jurkschat und er erbracht hatten; darauf war auch Staatsanwalt Habernis mehr als eine Runde herumgeritten. Aber es gab die eine Sache, die zumindest bei ihm jeden vernünftigen Zweifel beseitigt hatte.

«Warum haben Sie uns nichts von Wiebuschs Kameras erzählt?»

Yvonne Bressin schüttelte leicht den Kopf und starrte auf Danowskis Schreibtisch.

«Warum haben Sie ein Foto von Hamburger Pannfisch auf Ihrem Schreibtisch? Wofür? Warum soll man alles erklären können?»

Einen Moment betrachteten sie alle drei Finzis behämmertes Pannfisch-Foto, und es entstand eine seltsame Pause. Danowski dachte an Tracy Harris und wie sie sich das Foto auch angeschaut hatte, er musste es wirklich mal wegschmeißen. Mit einer aggressiven Handbewegung nahm er's vom Schreibtisch und steckte es in die Jackentasche.

«Wir haben uns geschämt», sagte sie, als er längst dachte, da käme nichts mehr. «Und wir waren uns nicht sicher, wie weit Johanna … also, was er und sie für ein Verhältnis, ob er sie … Das wollten wir rausfinden. Von ihr.»

Danowski wartete. Schließlich sagte Jurkschat: «Aber Ihre Tochter redet nicht mit Ihnen.»

Yvonne Bressin schüttelte den Kopf.

«Sie sind mit der S-Bahn in die Innenstadt gefahren», sagte Danowski. «Und ich bin sicher, wenn wir Ihre Mobilfunkdaten anfordern, sehen wir, dass Sie morgens bei Oliver Wiebusch angerufen haben. Damit er Sie abends mitnimmt. Im Stau haben Sie ihn erschossen. Und Sie sind erst aus seinem Auto gekrochen, als sicher war, dass die Leute in den Autos vor und hinter Wiebuschs Audi in die Rettungsgänge geflüchtet waren. Dann haben Sie den Tunnel, wie etwa fünfzig bis hundert andere Leute, am stehenden Verkehr vorbei zu Fuß verlassen. Im Unterschied zu den anderen sind Sie aber nicht zurückgekehrt, Sie hatten ja kein Auto dort, sondern Sie sind mit dem Bus oder der S-Bahn wieder in Ihre Werkstatt gefahren.»

«Warum sollte ich …» – sie tat, fand er, als würde sie die Worte kaum über die Lippen bringen –, «… warum sollte ich den Wiebusch unbedingt im Elbtunnel umbringen? Ich meine, es gibt doch, keine Ahnung, viel bessere Gelegenheiten …»

«Wissen Sie noch, was Sie mir bei meinem Besuch in Ihrer Werkstatt über Symbole erzählt haben?», fragte Danowski.

«Ja», sagte sie. «Und Sie haben mich verstanden. Sie haben genau verstanden, was ich Ihnen gesagt habe.» Danowski merkte, dass er rot wurde. Niemand war darüber erstaunter als er, vor allem nicht Jurkschat, die glotzte ihn einfach nur missbilligend an.

«Es war eine hoch symbolische Tat für Sie», sagte Danowski durch seine Verlegenheit. «Ihnen war es unerträglich geworden, dass Wiebusch da mit Ihnen in der Siedlung wohnte und alles über Sie wusste, sich in alles einmischte. Die Siedlung war für Sie nur noch zu ertragen, wenn er nicht da war, und der Tunnel markierte für Sie symbolisch diesen Übergang zwischen Wiebusch weg und Wiebusch da: Solange er noch nicht durch den Tunnel war, war die Welt für Sie in der Siedlung in Ordnung. Sie haben sich selbst gehasst für Ihre Hilflosigkeit und für das Ausgeliefertsein. Und indem Sie Wiebusch genau an dem Ort erschossen haben, der für Sie diese große symbolische Bedeutung hatte, haben Sie sich nicht nur ganz praktisch von ihm befreit, sondern auch von diesem Gefühl der Machtlosigkeit.»

Jurkschat guckte ein bisschen skeptisch oder vielleicht eher ungehalten, wahrscheinlich eifersüchtig, weil diese psychologischen Motivtheorien ja eigentlich eher ihr Beritt waren. Yvonne Bressin sagte nichts. Sie rieb sich mit dem Taschentuch, das nur noch ein weißer Klumpen war, die Nase. Dann sagte sie, ein bisschen lauter als zuvor: «Ich gestehe, dass ich froh bin, dass der Typ tot ist. Ja, ich fühle mich frei. Aber …» Sie legte das Taschentuch vorsichtig auf Danowskis Tischkante. «Ich habe ihn nicht getötet.»

«Wiebusch hatte Sie auf seine scheinbar hilfsbereite, in Wahrheit aber manipulative Weise absolut in der Hand», sagte Danowski. «Wir haben Unterlagen, die beweisen, dass Oliver Wiebusch den Privatkredit ausgelöst hat, mit dem Ihr Geschäft in der Neustadt belastet war. Ihm gehörte Ihr Laden. Ihm gehörte alles von Ihnen. Ihr Leben in der Hainapfel-Siedlung, Ihr Laden. Alles.»

Sie nickte und sah auf ihre Hände mit den starken Fingergliedern und den ewig schmutzigen Kuppen. Danowski erinnerte sich, wie rau sie waren. «Aber nicht mehr», sagte sie. «Seit er tot ist, ist der Laden schuldenfrei. Vorher hatte ich sozusagen ideelle Schulden bei ihm, aber die sind erloschen mit seinem Tod.»

«Danke, dass Sie das Motiv selbst so klar formulieren», sagte Danowski.

«Das ist kein Motiv», sagte Yvonne Bressin. «Das ist der Nebeneffekt dessen, was nun mal passiert ist.»

«Davon, was Sie getan haben», sagte Jurkschat.

Yvonne Bressin sah nicht zu Jurkschat, sondern ein zweites Mal direkt in Danowskis Gesicht. «Ich habe mir den Elbtunnel nicht ausgesucht. Aber ich gestehe, dass ich das Symbol … verstehe.»

Mehr kam nicht. Jurkschat warf ihm einen Flur-Blick zu. Sie gingen raus, und Danowski hatte Mühe, sie anzuschauen.

«Morgen machen wir eine Hausdurchsuchung, wenn die Kinder nicht da sind», sagte Jurkschat. «Behling und Kienbaum machen die. Willst du dabei sein?»

Danowski nickte. Eigentlich nicht. «Klar.»

«Gut, dann um zehn wieder da unten.»

Hinter der Tür klingelte eins ihrer Telefone. Yvonne Bressin sah nicht auf, als sie wieder reinkamen. Jurkschat ging ran, und Danowski starrte die Verdächtige an. Nach einer Weile schüttelte sie sacht den Kopf, als wollte sie sagen: Das zieht bei mir nicht.

«Okay, gut, dann sagen Sie mir, sobald Sie wissen, welche JVA die Kollegen anfahren sollen.» Sie legte auf, ihr Pferdeschwanz war nur ein Schatten seiner selbst. Sie steckte beide Hände rein, Haargummi im Mund, und sagte zu Danowski: «Ist noch nicht klar, wo die Festgenommene die Nacht verbringt. Die Arrestzellen hier im Haus sind belegt.»

«Na, dann wartest du am besten hier mit ihr», sagte Danowski.

Das letzte Bild, bevor die Bürotür zufiel: Yvonne Bressin, die Hände wieder im Schoß vergraben. Sie hob den Kopf, als er ging, aber ihre Blicke waren zu langsam, um sich zu treffen.

49. Kapitel

Das Erste, was er nach dem Aufwachen sah, war Finzi in Unterhosen. Danowski rieb sich die Augen und stöhnte.

«Sag mal, hörst du das Telefon nicht?», fragte Finzi und stellte ihm einen Kaffeebecher ans Bett. «Es ist fast neun, aber Leslie hat gesagt, ich soll dich schlafen lassen, weil du erst um zehn wieder wo sein musst.» Er reichte Danowski den schnurlosen Apparat. Das Labor.

«Ihr seid doch sonst nicht so schnell», röchelte er.

«Einer von den Jungs steht auf deine Kollegin.»

«Jurkschat?» Er wollte sagen: Vergiss es, die hat 'nen Extremsportler, aber selbst sein schlafvernebeltes Hirn sah, dass er sich dadurch was zerschießen würde. «Klar», sagte er, «kann ich verstehen, und die ist ja auch auf der Suche.»

«Jedenfalls lässt er keine Gelegenheit aus, sie zu beeindrucken, darum habe ich jetzt hier schon ein paar vorläufige Ergebnisse über den Umschlag, den du uns gestern Abend geschickt hast.»

Danowski setzte sich auf die Bettkante und ließ es sich gefallen, dass Finzi ihm erst scherzhaft, dann einfach so den Nacken massierte.

«In den Schlammspuren sind lauter Sachen, die sehr leicht auszulesen sind. Namentlich Schwermetalle. Kadmium, Quecksilber, außerdem Öl. Schöne Altlastenmischung. Der ist irgendwohin gefallen, wo gerade eine Bodensanierung stattfindet, erstes Stadium.»

«Also irgendwo in ganz Hamburg», sagte Danowski.

Der Kollege vom Labor kicherte. «Nicht ganz. Schnell zu

finden ist auch Metallabrieb, und Lösungsmittel und Tenside haben wir auch dadrin. Also: Was mit Bahn, was mit Reinigung, und was mit Altlastensanierung.»

Danowski bedankte sich mit dem Versprechen, für den anderen Kollegen ein gutes Wort bei Jurkschat einzulegen. Dann bat er Finzi, sich wenigstens ein T-Shirt anzuziehen, und gab ihm die Kurzfassung.

«Das ist einfach», sagte Finzi, der sich bis an ihr Lebensende besser in Hamburg auskennen würde als der zugereiste Danowski, «dieses Baugelände in Altona, wo die Bahn das ganze Land verkauft hat, und bevor der ICE-Bahnhof umzieht nach Diebsteich, sanieren sie das Zeug für den Wohnungsbau. Altlasten, Metallabrieb, Lösungsmittel: die stillgelegte Lokreinigungsanlage. Da hab ich schon die Scheiben eingeschmissen, als du noch in Westberlin die Wolle aus dem Teddy gezupft hast.»

«Okay», sagte Danowski und stand auf, wobei er den lauwarmen Kaffee in sich reinlaufen ließ, «das mit dem T-Shirt war kein Witz, und ich erhöhe um eine Hose. Wir fahren dahin, und du zeigst mir, wo das ist. Das passt super, weil die Zeugin, die ich da vermute, gestern von einem Imbiss in der Nähe vom Bahngelände bei Leslie angerufen hat.»

«Eines Tages wirst du mir das alles in Ruhe erzählen», sagte Finzi.

Dann machte Danowski zum ersten Mal seit gestern am frühen Abend sein iPhone wieder an und schrieb Jurkschat eine kurze Nachricht: «Neue Spur zu Thomsen, macht die Durchsuchung ohne mich, später mehr, treffen uns im Präsidium.» Für ihn war das Thema Überwachung mit der Entdeckung von Wiebuschs Kameras abgeschlossen. Er machte auch das Diensthandy wieder an. Dann bemühte er sich erfolgreich, sich nicht vorzustellen, wie

Yvonne Bressins Nacht in irgendeiner JVA gewesen war, und freute sich auf den geschenkten Vormittag.

Von der Harkortstraße fuhren sie an den Rand des stadtteilgroßen Geländes, das sich zwischen den Bahnhöfen Altona im Süden und Diebsteich im Norden erstreckte, durchschnitten von drei Dutzend parallel verlaufenden und dann wieder miteinander verschmelzenden Gleisen, ein verwildertes Stahlgeflecht aus nicht mehr benötigten Rangierstrecken, Lokschuppen und Brachen, von denen eine große Fläche im Nordosten schon als Baugrund erschlossen war. Der Rest war überwuchert mit hüfthohem Gras oder diente als Lagerfläche. Er fragte sich, wann die Holstenbrauerei jemals die Abermillionen leere Bierkästen brauchen würde, die sich hier stapelten.

Danowski und Finzi liefen zwischen den zehn, fünfzehn Meter hohen Pfandgebirgen hindurch. «Sieht aus wie früher bei mir in der Küche», sagte Finzi. Danowski war irritiert, dass sein alter Partner nicht so schnell gehen konnte wie noch vor einem halben Jahr, aber andererseits hatte er ihn offiziell ja auch gar nicht dabei, mithin also kein Recht, sich über seinen Zustand zu beschweren.

Der Teil des Geländes, auf dem das Skelett der Lokwaschanlage stand, war schon einen halben Kilometer vor ihrem Ziel abgesperrt.

«Kampfmittelräumung», sagte ein Wachmann mit Helm und erklärte ihnen, die Arbeit würde schon seit zwei Wochen ruhen, während das Gelände mit speziellen Detektoren nach Bomben aus dem Zweiten Weltkrieg untersucht wurde.

«Danowski, LKA, und das ist mein Assistent Finzel.» Er zeigte seinen Dienstausweis, Finzi knurrte.

«Das geht dann auf eigene Gefahr», sagte der Wachmann und ließ sie durch den Zaun. Dann, leicht defensiv: «Nachts kommt man hier sowieso von allen Seiten rein, wir können ja nicht jeden Zentimeter Zaun überwachen.»

Als sie auf die Ruine zustapften, der Himmel über ihnen hell und trocken wie an einem gelungenen Ferientag, klingelte Danowskis Diensthandy.

«Habt ihr was gefunden?», fragte Danowski, um mit Jurkschat nicht allzu viele Höflichkeitsfloskeln austauschen zu müssen. Er blieb stehen, während Finzi weiterging.

«Ja, schon», sagte Jurkschat. «Hinter der Einfassung der Wanne im oberen Badezimmer. Ein kleiner Stapel von Artikeln aus Hamburger Zeitungen, in denen es um die Ausbreitung von ungarischen Zuhältern und Menschenhändlern in Hamburg geht. Vor allem um Lajos Aradi. Und auf zwei oder drei Fotos ist er in seinem weißen Audi Q7 zu sehen. Dem gleichen Auto, das Oliver Wiebusch fuhr.»

«Wie, Berichte über die Tat?», fragte Danowski, der an Jurkschats Stimme hörte, dass sie ihm eigentlich was anderes erzählen wollte.

«Nein, wohl nicht», sagte sie. «Zum Teil ein Jahr alt oder so.»

«Ach du Scheiße», sagte Danowski und ließ sich den Wind um die Nase wehen. Nach Kadmium roch es hier nicht gerade, aber andererseits hätte er gar nicht gewusst, wie Kadmium riecht, wenn man es ihm auf die Nase gebunden hätte. Heute war Frühling im Herbst.

«Das heißt, Yvonne Bressin hat von Anfang an die Verwechslung geplant», sagte Jurkschat. «Es sollte so aussehen, als wäre Wiebusch irrtümlich getötet worden, von rivalisierenden Ungarn. Die hatte genau die gleiche Idee wie Behling und Kienbaum. Im Elbtunnel, weil das genau die Art von Aufmerksamkeit erregt, die derartige Banden

369

bei ihren Machtkämpfen lieben, und weil das die Grenze zwischen ihren Gebieten ist, darum geht es ausdrücklich in einem Artikel hier im Stapel.»

«Und weil man nirgends sonst so sicher in einen Stau fährt wie im Elbtunnel», sagte Danowski. «Bist du sicher, dass die Artikel von vor der Tat sind?»

«Ja. Behling sagt …»

«Wieso Behling?»

«Ich bin gar nicht mitgefahren zur Hausdurchsuchung. Er hat mich vorhin angerufen und mir das erzählt, das war die erste Stelle, wo er geguckt hat, typisches Anfängerversteck, da war er sehr stolz drauf. Aber Adam …»

«Warum bist du nicht mitgefahren?»

Sie schwieg kurz. «Ich wollte mal mit der Verdächtigen allein reden, wenn die die heute Morgen wieder ins Präsidium bringen. Manchmal ist das besser, wenn da kein Mann …»

«Spinnst du?», fragte er, weil ihm gerade schmerzhaft klarwurde, dass er aus Sicht der Chefin noch immer so was wie der Leiter der Ermittlungen war. «Du kannst doch nicht einfach …»

«Adam, ich hatte ein ganz komisches Gefühl bei der Befragung gestern, und …»

«Ich hab auch ein ganz komisches Gefühl gerade, Meta.»

«Die Bressin ist weg. Deshalb ruf ich an.»

Finzi hatte die äußeren Metallträger der Lokschuppenreinigungsruine erreicht und machte eine theatralische «Ich geh da jetzt rein»-Geste.

«Wie? Du willst mir nicht im Ernst erzählen, die sei geflohen oder was?»

«Nein, natürlich nicht. Sie ist gestern in eine JVA gebracht worden, aber ich weiß nicht, in welche. Sie ist irgendwie im System verschwunden. Und die Chefin sagt, sie hat da jetzt keine Zeit, mit mir drüber zu reden, aber ich soll mir mal keine Gedanken machen, und die wird schon wiederauftauchen.»

«Ist denn jetzt nicht langsam der Termin beim Haftrichter?»

«Ja, um zwölf. Langsam wird's eng.»

«Na gut, aber die wird schon ...»

«Adam, ich hab in der letzten halben Stunde alle JVAs angerufen, die normalerweise unsere Festnahmen über Nacht einquartieren, wenn wir hier keinen Platz haben. Da ist nirgendwo eine Yvonne Bressin verbucht. Nirgendwo.»

«Und die Papiere für den Transport?»

Sie schwieg einen Moment. «Die sind weg.»

«Wer hat den denn unterschrieben gestern? Du warst doch bis zum Schluss da? Meta, ich versteh kein Wort.»

Wieder dieses Ding mit dem kurzen Schweigen, als würde ihr auf den letzten Metern vorm Antworten vielleicht noch was Besseres einfallen. «Behling ist irgendwann gekommen und hat mich abgelöst. Der hat das unterschrieben.»

Danowski sah, dass Finzi mit dem international üblichen Gebärdenzeichen für «Also, hier ist sie nicht, und auch sonst keiner» zwischen zwei rostigen Stahlträgern wieder vorkam. «Du bleibst, wo du bist», zischte er ins Telefon und musste sich zusammenreißen, es nicht vor Wut auf den Boden zu schmeißen. Aber es wäre nur im Schlamm stecken geblieben und nicht zu seiner vollen Befriedigung zerschellt.

«Wir brechen hier ab», rief er Finzi zu. «Jurkschat hat Scheiße gebaut, und unsere Täterin ist weg.»

50. Kapitel

«Adam, kennst du eigentlich den schon?»

Danowski, Wutfahrer, trat abwechselnd zu doll aufs Gaspedal und auf die Bremse, was dazu führte, dass sie zwar nicht schneller, aber deutlich ruckartiger vorankamen. Das machte ihn noch wütender und brachte also gar nichts.

«Ja.»

«Den mit der Fee?»

«Den mit der Fee? Ja, den mit der Fee kenn ich, Finzi.»

«Also, kommt eine Fee zu einem Mann und sagt, er hat einen Wunsch frei.»

«Echt? Wahnsinn. Nee, den kenn ich doch noch nicht.»

«Und der Mann sagt: Ich hätte gern einen Schwanz, der bis zum Boden reicht.»

«Okay.»

«Zack, sind seine Beine weg.»

Danowski schnaufte.

«Was ich damit sagen will», während Finzi sich ganz uncharakteristisch am Türgriff festhielt, «ist, dass das so eine Art Gleichnis für das ist, was sich gerade in deinem Leben abspielt.»

«Spinnst du? Verdammtes Arschloch da vorne. Die Hamburger können nicht im Regen fahren. Regnet hier ja auch nie.»

«Nee, im Ernst, mit deiner Teilzeit und so, mit deinen ganzen Wünschen, dein Leben zu verändern, das ist alles so … also, das ist irgendwie die falsche Herangehensweise.»

«Finzi, ich hab jetzt echt andere Sorgen.»

«Du regst dich total auf wegen irgendwelcher bürokratischer Problemchen, das steht echt nicht dafür …»

«Bürokratische Problemchen?»

«Ja, eine vorläufig Festgenommene ist im System verschwunden, weil irgendein Vollzugsbeamter eine EDV-Eingabe vergessen hat, oder weil Behling den Papierkram falsch abgelegt hat, so was passiert doch ständig, das ist doch …»

«Du kennst Meta nicht so gut wie ich. Die klang ganz komisch. Da ist irgendwas ganz grundsätzlich …»

«Kennst du den anderen mit der Fee?»

«Bück dich, Wunsch ist Wunsch?»

«Nee, den mit dem steifen Bein.»

«Du bleibst auf alle Fälle im Auto sitzen, bis ich das mit Jurkschat geklärt habe. Oder willst du mit Besucherausweis ins Präsidium und dich von den Kollegen bestaunen lassen?»

«Okay, ich sag gar nichts mehr. Der dauert auch länger, da muss man sich ein bisschen Zeit nehmen für.»

Jurkschat kam ihm auf dem Flur entgegen und fuhr sich mit der Hand ins Haar, sobald sie ihn erkannte. Ihre Augen waren flach und matt wie trockene Strandsteine bei Ebbe. Dann blickte sie zu Boden.

«Und?», fragte er.

«Nichts. Sie ist weg.»

«Meta, das kann nicht sein, was ist denn das für ein Schwachsinn? Wir haben noch jede Menge offene Fragen, es gibt einen Termin beim Haftrichter, das ist …»

«Ich nehm das voll auf meine Kappe», sagte Jurkschat in einem Tonfall, als hätte sie sich gemerkt, dass man so was im Zweifelsfall sagte, und als hätte sie sich vorgenommen, sich nicht rauszureden, wenn es bei ihr so weit war. Aber man hörte, dass sie keine Übung darin hatte.

«Okay.» Er merkte, dass er bis in die Fingerspitzen wütend war. «Auf den letzten Metern versaust du einen bürokratischen Routinevorgang? Wie kann dir so was passieren? Ausgerechnet dir, ich meine, du bist doch echt die Königin der vorschriftsmäßigen Abläufe, und ausgerechnet jetzt, wo ich wirklich gern diesen Fall …»

«Nicht nur du, Adam, nicht nur du. Es geht nicht immer nur um dich, weißt du?» Sie hielt ihr braunes Haargummi in der Faust und gestikulierte damit in seine Richtung. «Für mich ist das genauso …»

«Spinnst du?» Er riss ihr das Haargummi aus der Hand und schleuderte es schräg hinter sich. «Soll das jetzt hier eine persönliche Geschichte werden über mich und wie ich bin? Ich glaub, ich hör nicht richtig. Du hast Mist gebaut, und …»

«Ich weiß. Das habe ich ja gesagt. Und im Übrigen verlange ich, dass du mich nicht angreifst und mein Eigentum durch die Gegend …»

«Meta, dieser Mist kann uns Tage kosten, und am Ende wird die Verdächtige freigelassen, ohne dass wir was davon mitkriegen, und wer weiß, was sie bis dahin an Beweismitteln vernichtet oder sich sonst wie zurechtlegt.»

Sie hörte auf, den Teppich hinter ihm mit den Augen abzusuchen. «Darum geht's doch gar nicht. Adam, die ist irgendwie richtig weg.»

«Du redest wirr, Meta.»

«Ich hab den ganzen Vormittag rumtelefoniert, ich hab alle Leute nach ihr gefragt, die hier oder in der Staatsanwaltschaft was wissen könnten, weil ich das wiedergutmachen wollte. Aber … denen ist das irgendwie völlig egal.

Staatsanwalt Habernis lässt ausrichten, dass aus seiner Sicht in der Sache kein Handlungsbedarf besteht.»

Danowskis Blick verengte sich. «Kein Handlungsbedarf?»

«Nur eine Verzögerung, sagt sein Büro. Inoffiziell. Das ist alles total fischig.»

«Und was sagt Behling?»

Jurkschat machte wieder dieses Ding mit dem Schweigen, wie eine schlechte Verdächtige bei einem einfachen Verhör. «Der ist nicht da. Ich erreich den nicht.»

Danowski hatte jetzt genug. Hinten über einen Quergang liefen ein paar Kollegen Richtung Fahrstuhl, vielleicht in Hörweite, aber ihm war jetzt auch egal, wer hier alles was mitbekam.

«Ach, echt, ja», sagte er, während seine Wut ihre Temperatur von heiß auf kalt änderte, ohne weniger zu werden. «Das ist ja das Allerneuste. Behling für dich nicht erreichbar. Normalerweise hat er doch immer ein Ohr für dich. Ja, genau. Apropos Ohr. Tut mir leid, dass ich dich nicht gesehen habe, als ich den Warnschuss abgegeben habe. Es war ja recht dunkel. Tut mir leid, dass ich dein Ohr dadurch schwerer verletzt habe, als du mir erzählt hast. Aber warum, Meta, echt, warum rennst du damit zu Behling? Okay, wir hätten das alles nicht vertuschen sollen, aber dafür ist es jetzt zu spät. Weißt du, was dein Freund Behling macht? Dein väterlicher Freund? Hm?»

Meta starrte ihn an. «Ich versteh kein Wort.»

«Meta, du bist so schlecht im Lügen. Behling hat mich gestern abgefangen und mir gesagt, dass du ihm alles erzählt hast und dass er's der Chefin weitersagt, wenn ich ihn nicht am Ermittlungserfolg beteilige. Damit er seine verschissene Karriere retten kann. Dein Freund Behling. Danke, Meta. Echt.»

Sie hatte die Arme sinken lassen, und zum ersten Mal sah er sie mit offenen Haaren. Sie wirkte zerzaust und erschöpft und zehn Jahre jünger. «Ich hab kein Wort davon zu Knud gesagt. Nichts. Spinnst du? Und meinem Ohr geht es viel besser, danke der Nachfrage, Adam.»

«Meta. Im Ernst. Bitte. Woher soll Knud Behling wissen …»

«Nicht von mir», sagte Jurkschat. «Ganz bestimmt nicht von mir.»

Danowski lehnte sich an die Wand und schloss die Augen. Sein Kopf schmerzte wie eine Niederlage. Täterin weg, Meta im Grunde auch weg. Finzi weg. Warum nicht einfach alles hinschmeißen, jetzt und hier.

«Adam.» Die Stimme der Chefin war viel näher, als er für möglich gehalten hätte. Ihre vernünftigen Sohlen auf den Behördenteppichen, unhörbar für wütend Ausgebrannte. «Und Meta. Sehr schön. Oder auch nicht. Jedenfalls muss ich Sie beide sprechen.»

Jurkschat schaute erwartungsvoll und resigniert zugleich, was sie auch nicht älter aussehen ließ. Danowski löste sich mühsam von der Wand.

«In meinem Büro.»

Sie folgten ihr schweigend, weg vom Haargummi auf dem Teppich, sodass Jurkschat vergeblich ein ums andere Mal auf dem Weg ihren Pferdeschwanz ballte. Selbst am Rücken der Chefin sah Danowski Müdigkeit und Enttäuschung.

«Sie brauchen sich nicht zu setzen», sagte die Chefin, schloss die Tür hinter ihnen und lehnte sich an den Schreibtisch. «Das wird eine ganz kurze und hässliche Sache hier. Und das sind rein sachliche Feststellungen. Ich möchte hier nicht über meine Gefühle reden.»

Musste sie auch nicht. Danowski sah in ihrem Gesicht,

was ihr Rücken mehr als angedeutet hatte. Ach, diese ganze Psychonummer war auch manchmal oder eigentlich oft sehr offensichtlich und dadurch, fand er, dann auch bei allem Schmerz immer wieder quälend langweilig: Er, als Halbwaise ohne Mutter aufgewachsen, und die Chefin, kinderlos, als sein Mutterersatz, so eine lose, aber doch nicht unbedeutende gegenseitige Ersatzbeziehung, die jetzt in sich zusammenstürzte oder erst richtig mit Leben gefüllt wurde, denn die Chefin war enttäuscht von ihm.

«Der Kollege Behling neigt dazu, Informationen zu streuen, was Ihnen beiden vielleicht bekannt ist. Insbesondere Sie, Adam, sollten damit Ihre Erfahrungen gemacht haben. Wenn ich mich richtig erinnere. Stichwort Hypersensibilität, das ging ja auch erst mal von Behling aus hier im Präsidium rum und hat für Gerede und Aufwand gesorgt. Jetzt also weiter quasi im gleichen Text. Ich höre, dass Sie, Meta, bei einer Warnschussaktion, für die unter Umständen die rechtlichen Grundlagen gar nicht vorlagen − das wird zu untersuchen sein −, reden wir also lieber erst mal von einem Signal- oder Alarmschuss, jedenfalls ist dabei, erzählt man sich, Ihr Trommelfell beschädigt worden. Stimmt das?»

Jurkschat, im Lügen untalentiert wie schon den ganzen Tag, warf Danowski einen fragenden Blick zu, der Antwort genug war. Dann nickte sie.

«Aber meinem Ohr geht es gut. Also, viel besser.»

«Das freut mich zu hören», sagte die Chefin müde. «Aber es ist im Moment unser geringstes Problem. Sie haben weder den entsprechenden Ermittlungsschritt, in dessen Verlauf der Kollege Danowski seine Waffe eingesetzt hat, ausreichend dokumentiert, noch sind, wie gesagt, die Voraussetzungen für und die Umstände des Waffeneinsatzes geklärt. Also, langer Rede kurzer Sinn.» Die Chefin senkte den Kopf, sodass man ihren Stoppelhaarschnitt von oben betrachten konnte. Er sah gut aus, und Danowski hätte gern drübergestrichen.

«Sie werden sich einer amtsärztlichen Untersuchung unterziehen, Meta, bis dahin sind Sie mit sofortiger Wirkung krankgeschrieben. Ich meine, Sie verlassen umgehend das Präsidium und besorgen sich das entsprechende Attest. Rückwirkend. Und Sie, Adam.»

Sie hob den Kopf und sah ihn ausdruckslos an.

«Ihr Teilzeitgesuch geht beschleunigt durch, dafür sorge ich, und bis dahin nehmen Sie sich ab sofort Urlaub, den ich hiermit genehmige.»

«Unsere Verdächtige ist verschwunden, unsere Täterin», begehrte Danowski auf, aber kläglich.

«Das ist jetzt nicht mehr Ihr Problem», sagte die Chefin, ging zur Tür, öffnete sie und blickte in die Ferne des Flures, als könnte sie nicht erwarten, Jurkschat und Danowski dort verschwinden zu sehen.

51. Kapitel

«Steig aus, der Ford bleibt hier.» Er hielt Finzi die Beifahrertür auf.

«Du müsstest den Wagen eigentlich noch rumfahren hinters Gebäude und die Schlüssel und Papiere beim diensthabenden Kollegen abgeben», sagte Jurkschat. Ihre Haare hatte sie zu einem Knoten gebunden, während sie schweigend im Fahrstuhl nach unten gefahren waren. Danowski blickte sie einen Moment an, als sähe er sie zum ersten Mal. Dann warf er den Schlüssel auf den Beifahrersitz und knallte die Tür zu.

«Tschüs», sagte er. «Und gute Besserung weiterhin. Komm, Finzi, die U-Bahn wartet nicht. Aber die Couch. Oder so.»

«Was ist denn jetzt eigentlich los bei euch beiden?», fragte Finzi und blieb stehen.

«Ich bin krankgeschrieben, Adam ist im Urlaub, den Fall sind wir los», sagte Jurkschat.

«Egal», sagte Danowski. «Ich will meinen Urlaub nicht auf dem Besucherparkplatz vom Präsidium verbringen. Thema durch. Wir gehen.»

«Nee», sagte Finzi. «Meta hat doch 'n Auto hier. Du fährst uns nach Hause, oder? Kleiner Umweg über Bahrenfeld?»

Jurkschat zuckte die Achseln.

Danowski zwängte sich auf die Rückbank von Jurkschats zweitürigem Corsa, um sich ganz in Ruhe aus allem auszublenden und den Nachmittag schmollend an sich vorüberziehen zu lassen. Aber Finzi auf dem Beifahrersitz durchkreuzte seinen Plan.

«Sag mal, Adam, was ist mit diesem Brief, den eure Zeugin Susanne Thomsen dir gestern geschrieben hat? Weiß Meta schon davon?»

«Ich hab's, glaube ich, kurz erzählt», sagte Danowski nach einer Weile. «Der Brief liegt auf meinem Schreibtisch. Vermerke sind auch geschrieben.»

«Ich weiß», sagte Jurkschat. «Aber bisher hatten wir Wichtigeres zu tun, als uns darum zu kümmern. Es schien ja auch so alles zu passen. Und jetzt muss es uns egal sein.»

«Adam?»

«Ich bin müde, Finzi. Ich hab Urlaub.»

«Das kann euch doch nicht wirklich egal sein», sagte Finzi. «Wenn ihr einen Anhaltspunkt habt, wo eure andere Zeugin ist, die euch vielleicht helfen kann, die Täterin …»

«Und ich muss zum Arzt», sagte Jurkschat. «Anweisung.»

«Also, ich an eurer Stelle …»

«Oh Gott, kein Satz mit diesem Anfang hat je ein gutes Ende genommen», stöhnte Danowski, der spürte, dass Finzi recht hatte.

«Adam weiß ja inzwischen, von wo der Brief kam und wo die Thomsen sich aufhält, also darum würde ich an eurer Stelle einfach mal da hinfahren und gucken, ob sie da noch mal auftaucht. Zeit habt ihr ja jetzt. Und wer weiß, vielleicht hilft die euch, ein paar Enden zusammenzubinden und rauszufinden, warum eure Verdächtige oder Täterin oder wie ihr wollt verschwunden ist. Am Ende kriegt ihr den Fall zurück und könnt anständig aus der Sache rausgehen.»

«Das ist jetzt wieder Knuds Fall», sagte Jurkschat.

«Toll, wie dein Freund Behling doch wieder erreicht hat, was er wollte», sagte Danowski.

«Adam, ich hab dem nichts erzählt.»

Danowski beugte sich vor. «Meta, verdammte Scheiße, woher soll er das denn sonst gewusst haben, mit dem Schuss und deinem Ohr? Wir beide waren die Einzigen, die …»

«Überwachung», sagte Finzi. «Die Thomsen hat dir doch erzählt, dass irgendwie alles überwacht wird, sie und du und wer weiß wer noch alles. Und von wem. Vielleicht seid ihr belauscht worden oder so was. Vielleicht ist die gar nicht so geisteskrank, wie sich das alles anhört.»

«Von Behling überwacht? Der schleicht sich zwar gern an Leute ran, aber das ist dann doch zu kindisch», sagte Danowski.

«Oder ihr seid von jemandem belauscht worden, der Behling das erzählt haben könnte», sagte Finzi.

Sie schwiegen alle drei auf unterschiedliche Weise. Finzi befriedigt, weil er was angestoßen hatte, der konnte sich jetzt zurücklehnen. Danowski frustriert, weil er sich fühlte wie jemand, der versuchte, ein Kartenhaus aus benutzten Feuchttüchern zu bauen. Und Jurkschat nachdenklich.

«Wo war das noch mal, wo ihr vorhin die Thomsen gesucht habt?», fragte sie schließlich.

Je näher sie der Brache hinter dem Bahnhof Altona kamen, desto mehr verlor Danowski seinen ohnehin schwachen Enthusiasmus. Er versuchte eine halbherzige Atemmeditation, die Finzi mit einem Furz beendete. Loslassen, das war es, worauf alles hinauslief, zumindest zum guten Teil der Meditationskurs, den er im Grunde auch längst losgelassen oder zumindest an die Wand gefahren hatte. Und das hier war genau das Gegenteil von Loslassen, von Akzeptanz, es war krampfhaftes Festhalten und zwanghaftes Rumstochern.

Links von ihnen waren noch Wohnhäuser, rechts nur noch abrissbereite Büro- und Lagerhäuser, die die Bahnfläche von der Straße trennten, unterbrochen von Drahtzaunmetern, dahinter herbstlich hellbraunes Gras, Dreck und alte Paletten und verrostete Gleise. In der ersten Dämmerung verschwamm das Skelett der Lokwaschanlage wie im Traum.

«Fahr mal hier schon ran», sagte Danowski, als wäre er immer noch der Chef. «Mal gucken, ob da vorne Behling und Kienbaum oder irgendwelche anderen Kollegen sind.»

Jurkschat hielt am Straßenrand. Wenig Verkehr hier, die Harkortstraße war eine unattraktive Verbindung nach Altona, weil sie direkt an einem unübersichtlichen Verkehrstunnel rauskam und an einer Einbahnstraße, die zum Verladegleis der Autozüge und zum Parkhaus vom Media-Markt führte.

Jurkschat stieg aus, um gucken zu gehen, und gerade, als Danowski überlegte, den Fahrersitz vorzuklappen und ihr zu folgen, schlug jemand mit der flachen Hand und offenbar mindestens einem Ring am Finger ans Autofenster, ein klatschend hämmerndes Geräusch, das für einen Moment alles zerriss, sodass Danowski die strähnigen dunklen Haare und das dünne, jetzt endgültig angespannte Frauengesicht zuerst für eine Spiegelung seines eigenen hielt, bevor er darin Susanne Thomsen erkannte.

«Schnell, schnell, lassen Sie mich rein, lassen Sie mich rein, fahren Sie los! Schnell!»

Instinktiv klappte er den Fahrersitz nach vorne und machte Platz, Thomsens Körper schien nur noch aus Angst und Getriebenheit zu bestehen, der man sich nicht widersetzen konnte. Jurkschat war mit schnellen Schritten am

Auto zurück, sie und er riefen oder schrien wie aus einem Mund: «Was ist hier los? Was ist hier los?» Alle sagten gerade alles doppelt und gleichzeitig, Finzi betrachtete die Szene mit großen Augen, und Danowski dachte dumm: Verhext! Coca-Cola privat! Was seine Töchter immer riefen, wenn sie gleichzeitig das Gleiche gesagt hatten, und er hatte es nie verstanden, aber jetzt stand es ihm fest und riesig im Kopf wie aus Granit, so ein Blödsinn. Und Thomsen trug ihre Jogginghose und darüber Wollstulpen und teure kanadische Vorstadtstiefel, und über mehreren Pullovern eine von diesen Daunenwesten, die er immer an Müttern sah und nie verstanden hatte, und sie roch nach Schweiß und Schlaf und allerhand anderen Noten, die man nicht so schnell wieder loswurde, wenn man einige Tage draußen geschlafen und sich nicht gewaschen hatte.

«Fahren Sie los! Losfahren!»

«Moment mal», sagte Jurkschat, jetzt hinterm Steuer, Tür zu, aber die Hand nicht am Zündschlüssel, «können Sie uns mal erklären ...»

«Ich werde verfolgt! Dahinten! Wenn Sie irgendwas tun wollen, dann fahren Sie los!»

Danowski merkte in einem Anflug von Klarheit, dass er hauptsächlich genervt war von der Situation, schon wieder was, worum er sich kümmern musste, und er dachte an Leslie und daran, wie sie gesagt hatte: Du kannst so nicht leben, Adam, immer nur deine Ruhe haben wollen, das ist das Gegenteil von Leben. Und er hatte ihr nicht geglaubt oder zumindest nicht darüber nachgedacht, aber, was, wenn sie recht hatte? Wenn das Leben in Wahrheit nicht diesseits, sondern jenseits der Genervtheit lag, und er da einfach durch musste, und nur noch handeln, handeln, handeln, und nicht mehr nachdenken und ausweichen?

Er folgte Thomsens Blick und sah, dass sich ihnen von

hinten auf der fast leeren und inzwischen fast dunklen Straße ein schwarzer Geländewagen näherte. Im Schritttempo, was ihn bedrohlicher erscheinen ließ, lauernd. Normalerweise wären er und Jurkschat jetzt ausgestiegen, um die Situation zu klären. Wenn der Corsa vier Türen gehabt hätte und sie nicht beurlaubt oder krankgeschrieben wären, weich suspendiert.

«Finzi, merk dir das Kennzeichen. Meta, fahr los.»

«Adam, ich möchte, dass wir die Situation jetzt klären und im besten Fall hier an dieser Stelle beenden, das sind wahrscheinlich Kollegen ...»

In einem amerikanischen Geländewagen, den er noch nie in ihrem Fuhrpark gesehen hatte, weil es da sowieso nur Mittelklassechaisen gab? Kaum. Thomsen neben ihm hatte den Pullover über die Hände gezogen und verbarg das Gesicht in den Unterarmen, wobei sie sich an ihn drängte und den Kopf einzog, scharf atmend.

«Fahr los!» In einer Stimme, die nicht nur keinen Widerspruch duldete, sondern die von Widerspruch noch nie gehört hatte, für die das ganze Konzept Widerspruch an sich unvorstellbar war. Jurkschat drehte den Schlüssel, der Corsa quietschte los Richtung Lessing-Tunnel und Bahnhof Altona. Finzi drehte sich nach hinten, und seine Lippen bewegten sich. Danowski drängte sich in die Mitte zwischen die beiden Vordersitze. Fast freie Straße, aber nur noch etwa dreihundert Meter bis zur Ampel, und die war kurz vor Rot, das spürte er.

«Was ist der Plan?», rief Jurkschat über die Schulter. Danowski sah was in Finzis Augen und drehte sich ebenfalls nach hinten um. Der schwarze Wagen war so nah, dass er das Chrysler-Emblem im Kühler sehen konnte oder von Cadillac, damit kannte er sich gar nicht aus. Der Wagen beschleunigte im Gegensatz zum Corsa laut- und mühelos.

«Weiter in die Mitte, Meta!» Weil der Wagen jetzt versuchte, an ihnen vorbeizukommen, dann das wegziehende Hupen eines entgegenkommenden Lieferwagens.

Für einen Moment sah Danowski den Fahrer des Cadillacs, flaches Gesicht, flache Haare, konzentriert, und daneben das vertraute Gesicht von Tracy Harris, und er war sich sicher, dass ihre Blicke sich für einen winzigen Moment trafen, bevor die Reflexion der nächsten Straßenlaterne die Frontscheibe ihrer Verfolger wieder in eine undurchdringliche Fläche verwandelte.

Er spürte für einen Moment eine große Erleichterung, wie vorige Woche, als Tracy Harris ihm Finzi und die Kinder abgenommen hatte, oder als sie ihn im Kreuzfeuer in die Baugrube gezogen hatte: Jetzt war Tracy da, jetzt war alles gut, alles war nur ein einziges riesiges Missverständnis, das sich jetzt aufklären würde. Er drehte sich nach vorne um, um Jurkschat zu sagen, sie solle anhalten, sah, dass die Ampel vor ihnen auf Rot sprang, die vierspurige Julius-Leber-Straße voller Anfahrwütiger aus beiden Richtungen, und da kippte etwas in ihm.

Ja, es war alles nur ein einziges riesiges Missverständnis. Oder ein ganzes Geflecht aus Missverständnissen. Das sie jetzt aufklären würden. Aber nicht mit Hilfe von Tracy Harris, denn die war zwar da, aber gar nichts war gut. Harris hatte ihn verraten.

«Das schaffst du!», schrie er Jurkschat ins Ohr, und an ihrem verächtlichen Schnaufen hörte er, dass sie daran nie gezweifelt hatte. Hupend fuhr sie mit achtzig, neunzig über die gerade noch leere Kreuzung, die sich hinter ihnen mit Verkehr füllte, als hätten sie den gerade geteilt wie ein Meer, und jetzt floss alles wieder zusammen. Dann gab es einen von diesen metallischen Schlägen, das Reißen und Klirren, immer viel lauter, als man sich das vorstellte, auch wenn man es selbst schon erlebt hatte, und er sah über die Schulter, dass der Cadillac zehn Meter hinter ihnen in die Seite eines relativ neuen Passats gekracht war. Hoffentlich keine Kinder drin, dachte Danowski, das beschäftigte ihn dann doch etwa eine halbe Sekunde.

Jurkschat wurde langsamer und wollte nach links ziehen, aber Danowski brüllte: «Geradeaus!» Sie fuhr in die schmale Hotelstraße parallel zu den Gleisen am Bahnhof, wo in zwei Reihen nebeneinander rechts von der Fahrbahn Dänen, Schweden, Finnen und Norweger in ihren Autos auf den Autoreisezug nach München warteten, um von dort aus morgen früh weiter in die Alpen zu fahren. Danowski stellte fest, dass er sein Fenster hinten nicht aufmachen konnte. Er schlug Finzi mit seinem an sich nutzlosen Dienstausweis auf die Schulter und rief ihm ins Ohr: «Mach uns da mal einen Platz frei!»

Finzi ließ seine Scheibe runter, wedelte mit dem Ausweis, «Polizei!», und schaffte es, bevor die Absperrung begann, ihnen einen Platz in der hinteren Wartereihe zwischen zwei Volvos zu verschaffen. Da standen sie dann also erst mal.

«Noch mal die Frage nach dem Plan», sagte Jurkschat und drehte sich zu Danowski um. Susanne Thomsen nahm die Unterarme von den Augen und rief: «Warum stehen wir hier?»

«Wir steigen aus», sagte Danowski, «der Wagen bleibt hier stehen. Der ist von der Straße aus nicht zu sehen. Bis sich das hier Richtung Zug bewegt, ist es sechs oder so, das verschafft uns genug Zeit, um zu verschwinden.»

«Verschwinden? Wohin wollen Sie verschwinden? Die finden uns überall. Die haben mich im Elbtunnelgang gefunden, als ich mit Ihnen sprechen wollte. Die haben mich hier gefunden auf dem Bahngelände. Die wissen alles.»

«Darüber reden wir gleich», sagte Danowski und schob sie aus dem Auto, denn Jurkschat war schon draußen. Susanne Thomsen fühlte sich knochig und kalt an, und ihre Weste klebte.

«Die Telefone», sagte sie, als sie draußen standen und Finzi zu den wartenden Skandinaviern Alles-unter-Kontrolle-Bewegungen machte. Danowski und Jurkschat sahen sich an. Dann zogen sie jeweils ihr privates Smartphone und ihr Diensthandy aus den Taschen, vier Telefone insgesamt, die Susanne Thomsen ihnen schnell, aber ruhig aus der Hand nahm, die Augen immer Richtung Norden zur Einfahrt vom Lessing-Tunnel, von wo man Chaos und Stau sah, aber niemanden, der ihnen folgte. Noch nicht. Dann warf sie ein Telefon nach dem anderen in schneller Folge auf den Boden, trat zwei-, dreimal pro Handy mit dem Stiefelhacken zu und schob die Trümmer unters Auto.

«Sie haben Haftpflicht?», sagte Danowski, er konnte nicht anders.

«Glauben Sie mir, die zahlt Ihnen das amerikanische Konsulat, wenn das hier vorbei ist», sagte Susanne Thomsen humorlos gefasst.

«Weiter», sagte Jurkschat. Gute Partnerin, und ganz im Ernst: Klar hatte sie das Behling nicht erzählt. Wenn es stimmte, dass Tracy Harris ihre Handys überwacht hatte, dann konnte sie die problemlos auch zum Abhören benutzen. Vor allem, wenn man ihr, so wie er vor zehn Tagen, erlaubt hatte, an einem besoffenen Abend irgendein Programm darauf zu installieren. Oder dieses Pannfisch-Foto, an dem sie bei ihrem ersten Besuch in seinem Büro herumgefummelt hatte, kurz nach dem Mord an Oliver Wiebusch. Das lag zu Hause im Müll, aber wenn er es untersuchte, war vermutlich eine Wanze dran. Und dann hatte Behling die Information über Schuss und Ohr von

Harris. Aber warum? Später. Erst mal freute er sich, dass Jurkschat seinen Plan begriffen hatte: Wenn man zum Bahnhof fährt, steigt man in die Bahn.

«Scheiße, sie kommen», sagte Finzi, der immer noch die Straße runter guckte und der bessere Augen hatte als Danowski. «Glaube ich jedenfalls. Ein bis zwei Personen, hundertfünfzig, zweihundert Meter entfernt, Laufschritt.»

Sie rannten zwischen den wartenden Autos an der Einfahrt zum Media-Markt-Parkhaus vorbei in den Bahnhof. Susanne Thomsen war eindeutig am schnellsten, Jurkschat, von der er das aber auch erwartet hatte, war auch nicht schlecht, er selbst hörte zwar das Blut in seinen Ohren pressen, aber er hielt mit. Nur Finzi hatte dann doch Probleme. Hinter einer Filiale der gleichen Croissantaufbackerei, in der Iwoleit und seine Frau gearbeitet hatten, zeigte Danowski zur S-Bahn. Da fuhr alle zwei, drei Minuten was, und die Chance zu entwischen war für jemand Langsames größer.

«Finzi, du fährst nach Bahrenfeld, gehst nach Hause und tust, als wär nichts. Schönen Gruß von mir.»

Weg war Finzi, verschluckt von der Menge. Danowski scannte im Langsamerwerden die digitale Anzeigetafel. Ein ICE Richtung Hannover, dessen Abfahrt eigentlich schon überfällig war, Gleis 9. Sie kämpften sich durch die Entgegenkommenden vom anderen Gleis, jeder einzelne Pendler ein Segen, weil Deckung, und erreichten den Zug, als der Schaffner ihn anpfeifen wollte.

Leider waren die Waggons in Altona selbst zu Stoßzeiten noch nicht voll, die meisten stiegen erst am Dammtor und dann vor allem am Hauptbahnhof ein, bevor die Züge die Stadt verließen.

«Toilette», sagte Jurkschat.

«Nein, zu wenig Kontrolle, was passiert», sagte Danowski, «Bord-Bistro.» Schnellen Schrittes liefen sie durch den verfluchterweise immer noch stehenden Zug und durch die missbilligenden Blicke derer, die schon saßen und noch nicht auf ihre Bildschirme starrten: Wie viele Pennerinnen und Penner waren das eigentlich, die hier durch den Zug hetzten? Eine ja ganz bestimmt, aber abgehetzt und abgerissen sahen die alle drei aus, und von wem genau der Stadtstreichergeruch kam, war nicht festzustellen.

Danowski stellte sich an den Tresen, hinter dem ein Bistro-Mitarbeiter gerade Fertiggerichte zählte. Thomsens Daunenweste war an der Corsa-Tür aufgerissen, Jurkschats gummiloser Haarknoten hatte sich aufgelöst.

«Drei Clausthaler und ein Twix, bitte, ach, machen Sie zwei, zwei Maxi-Twix», sagte er und machte eine Die-Runde-geht-auf-mich-Geste zu seinen zotteligen Begleiterinnen. Er sah gerade noch, wie Tracy Harris hinter den von außen schier undurchdringlichen Bord-Bistrofenstern unschlüssig über den Bahnsteig lief, dann setzte der Zug sich in Bewegung.

52. Kapitel

Am Dammtor war der Bahnsteig leer, aber am Hauptbahnhof wurde ihnen die Sache zu brenzlig, und vor allem wollten sie nicht nach Hannover. Als das Gedränge
am größten war, drückten sie sich selber auch noch dazu,
Jurkschat hatte am gegenüberliegenden Gleis den ICE nach
Leipzig über Berlin gesehen. Phantastisch, wie vollgestopft
die blutergussblaue Feierabendtristesse der Großraumwa-
gen war. Die missbilligenden Blicke störten sie nicht, Danowski fühlte sich regelrecht befreit, und als Jurkschat
und Thomsen sich im vorletzten Wagen an einen halbvollen Vierertisch setzten, Danowski daneben den Gang blockierte und seelenruhig einen Twixriegel kaute, klappten
die beiden Excel-Männer ihre Rechner zu und räumten den
Tisch. Thomsens Körpergeruch stach Platzreservierung.

Sie lösten Fahrscheine mit Bargeld, fast paranoid jetzt
schon, um keine Spuren im EC-System zu hinterlassen,
und sprachen zum Fenster gewandt mit halblauten Stimmen, die Augen aber zum Gang.

Er merkte, dass Thomsen froh war über den menschlichen Kontakt und darüber, dass sie endlich reden konnte, aber zwischendurch wurde sie sichtlich von Angst ge-
beutelt wie von Fieberschüben, und ihre Geschichte hatte
mehr Löcher als verbindende Elemente.

Was ihm und Jurkschat unklar blieb, während die
dunkle Mecklenburger Landschaft im baustellenbedingt
reduzierten Tempo an ihnen vorbeiflatterte: Was war die
Verbindung von Oliver Wiebusch und Tracy Harris? Und
für wen arbeitete Tracy Harris?

«Wir haben drei Eckdaten», sagte Jurkschat penibel.
«Sie war beim Militär, sie hat einen Rüstungskonzern re-
präsentiert, und sie ist technisch in der Lage, dein Telefon,
dein Büro und deine Wohnung zu verwanzen.»

«Geheimdienst», sagte Thomsen. Danowski dachte wieder daran, wie Harris in seinem Büro das Pannfisch-Foto
befingert hatte und in seiner Wohnung alles Mögliche.
Gelegenheit genug, kleine Mikrophone anzubringen. Weil
sie ein Interesse daran hatte, jedes Detail der Ermittlungen
im Mordfall Wiebusch zu kennen. Die ganze Zehlendorfer
Heimatscheiße. Und der Frau hatte er seine Kinder anvertraut. Aber das wollte er sich zum Drübernachdenken für
später aufheben. Er nickte.

Und dann, auf den letzten Metern, hatte sie sich auch
noch Behling als Quelle erschließen wollen und ihm deshalb ermöglicht, Danowski unter Druck zu setzen. Damit
Behling auf dem Laufenden war und sie den abschöpfen
konnte, für den Fall, dass Danowski misstrauisch wurde
wegen der Warnung von Thomsen und sein Telefon nicht
mehr benutzte.

Am eindrücklichsten war, wie Tracy Harris Susanne
Thomsen daran gehindert hatte, mit Danowski Kontakt
aufzunehmen: Minuten, bevor er und Jurkschat in den
Elbtunnel-Gang gekommen waren, hatte sie, die durchs
Abhören von Danowskis Büro und Telefon längst über seine Pläne und Thomsens Anruf informiert war, Thomsen
dort aufgelauert und sie dann in einen Raum gezogen, als
Danowski in den Gang kam. Kurz vor seinem Warnschuss,
der Jurkschat verletzt hatte, hatte sie Thomsen durch
den Gang an ihm vorbei ins Freie gezogen. In ein Auto,
schwarze Kapuze, und als die wieder runterkam, aber die
Todesangst blieb, eine leere Fabrikhalle, der Entfernung
nach und weil sie hörbar nicht durch den Tunnel gefahren

waren, vielleicht in Eidelstedt oder Pinneberg. An einer Stellwand Fotos von ihrer Familie. Harris und ein anderer Mann, der nur schweigend danebenstand, während Harris die Fotos unter den Magneten hervorzog und für eine endlose Minute schweigend betrachtete. Wie sie sich ihr zuwandte und sagte: «Sie reden nicht mit Adam Danowski. Sie reden mit niemandem über Oliver Wiebusch.» Und wie sie dann die Bilder noch einmal betrachtete, lächelte und sie wieder an die Wand hängte. Diesmal verkehrt herum, mit den Köpfen nach unten, wie Tote, die von Bäumen hingen.

«Warum wollten Sie sich mit uns unbedingt in diesem stillgelegten Rettungsgang treffen?», fragte Danowski.

«Ich hatte Yvonne schon im Verdacht, sozusagen. Ich wollte nicht, dass sie sieht, wie ich mit Ihnen rede. Und ich wollte an einen Ort, wo man nicht abgehört und mit Kamera überwacht werden kann.» Sie sah aus dem Fenster, in die dunkel verblühten Landschaften von Mecklenburg. «Und ich wollte Ihnen zeigen, wo Oliver Wiebusch seine Zeit verbracht hat.»

«Was ich nicht verstehe, ist das Dreieck Wiebusch-Bressin-Harris», sagte Jurkschat. «Okay, Wiebuschs Charakter ist mir klargeworden, und Yvonne Bressins Motive auch, aber wieso ist Yvonne Bressin auf dem Weg in die U-Haft verschwunden, und wie und warum sollte Tracy Harris …»

«Im Ernst?», sagte Danowski, der ihr zwar inzwischen glaubte, dass nicht sie Behling informiert hatte, sondern dass Harris ihm zugespielt hatte, was sich mit dem Warnschuss und Jurkschats Ohr zugetragen hatte. Aber er stellte fast mit Erleichterung fest, dass er wieder genervt von ihr war. «Das Wie und Warum werden wir noch klären, aber unsere Arbeitshypothese kann nur sein, dass Tracy

Harris im Auftrag und mit den Mitteln eines ausländischen – offenbar ja wohl amerikanischen – Geheimdienstes Yvonne Bressin entführt hat. Wie man wohl sagen muss. Vermutlich hat Behling ihr dabei geholfen.»

Jurkschat sah ihn an und blickte dann düster auf die trostlose Tischplatte. «Ja, vermutlich.»

«Oder der BND oder ein anderer deutscher Dienst», sagte Danowski. «Kannst du dich an die beiden Typen erinnern, die sich in der Zielfahnderabteilung das Personagramm von Frau Thomsen angeschaut haben?»

«Personawas?», fragte Susanne Thomsen alarmiert.

«Ich dachte, ich hätte die Namen vergessen», sagte Danowski, «aber wir kannten die beiden nicht. Die haben auch gar nicht ausdrücklich gesagt, dass sie Zielfahnder sind. Und nachher haben sie das Personagramm fotografiert. Weil es gar nicht ihr eigenes war. Weil sie genau wie wir einfach mal gucken wollten. Das waren keine Kollegen, die waren, wer weiß, vom BND oder so.»

«Stimmt», sagte Jurkschat. «Tracy Harris hat wahrscheinlich Unterstützung. Von deutschen Behörden. Darum war Habernis auch so gleichmütig.»

«Und die Chefin», sagte Danowski düster.

Thomsen richtete sich plötzlich auf, als wollte sie aufstehen. «Ich muss hier raus», sagte sie, «was wird denn jetzt aus mir? Wo soll ich denn hin?»

Danowski starrte in die Landschaft, bekam aber im Dunkeln nur sein Gesicht zurückgespielt. Alt sah er aus. Wie sein Vater.

«Die Kollegin Jurkschat und ich steigen in Wittenberge aus, Sie bleiben hier sitzen», sagte er. Immer mit der schlechten Nachricht anfangen. Wobei, die Thomsen war es ja inzwischen gewöhnt, sich allein durchzuschlagen. Sie setzte sich wieder hin und sah ihn an.

«Wir fahren zurück nach Hamburg, vielleicht erst morgen früh oder so, mal sehen. Sie fahren weiter bis Berlin-Südkreuz, und dann merken Sie sich bitte diese Adresse und diese Telefonnummer. Können Sie das?»

Susanne Thomsen nickte, während er die Daten seines Vaters auf das Faltblatt «Ihr Zugbegleiter» kritzelte. Dann zerriss er es und steckte die Fetzen trotzdem noch in seine Jackentasche. Das würde dem alten Salon-Revoluzzer gefallen: Eine Frau verstecken, die von der CIA oder der NSA oder einem militärischen Geheimdienst oder der Homeland Security oder von irgendeiner anderen Behörde der imperialistischen Unterdrücker verfolgt wurde.

«Mein Vater. Erzählen Sie ihm, so viel Sie wollen, und vor allem sagen Sie ihm, er soll mich auf keinen Fall anrufen. Obwohl, daran hält er sich sowieso seit Jahren. Ich melde mich, sobald ich kann. Grüßen Sie ihn meinetwegen. Und bestehen Sie darauf, dass er Ihnen nicht mein altes Zimmer gibt. Es ist das kleinste, und die Wand hinterm Schrank schimmelt.»

«Du Armer», sagte Jurkschat halblaut. Er wollte was erwidern, aber dann fiel ihm wieder ein: Die meinte das ernst. Sie umarmte sogar Susanne Thomsen zum Abschied und gar nicht mal vorsichtig. Er nickte ihr nur beim Aufstehen zu, weil er nicht wusste, was er ihr Aufmunterndes hätte sagen sollen.

Der Bahnhof von Wittenberge lag im Schatten eines alten Kornsilos, der selbst im Dunkeln noch die Stadtsilhouette beherrschte. Auf dem Vorplatz war ein Dönerwagen, gegenüber leuchteten die Buchstaben einer Drogeriekette. Danowski atmete die herbe Brandenburger Luft und fand, dass es hier ganz schön war.

«Und jetzt?», fragte Jurkschat.

«Was meinst du denn?»

«Zurück nach Hamburg mit einem Intercity, der in Harburg hält. Da aussteigen und dann über Umwege ...»

«Nach Hause?»

«Warum nicht?», fragte Jurkschat. «Und so tun, als wäre nichts. Ich meine, ich kann mir ja vorstellen, dass auf irgendwelchen Dienstwegen und wegen irgendwelcher Eitelkeiten oder Verpflichtungen die Kollegen oder die Staatsanwaltschaft die Amerikaner mal informell für ein paar Stunden mit einer Mordverdächtigen reden lassen. Aber Tracy Harris wird doch nicht so frech sein, zwei deutsche Polizisten ...»

«Glaubst du oder weißt du?»

Sie zuckte die Achseln. «Immerhin haben wir Susanne Thomsen versteckt, also ein Druckmittel, mit dem wir uns wehren können.»

«Erst mal gehen wir da rein», sagte Danowski und zeigte auf den Drogeriemarkt.

«Um der Thomsen ein Deo zu kaufen, ist es jetzt zu spät», sagte Jurkschat. Er lächelte höflich.

Direkt vor der Kasse war ein Ständer mit allerhand Haarutensilien. Danowski fummelte an ein paar Hello-Kitty-Klammern herum, aber er wollte in dieser Phase seines Lebens, also heute Abend, nichts für die Mädchen kaufen. Er nahm ein Fünferbund Haargummis von Hellblau bis Dunkelbraun vom Ständer und bezahlte 1,79 dafür.

«Hier», sagte er zu Jurkschat. «Tut mir leid.»

53. Kapitel

Die Sonne stand tief über dem Volkspark, und zur Mitte der großen Wiese hin wurde das Laub weniger. Er hörte nur das leiser werdende Rascheln ihrer Schritte, während Finzi ihm folgte. Die Wollmütze kratzte auf seiner Kopfhaut. Er roch kaltes Gras und braune Blätter und die Funktionsjacke von Jurkschats Freund, in deren Ärmeln seine Hände verschwanden. Ein paar Kinder in der Dämmerung auf dem Spielplatz, Eltern, die schon auf die Uhr sahen und sich fragten, wie sie die immer noch zwei Stunden bis zum Abendessen überbrücken sollten. Am Rande der Wiese Spaziergänger mit Hunden, ein paar Jogger. Danowski atmete aus und erinnerte sich an das, was er selbst zu Jurkschat gesagt hatte: Wir müssen so vorsichtig sein wie möglich, aber ab einem gewissen Punkt müssen wir aufhören zu überlegen, ob das vorsichtig genug ist.

«Für jemanden, der sich verstecken will, trägst du eine verdammt rote Jacke», sagte Finzi, als sie stehen blieben.

«Metas Freund hat nur so fröhliches Zeug», sagte Danowski.

«Und die Wohnung, wo ihr seid, ist sicher, meinst du?»

«Ich glaube schon. Stellt sich heraus, dass Meta und ihr Freund seit einem halben Jahr darüber streiten, dass er seine alte Wohnung nicht kündigt, obwohl sie seit dem Sommer zusammenwohnen. Und das Beste, was ihr am allerwenigsten passt: Der Mietvertrag läuft noch immer auf den Namen seiner Exfreundin. Sodass das keiner zu uns zurückverfolgen kann. Sie hat ihn aus Wittenberge von einer Kneipe in seiner Tauchschule angerufen. Das schien uns sicher genug.»

«Du müsstest dich mal reden hören.»

«Ziemlich schreckliches Loch, zwei Zimmer in Eimsbüttel, Nachtspeicherheizung, Studentenmöbel.»

«Und du schön Löffelchen mit Meta?»

«Nee, wir haben geknobelt, wer auf dem Futon schläft und wer auf der Iso-Matte.»

«Leslie ist so was von nicht begeistert, Adam. Nicht wegen Meta. Mehr so insgesamt. »

«Ich weiß. Danke, dass du versucht hast, ihr das zu erklären.»

«Drei Tage, dann bist du wieder zu Hause. Und alles ist vorbei. So oder so. Sonst lässt sie sich scheiden.»

«Das sagt sie auch, wenn ich den falschen Frischkäse kaufe.»

«Diesmal meint sie's ernst.»

Danowski nickte. Sie schwiegen, vergruben die Hände in den Taschen und traten von einem Bein aufs andere wie zwei Männer, die zur stillen Mitte einer sehr großen Wiese gegangen sind, um nicht abgehört zu werden.

«Was ist der Plan, Adam? Ich hätte dich das schon viel früher fragen sollen.»

«Hast du.»

«Nee, schon vor Jahren. Ich hab wenigstens angefangen zu trinken, weil ich nicht wusste, was der Plan ist. Du hast einfach weiter vor dich hingewurschtelt, und jetzt stehst du hier, Teilzeit in der Tasche, und spielst auf den letzten Metern noch Spion gegen Spion. Mann, Adam. Also manchmal …»

«Der Plan ist, dass du zur Chefin fährst. Und mit ihr redest.»

«Ins Präsidium? Dann bin ich …»

«Nein, du bist unser Trumpf, wir gehen davon aus, dass dich keiner auf dem Zettel hat. Weder die Kollegen noch der BND oder wer immer das ist, und auch nicht Tracy Harris und ihre Leute. Darum kannst du mit der Chefin Kontakt aufnehmen. Bei ihr zu Hause, persönlich. Falls ihr Telefon auch irgendwie abgehört wird.»

«Ich bin euer Trumpf. Ganz schöner Aufstieg, von der Schnapsleiche zum Botenjungen.»

«Finzi, bitte, das ist die eine Sache, um die ich dich bitte, und ich weiß, dass du das schaffen kannst. Ich meine, Auto fahren geht ja auch wieder und so.»

«Auto fahren. Geht auch wieder. Und so.» Finzi rieb sich das Gesicht, und Danowski merkte, dass er die ganze Zeit die Wege um die Wiese abgescannt hatte, statt Finzi anzuschauen. Sein alter Partner wurde langsam sauer.

«Es tut mir leid», sagte Danowski mit mühsam produzierter und deutlich ausgestellter Geduld, «ich wollte nicht so herablassend klingen. Ich bin einfach echt in einer Ausnahmesituation.»

«Du bist in einer Ausnahmesituation. Ohne Zweifel», sagte Finzi. «In die du dich selbst gebracht hast. Ich hingegen bin in einer Ausnahmesituation, weil vor fünf Monaten jemand versucht hat, mich zu vergiften, mit Alkohol, in meinem Keller, und ihr dachtet alle, Finzi hat wieder mit dem Saufen angefangen und sich gleich den goldenen Eimer einverleibt. Ich bin in einer Ausnahmesituation, weil mich dann die gleiche Frau wie im Keller im Pflegeheim …»

«Finzi», sagte Danowski und merkte, dass ihm innerlich die Felle wegschwammen, als ginge ein reißender Bach durch ihn. Sein vorletzter Verbündeter war ein vermutlich gehirngeschädigter rückfälliger Ex-Alkoholiker mit paranoiden Wahnvorstellungen und mindestens ein, zwei entscheidenden Lebenslügen, darunter der, sein letzter Rückfall wäre ein Mordanschlag gewesen. Dazu fiel ihm nichts mehr ein. «Finzi», sagte er noch einmal, aber er stellte fest, dass danach gar nichts mehr kam, weil er nicht wusste, was es hätte sein können. Normalerweise kamen mehr brauchbare automatische Geräusche aus seinem Mund.

«Was soll ich ihr sagen? Der Chefin?», sagte Finzi, als hätte er sich wieder beruhigt.

Danowski zögerte. Es war ihre eine große Chance, und Jurkschat und er brauchten jemanden, der das nicht versauen würde. Aber sie hatten nur Finzi.

«Als die Chefin sich sozusagen bei mir beschwert hat, was die Sache auf dem Kreuzfahrtschiff im Frühjahr für eine Welle gemacht hat, hat sie mir vorwurfsvoll erzählt, dass sich sogar der BND dafür interessiert hat. Weil möglicherweise die Interessen der Bundesrepublik auf ausländischem Territorium bedroht waren. Jemand vom BND hat sie angerufen und sich nach mir und meiner Rolle auf dem Schiff erkundigt. Nach meinen letztlich ja illegalen Ermittlungen.»

«Kommt mir bekannt vor.»

«Am Ende hat aber nicht zuletzt die inoffizielle Einschätzung dieses BND-Kollegen dafür gesorgt, dass es kein Disziplinarverfahren gegen mich gegeben hat. Wir haben also echt nicht viel, aber … wir hoffen, dass es da jemanden beim BND gibt, der meinen Namen kennt, der mir vor fünf Monaten mal ein klein bisschen gewogen war und der Jurkschat und mir jetzt vielleicht erklären kann, wer Tracy Harris ist, warum sie Susanne Thomsen am Reden gehindert, mich überwacht und vermutlich Yvonne Bressin verschwinden lassen hat.»

Finzi schnaufte. «Ich dachte vorhin echt, du verarschst mich, als du gesagt hast, ich sei euer Trumpf. Aber jetzt merke ich, wie scheiße euer Blatt wirklich ist. Also war das offenbar ernst gemeint.»

«Bitte frag die Chefin nach diesem Kontakt beim BND und wie ich mit dem reden kann.»

«Ich soll zur Chefin nach Hause fahren? Heute Abend?»

«Ja. Jurkschat hat die Adresse. Sie hat ihr einen Blumenstrauß geschickt, als die Chefin und ihre Freundin geheiratet haben.»

«Ja, ich auch. Du etwa nicht?»

«Nee, ich wollte mich da nicht einmischen.»

«Du bist so verklemmt, Adam.»

«Darum kümmern wir uns in drei Tagen.»

«Unter einer Bedingung.»

«Wie bitte?»

Finzi stand jetzt im Dunkeln, die Sonne war hinter der Baumreihe verschwunden.

«Wir machen jetzt eine kleine Tour über den Ring 3 zum Pflegeheim. Und dann zeige ich dir was, und dann glaubst du mir, oder du glaubst mir nicht. Wenn du mir glaubst, fahre ich zur Chefin. Wenn nicht, Adam, dann weiß ich auch nicht.»

Danowski steckte die Pfefferminzpastille in den Mund, die er gerade in der Jackentasche von Jurkschats Freund gefunden hatte. Alt, ein bisschen weich und fast geschmacksfrei, aber sie bewirkte, dass er nicht sofort antworten musste.

Finzi drehte sich um Richtung Parkplatz.

Die Fahrt dauerte gut zwanzig Minuten, und sie sagten kein einziges Wort. Smalltalk wäre zu groß gewesen für die Leere, die entstanden war, weil beide das Gefühl hatten: Das Ende dieser Autofahrt würde über ihre Freundschaft entscheiden. Und über Danowskis Fall sowieso.

Auf dem Parkplatz des Pflegeheims drehte Finzi den Motor seines alten Audis ab, den er heute Morgen in Hammerbrook kaum gefunden hatte, ein halbes Jahr, Dutzende «Möchten Sie Ihr Auto verkaufen?»-Karten im Türfenstergummi. Danowski sah, dass Finzis Knöchel am Lenkrad so weiß waren, dass sie im Parkplatzlicht fast durchscheinend wirkten.

«Erinnerst du dich an mein Fenster?»

«Ich glaube schon. Zweite Reihe, drittes von links.»

«Viertes. Du gehst jetzt zu den Rabatten da unten am Hausrand und guckst, was du da findest. Und du kommst erst zurück, wenn du was hast.»

Danowski nickte und stieg aus. Hinter ihm betätigte Finzi die Zentralverriegelung. Danowski ging über den fast leeren Parkplatz Richtung Pflegeheim. Ein alter Mann, dessen tiefe Augen ihn an die von Oliver Wiebuschs Vater erinnerten, betrachtete ihn nachdenklich aus dem Hochparterre. Als Danowski auf die Knie ging, verschwand er aus seinem Blickfeld.

Eine Amerikanerin hörte seine Telefone ab, seine Täterin war verschwunden und vielleicht in Gefahr. Sein Vater versteckte eine flüchtige Zeugin, Jurkschat und er ermittelten, obwohl sie im Grunde suspendiert waren. Und er kroch hier durch winterharte Bodendecker auf der Suche nach Finzis Hirngespinsten.

Die Dornen rissen an seinen kalten Händen, und Danowski hielt inne. Jetzt passierte, was er die ganze Zeit befürchtet hatte: Wenn er aufhören würde zu handeln, würde ihm klarwerden, wie sinnlos es war, sich hier noch weiter zu engagieren.

Aber dann kam ein Gedanke zu ihm zurück, den er die ganze Zeit nicht deutlich zugelassen hatte, aber der jetzt gut in sein kleines Selbstmitleid- und Weltuntergangsszenario passte: Yvonne Bressin war vermutlich in Gefahr. Es ging nicht nur um ein Prinzip und darum, selbst einen Fall zu Ende zu bringen. Es ging darum, dass eine Frau, die er und Jurkschat für die Täterin hielten, sich womöglich in den Händen von Leuten befand, die keine Probleme gehabt hatten, eine Zeugin massiv unter Druck zu setzen und etwa zwei Dutzend juristischer und menschlicher Gesetze zu brechen. Er dachte an Tracy Harris' militärischen Hintergrund, an den *meat waggon*, an die sichere und angstfreie Art, wie sie sich bewegt hatte im Schusswechsel der Menschenhändlerbanden. Das war eine Frau, die sich mit Gewalt auskannte.

Er seufzte und steckte seine Hände wieder in die Rabatten und ließ seine Finger über den kalten Boden wandern, dort, wo aus Finzis Fenster angeblich etwas gefallen war, was ihm beweisen sollte, dass sein alter Partner nicht verrückt war.

54. Kapitel

Mit einer Mischung aus Erleichterung und Besorgnis stellte Tracy Harris fest, dass niemand Lust hatte, die Frau zu schlagen. Erleichterung, weil ihr die simple, geradezu analoge körperliche Gewalt nie als geeignetes Mittel erschienen war, um Antworten zu erhalten. Besorgnis, weil sie zu ahnen begann, dass sie dennoch bald derartige Mittel in Betracht ziehen mussten, denn die Frau schwieg und hörte nicht auf damit. Es gab da eine gewisse Unausweichlichkeit.

Sie ging nach nebenan und setzte sich an den Schreibtisch, den sie weggeschoben hatte vom Fenster, um nicht in die schlecht asphaltierte Klinker- und Betontristesse des Freihafen-Randes starren zu müssen. Stattdessen schaute sie jetzt auf die Kisten mit Schulterkameras, Elektroschockgeräten und anderen Requisiten, die sie für ihre Legende als Nordeuropa-Vertreterin eines amerikanischen Polizeiausrüsters gebraucht hatte. Sie senkte den Blick.

Vielleicht war am Ende Heimweh die größte Schwäche, die sie sich in ihrem Beruf erlaubt hatte. Sie trug ein ganzes Unglücksrad an aufgefächerten Erinnerungen in sich, und der leichteste Impuls reichte, um es in Bewegung zu setzen, bis es ohne ihr Zutun bei einem beliebigen, von Sehnsucht verzerrten Eindruck hängen blieb. Die graugrünen Mistel-Kugeln in den Lebenseichen entlang der St. Charles Avenue auf ihrem Weg zur Straßenbahn. Der heiße Dampfgeruch nach frischer Wäsche, Weichspülertüchern, Sauberkeit und ständigem Neuanfang aus den Entlüftungsschläuchen der Wäschetrockner in den Seitenstraßen, wo die Mütter die Maschinen immer am Laufen hielten. Sie war nur ein einziges Mal zurückgekehrt nach New Orleans, im Frühjahr 2005, um das Haus ihrer Eltern in Metairie abzureißen. Sie hatte den Bauarbeitern fünfzig Dollar in die Hand gedrückt und war selbst auf den Bulldozer gestiegen. Verrottetes Sperrholz, aufgequollene Möbel, verschimmelter Teppich, die Reste ihrer Kindheit, alles, was der Sturm und die Flut übrig gelassen hatten. Sie war nur ein einziges Mal zur Schulung in Berlin gewesen, die Erinnerungen, die sie mit den Danowskis getauscht hatte: Hausaufgaben, die sie gewissenhaft erledigt und korrekt reproduziert hatte.

Korrekt und gewissenhaft. Manchmal gelang ihr das noch im Kleinsten. Aber wann war sie im Großen so schlampig geworden, dass sie sich nur noch durchhangelte zum *end game*, zur Endphase ihres improvisierten Plans, die alles ausbügeln sollte, was sie auf dem Weg dahin verbockt hatte? *Fucked up.* Aber das deutsche Wort gefiel ihr besser.

Oliver Wiebusch war ihr entglitten. Sie hätte es von Anfang an merken müssen, sie hätte handeln müssen, aber sie war zu beschäftigt gewesen mit sich selbst. Mit ihrer Strafversetzung nach Hamburg, in einen kaputt gesparten Außenposten, der längst nicht mehr die Bedeutung hatte wie in den Jahren unmittelbar nach dem 11. September. Sie kannte die Begründungen: gewachsene Kooperationsbereitschaft und Fortschritte der deutschen Dienste auf der einen Seite, Regionalisierung terroristischer Aktivitäten im Nahen und Mittleren Osten auf der anderen. Hamburg war mal für einen kurzen Moment so was wie die Startrampe des internationalen Terrorismus und das Zentrum seiner Bekämpfung gewesen, aber in ihrem Geschäft änderten sich die Dinge schnell. Jetzt gab es hier kaum noch Infrastruktur. Das Büro, von dem aus sie mit Hilfe der deutschen Kollegen vom Zoll und vom Bundesnachrichtendienst Containerinhalte und Schiffsbesatzungen überwachte. Ein paar kleine Tarnfirmen, die Datenbanken führten und Überwachungsanstrengungen koordinierten, wie die, für die Oliver Wiebusch gearbeitet hatte. Aber von den Ergebnissen bekam sie wenig oder nichts zu sehen. Die Fäden liefen in Langley und Fort Meade zusammen.

Oliver Wiebusch hatte gespürt, dass sie damit ebenso schlecht leben konnte wie er. Es hatte Monate gedauert, bis ihr aufgegangen war, in welchem Ausmaß er außer Kontrolle geraten war. Ein *rogue agent*, wie im Tierreich: ein aggressiver Einzelgänger, der sich von der Herde entfernt, um sein eigenes Ding durchzuziehen. Mit dem Unterschied, dass Wiebusch durch seine eigenwilligen Projekte die ganze Herde hatte beeindrucken wollen. Verlassene Orte in der Stadt, die er entwickeln wollte für eine Geheimstruktur, für Verhöre, Überwachung und *extradition flights* in Drittländer, die es mit den Rechten von Gefangenen weniger genau nahmen als Deutschland. Sein Pilotprojekt einer ganzen Siedlungsüberwachung. Als ihr der Umfang seiner Eigenleistungen bewusst geworden war, war es zu spät gewesen: Indem sie seine Memos ignoriert oder bestenfalls amüsiert zur Kenntnis genommen hatte, war sie zur Mitwisserin geworden.

Und dann diese verdammte Hin-und-Her-Gerissenheit, eins ihrer anderen deutschen Lieblingswörter. Sollte sie sich bei ihren eigenen Vorgesetzten in Maryland und Virginia rehabilitieren, indem sie Wiebusch stoppte und die ganze Hamburger Intelligenz-Struktur neu organisierte? Oder indem sie ihn gewähren ließ, in der Hoffnung, dass die eine oder andere seiner Ideen vielleicht gar nicht so abwegig war, wie sie klang? Bei ihrer Arbeit schien viel, was am Ende Erfolg hatte, anfangs wie reiner Wahnsinn.

Zum Beispiel sein Plan, den neuen Elbtunnel zu nutzen, um feindliche Drohnenüberwachung auszutricksen. Wiebusch hatte ja recht gehabt, auf diese insistierende, irgendwie langweilige deutsche Art und Weise: Es war nur eine Frage der Zeit, bis Terroristen oder feindliche Dienste auch in Nordeuropa Drohnen zur Überwachung ihrer Arbeit einsetzten, und dann würden unterirdische Wege an Bedeutung gewinnen. Sie erinnerte sich an Wiebuschs scheinbar gemütlichen, aber drängenden Süderelbe-Tonfall: «Ein Auto mit PI fährt in den Elbtunnel rein, abgesperrte Röhre, und dann nutzen wir mit Hilfe der deutschen Behörden den stillgelegten Evakuierungsgang von der westlichsten Röhre zum Containerhafen, um die PI dort in einen Helikopter zu setzen. Von dort nach Hanau und dann in ein Drittland. Und das Auto fährt auf der anderen Seite wieder raus, und jeder, der das von oben sieht, denkt, die PI sitzt immer noch darin.»

PI: *person of interest*. Ihr Fachausdruck für jemanden, den sie außer Landes bringen wollten, um ihn zu verhören. Oder sie.

Tracy Harris dachte an Yvonne Bressin, die schweigsame Frau im Nebenzimmer. War sie noch *person of interest* oder schon *enemy combattant*, feindliche Kämpferin? Sie strich mit den Fingerspitzen über die blassgelbe Aktenmappe im amerikanischen Format, die auf ihrer deutschen Resopal-Tischplatte lag. Sie druckte immer noch alles aus, weil sie ein instinktives Misstrauen gegen die Durchlässigkeit von Computernetzwerken hatte. Selbst gegen ihre eigenen. Gerade gegen ihre eigenen. Ihre gegenwärtige Operation war noch nicht bereit für inoffizielle Schulterblicke aus dem Heimatland. Oliver Wiebusch hatte sie ausgelacht und ihr erklärt, dass Drucker die empfindlichste und am einfachsten zu hackende Stelle jedes Netzwerks waren.

Der bleiche Diener. Sie erinnerte sich daran, wie er, als sie ihren Dienst in Hamburg antrat, versucht hatte, sie auf anderen Ebenen zu erreichen und zu seiner Verbündeten zu machen. Er hatte sie unverblümt angemacht, auf diese direkte, fast medizinische Art, die sie ebenfalls deutsch fand. Und sie hatte zu ihm gesagt: *«I think I'll pass, you're too pale for me.»* Nein danke, du bist mir zu blass. Und er hatte geantwortet, als sie noch Englisch sprachen miteinander: *«Well, I'll still always be your servant.»* Auf seine Art war er auch ein Romantiker gewesen.

So wie sie. Klar, sie gaben all ihren Operationen immer noch Namen, von der kleinsten Routine-Überwachung bis zur großen Wüstenoffensive. Aber diese Akte hier war nur für sie, und dass sie trotzdem nicht hatte widerstehen können, ihrem Vorhaben einen Codenamen zu geben, zeigte, wie romantisch sie selber war.

«Operation Blutapfel» stand in ihrer Handschrift auf dem Ordner. Nach diesen kleinen, roten Äpfeln, die sie zum ersten Mal in der Siedlung vor den Häusern von Oliver Wiebusch und Yvonne Bressin gesehen hatte, und später, wenn man einmal anfing, nach ihnen zu schauen, vor immer mehr Neubauprojekten. Zieräpfel, die nicht zu groß wurden und deren Bäume nicht zu hoch wuchsen, pflegeleicht, aber im Grunde nicht echt, sie täuschten vor, vergleichbar zu sein mit echten, erhabenen Äpfeln, jener Kinderfrucht, die jeder liebte und die jeden Doktor fernhielt. Blutäpfel waren wie Tarnung, was fürs Auge, weil so und so viel Baumbestand pro Neubaufläche vorgeschrieben war in irgendeinem deutschen Gesetz.

Sie öffnete die Mappe und hoffte, vielleicht doch noch etwas zu finden, womit sie Yvonne Bressin zum Reden bringen könnte. Aber sie kannte den Inhalt auswendig. Die Unterlagen über die Edelmetallscheideanstalt an der Mundsburg, wo Goldschmiede wie Yvonne Bressin ihre Werkstattabfälle veredeln ließen, Goldkonten hatten, Material kauften und verkauften. Sie hatten diese Firma schon lange im Verdacht, Geldwäsche zu betreiben, vermutlich für terroristische Organisationen. Nirgendwo ließ sich leichter Geld waschen als in einer Firma, die Edelmetall in Geld tauschte und umgekehrt. Und einer der Inhaber stammte aus Syrien und hatte einen Namen, den man in unterschiedlichen Schreibweisen auf verschiedenen Listen mit Terrorverdächtigen finden konnte.

Sobald Oliver Wiebusch tot im Elbtunnel gefunden worden war, hatte sie angefangen, die Arbeit der Hamburger Polizei zu überwachen. Es war erschreckend einfach gewesen. Reine Routine: Wenn einer seiner Agenten starb, ermittelte ihr Dienst selbst, und in Ländern, wo das nicht gern gesehen war, begleitete man eng, aber unauffällig die Ermittlungen der örtlichen Polizei, um im Notfall einschreiten zu können.

So wie sie, als sie herausgefunden hatte, dass es möglicherweise diese Verbindung gab zwischen Yvonne Bressin, terroristischer Geldwäsche und Oliver Wiebusch. Ihre Arbeitshypothese war, dass Yvonne Bressin, verschuldete Goldschmiedin, sich in das Netzwerk der illegalen Geldwäscher hatte einfangen lassen. Und dass Wiebusch ihr auf die Spur gekommen war, und dass sie ihn deshalb getötet hatte.

Wenn das stimmte, würde Yvonne Bressin ihnen Informationen über terroristische Geldwäsche mitten in Hamburg liefern können. Informationen, die viel wertvoller waren als die Überführung der Täterschaft in einem simplen Mord.

Aber die Einzige, die all das zusammenbringen konnte, war Yvonne Bressin selbst. Deshalb saß sie hier im Nebenzimmer. Fixiert. Aber sie schwieg.

Tracy Harris schloss den Aktendeckel und drehte den Kopf, um jetzt doch in die industriell ausgeleuchtete Dunkelheit des Freihafengeländes zu schauen. Sie brauchte Zeit, und sie hatte durchaus registriert, dass Adam Danowski und seine Kollegin von der Bildfläche verschwunden und also offenbar selbst *rogue agents* geworden waren. Es lag ihr, Risiken einzugehen, aber in diesem Fall war ihr nicht wohl bei dem Gedanken, ihre PI länger in Hamburg zu lassen. Danowski war nicht so dumm, wie er aussah. Auch das war eine deutsche Wendung, die ihr gefiel.

Hanau, dachte sie. Und dann in eins der Drittländer, wo nicht so viele Fragen gestellt werden wie hier und zu Hause. Wo wir alle Zeit der Welt haben, um Yvonne Bressin Fragen zu stellen und auf Antworten zu warten. Falls sie nicht doch schon früher welche bekamen.

Sie drückte die viereckige, leicht verschmutzte Ruftaste der analogen Gegensprechanlage und ließ ihren breitesten Louisiana-*drawl* über die Vokale rollen, als sie sagte: «Fangt an.»

55. Kapitel

An der Wohnungstür der Chefin hing ein mit Ilex und rotem Band geschmückter Tannenzweig, und irgendwie brachte Finzi das völlig aus dem Konzept. Die Fahrt hatte er einigermaßen hingekriegt, die Haustür unten auch, Kantinenkarte und Drahtschlinge, die älteste Nummer. Aber jetzt, wo er sich den Vorteil des Überraschungsmoments verschafft hatte und direkt an die Tür klopfen wollte, haute der Tannenzweig ihn um.

Okay, in zwei Wochen oder so war erster Advent, aber auf so viel saisonale Normalität war er nicht eingestellt. Für ihn hing alles am seidenen Faden, und andere Leute dekorierten währenddessen ihre Wohnungstüren. Die Welt zerfiel vor seinen Augen in Parallelplaneten. Und apropos Augen. Jetzt hatte er zum zweiten Mal, seit er Adam in Eimsbüttel abgesetzt hatte, einen Rührungseinschuss: der Moment, als der mit der Spritze zwischen zwei Fingern wieder zum Auto gekommen war, nach einer Ewigkeit. Und Finzi kannte sich aus mit Ewigkeiten. Adam hatte nicht mal genug an ihn geglaubt, um einen Scheißbeweismittelbeutel mitzunehmen. Aber dann stand Adam da, klopfte mit der anderen Hand an die Scheibe und hielt die Spritze hoch. Keiner von ihnen hatte was gesagt, als Adam sich ins Auto gesetzt hatte. Finzi hatte den Kopf aufs Lenkrad sinken lassen und gehört, wie Adam im Handschuhfach die Spritze versorgte, mit der die Frau Finzi im Pflegeheim hatte töten wollen.

«Sieht aus wie Luft», hatte Adam gesagt, zugeklappt, und Finzi dann die Hand in den Nacken gelegt. «Es tut mir leid», und es klang ganz schön geübt. Und dann hatte Adam gesagt, dass er, wenn das alles hier vorbei war, rausfinden würde, wer das gewesen war, und dass er auch schon einen Verdacht hatte oder zumindest eine Idee. Aber es war Adams kalte Hand in seinem Nacken gewesen, zärtlich und fest wie bei einem Kind, die Finzi zwang, die Zähne zusammenzubeißen und die Augen sozusagen auch.

Er räusperte sich und machte das Treppenhauslicht wieder an, damit die Chefin oder Marion keinen Schreck bekamen, wenn plötzlich im Dunkeln ein Geist aus der Vergangenheit vor ihnen stand. Dann klingelte er.

Marion öffnete die Tür, runde Brille, die Locken von hinten hell durch das warme, gelbe Licht aus der Wohnung. Finzi hörte Kurzgebratenes und roch Klaviermusik. Sie brauchte einen Moment, um ihn zu erkennen.

«Mensch, Andreas, was machst du denn hier, ich dachte, du bist … krank?» Er registrierte, dass sie nicht zögerte, die Tür aufgehen zu lassen, sobald ihr klar war, wer da stand.

«Wunderheilung», sagte Finzi, der es sich zwar hätte denken können, aber trotzdem nicht darauf eingestellt war, über sich selbst zu reden.

«Komm rein. Wir haben uns gerade hingesetzt.»

Adam hatte ihm ausdrücklich gesagt: nicht in die Wohnung. Wegen der Wanzen. Adam sponn. Vielleicht aber auch nicht.

«Ach, danke, du, ich würde eigentlich gern nur ganz kurz mit … der Chefin reden.»

Marion nickte und zuckte nett bedauernd mit den Schultern, bevor sie sich umdrehte und «Brigitte! Besuch für dich!» in die Wohnung rief.

Die Chefin nickte, sobald sie ihn sah. Als hätte sie so was in der Art oder ihn erwartet. Aber das glaubte er ihr nicht. «Ich komm gleich», sagte sie zu Marion und lehnte die Wohnungstür hinter sich an. Das Treppenhaus wurde dunkel, und keiner von beiden machte das Licht wieder an.

«Andreas Finzel», sagte die Silhouette seiner Chefin. «Dass ich das noch erleben darf. Wie geht's Ihnen?»

«Besser.»

«Aber Sie kommen wegen Adam.»

«So offensichtlich?»

«Klar. Wir wollten mit ihm über seine Platzierung in der Behörde sprechen, aber er ist nicht zu erreichen, und seine Frau ist am Telefon merkwürdig. Eine von den Töchtern sagt am Telefon, Papa ist auf Dienstreise.»

«Kindermund, nicht wahr.»

«Genau.»

Finzi spürte, dass die Chefin im Dunkeln seine Hand berührte. Er hatte wahnsinnigen Hunger, und die Erinnerung an das warme Licht in der Wohnung versetzte ihm einen Stich. Erst dachte er, sie wollte ihn trösten, dann spürte er, dass sie ihm einen Zettel in die Hand schob.

«Was ist das?», fragte er dumm.

«Der Name des Kollegen, der sich im Frühjahr für Adam interessiert hat. Der sitzt im Kanzleramt, in der Abteilung, die für die Geheimdienste zuständig ist.»

Finzi schluckte. «Woher wussten Sie, dass ich genau das …»

Er sah nur die Zähne der Chefin, die im dunklen Treppenhaus aufleuchteten. «Adam ist verschwunden. Und ich stelle fest, dass auch ich die verschwundene Tatverdächtige im System oder in irgendeiner JVA nicht wieder auftreiben kann. Und ich merke, wie ich entmutigt werde von Leuten im Präsidium, die Kontakt zu … anderen Dienststellen haben. Mehr will ich gar nicht wissen. Mehr darf ich nicht wissen. Aber ich hab mir das mal sicherheitshalber aufgeschrieben, für den Fall, dass jemand, der ebenfalls verschwunden ist, einen Kontakt braucht. Wer weiß, ob das was bringt.»

«Adam sagt …»

«Das ist mir egal. Ich will das gar nicht wissen. Ich gebe Ihnen diesen Zettel, und das war's. Was Sie damit machen …»

Finzi machte das Licht wieder an, um sich zu verabschieden, es schien ihm dazuzugehören. Er nickte und streckte ihr die Hand hin. Verärgert registrierte er, dass seine zitterte, wenn auch weniger als früher. Die Chefin reagierte nicht.

«So, ich betrachte das Thema als erledigt. Und jetzt kommen Sie rein und essen mit uns zu Abend. Und wir reden über Unverfängliches. Wie Ihre Suchterkrankung und Ihre Wiedereingliederung.»

Finzi traute seinen Ohren zwar, merkte aber, dass er den Moment auskosten wollte. «Ist das Ihr Ernst? Mit dem Essen? Ist es nicht besser, wenn ich gehe?»

«Das verzeiht Marion mir nie.»

«Kann ich für Adam was einpacken?»

«Das nun auch wieder nicht.»

56. Kapitel

«Und Finzi hat sich den Zettel nicht angeguckt, als die Chefin ihm den gegeben hat?»

«Nee. Der war zu berauscht von der Aussicht auf Ribeye-Steak.»

«Zeig noch mal her.»

Danowski erhob sich mühsam vom wahnsinnig niedrigen Futon und reichte Jurkschat den Zettel der Chefin, den er von Finzi bekommen hatte. Bevor der sich ziemlich zerknirscht nach Bahrenfeld zurückgezogen hatte.

«‹Ich kann da auch nicht helfen, überlassen Sie das lieber den Fachleuten›», las Jurkschat vor. Danowski fläzte sich zurück auf den Futon und fuhr fort, den Döner zu bändigen, den Jurkschat an der Osterstraße geholt hatte. Es war kalt in der Wohnung, und Soße lief ihm über den Unterarm in die Funktionsjacke. Er kicherte, um sich aufzuheitern.

«Feige», sagte Jurkschat vorsichtig, und er merkte, dass er noch nie was Negatives über irgendeinen Vorgesetzten von ihr gehört hatte. «Die Chefin ist feige. Irgendwie hätte ich das nicht gedacht. Andererseits, so kurz vor der Pensionierung will die sich wahrscheinlich auch nicht alles vermiesen. Die sieht, dass was faul ist, will uns aber nicht helfen.»

«Und dein Ohr?»

«Das wird.»

Er merkte, dass ihm das Wort ‹feige› in Bezug auf die Chefin nicht gefiel, weil es nicht passte. Vorsichtig? Ja, vorsichtig war sie immer gewesen.

«Und dann noch so bocklos auf die Rückseite von irgendeinem Altpapier geschrieben», sagte Jurkschat. Danowski nickte und aß. Essen vergaß er oft, aber wenn er dran dachte, stellte er fest, wie man andererseits beim Essen die Welt vergessen konnte. Im Prinzip nicht schlecht. Aber der Döner war Müll.

«Zeig noch mal», sagte er. Jurkschat, die im Schneidersitz auf dem Boden saß, knüllte das Papier zusammen und warf es ihm an den Kopf. Wenn sie witzig wurde, benahm sie sich wie vierzehn. Er strich es glatt und runzelte umgekehrt die Stirn. Das Achtel einer A4-Rechnung aus einem Apple-Laden im Schanzenviertel, an der Tischkante zurechtgerissen. Das Logo und einen Teil der Adresse konnte man noch lesen.

«Die Chefin ist vorsichtig», sagte er. «Aber feige ist sie nicht.»

«Tach auch», grüßte Danowski im Apple-Laden, während er durch die Reihen sakral ausgestellter flacher Endgeräte zur Schaufensterscheibe sah, hinter der Jurkschat an ihrem Kleinwagen lehnte und die vormittägliche Schanzenstraße nach links und rechts abscannte.

«Haben Sie einen Termin?», fragte der junge Mann mit dem Strickpullover und dem schönen Scheitel hinter dem blendend weißen Tresen und musterte ihn ein wenig alarmiert. Danowski vermutete, dass er selbst aussah, als würde er nach Döner riechen und niemals Back-ups machen.

«Nicht direkt», sagte er. «Das ist eher eine komplizierte Geschichte.»

Der Verkäufer nickte und schaute sich schon mal nach anderen, vielversprechenderen Kunden um. Es waren aber keine da.

«Die Sache ist die: Ist hier vielleicht was für mich abgegeben worden?»

«Vielleicht was für Sie wie bitte?»

«Abgegeben. Eine Kollegin wollte hier was für mich abgeben.»

«Ich glaube, ich verstehe Sie nicht, hat das irgendwas mit unseren neuen Modellen zu tun?»

«Soll das etwa heißen, Sie sind kein Postamt hier?», fragte Danowski empört und wollte sich zum Gehen wenden. Den Versuch war es wert gewesen. Zeit, die Segel zu streichen. Vielleicht würde er eines Tages in der Zeitung lesen, was aus Tracy Harris und Yvonne Bressin geworden war.

«Lass mal, Jonas, ich mach das hier schon», sagte ein dicker, großer Typ mit Bartstoppeln und Pferdeschwanz, der hinter einem Regal hervorgekommen war. «Das ist privat.»

Jonas machte mit den Handflächen sarkastisch Ooo-kay und wandte sich wieder seinem iPad zu. Der Typ mit Pferdeschwanz bückte sich unter den Tresen, holte einen großen Umschlag ohne Aufschrift hervor und gab ihn Danowski. Derbes Déjà-vu, dachte Danowski.

«Hier, da finden Sie alle Informationen, die Sie brauchen. Gibt's zwar alles auch online, aber man kann das auch ausdrucken, klar, wenn einem das lieber ist.»

Danowski nickte. «Vielen Dank. Muss ich da Nachnahme zahlen oder so was?»

Im Auto riss er den Umschlag auf und sagte halblaut durch die Zähne: «Die Alte hat's noch drauf.»

Jurkschat fuhr großzügig im Kreis und sagte ungeduldig «Lies vor» und «Was ist das?».

Adam, ich sehe, mein Neffe hat Ihnen den Umschlag
gegeben. Tut mir leid für den Umweg. Sicherer, als
Ihnen direkt was zu geben. Die Unterlagen stammen
von Anita Baxmann. Sie hat sie auf einem der Rech-
ner von Oliver Wiebusch gefunden und ist zu mir
gekommen, weil Sie nicht mehr da waren. Sonst weiß
niemand davon. Der Druck ist groß, die Sache auf sich
beruhen zu lassen. Ich weiß nicht, was Sie jetzt damit
anfangen wollen, aber ich hoffe, ich erfahre es vielleicht
erst nach meiner Pensionierung. Herzlich, Brigitte

«Stimmt ja, die Chefin heißt Brigitte», sagte Jurkschat.
«Und immer dieses Adam und Sie.»

«Ach», sagte Danowski, «das ist was Hamburgerisches.
Das würdest du nicht verstehen.»

«Ich komm aus Stapelfeld.»

«Sag ich ja.»

«Und was ist das jetzt?»

Danowski blätterte durch die Seiten. Dokumente, die
Wiebusch offenbar von einem anderen Rechner gezogen
hatte. Oder direkt von einem Drucker. Hatte Baxmann
nicht gesagt, das war die verwundbarste Stelle von jedem
Netzwerk? Eigene Notizen und Kopien von Dokumenten
und von Aktenvermerken, zum Teil auf Englisch, zum Teil
auf Deutsch. Fein säuberlich mit Seitenzahlen, und in der
Signatur jedes Blattes stand «Operation Blutapfel». Und
«Special Forces Senior Analyst Tracy Ann Harris, Regional
Supervisor».

Sie hatte sich nicht einmal die Mühe gemacht, ihm einen
falschen Namen zu nennen, für so arglos und dumm hielt
sie ihn.

57. Kapitel

Vielleicht war heute der Tag, an dem es ihm gelingen würde, sich umzubringen. Es war nicht nur, dass ihm bisher die Energie gefehlt hatte: Wenn er ganz ehrlich war, hatte ihn auch der Mut verlassen. Als er im Tunnel festgesteckt hatte und die Luft immer weniger geworden war und die Welt immer schwerer, hatte er in sich einen ekelerregenden Willen zu leben entdeckt. Zu leben, wie alle lebten. Und er wusste nicht, was er weniger ertragen konnte: die Trauer und die Leere oder diesen Ekel. Aber nichts davon reichte, um ihm Kraft zu geben, sich endlich zu töten.

Er wälzte sich auf den Rücken und betrachtete die Postkarte von Böcklins «Toteninsel» an der Wand über seinem Bett. Leipzig, Museum für Bildende Kunst. Weil sie von da weg kam. Eine der wenigen Reisen, die Erdmännchen und er je gemacht hatten. Bevor sie sich aus der Welt, in der man Reisen machte, verabschiedet hatten.

Erdmännchen. Wenn er sich auf sie einen runterholte, hielt er die Erinnerung an sie am Leben. Gleichzeitig nahm es ihm den Todeswillen. Immer galt es abzuwägen. Aus dem klaren Ja und dem klaren Nein war eine einzige graue Masse geworden. Er schob die Hand in seine Hose, als es an der Tür klingelte.

Niemand wollte zu Trickster. Und niemand wollte zu Sebastian Iwoleit. Außer, wenn er seine einzige Mahlzeit am Tag bestellte. Und dafür war es zu früh. Und die Polizei hatte ihn gehen lassen. Wegen all der kleinen Delikte, die zu seinem Leben gehörten, würde er eines Tages vor

Gericht stehen, aber der alte Polizist hatte aufgegeben, ihn für den Mörder seiner Frau zu halten. Ein Unglück. Der alte Polizist hatte das Interesse an ihm verloren, fast hatte es ein wenig geschmerzt.

Dann ein Geräusch wie ein Vorspiel von Weltuntergang, viel zu laut für die kleine Wohnung und das Schlafzimmer vorne am Flur. Jemand wummerte gegen die Tür. So was hatte er hier noch nie gehört.

Die verdammte Neugier. Auch die hielt ihn am Leben.

Er stand auf, ohne sich darum zu kümmern, dass er nur eine Schlafanzughose anhatte. Die Welt strich kalt um seinen mageren Oberkörper. Auf dem Weg in den Flur registrierte er, wie dreckig der Boden unter seinen nackten Füßen war. Er sah durch den Spion, aber das Treppenhaus war dunkel. Umso besser. Vielleicht jemand, der ihn erstechen und zum Lohn seine letzten vierzig Euro stehlen würde. Das war alles schon vorgekommen hier.

Im fahlen Mittagslicht seiner Wohnung sah er einen Mann und eine Frau, gleich groß, leicht abgehetzt und abgerissen. Der Mann trug eine blaue Wollmütze und einen roten Anorak, und es dauerte einen Moment, bis Trickster in ihm den Polizisten von neulich aus dem Krankenzimmer erkannte, den, der ihn zumindest nicht missverstanden hatte. Die Frau neben ihm trug einen dunklen Anorak und das Haar in einem nachlässig gebundenen Pferdeschwanz. Sie war wahnsinnig hübsch, mit feinen, schmalen Gesichtszügen und Augen, die matt schimmerten wie Steine am Strand, bevor das Meer über sie hinwegspülte. Er konnte nicht anders, als sie anzustarren.

«Wie gut, Sie leben», sagte der Polizist. «Können wir reinkommen?»

Trickster reagierte nicht. Nein, die Frau hatte keine Ähnlichkeit mit Erdmännchen, aber sie strahlte eine Einfachheit aus, die ihn rührte. Fast hätte er die Hand nach ihr ausgestreckt.

«Umso besser», sagte der Polizist, «hier draußen ist wunderbar. Herr Iwoleit, ganz kurz, wir sind sozusagen nur auf der Durchreise, aber wir haben eine wichtige Frage, bei der Sie uns vielleicht helfen können.»

Der Polizist wirkte verändert im Vergleich zu voriger Woche: Nicht mehr so müde und verärgert, sondern in Bewegung, er und seine Begleiterin wirkten auf ihn wie Menschen, die ein schwer zu beschreibendes Ziel verfolgten, Menschen, die zwar hätten nach Hause gehen und sich aufs Sofa setzen können wie alle anderen auch, aber etwas trieb sie an, was sie vielleicht selbst nicht verstanden. Die beiden erinnerten ihn an Erdmännchen und sich selbst, damals, neulich, vor kaum zehn Tagen, als noch alles gut gewesen war.

«Herr Iwoleit, verstehen Sie uns?», fragte die Frau, und er hörte, dass sie dabei war, eine Erkältung zu bekommen. Er nickte.

«Also, Sie als Experte, Herr Iwoleit, Sie kennen sich doch richtig gut aus im verborgenen Hamburg.» Der Polizist machte eine kleine Pause, aber dann schien ihm einzufallen, dass Trickster für so einfache Schmeicheleien kaum zu haben sein würde, und er entschied sich offenbar für den direkten Weg. «Und Sie sind, wie Sie uns erzählt haben, dem Oliver Wiebusch, Ihrem bleichen Diener, oft gefolgt. Wir fragen uns jedenfalls, wo in Hamburg die Amerikaner sitzen. Vielleicht wissen Sie das.»

Die Amerikaner. Sitzen.

«Also nicht das Konsulat», sagte die Frau, «das ist klar. Aber von wo aus koordinieren die Amerikaner in Hamburg verdeckte Operationen?» Ihm gefiel, dass ihre Stimme um Zuversicht rang, als fände sie selber lächerlich, was sie da sagte, während sie es aussprach. Er dachte an den bleichen Diener und seine nächtlichen Streifzüge. Und daran, wie er ihn manchmal stundenlang begleitet hatte und nie wissen konnte, ob der bleiche Diener wusste, dass er in der Nähe war, oder nicht. Wie unausgesprochene Zweisamkeit, paralleles Leben mit unsichtbarer Verbindung.

«Hm», machte der Polizist und rieb sich mit der Hand den Raum zwischen Mützenrand und Stirn. «Meta, das war nichts. Ich nehm's zurück.»

Meta. Der Name gefiel ihm. Metamorphose. Metaphysik. Metaphorik.

«Freihafen», sagte er, das erste Wort seit Erdmännchens Beerdigung, seit der Bestattungsunternehmer die Heckklappe über ihrem Sarg zugeschlagen hatte und Trickster ein «Nein» entfahren war. Das war der Moment gewesen, in dem er zurückgefallen war in die Tag- und Menschenwelt. Wenn es dann wirklich losging zum Grab, war die Vorstellung, es endlich zu finden, keine schöne mehr.

«Tollerortweg 73. Zweiter Aufgang. Dritter Stock.»

«Seezollhafen», sagte die Frau namens Meta halblaut. «Das heißt jetzt nicht mehr Freihafen.» Die liebte die Wahrheit und wollte, dass alles seine Ordnung hatte. Zum ersten Mal musste er lächeln. Er konnte sie fast verstehen.

«Danke», sagte der Polizist. Diesmal nahm Trickster seine Hand. Dann sah er ihnen hinterher, wie sie die Treppe nach unten verschwanden, die weiße Kopfhaut der Frau, wo ihr Pferdeschwanz einen unabsichtlichen Scheitel gezogen hatte.

Übung hatte er immer noch. Sobald sie aus seinem Blickfeld verschwunden waren, brauchte er fünf, sechs Handgriffe, um sich anzuziehen. Sein Zeug lag immer noch bereit. Behutsam schloss er die Tür, um ihnen zu folgen.

58. Kapitel

Danowski stopfte die Blätter zurück in den Umschlag und sah durch die Windschutzscheibe. Er spürte den unmenschlichen Schatten der Köhlbrandbrücke im Rücken. Vor ihnen die leblose Industriestraße, die Containerflächen, Frachterliegeplätze und in Schnellbauweise errichtete Lager- und Bürohäuser miteinander verband. Dazwischen alter Klinker mit blinden Fenstern, rechts rostbraune Bänder von Güterzügen. Das Gebäude, in dem sie Tracy Harris und Yvonne Bressin vermuteten, hatte keine Fenster zur Straße, was ihn nicht überraschte. Die Fassade aus hellgrauen Blechpanelen, weil es hier unten nicht drauf ankam, wie die Dinge aussahen.

Jurkschat ließ das Fernglas sinken, das sie ihrem Freund abgeschnackt hatte. Zusammen mit der wirklich guten Kamera mit Zoomobjektiv und dem Smartphone, in das Danowski eine Prepaid-Karte eingesetzt hatte. Leslie und er mussten die beiden jetzt wirklich mal zum Essen einladen. Vielleicht nächsten Donnerstag oder Freitag. Diese Woche war schlecht. Zu viel um die Ohren.

«Und?», fragte sie. «Darf ich jetzt mal?»

Er reichte ihr den Umschlag und nahm das Fernglas entgegen. Gott, waren ihre Augen dicht beieinander. Die unscheinbare Eingangstür des Lager- und Bürohauses stand bewegungslos.

«Also, die Kurzfassung ist: Tracy Harris leitet offenbar die Außenstelle eines amerikanischen Geheimdienstes hier in Hamburg. Und Oliver Wiebusch hat für sie gearbeitet. Also, indirekt. Er hatte eine Personalnummer und so weiter. Und die IT-Firma, die wir uns nicht gründlich genug angeschaut haben, ist eine Fassade für US-Geheimdiensttätigkeit in Deutschland. Datenbanken von verdächtigen oder potenziell verdächtigen Personen, Telefondaten, Bewegungsprotokolle. So was halt. Wiebusch hat sie zwar über seine eigenen Überwachungstätigkeiten in der Siedlung informiert und über seine Pfadfinderei in der Stadt, aber das waren offenbar Privatprojekte, die sie und ihre Dienststelle nicht abgesegnet haben.»

Jurkschat nickte und hörte ihm zu. Er fragte sich, ob ihr Englisch nicht gut genug war, aber dann sah er, wie müde und fertig sie war. Sie blickte auf. «Ich habe wahnsinnige Kopfschmerzen.» Und er wunderte sich, wie gut es ihm selber ging.

«Ich erzähl's dir», sagte er, «mach ruhig ein bisschen die Augen zu. Jedenfalls, ich bin überzeugt, dass unser Mordverdacht gegen Yvonne Bressin nach wie vor der richtige ist und dass sich das bestätigen wird. Wenn wir Yvonne Bressin erst wieder in unserer Obhut haben. Oder in unserer Gewalt. Ist ja das Gleiche, sozusagen.»

Er legte das Fernglas aufs Armaturenbrett. Da vorne war nichts.

«Das Problem ist aber offenbar, dass Tracy Harris, die unsere ganze Arbeit überwacht hat …» Er nahm ihr den Umschlag aus der Hand, zog ein paar Blatt heraus und wedelte ein bisschen damit herum: Passagen aus Abschriften von Telefonaten, die er mit Jurkschat, Behling, seiner Frau, dem Labor und Anita Baxmann geführt hatte. Jurkschat nickte.

«Ich dachte, du hast gesagt, ich soll die Augen zumachen.»

«Ja, gut, stimmt. Mach. Also, Tracy Harris glaubt, dass Yvonne Bressin Oliver Wiebusch aus einem völlig anderen Grund ermordet hat: weil sie in eine Geldwäsche-Geschichte verwickelt war, die offenbar zur Finanzierung terroristischer Aktivitäten gedient hat.»

«Hm», machte Jurkschat.

«Ja, es gibt eine Edelmetall-Scheideanstalt, die aus Sicht der Amerikaner im Verdacht steht, Geld und Gold für arabische Banden zu waschen. Und wenn Araber Geld waschen, kann's sich ja wohl nur um Terroristen handeln. Tatsächlich haben die wohl versucht, Goldschmiede anzuwerben, die finanziell unter Druck standen. Je mehr Goldschmiede bereit sind, gegen geringe Prozente ihre Bücher und ihren Edelmetallumsatz zu fälschen, desto größer das Geldwäschepotenzial. Aber es gibt keinen Hinweis darauf, dass Yvonne Bressin zu dieser Gruppe von Goldschmieden gehört, die sozusagen auf die dunkle Seite gewechselt sind.»

«Huh», sagte Jurkschat, aber es klang schon nur noch wie Ausatmen.

«Das Einzige, was ich hier finde, ist, dass sie Kundin dieser Scheideanstalt war. Aber …» Er schwenkte das Smartphone ihres Freundes. «Wie ich sehe, dürfte das auf etwa ein Drittel der Hamburger Goldschmiede zutreffen. Also, die Sache ist dünn, aber Tracy Harris sieht offenbar nur, was sie sehen will.»

Wie seltsam, dass er ausgerechnet wegen Tracy Harris vor ein, zwei Wochen wieder an die Möglichkeit von Freundschaft geglaubt hatte. Oder war das das Wesen von Freundschaft an sich? Dass sie nur möglich schien, wenn jemand anders so tat, als wollte er mit einem befreundet sein? So wie Tracy Harris mit ihm? Am Ende fiel er jetzt jedenfalls wieder auf Finzi zurück, der im Moment vermutlich bei ihm zu Hause auf dem Sofa lag und mit seinen Töchtern «Kika» guckte.

«Meta?»

Sie war eingeschlafen. Logisch, dass ihr Mund nicht schlaff herunterhing und dass sie nicht schnarchte, beides hätte nicht zu ihr gepasst. Ihr Gesicht sah im Schlaf genauso gerade und kontrolliert aus wie immer. Er merkte, dass er lächelte. Womöglich hätte er sie jetzt sogar zugedeckt, wenn eine Decke verfügbar gewesen wäre.

Es war erstaunlich, wie sehr man sich dann doch immer wieder täuschte in den Leuten. Jetzt zum Beispiel Jurkschat: Am Anfang dieses Falles hatte er gedacht, sie wäre von Behling abgestellt, um ihn zu überwachen, dann fasste er langsam Vertrauen, dann wieder nicht, dabei hätte er sich einfach von Anfang an auf das Bild von ihr besinnen müssen, das er schon vor einem Jahr gehabt hatte oder vor einem halben, als er im Todesfall auf der «Großen Freiheit» ermittelte: nervig, langweilig, rechtschaffen. Und ihm hätte klar sein müssen, dass die ersten beiden Qualitäten situativ waren, die konnten sich unter anderen Umständen auch immer mal wieder ändern, und tatsächlich nervte sie ihn gar nicht mehr so sehr, und Langeweile fand er in diesem Moment sogar anziehend. Aber das mit ihrer sturen Rechtschaffenheit, das war ein Charakterkern, und den hatte er gleich erkannt. Warum hatte er aufgehört, sich auf sich selbst zu verlassen?

Danowski nahm das Fernglas wieder vor die Augen, studierte die öde Tür und dachte nach über andere Menschen, in denen er sich getäuscht hatte.

59. Kapitel

Rüdiger Bressin saß am Küchentisch und starrte auf sein Telefon. Die Kinder waren bei ihren Großeltern. Er meinte zu hören, wie das Haus unter seinem eigenen Gewicht ächzte, aber dann war es doch nur er selbst.

Johanna wusste natürlich alles. Seine große Tochter. So groß wie er. In der er sich wiedererkannte, wenn er sich selbst zu verlieren glaubte. Aber sie sagte nichts, weil sie nie etwas sagte, sondern ihn nur anstarrte mit ihren Kinderaugen aus dem Erwachsenengesicht. Sie war mit ihren Geschwistern bei seinen Eltern, aber er wusste, dass sie ihm nicht mehr viel Zeit lassen würde. Bevor sie alles erzählte.

Yvonne fehlte. Yvonne wusste immer, was zu tun war. Aber mit Yvonne konnte er nicht sprechen. Wenn er bei der Polizei anrief, sagten sie ihm, dass sie keinen Anwalt wollte und derzeit in einem «Transferprozess» sei. Sie hatten ihn zweimal auf morgen vertröstet. Er hoffte, dass sie feststellen würden, wie unschuldig sie war. Nicht nur dass, sondern wie sehr. In ihm liefen nur noch Schleifen ab, und immer wieder erwischte er sich bei dem Gedanken, dass Yvonne plötzlich vor der Tür stehen würde und ihm um den Hals fallen und sagen: «Sie haben gemerkt, dass ich es nicht war. Sie wissen nicht, wer der Mörder ist. Aber ich bin wieder zu Hause. Ich bin wieder da.»

Es war nicht ausgeschlossen. Es konnte passieren. Aber wie wahrscheinlich war es? So was konnte er nur Yvonne fragen, so was konnte nur Yvonne einschätzen, aber Yvonne war nicht da.

Viel zu spät hatte er gemerkt, dass sie sein Hemd am nächsten Tag mit in die Werkstatt genommen hatte, um es als Kittel zu verwenden. «Das habe ich aus der Wäsche gezogen», hatte sie gesagt, «das lohnt sich eh nicht mehr.» Warum hatte er sie in diesem Moment nicht daran gehindert?

Wieder wählte er die Mobilnummer des Polizisten, der bei ihnen gewesen war. Manchmal gelang es ihm in all seinen Gedankenschleifen, sich selbst zu überlisten: zu tun, wovor er Angst hatte, ohne daran zu denken, weil sein Kopf mit anderem gefüllt war. Wieder nur die Mailbox. Genau wie bei der Polizistin, die ihn begleitet hatte. Aber war das nicht ein gutes Zeichen? Hieß das nicht, dass die Polizisten längst von Yvonnes Unschuld überzeugt waren und sich anderen Fällen zugewandt hatten?

Jedenfalls hieß es eins: Er hatte es versucht. Er hatte es noch einmal versucht.

Es soll eine Überraschung sein, hatte er Johanna gesagt. Du musst für mich einspringen. Ich muss nur eine Stunde weg. Ein Weihnachtsgeschenk für Mama. Setz meine Mütze auf und stell dich in den Bühnennebel, lass die Dateien runterlaufen, das merken die Besoffenen nicht. Ich bin in einer Stunde wieder da. Wegen Mama. Eine Überraschung zu Weihnachten.

Er dachte an den zweiten Schuss. Der erste war ihm mehr so rausgerutscht, und für den zweiten hatte er eigentlich keine Zeit mehr gehabt. Aber es gab in der ganzen Geschichte, wie er den Vorgang vor sich selbst nannte, in der ganzen Geschichte einen Augenblick reinen Glücks: der winzige Zeitraum zwischen dem ersten und dem zweiten Schuss. Da waren sie frei, und alle Angst war weg, und ihm wuchs eine Kraft zu, die er sich niemals zugetraut hatte. Die Kraft, zum zweiten Mal abzudrücken.

Er dachte nie an Oliver Wiebusch. Er dachte nur an den Zeitraum zwischen den beiden Schüssen. Und dann noch einmal an seine Erleichterung, als am nächsten Tag wirklich auf den Internetseiten der Zeitungen stand, dass die Polizei in Richtung Bandenkriminalität ermittelte. All die Zeitungsartikel über den weißen Audi, die er gesammelt hatte, erst ein Zufallsfund, dann ein Plan. Das gute Verbrechen.

Höchstens erlaubte er sich noch den Gedanken daran, wie er Wiebuschs verdammte Hilfsbereitschaft gegen ihn gewandt hatte, ein Spurenelement von Triumph. Wie er Wiebusch angerufen hatte auf dessen Büronummer in der City Nord, Oliver, mein Auto ist verreckt, und jetzt steh ich hier in Nienstedten, kannst du mich abholen? Und dann zuverlässig zur vereinbarten Zeit der weiße Audi Q7, der sich an der Elbchaussee aus der Dämmerung schälte, und hinter dem Lenkrad das Gesicht von Wiebusch, zugewandt und fast mit so was wie Hoffnung: Endlich ruft der Rüdiger mich mal an, vielleicht können wir Freunde werden.

«Du nur im Hemd hier bei der Kälte?», oder so was hatte Wiebusch gesagt, aber Rüdiger Bressin hatte nur die Achseln gezuckt. Seine Jacke brauchte Johanna, damit sie aussah wie er. Und er wollte jetzt nicht auch noch Smalltalk machen.

Diese schwindelerregende Leichtigkeit, als er sich neben Wiebusch auf den Beifahrersitz gesetzt hatte und der so gut wie lautlos angefahren war, Richtung Elbtunnel.

Eine andere Erinnerung: Als er Johanna wieder ablöste hinter der Bühne vom Vereinsheim der freiwilligen Feuerwehr in Nienstedten, und keiner merkte was oder es war ihnen egal, und als sie später gemeinsam im Bus saßen, fragte sie, wo ist die Überraschung? Für Mama?

Jetzt hatte er mal etwas tun wollen. Es stimmte, dass er immer viel zu wenig tat, auch wenn es ihm nie jemand vorgeworfen hatte. Die Überraschung für Mama: Dass sie frei waren. Frei von dem Mann, der sich in ihr Leben eingemischt hatte, bis er ihre Goldschmiede besaß, ihre Bankgeschäfte regelte, ihre Winterreifen wechselte. Und sie alle überwachte. Und eine Überraschung auch für Susanne von nebenan, die diesem Mann viel zu nahegekommen war, die sich einsam und hungrig hatte reinziehen lassen in seine Welt, und die erst aufgewacht war, als sie entdeckte, dass er sie alle überwachte, und nicht zuletzt Johanna.

Und wie Johanna geweint hatte. Seine schlimmste Befürchtung und gleichzeitig die endgültige Bestätigung, dass das, was er getan hatte, richtig war: dass Oliver Wiebusch etwas mit seiner Tochter gehabt hatte.

Etwas gehabt hatte. Mit. Ihm fiel immer noch keine bessere Formulierung ein für das, was er sich nicht ausmalen wollte.

Und dann war da aber gar nichts gewesen, denn in dieser Hinsicht hatte er sich verrannt: Die Anzeichen waren da gewesen, aber als Johanna über den Tod von Oliver Wiebusch weinte, hatte er zum ersten Mal seit Monaten das Gefühl, dass seine große Tochter wirklich etwas rausließ von sich, und als sie ihn anschrie «Da war nichts, der war einfach ein Freund, der hat mir wenigstens zugehört und sich für mich interessiert», da glaubte er ihr.

Zugehört und sich für mich interessiert. Wie wahr. Rüdiger Bressin legte den Kopf in den Nacken, weil er ihn nicht schon wieder in die Hände stützen wollte.

Dann hörte er ein sanftes, vorsichtiges Klopfen an der Tür. Wie von jemandem, der eigentlich nicht stören wollte. Vielleicht jemand, der erschöpft war und sich erholen musste. Er dachte an Yvonne, und ein heller Riss der Hoffnung ging durch ihn hindurch. Es fiel ihm schwer, aufzustehen, weil er so lange gesessen hatte. Und weil er nicht enttäuscht werden wollte.

Vor der Tür standen die beiden Polizisten. Die Frau sah sich auf der Straße um, ihr Name war ihm entfallen, das ging ihm noch durch den Kopf, dann sagte der andere, Danowski: «Rüdiger Bressin, Sie sind festgenommen wegen des Mordes an Oliver Wiebusch. Sind Ihre Kinder im Haus?»

«Nein», sagte Bressin mit einem Anflug von Erleichterung, weil er ahnte, dass er damit den Polizisten vor einem Problem bewahrte.

«Dann folgen Sie uns bitte», sagte der Polizist und zeigte auf einen Corsa, der am Straßenrand stand.

Als sie im Auto saßen, registrierte Rüdiger Bressin die Enge auf der Rückbank und den Geruch nach altem Kaffee, Fastfood und Schlaf. Seine Festnahme erschien ihm seltsam unfeierlich, zugleich merkte er, dass er in eine andere Welt übergewechselt war, eine, in der er sich den Satz sagen hörte: «Wie haben Sie herausgefunden, dass ich es war?»

Die Polizistin setzte sich hinters Steuer, ihr Partner drehte sich um und sagte: «Mir ist klargeworden, dass ich mich in Ihrer Frau getäuscht habe. Und dass Ihre Tochter eine wahnsinnige Ähnlichkeit mit Ihnen hat. Und Sie darum kein Alibi. Aber Sie hören sich an, als würden Sie gestehen.»

«Alles», sagte Rüdiger Bressin, und fand, es sei das Mindeste.

60. Kapitel

«Kriegst du kalte Füße?»

«Buchstäblich: ja, im übertragenen Sinne: Ich weiß nicht.» Sie standen auf dem Parkplatz vorm Präsidium, etwas abseits, um diese Zeit waren kaum noch Besucher da, und man merkte, wie ausgeschlafen Jurkschat war. Im Gegensatz zu ihm.

«Die Chefin war indirekt ja wohl ziemlich deutlich darin, wie vorsichtig wir sein müssen.»

«Ja, aber da wusste sie noch nicht, dass wir … einen Faustpfand haben. So eine Art.» Sie warf einen etwas entschuldigenden Blick über die Schulter zur Rückbank, wo Rüdiger Bressin allerdings eher unbeteiligt wirkte. Man merkte an seinem ratlosen Schweigen höchstens, dass er sich seine Festnahme anders vorgestellt hatte. Regulärer, vermutlich.

«Also wir gehen da jetzt rein, zur Chefin, präsentieren ihr den geständigen Verdächtigen, und ich meine, Adam, komm, dann muss das Ganze doch neu aufgerollt werden, dann können die doch nicht länger so tun, als wär nichts. Nur weil vermutlich ein paar Leute auf den höheren Ebenen sich geschmeichelt gefühlt haben, weil sie den Amerikanern einen Gefallen tun können.»

Jetzt räusperte sich Rüdiger Bressin, aber dabei blieb es.

«Hast du dir mal überlegt, was passiert, wenn die Yvonne Bressin ausfliegen oder so was? Wenn die gar nicht mehr in Hamburg ist?», fragte Danowski, um Zeit zu gewinnen, und bereute es sofort.

«Wieso ausfliegen?», fragte Rüdiger Bressin von hinten

mit belegter Stimme. «Ich dachte, Sie würden meine Frau umgehend … Also, dass die bestimmt schon zurück ist von dieser Transfergeschichte.»

Danowski warf Jurkschat einen Blick zu, und sie nickte, fast ungeduldig.

«Ihre Frau, Herr Bressin, ist auf, sagen wir, außerlegalem Wege von, äh, einem befreundeten Nachrichtendienst vernommen worden.» Er hielt sich an den Floskeln fest wie am Geländer einer Hängebrücke, die von Rechts wegen längst hätte gesperrt werden müssen. «Das ist ein Vorgang, der sich länger hinzieht, als wir gedacht haben.»

«Ausfliegen?»

«Ich versichere Ihnen, dass wir …»

«Ist meine Frau in Gefahr?»

«Nicht mehr, als zu dem Zeitpunkt, als Sie sie unwidersprochen als Verdächtige haben festnehmen lassen, ohne etwas dagegen zu tun», log Jurkschat vorwurfsvoll. Es funktionierte. Bressin schwieg.

In diesem Moment klopfte es an Danowskis Beifahrerfenster. Er fuhr zusammen, erst recht, als er sah, wer da mit vom Parkplatzlicht erleuchtetem grauem Haupt stand. Knud Behling glaubte nicht an Kopfbedeckungen.

«Scheiße», sagte Jurkschat leise, zum ersten Mal, seit er sie kannte.

Behlings Knie drückten durchs Lehnenpolster in seinen Rücken, die Rückbank war viel zu eng für den. Wenigstens hatte er sich erst mal ins Auto gesetzt und ihnen zugehört, ohne gleich durchzudrehen und sie ins Präsidium zu schleppen. Der Nachteil war, dass jetzt auch Rüdiger Bressin die ganze Geschichte kannte. Er zitterte nicht, aber Danowski sah an der rhythmischen Bewegung, die durch den Rückspiegel lief, dass er angefangen hatte, sich mit geschlossenen Augen langsam hin- und herzuwiegen. Dabei atmete er hörbar tief.

«Kann sein, dass die Harris mir da auch was gesteckt hat», sagte Behling in einem Ton, der keinen Millimeter preisgab, «so über Metas Ohr und so weiter. Hat die ganz geschickt gemacht, muss ich man sagen. Telefonische Nachbesprechung von dem Kamerafiasko, und dann so 'n bisschen Klatsch und Tratsch über die Leute, die sie dabei kennengelernt hat und so. Also, ich seh schon, dass da nicht alles blitzblank ist.» Klar, dass ihm keiner ein X für ein U vormachen konnte und er das im Prinzip alles immer schon gewusst hatte. «Aber wenn ihr da ins Präsidium reingeht, werdet ihr sofort endgültig suspendiert. Am besten, ihr überlasst mir den Geständigen und ich regele den Rest, und dann denken wir uns in 'n paar Tagen 'ne schöne Version aus, wie das alles gelaufen ist.» Behling ignorierte den Geständigen, als wäre das ein Kleidersack neben ihm.

«Nee», sagte Danowski. «Wer weiß, ob Yvonne Bressin bis dahin noch im Land ist, und außerdem weiß ich genau, was dann abläuft: Du hast den Fall gelöst, und wir sind die Arschlöcher, die hintenrum irgendwie getrickst haben.»

«Arschlöcher hast du gesagt», sagte Behling.

«Pass mal auf, Knud», sagte Danowski, der sich plötzlich nach Finzi sehnte und an dessen Rat denken musste, ganz einfach zu denken, «wir machen das ganz anders. Prioritäten setzen und so weiter. Am wichtigsten ist, dass wir Yvonne Bressin wieder in die Gewalt deutscher Behörden kriegen.»

«Obhut», sagte Jurkschat halblaut.

«Alles andere ist nachranging. Und wenn wir jetzt schon, wie du so schön sagst, hintenrum irgendwie tricksen, dann auch richtig. Auf die ganz altmodische Art.»

«Bin ich ja mal gespannt», sagte Behling. «Dass deine Methoden nicht auf dem neusten Stand sind, ist bekannt.»

«Und du hilfst uns dabei.» Jurkschat musterte ihn eher interessiert als irritiert von der Seite.

«Träum schön, Adam», sagte Behling.

«Du besorgst uns Zeug aus dem Präsidium, das wir noch brauchen, und du kommst mit als Verstärkung.»

«Was für Zeug? Nur ma' so aus Interesse. Tun tu ich das natürlich nicht.»

«Unsere Dienstwaffen. Und ein bisschen Technikkram.»

«Adam, wird Zeit, dass du aufhörst. Du bist nicht bei Trost, Junge.»

Danowski angelte den Umschlag mit den Unterlagen von Tracy Harris vom Armaturenbrett und wühlte im Schminklicht seiner Sichtblende ein bisschen darin herum.

«Hier», sagte er und hielt ein paar von Tracy Harris' Gesprächsabschriften in den Raum zwischen Vordersitzen und Fond, «die Frau Harris hat ordentlich zugehört und mitgeschrieben. Zum Beispiel, wie du mich unter Druck gesetzt hast, dir den Ermittlungserfolg zuzuschanzen, damit du nicht erzählst, dass ich, ich zitiere, der Lütten das Ohr zerschossen habe. Erpressung, Knud. Wie immer. Oder sagen wir Nötigung. Im Amt. Das war's dann, brauch ich dir nicht zu erklären. Aber die kriegen sicher irgend 'ne unauffällige Vorruhestandsregelung für dich hin.»

Behling war sich offensichtlich zu fein, auch nur nach den Ausdrucken zu greifen. Er blickte nach links zu Rüdiger Bressin und fuhr ihn an: «Hör mal auf hier so rumzukaspern, du Spacken.» Bressin hielt inne, öffnete die Augen und mochte sichtlich nicht, was er sah: ein paar streitende Polizisten, die einander Unfähigkeit und Dienstvergehen vorwarfen. Er drehte den Kopf weg zum Fenster.

«Gut, Adam», sagte Behling, als hätte Danowski ihn leidlich im Preis gedrückt bei einem Gebrauchtwagendeal im unteren vierstelligen Bereich, «dann machen wir das so. Starkes Blatt, schwach gespielt, aber heute hat's trotzdem gereicht.»

61. Kapitel

Erst war der November nass gewesen und kalt, Bodenfrost an den Rändern der Stadt, Tage, die dunkel wurden, bevor die Sonne je durchgedrungen war. Aber diese Nacht versprach mild zu werden, die nächsten Tage sonnig, solche, an denen trotzdem überall die Heizung lief und man schwitzte in zu dicker Kleidung. Jurkschats Autoheizung lief, und die Wärme machte ihn zu träge, um sie auszudrehen.

Auf dem Weg zur Straße, die Tollerort hieß und alles andere war als das, holte die Erschöpfung ihn ein. Die sich überlagernden Spannungen und Signale im Kleinwagen überwältigten ihn: Rüdiger Bressins greifbare Angst, die aus so vielen Komponenten bestand, dass er nicht alle zugleich unterdrücken konnte, und als Nächstes erwartete Danowski fast ein Wimmern von ihm; Jurkschats seltsam stille Zuversicht, von der er nicht wusste, ob sie gusseisern war und beim Aufprall aus geringer Höhe zerspringen würde oder haltbar und tief. Sie schwiegen, und es wurde zu viel für ihn, er sah in den Abendhimmel, der überm Hafen immer blassorange war, als hätte der Sonnenaufgang sich hier gleichmäßig aufgelöst.

Ihm war, als verließe er seinen Körper, er schien über allem zu schweben, als wäre er selbst eine Drohne oder ein Satellit und als könnte er die ganze Stadt von oben sehen, so nah oder von so weit, wie er wollte. Er glitt über die Wirtschaftswege vom Hafen in die Wohngebiete, über das anthrazitfarbene Glitzern und Schaukeln der Elbe, die Parks an den Hängen, die Fenster, hinter denen das blaue

436

Licht der Fernseher zuckte, dazu frühe Adventsbeleuchtung, deren sanfter, aber nachdrücklicher Glanz einen doch immer wieder einholte.

Stella, die vielleicht schon schlief, eingewickelt in ihre Decke wie eine Mumie, verpuppt, Martha, auf zu vielen Kissen und Laken, zerwühlt, verdreht, der kleine warme Körper obenauf. Und irgendwann, bald, musste wirklich jede ihr eigenes Zimmer bekommen. Leslie, die um diese Jahreszeit immer Socken im Bett anzog, was ihn wahnsinnig machte, lesend oder mit Arbeit auf den Knien, damit Finzi im Wohnzimmer seine Ruhe hatte.

Und dann noch einmal die Fahrt durch den Elbtunnel, die huschenden Lichter, Tausende von Kacheln, der leichte Schwung nach unten und dann, wenn man dachte, jetzt könnte es auch immer und immer tiefer gehen, wieder nach oben.

«Adam. Adam, wach auf!» Jurkschat, die an seinem Arm rüttelte, aber es hätte jeder sein können, so weit war er weg. «Wir sind da.»

«Ich schlafe nicht», sagte er schläfrig.

«Vielleicht doch noch mal versuchen, das Ding zu schlucken?», fragte Behling und hielt Bressin den GPS-Peilsender hin, der etwa die Größe einer Zwanzig-Cent-Münze hatte. Es dauerte einen Moment, aber Bressin schüttelte den Kopf.

Wo war der jetzt hergekommen? Behling? Danowski brauchte einen Atemzug oder zwei, um sich zusammenzureißen. Sie standen an der verabredeten Brache südlich des Elbtunnels, hinter der Autobahnausfahrt zum Freihafen. Behling mit seinem privaten Benz, schwarz, keilförmig, neues Modell.

«Wär sicherer», sagte Behling, «und ein, zwei Stunden Magensaft hält das Ding aus. Aber nicht so viel trinken.

Na ja, steht zu bezweifeln, dass die Ihnen viel anbieten werden.»

Jurkschat überprüfte das Tablet, mit dem sie die GPS-Signale verfolgen wollten. Dann half sie Bressin, den Tracker in den aufgetrennten Saum seines Kapuzenpullis zu schieben. Bevor sie in ihre Autos stiegen, sagte Behling: «Plan ist Mist. Den Mann gegen die Frau tauschen und dann verfolgen, wo sie den hinbringen. Auf so 'ne Scheißidee kannst auch nur du kommen, Adam.»

Danowski machte sich nicht die Mühe, darauf zu antworten.

«Fällt dir was Besseres ein? Wir wissen doch gar nicht mehr, wem wir im Präsidium vertrauen können», sagte Jurkschat. «So befreien wir eine Unschuldige, die lassen wir dann im Präsidium ganz oben alles erzählen, notfalls drohen wir mit der Presse, und dann kommen wir und holen den Herrn Bressin hier mit einem MEK da raus. Oder mit zwei.»

Danowski verzog ein bisschen das Gesicht, wie wenn der Kieferchirurg einem unmittelbar vor der Wurzelspitzenresektion noch einmal erklärt, was das ist und wie das geht: eine Idee, die an sich gut war und alternativlos schien, aber nicht dadurch attraktiver wurde, dass man sie mehrfach aussprach.

«Sofern das hier überhaupt alles stimmt und der Typ, der neulich seine Frau im Bunker von der Balustrade geschubst hat, irgendeine Ahnung hat, wovon er redet. Also, wenn hier wirklich die Amis sind. Bin ich gespannt.»

Wie immer wäre es Danowski lieber gewesen, Behling hätte unrecht. Hatte er aber gar nicht so oft. «Weißt du, Knud», sagte er, «lass uns mal unsere Abmachung von vorhin dahin gehend ausweiten, dass wir sagen: Du redest ab jetzt nur noch im äußersten Notfall, okay?»

«Mir recht», sagte Behling, «dann wird hier ab jetzt eben nur noch Stuss erzählt.»

«Ihr bleibt hier», sagte Danowski. «Du wartest auf mein Signal.»

Behling nickte mit übertrieben zusammengepressten Lippen.

Sie parkten keine hundert Meter von der Tür. Jetzt begann die Endphase, sie brauchten sich nicht mehr zu verstecken. Danowski ging zum Kofferraum und nahm den erdigen Plastikbeutel heraus mit der Tatwaffe, die Rüdiger Bressin in der weichen Erde der Moorwiese hinter der Hainapfel-Siedlung vergraben hatte. Die immer wieder verblüffende Unfähigkeit des Mörders, sich von der Waffe zu trennen. Und in diesem Fall die durchaus rationale Überlegung, durch seine Fingerabdrücke auf der Waffe und die völlige Abwesenheit derer seiner Frau würde er im Zweifelsfall ihre Unschuld beweisen können. Danowski war froh gewesen über den Plastikbeutel, denn sie hatten nichts mehr zur Beweismittelsicherung. Vorsichtig bohrte er mit dem Finger ein Loch durch beide Wände des Beutels, sodass er notfalls den Abzug betätigen konnte. Dann steckte er die Waffe in die Tasche. Jurkschat sah ihn an, als wäre er nicht bei Trost.

«Zweitverwertung», sagte er. «Was soll ich machen, wenn Behling uns unsere Dienstwaffen nicht aus dem Präsidium holt.»

«Mach mich doch nicht strafbar für dich, Adam», hatte Behling gesagt. «Gebrauchsanmaßung von technischem Material, na gut, Strafvereitelung, würde mich der Anwalt wohl von freihalten, bin schließlich gezwungen worden. Aber Verstoß gegen das Dienstwaffengesetz ist 'ne ernste Sache, weißt du.»

Dann überprüfte er das Telefon von Jurkschats Freund: Behlings Nummer auf Kurzwahl. Immerhin, die funktionierte. Denn in jedem Fall würde das alles hier knapp werden. Selbst wenn alles bestmöglich lief. Wenn Tracy Harris sich auf den Gefangenentausch einließ und Rüdiger Bressin anschließend mit dem Auto oder dem Zug aus der Stadt brachte, würde die Reichweite des Trackers genügen, um ihr auch in etwa einer Stunde noch zu folgen. Wenn sie, was er wahrscheinlicher fand, Bressin in einen Hubschrauber zu einem der größeren Stützpunkte in Hessen fliegen wollte, hatten sie nur die Hoffnung, dass Tracy Harris und ihre Leute Zeit brauchten, um ein derart aufwendiges Transportmittel zu organisieren. Hinter, vor oder auf dem Gebäude am Tollerortweg war jedenfalls kein Start- und Landeplatz zu sehen.

Er gab Jurkschat das Telefon. Sie sollte beim Auto stehen bleiben. Tat sie aber nicht. Gemeinsam gingen sie die zwölf, fünfzehn Schritte zum zweiten Eingang des Gebäudes. Keine Firmenschilder, keine Klingeln, keine Klinke. Aber sie waren sich einig, dass Tracy Harris, bei allem, was sie überwachte, sicher auch den Eingang im Blick hatte.

Danowski trat vor und wummerte dreimal gegen die Tür, und dann noch vier weitere Male. Dann stellte er sich wieder direkt neben Jurkschat. Er nahm die Wollmütze ab und drehte sich, während er sich durch die Haare fuhr, in alle Richtungen, damit er zu sehen war, egal, von wo aus die unsichtbare Kamera schaute. Jurkschat legte ihm die Hand auf den Arm, als fände sie sein Gedrehe übertrieben, vielleicht war es aber auch nur ein Zeichen von Verbundenheit.

Dann hörten sie Schritte hinter der stählernen Tür.

62. Kapitel

Es gab zwei Möglichkeiten, jemanden zu verfolgen. Die erste war, ihm zu folgen, indem man ihn nicht oder so wenig wie möglich aus den Augen ließ. Die zweite war, zu wissen, wo er hingegangen war oder wo er sein würde, und dann ebenfalls diesen Ort aufzusuchen. Trickster hatte immer die zweite Variante bevorzugt. Einerseits, weil er kein Auto hatte. Andererseits, weil er Informationen eleganter fand als die rohe Logistik von Verkehrsmitteln und Verkleidungen.

Und er liebte Geduld. Die jetzt wieder belohnt wurde. Zwar war sein Herz gesunken, als die beiden Polizisten die Straße Tollerort so kurz nach seiner Ankunft wieder verlassen hatten. Aber er hatte wieder eine einfache binäre Entscheidung getroffen, wieder gab es nur zwei Möglichkeiten: Entweder er verließ ebenfalls sein Versteck hinter einem einsamen Stromverteilerkasten am gegenüberliegenden Straßenrand, oder er blieb, wo er war. Im ersten Fall ging die Wahrscheinlichkeit, dass er die beiden Polizisten wiedersehen und erfahren würde, warum sie sich für die Amerikaner und das Nachleben des bleichen Dieners interessierten, gegen null. Im zweiten Fall gab es eine Chance, dass sie hierhin zurückkehren würden.

Und da waren sie. Die Straßenbeleuchtung war sporadisch, aber ausreichend, um ihn erkennen zu lassen, wie sie zum Aufgang der Amerikaner gingen und wie der Polizist Danowski gegen die Tür wummerte. Er sah, wie Meta ihm die Hand auf den Rücken legte, nachdem sie ihm eben schon den Oberarm getätschelt hatte, und er mochte es nicht.

Er nahm sein Fernglas, weil er sich nicht sicher war, ob die Tür sich bewegte. Eine Frau mit braunen Haaren und einem dunklen Hosenanzug trat auf die Straße. Sie wirkte gedrückt, gebückt, sie hatte die Arme vor der Brust verschränkt und machte sich kleiner, als sie war. Im Grunde hatte er die Menschen nie verstanden, ihnen zuzusehen war, wie Tiere zu beobachten. Warum machte die sich jetzt zum Beispiel so klein? Und je länger der Polizist, der wirklich nicht besonders groß war, mit ihr redete, desto größer wurde sie. Am Ende stand sie fast breitbeinig da. Den Polizisten Danowski sah er nur von hinten, aber seine Bewegungen und seine Haltung wirkten unnatürlich ruhig. Dann gab er der Frau etwas, das wie ein weißer Umschlag aussah. Blätter, die sie kurz studierte und dann achtlos unter den Arm klemmte, aber er sah, dass der Umschlag die Situation verändert hatte. Wieder Gespräch, für ihn unhörbar, unverständlich. Aber er verstand selten Gespräche, selbst wenn sie direkt neben oder mit ihm geführt wurden.

Dann verschwand die Frau wieder im Aufgang, die Tür fiel hinter ihr zu. Er konnte den beiden Polizisten ansehen, dass sie zu angespannt waren, um miteinander zu reden. Die Polizistin, die Meta hieß, fuhr sich durch ihr Haar und löste ihren Pferdeschwanz, um ihn neu zu binden.

Nach zwei, drei Minuten ließ Trickster das Fernglas sinken. Er war enttäuscht. Im Grunde war nichts passiert. Ein Gespräch. Aber was hatte er erwartet. Gesprochen wurde immer, und selten mehr als das. Sodass man sich fragen musste, warum man überhaupt sprach.

Dann registrierte er wieder eine Bewegung der Tür. Zurück zum Fernglas. Die Frau von eben hatte eine zweite Frau dabei, etwas kleiner, in Anziehsachen, die selbst auf diese Entfernung aussahen, als hätte sie darin geschlafen.

Zerzaust, den Kopf zu Boden gesenkt. Ihre Bewegungen waren gemessen, aber kraftlos, als hätte sie bestenfalls die Aussicht, von einer schweren Krankheit zu genesen.

Als sie den Kopf hob, sah er, dass ihr Gesicht eine unnatürliche Farbe hatte, gemischt, und er versuchte, das Fernglas zu stabilisieren, um sie besser erkennen zu können. Hinter ihm, hinter dem alten Gras, dem Maschendrahtzaun und leeren Gleisen, rollte ein Güterzug. Er stützte die Ellbogen auf den Boden neben dem Stromkasten. Die Nase der Frau sah seltsam aus, vielleicht tamponiert, ihre Augen waren geschwollen, ihre Lippen dunkelrot. Die Polizistin Meta nahm die Frau beiseite, geschäftsmäßig, aber die Art, wie sie ihr den Arm um die Schulter legte und sie zumindest einige Meter Richtung Auto führte, war mehr als das. Eine Andeutung von Trost. Oder eine Entschuldigung dafür, dass Trost nicht möglich war. Trickster wollte so angefasst werden.

Jetzt hörte er den Polizisten schreien und hörte sogar ungefähr was wie: «Die Treppe? Die Treppe?», und dann etwas wie «Was habt ihr getan», aber das schien ihm zu theatralisch, wer schrie so was im Ernst. Tricksters Puls ging schneller, als der kleine Polizist sich auf die Frau stürzte und sie an den Schultern oder am Arm packte, ein Ausbruch von Gewalt, als wollte er sie zur Räson bringen oder mehr. Aber es dauerte keine Sekunde, dann taumelte der Polizist nach hinten, er fing sich im letzten Augenblick, mit einer Hand schon auf dem Boden, die Knie gebeugt, fast wäre er vollkommen gestürzt, und als er wieder auf die Beine kam, richtete die Frau im dunklen Hosenanzug eine Waffe auf ihn.

Der Polizist schüttelte den Kopf, während er ihn sinken ließ, hielt Abstand, und die Frau steckte ihre Waffe wieder ein, mit einer fließenden, offenbar geübten Bewegung, so glatt, dass Trickster nicht einmal sah, wohin. Dann sah Trickster, wie der Polizist ein Telefon aus der Tasche nahm, es wie zum Zeichen in die Luft hielt und dann jemanden anrief. Die Frau nickte, und Trickster konnte nicht sehen, ob ihre Lippen sich bewegten. Dann nahm sie ihrerseits ein Telefon. Offenbar hatten sie hier eine Vereinbarung getroffen, widerwillig war sie auf seinen Vorschlag eingegangen, und jetzt verständigten sie andere, die damit zu tun hatten. Schade, dass immer alles damit endete, dass jemand in ein Gerät sprach.

Der Rest war ein Tableau. Ein Bild, wie er es gern zwischen seinen Postkarten gehabt hätte. Trickster bedauerte, dass er seine Kamera in der Eile und wegen des Gewichts nicht mitgenommen hatte. Im Licht der einen Straßenlaterne standen die Polizistin Meta und die Frau mit dem verformten Gesicht, und die eine hielt die andere im Arm, er konnte nicht sehen, ob sie zitterte oder ob es sein Fernglas war. Der Polizist und die Frau im Anzug standen im Licht der anderen Straßenlaterne einfach nur da, und obwohl er ihre Pupillen nicht erkennnen konnte auf die Entfernung, war er sicher, dass sie einander nicht ansahen, sondern dass beide ins Leere blickten oder einfach irgendwohin. Es dauerte fünf Minuten oder sechs, in denen Trickster kein einziges Mal versucht war, das Fernglas abzusetzen, und dann zuckte die Frau mit der weggesteckten Waffe leicht oder sein Arm, und sie ging an ihr Telefon. Sie nickte, und der Polizist Danowski wandte sich von ihr ab, ohne sie noch einmal anzusehen. Mit jedem Schritt wurde er schneller, und am Ende rannten er und die beiden Frauen zu dem kleinen Auto, das etwa fünfzig Meter entfernt stand.

63. Kapitel

Die Treppe runtergefallen. Die Worte liefen ihm durch den Kopf wie ein rundes Schriftband, und er war sich nicht sicher, was ihn mehr aufregte: dass sie Yvonne Bressin beim Verhör geschlagen hatten, oder dass seine alte beziehungsweise gar nicht so alte, aber definitiv ehemalige Freundin Tracy Harris die Frechheit besessen hatte, eine derart abgegriffene Begründung für ihre Verletzungen zu bemühen. Instinktiv hatte er sich hinters Lenkrad geworfen, damit Jurkschat die Bressin hinten auf der Rückbank weiter betreuen konnte, aber offenbar hatte das Yvonne Bressin schon gereicht, wie Jurkschat sie vorm amerikanischen Stützpunkt im Arm gehalten hatte, denn nachdem Jurkschat sich hinten installiert hatte, klappte Yvonne Bressin den Beifahrersitz nach vorne und setzte sich neben Danowski.

«Rüdiger», sagte sie, und es klang viel mehr nach einer Erkenntnis als nach einer Frage.

Danowski hatte Schwierigkeiten mit Jurkschats Fahrereinstellungen, aber er schaffte es dennoch, die Reifen innerhalb von Sekunden zum Quietschen zu bringen. Wie viel PS hatte die Kiste, fünfzig, sechzig? Da kam nicht viel, aber je schneller sie bei Behling waren und Teil zwei ihres Planes in die Tat umsetzten, desto schneller war das hier alles vorbei. Er hatte Behling angerufen, damit der Rüdiger Bressin übergab, und Harris hatte das Zeichen an ihre Leute gegeben, ihn in Empfang zu nehmen.

«Meta!», rief er Richtung Rückbank und spürte am Sitz, wie sie sich alarmiert nach vorne warf.

«Was ist?»

«Hast du noch was von dieser … Nux Dingenskirchen, Brechnuss, von diesen Dingern, ich fühl mich irgendwie gerade so …» Und er musste selber lachen plötzlich, eine Hysterie breitete sich in ihm aus wie ein unbezähmbares Wohlgefühl, dabei wollte er das gar nicht, ruhig bleiben war jetzt definitiv die Devise, aber irgendwie konnte er nicht anders, er lachte und dachte: Bald ist alles vorbei. Und Tracy. Was für eine Enttäuschung.

«Handschuhfach!», rief Jurkschat, und ganz kurz musste sie selber lachen, bis sie beide, vermutete Danowski, daran dachten, dass Yvonne Bressin in den letzten Stunden körperlich misshandelt worden war und gerade aus Danowskis Verhandlungen mit Tracy Harris erfahren hatte, dass ihr Mann ein Mörder war oder zumindest ein Totschläger. Wobei, wohl doch eher ein Mörder, dachte Danowski. Wer sich wochenlang durchfragte in Schützenvereinen und auf dem Kiez, bis ihm jemand eine unregistrierte Waffe verkaufte, dem konnte man kaum zugute halten, im Affekt gehandelt zu haben.

Sie hörten beide auf zu lachen, und Danowski wandte sich nach rechts, um Yvonne Bressin zu sagen … aber erst mal, das musste er zugeben, schlug er die Augen nieder, weil sie entstellt war. Er wusste aus langjähriger Erfahrung, dass durch mittlere Schläge verursachte Gesichtsverletzungen grauenvoll aussahen, aber gut abheilten, mit Ausnahme der gespaltenen Lippe würde nichts nachbleiben, die musste genäht werden, das gab eine Narbe, wenn da einer in der Notaufnahme schlecht geschlafen oder seinen Kaffee nicht gekriegt hatte, aber ansonsten … gut, das psychische Trauma der Misshandlung im widerrechtlichen Verhör, da musste man natürlich auch … Er atmete scharf und sagte zu ihr: «Es tut mir leid wegen Ihrem Mann. Er ist voll geständig, aber ich versichere Ihnen, dass wir Maßnahmen getroffen haben, seine Sicherheit zu gewährleisten, wie im Übrigen natürlich auch Ihre, Sie sind bei uns in guten …»

«Adam!»

Jurkschat schrie ja selten, das musste man ihr lassen, auch das, man musste ihr allerhand lassen, jede Menge, zum Beispiel, dass sie am Ende … aber gut, jetzt schrie sie.

Danowski stieg in die Bremse, sonst wäre er mit der Längsseite eines Siebener-BMWs kollidiert, der ihnen in voller Breite den Fahrstreifen versperrte. Zu viel geredet, um rechtzeitig auszuweichen. Danowski sah zwei Männer aussteigen, die ihm vage bekannt vorkamen. Mehr im Reflex legte er Jurkschats Rückwärtsgang ein und quälte ihren Corsa nach hinten, aber er kam nicht weit, denn über den Bürgersteig kam noch ein BMW, der ihm die Flucht nach hinten unmöglich machte.

Danowski fummelte in seiner Jackentasche beziehungsweise, so viel Zeit musste sein, in der Tasche der Jacke des Freundes von Meta Jurkschat nach der Pistole Rüdiger Bressins, aber er kam nicht zurande mit dem ganzen Funktionskram, und ehe er so weit war, waren die beiden Männer von vorn links und rechts am Fahrer- und Beifahrerfenster, seins stieß der eine gleich mit dem Ellbogen ein, bei alten Corsas ging so was noch, blockiges Glas regnete auf seinen Schoß. Der andere rechts wenig später. Yvonne Bressin, die das Ganze bis zu diesem Zeitpunkt eher stirnrunzelnd verfolgt hatte, japste nach Luft. Autoglas, das einem um die Ohren flog, war immer ein Alarmsignal.

Danowski spürte, wie Jurkschat hinten sich in die Polster fallen ließ. Vielleicht noch nicht resigniert, aber ganz bestimmt verzweifelt.

Die beiden Typen, die sie hatten glauben lassen, sie wären Zielfahnder. Bei ihm der mit ohne Kinn. Er hielt einen

Ausweis durch die Reste der Scheibe, der Danowski im Detail nicht interessierte.

«Lemke, BND», sagte er, «wenn Sie Ihre Passagierin bitte aussteigen lassen würden. Sie kommt mit uns.»

«Sie meinen Jurkschat? Die kommt dahinten nicht raus, Zweitürer», sagte Danowski, weil er sich in der Niederlage doch immer nur in Sprüche retten konnte.

Der Bärtige auf der rechten Seite, Cord-Anzug, öffnete die Beifahrertür durch das kaputte Fenster und zog Yvonne Bressin ins Freie. Danowski merkte, dass sie sich wehrte, aber er sah nicht hin.

«Was haben Sie für ein Recht …», schrie Jurkschat von hinten, es klang schrill in seinen Ohren.

Der mit ohne Kinn hielt inne. «Amtshilfe für einen befreundeten Dienst.» Nachdem er Jurkschats Schlüssel abgezogen und mit einer übertrieben sportlichen Geste Richtung Gütergleise geworfen hatte, ging er um die Motorhaube herum und verschwand aus ihrem Blickfeld.

Danowski hörte nur an dem Scharren und Zischen auf dem Asphalt, dass sie Yvonne Bressin in den hinteren ihrer BMWs zerrten. Dann dessen Motor, ein Wendemanöver, und Yvonne Bressin verschwand in der Dunkelheit. Der vordere BMW folgte ihm.

Irgendwann sah Danowski auf. Jurkschat im Rückspiegel. Er ahnte, dass sein Blick so nach Niederlage aussah wie ihrer.

64. Kapitel

Es dauerte Minuten, bis sie Jurkschats Schlüsselbund im Kiesbett der Gleise fanden. Auf dem Weg riss er sich die rote Jacke ihres Freundes am Zaun auf. Undeutlich fragte er sich, ob das die Staatskasse bezahlen würde oder er demnächst aus seinem Teilzeitgehalt.

Dann fuhr Danowski die fünfhundert Meter zum Lagerhaus zurück, einfach, um irgendwas zu tun. Er hoffte, ihm würde unterwegs klarwerden, ob es eine gute Idee war, jetzt das Büro von Tracy Harris mit der erdigen Plastikbeuteltatwaffe zu stürmen, aber der Weg war zu kurz, um zu einem Entschluss zu kommen. Er parkte auf der gegenüberliegenden Straßenseite vor einem Stromkasten, hinter den er gleich pinkeln würde. Jurkschat stieg aus, kletterte über das Tor und lief an der Gebäudeseite entlang, bis er sie nicht mehr sehen konnte. Danowski spürte das fremde Telefon in seiner Hosentasche und fragte sich, ob er jetzt nicht einfach Leslie anrufen sollte: Gibt's noch Abendessen? Ich bin in zwanzig Minuten zu Hause.

«Wie ich's mir gedacht habe», sagte Jurkschat, als sie wieder da war. Klettern konnte sie gut. «Es gibt hinten eine zweite Ausfahrt über die Rückseite des Geländes. Die sind längst weg.» Dann setzte sie sich neben ihn und aktivierte das Tablet. Danowski sah ihr über die Schulter. Der auf- und abschwellende rote Punkt, der den Standort von Rüdiger Bressin oder zumindest ihres GPS-Trackers anzeigte, war immer noch dort, wo Behling Rüdiger Bressin vereinbarungsgemäß an die Leute von Tracy Harris übergeben hatte.

«Scheiße, die sind immer noch da», sagte Jurkschat. «Wir müssen dahin ...»

«Zumindest die Jacke vom DJ ist noch da», sagte Danowski.

Jurkschat stieß Luft durch die Nase. «Stimmt. Die haben den Tracker entdeckt und ihm das Ding ausgezogen. Deine Freundin Tracy hatte bestimmt einen GPS-Scanner, mit dem man Trackersignale aufspüren kann.»

«Ja, gut ausgerüstet war sie ja immer.»

Wie schön, dass da vorne jetzt Behlings dämlicher Mercedes um die Ecke bog. Genauso leise und arrogant grinsend wie sein Fahrer. Im Laufe der Jahre sahen Fahrzeug und Halter einander immer ähnlicher. Danowski schloss entnervt die Augen bei dem Gedanken daran, sich jetzt Behlings gnadenlose Analyse ihrer desaströsen Ermittlung anzuhören.

«Wo ist die Frau?», fragte Behling, nachdem er ihr Wageninneres übertrieben lange abgeglotzt hatte.

«Kofferraum», sagte Danowski. «In so 'n Corsa kriegst du echt alles rein.»

«Witzich, Adam.»

Jurkschat fasste die Situation in zwei, drei gemessenen Sätzen zusammen. Behling nickte beim Zuhören, als hätte er das alles in etwa genauso erwartet. Nur als er «BND» hörte, verzog er ein wenig erstaunt das Gesicht, hatte sich aber gleich wieder im Griff.

«So, Schlacht verloren, aber nicht den Krieg», prägte Behling eine Redewendung, als er sich auf Danowskis fensterlose Tür stützte. «Zieht mal nicht so 'n Flunsch, ihr beiden. Ihr habt ja noch viel Zeit zum Lernen. Gibt eh keine wirklich guten Polizisten unter fünfzig.» Dann griff er in die Tasche seines etwas zu dünnen und etwas zu beigefarbenen Übergangsmantels und zog ein weiteres Tablet heraus.

«Hier», sagte Behling und zeigte auf einen gleichfalls an- und abschwellenden Punkt in Rot, der sich, nachdem Danowski sich orientiert hatte, Richtung A7 und Elbtunnel bewegte. «Das ist der Standort von Bressin. Und die werden den bestimmt mit seiner Frau an einem Ort zusammenführen. Um sie beide auszufliegen oder so was. Jetzt können wir zwar die Frau nicht mehr ins Präsidium bringen, damit die Kollegen euch glauben, aber …»

«Wieso hast du noch ein Tablet und kannst den Bressin tracken? Auf meinem Ding hier ist der immer noch auf dem Parkplatz», sagte Jurkschat.

Behling lachte, darauf hatte er gewartet. «Ich sag euch doch immer, doppelt hält besser. Ich hab dem Bressin, als wir auf die Amis gewartet haben, noch einen Tracker verpasst. War klar, dass die das scannen. Aber als sie den bei der Übergabe in der Kapuze gefunden hatten, war die Sache für die erledigt, und die Frau Harris hat den Scanner weggesteckt.»

«Was genau heißt jetzt, du hast ihm noch einen Tracker verpasst?», fragte Danowski.

«Du, Adam, ich hab dem den in den Arsch geschoben.»

«Oh Mann», sagte Jurkschat.

«Ja, war doch von Anfang an klar. Gummihandschuhe hab ich eh dabei, und dass die dem nicht mehr hinten reinleuchten, wenn sie schon mal einen Tracker gefunden haben, war auch klar. Also, gefallen hat dem das nicht. Der war ja vorher immer so schweigsam, aber als ich ihn über der Motorhaube hatte, hat er gequiekt wie ein Schweinchen. Bisschen Longlife-Öl, dann ging's. Darf nicht immer so sensibel sein, wenn man so was zum Ende bringen will.»

Danowski stieg aus, eigentlich nur, weil ihm das die Gelegenheit gab, Behling, der sich immer noch in sein kaputtes Fenster lehnte wie ein aufdringlicher Nachbar, zurückzudrängen. Jurkschat folgte ihm. Auf der Straße beugten sie sich zu dritt über Behlings Bildschirm.

«Okay, die fahren Richtung Stadt», sagte Danowski. «Gleich verschwindet der Punkt, wenn die im Elbtunnel sind. Und sobald er drüben wieder rauskommt …»

«Schön, dass du jetzt auch mitarbeitest, Adam», sagte Behling. Dann beobachteten sie, was Danowski vorausgesagt hatte. Während Bressin gewissermaßen von ihrem Radar verschwunden war, vergingen Minuten. Danowski roch Behlings Rasierwasser, verzweifelt männlich, scharfsüß wie falsche Erinnerungen an die siebziger Jahre. Er musste immer noch pinkeln.

Schließlich war es Behling, der das Offensichtliche ansprach: «Lange dauert das eigentlich, durch den Scheißtunnel zu fahren? Ist doch kaum Verkehr gerade, um die Zeit, hab ich doch gesehen. Zwar 'ne Röhre gesperrt in der Richtung, aber trotzdem.»

«Drei, vier Minuten, höchstens», sagte Danowski. «Kommt einem immer nur länger vor.»

«Mir nicht.»

«Wir stehen hier schon länger als fünf Minuten», sagte Jurkschat, die immer mal guckte, wie spät es war, den ganzen Tag lang, später fürs Protokoll und die Vermerke. Falls was war. Danowski aktivierte den Routenplaner am Smartphone, die A7 Richtung Norden mit Elbtunnel: Grüner wurde es nicht.

Behling sah alt aus, richtig alt, nicht so gut lackiert Silver-Ager-mäßig wie sonst, als er sagte: «Die sind weg. Die sind im Elbtunnel verschwunden. Kann doch nicht angehen.»

Erst mal pinkeln, dachte Danowski. Der Tunnel läuft uns nicht weg. Als er sich umdrehte, stand nur zwei Meter von ihm entfernt eine dunkle Gestalt mit langen Haaren und nicht ganz so leerem Blick wie sonst.

Sebastian Iwoleit hob die Hand bis in Kopfhöhe, als wüsste er nicht, wie man grüßt, und als wäre es ganz normal, sich hier um diese Zeit an diesem Ort zu treffen. Andererseits, die Adresse hatten sie ja von ihm.

«Ich glaube, ich kann Ihnen helfen», sagte er.

65. Kapitel

«Gut, verlasst ihr euch auf einen Typen, der seine Frau in den Tod gestürzt hat. Hast ja immer gute Quellen gehabt, Adam.»

Danowski warf einen Blick auf Iwoleit, der ein Stück abseits mit Jurkschat am Auto stand und fast zufrieden wirkte. Danowski hatte Behling zu seinem Mercedes begleitet.

«Der kannte auch die Adresse hier», sagte er, mehr, um sich selbst zu überzeugen. Die Grenze, jenseits derer ihn Behlings Einschätzung nicht mehr interessierte, war lange überschritten. «Weil er Oliver Wiebusch immer gefolgt ist. Du kennst doch deren Geschichte. Jedenfalls trau ich ihm zu, dass er diesen stillgelegten Evakuierungsgang kennt, der den Elbtunnel mit dem Containerhafen verbindet. Den wollte Wiebusch für geheime Auslieferungsflüge nutzen. Offenbar ist Tracy Harris jetzt doch auf die Idee eingestiegen. Und wenn er sagt, es gibt in Waltershof einen Lüftungsschacht, durch den man auf halbem Weg in den Evakuierungsgang steigen kann, dann glaube ich ihm das ...»

«Und wenn er sagt, spring im Bunker ins Treppenhaus, dann machst du das auch?»

«Knud, hast du eine bessere Idee?»

Behling wand sich förmlich, weil es ihm körperlich unmöglich schien, auf diese Frage keine Antwort zu haben.

«Du fährst uns hinterher», sagte Danowski und ging zum Corsa zurück, ohne sich noch einmal nach Behling umzudrehen.

In Waltershof, am Rande des Containerhafens, überragten die Kranreihen sie wie Roboter, die ein unsichtbares

Dach aus gelbem Licht hielten. Mit jedem Schritt fühlte Danowski sich kleiner. Auf der anderen Elbseite, wo Leslie und die Kinder wohnten, schimmerte die Silhouette der Stadt schwach, als hätte sie sich damit abgefunden, die Nacht den Containern, den Kränen und den großen Schiffen zu überlassen. Das tief metallische Schlagen des Verladens und Entladens hörte sich an, als wäre hier der Umzug der ganzen Welt im Gange.

Sebastian Iwoleit nahm Werkzeug aus seinem Rucksack und öffnete die Berufsschultür eines unscheinbaren kleinen Viereck-Gebäudes mit metallbraunen Lamellenwänden.

«Die Ventilatoren sind abgebaut», sagte er.

«Das heißt, wir kommen durch, ohne zerhackt zu werden, aber wir haben nicht viel Luft, wenn wir drin sind», übersetzte Danowski. Das war mit Sicherheit der letzte Tunnel seines Lebens. Iwoleit nickte.

«Es ist eng», sagte er mit einem Blick auf Behling. «Der Schacht geht etwa zehn Meter leicht schräg in die Tiefe. Man gleitet.»

«Und fällt dann in einen Verwesungspfuhl voller Ratten und Riesenspinnen», sagte Danowski. Iwoleit betrachtete ihn alarmiert. Dann rutschte die Andeutung eines Lächelns über sein Gesicht.

«Nein. Den Rettungstunnel. Der ist etwa zwei Meter hoch. An der Decke ist ein Gitter, aber man kann es wegtreten.» Iwoleit räusperte sich. «Ich gehe gern vorweg.»

«Nein», sagte Jurkschat, die schon dabei war, ihre Jacke auszuziehen. «Das ist jetzt ein Polizeieinsatz. Sie bleiben hier.» Iwoleit wollte etwas sagen, dann senkte er den Blick.

«Schwierig, wegen meinem Rücken und so», sagte Behling.

«Ich erinnere mich dunkel.» Danowski drehte sich zu Jurkschat um. Sie nickte. Er zog die rote Jacke aus, schob sich die verpackte Waffe hinten in den Hosenbund und spürte den Novemberwind von der Elbe am Körper.

Jurkschat streckte ihre Hand zu Behling aus. «Dienstwaffe, Knud.» Er zögerte, dann löste er das Holster vom Hosenbund und reichte es ihr mit dem Pistolengriff voran.

«Das nimmst du lieber mit», sagte er, als wäre es seine Idee. Dann ging Danowski zuerst durch die Tür, die Iwoleit geöffnet hatte.

Zehn Meter unter die Erde, durch ein abschüssiges, verzinktes Metallrohr, das vielleicht einen halben Meter Durchmesser hatte. *Urban exploring* würde nie sein Hobby werden. Was andererseits nicht viel zu sagen hatte, weil er sich nicht erinnern konnte, überhaupt irgendwelche Hobbys zu haben oder je gehabt zu haben. Vielleicht war das sein Problem: Er arbeitete, oder er räumte zu Hause hinter den Kindern her. Er tat nie irgendwas einfach nur so. Selbst der Meditationskurs, sein gesellschaftlicher Höhepunkt der letzten Monate, war ihm verordnet worden.

Vielleicht was sammeln, aber er wollte ja alles immer lieber loswerden, das passte nicht. Vielleicht Musik machen, aber er wollte, dass Ruhe war. Malen sah er sich nicht.

Jurkschat schloss die Tür hinter ihnen und leuchtete mit der Stablampe, die Iwoleit ihr gegeben hatte.

«Meta, ich weiß nicht, ob ich da reingehen kann.»

«Ich auch nicht.»

Er trat einen Schritt vor und blickte ins Dunkel. Jurkschat leuchtete, sodass sie die Öffnung der Röhre zu ihren Füßen sehen konnten. Man sah noch die Schraublöcher im Beton, wo die Ventilationsautomatik abgebaut worden war. Das Rohr verschwand nach links im Dunkeln, sah aber glatt genug aus, und er versuchte, es sich als vergleichsweise steile, wenn auch trockene Wasserrutsche vorzustellen.

«Und wenn das verstopft ist?»

Daran hatte er auch schon gedacht. Danowski nahm die verpackte Waffe aus dem Hosenbund und ließ sie die Röhre hinuntergleiten. Jurkschat und er beugten sich über das Loch, und ihre Köpfe berührten sich. Nach wenigen Sekunden hörten sie einen hellen Aufprall. Nicht laut, aber auch gar nicht so weit weg.

«Hast du ihr Gesicht gesehen?» Jurkschat mit der rhetorischsten Frage, die ihm je gestellt worden war. Danowski streckte die Arme über den Kopf, trat nach vorne und stieg in die Röhre.

Dann Panik. Denn er hatte das Gefühl, die Röhre würde immer enger und er deshalb spätestens einen Atemzug später feststecken. Bis er merkte, dass er tiefer die Luft einziehen und anhalten musste. Eigentlich konnte ihn ja nichts mehr erschrecken, nach der Röhre, aus der er Iwoleit gezogen hatte. Diese hier hatte ein Gefälle, stark genug, um ihn schnell hindurchzuschleusen, aber nicht so steil, dass er das Gefühl hätte haben können, im freien Fall zu sein.

Wenn das stimmte mit dem Gitter und dem Gang darunter. Einem Mann vertrauen, der versucht hatte, sich unter der gleichen Erde umzubringen. Dann meinte Danowski, wenige Herzschläge später, von unten den leichtesten Luftzug zu spüren. Seine Geschwindigkeit entsprach etwa dem Spielplatzrutschen eines ängstlichen Kindes. Er bremste so weit ab, dass er spürte, als seine Füße das Deckengitter berührten, und anhalten konnte. Nach dem zweiten Tritt hörte er das Gitter aus seiner Halterung brechen, dann, wie die Waffe und das Gitter auf einen ganz nahen Boden schlugen. Er machte sich breiter und glitt langsam so weit aus der Öffnung, bis nur noch sein Kopf und Oberkörper darin steckten. Dann ließ er sich fallen.

Als wäre man von einem niedrigen Garagendach gesprungen, damals, auf dem verlassenen Grundstück der Nachbarn, wohin er und seine Brüder nicht durften. Aber sie hatten ihm ein «Brauner Bär» versprochen oder was ähnlich Sentimentales. Das Brennen unter den Füßen, der Knöchel war nach ein paar Tagen wieder in Ordnung gewesen, aber keiner hatte ihm gesagt, dass man beim Springen den Mund zumachte, um sich nicht auf die Zunge zu beißen. Das «Brauner Bär» hatte er jedenfalls nicht so gut essen können.

Danowski rollte sich zur Seite. Der Boden war trocken, vergessener Beton, die Luft dick, ein wenig wärmer als draußen. Er stand auf, sah nichts und rief in Richtung der Deckenöffnung, die er nur ahnen konnte: «Du kannst kommen.»

Weil sie schlau war, am Ende womöglich schlauer als er, hatte sie sich die Stablampe mit dem Strahl nach unten zwischen die Beine geklemmt, sodass er sie kommen sah und sie auffangen konnte.

«Welche Richtung?», fragte Jurkschat, und für einen Moment wussten sie beide nicht weiter. Bis sie die äußerst hilfreichen Pfeile an der Wand fanden: «Sammelpunkt 2.b». Jurkschat lief voran. Iwoleit hatte gesagt: Nur ein paar hundert Meter, aber während die dunklen Tunnelwände an ihm vorbeiflogen in diesem Tempo, das man manchmal beim Joggen bekam, wenn man Leute sah, vor denen man einen guten Eindruck machen wollte, wurde ihm die Luft knapp. Jurkschat hustete und blieb stehen. Der Lichtkegel berührte einen Treppenaufgang, der verschüttet aussah, planmäßig unbrauchbar gemacht.

«Etwa zehn Schritte davor muss es nach oben gehen», sagte Danowski, und Jurkschat leuchtete nach oben. Ein steiler Aufgang wie das Innere eines Schornsteins, ebenfalls etwa zehn Meter hoch, mit einfachen industriellen

Metallsprossen in der Wand, die in etwa zwei Metern Höhe begannen.

«Kommst du da rauf?», fragte er.

«Klar», sagte sie.

«Gut. Dann geh ich zuerst. Womit ich meine: Ich häng mich da ran, und du drückst mich hoch, bis ich mit den Füßen die erste Sprosse erreiche.»

«Ich zeig dir gern mal ein paar Oberkörperübungen, die man ohne Geräte …»

«Du kommst dann ja ohne mich klar.»

Als er die erste Sprosse griff und dann, mit Jurkschats Hilfe von unten, die nächsten darüber, war er erstaunt und leicht alarmiert, wie schmal und glatt sie waren. Eher was für Industriekletterer mit entsprechender Ausrüstung. Er fasste Fuß und fing an, vorsichtig nach oben zu steigen.

«Wenn du jetzt abrutschst, habe ich ein Problem», sagte Jurkschat, ganz nah hinter ihm. Seine Hände fingen an zu brennen, und um sich abzulenken, zählte er die Sprossen. Bei zwanzig fand er es schwer, sich eine Fortsetzung vorzustellen. Wie Jurkschat es schaffte, beim Steigen noch die Lampe zu halten und einigermaßen an ihm vorbei nach oben zu leuchten, war ihm ein Rätsel. Oberkörperübungen, na gut. Bei dreißig sah er den Gullideckel über sich, und bei knapp fünfzig hatte er das Problem, ihn mit einer Hand hochdrücken zu müssen und sich mit der anderen festzuhalten.

Er drückte dagegen. Der Deckel saß fest. Mühsam griff er um und wechselte den Arm. Jetzt schien der Deckel noch fester zu sitzen.

«Fünfundzwanzig Kilo», sagte Meta von unter ihm, einen leicht besorgten Ton in der Stimme. «Der Iwoleit weiß so was alles.»

So viel wie Martha. Und die bekam er mit einem Arm

auch gestemmt. Je stärker er gegen den Deckel drückte, desto mehr drohte er, mit den Füßen von den schmalen Sprossen abzurutschen.

«Bewegt sich da irgendwas?», fragte Jurkschat, und als Danowski antworten wollte, merkte er, dass er vor Erschöpfung kaum noch Stimme hatte. Die Luft hier reichte kaum für derlei Kraftakte.

«Wir müssen noch mal runter», sagte er. «Ich schaff das nicht.»

66. Kapitel

Was hatte er erwartet? Wenn er ehrlich war, eine Slapsticknummer, die von außen betrachtet etwa so ausgesehen hätte: der Schachtdeckel, wie er angehoben und mühsam beiseitegeschoben wurde, dann erst ein und dann ein zweiter Unterarm, sein Kopf, zusammengekniffene Augen, weil es hell war hier oben, und dann, wenn man rauszoomte, Tracy Harris, die direkt über ihm stand und verblüfft, aber mit vorgehaltener Waffe auf ihn herunterblickte.

Stattdessen eine Gasse aus Containern, rot, orange, weiß und blau, in Fünferhöhe gestapelt, etwa drei Meter breit, ein Eindruck, als würde man von Stahl erdrückt, wenn man nur lange genug wartete. Trübes gelbes Licht, dessen Quelle er nicht sehen konnte. Und statt der Stille, die er sich vorgestellt hatte, mit dem Öffnen des Schachtdeckels das übermenschliche Schlagen und Knattern von Rotorblättern. Wenn die leiser wurden, waren sie zu spät. Kein Wunder. Sie hatten fünfzehn, zwanzig Minuten, vielleicht eine halbe Stunde verloren, während sie abwechselnd den Schacht hinaufgeklettert waren, um den Deckel zu lösen. Und wieder hinunter, um den anderen wieder ranzulassen. Danowski zitterte vor Kraftlosigkeit, als er sich aufstützte und hochzog. Er erlaubte sich ein Schnaufen, dann half er Jurkschat auf den Asphalt, die das aber auch ohne ihn geschafft hätte.

Hinter ihnen war die Gasse mit einer schmalen Reihe von Containern versperrt, vor ihnen zweigte der Weg nach vier Containern links ab. Jurkschat hatte Behlings Dienstwaffe im Anschlag, er das alberne, aber tödliche Ding von Bressin. Er blickte nach oben, sah aber nichts außer Hafenhimmel und entfernten Kransilhouetten, die sich abzuwenden schienen.

Das Rotorengeräusch wurde lauter, und als sie mit langsameren Schritten die Ecke der Containerwand erreichten, schien es sie auszufüllen wie ein Gefühl. Staub und Fetzen von Abfall trieben ihnen entgegen, die vertraute Druckluft einer Helikopterlandung, so laut, dass es ihm körperlich peinlich war. Als sie um die Ecke sahen, trieb es ihnen die Tränen in die Augen.

Ein Asphaltareal von der Größe eines Supermarktparkplatzes, von Containerreihen umgeben. Das perfekte Versteck für einen Start- und Landeplatz: Miete Containerlagerfläche im Hafen und lass sie innen gewissermaßen hohl.

Der Helikopter war etwa fünf Meter über dem Boden und senkte sich langsam, fast tastend, auf die ungeschlachte, aber majestätische Art allen schweren Geräts. Wieder musste er sich fragen, was er erwartet hatte. Einen *Black Hawk*-oder *Apache*-Kampfhubschrauber im matten, staatstragenden Schwarz der selbstbewussten Verbündeten?

Die Wahrheit war sehr viel praktischer: das aufdringliche Gelb mit der schwarzen Schrift eines ADAC-Hubschraubers, der am Himmel niemals auffallen würde. Am Rande der unmarkierten Landefläche Tracy Harris und zwei Männer in dunklen Anzügen mit gesenkten Köpfen, zwei Menschen zwischen sich, von denen Danowski wusste, dass es sich um die Eheleute Bressin handeln musste. Mit den schwarzen Säcken über dem Kopf hätte er sie in anderem Zusammenhang allerdings nicht erkannt.

Etwas abseits standen die beiden BND-Leute, die ihnen den Weg abgeschnitten hatten. Freundliche Beobachter.

Während der allmächtige Rotorenlärm jedes Wort sinnlos machte, verständigten Jurkschat und er sich zu warten. Der Helikopter setzte auf, ohne dass man seine Kufen auf dem Asphalt hätte hören können, dann lief der Rotor aus, und es war, als würde sein Geräusch aus der Welt gesaugt. Am Ende nur noch ein scheinbar atmendes, fast organisches Schrabb-schrabb.

Sie traten vor, Jurkschat ein paar Schritte voraus, die Waffe im Anschlag, und bevor die anderen sie sahen und sich an die entsprechenden Körperstellen greifen konnten, hatten sie genug Asphalt überbrückt, damit Jurkschat rufen konnte: «Im Namen des Gesetzes nehme ich Sie fest wegen Freiheitsberaubung, Nötigung, Körperverletzung und Strafvereitelung im Amt.» So hatten sie das abgesprochen. Beinah gerührt registrierte er, dass sie sogar ihren Dienstausweis gezogen hatte.

Die Rotorblätter kamen ganz zum Stillstand, die Helikoptertür blieb geschlossen. Jurkschat blieb stehen und deckte mit Behlings Waffe, wie Danowski zehn Schritte weiter ging und sich direkt vor Tracy Harris aufbaute. Die beiden Männer neben ihr kamen ihm vage bekannt vor, und bevor sie anfing zu sprechen, fiel ihm ein, woher: Aus dem frühen Stadium der Ermittlungsakten, die beiden Kollegen von Oliver Wiebusch, die sie für völlig unverdächtig gehalten hatten. Er wandte sich ab von den Bressins, die an Händen und Füßen gefesselt waren und ihre Köpfe unter den Säcken zu drehen schienen, weil sie verstehen wollten, was vor sich ging. Als könnte er ihre Würde schützen, wenn er nicht hinsah.

«Adam», sagte Tracy Harris. «Schon wieder.»

Danowski hielt den plastikumhüllten Lauf der Sportwaffe auf den Asphalt gerichtet, hatte den Finger aber am Abzug.

«Was machen wir jetzt, Tracy?», fragte er.

Langsam griff sie in ihre Jacke und holte, während Jurkschat «Waffe weg, Waffe weg!» schrie, ihre Armeepistole hervor, die sie ebenfalls mit dem Finger am Abzug auf den Boden richtete. Ihre Begleiter begriffen es als Zeichen und taten es ihr nach. Die beiden BND-Beobachter hoben die Hände auf Brusthöhe, als wollten sie Jurkschat und Danowski zumindest signalisieren, dass von ihnen derartige Gegenwehr nicht zu erwarten war. Aber ihre Bewegungen hatten etwas Lässiges, fast Ironisches. Sie waren sich sicher, dass sie sowieso am längeren Hebel saßen.

Harris reagierte nicht auf Jurkschat, und Danowski spürte, dass ihnen die Situation entglitt und dass ihr Augenblicksvorteil zerrann.

«Ihr wollt keine Schießerei mit Repräsentanten einer Behörde der Vereinigten Staaten von Amerika», sagte Harris, und es klang nicht nach einer Vermutung. Ihre Stimme hatte den gleichen weichen Klang wie bei ihm zu Hause am Küchentisch, aber ihre Gesichtszüge waren fest und konzentriert. «Erst recht nicht vor Vertretern eures eigenen Nachrichtendienstes, die mit uns kooperieren und wohl eher meine als deine Version unterstützen werden.»

«Lasst eure Gefangenen oder wie immer du das nennen willst, frei, steigt in euren Hubschrauber und fliegt auf euren Stützpunkt, dann gibt es nichts dergleichen. Keine Schießerei und keine Diskussion darüber, ob wir eine wollen oder nicht.»

Harris lächelte. «Eben waren wir noch verhaftet.»

«Vorläufig festgenommen», sagte Jurkschat halblaut.

«Ich glaube, du hast genauso wenig Interesse daran wie wir, dass die Situation eskaliert», sagte Danowski. Er fror. «Ich glaube, du operierst weit jenseits dessen, was deine Dienststelle weiß oder erlaubt. Ich glaube, du weißt, wann es genug ist.»

«Du glaubst», sagte Harris. Dann steckte sie in einer fließenden Bewegung ihre Waffe weg. Aber etwas an ihrer Körpersprache veranlasste ihre Begleiter, ihrerseits die Pistolen zu heben und auf Danowskis Kopf zu richten. Es kümmerte ihn nicht mehr. Dass sie verloren hatten, wusste er, als Harris zeigte, dass sie ihre Waffe nicht brauchte.

«Was glaubst du eigentlich, was ich bin, Adam?»

Danowski merkte, dass die Frage ihn aus dem Konzept brachte. Keine Freundin, hätte er beinahe gesagt.

«Ich bin Analystin, Adam. Mein Beruf ist es, Situationen, Menschen und Zusammenhänge zu analysieren, Handlungsvorschläge zu erarbeiten und sie gegebenenfalls selbst auszuführen. Weißt du, was ich sehe, wenn ich dich analysiere?»

«Ruhe jetzt, und zum letzten Mal, runter mit den Waffen, die Waffen auf den Boden und die Hände hinter den Kopf», sagte Jurkschat, und dass sie aus fünf Metern Entfernung in Zimmerlautstärke sprach, verlieh ihren Worten einen Nachdruck, den Danowski bei ihr vorher so nie gehört hatte.

«Du hältst dich und die Dinge, mit denen du dich beschäftigst, für sehr kompliziert, Adam, dabei ist alles ganz einfach», sagte Harris mit nur einem Seitenblick auf Jurkschat. Ihre Begleiter verstanden den Wink und schwenkten um, weg von ihm, hin zu seiner Partnerin. «Du bist ein ineffektiver Polizist, weil du die Dinge nicht aufs Wesentliche reduzieren kannst. Du siehst nur die Pixel, nicht das Bild. Du …»

«Die Waffen weg oder ich schieße», sagte Jurkschat.

«Danke trotzdem für deine Hilfe», sagte Harris. «Es war zwar umständlich, dir zu folgen, aber am Ende hast du uns doch ans Ziel gebracht.» Sie machte einen Schritt auf ihn zu, bis sie unmittelbar vor ihm stand, er roch Zimtkaugummi auf ihrem Atem und sah ihre Sommersprossen, die am Ende vielleicht nur Pigmentstörungen waren. Sie griff in die Tasche.

«Hier», sagte sie und reichte ihm einen breiten Sicherheitsschlüssel. Unwillkürlich nahm er ihn entgegen. «Zum Dank. Eine Art Abschiedsgeschenk, für deinen Freund Finzi. Zu einem Kühlcontainer, der auf einer Lagerfläche an der Leunastraße steht. Da könnt ihr einen Spaziergang hin machen. Aber lieber ohne Kinder. Nette Mädchen.»

Danowski merkte plötzlich, dass sein Schädel hämmerte vor Schmerz. Dadurch, dass sie seine Kinder erwähnt hatte, war etwas aufgerissen in ihm, eine Klarheit und Wut, noch deutlicher als die Ratlosigkeit darüber, was sie redete.

Was er auch vergessen hatte, war, wie sehr Jurkschat Polizistin war. Vorschriften. Regeln. Festgelegte Handlungsabläufe. Zum Beispiel, wenn jemand eine Waffe zog und nach mehrmaliger Aufforderung nicht ablegte.

Abgelenkt durch die rätselhafte Schlüsselübergabe, ließen die beiden Männer ihre Blicke von Jurkschat wegrutschen, das sah sie bestimmt genau, sie war darauf trainiert, in diesen Situationen auf die Augen der Bewaffneten zu achten.

Ihr Schuss zischte mehr über den Asphalt, als dass er peitschte, die Containerwände schluckten einen großen Teil des Schalls, jetzt schrien beide Bressins unter ihren Säcken, und Danowski schämte sich fast für ihre rohe Angst, obwohl er selber welche hatte, sie war nur abgekochter. Einer von Tracy Harris' Bewaffneten lag seitlich auf dem Boden, als hätte er nie gestanden, und hielt sich den Unterschenkel, perfekter Immobilisierungsschuss. Der zweite schoss Richtung Jurkschat, so nah an Danowski, dass er den Mündungsblitz am Gesicht zu spüren meinte, seine Ohren meldeten sich ab. Aber Jurkschat hatte sich rechtzeitig flach auf den Boden geworfen. Mit drei Schritten war Danowski bei ihr und warf sich über sie, weniger, um sie schützen, mehr, um ihr die Waffe abzunehmen, damit das aufhörte. An ihrem Mund sah er, dass sie «Lass mich!» schrie. Er drehte sie um, sah keine Verletzung und fand, dass die Welt ohne Geräusche nicht zu verstehen war. Der Pilot hatte die seitliche Tür aufgeschoben, Harris und ihr unverletzter Begleiter zerrten und schoben die Bressins in die Kabine, die wehrten sich, aber unprofessionell. Sich wie totes Gewicht zu Boden fallenlassen und an den Beinen der Angreifer festhalten, dachte Danowski sinnlos, so macht man das. Dann halfen die BND-Leute, die offenbar großes Interesse daran hatten, nicht zurückgelassen zu werden. Als Letztes schleiften Tracy Harris und der BND-Mann im Cordanzug ihren Verletzten die letzten Meter bis zu den Kufen und zogen ihn in die Kabine. Danowski sah an seinem Mund, dass er schrie. Dann schloss sich die Tür, Harris hatte als Erste die Kopfhörer auf, das sah man noch durchs Fenster.

Seine Ohren kamen wieder, denn er hörte den anlaufenden Rotor wie ein weit entferntes Plätschern. Die Luft drückte ihn zu Boden, auf Jurkschat, und er vergrub sein Gesicht in ihrem Pferdeschwanz, während der Hubschrauber sich unmittelbar über ihnen in den orangefarbenen Nachthimmel hob.

67. Kapitel

Ein Ballett, dachte er, oder nein, ein Kunststück, vielleicht aber auch irgendwas am Rande der Katastrophe.

Er hatte sich neben Jurkschat auf den Rücken gedreht und lag auf dem kalten Asphalt, niedergedrückt, und je mehr Luft es gab, umso weniger schien er atmen zu können. Trotzdem wurde er ganz ruhig. Er spürte, dass Jurkschat sich aufrichtete und wie er nach oben sah.

Hubschrauber sah man selten genau von unten, man saß entweder selbst mit drin oder ging so weit wie möglich beiseite, wenn sie starteten. Was man vor allem selten von unten sah, waren zwei Hubschrauber. Und eigentlich niemals drei. Augenfehler, dachte Danowski.

Der Hubschrauber vom ADAC war etwa zehn Meter über ihnen, aber er stieg nicht höher. Weil ein zweiter, etwas kleinerer, sich schräg über ihn geschoben hatte. Danowski bewunderte den blau-silbernen Anstrich, die schönsten Farben, die er je in seinem Leben gesehen hatte. Befremdlich zwar, davon noch immer viel zu wenig zu hören, aber ein Polizeihubschrauber in dieser Situation, das konnte nichts Falsches sein.

Jurkschat zerrte ihn am Arm, sie stand schon wieder. Ihre Haare wehten ihr um den Kopf, sodass er ihr Gesicht nicht sah, aber ihre Körpersprache war eindeutig. Mühsam stand er auf und folgte ihr, immer schneller, in Richtung der Containerwand. Sich da anzulehnen, schien ihm plötzlich wie die beste Idee aller Zeiten. Klar, der ADAC-Hubschrauber brauchte Platz zum Landen. Denn der von der Polizei hinderte ihn daran zu starten.

Sie erreichten einen weißen Maersk-Container, drängten sich aneinander und beobachteten das Schauspiel. Der ADAC-Hubschrauber leuchtete im Scheinwerfer ihrer Kollegen, und viel langsamer, als er gestartet war, sank er zu Boden. Sein Rotor lief weiter, und als der Polizeihubschrauber in halsbrecherisch geringer Entfernung ebenfalls zur Landung ansetzte, schien der vom ADAC so was wie Körpersprache zu entwickeln, er schien zu zögern, ob er jetzt nicht doch wieder starten sollte, da war so ein Ruckeln, ein unentschlossenes Vibrieren. Aber was Danowski sah, konnte auch der Besatzung des ADAC-Hubschraubers nicht verborgen geblieben sein: der dritte Hubschrauber, der südlich von ihnen in etwa fünfzig Meter Höhe fast reglos in der Luft stand, am Rumpf ein dunkelblauer Schriftzug auf weißem Grund, NDR.

Jurkschat kniff ihn in den Arm und zeigte aufgeregt in Richtung der beiden gelandeten Helikopter, als könnte Danowski ausgerechnet jetzt möglicherweise irgendwas verpassen. Ihre Rotoren liefen fast zur selben Zeit aus. Dann öffneten sich die Türen des Polizeihubschraubers. Als Erstes sprangen zwei Kollegen mit Maschinenpistolen auf den Asphalt, postierten sich links und rechts von der Tür und sicherten das Gelände. Dann schälten sich nacheinander drei Personen aus der Dunkelheit des Innenraums: die Chefin, Behling und Finzi.

Jurkschat rief was in sein Ohr, aber er verstand nur so was wie «Wurde auch Zeit», wollte aber selbst ihr eine derartige Platitüde nicht zutrauen. Behling und Finzi liefen zu ihnen. Behling nickte zufrieden, als liefe alles nach Plan. Finzi blieb fast schüchtern neben ihm stehen. Danowski reichte ihm die Hand, die Finzi zögernd ergriff, um sie zu schütteln, aber Danowski zog seinen großen Freund zu sich herunter und umarmte ihn.

Die Chefin ging in ihrer bürstenhaarigen Seelenruhe zum ADAC-Hubschrauber. Es dauerte eine Weile, aber dann schob sich die Tür auf. Danowski sah, dass die Chefin redete, und das Rotorendröhnen des NDR-Hubschraubers wurde ihm lauter. Die Chefin zeigte nach oben, genau dahin. Dann redete sie weiter. An ihrer Körpersprache sah er, dass die Antworten aus dem Helikopterinneren im Großen und Ganzen ihren Erwartungen entsprachen. Trotzdem zweifelte er fast an seinen Augen, als er nach einigen Augenblicken die beiden Bressins aus dem Helikopter steigen sah, wackelig, bis ins Mark erschüttert, beide am Anfang einer langen Reise, gemeinsam und doch in völlig unterschiedliche Richtungen. Ohne Hand- und Fußfesseln, die schwarzen Säcke fort, als hätte es sie nie gegeben. Einer der uniformierten Kollegen näherte sich vom Polizeihubschrauber und nahm Rüdiger Bressin in Empfang. Danowski konnte ihre Gesichter nicht sehen, weil sie sich abgewandt hatten von ihnen, aber die Art, wie Yvonne Bressin ihren Mann zum Abschied berührte, sah aus wie ein Abschied von einem Leben.

Dann nahm die Chefin Yvonne Bressin um die Schulter und zog sie weg, aus dem Drehkreis der Rotoren, zu Danowskis Gruppe, und am Ende stieg der gelbe Hubschrauber unbehelligt auf und davon.

«Das haben Sie Ihren Kollegen Finzi und Behling zu verdanken», schrie die Chefin ihm ins Ohr, und es klang für ihn wie ein heiseres Flüstern. «Finzi hat mir am Ende dann doch alles erzählt, was Sie schon wussten, und hat mich belatschert, Ihnen zu helfen. Und der Kollege Behling hat jetzt eben ein Übriges getan, die letzten Lücken gefüllt und uns Ihren Standort verraten.» An Behlings Gesichtsausdruck konnte man ablesen, dass diese Gewichtung nicht ganz seiner eigenen Wahrnehmung entsprach.

«Ich hab mit dem Präsidenten telefoniert. Das ist ein furchtbares Chaos, aber mit dem Geständnis von Bressin und dem freien Geleit für die Amerikaner können wir das Ganze stark vereinfachen. Diese Sache hier hat nicht stattgefunden.»

«Freies Geleit?» Das war Jurkschat. «Die haben auf mich geschossen.»

Danowski nickte. Jemand hatte ihnen Decken umgelegt.

«Das war die Bedingung», schrie die Chefin. «Darum müssen wir jetzt auch hier warten. Damit die Zeit haben, sich, was uns betrifft, in Luft aufzulösen. Die Bedingung vom Präsidenten. Keine Verwicklungen mit dem BND, geschweige denn was Internationales. Unsere Leute nach Hause bringen, das war alles.»

«Und der NDR?» Danowski war überrascht davon, wie gut er seine eigene Stimme hörte.

«Wir haben nur den Hubschrauber geliehen», sagte die Chefin, jetzt wieder in annähernd normaler Lautstärke, und er verstand sie trotzdem fast. Finzi kam vom Hubschrauber mit Kaffee und Schinkenbrötchen, die sichtlich kantinentechnisch der letzte Rest vom Schützenfest waren. Danowski stürzte sich rein. «Auf dem kurzen Dienstweg. Nicht ganz einfach, so was in der kurzen Zeit zu organisieren. Wir zahlen den Sprit und den Piloten, dafür kriegen die demnächst was anderes exklusiv. Gefilmt hat da keiner an Bord. Aber dass es so aussah, hat gereicht für die amerikanische Kollegin. Die dachte, das geht gerade live oder so was.»

Danowski nickte. Er drehte sich zu Behling und Finzi und fühlte sich wie auf einer seltsamen Geburtstagsfeier. «Danke», sagte er.

«Wär ja unsensibel, paar Kollegen hängenzulassen in so 'ner Situation», sagte Behling.

«Wird Zeit, dass du nach Hause kommst, Adam», sagte Finzi. «Die Kinder, Leslie und ich vermissen dich. Du bist so was wie der verlorene Sohn. Den Platz im Ehebett musst du dir aber erst wieder zurückerobern.»

Jurkschat hatte ihnen den Rücken zugedreht und telefonierte mit ihrem Freund.

«Apropos», sagte Danowski, «darf ich mal kurz …»

«Eine Sache noch», sagte die Chefin und zog ihn beiseite. «Bevor wir zum Präsidium zurückfliegen und Sie dann auch sicher endlich wieder nach Hause wollen, Adam.»

«Streng genommen habe ich jetzt noch den Rest von einem Termin im Nachbarschaftsheim Bahrenfeld.»

«Bahrenfeld. Egal. Adam, ich hab Ihnen neulich was vorbereitet im Büro, bevor ich angefangen habe, von Ihren Ermittlungen zu hören und das Verschwinden der Verdächtigen ernst zu nehmen.»

Die Chefin griff in die Innentasche ihrer Funktionsjacke und holte zwei auf A6 gefaltete Briefbögen vor. «Hier, ich hab beides mal aufgesetzt.» Er sah den Briefkopf des Präsidiums und jeweils etwa zehn, fünfzehn Zeilen Text. «Das ist meine Empfehlung für Ihr Teilzeitgesuch. Also, zwei Varianten. Die eine.» Sie zeigte ihm das Papier, aber er betrachtete sie von der Seite, die Fältchen um ihre Augen, die leeren Ohrlöcher, ihr Brillenband. «Da empfehle ich, Ihrem Gesuch stattzugeben und Sie auf siebenundzwanzig Komma fünf Sunden in die Personalplanung zu versetzen. Und das andere.» Das zeigte sie ihm auch noch. «Da lehne ich das ab und schlage Sie für den Lehrgang Operative Fallanalyse vor. Da können Sie ein halbes Jahr kürzertreten, und dann geht's richtig los. Aber anders.»

Danowski wusste nicht, ob er die Papiere nehmen sollte.

«Sie müssen mir nur sagen, was ich unterschreiben soll. Aber Sie können das gern übers Wochenende auch noch mit Leslie besprechen.»

Danowski sah über ihre Schulter, wo Jurkschat den grauen Kochschinken von einem Brötchen nahm und ihn Finzi gab, der ihn ohne hinzugucken humorlos in den Mund steckte. Er dachte an Leslie und daran, wie er sich in ein oder zwei Stunden nacheinander zu den Kindern in die Betten werfen würde, egal, ob sie aufwachten oder nicht, und wenn ja, dann umso besser. Yvonne Bressin, der auch jemand ein Brötchen gegeben hatte und die abseits bei Behling stand. Sie blickte auf, und er sah, dass sie ein Coldpack auf ihr rechtes Auge presste.

Er nickte. Er wusste genau, wie er sich entscheiden würde.

Nachbemerkung

Wenn ich mit meinem Freund Wido laufen gehe, denken wir uns immer irgendwelche Sachen aus, um uns die Zeit zu vertreiben, denn wir laufen beide nicht gern. Es ist nur aus Vernunft, nicht aus Neigung. Eine Zeitlang haben wir uns besonders schlechte DJ-Namen überlegt, und ich würde sagen, «Rue Digger» war die Endstufe. Auf den Namen ist Wido gekommen, aber ich habe hiermit eine Wette gewonnen: nämlich dass ich den Namen tatsächlich in einem Buch unterbringen würde. Check! Leider weiß ich nicht mehr, ob wir um Geld und wenn ja, um wie viel Geld gewettet haben. Beim Laufen fällt uns immer viel ein, es liegt an dem ganzen Sauerstoff, aber danach ist immer fast alles wieder weg, all die Geschäftsideen, Produktinnovationen, Wettsummen. Außer halt «Rue Digger». Dafür danke, Wido Groell.

Und danke allen, die mich bei den Recherchen unterstützt, mich beim Schreiben ermutigt und verbessert haben (aus persönlicher Verbundenheit oder als Resultat ihrer Berufswahl) oder die sich um «Blutapfel» und «Treibland» gekümmert haben, darunter: Stephan Bartels, Claudia Bartkowski, Patrick Charles, Michael Gaeb, Christine Hohwieler, Grusche Juncker, Feti Karayaz, Leonie Krey, Annika Lange, Tessa Martin, Marcy Nathan, Maike Rasch, Katharina Rottenbacher, Alena Schröder, Susanna und Hellmuth Tromm, Thorsten Wulff, und insbesondere Benjamin Hufeld vom Landesbetrieb Straßen, Brücken und Gewässer Hamburg, der mich mit in den Elbtunnel und in die Gänge genommen hat, sowie Sven, Kimber und

Jörg und in den USA Jason, Chris und Carol. Und am meisten wie immer Diana Helfrich. Die Fehler und Erfindungen sind alle von mir.

Ulrich Alexis Christiansens zurzeit leider vergriffenes Buch «Hamburgs dunkle Welten: Der geheimnisvolle Untergrund der Hansestadt» (Berlin 2008) war eine wichtige Quelle und Inspiration für mich. Ebenso die Tunnel- und Bunkerführungen des Vereins Hamburger Unterwelten e.V. und Mark Nagells umfangreiche Faktensammlung unter elbtunnelbremse.de.

Die Hintergründe von Tracy Harris' Tätigkeit sind mit angeregt unter anderem durch «Geheimer Krieg: Wie von Deutschland aus der Kampf gegen den Terror gesteuert wird» (Reinbek 2014) von Christian Fuchs und John Goetz sowie durch Jason Burkes «The 9/11 Wars» (London 2011). Grundsätzliche Informationen zum Erschließen verlassener Orte habe ich Bradley L. Garretts «Explore Everything: Place-Hacking the City» (London 2013) entnommen. Sein Buch handelt davon, worum es beim *urban exploring* wirklich geht: die Städte zurückzuerobern, statt sich von wirtschaftlichen und politische Interessen kontrollieren und einschränken zu lassen.

T. R.